Daniila Beser
Richard Mackenrodt

Sonnenvögel

Liebe/r Leser/in, ich wünsche dir viel Spaß mit meinem Buch. Wenn du darüber hinaus aus einem meiner Romane auch mal vorgelesen bekommen möchtest – nichts leichter als das. Schreib mir unter r.mackenrodt@t-online eine kurze eMail und ich komme zu dir oder zu jemandem aus deinem Freundeskreis – und halte für euch alle einen Abend oder Nachmittag lang eine Wohnzimmerlesung. Wenn es warm genug ist, gerne auch irgendwo draußen. Eine derartige Lesung kostet dich keinen Cent und wird erfahrungsgemäß jedes Mal zu einem besonders stilvollen, einzigartigen Event. Du bist der Boss und entscheidest, aus welchem meiner Bücher ich vorlesen soll:

„Azahrú – Wer den Weg verliert“

„Mein Leben davor“

„Die kleine Insel am Ende der Welt“

„Sonnenvögel“

„Die Unschlagbaren“
(erscheint im Oktober 2025)

„Nekton, Band 1: Die Prophezeiung“
(erscheint im November 2025)

oder

„Das höchst bemerkenswerte Leben des Moses Delaney“
(erscheint 2026)

Jetzt hoffe ich aber erst einmal, dass dir dieses Buch hier gefällt. Viel Vergnügen beim Lesen!

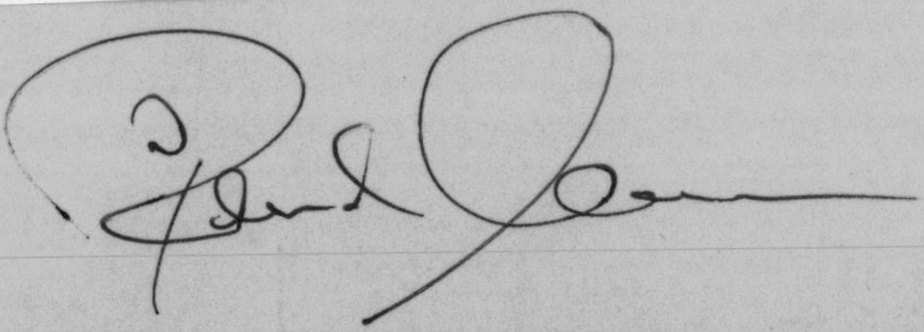

Daniila Beser
Richard Mackenrodt

Sonnenvögel

S. Marix Verlag

1
Franz
1868

Gute Zähne waren selten. Nur wer reich war, hatte – vor allem in fortgeschrittenem Alter – noch ein makelloses, weißes Gebiss, weil er es sich leisten konnte, die Zähne bleichen, oder, was noch teurer war, mit Keramik oder gar Gold eine unansehnliche Lücke schließen zu lassen. Unter den kleinen Leuten dagegen war es üblich, zum Fotznreißer zu gehen, wie man in Oberbayern sagte. Der griff dann zur Zange und zog den schmerzenden Zahn einfach heraus. Das tat weh, war aber auch schnell vorbei.

Unter Flößern waren vollständige Zahnreihen besonders ungewöhnlich. Diese Männer übten einen gefährlichen Beruf aus, im Laufe ihres Arbeitslebens ließ sich der eine oder andere Sturz kaum vermeiden. Wer auf dem Floß das Gleichgewicht verlor, brach sich schon mal den Arm oder das Bein, und ab und zu verlor er auch ein oder zwei Zähne. Dafür wurden Flößer aber auch überdurchschnittlich gut bezahlt, weil nur wenige Kerle für diesen Beruf geeignet waren.

Franz Beser hatte, obwohl er schon seit mehr als zehn Jahren in diesem Gewerbe arbeitete, noch immer alle Zähne im Mund. Und kein einziger davon war auch nur im Mindesten verfault, was bei einem Mann über dreißig höchst erstaunlich war.

Wo Flößer an Land gingen, wurden sie bestaunt. Kinder scharten sich um sie und bewunderten ihre kniehohen Stiefel, die exzentrischen Hüte und die bärtigen, wettergegerbten Gesichter. Auch die jungen Mädchen versuchten, sich den Anblick dieser Männer nicht entgehen zu lassen, wurden von ihren Müttern aber zumeist rechtzeitig in die Stube gerufen, bevor die Flöße in Sicht kamen. Die Betreiber der Gasthöfe an der Isar hingegen freuten sich, es kam reichlich Geld in die Kasse, wenn die Flößer bei ihnen anlegten, die bekannt dafür waren, dass sie gerne tranken und feierten.

»Ich frag mich immer, wieso du so narrisch weiße Zähne hast, Franz«, sagte der Toni, den alle *Otter* nannten, weil er die vorgeschobenen Kiefer eines Fischotters hatte.

Der Franz saß mit dem Otter nach dem Anlegen oft zusammen. Meist aßen sie und tranken dabei eine Maß nach der anderen, bis sie sternhagelvoll auf ihre Pritschen fielen. Aber heute hatte der Franz andere Pläne.

»In meiner Familie haben alle solche Zähne«, erwiderte er. *Ist auch gut so,* dachte er, *die Damen mögen das.*

Während der Otter und die anderen Flößer sich beim Schafkopfen der zweiten und bald auch der dritten Maß hingaben, zog der Franz das frische Leinenhemd aus dem kleinen Sack, den er mit sich führte, streifte es über, bändigte mit groben Fingern sein braunes, lockiges Haar, setzte den Hut wieder auf und machte sich auf den Weg. Schon von Weitem konnte er die weißen Pferdekutschen in der Sonne glänzen sehen, die auf der feingekiesten Auffahrt des noblen Hotels standen. Die Sommerfrischler waren stets Leute aus den großen Städten, Angehörige der oberen Zehntausend. Münchner in der Regel, aber heute waren auch ein paar illustre Gäste aus Berlin dabei, wie Franz in einem kurzen Gespräch mit einem der Kutscher in Erfahrung brachte. Mehrere adelige Damen waren mit ihrer Entourage abgestiegen, Gattinnen von hochrangigen Staatsmännern und Militärs. Während sie sich hier ein paar Tage Erholung gönnten, waren ihre Ehemänner zu Hause geblieben, denn die hatten viel zu tun. Der sogenannte Deutsche Krieg war schließlich erst zwei Jahre her und um die neue Ordnung im Kaiserreich wurde in den hohen Kreisen noch hart verhandelt. Solche Dinge waren Franz gleichgültig, mit Politik hatte er nichts am Hut – egal, wie die Grenzen gerade gezogen wurden, Flöße würden immer gebraucht werden. Ihm gefiel es einfach, wenn schicke Frauen ohne ihre Männer unterwegs waren, das war genau das, was ihm ein Lächeln ins Gesicht zauberte. Er betrat das Hotel, aber nicht durch den Dienstboteneingang, sondern durch die Vordertür. Mit einem festen »Griasst's euch!«

trat er in die mit edlen Stoffen drapierte Wirtsstube, im selben Moment konnte er das teure Eau de Toilette der hochwohlgeborenen Damen erschnuppern, das seine Nase umschmeichelte. Alle Blicke wandten sich ihm zu. Franz lächelte entspannt und tippte grüßend mit dem Finger an den Hut. Im Nu hatte er überrissen, wo die Damen saßen – es waren vier – und wo ihre Angestellten, vier Zofen und zwei Männer im mittleren Alter, deren Aufmachung darauf schließen ließ, dass sie als eine Art Leibwache dienten. Der beleibte Wirt kam auf Franz zugelaufen, stellte sich ihm in den Weg und erklärte in tiefem Oberbayerisch:

»G'schloss'ne G'sellschaft. Schleich di.«

Die Leibwächter erhoben sich, und fast synchron wanderten ihre Hände zu den Griffen ihrer umgegürteten Degen. Ein Bayer, der in diesen Tagen unaufgefordert die Nähe von Preußen suchte, erregte Misstrauen, schließlich hatte Bayern den Krieg an der Seite von Österreich gegen die Preußen verloren, und viele Bajuwaren, die jene Niederlage – vor allem als Soldaten – miterlebt hatten, waren nicht gut auf die Saupreißn zu sprechen.

Doch eine der Damen, die jüngste und hübscheste, wie Franz längst festgestellt hatte, zögerte nicht zu widersprechen: »Lasst ihn eintreten. Er sieht freundlich aus. Und amüsant. Sieh sich einer diese Stiefel an! Wir wollen doch auch etwas vom bayerischen Leben sehen.«

Mit leisem Knurren trat der Wirt beiseite. Franz deutete eine leichte Verbeugung an und vollführte mit der rechten Hand eine kleine Abwärtsspirale, was der humorvollen Verballhornung eines höfischen Grußes gleichkam.

»Hocherfreut«, sagte er. »Ich bin Franz, der Flößer. Mit wem habe ich das Vergnügen?«

»Er ist ganz schön frech«, meldete sich einer der Wachhunde zu Wort, doch er wurde von der Hübschen überstimmt, die Franz bat, sich zu ihnen zu setzen. Das ließ er sich nicht zweimal sagen, und auch zum Weintrinken musste er nicht lange überredet werden. Er hatte auf Frauen diese Wirkung. Warum das so war, wusste er nicht, es war ihm auch egal. Er verstellte sich nicht, versuchte niemals etwas anderes zu sein als das, was er nun einmal war. Die junge Herrin war verheiratet mit einem preußischen Minister, was sie aber nicht davon abhielt, dem ungebildeten Flößer zu zeigen, wie spannend sie ihn fand.

»Äußerst hohe Stiefel hat er da«, sagte sie.

»Damit kein Wasser reinläuft«, erwiderte er. »Aus bestem Büffelleder.«

»Ob die mir auch stehen würden?«, fügte sie kokett hinzu.

»Kommt auf den Versuch an«, erklärte Franz, zog die Stiefel aus und stellte sie vor ihr auf den Tisch – was schon wirklich dreist war, einige Anwesende sprachlos machte und dafür sorgte, dass so manche Nase gerümpft wurde. Die Leibwächter rieten ihr ab, die Stiefel auch nur anzufassen, wenn sie sich nicht mit irgendwelchen Arme-Leute-Krankheiten anstecken wollte.

»Keine Angst«, fügte Franz hinzu, »hab sie vorhin mit Kernseife und frischem Isarwasser gebürstet. Innen wie außen. Sauber wie zwei Neugeborene nach dem ersten Bad.«

Die Minister-Gattin zog die Stiefel an, und obwohl sie ihr einige Nummern zu groß waren, stakste sie damit in der Wirtsstube auf und ab und ließ sich von ihren Mitreisenden bestätigen, wie fabelhaft sie darin aussah.

Alles Speichellecker, ging es Franz durch den Kopf, *außer ihr.* Sie gefiel ihm, weil sie nicht so gekünstelt daherredete wie die anderen und die einzige Frau im Raum war, deren Gesicht nicht unter einer dicken Schicht aus Puder begraben war. Im Laufe des Abends raunte sie ihm die Nummer ihrer Suite zu – als auch die Leibwächter sich wieder beruhigt hatten und nicht mehr jede Bewegung von Franz mit misstrauischen Blicken verfolgten. Noch später, als sich alle schon in ihre Zimmer zurückgezogen hatten, wartete Franz am Isarufer, drehte sich im Mondlicht eine Zigarette und betrat, nachdem er sie aufgeraucht hatte, das feine Hotel erneut, diesmal durch einen rückwärtigen Eingang. Der war zwar abgeschlossen, wie alle anderen Türen auch, aber Franz hatte stets ein paar kleine Metallstifte in der Hosentasche und war geschickt im Öffnen von Schlössern. Er wusste, in welchen Zimmern die Wachhunde lagen, ihr Schnarchen war nicht zu überhören. Die beiden hatten kräftig dem Wein zugesprochen. Wenn die erst einmal schliefen, dann schliefen sie. Als er in die Suite trat, saß Agnes auf ihrem riesigen Bett, hatte das Haar geöffnet, das ihr nun weich auf die Schultern fiel, und trug ein dünnes Nachtgewand. Ihre leicht geröteten Wangen offenbarten, dass ihre Aufregung größer war, als sie zeigen wollte. Sie war sich nicht sicher gewesen, ob er kommen würde, aber da stand er vor ihr, dieser hünenhafte, kraftstrotzende Kerl mit dem unverschämten Lächeln. Nur ihre Zofe, die im Nebenraum das Ohr an die Tür gepresst hatte, hörte, was in dieser Nacht im Zimmer der Herrin vor sich ging.

2
Viktoria
1947

Im Alter von neun Jahren begriff Viktoria, dass mit der Welt etwas nicht stimmen konnte.

Sie begleitete ihren Vater, der im Morgengrauen mit dem Ochsenkarren nach Beloyarka fuhr, um dort auf dem Markt Weißkohl, Tomaten, Gurken und Äpfel zu verkaufen. Viktoria war aufgeregt; es war das erste Mal, dass sie mitdurfte. Bisher war sie aus Konstantinowka nie herausgekommen. Auf dem Weg in den Nachbarort wunderte sie sich darüber, dass alles so anders aussah als zu Hause. Karg und trocken war die Landschaft und lange nicht so grün wie im Dorf.

»Das liegt daran, dass wir alles sehr gut bewässern, mein Goldstück«, sagte ihr Vater. »Zum Glück haben wir ein paar Leute, die sich damit auskennen. Deswegen können wir unser Obst und Gemüse zu so guten Preisen verkaufen.«

Bis kurz vor Beloyarka sagte er nichts mehr, das Quietschen und Knarren des Karrens war alles, was Viktoria hörte. Doch als die ersten Häuser und Schuppen in Sicht kamen, beugte er sich zu ihr hinunter und erklärte:

»Besser, du sagst nichts, solange wir auf dem Markt sind. Unsere Sprache ist hier nicht sehr beliebt. Sie wissen zwar auch so, welcher Abstammung wir sind, aber solange wir Kasachisch reden und ihnen gute Ware verkaufen, sehen sie darüber hinweg.«

Später auf dem Markt schwieg Viktoria, so gut sie konnte. Das fiel ihr nicht leicht, weil sie gerne redete. Überhaupt bereitete ihr alles, was Geräusche verursachte, großes Vergnügen. Sie hatte Spaß am Singen, mochte es, mit den Fingern auf alten Blechkisten herumzutrommeln, und sie pupste auch gerne – aber nur, wenn sie alleine war, denn sie wusste schon, dass sich das nicht gehörte. Doch wenn Papa sie jetzt bat, den Mund zu halten, versuchte sie, das zu beherzigen. Sie hatte so lange darum gebettelt, mit auf den

Markt zu dürfen, da wollte sie es jetzt nicht versauen. Papa begrüßte die anderen Händler und Händlerinnen auf Kasachisch. Eine Frau strich Viktoria mit der Hand übers Haar, lächelte und sagte etwas, das sie nicht verstand.

»Köp raqmet«, flüsterte Viktoria nur, was *Danke sehr* bedeutete und fast schon das Einzige war, das sie in der Landessprache sagen konnte.

Papa hatte ihr eingeschärft, seinen Stand auf keinen Fall zu verlassen. Er wollte nicht, dass sie sich verlief und er sie suchen musste. Also traute sie sich nur wenige Schritte fort, obwohl sie sehr neugierig war auf alles, was es hier zu sehen gab. Nebenan war ein Imker, der seinen Honig verkaufte, eine Frau bot allerlei selbstgetöpferte Teller und Schalen an. Doch ein Mann, zwei Stände weiter, erregte Viktorias besondere Aufmerksamkeit. Er verkaufte nichts, stattdessen brachten die Leute ihre Tiere zu ihm – Schafe, Ziegen und Hunde. Der Mann tastete an den Viechern herum, schaute ihnen in den Hals und zog ihnen Dornen aus den Pfoten.

»Papa, was macht der da?«, raunte Viktoria ihrem Vater zu. Leise, damit niemand sonst es hörte.

»Na, was glaubst du wohl?«, fragte er zurück und schmunzelte über ihre Unwissenheit. »Das ist ein Tierarzt. Er hilft kranken Tieren, wieder gesund zu werden.«

Viktoria lief ein Schauer durch den Körper, in ihr regte sich etwas, das sie selbst noch gar nicht benennen konnte. Erst Stunden später, während der Heimfahrt auf dem Ochsenkarren, fand sie Worte dafür.

»Papa«, erklärte sie, »wenn ich groß bin, will ich auch Tierärztin werden.«

Er wandte sich ihr zu. Wieder lächelte er. Und sagte: »Mein Goldstück, das wird nicht gehen.«

»Wieso denn nicht?«

»Na, weil du aus Konstantinowka bist. Aus dem *deutschen Dorf,* wie die Kasachen zu sagen pflegen. Wir dürfen Landwirtschaft betreiben. Und alles, was nötig ist, um unsere Kolchose am Laufen zu halten. Aber sonst nichts. Bis vor Kurzem durften wir das Dorf nicht einmal verlassen. Außerdem bist du ein Mädchen.«

»Ja, und?«

»Um Tierarzt zu werden, musst du Tiermedizin studieren. Einem Mädchen aus Konstantinowka würden die Sowjets das niemals erlauben.«

»Aber Papa, ich liebe Tiere so sehr«, entgegnete Viktoria. »Alle, groß und klein. Ich möchte das so gerne. Wie kann es sein, dass ich es nicht darf?«

Die Enttäuschung in den Augen seiner Tochter schmerzte ihn. Er wusste, sie sagte das nicht nur so dahin. Schon als Kleinkind hatte Viktoria ein großes Herz für Tiere gehabt. Nie hatte sie eine Fliege erschlagen, und wenn eine Spinne im Haus ein Netz gesponnen hatte, war Viktoria auf einen Stuhl oder auf den Schrank gestiegen und hatte sie vor dem Besen gerettet, indem sie den Achtfüßler in ein Glas gesteckt und draußen freigelassen hatte. Er erinnerte sich auch noch gut daran, wie Viktoria vor zwei Jahren eine streunende, räudige Katze mit einer Metallschere aus einem Zaun befreit hatte, obwohl sie kaum groß genug gewesen war, die Schere überhaupt zu bedienen.

Als ihm wenige Wochen später in einem kleinen Gemischtwarenladen in Kara-Buka ein nur leicht abgestoßener französischer Bildband über afrikanische Tiere in die Hände fiel, konnte er nicht anders, als dieses eigentlich viel zu teure Buch zu kaufen und es seiner Tochter mitzubringen. Er hatte zwar angenommen, sie würde sich darüber freuen, aber wie sehr sie das tat, überraschte ihn dann doch. Viktoria konnte zuerst gar nicht fassen, dass dieses große, glänzende Buch ihr gehören sollte. Mit vorsichtiger Ehrfurcht blätterte sie die ersten Seiten um und wagte kaum zu atmen, als könne sie den kostbaren Moment dadurch zerstören.

In der Schule sollten die Kinder kurze Zeit später ihr Lieblingstier zeichnen. Die Lehrerin blickte Viktoria dabei irritiert über die Schulter.

»Was soll das denn werden?«, fragte sie. »Kein Tier hat einen so langen Hals. Du sollst kein Fantasie-Wesen zeichnen, sondern etwas, das es auch wirklich gibt.«

»Das gibt es ja«, erwiderte Viktoria. »Es ist über fünf Meter hoch und hat eine blaue Zunge. Eines Tages werde ich es mit eigenen Augen sehen.«

Am nächsten Tag mussten Viktorias Eltern in der Schule erscheinen und sich anhören, ihre Tochter würde im Unterricht erfundene Geschichten verbreiten. Doch sie hatten den Bildband mitgebracht und konnten Viktorias Behauptungen damit beweisen, sehr zum Leidwesen der Lehrerin, die sich bloßgestellt fühlte, weil sie nicht in der Lage gewesen war, die Zeichnung als das Abbild einer Giraffe zu erkennen.

Viktoria bekam ihr Bild trotzdem nicht zurück, sondern musste ein neues anfertigen, das ein Tier zeigen sollte, das – wenn schon nicht in Kasachstan – dann doch wenigstens in der Sowjetunion vorkam. Sie entschloss sich, die Lehrerin zu ärgern, aber auf eine Weise, die ihr keinen erneuten Tadel einbringen würde. Viktoria wusste, dass die Frau Angst vor Spinnen hatte – so zeichnete sie auf das größte Blatt Papier, das sie finden konnte, das nahezu naturgetreue Abbild einer Schwarzen Witwe: acht lange, dünne Beine und ein fast kugelrunder, samtschwarzer Körper mit orangerot leuchtenden Punkten. Als Viktoria ihre sehr gelungene Zeichnung abgab, riss die Lehrerin die Augen auf und hielt den Atem an. Mit mühsam unterdrückter Wut blickte sie hinunter auf das zierliche Mädchen mit dem schulterlangen, dunkelbraunen Haar und den graublauen Augen und sagte: »Du hast etwas Bösartiges in dir.«

»Warum?«, erwiderte Viktoria. »Ich habe doch nur eine Spinne gezeichnet.«

»Du wirst niemals deinen Fuß auf afrikanischen Boden setzen, hörst du? Die Giraffe in deinem komischen Buch ist die einzige, die du je sehen wirst.«

»Und wieso?«, wagte es Viktoria zu fragen. »Weil Sie das so wollen?«

»Nicht ich, du dummes Kind. Sondern Josef Wissarionowitsch Stalin. Er hasst uns, weil wir deutscher Abstammung sind. Er kann nur nicht alle auf einmal töten, die er hasst. Aber wenn ich ihm dein Bild von der Giraffe zeige, kommt er und holt dich.«

Im Alter von drei Jahren war Viktoria, gemeinsam mit ihren Eltern und vielen anderen Menschen, deportiert worden. Sie konnte sich daran zwar nicht mehr erinnern, wusste aber, dass man dazu *Zwangsumsiedelung* sagte. Zuvor hatten sie auf der Krim im Süden der Ukraine gelebt. Mama und Papa hatten deutsche Vorfahren und waren sogenannte Krimdeutsche. Obwohl die Besers schon seit weit mehr als hundert Jahren in Koltschuhyne gelebt hatten, waren sie nach Beginn des Zweiten Weltkriegs als potenzielles Sicherheitsrisiko eingestuft worden, als mögliche Kollaborateure der Nationalsozialisten. Sie wurden, wie viele andere auch, nach Kasachstan gebracht, wo sie zunächst in einem Arbeitslager hatten leben müssen. Nur weil Viktorias Vater ein erfahrener Landwirt war, wurden sie in den folgenden Jahren nicht weiter nach Sibirien oder in die Uralregion deportiert, sondern durften in Kasachstan bleiben und bekamen als Wohnort das Dorf Konstantinowka zugewiesen, das eine Kolchose bildete und in dem fast ausschließlich Menschen mit exildeutschem Hintergrund lebten. Als Viktoria in die erste Klasse der kleinen Dorfschule gekommen war, hatten ihre Eltern ihr all das erzählt, um ihr Klarheit über ihre Herkunft zu verschaffen. Aber erreicht hatten sie damit das Gegenteil. Viktoria wusste danach nicht mehr: War sie Deutsche? Ukrainerin? Kasachin? Sowjetbürgerin? Und war das überhaupt wichtig? Andere Dinge, das spürte Viktoria ganz genau, waren doch viel wichtiger.

Aber als sie von der Lehrerin nun zum ersten Mal den Namen von Generalsekretär Stalin hörte, und was dieser Mann mit ihr und ihrer Familie angeblich anstellen würde, da wusste Viktoria endgültig und mit durchschlagender Wucht, dass mit der Welt eindeutig etwas nicht in Ordnung war.

3
Henning
1924

Nach dem Erwachen versuchte er stets, die Augen noch eine Weile geschlossen zu lassen. Er war davon überzeugt, dass das, was wir sahen, alle anderen Sinne zu dominieren versuchte, deswegen wollte er warten, bis er sich mit Hilfe seiner anderen Sinnesorgane einen Eindruck vom beginnenden Tag verschafft haben würde. Die Tür zum Balkon der Suite stand offen, die Drosseln gaben ihr allmorgendliches, vielstimmiges Gratiskonzert. Von ihrer Bühne auf den Platanen und Pfirsichbäumen drang das melodiöse Zwitschern ins Innere des Hotel Londres, mitten in der Stadt. Zudem vernahm er unten auf den Straßen auch schon die ersten Kraftwagen, vermutlich amerikanische Fabrikate, mit denen Waren geliefert oder Touristen zur *Estación central* gebracht wurden. Den Unterschied zwischen amerikanischen und europäischen Motoren hätte er zwar mit bloßem Gehör nicht bestimmen können, aber er war nun immerhin schon einige Wochen in Santiago und wusste ziemlich genau, was für Straßenkreuzer hier unterwegs waren. Noch immer öffnete er die Augen nicht. Er schnupperte am dünnen Bettlaken, das nach einer Mischung aus Stärke, Lavendel und Oleander duftete, besser sogar als die Laken in den Hotels von Rio und Buenos Aires. Was den Moment aber erst perfekt machte, war, dass sich der Duft mit dem von Antonella vermischte, auf eine Weise, die ihm ein Lächeln ins Gesicht schob.

»¿Por qué estás sonriendo asi?«, fragte sie mit ihrer zwar weichen, für eine junge Frau aber trotzdem fast schon ein wenig zu tiefen Stimme. »Warum lächelst du so?«

»Porque sé que serás lo primero que veré hoy«, erwiderte er. »Weil ich weiß, dass du gleich das Erste sein wirst, das ich heute sehen werde.«

»Tu español está mejorando«, lobte Antonella. »Dein Spanisch wird besser.«

»Tengo una buena maestra.« – »Ich habe eine gute Lehrerin.«

Sie nannte ihn einen *rallador de regaliz,* einen Süßholzraspler. Er öffnete die Augen, sah, wie sie das Bettlaken beiseiteschob, aufstand und in das Kleid schlüpfte, das er ihr gestern Abend ausgezogen hatte. Er protestierte gegen ihren frühen Aufbruch, wie er es jeden Morgen tat, worauf sie wiederum – wie stets in den letzten beiden Wochen – erklärte, dass sie zur Arbeit musste, denn leider hatte sie nicht, so wie er, ein Vermögen als Börsenmakler gemacht. Sie war kaum fort, da klopfte es an die Verbindungstür zur Nachbarsuite.

»Kurt, was ist los?«, rief er.

Die Tür öffnete sich einen Spaltbreit, das hagere Gesicht eines Mannes mit hoher Stirn und schon leicht schütterem Haar erschien im Halbschatten.

»Zeit fürs Frühstück«, stellte der Gefährte fest, der nebenan residierte.

»Sag mal, alter Mann«, erklärte Henning, ohne sich auch nur aufzusetzen, »ich habe gestern endlich das Buch gelesen, mit dem du so viel Aufmerksamkeit auf dich gezogen hast.«

»Hör endlich auf, mich so zu nennen.«

»Wieso? Du bist mir sieben Jahre voraus. Dreißig, das ist schon biblisch.«

»Hat es dir gefallen?«, fragte Kurt.

»Ich weiß nicht so recht«, gab Henning zu.

Während er nach dem Buch griff, das auf dem Nachttischchen lag, kam Kurt herein, um sich dem Urteil des Freundes zu stellen.

»Ich habe eine Seite markiert«, sagte Henning.

»Mit einem Eselsohr?«, empörte sich Kurt. »Wie kannst du nur?«

»Es ist nur Papier«, führte Henning als Entschuldigung an und hob das aufgeschlagene Buch über seinen Kopf. »Also, pass auf, hier schreibst du: *Er ist der Führer; ihm jubelt jeder zu; ihm gehorcht auch ein jeder. Und warum? Weil er eine eigentümliche Gewalt ausübt: Er ist ein Herrscher der Seelen.*«

Henning sah seinen Reisegefährten fragend an.

»Was schaust du so?«, wollte Kurt wissen.

»Ich frage mich, von wem du da schreibst.«

»Na, von den großen Feldherrn und Strategen der Menschheitsgeschichte. Alexander der Große. Julius Cäsar. Solche Leute.«

»Und du träumst davon, dass so jemand in Deutschland irgendwann eine Rolle spielen soll? Wir erleben die Weimarer Republik. Die Zeit großer Staatsmänner ist vorbei.«

»Woher willst du das wissen? Zeiten ändern sich, das tun sie immer. Vielleicht ist derjenige schon unter uns und braucht nur noch ein bisschen Zeit.«

Henning setzte sich im Bett auf, um Kurt besser ansehen zu können. Er nahm einen teils prüfenden, teils spöttischen Blick an, und fragte: »Du meinst aber nicht diesen vertrottelten, kleinen Schnauzbart, der dem alten Ludendorff das Hirn vernebelt hat, bevor er letzten Herbst in München versucht hat, die Reichsregierung abzusetzen?«

Kurt starrte ihn verblüfft an, dann prustete er lachend los: »Den? Um Himmels willen, nein! Die Knallcharge sitzt für ein paar Jahre in Landsberg im Knast. Wo sie auch hingehört.«

Beim Frühstück im weiß gestrichenen, neoklassizistischen Speisesaal kam Kurt vorsichtig darauf zu sprechen, dass das Weihnachtsfest allmählich näher rückte, in ein paar Wochen würde es so weit sein. Henning roch den Braten sofort:

»Na, sieh mal einer an, du hast Heimweh.«

»Möchtest du nicht das Weihnachtsfest im Kreise deiner Lieben verbringen?«

»Mein Guter, ich sage dir jetzt mal was: Ich frage mich schon seit Wochen, ob ich überhaupt wieder zurück in die Heimat will.«

»Ist das dein Ernst?«

»Als Börsenmakler kann ich auch in Santiago de Chile arbeiten. Die Menschen sind freundlich, das Wetter ist gut, und Antonella ist überaus charmant.«

»Aber ich habe nur eine Auszeit vom Militär genommen«, gab Kurt zu bedenken. »Ich habe hier keine Zukunft.«

»Vielleicht musst du einfach nur ein bisschen größer denken?«

»Das tue ich«, sperrte sich Kurt. »Aber um meine Gedanken umzusetzen, muss ich zurück nach Deutschland.«

»Wir mieten zusammen ein Büro«, schlug Henning vor. »In der Nähe der *Bolsa de Comercio.* Ich garantiere dir, wir verdienen innerhalb von ein oder zwei Jahren so viel Geld, dass wir nie wieder arbeiten müssen. *Von Tresckow und Hesse* – das sind Namen, die machen sich richtig gut auf einem blankpolierten, goldglänzenden Firmenschild. Du weißt doch, die Südamerikaner lieben es, wenn jemand adlig ist, das macht sie ganz verrückt.«

»Du kannst tun, was du willst, Henning«, erklärte Kurt. »Du könntest damit sogar glücklich werden. Vielleicht. Keine Ahnung. Ich aber nicht. Für mich ist das hier immer noch eine Bildungsreise mit einem Anfang und einem Ende, auch wenn wir jetzt schon fast ein halbes Jahr unterwegs sind. Mein Lebensentwurf sieht anders aus.«

Am selben Tag bekam Henning ein Telegramm aus der Heimat. Es stammte von seinem älteren Bruder Gerd und informierte ihn darüber, dass sich Gut Wartenberg, der Stammsitz der Familie, in beängstigender finanzieller Schieflage befand. Henning wusste: Sein großer Bruder würde nur Geld für ein Telegramm ausgeben, wenn die Lage wirklich ernst war. Nach mehrmaligem Studium des knappen Textes war ihm klar: Wenn er nicht zurückreiste, würde Wartenberg – wo er den größten Teil seiner Kindheit verbracht hatte und das er über alles liebte – verloren sein.

Schon tags darauf fuhr Henning von Tresckow mit einem gemieteten Cadillac V-63 an die Küste und schiffte sich auf einem Passagierschiff ein, für eine sechzehntägige Fahrt entlang der Anden und durch den Panamakanal bis nach New York. Hier wechselte er das Schiff und buchte sich ein auf einem Passagierdampfer namens *München,* der ihn nach weiteren zwölf Tagen nach Hamburg brachte.

Noch vor Weihnachten übernahm Henning von seinem Vater den Familiensitz Gut Wartenberg im Herzen von Ostpreußen – am selben Tag, an dem der von ihm so genannte vertrottelte, kleine Schnauzbart aus dem Gefängnis in Landsberg entlassen wurde. Am 20. Dezember des Jahres 1924.

4
Daniila
2011

10. Februar, Koltschuhyne:
Ich weiß nicht, geht das nur mir so? Oft denke ich daran, wie wir wohl vor Jahrmillionen aus dem Urschleim gekrochen sein mögen, in amöbenhafter Formlosigkeit, unfähig, mehr als ein paar schmatzende Laute von uns zu geben, gierig geifernd nach jeder Form von Nahrung, verfault oder nicht. Vor allem, wenn ich konfrontiert bin mit Errungenschaften moderner Technik, so wie heute, als wir in der Schule Besuch bekommen haben von Leonid Kadenjuk, dem bisher einzigen Raumfahrer der unabhängigen Ukraine. Er hat die Erde von oben gesehen. Schon als Kind hatte er davon geträumt. Man hatte ihm gesagt, das sei unmöglich, und dass er seine Träume deutlich tiefer ansetzen sollte, wenn er sich am Leben nicht die Zähne ausbeißen wollte. Leonid hat es allen gezeigt. Hat das Leben geführt, das er wollte.

Am Nachmittag habe ich im Blaumann unter Papas Auto gelegen und die Ölwanne geflickt. Eine Stunde vor dem Abendessen kam ich in die Küche. Mama war am Kochen, es roch nach Blumenkohl. Vater deckte den Tisch. Meine kleinen Brüder waren noch beim Handballtraining. Ich wischte mir das letzte Öl von den Fingern und informierte Papa darüber, dass der Wagen jetzt wieder fahrtüchtig war. Er bedankte sich und sagte, wie froh er sei, dass er wegen solcher Dinge nie zur Werkstatt fahren musste. Ich legte einige zusammengefaltete Blätter auf den Tisch und meinte, meine neue Geschichte sei fertig, ich würde sie ihnen gerne vorlesen, am besten jetzt gleich. Bis zum Essen sei ja noch genug Zeit. Papa wies darauf hin, dass die Ziegen noch gemolken werden mussten.

»Wenn ihr zuhört«, sagte ich, »helfe ich dabei auch mit. Sie ist nicht lang.«

»Du hilfst sowieso mit«, erwiderte er. »Worum geht's denn in der Geschichte?«

»Das ist doch erst mal egal«, erwiderte ich.

»Wie bitte?«, meldete Mama sich zu Wort. »Es kann doch nicht egal sein, worum es in deiner Geschichte geht.«

»Doch«, bekräftigte ich. »Es kommt darauf an, *wie* sie geschrieben ist. Ein guter Autor kann dir den Alltag einer Ziege so beschreiben, dass du mit offenem Mund dasitzt und nicht erwarten kannst, dass es weitergeht.«

»Das Einzige, was ich gerade kaum erwarten kann, ist, die Ziege zu *melken*«, entgegnete Papa.

»Es geht wirklich ganz schnell«, erklärte ich und wollte schon anfangen zu lesen, als wir hörten, wie es an die Haustür klopfte. Kräftig. Dreimal. Wer konnte das sein? Als ich die Tür öffnete, blickte ich in ein vertrautes Gesicht, das ich erst wenige Stunden zuvor gesehen hatte.

»Herr Melnyk, was tun Sie denn hier?«, fragte ich – auf Ukrainisch, nicht mehr auf Deutsch wie zuvor. Mein Klassenlehrer war noch nie bei mir zu Hause gewesen. Überhaupt kein Lehrer, um genau zu sein. Es war merkwürdig, ihn hier zu sehen, als wäre er ein Fisch, der sich an Land verirrt hatte.

»Möchtest du deinen Lehrer nicht hereinbitten?«, fragte mein Vater, der nun dazukam und ebenso verwundert aussah wie ich.

»Bitte verzeihen Sie die Störung«, bat Herr Melnyk, noch machte er keine Anstalten, die Türschwelle zu übertreten. »Ich war gerade in der Nähe, ich hoffe, ich komme nicht allzu ungelegen.«

Mein Vater versicherte höflich, das sei nicht der Fall, bat ihn ausdrücklich herein und ließ sich von ihm den Mantel geben.

»Gibt es ein Problem in der Schule?«, fragte Papa. »Ich hoffe, meine Tochter hat nichts ausgefressen? Bitte nehmen Sie doch Platz.«

»Nichts dergleichen«, erwiderte mein Lehrer, und als wir saßen, trug er den Grund seines Kommens vor: »Es ist Ihnen ja sicher schon aufgefallen, dass Daniila erstklassige Noten nach Hause bringt, in so ziemlich allen Fächern.«

»Sie ist gut«, gab Papa zu. »Besser als wir es je waren. Woher sie es hat, ist also schwer zu sagen. Wir vermeiden aber, sie ständig dafür zu loben, damit sie nicht zu überheblich wird.«

Ich wusste, dass er das sagen würde, und ließ es mir nicht nehmen, die Augen zu verdrehen.

»Nach einhelliger Meinung des Lehrerkollegiums ist sie eine hochbegabte Schülerin«, fuhr Melnyk fort. »Vielleicht die beste, die die Schule je gesehen hat.«

Papa schwieg. Mama erschien in der Tür zur Küche, trocknete sich die Hände mit einem Geschirrtuch, begrüßte den Lehrer, und als er aufstehen wollte, um auch ihr die Hand zu schütteln, bat sie ihn, sitzen zu bleiben. Ich nehme an, dass ich rot geworden bin. Wenn ich verlegen bin, werde ich immer rot, dagegen kann ich nichts machen. So hatte noch kein Lehrer über mich gesprochen, jedenfalls nicht, wenn ich dabei gewesen war.

»Ich will ehrlich zu Ihnen sein«, erklärte Herr Melnyk. »Ich war gar nicht in der Nähe. Es ist einfach so, dass ich die Angelegenheit nicht am Telefon mit Ihnen besprechen wollte.«

»Was denn für eine Angelegenheit?«, fragte Vater.

»Wir haben es im Kollegium schon mehrfach durchgesprochen. Wir möchten Ihnen gerne raten, Ihre Tochter auf eine andere Schule zu schicken. Wo sie mehr gefordert wird und anschließend bessere Möglichkeiten bekommt.«

»Und was für eine Schule soll das sein?«, wollte Mutter wissen.

»Die Deutsche Schule in Kyjiw. Eine außerordentlich renommierte Privatschule. Daniila würde bezuschusst werden, der Besuch der Schule würde Sie, Herr und Frau Beser, also nichts kosten. Wenn Daniila dort mit herausragendem Abitur abschließt, hat sie anschließend gute Chancen auf ein staatliches Stipendium, bekommt erhebliche finanzielle Zuschüsse für ein Studium. Das sie sich ohne Stipendium vielleicht nicht leisten könnte.«

»Wow«, entfuhr es mir. »Das wäre ja unglaublich.«

»Es ist sehr freundlich von Ihnen, dafür extra den Weg auf sich zu nehmen«, sagte mein Vater, während er weiterhin den Lehrer im Auge behielt, »aber es kommt nicht in Frage.«

Ich starrte ihn an. Was sagte er denn da?

»Darf ich fragen, warum nicht?«, hakte Herr Melnyk vorsichtig nach.

»Wir sind Landwirte und Viehzüchter. Immer gewesen. Seit vielen Generationen. Und Daniila ist ein Mädchen.«

»Was soll *das* denn heißen?«, mischte ich mich ein.

»Es mag ein wenig altmodisch klingen«, erwiderte er, nachdem er mir einen strafenden Seitenblick geschickt hatte, »aber ich denke nicht, dass ein Mädchen, das vom Land kommt, unbedingt studieren sollte.«

Ein wenig?!, dachte ich. *Papa, wir sind im 21. Jahrhundert!*

»Hier gehen die Uhren noch anders«, sagte er, als hätte er meine Gedanken gehört. »Irgendwann wird sie heiraten, dann hilft sie ihrem Mann, führt den Haushalt, kümmert sich um die Kinder. In Kyjiw und anderen Großstädten mag man das anders sehen, aber hier sind wir auf der Krim. Früher haben wir in Kasachstan gelebt, da war es auch nicht anders. Wir können nicht tun, als wären wir nicht die, die wir nun mal sind.«

»Bravo, Papa«, erklärte ich, »du bekommst den Preis für die hinterwäldlerischste Rede des Jahres, herzlichen Glückwunsch.«

Herr Melnyk blickte erschrocken zwischen Papa und mir hin und her. Aber ich wusste, dass ich so mit ihm reden konnte. Papa war altmodisch, aber keiner, der sein Kind jemals schlagen oder einen Tobsuchtsanfall bekommen würde. Mama, die immer noch an der Küchentür stand, verstand es wieder einmal meisterhaft, den Druck aus der Situation zu nehmen:

»Vielen Dank für Ihr Kommen, Herr Melnyk. Wir besprechen die Sache und melden uns dann bei Ihnen.«

»Aber tun Sie das bitte bald«, bat Herr Melnyk, während er aufstand. »Die Anmeldung in Kyjiw muss demnächst erfolgen.«

»Bis wann denn genau?«, fragte ich nach.

»Der Termin ist in zwei Wochen«, entgegnete er, schüttelte unsere Hände und wünschte uns noch einen schönen Abend.

Er war kaum weg, als ich erklärte, dass mir sofort zwei Studienfächer einfielen, die mir Spaß machen würden: Maschinenbau und Literaturwissenschaft.

»Die sind so weit voneinander entfernt wie die Sonne und der Mond«, bemerkte Papa.

»Die sich trotzdem den Himmel teilen«, erwiderte ich.

Papa kündigte missgelaunt an, jetzt hinauszugehen und die Ziegen zu melken, ich könne entweder mitkommen oder es sein lassen. Ich wollte es nicht darauf beruhen lassen und die Diskussion fortführen. Aber Mama schickte mir, von Papa unbemerkt, einen Blick, der mich wortlos aufforderte, das nicht zu tun und mit zum Melken zu gehen. Und ihr das Verhandeln zu überlassen. Nur Mütter haben solche Blicke drauf.

5
Franz
1871

Flößer galten völlig zu Recht als verwegene Kerle. Sie waren stark wie Holzfäller, weil sie ihre Flöße selbst bauten und natürlich auch be- und entluden. Sie mussten mit Mut gesegnet sein, der schon an Tollkühnheit grenzte – weil sich nie genau vorhersagen ließ, was sie auf den Flüssen erwartete. Dort lauerten Hindernisse, wie etwa der berüchtigte Georgenstein in Baierbrunn, an dem schon eine Menge Boote und Flöße zerschellt waren. Und tückisch konnte er sein, der Fluss, oft veränderte er seinen Verlauf, ohne dass oberhalb der Wasserlinie etwas davon erkennbar war. Sandbänke konnten sich bilden, wo vorher keine gewesen waren. Felsbrocken konnten sich vom Ufer lösen und im Fluss zu unsichtbaren, tödlichen Fallen werden. Tagelanger Regen, vor allem in den Bergen, führte manchmal dazu, dass der Fluss anschwoll, und das mit einer Geschwindigkeit, die kaum zu glauben war. Dann wurde er so reißend, dass es einem Himmelfahrtskommando glich, mit ein paar zusammengebundenen Holzstämmen darauf unterwegs zu sein. Geschicklichkeit und schnelle Reaktionen gehörten zu den täglichen Anforderungen des Flößers. Die Arbeit mit der Flößerhacke, mit Seilen, Holzbohrern und Birkennägeln, fand oft in extrem gefährlichen Situationen statt, wenn sich etwa unterwegs Stämme vom Floß lösten oder die tonnenschwere Fracht verrutschte.

Und noch eine weitere Gefahr lauerte auf die Flößer und war der Grund dafür, dass sie auf ihren Reisen ein Messer im Gewand trugen: Floßverbände wurden ab und zu überfallen. Das Holz, das sie transportierten, war sehr wertvoll, und wenn noch kostbarere Güter befördert wurden, wie etwa Wein oder Schmuck, dann versuchte man, die Fahrt nicht an die große Glocke zu hängen, um potenzielle Diebe gar nicht erst auf dumme Ideen zu bringen. Doch Flöße mussten bei Tageslicht fahren, waren oft weithin sichtbar, und die Nachricht von ihrem Herannahen verbreitete sich dann schnell. Flößern war zwar mittlerweile im Alpenraum im Hinblick auf Überfälle eher ungefährlich, aber spätestens ab Preßburg konnte davon keine Rede mehr sein. Je näher man der Donaumündung am Schwarzen Meer kam, desto wilder und unkontrollierter wurde das Land und umso gefährlicher das Unternehmen. Floßtransporte wurden auf unterschiedliche Weise angegriffen: An ohnehin schon seichten Stellen konnte der Flusslauf mit einer Vielzahl von Säcken so unterbrochen werden, dass eine Weiterfahrt nicht mehr möglich war. Der Floßverband war dann gezwungen, Halt zu machen, weitab von jeder Stadt und jedem Hafen, und je nachdem, von wie vielen Dieben die Flöße angegriffen wurden, musste der Flößermeister entscheiden, ob es sinnvoller war, sich zu wehren oder die weiße Fahne zu schwenken. In der ersten Hälfte des 18. Jahrhunderts hatte es, wenn man den entsprechenden Erzählungen Glauben schenken wollte, einen großen Floßtransport von mehr als 150 schwer beladenen Flößen gegeben, der mit Schmuck, Teppichen und italienischem Wein unterwegs gewesen war, von Wien bis weit hinein ins Osmanische Reich, nach Sulina an der Donaumündung am Schwarzen Meer. Nur zwei Tagesreisen vom Ziel entfernt näherten sich die Flöße einem Spalier von mehreren Hundert berittenen Kosaken. Auf beiden Seiten des Flusses waren Pferde aufgereiht, die von stehenden Männern am Zaumzeug gehalten wurden, weil die Reiter beide Hände für die Bögen brauchten, mit denen sie Pfeile auf die Flößer schossen. Ein paar stürzten sich in die Fluten, aber es entkam kein Einziger. Die Kosaken zogen die Flöße ans Ufer und bemächtigten sich der darauf verzurrten Waren, und nur die mit Pfeilen gespickten, aufgeblähten Leichen, die in den folgenden Tagen durchs Donaudelta trieben, kündeten davon.

So brutale Übergriffe hatte ein Floßverband in Oberbayern zwar nicht zu befürchten, aber auch dort war der Beruf des Flößers mit all seinen Unwägbarkeiten immer noch gefährlich genug. Nur wenige Flussmänner waren verheiratet oder hatten Kinder, sie waren zwischen Frühjahr und Herbst einfach viel zu oft unterwegs, manchmal dauerte es etliche Wochen oder sogar Monate, bis sie wieder zurück nach Hause kamen. Und an den Ufern der Flüsse, in den Städten, die über Floßländen verfügten, warteten viele weibliche Verlockungen. In jeder Stadt an Isar, Donau, Rhein und Iller gab es sogenannte Flößer-Liebchen. Die meisten Flößer fragten sich, warum sie sich auf eine einzige Frau beschränken sollten, die ihnen nur Verpflichtungen einbringen würde, denen sie weder gerecht werden wollten noch konnten. Mal ganz abgesehen davon, dass kaum eine Frau, die noch halbwegs bei Verstand war, sich mit einem Flößer auf mehr eingelassen hätte als auf eine wilde Nacht.

Auch Franz Beser hatte das Leben als junger, ungebundener Bursche ausgekostet bis zur Neige. So mancher Vater, Bruder oder auch Ehemann hatte ihm bereits Prügel angedroht – oder auch angedeihen lassen. Schon einige hatten versucht, ihm die schönen, weißen Zähne auszuschlagen.

Doch dann trat Thea in sein Leben.

Und veränderte alles.

Franz waren im Laufe der Jahre immer wieder Flößerhacken kaputtgegangen. Das war jedes Mal sehr ärgerlich. Schartige Klingen ließen sich schärfen, aber wenn das Blatt ernsthaft Schaden nahm oder sich gar vom Stiel löste, war das Gerät unbrauchbar. Flößerhacken waren besonderen Anforderungen ausgesetzt, weil sie so oft nass wurden. Drang auch nur ein kleines bisschen Wasser zwischen Stahl und Holz, war das für die Hacke schon der Anfang vom Ende. Eines Tages hatte Franz von einem Rosenheimer Schmied gehört, der angeblich die besten Flößerhacken weit und breit anfertigte. Sie waren legendär und galten als unzerstörbar. Franz hatte daraufhin die Reise nach Rosenheim angetreten und sich so eine Hacke besorgt. Er hatte kaum angefangen, damit zu arbeiten, als die ersten Kameraden neidisch wurden und auch eine solche haben wollten, denn die vom Franz war nicht nur stabil und verfügte über eine messerscharfe Klinge, sie lag auch besser in der Hand, was sie deutlich effektiver machte. Franz hatte schnell begriffen, dass hier ein einträgliches Zusatzgeschäft darauf wartete, erschlossen zu werden. Er sammelte Bestellungen, machte sich mit einem Pferdekarren abermals auf den Weg nach Rosenheim und lud ihn mit der Ware bis obenhin voll. Die Tochter von Helmut Scharnagl, dem Schmied, war ihm zu dieser Zeit kaum aufgefallen. Sie war noch ein schüchternes Kind, das die Augen niederschlug, wenn ein Fremder in die Stube trat.

Franz kam von nun an in jedem Jahr mit dem Pferdekarren, um eine Lieferung in seine Heimat zu bringen. Schließlich gab es immer wieder junge Nachwuchs-Flößer, und mittlerweile wollte jeder von ihnen so eine Hacke haben. Viele Flößerhacken gingen bei der manchmal turbulenten Arbeit auf dem Fluss auch verloren, dann musste Nachschub her. Der Schmied war zufrieden über die neue Einnahmequelle und auch für Franz bedeutete jeder Transport einen einträglichen Zusatzerwerb. Er verstand sich gut mit Scharnagl, aber jeder Versuch, dem Mann zu entlocken, was denn nun eigentlich das Geheimnis seiner Hacken war, scheiterte kläglich. Noch nie hatte sich bei einer von Scharnagls Hacken ein Stiel vom Blatt gelöst, und dafür musste es einen Grund geben, aber der Schmied gab ihn einfach nicht preis.

Dann kam das Frühjahr, in dem Franz überrascht feststellte, dass aus dem kleinen Kind auf einmal ein 19-jähriges, mit bezaubernder Schönheit gesegnetes Mädchen geworden war. Doch es waren gar nicht die Äußerlichkeiten, die Franz an Thea beeindruckten. Hübsche Mädels hatte er schon viele gesehen und auch geküsst, aber darunter war keine Einzige gewesen, die seine Frechheiten so schlagfertig zu parieren verstand wie sie. Der Schmied lebte mit seiner Familie ein wenig außerhalb der Stadt in einem hübschen kleinen Haus mit angeschlossener

Werkstatt, er hatte eine Frau, einen Sohn und zwei Töchter. Thea war die Älteste und mit einem Selbstbewusstsein ausgestattet, das außergewöhnlich war für eine so junge, lebensunerfahrene Handwerkertochter. Franz war sofort hin und weg von ihr, riss sich aber zusammen, schließlich stand er in der Werkstatt und der Wohnstube des Schmieds unter Beobachtung der Eltern. Er fuhr zwar mit dem Pferdekarren wieder nach Hause, wusste aber bereits, dass er Thea bald wiedersehen wollte. Unbedingt. Gesagt, getan – in der darauffolgenden Woche kam er mit seinem Karren schon wieder vorgefahren, was beim Schmied für Verwunderung sorgte. Franz behauptete, die Mittenwalder Flößer bräuchten für die bevorstehenden Transporte noch mehr Flößerhacken als geplant. Was natürlich gelogen war. Der Schmied sagte Franz zu, eine Sonderschicht für ihn einzulegen und bis zum nächsten Vormittag noch einige weitere Hacken anzufertigen. Franz mietete sich für die Nacht in einem Rosenheimer Gasthof ein, doch als er sich tags darauf wieder beim Schmied einfand, war Thea nicht da. Sie war von ihrer Mutter am Morgen auf den Markt nach Rosenheim geschickt und mit einem umfangreichen Einkaufszettel ausgestattet worden. Sie würde so bald nicht wieder nach Hause kommen. Franz fragte nach ihr. Die Mutter reagierte stoisch und mit scheinbarer Arglosigkeit. Sie wusste, dass Franz ein langjähriger, guter Kunde war, mit dem die Scharnagls es sich nicht verderben wollten. Als Franz sich schließlich nach dem Kauf der Flößerhacken mit abermals beladenem Pferdekarren wieder auf die Heimreise machte, hatte er schlechte Laune. Nicht nur, weil es regnete und er zu viele Flößerhacken gekauft hatte. Sondern vor allem, weil es jetzt bis zum nächsten Frühjahr dauern würde, bis er Thea wiedersehen konnte. Wer wusste schon, ob sie dann nicht längst verheiratet war? Er steuerte seinen Karren aus einem kleinen Waldstück zwischen die Felder, die bis vor kurzem noch mit Schnee bedeckt gewesen waren und einen kargen Anblick boten. Und da kam sie ihm entgegen! Thea ging zu Fuß und führte einen mit Einkäufen schwer bepackten Esel an den Zügeln. Schon von Weitem winkte sie ihm lächelnd zu.

»Thea, ich hatte schon befürchtet, Sie gar nicht zu Hause anzutreffen«, sagte Franz, nachdem er sein Pferd zum Stehen gebracht hatte.

»Haben Sie ja auch nicht«, erwiderte sie.

»Das stimmt«, entgegnete er.

»Warum sollte ich auch lügen?«, fragte sie und lächelte noch immer.

Franz war klar, dass eine solche Gelegenheit so schnell nicht wiederkommen würde. Er musste jetzt etwas sagen, das ihn einen Schritt weiterbringen würde. Aber was? In seinem Kopf herrschte ungewohnte Leere und seine Finger, mit denen er die Zügel hielt, wurden auf einmal feucht. Er sagte: »Ich werde bald wiederkommen.« Diese Ankündigung ergab keinen Sinn, das wusste er, aber die Worte purzelten einfach aus seinem Mund.

»Und wieso?«, fragte sie dann auch prompt.

Die Frage war berechtigt, denn Franz hatte jetzt wirklich mehr als ausreichend viele Flößerhacken für die bevorstehende Saison erworben, und Rosenheim war von seinem Heimatort Mittenwald so weit entfernt, dass er mit dem Pferdekarren zwei Tage für die Reise benötigte.

»Sie kommen sonst immer nur einmal pro Jahr, und jetzt sind Sie schon zum zweiten Mal hier gewesen«, stellte Thea fest.

»Vermutlich werde ich noch mehr Hacken brauchen«, erklärte er.

Thea grinste. Und sagte: »Warum haben Sie dann nicht mehr davon mitgenommen? Der Karren ist ja nur halbvoll.«

»Ich hätte zu lange auf die Fertigstellung warten müssen, und wir haben schon in wenigen Tagen den ersten Holztransport.«

»Wissen Sie was? Ich glaube Ihnen nicht.«

»Was soll das heißen?«

»Sie haben mich schon verstanden, Franz Beser aus Mittenwald.«

Er hatte das Gefühl, rot zu werden. Das war ihm seit Kindertagen nicht mehr passiert. Er hoffte, dass es Thea nicht auffiel, doch ihr unablässiges Grinsen sagte etwas anderes. Also entschied er sich für entwaffnende Ehrlichkeit.

»Sie haben Recht, Thea«, erwiderte er. »Wenn ich nächste Woche noch einmal komme, dann, weil ich ein Narr bin, der darüber nachdenkt, Ihren Vater um Ihre Hand zu bitten.«

Thea hob den Kopf und lachte. Sie stand einfach da und lachte, mit ihrer hellen, weichen Stimme. *Sie lacht mich aus,* dachte er, *und eigentlich sollte ich jetzt die Zügel schnalzen lassen, damit das Pferd sich in Bewegung setzt und bis zum nächsten Frühjahr genügend Gras über das hier gewachsen ist.*

Aber dann hörte sie auf zu lachen und wollte wissen: »Macht ihr Flößer das immer so, wenn ein Mädchen euch gefällt? Wie viele sind darauf schon hereingefallen?«

»Ich weiß schon, ich mache mich gerade zum größten Deppen zwischen hier und der Zugspitze«, erklärte Franz. »Aber das ist mir wurscht, weil ich Sie wirklich mag, Thea. Ganz ehrlich.«

Sie sah ihn neugierig an. »Und Flößer Franz, Sie glauben wirklich, das reicht, um das Herz einer stolzen Faberstochter zu gewinnen?«

»Ich weiß nicht«, gab Franz zu.

»Aber ich«, stellte sie fest. »Ich weiß das. Und nein, es reicht bei Weitem nicht.«

»Was muss ich tun, damit es reicht?«

Sie blickte in die Ferne, dorthin, wo im Osten die Chiemgauer Alpen aufragten, und wandte sich dann, während sie sich nachdenklich am Kinn kratzte, langsam in Richtung Süden, wo der Wendelstein sein majestätisches Haupt erhob. Franz wusste nicht, ob von ihr noch eine Antwort kommen würde. Es schien, als sei sie mit ihren Gedanken schon ganz woanders.

»Wissen Sie, wieso wir uns hier begegnet sind?«, fragte sie, als sie ihre Augen wieder auf ihn richtete.

»Nun, Sie sind auf dem Weg nach Hause«, entgegnete er.

»Normalerweise suche ich auf dem Markt nach dem besten Obst und Gemüse, das ich für günstiges Geld bekommen kann«, stellte sie fest. »Das dauert seine Zeit. Tut es immer. Doch heute habe ich mich besonders beeilt und mich schneller zufriedengegeben. Was glauben Sie, wieso?«

»Ich weiß nicht«, sagte er wieder.

»Weil ich Sie noch antreffen wollte. Und zwar nicht zu Hause, wo meine liebe Mutter alle meine Schritte und Blicke kontrolliert, sobald ein Mann in der Nähe ist. Sondern hier auf dem Weg, wo uns niemand zusieht.«

»Warum?«

»Das weiß ich auch nicht so genau«, erwiderte sie. »Ich glaube, es macht mir Spaß, wie Sie mich mit Blicken verfolgen und mir unverfängliche Komplimente machen, und wie Sie die ganze Zeit denken, das würde nicht auffallen. Und überhaupt, dass Sie schon wieder hier sind, gefällt mir auch. Und was Sie meinen Vater fragen wollen, das ist allerhand, ich muss schon sagen.«

»Wenn Sie wollen, Thea, lasse ich das Pferd umdrehen, fahre zurück zum Haus Ihres Vaters und frage ihn gleich jetzt.«

»So sicher sind Sie sich Ihrer Sache?«, fragte sie.

»Das bin ich allerdings.«

»Er würde Nein sagen und Ihnen verbieten, sich jemals wieder blicken zu lassen.«

»Vielleicht auch nicht«, entgegnete Franz.

»Doch.«

»Was wollen *Sie* denn?«, fragte er. »Sie, Thea Scharnagl, Tochter eines Schmieds.«

»Wollen Sie das wirklich wissen?«

»Aber ja.«

»Dann sag ich's Ihnen. Ich will, dass Sie zu mir nach Hause kommen und genau das tun, was Sie vorhaben.«

»Wirklich?«, entgegnete er. Jetzt war er verwirrt.

»Aber nicht jetzt gleich.«

»Wann dann?«

»Auf den Tag genau in einem Jahr, Franz Beser.«

»Aber ...«, geriet er ins Stocken, »das ist ja dann erst ...«

» ... in einem Jahr«, vollendete sie lächelnd den Satz.

»Warum soll ich so lange warten?«

»Weil ich wissen will, ob Sie es ernst meinen. Und Sie müssen mir schwören, dass Sie bis dahin keine andere Frau anschauen, geschweige denn anfassen.«

»Das will ich gerne tun.«

»Tatsächlich?«

»Ich schwöre es bei meinem Leben. Aber woher weiß ich, dass Sie dann nicht schon längst verlobt oder verheiratet sind? Eine wie Sie, hinter so einer sind die Kerle doch her wie die Fliegen hinter der ...« Es gelang ihm zwar gerade noch, den Satz nicht zu Ende zu bringen, aber der peinliche Moment war nicht mehr abzuwenden.

»Ein recht schmeichelhafter Vergleich deutet sich da an«, kommentierte sie trocken.

»Ich meine einfach«, versuchte er es wieder geradezubiegen, »dass Sie eine sind, wie ein Mann sich nur eine wünschen kann, und dass die Verehrer bei Ihnen ganz bestimmt Schlange stehen.«

»Das stimmt. Tun sie. Oder täten sie, wenn meine Mutter es zulassen würde. Aber wenn Sie jetzt sagen, Sie kommen in einem Jahr, dann werde ich solange warten, das verspreche ich.«

»Und was werden Ihre Eltern dann dazu sagen?«

»*Nein* werden sie natürlich sagen«, erwiderte sie.

Franz war durcheinander. »Und warum ...«, hob er an, »warum soll ich dann so lange warten?«

»Wenn meine Eltern erfahren, dass Sie ein ganzes Jahr gewartet haben, Franz Beser, dann sind die beiden vielleicht gnädiger gestimmt. Vor allem mein Vater. Mich würde es beeindrucken und ihn vielleicht auch. Es kann aber auch sein, er schlägt Ihnen den Schädel ein.«

»Viel Hoffnung machen Sie mir nicht.«

»Ich würde mich freuen, wenn Sie kommen«, sagte sie und schenkte ihm ihr allerschönstes Lächeln.

»Dann komme ich, Thea aus Rosenheim«, erklärte er. »Dann komme ich.«

In den zwei Tagen, die er und sein Pferd nach Mittenwald brauchten, aß und trank er kaum etwas, er war wie betrunken und brauchte nichts weiter als den Gedanken an Thea und die Erinnerung an ihre seidenweiche Stimme. Franz Beser war verliebt. So richtig, und das zum ersten Mal.

Die Flößer-Saison begann und er ging seinem Gewerbe nach, wie er es seit vielen Jahren tat, er fuhr mehrfach auf der Isar nach München, Freising und Landshut, einmal auch auf der Donau bis nach Wien. Doch an den Abenden feierte er nicht mehr so oft mit den anderen Flößern, er nutzte die Zeit lieber, um darüber nachzudenken, wie er es anstellen sollte, Schmiedemeister Scharnagl dazu zu bewegen, ihn als Schwiegersohn zu akzeptieren. Ausgerechnet ihn, einen Flößer. Sollte er seinen Beruf wechseln, um zuverlässiger zu erscheinen? Tischler, das hätte er sich vielleicht vorstellen können. Aber die Sesshaftigkeit, die mit diesem Beruf einherging, machte ihm Angst. Jeden Tag am selben Ort, in derselben Werkstatt, das war nichts für ihn. Schon die Winter, in denen er in Mittenwald blieb und von den Ersparnissen des Sommers lebte, wenn er nicht gerade vorübergehende Arbeiten als Holzfäller, Stallbursche oder Kutscher annahm, kamen ihm jedes Mal viel zu lang vor. Wie ein Tier im Käfig fühlte er sich dann. Er brauchte den Ortswechsel, das Wasser, das ein paar Handbreit unter seinen Füßen floss, brauchte das Gefühl, den Naturgewalten ausgeliefert zu sein und ihnen zu trotzen. Er liebte das Leben, wenn es unberechenbar war. Aber nun war da auf einmal Thea. Wie sollte sie da hineinpassen? Machte er sich etwas vor, wenn er sie sich an seiner Seite wünschte? Konnte das überhaupt gutgehen? Und andererseits: Woher sollte er wissen, dass dieses Mädchen mit ihm nicht sowieso nur gespielt hatte? Sie war 19 Jahre alt, hatte bestimmt alberne Flausen im Kopf, und er war schon über 30. Und was hatte er ihr zu bieten? Er besaß kein eigenes Haus, lebte in einem armseligen Schuppen auf dem Gelände eines Bauernhofs, wo er manchmal beim Viehtreiben und beim Melken half. Bestimmt hatte Thea sich nur über ihn lustig gemacht. Zuzutrauen war es ihr, sie war frech und hatte einen bisweilen respektlosen Sinn für Humor. Das mochte er ja auch an ihr. Sie war nicht so schweigsam, ängstlich und stumpf wie viele andere. Aber wenn sie es doch ernstgemeint hatte, was dann? Wenn sie nun wirklich darauf wartete, dass er im nächsten Jahr kam, um ihr den Hof zu machen und die entscheidende Bitte an ihren Vater zu richten? Er würde einiges in seinem Leben ändern müssen, um den Schmied und dessen Frau auf seine Seite zu bekommen, das war vollkommen klar.

Franz beendete seine Saison bereits im September, um mehr Zeit dafür zu haben, sein Leben auf ein festeres Fundament zu stellen. Von seinem Ersparten kaufte er ein kleines Grundstück am Ortsrand von Mittenwald, gerade groß genug, um ein hübsches, solides Holzhaus darauf zu errichten und ein paar Apfelbäume zu pflanzen. Er zeichnete Skizzen und stellte Überlegungen an, welches Holz am besten geeignet war. Und er tat etwas, das in seinem Umfeld bereits für Befremden gesorgt hatte. Schon vor Monaten, während einer Tour, bei der sie unter anderem einen Braukessel von Mittenwald nach Landshut transportiert hatten, war der Otter zum Franz gekommen und hatte sich darüber beschwert, dass sein bester Freund nur noch so selten abends mit ins Wirtshaus ging.

»Keine Maß mehr, kein Schafkopf – fad bist du geworden, Franz. Was ist los?«

»Nix is los«, antwortete er.

»Ich weiß schon, was los ist«, erwiderte der Otter. »Hab gesehen, was du machst, wenn wir anderen am Saufen sind.«

»Was mach ich denn?«

»Lesen lernst. Und Schreiben«, entgegnete der Otter, und aus seinem Mund klang es, als würde der Franz planen, Frauen und kleine Kinder zu töten.

»Na und?«, machte Franz.

»Wie, na und? Seit wann muss ein Flößer das können? Was Besseres willst du werden, damit du auf uns runterschauen kannst. So schaut's aus.«

»Ich will doch nicht auf euch runterschauen, du Depp. Ich bin auf Brautschau, und wenn ich will, dass ihr Vater Ja sagt, muss ich was aus mir machen. Das ist alles.«

»Ein Flößer und Lesen und Schreiben«, mokierte sich der Otter. »Am Ende reimst du noch Gedichte und liest ganze Bücher.«

»Was ist so schlecht am Dichten? Ich wünschte, ich könnt's. Und überhaupt: Könnten wir lesen, würde man uns nicht mehr so leicht übers Ohr hauen. Wir machen immer schön drei Kreuze unter die Verträge, obwohl wir gar nicht wissen, was drinsteht. Als Flößermeister nehme ich am Anfang Frachtpapiere entgegen und gebe sie am Ende wieder ab. Weiß ich, was der Holzhändler da reingeschrieben hat? Nein, tue ich nicht. Kann es sein, dass ich dabei verarscht werde? Aber ja, schon oft erlebt. Wer Lesen und Schreiben kann, Otter, den führt man nicht mehr so schnell aufs Glatteis. Und wenn's wenigstens einer von uns kann, haben die anderen auch was davon.«

Da verstummte der Otter, das leuchtete ihm ein. Fortan beschwerte er sich nicht mehr, wenn er sah, wie der Franz die Nase in ein Buch steckte.

Franz wollte die Zeit bis zum Winter nutzen, um den Bau des Hauses zu beginnen. Einen ersten Stock sollte es haben, geräumige Zimmer mit schönen, großen Fenstern, eine Küche, ein Badezimmer und einen Kamin, zwei Balkone und eine große Terrasse. Er wollte unbedingt, dass das Haus fertig gebaut und auch schon eingerichtet war, wenn er im kommenden März nach Rosenheim fuhr. Dumm war nur, dass er sich so gar nicht vorstellen konnte, was für ein Haus der Thea gefallen würde. Das ärgerte ihn, schließlich war das Haus ja an die Hoffnung geknüpft, mit ihr darin zu leben, und an den Wunsch, ihr ein Zuhause zu schenken, in dem sie sich wohlfühlen sollte. Er hatte schon einige Freunde und Bekannte angeheuert, die ihm gegen einen Freundschaftspreis beim Bau des Hauses helfen wollten. Das Baumaterial, das er gekauft hatte, lag bereits meterhoch gestapelt auf dem Grundstück – bestes Eichen- und Kiefernholz, das er zu sehr guten Preisen vom Sägewerk Obermaier geliefert bekommen hatte. Doch jetzt, kurz bevor es losgehen sollte, zögerte er. Nach einer Nacht, in der er keinen Schlaf gefunden hatte, wusste er, was zu tun war. Er lieh sich eine Haflinger-Stute aus, von der er wusste, dass sie sehr kräftig und ausdauernd war. Rosi war robust und erschrak nicht gleich, wenn hinter ihr ein Reh aus dem Wald trat oder ein Zweig knackte. Aber war es wirklich eine gute Idee, Thea und ihre Familie jetzt aufzusuchen? Franz wusste es nicht. Es widersprach der Abmachung, die er mit ihr getroffen hatte, aber er war der Meinung, dass Abmachungen überarbeitet gehörten, wenn die Umstände sich änderten. Ankündigen hätte er sich nur können, wenn er einen Brief geschrieben hätte, was er sich aber noch nicht zutraute. So gut waren seine Schreibkenntnisse noch nicht. Und gesetzt den Fall, er hätte es trotzdem getan – was dann? Franz wäre dazu verurteilt gewesen, Däumchen drehend darauf zu warten, dass vielleicht irgendwann eine Antwort kam. Doch Warten widersprach seinem Naturell, das konnte er nicht. Hatte er noch nie gekonnt. Er sattelte das Pferd um vier Uhr in der Früh, als es noch stockdunkel war. Wenn er sich früh genug auf den Weg machte, war Rosi vielleicht in der Lage, die Strecke an einem Tag zu bewältigen. Als die Sonne aufging, passierten sie gerade den Walchensee, gegen Mittag machten sie Rast in Tölz. Rosi war müde und hatte keine Lust mehr, aber Franz gelang es, sie noch einmal zum Weitergehen zu motivieren. Doch am Nachmittag ließ sie zunehmend den Kopf hängen. Franz hatte ein Einsehen, befreite sie vom Sattel, gab ihr zu fressen und zu saufen, band sie an einem Baum fest, holte ein paar Decken aus der Satteltasche und legte sich hin. Auch er war erschöpft, einen so langen Ritt war er nicht gewohnt. Er knabberte noch an einem Stück Brot, aber schon bevor er es aufgegessen hatte, war er eingeschlafen. In der Nacht wurde er von einem kräftigen Regenguss geweckt. Es war stockfinster, ihm war kalt, die Decken waren durchnässt. Trotzdem gelang es ihm, unter einer Decke ein Zündholz zu entfachen und eine kleine Fackel zum Brennen zu bringen, die für ein, zwei Minuten dem Regen trotzte, bevor sie wieder verlöschte. In dieser kurzen Zeit sah er, wie Rosi triefend nass unter dem Baum stand und den Regenguss mit Gleichmut über sich ergehen ließ. Der Blick, mit dem sie ihn bedachte, schien ihm anzuzeigen, dass es in Ordnung wäre, den Weg jetzt fortzusetzen, anstatt bis zum Anbruch des Tages hier zu bleiben und noch länger vor sich hin zu frieren. In absoluter Dunkelheit sattelte er auf, mit klammen, kalten Fingern, was dreimal so lange dauerte wie sonst. Solange es noch dunkel war, konnte er den Weg nur erahnen und hoffen, nicht in eine falsche Richtung unterwegs zu sein. Als es hell wurde, hörte es zu regnen auf, es legte sich kühler, herbstlicher Morgennebel über die Auen, die er durchritt. So würde seine Kleidung lange nicht trocknen. Franz wünschte jetzt, er hätte für die Nacht einen Gasthof aufgesucht. Er konnte doch seinen mutmaßlichen Schwiegereltern nicht klitschnass und zitternd vor Kälte entgegentreten. Wie würde das aussehen? In Kolbermoor fand er einen Gasthof, in dem man ihm gestattete, seine nasse Kleidung auf den Ofen zu legen. In einem Mantel, den man ihm geliehen hatte, saß er, eine dampfende Tasse Tee in den Händen, vor dem Kamin und sah der Wäsche beim Trocknen zu. Das ging schnell, der Ofen war sehr heiß. Als der Wirt erfuhr, was Franz vorhatte, sagte er:

»Du brauchst ein Bad, mein Freund, und einen Kamm für deine Haare. Sonst trifft deine Schwiegereltern der Schlag, wenn du dort auftauchst. Und deine Braut ebenfalls.«

»Sie sind noch nicht meine Schwiegereltern«, erwiderte Franz. »Und Thea nicht meine Braut.«

»Ohne ein Bad wird das auch so bleiben, dessen sei versichert«, erklärte der Wirt. »Und setz den Hut ab, bevor du in die Stube der Leute trittst.«

»Warum?«

»Erstens, weil man das so macht, und zweitens, weil er stinkt.«

»Mein Hut stinkt?«

»Als würden Tiere darin hausen.«

Franz nahm das Angebot eines Bades gerne entgegen und wollte den Wirt dafür am Ende entlohnen. Der aber schüttelte den Kopf und sagte: »Kauf für das Geld lieber ein paar Blumen.«

»Für Thea? Das ist eine gute Idee.«

»Nicht für Thea, du Anfänger – für die Schwiegermutter natürlich!«

Der Wirt wies Franz den Weg zu einer Gärtnerei, in der er Blumen erwerben konnte. Nach ein paar Stunden in der Scheune war Rosi nun wieder guter Dinge. Franz nahm den Umweg zur Gärtnerei in Kauf, ließ sich dort einen Blumenstrauß aus Dahlien, Sonnenblumen und Anemonen zusammenstellen, den er hinten am Sattel befestigte, und machte sich auf den Weg zur Schmiede. Dort angekommen, stieg er vom Pferd, doch bevor er es auch nur anbinden konnte, kam Thea bereits aus dem Haus gelaufen und starrte ihn konsterniert an.

»Franz? Was machen Sie hier?« Sie hatte die Haare zu einem Knoten zusammengebunden, trug eine nicht mehr ganz saubere Küchenschürze und hatte ein kleines Küchenmesser in der rechten Hand. Thea sah die Blumen auf Rosis Rücken und im selben Moment kannte sie die Antwort auf ihre Frage. »Was soll denn das? Ein Jahr, haben wir gesagt. Das ist erst sechs Monate her. Sie wissen schon, wie lange ein Jahr dauert? Setzen Sie sich wieder auf den Gaul und kommen Sie zurück, wenn es soweit ist.«

»Ich freue mich auch sehr, Sie zu sehen, Thea. Sagen Sie Ihren Eltern bitte, dass ich Sie sprechen möchte.«

»Sie sind nicht da.«

»Beide?«

»So ist es.«

»Das glaube ich nicht.«

»Ist aber so.« Sie schob den Kopf in den Nacken. Die Klinge des Küchenmessers ragte drohend aus ihrer Faust.

Franz nahm den Hut ab, steckte ihn in die Satteltasche, band den Blumenstrauß vom Sattel und sah Thea in die Augen. Sie erwiderte den Blick scheinbar ungerührt.

»Sind die für mich?«

»Nein.«

»Mein Vater hat für Blumen nichts übrig.«

»Sie sind für Ihre Mutter.«

»Franz, es passt heute nicht, wirklich. Bitte.«

»Lassen wir das doch Ihre Eltern entscheiden«, erwiderte er und rief laut: »Herr Scharnagl? Können Sie mich hören?«

Die Schmiedewerkstatt befand sich in einem kleineren Nebengebäude. Eine Tür öffnete sich. Theas verdutzter Vater trat heraus, die Lederschürze vor dem massigen Leib, und sah den Flößer, der jedes Jahr den langen Weg von Mittenwald auf sich nahm, um bei ihm Hacken zu kaufen. Aber der kam immer im Frühjahr, niemals im Herbst. Und wieso, zum Teufel, hatte er Blumen bei sich?

Franz saß mit den Scharnagls am großen Tisch in der Stube. Er auf der einen Seite, Thea und ihr Vater auf der anderen. Die Mutter brachte eine Vase, in der die von ihr noch einmal nachgeschnittenen Blumen steckten. Theas jüngere Geschwister hatten sich hinter der halboffenen Tür zum Flur versteckt und verfolgten von dort aus überaus neugierig das Geschehen. Die Stimmung war kühl, ja geradezu frostig.

»Danke für die Blumen«, gab Mutter Scharnagl schmallippig von sich und nahm Platz neben ihrem Mann, der nun in der Mitte saß, flankiert von seiner Frau und seiner Tochter.

»Was können wir für Sie tun?«, fragte er mit der tiefen Bassstimme, die ihm zu eigen war. »Sie kommen zu einer ungewöhnlichen Jahreszeit.«

»Es fällt mir schwer, die richtigen Worte zu finden«, sagte Franz.

»Versuchen Sie's trotzdem.«

Franz nickte.

Thea machte ein angespanntes Gesicht und schwieg.

Franz legte eine Ledertasche auf den Tisch, deren Inhalt zum Glück trocken geblieben war. Er zog einen großen zusammengefalteten Bogen aus dickem, steifem Papier hervor und faltete ihn vorsichtig auseinander.

»Was zeigen Sie uns da?«, fragte der Vater.

»Es sind Skizzen«, entgegnete Franz. »Von einem Haus, das ich in Kürze bauen werde.«

»Haben Sie die selbst gezeichnet?«, fragte Thea.

»Ja, habe ich«, sagte er.

»Die sind gut«, stellte Thea fest.

»Danke«, erwiderte er.

»Schön, jetzt wissen wir, *was* Sie uns da zeigen«, stellte der Vater fest. »Aber immer noch nicht *warum.*«

»Die Sache ist die«, hob Franz an, »ich mag Ihre Tochter sehr gerne.«

»Aha«, machte die Mutter, der es offenkundig nicht passte, was für einen Verlauf das Gespräch nahm.

»Und ich denke, so ganz abgeneigt ist sie auch nicht«, fuhr Franz fort. »Immerhin hat Thea mich dazu aufgefordert, hierher zu kommen und Sie, Herr Scharnagl, um ihre Hand zu bitten.«

Der Vater schlug mit der Faust auf die Tischplatte, dass diese erzitterte und die Blumenvase fast umfiel.

Die Mutter drehte sich vorwurfsvoll zur Tochter um.

Thea stand der Mund offen, bevor sie erklärte: »Aber doch erst im nächsten Frühjahr! Was sind Sie denn für ein Hornochse?«

»Ich weiß, Thea. Ich habe versucht, mich daran zu halten. Aber dann ist mir klargeworden: Ich kann doch kein Haus für dich bauen, ohne dich zu fragen, wie du es haben willst.«

»Für mich willst du es bauen?«

Franz nickte.

Thea atmete tief ein, das ging ihr durch und durch.

»Wir haben uns den Schmarren jetzt lange genug angehört«, polterte der Vater. »Nur weil Sie ein guter Kunde sind, habe ich Sie überhaupt hereingebeten.«

»Sie haben dazu beigetragen, den guten Ruf unserer Schmiede bis nach Mittenwald und Garmisch zu tragen«, fügte die Mutter hinzu. »Dafür sind wir Ihnen nach wie vor dankbar, aber jetzt müssen wir leider feststellen, dass Sie unsere Gastfreundschaft lange genug beansprucht haben.«

»Sie werfen mich raus?«

»Wenn Sie es so nennen möchten. Mit solchen Unverschämtheiten haben wir nicht gerechnet.«

»Ich weiß schon, Sie denken, die Flößer sind alle Hallodris, so einem kann man seine Tochter nicht zur Frau geben. Aber Herr und Frau Scharnagl, ich verdiene gut. Ich habe in meiner Zunft einen hervorragenden Ruf. Ich bin nicht nur ein einfacher Flößer, man holt mich als Flößer*meister*. Und ich baue nicht nur ein Haus für Ihre Thea. Ich lerne Lesen und Schreiben, um ihr ein zivilisierter Ehemann sein zu können. Und ich schwöre bei Gott, ich werde ihr treu sein bis zum Ende meines Lebens.«

»Lassen Sie gefälligst den Herrn aus dem Spiel!«, ereiferte sich die Mutter. »Das ist Gotteslästerung!«

»Verzeihung, Frau Scharnagl«, sagte Franz. »Es liegt mir fern, Ihre religiösen Gefühle zu verletzen.«

Theas Vater stand auf und erklärte dröhnend: »Pfiat eahna, Herr Beser, und gute Reise.«

Die Mutter erhob sich ebenfalls, stellte sich hinter ihre Tochter und legte die Hände auf die Stuhllehne.

»Fragt mich eigentlich gar niemand, was *ich* dazu sage?«, meldete Thea sich zu Wort.

»Gibt nix weiter zu sagen«, erwiderte ihr Vater, ohne sie auch nur anzusehen.

»Danke, Papa«, entgegnete sie.

Die Ohrfeige, die ihre Mutter ihr gab, sah Thea nicht kommen. Ihr Kopf flog zur Seite, und Franz schloss in geteiltem Schmerz für einen Moment die Augen. Thea hielt sich die Wange. Sie atmete schwer, sagte aber nichts mehr, sondern sah nur Franz an. Ein Blick, in den man alles Mögliche hineininterpretieren konnte. Oder auch nicht.

»Auf Wiedersehen, Herr und Frau Scharnagl«, sagte Franz und deutete so etwas wie eine leichte Verbeugung an. »Auf Wiedersehen, Thea. Es tut mir sehr leid.«

Sie schwieg.

Die Mutter nahm das Skizzenblatt mit spitzen Fingern vom Tisch, als wäre es ein verschimmelter Lappen, hielt es Franz entgegen und erklärte mit schriller Stimme: »Nehmen Sie das bloß mit!«

Franz faltete das Blatt zusammen, schob es zurück in die Tasche und wandte sich zum Gehen.

»Und bitte verzichten Sie auf den üblichen Besuch im Frühjahr«, fügte die Mutter noch hinzu.

Franz nickte nur und warf Thea einen letzten Blick zu, den sie aber nicht erwiderte, denn sie hatte die Augen vor sich auf den Boden gerichtet. Dann verließ er das Haus.

Rosi hatte inzwischen zu fressen und zu trinken bekommen. Franz steckte seine Tasche zurück in die Satteltasche und sagte:

»Das war nichts, altes Mädchen. Schauen wir, dass wir wieder heimkommen.« Er stieg in den Sattel und ritt langsam zurück in Richtung Osten. Franz fühlte sich leer. Hätte er lieber doch bis zum nächsten Jahr warten sollen? Aber was hätte das geändert? Theas Eltern wollten ihn nicht. Auf diese Weise war ihm das wenigstens jetzt schon klar und nicht erst in einem halben Jahr, wenn das Haus längst fertig war. Das würde er natürlich trotzdem bauen, auch wenn es ohne Thea niemals das werden würde, wovon er geträumt hatte.

Rosi und er waren schon fast in Kolbermoor, als Franz hinter sich das Schreien eines Esels vernahm. Das war nicht ungewöhnlich, viele Leute in Bayern hatten Esel, um ihre Lasten zu transportieren. Doch da war auch noch eine Frauenstimme, die rief:

»Franz! Jetzt bleib doch stehen!«

Er sah sich um. Sie war es. Thea. Sie saß auf dem Esel der Scharnagls und versuchte, zu ihm aufzuschließen, was nicht leicht war, denn der Esel hatte auf so einen Ausritt augenscheinlich überhaupt keine Lust.

»Thea!«, rief er und wendete das Pferd.

»Wer sonst!«, sagte sie und blieb mit dem Esel vor ihm stehen. »Ich will dir schon noch sagen, was für ein saublöder Kerl du bist. War das nötig? War das wirklich nötig? Meine Eltern machen mir jetzt die Hölle heiß. Wochenlang. Mama wird nicht mit mir reden und mich ansehen, als hätte ich ihr ein Messer in den Bauch gerammt. Papa wird mich nirgendwo mehr hingehen lassen, weil er denkt, du lauerst mir dann auf, oder irgendwelche anderen Männer, die ihm auch nicht gut genug sind. Sie werden mir jetzt einen suchen, wahrscheinlich wird's der Sohn vom Bürgermeister, der die Zähne nicht auseinanderbekommt und so dumm ist, dass es die Sau graust. Aber wenn ich den heirate, steigen wir in der Rosenheimer Gesellschaft weit nach oben, und das ist alles, was zählt. Jedenfalls für meine Mutter.«

»Was soll ich dazu jetzt sagen?«, fragte Franz.

»Gar nichts, Blödmann. Nimm mich einfach mit.«

»Was?«

»Ja.«

»Bist du sicher?«

»Passen wir zu zweit auf dein Pferd?«

»Natürlich. Du bist ja ganz schmal. Und leicht.«

Sie stieg vom Esel, er vom Pferd.

»Geh zurück nach Hause, Oskar«, sagte sie zum Esel. »Das schaffst du auch alleine.« Sie nahm ihn am Zaumzeug, drehte ihn um und gab ihm einen Klaps auf den Po. Oskar setzte sich in Bewegung, mit einem unwilligen Schrei, den er alle paar Schritte von sich gab.

»Wirst du mir wirklich treu sein?«, fragte sie.
»Das werde ich«, erwiderte er.
»Will ich dir auch geraten haben«, erklärte sie.

Franz half Thea in den Sattel, dann setzte er sich vor sie. Ohne Scheu legte sie die Arme um ihn und schmiegte sich an seinen Rücken. Franz setzte das Pferd in Bewegung und dachte, dass das Leben kaum schöner sein konnte als in diesem Moment.

6
Viktoria
1957

Es war immer klar gewesen, dass Viktoria nach ihrem Schulabschluss auf den Feldern rund um Konstantinowka arbeiten würde. Zumindest bis zu ihrer Heirat. Sie konnte anpacken, war fleißig und ausdauernd, zudem hatte sie schon als 14-Jährige gelernt, Traktor und Mähdrescher zu fahren. Ihre Arme waren fest und sehnig, ihre Hände mit Hornhaut bedeckt. Alle im Dorf waren sich einig, dass Viktoria arbeiten konnte wie ein Mann. Viktoria empfand das als Zeichen hoher Anerkennung, denn sie hatte bereits begriffen, dass Frauen im Allgemeinen nicht viel galten. Dass sie da waren zum Vergnügen der Männer, und später dann dazu, die Kinderschar zu beaufsichtigen, die Wäsche sauber zu halten und warmes Essen auf den Tisch zu bringen. An so einer Zukunft hatte Viktoria zwar kein Interesse, aber wer fragte danach? Niemand. Sie würde es nehmen müssen, wie es kam.

Trotzdem träumte sie noch immer von einer Laufbahn als Tierärztin. Aber nur heimlich. Sie war nicht mehr so verrückt, jemandem davon zu erzählen, auch ihren Eltern nicht. *Vor allem* ihren Eltern nicht. In der kleinen Bibliothek von Konstantinowka hatte sie vor einigen Jahren einen Leitfaden für angehende Veterinäre gefunden, ein sehr altes, abgestoßenes Buch, das in einem starren Schutzumschlag gesteckt hatte, damit es nicht auseinanderfiel. In diesem Buch standen einfache, aber wirkungsvolle Methoden, um kranke und verletzte Nutz- und Haustiere zu behandeln. Es war die Lieblingslektüre der heranwachsenden Viktoria gewesen, sie hatte es so oft ausgeliehen, dass die Bibliotheks-Leiterin ihr eines Tages zu verstehen gab, sie könne es gerne für immer mit nach Hause nehmen.

»Es gehört dir, wenn du willst.«

»Sie wollen es mir schenken?«, fragte Viktoria verwundert nach. »Ist das denn erlaubt?«

»Sieh mal«, sagte die Bibliotheks-Leiterin. »Niemand außer dir hat es jemals ausgeliehen. Was zum einen daran liegt, dass kein Mensch in Konstantinowka sich für Tiermedizin interessiert. Wenn ein Vieh krank ist, holt man den nächsten Tierarzt. Zum anderen ist das Buch jetzt so kaputt, dass es nicht mehr zu retten ist. Ich habe es so oft mit Leim und Klebeband behandelt, aber nun hat sich die Bindung fast vollständig aufgelöst. Ein Buch in einem so heruntergekommenen Zustand kann ich nur noch wegwerfen. Was ich heute noch tue, wenn du es nicht haben willst.«

»Aber ich will es ja haben!«, versicherte Viktoria. »Sehr gern sogar!«

Als sie es in ihrer Tasche nach Hause getragen hatte, war sie glücklich gewesen. Nach dem französischen Bildband über afrikanische Tiere war dies das zweite Buch, das ihr wirklich etwas bedeutete. Sie kannte es fast auswendig. In Konstantinowka gab es ein paar Hunde und Katzen, und wenn denen etwas fehlte, war Viktoria zur Stelle. Sie zog Dornen aus Pfoten, schmierte eine selbstgemischte Tinktur in schmerzende Ohren, träufelte Augentrost in entzündete Augen, und einmal war es ihr sogar gelungen, die ausgekugelte Schulter eines Hundes wieder einzurenken.

An einem Frühlingsmorgen zog sie mit dem Traktor Furchen in den Acker, um ihn für die Aussaat vorzubereiten. Das Gefährt knatterte und stank nach Diesel, und auf der angrenzenden Wiese graste eine Schafherde. Sie hob die Hand, um den Hirten zu begrüßen. Viktoria hatte schon zwei- oder dreimal ein paar Worte mit ihm gewechselt. Sie wusste, dass er Anar hieß und der jüngste Sohn des alten, kasachischen Schafhirten war, der im Begriff war, sich zur Ruhe zu setzen und in letzter Zeit nur noch selten mit den Tieren zu sehen war. Anar, höchstens zwei oder drei Jahre älter als sie, hatte Viktoria zuerst nicht gesehen, weil er über einem Schaf kauerte, doch jetzt stand er auf und winkte zurück.

»Fehlt ihm etwas?«, fragte Viktoria in akzentfreiem Kasachisch.

»Es lahmt«, erwiderte Anar. »Hallo, Viktoria, schön, dich zu sehen.«

»Was wird mit ihm geschehen?«, wollte sie wissen, nachdem sie den Traktor zum Stehen gebracht hatte, der weiter vor sich hin tuckerte.

»Ich werde es schlachten müssen«, erklärte Anar.

»Nur weil es ein lahmes Bein hat?«

»Es kommt mit den anderen nicht mehr mit. Ich weiß jetzt schon nicht, wie ich mit ihm nach Hause kommen soll. Und sowas heilt auch nicht, es wird von Tag zu Tag nur immer noch schlimmer.«

»Ein Viehdoktor müsste sich das Bein mal ansehen«, befand Viktoria.

»Die sind zu teuer«, erwiderte Anar. »Können wir uns nicht leisten.«

»Ich könnte das auch machen«, erklärte sie. »Ohne was zu verlangen.«

»Verstehst du denn was davon?«, fragte Anar. Der Zweifel stand ihm ins Gesicht geschrieben.

»Bei uns im Dorf bin ich sowas wie die Hunde- und Katzen-Doktorin. Ich kann's versuchen.«

Anar war einverstanden. Viktoria ging erst einmal weiter ihrer Arbeit nach, und ein paar Stunden später steuerte sie den Traktor mitsamt einem Anhänger noch einmal zu Anar und seiner Schafherde, die inzwischen ein Stück weitergezogen war. Sie hatte zwei flache Holzschienen dabei, die der Zimmermann des Dorfes ihr gegeben hatte, sowie Verbandsmaterial. Viktoria sprang vom Traktor und wies Anar an, das verletzte Schaf auf den Boden zu legen. Das war nicht so einfach, das Tier wog mehr als der Schäfer, aber zusammen bekamen sie es hin. Anar legte sich auf das Schaf, um es am Boden zu halten, und Viktoria redete ihm gut zu und versicherte mit ruhiger Stimme, es werde nichts Schlimmes geschehen. Die Prozedur zog sich hin, weil die Holzschienen noch zu lang waren. Mit einer kleinen Säge brachte Viktoria sie auf die richtige Länge. Das Schaf blökte verzweifelt. Die meisten anderen Tiere bekamen es ebenfalls mit der Angst zu tun und liefen davon. Nur die neugierigsten und mutigsten Schafe wollten sehen, was mit ihrem Artgenossen geschah, und blieben in der Nähe. Viktoria legte die Schienen auf beide Seiten des Beines und wickelte den Verband darum.

»Man muss aufpassen«, sagte sie, »dass man es nicht zu fest macht, sonst schnürt es den Blutkreislauf ab. Aber auch nicht zu locker, dann hält es nicht.«

»Woher weißt du das alles?«

»Aus einem Buch. Ist nicht so schwer. Man muss sich nur trauen.« Sie verknotete die Enden des Verbandes miteinander. »Wir heben es jetzt auf den Anhänger«, sagte sie, »und ich fahre es zu euch nach Hause. Es darf in den nächsten ein bis zwei Wochen nicht mit auf die Weide. In einer Woche komme ich, sehe mir das Bein nochmal an und wechsle den Verband.«

»Du hörst dich an wie eine Tierärztin«, sagte er.

Ich glaub, sowas Schönes hat noch nie jemand zu mir gesagt, dachte sie.

Während Anar bei der Herde blieb, fuhr Viktoria das Schaf mit dem Traktor nach Hause, wo Anars verblüffter Vater ihr half, das Tier abzuladen.

Zwei Wochen später kam Viktoria ein letztes Mal zur Schaffarm, nahm dem Tier den Verband ab und stellte fest, dass es kaum noch humpelte.

»Es kann jetzt mit den anderen wieder auf die Weide«, sagte sie.

Anar, seine Eltern und seine drei Geschwister standen um sie herum.

»Ich möchte dich dafür bezahlen«, sagte Anars Vater, aber das wollte Viktoria nicht.

»Ich bin ja kein richtiger Tierarzt«, sagte sie, »also muss man mich auch nicht bezahlen. Sehen Sie es einfach als Hilfe unter Nachbarn.«

»Gott segne dich«, sagte Anars Mutter. »Du bist ein Engel.«

»Sagen Sie das mal meinen Eltern«, erwiderte Viktoria und schmunzelte.

Aber Anar hatte noch etwas für Viktoria, das er ihr geben wollte, als die anderen schon ins Haus gegangen waren. »Wenn du schon kein Geld willst, möchte ich dir etwas schenken.« Er holte einen rötlichen Stein hervor, der an einem ledernen Band hing.

»Was ist das?«, fragte sie.

»Ein Halsband mit einem Bernstein«, erklärte er. »Ich habe es einem fahrenden Händler aus Litauen abgekauft. Gefällt es dir?«

»Es ist wunderschön«, gab Viktoria zu. »Aber ich trage keinen Schmuck. Und das ist bestimmt viel zu wertvoll.«

»Etwas Wunderschönes passt gut zu dir«, sagte Anar. »Ein so hübsches Mädchen sollte auch mal Schmuck tragen.« Während er das sagte, starrte er verlegen auf den Boden. Es war offensichtlich, dass er es nicht gewohnt war, einem Mädchen Komplimente zu machen. So sah er nicht, dass Viktoria errötete.

»Du solltest mir nichts schenken«, erklärte sie. »Und du solltest mir sowas auch gar nicht sagen.«

»Ich tu's aber. Darf ich es dir anlegen?«

Viktoria griff sich in den Nacken, um ihr zum Pferdeschwanz gebundenes Haar zur Seite zu ziehen. Anar trat hinter sie und legte ihr die Kette an. Dabei spürte sie seinen Atem auf der Haut, und seine Aufregung.

»Ich mag dich, Anar«, sagte sie. »Aber heiraten werde ich dich nicht, nur damit du es weißt.«

»Das macht nichts«, behauptete er.

»Meine Eltern wollen, dass es jemand aus dem Dorf wird. Auch wenn ich, ehrlich gesagt, keine Ahnung habe, wer das irgendwann mal sein soll. Vielleicht heirate ich auch gar nicht.«

Anar ließ es dabei bewenden. Er hatte ihr das Halsband geschenkt und ihr Komplimente gemacht – beides Dinge, die er nie zuvor getan hatte. Das musste für heute reichen.

Zu Hause versteckte Viktoria das Halsband zwar unter dem Pullover, aber ihre wachsame Mutter erspähte ein Stück des Lederbandes an ihrem Hals und wollte sofort wissen, was sie da trug. Viktoria zeigte ihr den Bernstein, erklärte, wie sie dazu gekommen war und fügte hinzu, dass das alles ganz harmlos war. Doch ihre Hoffnung, die Sache würde sich damit erledigt haben, erfüllte sich nicht. Die Mutter zog den Vater hinzu und kurz darauf saßen sie zu dritt um einen Tisch, mit dem Bernsteinhalsband in der Mitte.

»Du kannst dir nicht einfach von einem Mann ein Schmuckstück schenken lassen«, erklärte der Vater mit strenger Stimme. »Das geht nicht.«

»Hört ihr mir denn nicht zu?«, fragte Viktoria. »Es war kein Geschenk. Ich habe dem Schaf geholfen, wieder gesund zu werden, das Halsband war mein Lohn dafür.«

»Ein etwas seltsamer Lohn, das muss ich schon sagen.«

»Und wenn schon: Lohn ist doch Lohn.« Sie nahm das Halsband an sich und legte es sich trotzig wieder um den Hals.

Im Frühsommer wurde der Vater krank. Nichts Beunruhigendes, nur eine Sommergrippe, die auch ein paar andere im Dorf erwischt hatte. Er würde für mehrere Tage ans Bett gefesselt sein. Das bedeutete aber auch, dass er in dieser Woche nicht auf den Markt fahren konnte, wie sonst immer. Eine Woche, in der ihnen das Geld fehlen würde, das dabei zu verdienen war. Viktoria brachte ihrem Vater einen dampfenden Kräutertee ans Bett und schlug vor, dieses Mal alleine zum Markt zu fahren und die Ware zu verkaufen. Sie war in den letzten Jahren so oft mit dort gewesen und hatte beim Auf- und Abbau und beim Verkaufen geholfen. Sie wusste genau, was zu tun war, auch wenn die Leute anfingen zu handeln. Sie konnte das! Davon wollte der Vater aber nichts hören, und auch die Mutter legte ein striktes Veto ein.

»Das können wir nicht zulassen, Goldstück«, sagte er.

»Warum denn nicht?«

»Es kommt nicht in Frage«, pflichtete die Mutter bei. »Du bist ja noch fast ein Kind.«

»Viele sagen, ich kann arbeiten wie ein Mann«, wehrte sich Viktoria.

»Das stimmt, mein Liebes«, gab der Vater zu, »trotzdem bist du keiner. Es freut mich sehr, dass du helfen willst, aber so ist es nun einmal.«

Später, als sie vor dem Haus saß, setzte sich ihre Mutter zu ihr und sagte ruhig: »Viktoria, es ist nicht, weil wir es dir nicht zutrauen würden.«

»Wieso dann?«

»Ein so junges, hübsches Mädchen wie du, alleine mit einem Stand auf dem Markt, noch dazu eine Exil-Deutsche unter all den Kasachen – weißt du, was das auslösen würde?«

»Nicht so wirklich.«

»Die einen würden es als Provokation auffassen, andere als Respektlosigkeit, wieder andere als Einladung.«

»Einladung wozu?«

»Herr im Himmel – als Einladung dazu, sich dir auf unangemessene Weise zu nähern. Auf dem Markt gibt es immer ein paar Kerle, die auf so eine Gelegenheit nur warten. Es wäre noch einmal etwas anderes, wenn sie uns als Kasachen sehen würden, aber das tun sie nicht. Für sie sind wir eine seltsame Mischung, die sie nicht einordnen können. Letztlich ist das schon so, seit unsere Vorfahren von Deutschland auf die Krim gezogen sind, und seit der Umsiedlung ist es noch viel schlimmer. Manche bezeichnen uns noch heute hinter vorgehaltener Hand als Nazi-Bastarde. Diese Leute würden uns am liebsten aus dem Land werfen. Für die bist du nichts anderes als Freiwild, wenn du es wagst, alleine auf dem Markt aufzutauchen und dort Waren zu verkaufen. Das, mein Kind, ist der Grund dafür, dass wir es nicht zulassen.«

»Und was, Mama, wenn ich sage, dass ich mich wehren kann? Es hat noch nie einer gewagt, mir zu nahe zu kommen. Noch nie.«

Doch die Diskussion war beendet, was die Mutter dadurch zum Ausdruck brachte, dass sie ohne weitere Erklärungen aufstand und zurück ins Haus ging.

Viktoria fand sich damit ab. Jedenfalls tat sie so. Tatsächlich aber schlich sie sich mitten in der Nacht aus dem Haus, ging in den Stall, belud den Karren mit der Ware, die für den Markt vorgesehen war, spannte die Pferde an und machte sich mit ihnen, so leise es nur ging, auf den Weg. In nahezu vollkommener Dunkelheit folgte sie dem Mondlicht, das den Himmel schwach erhellte. Die Pferde zeigten keinerlei Überraschung, obwohl die Zeit für sie höchst ungewohnt war, und unterließen, zu Viktorias Erleichterung, jedes protestierende Wiehern. Quietschen und Knarren des Karrens waren, wie immer, die einzigen Geräusche, die vom Aufbruch zeugten, aber sie waren nicht laut genug, um irgendjemanden zu wecken. Zuvor hatte Viktoria sich noch das längste und schärfste Messer ihres Vaters umgegürtet. Ihre Eltern würden schon sehen, dass sie in der Lage war, so einen Markttag alleine zu bestreiten, und dann würden sie ihr dankbar sein. Unterwegs ließ sie sich eine Menge Zeit, sie war schließlich außerordentlich früh dran. Auf dem Markt war sie eine der Allerersten. Sie machte alles ganz genau so, wie ihr Vater es seit Jahr und Tag immer tat – Äpfel vorne rechts, Beeren in die Mitte, links das Gemüse. Als die ersten Kunden kamen und die Ware begutachteten, benutzte sie exakt die Worte, die ihr Vater stets verwendete: »Die sind süß, kosten Sie mal. – Und saftig sind die. – Ein Aroma! – Greifen Sie zu, die sind immer als Erste weg. – Drei zum Preis von zwei, aber nur, weil Sie es sind. – Zum Einkochen sind die fast zu schade.«

Und es funktionierte. Es funktionierte so gut, dass sie mit dem Nachfüllen der Kisten kaum hinterherkam. Obwohl sie sich ein grobes Hemd und eine ausgebeulte Arbeitshose angezogen hatte und ihr Haar unter einer Schiebermütze versteckte, um nur ja nicht zu mädchenhaft zu erscheinen, spürte sie, je voller der Markt wurde, wie die Blicke der Männer auf ihr ruhten.

»Nette kleine Äpfel«, sagte einer und grinste breit.

Ein zweiter pflanzte sich daneben auf und meinte: »Die Aprikosen sind aber auch nicht schlecht.«

»Aprikosen haben wir erst in drei bis vier Wochen«, erklärte Viktoria. »Vorher sind die nicht reif.«

Die Männer lachten über ihre Unbedarftheit und gingen feixend weiter. Viktoria zog die Stirn kraus und verstand nicht. Erst eine Frau mittleren Alters, die gerade das Gemüse des Standes begutachtete, klärte sie auf: »Kindchen, die Kerle haben auf deine weiblichen Formen angespielt.«

Viktoria schoss das Blut in den Kopf vor Wut. Diese ungehobelten Schwachköpfe. Was bildeten die sich ein?

Etwas später tauchten zwei junge Männer an ihrem Stand auf, die wohl in der nahegelegenen Kolchose arbeiteten, denn sie verströmten einen Geruch nach Schweinestall, der sich beim besten Willen nicht ignorieren ließ.

»So ganz allein hier?«, fragte der eine.

»Ja, so ganz allein?«, echote der andere.

»Was kann ich denn für Sie tun?«, fragte Viktoria und lächelte freundlich.

»Ja, das fragen wir uns auch«, erklärte der erste. Er trug eine schmutzige, braune Wollmütze und schickte sich an, den Stand zu umrunden und zu ihr nach hinten zu kommen.

»Langsam«, versuchte Viktoria ihn zu bremsen. »Hier hinten haben Sie nichts verloren.«

»Und was genau hast *du* hier verloren?«, wollte er wissen und taxierte sie mit breitem Grinsen.

»Ja, was hast du hier verloren?«, plapperte der andere wieder nach und kam nun ebenfalls nach hinten.

Viktoria glaubte schon, zwischen dem Gestank nach Schweinestall nun auch noch den schlechten Atem des Mannes mit der Wollmütze wahrzunehmen. Ihre Hand wanderte bereits zum Messer an ihrer Hüfte und umklammerte den Griff. Sie wusste nur nicht, ob sie die Klinge zuerst gegen den einen oder den anderen richten sollte.

»Lasst sie in Ruhe«, ertönte die noch sehr junge Stimme eines Kasachen, der nun hinzutrat. Er sprach klar und ruhig, alles an ihm strahlte Gelassenheit aus. Die zwei drehten sich zu ihm um, der Wortführer begann zu spotten: »Was willst du denn, du halbe Portion?« Tatsächlich war der junge Kasache hochgewachsen, aber dünn und schlaksig, was wohl vor allem seinem fast noch jugendlichen Alter geschuldet war.

»Wenn ihr an dem Stand der Dame nichts kaufen wollt, geht weiter«, sagte er.

»Und wenn nicht, Bürschchen, was dann?«, wollte jener mit der Mütze wissen.

»Ja, was dann?«, wiederholte der andere, dessen Funktion vor allem darin zu bestehen schien, den Wortführer nachzuahmen.

»Ich weiß, für wen ihr arbeitet«, erklärte der Schlaks, »und habe beste Verbindungen zum Leiter eurer Kolchose. Es kostet mich ein Fingerschnipsen, dann seid ihr morgen arbeitslos und werdet übermorgen in einen Zug gesetzt, der euch erst in Norilsk wieder ausspuckt. Habt ihr davon mal gehört?«

»Das ist in Sibirien«, sagte der mit der Mütze.

»Richtig. 300 Kilometer nördlich des Polarkreises. Dort werdet ihr im Bergwerk arbeiten. Unter der Erde. Von morgens bis abends. Sieben Tage die Woche. Wollt ihr das?«

»Was redest du? Du bist ein Angeber, nichts weiter. Was für Verbindungen können das schon sein?«

»Ich bin der Sohn von Eldar Beshirov, du Trottel. Von deinem Chef. Hast du sonst noch irgendwelche Fragen?«

Die beiden sahen sich an und wurden unsicher. Was, wenn das wirklich stimmte? Sie gaben noch ein paar derbe Schimpfwörter von sich, dann zogen sie ab. Viktoria nahm die Hand vom Messergriff und bedankte sich erleichtert.

»Typen wie die sind meist harmlos«, sagte der Junge. »Aber man kann nie wissen. Und ich habe dein Messer gesehen. Hättest du es benutzt, wären die Dinge außer Kontrolle geraten.«

»Bist du wirklich der Sohn von diesem Kolchosen-Vorsitzenden?«

Er schüttelte den Kopf. »Natürlich nicht. Aber sie haben es geglaubt.«

»Die Äpfel, vor denen du stehst, sind besonders süß«, erklärte sie. »Darf ich dir einen schenken?«

»Das ist ja fast wie im Paradies«, scherzte er, zeigte ein offenes, jungenhaftes Lächeln und nahm einen Apfel aus der Kiste. »Vielen Dank. Ich heiße übrigens Timur«, sagte er und biss herzhaft hinein.

Auch wenn er mit seinen schmalen Gliedmaßen und seinen dünnen, mittelblonden Haaren nicht der Hübscheste weit und breit sein mochte – um Viktoria war es in diesem Moment bereits geschehen.

7
Henning
1926

Gerd kontrollierte den Sitz von Hennings Krawatte.

»Was musst du denn jetzt noch so rumzuppeln an dem Ding?«, beschwerte sich Henning. »Die sitzt doch.«

»Ja, aber schief«, erwiderte sein älterer Bruder. »So willst du doch nicht heiraten. Also halt gefälligst still.«

Die kleine Bornstedter Kirche im Norden von Potsdam war, gemessen am gesellschaftlichen Rang des Ereignisses, eine eher beschauliche Kulisse, als Erika von Falkenhayn, Tochter des vor wenigen Jahren verstorbenen Generalstabschefs aus dem Ersten Weltkrieg, und Henning von Tresckow, dessen Familie ebenfalls auf eine ruhmreiche militärische Vergangenheit zurückblickte, sich das Ja-Wort gaben. Die Hochzeit fand zwar nicht gerade heimlich statt, aber doch unter dem Radar der Berliner und Potsdamer Gesellschaft, und dafür gab es einen Grund. In wenigen Tagen würde Henning als Leutnant seinen Wiedereintritt in die Reichswehr begehen, und das vorgeschriebene Mindestalter für heiratswillige Offiziere betrug 27. Er war aber gerade erst 25 Jahre alt geworden und so lange wollte er nicht mehr warten.

»Die oder keine«, hatte er bereits im Frühjahr 1924 erklärt, als er Erika zum ersten Mal begegnet war, noch vor seiner Weltreise. Wäre er später wirklich in Santiago de Chile geblieben, hätte er – allen anderen weiblichen Versuchungen zum Trotz – Erika einen Brief geschrieben und sie gebeten, ihn dort zu besuchen. Ob sie das jemals getan hätte, durfte zwar mehr als fraglich erscheinen, aber das Schicksal hatte sich ja ohnehin anders entschieden und Henning nach Preußen zurückgeführt.

Gefeiert wurde auf Schloss Lindstedt, dem Familiensitz der von Falkenhayns, unweit des Parks Sanssouci, wo Henning vor

Monaten auf die Knie gegangen war und seinen Heiratsantrag gemacht hatte.

Damals war ihm noch vollkommen unklar gewesen, wo die Zukunft ihn hinführen würde. Bankier Wilhelm Kann, sein vormaliger Chef, hatte versucht, ihn zurückzugewinnen, aber Henning hatte sich geziert und Bedenkzeit erbeten – worauf Kann sich extra von Berlin nach Wartenberg auf den Weg gemacht hatte.

»Worauf warten Sie denn, Tresckow?«, hatte der Bankier ihn gefragt, auf der Terrasse vor dem Herrenhaus, wo sie in die Herbstsonne blickten, die sich auf dem Wartenberger See spiegelte. »Ich nehme nicht an, dass Sie bei mir so viel verdient haben, dass Sie sich zur Ruhe setzen können.«

»Leider nicht, Herr Kann. Die Rettung dieses Anwesens hat alle meine Barmittel verschluckt.«

»Es ist wirklich herrlich hier«, erklärte Kann mit anerkennender Miene. »Sie haben das Richtige getan. Ich kann mir aber gut vorstellen, wie kostspielig so ein Anwesen im täglichen Unterhalt ist. Meine Tür steht Ihnen offen, Tresckow, Sie müssen nur hindurchgehen.«

»Das weiß ich und dafür bin ich auch sehr dankbar.«

»Auf solche Bemerkungen folgt oft ein Satz, der mit *aber* beginnt.«

»Wissen Sie, ich habe die Weltreise ja gemacht, um mir darüber klar zu werden, was ich eigentlich will im Leben. Das ganze Dasein selbst ist letztlich auch nichts anderes als eine Reise, und manchmal muss man innehalten und sich Gedanken darüber machen, welche Richtung man als nächstes einschlagen will.«

»Das scheint noch nicht so ganz funktioniert zu haben? Wenn ich mir die Bemerkung erlauben darf.«

»Sie haben recht«, erwiderte Henning. »Vor der Reise hatte ich mehr Klarheit als jetzt. Mit dem Militär hatte ich abgeschlossen. Dann hatte ich, mit Ihrer Hilfe, einen Weg gefunden, gutes Geld zu verdienen. Und zum Schluss war ich drauf und dran, mich in Santiago de Chile als Bankier niederzulassen.«

Wilhelm Kann musste lächeln. »Das hätte mir gefallen«, bemerkte er. »Da hätten wir sehr schöne transatlantische Geschäfte machen können«

»Und jetzt«, fuhr Henning fort, »überlege ich stattdessen, zum Militär zurückzukehren.«

Der Bankier sah ihn forschend an. »Sie belieben zu scherzen, nicht wahr?«

»Keineswegs.«

»Tresckow, das glaube ich Ihnen nicht.«

»Und doch ist es die Wahrheit.«

»Sie haben mir einmal erklärt, wieso Sie die Armee vor fünf Jahren verlassen haben. Sie konnten dem militärischen Drill nichts abgewinnen. Der Engstirnigkeit. Dem stumpfsinnigen Kommiss. Sie sind ein Freigeist. Deswegen sind Sie damals ausgeschieden. Wie werden Sie hier in Wartenberg von den Leuten genannt?«

»Der Sonnenvogel«, erwiderte Henning.

»Das ist Ihre Bestimmung, mein Freund. Abzuheben und der Sonne entgegen zu fliegen. Was muss ich tun, um Sie umzustimmen?«

»Ich fürchte, diese Entscheidung werde ich ganz alleine treffen müssen.«

»Sagen Sie mir doch bitte wenigstens, was Sie zu einem so absurden Schritt bewegen sollte. Die Armee, wie wir sie derzeit erleben, besitzt in der Gesellschaft kein Ansehen, bezahlt ihre Angehörigen schlecht, ist miserabel ausgerüstet. Ich weiß, Sie sind ein kluger junger Mann – auch Ihnen muss das alles vollkommen klar sein.«

»Das ist es durchaus«, gab Henning zu. »Die Armee ist ohne Zweifel im schlechtesten Zustand seit Menschengedenken. Und ohne Leute, die daran etwas ändern wollen, wird das auch so bleiben.«

Wilhelm Kann schüttelte den Kopf. »Bitte überlegen Sie sich das noch einmal. Es wäre ein Jammer. Als Sie für mich gearbeitet haben, konnte ich es sehen, obwohl Sie noch so verdammt jung waren: Sie haben Auftreten, können reden, die Leute für sich einnehmen, Entscheidungen treffen. Sie haben alles, um es weit zu bringen. Eine Entscheidung für Feldbett und Stahlhelm wäre, bitte verzeihen Sie, Perlen vor die Säue geworfen.«

Henning von Tresckow schwieg. Es war nicht so, dass Kanns Schmeicheleien ohne Wirkung auf ihn blieben. Jeder wollte wahrgenommen, geschätzt und gelobt werden, da war er keine Ausnahme und das wusste er auch.

»Was aber ist«, begann er schließlich, »wenn ich Reichtum anhäufe und an Macht und Einfluss gewinne – aber am Ende meines Lebens erkennen muss, dass ich rein gar nichts getan habe für die Gemeinschaft?«

»Sie wollen die Welt verbessern? Nichts leichter als das. Gründen Sie eine Stiftung. Verdienen Sie Geld und geben Sie etwas davon den Armen und Bedürftigen. Davon haben die mehr, als wenn Sie Befehle über den Kasernenhof bellen.«

»Alles, was Sie sagen, ist wahr und richtig. Nur fühlt es sich für mich einfach nicht mehr richtig *an.*«

»Tun Sie mir den Gefallen und schlafen Sie noch ein paarmal darüber. Ich bin nur ein einfacher jüdischer Kaufmann, der einen brillanten jungen Mann gerne zu seinem Glück zwingen würde, aber zu diesem Zweck nicht mehr vorzubringen hat als Worte. Denken Sie noch einmal darüber nach, bevor Sie sich entscheiden.«

Henning schlief noch ein paarmal darüber, aber das hatte nur zur Folge, dass seine Entscheidung, die er – wenn er ehrlich war – schon getroffen hatte, sich noch mehr verfestigte. Er sah sein Vaterland in einer fortwährenden Abwärtsspirale begriffen, seit dem Ende des Krieges und endgültig seit dem schändlichen Vertrag von Versailles. Gebietsabtretungen und Reparationszahlungen hatten Deutschland zum Knecht gemacht, zum entrechteten, gedemütigten Sklaven. Nicht nur vor Europa hatte man sich in den Staub werfen müssen, sondern vor der ganzen Welt.

Natürlich hätte er vor all dem davonlaufen können, hätte ein Mann des Geldes werden können. Er hätte sein Haupt abwenden können von der deutschen Misere, sein Glück finden an einer der großen Börsen der Welt – London, New York, alles hätte ihm offengestanden. Aber hätte ihn das jemals glücklich gemacht? Er hatte einiges von der Welt gesehen, in Europa und Südamerika, aber was gab es Schöneres als Potsdam und Wartenberg? Das waren seine beiden Zufluchtsorte, sein Zuhause. Dort wollte er sein Leben verbringen. Also fühlte er sich dazu verpflichtet, dabei mitzuhelfen, diese Orte, dieses Land lebenswert zu gestalten. Für sich selbst, für seine Familie, seine Freunde und für alle Menschen, mit denen er diese Heimat teilte.

Auf seine Bewerbung für die Armee erhielt er eine Absage. Man würde ihn ja gerne wieder aufnehmen, hieß es in der schriftlichen Begründung, aber es war nicht möglich. Zu den Punkten, die im Vertrag von Versailles geregelt worden waren, gehörte, dass die Stärke der deutschen Truppen hunderttausend Mann nicht überschreiten durfte. Diese Truppenstärke war längst erreicht. Von anderer Stelle erfuhr Henning, dass sich die Heeresleitung nicht viel versprach von einem Mann, der den Dienst vor fünf Jahren quittiert hatte. Wer so schwankend war in seinen Entscheidungen, aus dem konnte kein guter Offizier werden. Henning war verzweifelt. Er stand in der Eingangshalle von Wartenberg und hatte den Telefonhörer schon in der Hand, um Wilhelm Kann anzurufen und sich bei ihm für seine voreilige Absage zu entschuldigen. Doch im letzten Moment entschied er sich anders und schrieb stattdessen einen Brief. Es kam ihm albern und dumm vor, sich zum Bittsteller zu machen bei einem Mann, den er nicht einmal persönlich kannte, aber es war die einzige Maßnahme, die ihm noch einfiel. Keine Woche später saß er mit seiner Verlobten Erika beim Frühstück im Esszimmer von Wartenberg, sie sprachen über Details ihrer für den kommenden Mai geplanten Hochzeit. Draußen lag der erste Schnee, es war kurz vor Weihnachten.

Eine Hausangestellte kam herein und informierte ihn darüber, dass er am Telefon verlangt wurde.

»Wer ist es denn?«, fragte er.

»Es handelt sich um etwas Amtliches«, erwiderte sie, »aber ich habe es, bitte um Verzeihung, leider nicht genau verstanden.«

Henning lief hinaus und meldete sich mit seinem Namen.

»Einen Moment bitte, ich verbinde«, sagte eine harte, männliche Stimme.

Es rauschte und knarzte in der Leitung, bis sich eine unverkennbar preußische Stimme meldete: »Von Hindenburg hier, spreche ich mit Henning von Tresckow?«

Henning verschlug es, und er wusste nicht, wann ihm das zuletzt passiert war, für einen Moment die Sprache. Konnte es sich um einen Streich seines Bruders Gerd handeln? Aber er erkannte diese Stimme! »Ja, Herr Reichspräsident«, brachte er schließlich unter Mühen hervor. »Am Apparat.«

»Hören Sie, Tresckow, ich will es kurz machen, ich habe nicht viel Zeit. Ihr schriftliches Ersuchen liegt vor mir auf dem Tisch. Sie bitten darum, in die Reihen der Reichswehr wiederaufgenommen zu werden.«

»Das ist richtig, Herr Reichspräsident.«

»Ich habe Ihren Vater persönlich gekannt. Gemeinsam haben wir vor langer Zeit im Spiegelsaal von Versailles der Krönung von Wilhelm I. zum Deutschen Kaiser beigewohnt.«

»Ich weiß, Herr Reichspräsident.«

»Er war ein hervorragender Mann. Was für einer sind Sie?«

»Bereit, mein Bestes zu geben, Herr Reichspräsident.«

»Sie würden Ihren Dienst also kein zweites Mal quittieren?«

»Niemals, Herr Reichspräsident.«

»Das will ich Ihnen auch geraten haben. Sie würden mich sonst der Lächerlichkeit preisgeben.«

»Herr Reichspräsident, nichts auf der Welt könnte mir ferner liegen.«

»Worte, Tresckow. Überzeugen Sie mich durch Taten.«

»Jawoll, Herr Reichspräsident.«

»Sie kommen in Ihr altes Regiment. Bleiben Sie dran, mein Mitarbeiter sagt Ihnen, wann und wo Sie sich einzufinden haben.«

»Ich weiß nicht, wie ich Ihnen danken soll, Herr Reichspräsident.«

Er wollte seinen Dank noch weiter ausführen, doch da knarzte es schon wieder in der Leitung und der Mitarbeiter meldete sich ein zweites Mal. Es gelang Henning, mit ihm auszuhandeln, dass sein erneutes Dienstverhältnis einen Monat später beginnen sollte – ihm war sofort klargeworden, dass es unmöglich war, die Hochzeit mit Erika noch vor Weihnachten über die Bühne zu bringen.

»Liebste, wir sollten unsere Trauung vorziehen«, war das Erste, was er sagte, als er ins Esszimmer zurückkehrte. »Lass uns im Januar heiraten.«

»Natürlich«, erwiderte sie, »nichts leichter als das. Ausgezeichnete Idee.«

Henning war für seine Scherze bekannt. Jedes Jahr am 1. April pflegte er von morgens bis abends alle zum Narren zu halten. Aber es konnte durchaus auch an jedem anderen Datum geschehen.

»Ich mache keine Witze«, beteuerte er.

»Natürlich nicht.«

»Auf die Gefahr hin, dass du mir wieder nicht glaubst: Das war eben kein Geringerer als Reichspräsident Paul von Hindenburg. Er ermöglicht mir den Wiedereintritt in die Reichswehr. Aber der späteste Termin dafür ist der 1. Februar.«

Sie musterte ihn lange, bis sie sagte: »Entweder, Liebster, du flunkerst so gekonnt wie nie zuvor – oder du sagst wirklich die Wahrheit.«

8
Daniila
2012

5. Juni, Kyjiw:
Wie oft habe ich schon gesagt und geschrieben, wie dankbar ich Mama bin, dass sie sich damals auf meine Seite gestellt hat? Tausendmal? Zehntausendmal? Egal. Danke, Mama! Ich fühle es an jedem Morgen, wenn ich zur Schule gehe, ich fühle es, wenn ich bei Onkel Leo und Tante Polina sitze und Hausaufgaben mache, ich fühle es, wenn ich in Tymofijs Werkstatt unter einem Wagen liege und mir etwas dazuverdiene. Ich bin froh, dass wir so nah an der Schule wohnen, denn in Kyjiw kann man vom einen Ende zum anderen sehr lange unterwegs sein. Ich bin nicht darauf vorbereitet gewesen, wie groß die Stadt ist. In Koltschuhyne auf der Straße begrüßt jeder jeden. Tust du das hier, sehen sie dich an, als hättest du nicht mehr alle beisammen. Das erste Schuljahr habe ich jetzt, kaum zu glauben, schon fast hinter mir. Im Moment spinnt die ganze Stadt, weil in ein paar Tagen die Fußball-Europameisterschaft beginnt, Ukraine und Polen sind gemeinsame Gastgeber, nächste Woche hat die Ukraine ihr erstes Gruppenspiel gegen Schweden. Natürlich in Kyjiw. Dimitri, Tymofijs Auszubildender, hat mich gefragt, ob ich mit ihm hingehen will. Er hat nämlich Tickets. Angeblich. Woher er die haben will, möchte ich mal wissen. Ich habe gehört, dass dafür auf dem Schwarzmarkt bizarre Summen gezahlt werden.

Rob, dessen Vater in der Deutschen Botschaft arbeitet, ist der andere, der ein Auge auf mich geworfen hat. Im Unterricht schaut er mich die ganze Zeit an. Und denkt, ich merke es nicht. Eigentlich heißt er Robert, aber Rob findet er cooler. Ich denke dann immer: So lange er nicht versucht, sich mit mir zu verabreden, ist ja alles gut. Gestern hat er es dann aber doch versucht. Nach der letzten Stunde kommt er auf mich zu und sagt:

»Du wohnst doch in der Nähe vom Friedhof, oder?«

Ich nicke.

»Ich muss in die Gegend, kenne mich da aber nicht so aus.«

»Google Maps ist dir bestimmt behilflich, wenn du freundlich fragst.«

»Ich hatte gehofft, ich dürfte dich begleiten.«

»Hast du ein Fahrrad?«

»Klar.«

»Na, dann komm.«

Wenn man gemütlich radelt, ist man in einer Viertelstunde dort. Ich dachte mir aber: Wenn er schon flirten will, warum ihn dann nicht ein bisschen fordern? Ich also voraus, bis zur Mezhova, dann Richtung Süden und abbiegen in Richtung Berkowezkyi-Friedhof. Rote Ampeln? Wenn man ein bisschen schaut, muss man da meistens nicht halten. Ab dafür. Vor dem Haus von Onkel Leo bremse ich scharf und stelle das Rad quer, so dass er fast auf mich drauffährt. Ich frisch wie der junge Morgen, er total abgekämpft und verschwitzt.

»Hier wohnst du?«, bringt er keuchend hervor.

»Ja«, sage ich und nicke in die Richtung des kleinen Backsteinhauses inmitten von wuchernden Schrebergärten. Die Straße ist eher ein Kiesweg, man darf sie aber auch mit dem Auto befahren, wenn man Schritttempo fährt.

»Wo musst du denn jetzt hin?«

»Friedhof«, sagt er nach kurzem Zögern.

»Und was machst du da?«

»Verabredet.«

»Was für Verabredungen hat man denn auf dem Friedhof?«

Das Gespräch nimmt nicht den von ihm erhofften Verlauf. Er hatte gehofft, ich würde höflich sein und ihn hineinbitten, auf ein erfrischendes Getränk oder so. Dass ich ihn ausfrage nach einer Verabredung, die gar nicht existiert, darauf war er nicht vorbereitet. Ich will aber auch nicht garstig sein. Also sage ich:

»Na, dann viel Spaß, einen schönen Tag noch«, und öffne das Tor, um das Fahrrad hindurch zu schieben.

Da sagt er auf einmal schnell: »Eine Frage noch, Daniila.«

»Ja?«

»Willst du mal was trinken? Irgendwann?«

»Oh, das mache ich oft«, erwidere ich. »Jeden Tag eigentlich. Mehrfach.« Okay, ich gebe zu, das war jetzt doch ein bisschen garstig. Er versucht ja nur, nett zu sein.

»Gut«, sagt er und hat keine Ahnung, was er von meiner Antwort halten soll.

»Ich muss jetzt, Rob, vielen Dank fürs Begleiten.« Ich lächle, schiebe das Fahrrad durchs Tor und sehe mich nicht mehr nach ihm um.

Tante Polina erwartet mich, der Tisch ist schon gedeckt.

»Der Junge sah nett aus«, sagt sie. »Ein Schulfreund?«

»Schule: ja. Freund: nein.«

»Er steht immer noch da unten und schaut. Ich glaube, er mag dich.«

»Er wird schon eine finden, die ihn auch mag«, entgegne ich und werfe einen Blick in den Topf, der schon auf dem Tisch steht.

Onkel Leo kommt aus dem Bad, hat sich gerade die Hände gewaschen. Er arbeitet Vollzeit im Avtobot, der Werkstatt, in der ich ein paar Stunden pro Woche aushelfen darf. Onkel Leo riecht immer nach Maschinenöl, auch am Wochenende. Sogar, wenn er ein Vollbad hinter sich hat. Ich mag das. Ist mir lieber als Veilchen. Zum Mittagessen kommt er immer nach Hause, weil das Avtobot nur einen Spaziergang entfernt ist. Es gibt Suppe mit Knödeln, wie sie – zumindest bilde ich mir das gerne ein – nur Tante Polina zubereiten kann. Wie wir so am Essen sind, fragt mich Onkel Leo, was ich eigentlich über meine Großmutter weiß. Ich wundere mich über die Frage und sage:

»Oma Damira? Ich mag sie sehr, auch wenn ich sie nicht so oft sehe. Was sollte ich über sie nicht wissen?«

»Nicht *die* Oma. Die andere.«

»Du meinst Oma Viktoria? Ich kenne sie nicht, das weißt du doch. Genauso wenig wie du. Nach dem Tod ihres Mannes ist sie spurlos verschwunden und nie wieder aufgetaucht. Muss ein halbes Jahrhundert her sein.«

»Sonst weißt du nichts?«

»Nur dass Papa nicht gerne darüber redet. Ist halt nicht schön, ohne Eltern aufzuwachsen.«

Der Onkel brummt und schöpft sich noch Suppe nach.

»Was weißt *du* denn über sie, Onkel? Da ist doch was, das du gerne erzählen würdest.«

»Ich falle Olaf nicht in den Rücken«, erklärt er. »Wenn er nichts sagt, steht es mir auch nicht zu.«

Nach dem Essen helfe ich beim Abspülen, dann gehe ich in den Garten, hole das Handy hervor und wähle Papas Nummer. Er wundert sich, dass ich ihn mitten in der Woche anrufe.

Mein zweiter Satz ist: »Papa, kann ich dich was fragen?«

»Ich werde dich nicht aufhalten können, sage ich aus Erfahrung«, erwidert er. »Was willst du denn?«

»Was ist mit meiner Großmutter Viktoria passiert? Deiner Mutter?«

Schlagartig ist es still am anderen Ende, ich kann hören, wie die Kirchturmuhr von Koltschuhyne im Hintergrund zweimal schlägt.

»Papa?«

Er räuspert sich. Was immer ein untrügliches Zeichen dafür ist, dass es um etwas geht, worüber er nicht gerne redet.

»Wir können darüber sprechen«, sagt er schließlich, »aber nicht am Telefon.«

»Okay.«

»Wenn du in den Sommerferien kommst.«

»Ist ja schon bald.«

»Ja. Wir freuen uns schon.«

»Ich mich auch.«

Ich bitte ihn, Mama und den Jungs liebe Grüße auszurichten, erledige die Hausaufgaben, was nicht lange dauert, und mache mich wieder auf den Weg. Polina soll nicht sehen, dass ich einen

Rock und die enge Bluse angezogen habe, sonst muss ich mir später beim Nachhausekommen Fragen anhören. Deswegen werfe ich mir den langen, dünnen Mantel über, obwohl es dafür viel zu warm ist. Außer Sichtweite ziehe ich den Mantel wieder aus und stopfe ihn in meinen kleinen Rucksack. Bestimmt bin ich schon wieder rot im Gesicht, und ganz sicher werde ich es sein, wenn ich nachher ankomme, aber dann kann ich es auf die Fahrradfahrt schieben. Ich bin nicht oft in Lypky, dem noblen Stadtteil am Ufer des Dnjepr. Dort ist das Regierungsviertel beheimatet, ansonsten steht da eine Villa neben der anderen, internationale Botschaften, teure Geschäfte. Wir sind ein paarmal mit dem Auto durchgefahren, zu Fuß oder mit dem Rad war ich da aber noch nie. Das ist zu fein für uns, da gehören wir nicht hin. Aber hier wohnt Frau Yakovleva, die mich gebeten hat, mir ihren Staubsauger anzusehen. Sie ist meine Kunstlehrerin. Im Unterricht hatte sie erwähnt, dass er kaputtgegangen war und sie sich wohl einen neuen würde kaufen müssen. Ich sagte, ich könnte ihn reparieren, wenn sie möchte, oder es wenigstens versuchen. Ich sei handwerklich ganz gut, würde sogar nebenbei als Mechatronikerin jobben. Sie fand es amüsant, dass ein so *kleines, zartes Mädchen den Anforderungen eines so harten Männerberufs trotzt.* Sie redet wirklich so. Als ich nun vor der Adresse stehe, die sie mir aufgeschrieben hat, in einer kleinen Nebenstraße mit Kopfsteinpflaster, kann ich es nicht ganz glauben. Sollte sie wirklich hier wohnen? In dieser verspielten, kleinen Jugendstil-Villa, bestens gepflegt? Ein Filmstar könnte hier leben, ein Anwalt, ein Börsenmakler. Aber meine Kunstlehrerin Frau Yakovleva? Es gibt keine Klingel, nur einen schweren Messingring, mit dem man gegen die Tür klopft. Ich tue das anscheinend ein wenig zu schwungvoll, das Klopfen hallt laut im Inneren des Hauses. Ich denke, mir öffnet bestimmt gleich ein Dienstmädchen aus dem 19. Jahrhundert, mit frisch gestärkter Schürze und Staubwedel in der Hand, aber es ist dann doch Frau Yakovleva, die öffnet und mich mit strahlendem Lächeln hereinbittet. Sie scheint meine Scheu zu spüren, sagt, ich möge mich wie zu Hause fühlen, fragt, ob ich lieber Kaffee oder Tee trinken möchte. Ich gebe mich, danke schön, mit einem Glas Wasser zufrieden. Die Eingangshalle ist riesig, heller Marmorboden, an den Wänden Gemälde aus den verschiedensten Epochen, zwei mit rotem Teppich verkleidete Treppen, die zu beiden Seiten in den ersten Stock führen. Ein kleines Märchenschloss. Es riecht nach Lavendel und noch nach etwas anderem, das ich nicht identifizieren kann, ich tippe auf ein Duftöl. Unten wohnt niemand, sagt sie, da gibt es nur Küche, Esszimmer, Bibliothek und Gemeinschaftszimmer. Zu meiner Überraschung trägt sie ein leichtes, fast sommerliches, einfarbiges Hauskleid. In der Schule ist sie strenger gekleidet. Was ist das für eine Farbe, beige? Ihre Beine nackt, ihre Füße auch. Ist es hier drin nicht zu kühl dafür? Wie selbstverständlich greift sie nach meiner Hand und geht mit mir die Treppe hoch. Sie ist fast einen Kopf größer als ich, auch ohne Schuhe, wir sind wie ein Brautpaar auf dem Weg zu seinen Gemächern. Es ist, als würde ich eintauchen in eine andere Zeit, als hätte ich gerade eine Trennlinie durchschritten zu einer früheren Inkarnation, wäre eine Prinzessin, die elfengleich durch ihr Schloss schwebt. Sowas denke ich sonst nie, liebes Tagebuch, das weißt du! Ich bin keine von den Kitschbräuten, habe nur ein einziges Kleid im Schrank hängen, weil Mama mal meinte, dass man für manche Anlässe eins braucht, besitze weder Schuhe mit hohen Absätzen noch werde ich mir jemals welche zulegen; obwohl ich manchmal denke, dass sie für meine 1,56 Meter eigentlich gar keine so schlechte Idee wären – aber dann erinnere ich mich wieder daran, dass es auch andere Wege gibt, Respekt zu erwerben. Doch dieses Haus setzt meine Fantasie in Gang. Ich weiß, dass Frau Yakovleva nicht verheiratet ist und keine Kinder hat, also frage ich:

»Wohnen Sie hier ganz allein?«

Sie sieht mich an und lacht. Ich mag ihr Lachen. Die schneeweißen, ebenmäßigen Zähne, die sie dabei zeigt.

»Himmel bewahre, nein«, sagt sie. »Kannst du dir vorstellen, was hier alleine anfällt für Heizung, Wartung und Reparaturen?

Hinten ist ein Garten, fast 600 Quadratmeter, er ist bezaubernd, *très joli,* aber wenn ich den alleine pflegen wollte, hätte ich keine Zeit mehr, um Unterricht zu halten. Früher habe ich hier mit meinen Eltern und Geschwistern gewohnt. Schon meine Urgroßeltern haben in diesem Haus gelebt. Heute vermiete ich Zimmer an sehr, sehr liebe Freundinnen. Es ist noch eins frei – wenn du also mal eine Bleibe suchst.«

Dabei lächelt sie mich wieder so an, dass ich garantiert rot werde. Es muss ja ein Scherz sein, so ein Angebot kann sie mir nicht ernsthaft machen. Auf einmal frage ich mich: Ist es zu auffällig, dass ich einen Rock trage, noch dazu einen, der nicht einmal übers Knie geht? Schlagartig komme ich mir lächerlich vor, wie ein Mädchen, das versucht, scharf auszusehen und dabei gar nicht weiß, wie das geht. Von ihren Freundinnen ist bisher nichts zu sehen, kein Paar Schuhe auf dem Flur, kein Mantel unten auf dem Garderobenständer. Wir landen in ihren Zimmern, sie hat zwei, wie sie mir erklärt – ein Wohn- und ein Schlafzimmer. Das Wohnzimmer sieht aus wie eine Puppenstube mit Biedermeiersofa und zwei dazu passenden Sesseln mit lindgrünem Bezug, Blümchengardinen, Spitzendeckchen auf dem Tisch. Das Zimmer ist sehr hoch, Stuck an der Decke, ein Gefühl von Weite, von Tief-durchatmen-können. Die Tür zum Schlafzimmer ist zu. Das ganze Haus ist aufgeräumt wie ein Museum, was ich ein bisschen unnatürlich, ja fast gruselig finde, aber ich tröste mich mit dem Gedanken, dass die Mitbewohnerinnen in ihren Zimmern vielleicht – um ein Gegengewicht zu schaffen – einen totalen Saustall haben. Frau Yakovleva bittet mich, sie Yulia zu nennen. Ich bedanke mich dafür. Im selben Moment frage ich mich, wieso ich so bescheuert bin, mich dafür zu bedanken. Egal, ich frage nach dem Staubsauger, deswegen bin ich ja schließlich hier. Sie geht zurück auf den Flur, holt ihn aus einer Kammer. Yulia erzählt, dass sie Staubsaugerbeutel und Filter schon ausgetauscht hat und steckt den Stecker ein. Ich begreife, dass es keine gute Idee ist, für die Inspektion des Saugers auf dem Boden herumzukrabbeln, weil man mir dann unter den Rock sehen könnte. Also setze ich mich auf einen Stuhl und beuge mich nach vorne. Ich spüre, wie Yulias Blick über mich schweift, und entscheide mich, es zu ignorieren und mich auf den Staubsauger zu konzentrieren. Ich versuche ihn anzuschalten, aber es tut sich nichts. Gar nichts. An der Steckdose kann es nicht liegen. Ich prüfe das Kabel, es scheint in Ordnung zu sein, zu stabil für einen Wackelkontakt.

»Der Motor könnte defekt sein«, sage ich. »Wenn das der Fall ist, brauchen Sie einen neuen. Das Austauschen wäre zu aufwändig und würde sich nicht lohnen. Aber es gibt auch noch eine andere Möglichkeit«, füge ich hinzu.

»Was für eine denn?«

Ich hole mein Smartphone hervor, nicht ganz ohne Stolz, wie ich leider zugeben muss. Eigentlich haben wir für sowas nicht genug Geld, aber ein Kunde vom Avtobot hat es mir sehr günstig verkauft. In weniger als einer Minute ermittele ich mit dem Ding, dass das vorliegende Staubsaugermodell über eine eingebaute Sicherung verfügt.

»Um den Motor vor Kurzschlüssen und Überlastung zu schützen«, erkläre ich. »Macht so eine Sicherung Zicken, geht gar nichts mehr. Soll ich eine bestellen, um es herauszufinden?«

»Ja«, sagt sie. »Das wäre wirklich sehr lieb von dir.« Wie sie diese Worte ausspricht, sorgt dafür, dass die Härchen auf meinen Armen sich aufstellen.

»In zwei, drei Tagen ist die Sicherung da«, erkläre ich nach Aufgeben der Bestellung. »Dann kann ich sie austauschen. So lange werden wir warten müssen.«

»Wunderbar«, erwidert sie. »Bis dahin werde ich nicht im Schmutz ersticken. Vielen, vielen Dank, liebe Daniila, es ist so bezaubernd, dass du dir die ganze Mühe machst.«

Sie strahlt mich an wie jemand, der so voller Vorfreude ist, dass er das, worauf er sich freut, kaum mehr erwarten kann. Und was soll ich sagen: Die Härchen auf meinen Armen spielen verrückt. Ich bin nicht hier, weil ich mir ihren Staubsauger ansehen wollte.

Ich bin hier, weil ich Yulia Yakovleva sexy finde, schon seit meinem ersten Schultag. Weil ich sie – wann immer ich ihr begegne – mit den Augen verschlinge, auch wenn ich die Hochfrisuren, die sie oft trägt, viel zu altmodisch und gouvernantenhaft finde. Ihren Kleidungsstil zu altbacken. Ihre Redeweise zu sehr wie aus der Zuckerdose. Sie redet zwar immer noch so, aber sonst ist nichts an ihr heute altbacken. Keine Hochfrisur. Ihre langen, braunen Haare fallen in anmutigen Wellen über den Nacken. Warum trägt sie die nicht immer so? Süßes Kleid. Alles an ihr ist eine Einladung, wie sie sich bewegt, wie sie den Kopf ein wenig schief legt, wie sie sich mit der Hand durchs Haar fährt. Sie legt ihre Finger auf meinen Handrücken und streichelt ihn zart. Ich kann nichts mehr sagen. Bin nur noch Atem. Hitze. Leere. Sie fragt leise:

»Möchtest du mein Schlafzimmer sehen?«

Ich antworte nicht. Ich weiß nicht, ob ich in der Lage bin, überhaupt zu antworten, und bin mir auch gar nicht sicher, ob sie das wirklich gesagt hat. Ich habe eine üppig blühende Fantasie, manchmal so stark, dass die Grenzen verschwimmen zwischen dem, was wirklich passiert und was nur in meiner Einbildung stattfindet. Als sie sich langsam vorbeugt und ihre Lippen vorsichtig die meinen finden, weiß ich: Das geschieht wirklich. Und es fühlt sich besser an als alles, woran ich mich erinnern kann. Bei Weitem. Ihre Hand tastet über meine Bluse, versucht den obersten Knopf zu öffnen. Ich greife nach ihrer Hand und halte sie fest.

»Nein«, sage ich.

»Ich bin ganz zärtlich«, verspricht sie.

»Nein«, wiederhole ich.

»Du magst mich doch auch«, flüstert sie in mein Ohr und küsst es.

Ich schüttele sie ab, stehe auf, drehe mich um und blicke – was für ein seltener Moment – auf sie hinunter.

»Nein heißt Nein, Frau Yakovleva«, sage ich, »das ist nicht so schwer zu verstehen.«

Sie erhebt sich, um den üblichen Größenunterschied wieder herzustellen, und erklärt ruhig: »Ich sehe doch, wie du dich herausgeputzt hast. Wie du mich ansiehst. Du musst keine Angst haben. Komm, setz dich wieder. Es wird schön. Vertrau mir einfach, Liebes.«

»Ich bin nicht Ihr Liebes«, wehre ich ab. Mein Herz klopft bis zum Hals.

»Was hast du denn auf einmal?«

»Ich hätte nicht kommen sollen.«

»Das erste Mal ist immer schwer. Aber du hast Glück, weil ich es bin.«

Sie kommt auf mich zu, will nach mir greifen. Ich weiche zurück, taste hinter mir nach der Türklinke.

»Warum ist die Tür abgeschlossen?«, will ich wissen.

»Damit niemand hereinkommt. Wir klopfen hier alle nicht an, Daniila, wir sind sehr offen.«

Ihre sehr, sehr lieben Freundinnen und sie, denke ich. Der Schlüssel steckt im Schloss, ich drehe ihn, drücke die Klinke, ziehe die Tür auf.

»Sie haben das geplant«, sage ich.

»Ja«, gibt sie zu. »Natürlich. Fühlst du dich denn nicht zu mir hingezogen?«

»Sie sind meine Lehrerin, ich bin Ihre Schutzbefohlene«, stelle ich fest. »Ich sag's nicht gerne, aber Sie missbrauchen die Situation. Auch wenn ich mich noch so sehr zu Ihnen hingezogen fühle, denn ja, das tue ich tatsächlich. Sie entscheiden über meine Noten und damit ein Stück weit über meine Zukunft. Wir dürfen das nicht vermengen, und die Verantwortung darüber tragen Sie, nicht ich.«

»Niemand muss es erfahren. Wir könnten schon längst nebenan sein«, sagt sie und deutet auf ihre Schlafzimmertür. »Du könntest den Spaß deines Lebens haben. Kannst du immer noch.«

»Bringen Sie den Staubsauger in die Schule«, sage ich, »dann werde ich ihn reparieren. Ich stehe zu meinem Wort. Auf Wiedersehen, Frau Yakovleva.«

Ich gehe die Treppe hinunter. Wie eine Prinzessin fühle ich mich jetzt nicht mehr. Beim allerersten Blick ins Innere dieses Hauses hatte ich es gruselig gefunden. Ich sollte mehr auf meine ersten Eindrücke vertrauen.

Ich stolpere hinaus. Mein Rad ist weg, da liegt nur noch das aufgeschlitzte Fahrradschloss auf dem Boden. Scheiße. Soll ich den Diebstahl melden? Ich entscheide mich dagegen und nehme einfach den Bus. Das mache ich sonst nie, obwohl ich es sehr mag, in Kyjiw Bus zu fahren. Egal, wo du einsteigst und einen Platz findest, du reichst das Fahrgeld einfach der Person, die vor dir sitzt, und es wird weitergereicht, bis es beim Fahrer angekommen ist. Das funktioniert immer, und ich finde es wunderschön. Es sagt mehr über die Ukraine aus als jeder noch so brillante Vortrag. Daran kann auch ein mieser Fahrraddieb nichts ändern, jawohl.

8. Juni, Kyjiw:
Frau Yakovleva hat sich in der Schule nichts anmerken lassen. Kein ungehaltener oder um Verzeihung bittender Blick, keine Verunsicherung, keine an mich gerichtete Bemerkung, die über schulische Belange hinausging. Nicht einmal, als ich ihr gesagt habe, dass die Sicherung für den Staubsauger angekommen ist. Sie hatte das Gerät schon mit in die Schule gebracht. In weniger als fünf Minuten habe ich die Sicherungen ausgetauscht und der Staubsauger lief wieder wie am Schnürchen. Sie beglich die Kosten der Sicherung und wollte auch noch für die Reparatur bezahlen, aber das nahm ich nicht an. Sie trug wieder Hochfrisur, strenges Kostüm. Die Minuten in ihrem Haus schweben in mir, festgezurrt und zu einem Gemälde verdichtet, das auch in ihrer Eingangshalle hängen könnte.

Ein Fahrrad hatte ich bereits am nächsten Tag wieder. Auf Geheiß seines Chefs brachte Onkel Leo mir eines, das in der Werkstatt herumgestanden hatte.

»Ein Fahrraddieb? In Lypky?«, hatte er mich entsetzt gefragt. »In einem Arbeiterviertel, von mir aus, aber da, wo sie sich mit

Geldscheinen den Hintern abwischen? Was ist eigentlich noch heilig?«

Vorhin in der Küche, als Polina am Kochen war, saß eine Lebensmittelmotte auf dem Küchenschrank. Ab und zu haben wir welche, meine Tante stöhnt oft darüber, dass sie die Viecher nicht ausgerottet bekommt, immer wieder nisten sie sich im Getreide oder in den Nüssen ein. Wenn sie eine irgendwo sitzen sieht, zerdrückt sie die Motte mit der flachen Hand. In den letzten Monaten habe auch ich schon die eine oder andere erlegt und mir nie etwas dabei gedacht. Sie sind langsam, wenn man schnell genug zuschlägt, hat man sie. Ich holte bereits aus, aber auf einmal, mitten in der Bewegung, hielt ich inne. Und überlegte es mir anders. Ich stülpte ein Marmeladenglas über die Motte, schob ein Blatt Papier darunter und brachte sie nach draußen, wo ich sie davonfliegen ließ. Polina wollte wissen, wieso ich das getan hatte. Mitleid mit einer Motte? Wozu? Man musste sie doch eliminieren, nicht schützen.

»Die Motte, die du rausgebracht hast, könnte den Weg zurückfinden und weitere Eier in unsere Sachen legen«, gab Polina zu bedenken. »Hast du das mal bedacht?«

Hatte ich nicht. Es hätte aber nichts an meiner Entscheidung geändert. Den ganzen Nachmittag dachte ich darüber nach: Es war einfach so, dass ich nicht wissentlich ein Lebewesen töten wollte. Wenn ich Ameisen zertrat, weil sie unter meine Füße kamen, ohne dass ich es bemerkte, dagegen konnte ich nichts tun. Aber war alles andere nicht irgendwie Mord? Und damit nicht okay? Ich fragte mich, wie Jesus zum Töten von Tieren gestanden haben mag, und versuchte, etwas darüber herauszubekommen. Jesus hat Fisch gegessen, davon ist in der Bibel mehrfach die Rede, und die Evangelien berichten auch davon, dass er das Passahmahl mit seinen Jüngern teilte, also ist anzunehmen, dass er dabei auch Lamm verzehrt hat. Aber Papier ist geduldig, wie Papa manchmal sagt. Wie alles in der Bibel, hat auch das irgendjemand irgendwann mal aufgeschrieben, und niemand weiß, ob es jemals angemessen kontrolliert worden ist. Nur mal angenommen, Jesus hätte damals gesagt: »Leute, für mich bitte keinen Fisch, ich nehme nur das Gemüse. Und hört mal, ihr Jünger, mir wäre auch wohler, wenn ihr es genauso machen würdet.« – Hätte der Chronist das dann für würdig genug befunden, um es aufzuschreiben? Wahrscheinlich nicht. Es wäre ihm vermutlich am Arsch vorbeigegangen.

Das Dumme ist: Ich glaube ernsthaft, ich kann jetzt kein Fleisch mehr essen. Dabei liebe ich Polinas Braten! Mamas Gulasch! Eier, was ist mit Eiern? Die fallen jetzt auch flach, denn wenn ich sie äße, würde ich denken, das hätten mal Küken werden sollen. Keine Ahnung, ob das anhält. Weiß ich nicht. Wir werden sehen.

9
Viktoria
1957

Als sie den Pferdekarren zurück nach Konstantinowka steuerte, stand ihre Mutter bereits mit grimmiger Miene und verschränkten Armen vor dem Haus. Die ganze Fahrt von Beloyarka bis hierher hatte Viktoria darüber nachgedacht, wie sich ihre Tat am besten rechtfertigen ließ. Strahlend wollte sie verkünden, dass sie alles verkauft hatte, dass sie keinen einzigen Apfel und keine Gurke wieder nach Hause zurückbrachte, dafür aber eine stattliche Menge Geld. Und dass es das seit einer Ewigkeit nicht mehr gegeben hatte. Aber schon nach ihren ersten Worten verbat die Mutter ihr den Mund und wollte nichts hören.

»Das Fieber deines Vaters ist höher geworden«, sagte sie, »und du bist schuld. Geh hinein und entschuldige dich bei ihm«, befahl sie, griff nach den Zügeln und schickte sich an, die Pferde in den Stall zu führen.

Viktoria verstand nicht, dass ihre Eltern sich nicht wenigstens ein bisschen über ihren Verkaufserfolg freuen konnten, sondern sie nur als unverantwortlich, ungehorsam und hinterlistig bezeichneten. Sie waren zutiefst enttäuscht und verboten ihr bis auf Weiteres, das Dorf zu verlassen. Viktoria entschied sich dafür, ihnen zu verheimlichen, dass es auf dem Markt Ärger gegeben hatte. Hätten sie auch das noch erfahren, wären ihre Strafmaßnahmen noch viel drastischer ausgefallen. Genauso behielt sie für sich, dass sie in Beloyarka jemanden kennengelernt hatte, der ihr Herz zum Hüpfen brachte, wenn sie an ihn dachte. Ob sie Timur jemals wiedersehen würde? Wenn sie nun abends im Bett lag, stellte sie sich vor, wie er sich für sie mit den Männern prügelte, die nach Schweinestall stanken. Sie waren zwar stärker, er dafür aber schneller. In ihrer Fantasie malte sie sich aus, wie der Kerl mit der Mütze im Begriff war, von hinten mit einem Spaten auf Timur einzuschlagen. Aber Viktoria war zur Stelle, zog ihr Messer und stach es dem Fiesling so tief in die Brust, dass er kraftlos und mit ungläubigem Blick zusammensackte. Viktoria staunte darüber, dass sie zu so gewalttätigen Fantasien fähig war, und musste – ein wenig beschämt – zugeben: Es fühlte sich durchaus befriedigend an, sich so etwas vorzustellen. Das tat es. Rohe Gewalt mit noch effektiverer Gewalt zu beantworten und zu beenden.

Erst vier Wochen später nahm Viktorias Vater sie wieder mit zum Markt in Beloyarka. Viktoria spürte ungewohnte innere Unruhe. Würde sie Timur wiedersehen? Und wenn ja, würde er auf den unangenehmen Vorfall zu sprechen kommen, von dem ihr Vater nach wie vor keine Ahnung hatte? Sie hatten den Stand kaum aufgebaut, da kam er auch schon. Er sah genauso aus wie vor vier Wochen, im Gegensatz zu Viktoria, die ein kurzärmeliges Hemd trug, eine leichte Hose und keine Mütze auf dem Kopf. Es war heute sehr viel wärmer als neulich, aber Viktoria wollte einfach, dass Timur – falls er sich denn blicken lassen sollte – mehr von ihr zu sehen bekam als beim letzten Mal. Und da war er. Timur begrüßte zuerst ihren Vater und dann auch sie, aber mit keinem Wort und keiner Geste ließ er durchschimmern, dass sie einander schon einmal begegnet waren. Er ließ sich von Viktorias Vater beim Kauf von Obst und Gemüse beraten und gestattete sich vorerst nur ein kleines, verstecktes Lächeln in ihre Richtung. Nachdem Timur seinen Kauf bezahlt hatte, ging Viktorias Vater zum Pferdekarren, um Nachschub zu holen. Wofür Viktoria ihm sehr dankbar war, denn so hatte sie einen Moment mit Timur alleine.

»Du warst lange nicht mehr hier«, sagte er. »Dachte schon, wir sehen uns nicht wieder.«

»Ich durfte nicht mit«, erklärte Viktoria.

Timur deutete auf ihren Hals und sagte: »Das ist ein schönes Halsband. Bernsteine sieht man hier nicht so oft. Ein Geschenk deines Mannes?«

Viktoria schüttelte den Kopf.

»Deines Verlobten?«

»Ich habe keinen.«

»Dann ist es von einem Verehrer?«

»Nein«, erwiderte sie, »es war nur ein Dankeschön dafür, dass ich ein Tier geheilt habe.«

»Du vermagst Tiere zu heilen?«

»Es ist nur ein Hobby, nichts weiter.«

»In der Kolchose, in der meine Familie arbeitet, gibt es eine Menge Tiere. Kühe, Schweine, Hühner. Eine weitere Tierärztin könnte dort nicht schaden.«

»Wie gesagt, ich bin leider keine«, erwiderte sie.

Da kehrte Viktorias Vater mit einer Obstkiste auf den Armen zurück. Timur verabschiedete sich freundlich von den beiden und Viktoria sah ihm nach, wie er in der Menge der Leute verschwand.

Zu Viktorias regelmäßigen Aufgaben gehörte es, zusammen mit anderen landwirtschaftlichen Arbeitern Pflanzenschutzmittel auf den Feldern um Konstantinowka zu verteilen. Dafür bekamen sie Sprühgeräte, die sie sich wie Rucksäcke auf den Rücken schnallen mussten, um damit dann über die Felder zu gehen und sie zu besprühen. Woanders gab es für diesen Zweck spezielle Fahrzeuge, oder die Felder wurden von Flugzeugen besprüht. Aber für Siedlungen wie Konstantinowka wurde der Aufwand kleingehalten. Schutzanzüge hielt man nicht für notwendig, die Arbeiter waren mit diesen Geräten in ganz normaler Kleidung unterwegs. Der Wirkstoff, der versprüht wurde, hieß Dichlordiphenyltrichlorethan, oder kurz: DDT. Viktoria war nie sonderlich wohl dabei, obwohl das Zeug fast keinen Geruch verströmte und angeblich für Menschen vollkommen harmlos war. Sie fragte sich aber, wie es sein konnte, dass Insekten durch DDT über Nacht den Tod fanden, Menschen und größere Tiere aber angeblich nicht beeinträchtigt wurden. Wenn sie mit dem Rucksack unterwegs war, band sie sich lieber ein Tuch vors Gesicht.

Im Wald, der an die Felder grenzte, fand sie eines Tages eine tote Kohlmeise, und in derselben Woche auch noch eine zweite.

Als sie zum dritten Mal einen toten Vogel fand, diesmal eine Blaumeise, wickelte sie sie diese in ein Tuch und brachte sie dem jungen Tierarzt, der von der Kommunistischen Partei vor Kurzem nach Konstantinowka geschickt worden war. Jakob Gering war erst Mitte 20, Georgiendeutscher und hatte sein Veterinärstudium im letzten Jahr in Pawlodar abgeschlossen, bevor er von der Kommunistischen Partei hergeschickt worden war. Jakob wusste von Viktorias autodidaktischen tierärztlichen Kenntnissen und hätte sie am liebsten als Assistentin beschäftigt, aber da sie keine entsprechende Ausbildung hatte, war seine Anfrage abgelehnt worden.

»Du hast recht, Viktoria«, sagte er, »es ist komisch, wenn Vögel wie diese einfach tot vom Ast fallen. Das Tier war noch jung und kräftig, da stimmt etwas nicht.«

Er sezierte den Leichnam, konnte aber nichts finden, was auf eine Vergiftung hindeutete. »Ich würde ihn ja in ein Labor bringen, wo man ihn genauer untersuchen könnte«, sagte er. »Aber wenn ich das tue, Viktoria, wirft es Fragen auf. Im schlimmsten Fall unterstellt man mir Querulantentum und versetzt mich woanders hin. Das wäre nicht klug. Ich möchte gerne helfen, das Leben in Konstantinowka zu verbessern, und das könnte ich dann nicht mehr.«

Das leuchtete ihr ein. Und vielleicht hatten die toten Vögel mit diesem DDT ja auch überhaupt nichts zu tun.

Viktoria war zwischen den Feldern mit dem Traktor unterwegs, als ihr ein Haufen Schafe den Weg versperrten und die Weiterfahrt vorübergehend unmöglich machten. Anar kam auf sie zu und begrüßte sie erfreut, auch weil er sah, dass sie sein Halsband trug.

»Das tue ich so gut wie immer«, sagte sie. »Ich liebe es.«

»Wenn du nur auch den Schenker lieben wolltest«, erklärte er mit einem Lächeln, in dem mehr lag als die Leichtigkeit, mit der er ihr zu begegnen versuchte. Es war ein trauriges Lächeln, gespeist von dem Wissen, dass sie seine Gefühle wohl niemals erwidern würde.

»Jetzt schau nicht so«, sagte sie.

»Wie schau ich denn?«

»Wie ein Erdmännchen, das vor seinem Bau steht und Wache hält.«

»Was ist denn bitte ein *Erdmännchen?*«

Viktoria hatte das deutsche Wort benutzt, das Anar verständlicherweise nichts sagte.

»Ich kenne sonst nur noch das französische Wort dafür, es lautet *suricate.* Es ist ein Tier in der afrikanischen Savanne. Es kann aufrecht stehen oder auf allen Vieren.«

»Und es steht Wache?«

»Ja. Bis es müde wird und umfällt. Das ist wirklich so.«

»Viktoria, ich glaube, das denkst du dir alles gerade aus.« Auch das sagte er mit einem Lächeln.

Sie blickte empört drein, wenn auch auf spielerische Weise. »Irgendwann zeige ich dir dieses französische Buch, dann wirst du mich um Verzeihung bitten.«

Inzwischen hatten die Schafe den Weg geräumt und Viktoria versuchte den Traktor wieder zu starten. Aber der Motor sprang nicht an. Erst beim vierten Versuch fing er wieder an zu tuckern und sie konnte die Fahrt fortsetzen.

Fast jede Woche sah sie Timur auf dem Markt in Beloyarka, er hatte es sich zur Angewohnheit gemacht, Obst und Gemüse immer nur am Stand ihres Vaters zu kaufen. Es gab versteckte Blicke und kurze Gespräche zwischen ihnen, wenn Papa gerade mal nicht hinhörte. So ging es den ganzen Sommer über, bis zum Herbst. Da griff Timur auf einmal vollkommen unerwartet nach Viktorias Hand, legte etwas hinein, verschloss ihre Finger wieder, verabschiedete sich und ging mit seiner vollen Tasche davon. Viktoria versicherte sich mit einem Blick, dass ihr Vater nicht zusah, und öffnete die Hand: Darin lag ein silberner Ring mit einem kleinen, eingefassten Stein. Viktoria blieb der Mund offen stehen. Sie hatte keine Ahnung, ob das wirklich echtes Silber war, sie hatte noch nie silbernen Schmuck in der Hand gehabt. Und was das für ein Stein war, wusste sie erst recht nicht. Sie steckte den Ring schnell in die Hosentasche und hatte alle Mühe, sich die Aufregung nicht ansehen zu lassen.

»Geht's dir gut?«, fragte ihr Vater. »Du hast so rote Wangen.«

»Muss die Herbstsonne sein«, log sie und wandte sich einer Stammkundin zu, die im Begriff war, sich mit Obst und Gemüse einzudecken.

In der Woche darauf stellte sie Timur zwar leise, aber dennoch unmissverständlich zur Rede.

»Bist du verrückt, Timur? Was sollte das?«

»Ich wollte nur, dass du etwas von mir hast. Ein anderer hat dir jenes Halsband geschenkt, also kann ich dir doch einen Ring schenken.«

»Er sieht aus wie ein Verlobungsring«, stellte Viktoria mit anklagendem Unterton fest.

»Ist das so?«

»Ich kann ihn nicht behalten. Meine Mutter findet alles, irgendwann.« Sie steckte den Ring in die Brusttasche seiner Jacke.

»Ich würde deinen Vater gerne um deine Hand bitten«, erklärte er in dem ruhigen Tonfall, den er gebrauchte, wenn er wollte, dass etwas besonders eindringlich klang.

»Du bist verrückt«, sagte sie. »Das geht nicht.«

»Und warum nicht?«

»Weil du Kasache bist, Timur. Du sprichst kein Wort Deutsch. Meine Eltern würden es nicht zulassen.«

»Und du? Was willst du?«

Wieder einmal rettete sich Viktoria in die Begrüßung eines Kunden, der etwas kaufen wollte. Im nächsten Moment stand auch ihr Vater wieder am Stand. Viktoria hoffte, dass Timur das Richtige tun, sich verabschieden und davongehen würde. Aber stattdessen richtete er das Wort an ihren Vater, und Viktoria erstarrte vor Angst:

»Sagen Sie, ich habe gehört, der Traktor in Konstantinowka ist kaputt?«

»Das stimmt«, erwiderte Viktorias Vater. »Woher wissen Sie das?«

»Ich bin Mechaniker, ein Kollege hat es mir erzählt. Er wurde angefordert, um die Maschine zu reparieren, aber er wird erst in sechs Wochen Zeit dafür haben.«

»Ja«, erklärte Viktoria, die sich nun wieder ein wenig entspannt hatte. »Der alte Schrotthaufen springt inzwischen gar nicht mehr an, und dabei brauchen wir ihn dringend. Aber niemand kriegt ihn wieder flott.«

»Wir hatten einen Mechaniker im Dorf«, erzählte der Vater. »Aber er war sehr alt und ist schließlich gestorben. Jetzt kann es dauern, bis wir einen neuen bekommen.«

»Ich könnte kommen und es versuchen«, bot Timur an.

»Das ist sehr nett von Ihnen«, sagte Viktorias Vater. »Aber so etwas läuft immer über die Verwaltung. Ich kann Sie nicht einfach anfordern.«

Timur winkte locker ab und erklärte mit einem Lächeln: »Wir müssen es nicht offiziell machen. Ich komme einfach privat zu Besuch, wenn ich sowieso mal in der Nähe bin, und schaue mir dann aus lauter Freundschaftlichkeit den Traktor an. Anschließend belohnen Sie mich mit einer warmen Mahlzeit. Was sagen Sie?«

Der Vater nickte, was hätte es für einen Grund geben sollen, zu einem so überaus liebenswürdigen Angebot Nein zu sagen?

Viktoria hatte leicht widerstreitende Gefühle. Einerseits war sie etwas verärgert, weil Timur es geschafft hatte, sich auf diese Weise nach Konstantinowka und damit in ihr Leben zu mogeln, obwohl sie ihm klar zu verstehen gegeben hatte, dass es sinnlos war, das zu versuchen. Andererseits war sie fasziniert von seiner gewitzten Hartnäckigkeit. Zum Letzten fand sie die Aussicht, dass er bald in ihrem Dorf zu Besuch sein und bei ihrer Familie am Tisch sitzen würde, ganz einfach ziemlich aufregend.

Nur drei Tage später machte Timur seine Ankündigung wahr. Er kam vorgefahren mit einem fast neuen, marineblauen Moskwitsch 423 Kombi. So ein Auto hatte man in Konstantinowka noch nicht gesehen. Kinder kamen angelaufen, weil sie es aus der Nähe sehen wollten, und die Männer ließen es sich nicht nehmen, einen eingehenderen Blick darauf zu werfen. Timur, der einen Blaumann trug, erlaubte den Kindern großzügig, sich in den Wagen zu setzen, was einige auch taten. Der Kolchos-Vorsitzende von Konstantinowka begrüßte ihn persönlich und dankte ihm für sein Kommen. Timur hatte eine Menge Werkzeug mitgebracht und der halbe Kofferraum war voll mit Ersatzteilen, die er möglicherweise brauchen könnte.

»War gar nicht so leicht, das alles mitzubringen«, raunte er Viktoria zu. »Aber ich will ja bei deinen Eltern einen guten Eindruck machen. Und bei dir. Deswegen habe ich mir auch das Auto geliehen.«

»Du spinnst«, sagte sie nur.

Die Reparatur des Traktors erwies sich als kompliziert, auch weil das Fahrzeug hauptsächlich aus verrosteten Teilen zu bestehen schien. Jede einzelne Schraube wehrte sich dagegen, gelöst zu werden.

»Das hast du dir selbst eingebrockt«, erklärte Viktoria, als sie ihm ein Glas Limonade nach draußen brachte, die ihre Mutter selbst gemacht hatte. Timur arbeitete sich unermüdlich durch das Innenleben des Traktors, bis er den Fehler schließlich fand und beheben konnte. Anschließend waren nicht nur der Blaumann und seine Hände ölverschmiert, auch Gesicht und Hals. Der Kolchos-Vorsitzende Jakob Brecht dankte ihm für seinen großartigen Einsatz und bot ihm an, im Gemeindehaus zu duschen. Timur nahm dankend an. Viktoria konnte der Versuchung nicht widerstehen, ihm dorthin frische Handtücher zu bringen. Als sie die Umkleidekabine betrat, hatte er Blaumann und Pullover bereits ausgezogen. Er sah schon wirklich dünn aus, aber seine Arme waren sehnig und man sah ihnen die Kraft an, die in ihnen steckte. Sie drückte ihm die Handtücher in die Arme, blieb vor ihm stehen und sah zu ihm auf. Sie schwiegen. Nur noch ihrer beider Atem war zu hören. Wenn man absah vom Pochen ihres Herzens, das in Viktorias Ohren dröhnte. Sie beugte sich ein wenig vor, stützte sich mit den Händen an seinen festen Oberarmen ab, stellte sich auf die Zehenspitzen und küsste ihn auf den Mund. Eine leichte, fast unschuldige Berührung, die nichts Forderndes an sich hatte. Bevor er den Kuss erwidern konnte, hatte sie sich von ihm schon wieder gelöst. Sie sah ihm in die Augen, prüfend, um zu sehen, wie er darauf wohl reagieren würde. Timur zeigte fast keine Reaktion, nur den winzigen Anflug eines Lächelns.

»Gut, Timur«, sagte Viktoria, »wenn du noch möchtest und dich wirklich traust, dann frag ihn.« Damit wandte sie sich ab und ging wieder hinaus.

10
Franz
1871

Kaum zurück in Mittenwald, suchte Franz den Pfarrer der St. Peter-und-Paul-Kirche auf, der ihn und Thea trauen sollte. Der Pater wollte zuerst wissen, wie alt sie war. Thea log, sie sei 21 und damit volljährig. Franz bestätigte das, aber der Geistliche hatte Zweifel und wollte Theas Geburts- oder Taufurkunde sehen. Sie erklärte mit leicht zitternder Stimme, diese Dokumente gebe es leider nicht mehr, weil ihr Elternhaus abgebrannt sei, als sie noch klein war. Dabei seien sowohl ihr Vater als auch ihre Mutter zu Tode gekommen. Der Pfarrer äußerte sein ehrliches Bedauern und wollte wissen, wo sie denn aufgewachsen war. In einem Waisenhaus? Oder bei Verwandten? Thea biss sich auf die Unterlippe und erklärte stockend, es sei sehr schmerzhaft, das jetzt zu erzählen: Sie sei von ihrer alleinstehenden Tante aufgezogen worden, die für sie wie eine Mutter gewesen sei und die sie über alles geliebt habe. Aber letzte Woche sei die liebe Tante leider nach langem, schwerem Leiden verschieden. Es müsse für sie eine Erlösung gewesen sein, aber trotzdem sei Thea voller Trauer, und jedes Mal, wenn sie daran denke oder davon erzähle, müsse sie bitterlich weinen. Der Pfarrer war von der Geschichte sichtlich angerührt, wiederholte aber, dass er Thea ohne einen Beleg für ihre Volljährigkeit nicht trauen könne. Thea und ihre Tante waren doch sicher Kirchgängerinnen gewesen? Dann könnte er schriftlichen Kontakt zum Pfarrer der entsprechenden Gemeinde aufnehmen und sich rückversichern, ob alles seine Richtigkeit habe. Thea dankte ihm knapp und verließ die Amtsstube des Pfarrers. Franz, der in den vergangenen Minuten mit wachsendem Staunen zugehört hatte, kam hinter ihr her und konnte sich ein Grinsen nicht verkneifen.

»So ein raffiniertes Biest kannst du sein?«

»Nicht raffiniert genug«, entgegnete sie.

»Mach dir keine Sorgen«, erklärte Franz. »Ich weiß schon, was wir tun.«

In einer schmalen Gasse im Ortskern klopfte Franz mit den Fingerknöcheln gegen eine Tür. Es dauerte eine Weile, bis einen Spaltbreit geöffnet wurde. Das Gesicht eines blassen Mannes erschien, der fast kahlköpfig war, obwohl seine Gesichtszüge annehmen ließen, dass er kaum älter war als Franz.

»Was willst du?«, fragte er ungehalten.

»Ich brauch dich«, antwortete Franz. »Musst mir helfen.«

»Was hat sie damit zu tun?«, fragte der Kahlkopf und nickte in Theas Richtung.

»Sag ich dir, wenn du uns reinlässt.«

Mit leisem Seufzen öffnete er die Tür so weit, dass Thea und Franz hineinschlüpfen konnten.

»Also?«, fragte er ungeduldig und blieb mit den beiden im Flur der Wohnung stehen. In seinem Unterton schwang mit, dass er keinesfalls etwas Gutes erwartete.

»Thea, darf ich dir Alois Kreuzer vorstellen?«, sagte Franz. »Er ist der Stadtschreiber von Mittenwald, und ich hab bei ihm noch was gut. Loisl, das ist Thea.«

Alois nickte. »So, so. Und wieso seid ihr hier?«

»Loisl, du kannst nicht nur ausgezeichnet schreiben, du weißt auch, wie sowas aussehen muss.«

»Wie was aussehen muss?«

»Thea braucht eine Geburtsurkunde, die bezeugt, dass sie einundzwanzig Jahre alt ist. Damit ich sie heiraten kann, ohne dass sie ihre Eltern fragen muss.«

Alois hielt sich die Hand gegen die Stirn, schüttelte den Kopf und wollte wissen, ob Franz den Verstand verloren hatte. »Das kann ich nicht machen«, sagte er. »Kommt's raus, bin ich meinen Posten los und lande vielleicht sogar im Zuchthaus. Such dir einen anderen.«

»Kommt kein anderer in Frage.«

»Und wieso nicht?«

»Weil du der Einzige bist, bei dem ich was gut hab.« Franz sah Theas fragenden Blick und fügte hinzu: »Ich hab dem Loisl mal einen Gefallen getan.«

»Was denn für einen Gefallen?«, wollte Thea wissen.

»Ist lange her«, brummelte Alois.

»So lang auch wieder nicht«, stellte Franz fest. »Er hat was angestellt und ich hab später vor Gericht ausgesagt, dass er zu dem Zeitpunkt mit mir unterwegs war. Sonst wärst du nie Stadtschreiber geworden, Loisl. Die Stellung hast du nur mir zu verdanken. Ist recht und billig, dass ich von deinen Fähigkeiten jetzt auch mal Gebrauch mach.«

Alois seufzte erneut, diesmal wesentlich tiefer.

»Was haben Sie denn angestellt?«, fragte Thea.

»Vor einigen Jahren saß der Loisl als junger Kerl mit zwei Spezln in einer Wirtschaft, als Ludwig Wagner, oberster Gendarmeriemeister von Mittenwald, in voller Uniform reinkam und sich ein Bier und einen Obstler genehmigte.«

»Kannst du vielleicht so leise reden, dass es morgen nicht in der Zeitung steht?«, forderte Alois.

Franz senkte die Stimme und fuhr fort: »Der Loisl und die anderen beiden waren schon bissl b'soffn, da hat der Loisl denen zugeraunt: *Buaschn, den bledn Brunzer sauf mer untern Tisch.* Er hat den Gendarmeriemeister gefragt, ob er mit ihnen Schafkopfen mag. Ludwig Wagner fand das zuerst unangemessen, aber dann haben sie ihm unterstellt, dass er sich wohl nicht traut, weil er nicht verlieren will. Da hat der Gendarmeriemeister gesagt, er hätte das Schafkopfen erfunden, und schon saß er mit ihnen am Tisch. Zu einer Runde nach der anderen haben sie den überredet, aber in den Gläsern vom Loisl und seinen Spezln war immer nur Wasser, denn der Wirt konnte den Schandi auch nicht leiden. Ende vom Lied: Der ehrenwerte Gendarmeriemeister fiel irgendwann ohnmächtig vom Stuhl.«

»Bis jetzt war noch nichts richtig Verbotenes dabei«, stellte Thea fest.

»Wart's ab«, sagte Franz und grinste fast schon vorfreudig. »Sie haben dem Mann die Kleider ausgezogen, alles, sogar die Unterhose. Haben Ludwig Wagner ein rosa Schleifchen um seinen Johannes gebunden, dann haben sie ihn mit einer Schubkarre vor die Gendarmerie gefahren und da abgestellt. Daneben haben sie eine Vogelscheuche gestellt, die sie vom Feld geholt haben.«

»Lass mich raten«, meinte Thea, »die Vogelscheuche trug die Uniform.«

Franz stimmte lachend zu. »Mit Ausnahme der Pickelhaube, die hatte der Ludwig auf dem Kopf.«

Sogar Alois musste ein ganz klein wenig lächeln.

»Am nächsten Morgen saß der noch immer splitternackt in der Karre und schlief, und Leute standen drumherum. Ein paar lachten, andere waren empört. Bis jemand einen Mantel über ihn geworfen hat und seine Kollegen ihn mit der Schubkarre in die Gendarmerie gefahren haben.«

»Wir haben das natürlich nicht so richtig gut durchdacht«, gab Alois zu. »Als wir morgens in unseren Betten aufgewacht sind, haben wir uns mit anderthalb Beinen im Zuchthaus gesehen.«

»Aber sie hatten mehr Glück als Verstand«, fuhr Franz fort, »denn der Gendarmeriemeister konnte sich an rein gar nichts mehr erinnern. Er wusste nicht mal mehr, dass er in der Wirtschaft gewesen war. Aber der Gedanke lag nahe, weil er halt so blau gewesen war, deswegen hat man den Wirt befragt. Der hat gesagt, der Mann sei seit Tagen nicht mehr bei ihm zu Gast gewesen. Die anderen Gäste in der Wirtschaft haben auch nix verraten, schließlich haben sie ja tatenlos zugesehen bei dem, was passiert ist, und wollten keinen Ärger.«

»Aber der Bauer, dem wir die Vogelscheuche geklaut haben, der hat uns gesehen«, erzählte Alois. »Zum Glück war es mitten in der Nacht und er konnte uns nicht erkennen. Aber meinen Hut hat er erkannt.«

»Der Loisl trägt immer einen Tirolerhut mit besonders großem Gamsbart. So einen hat sonst niemand, der ist sowas wie sein Markenzeichen«, fügte Franz erklärend hinzu.

»Am Abend standen die Gendarmen – fünf Mann hoch – vor meiner Tür, haben mir Handschellen angelegt und mich in eine Zelle geworfen. Zwei Wochen hab ich da verbracht, bei Wasser und Brot, bis es endlich eine Anhörung vor einem Richter gab. Und da hat der Franz gesagt, ich könnt's nicht gewesen sein, weil die Flößer mich an dem Tag bis nach Vorderriss mitgenommen hätten, wo ich meinen Bruder besucht hätte.«

»Die anderen Flößer und der Bruder in Vorderriss haben alle das Gleiche gesagt«, fügte Franz hinzu. »Deswegen stehst du jetzt hier und bist der allseits geschätzte Stadtschreiber von Mittenwald. Und jetzt sag nochmal, du willst mir nicht helfen, die Thea zu heiraten.«

»Kindchen, wollen Sie den wirklich zum Mann nehmen?«, fragte Alois.

Thea antwortete mit einem Lächeln.

»Und schnell muss es gehen«, sagte Franz. »Denn ihre Eltern hassen mich.«

»Wissen die, dass du aus Mittenwald bist?«

»Ja, schon.«

»Dann werden sie kommen, und du bist hier nicht schwer zu finden. So richtig gut überlegt ist das jetzt auch nicht, mein Lieber.«

»Das ist egal«, befand Thea. »Haben wir erst mal vor Gott geheiratet, werden sie zwar mit den Zähnen knirschen, aber sie werden's akzeptieren. Meine Mutter ist streng gläubig.«

»Gebt mir drei Tage, und ihr habt die Geburtsurkunde«, stellte Alois in Aussicht.

»Ich geb dir einen«, erwiderte Franz. »Morgen brauch ich den Wisch. Sobald Theas Eltern klar ist, dass sie nur bei mir sein kann, reisen die auf dem schnellsten Weg von Rosenheim hierher.«

»Ich muss erst mal schauen, wie so ein amtliches Dokument überhaupt genau aussieht«, gab Alois zu bedenken. »Und bin's auch nicht gewohnt, sowas zu fälschen.«

»Kram einfach deine eigene Geburtsurkunde hervor, dann weißt du's.«

»Und den Rosenheimer Stempel? Ich komm nur an den von Mittenwald. Wie soll ich den fälschen?«

»Lass dir was einfallen«, sagte Franz. Er gab seinem alten Freund noch einen freundschaftlichen Klaps vor die Brust, öffnete die Tür und die beiden ließen den sauertöpfisch dreinblickenden Stadtschreiber Alois Kreuzer zurück mit einer Aufgabe, die ihm alles andere als behagte.

Franz war mit Thea in eine kleine Pension gezogen, weil er ihr seine Bruchbude nicht zumuten wollte. Außerdem würde es auf diese Weise etwas länger dauern, bis jemand ihn fand, der nach ihm suchte. In der Nacht ließ er die Finger von ihr, weil er nichts überstürzen und nichts falschmachen wollte. Sie würde seine Frau werden, deswegen wollte er, dass mit ihr alles seine Richtigkeit hatte. Thea war ihm dankbar dafür und kuschelte sich in der Nacht, als er schon schnarchte, vorsichtig an ihn. Schon am nächsten Mittag kam der Alois in die Pension und zog die fertige Urkunde aus der Tasche. Franz und Thea begutachteten sie eingehend.

»Gute Arbeit, soweit ich sehen kann«, urteilte Franz. »Der Stempel sieht echt aus. Dem Papier glaubt man, dass es zwanzig Jahre alt ist.«

»Hab ein ganz altes gefunden«, meinte Alois voller Stolz.

Da der Pfarrer von St. Peter und Paul davon ausging, dass Theas Geburtsurkunde ein Opfer der Flammen geworden war, gingen sie zu einer anderen Kirche. Der Pfarrer begutachtete das Dokument und bot den beiden an, sie im nächsten Monat zu trauen. Früher war es, versicherte er, leider nicht möglich. Nachdem der Franz ihm ein paar Scheine zugesteckt hatte, war der Pfarrer dann aber doch damit einverstanden, die Trauung gleich heute durchzuführen, an Ort und Stelle. Der Loisl fungierte als Trauzeuge vom Franz, der Otter stellte sich als Zeuge für Thea zur Verfügung. Das Ganze ging ruckzuck, und trotzdem waren Thea und Franz sehr berührt, als sie einander das Jawort gaben und die Orgel für sie spielte. Am Abend feierten sie ein wenig, aber schon am nächsten Tag ist der Franz mit der Heiratsurkunde in die Gendarmerie gegangen und hat angegeben, dass er rechtmäßig geheiratet habe, aber trotzdem damit zu rechnen sei, dass die Eltern der Braut versuchen würden, die Eheschließung anzufechten. Man sagte ihm, es sei gut, dass er gekommen sei, weil bereits ein Telegramm eingegangen sei, in dem ihm vorgeworfen werde, die minderjährige Thea Scharnagl entführt zu haben. Franz legte die gefälschte Geburtsurkunde vor und Thea erschien, um zu versichern, sie habe Franz aus freien Stücken geheiratet. Thea telegrafierte umgehend an ihre Eltern, sie habe kirchlich geheiratet und werde nicht mehr nach Hause zurückkommen. Es kam, wie sie vorausgesagt hatte: Ihre Eltern trafen zwar kurz darauf in Mittenwald ein, um sich mit eigenen Augen von den schrecklichen Neuigkeiten zu überzeugen, respektierten aber – wenn auch mit Wut im Bauch – den kirchlichen Segen, den Thea und Franz empfangen hatten. Der Vater ließ Franz wissen, dass er gute Lust hätte, ihm alle Knochen zu brechen, und die Mutter erklärte, Thea sei ein undankbares Scheusal und Franz ein widerlicher Mensch, aber es blieb bei bösen Worten. Das frisch verheiratete Paar ließ sich davon nicht verunsichern und versicherte den Brauteltern, sie würden Bescheid bekommen, sobald ein Enkelkind auf dem Weg sein würde, und überhaupt wären die beiden in dem Haus, das bald errichtet würde, stets willkommen.

11
Henning
1926

Die Armee hatte nicht auf Henning von Tresckow gewartet. Seine Vorgesetzten sahen seine Rückkehr überwiegend mit großer Skepsis. Der Kompaniechef nahm an, dass da einer an den Anforderungen des zivilen Lebens gescheitert war und jetzt nach dem letzten Strohhalm griff. Henning wurde, genau wie Jahre zuvor, Leutnant im 9. Preußischen Infanterie-Regiment in Potsdam. In den letzten Kriegstagen war er der jüngste Offizier des gesamten Regiments gewesen, jetzt war er weit und breit der älteste Leutnant. Doch Henning war entschlossen, den Gegenwind auszuhalten, der ihm zweifellos ins Gesicht blasen würde.

Im Herbst führte das Regiment eine großangelegte Übung durch, fern der Heimat, im Taubertal zwischen Württemberg und Franken. Die Erste Kompanie befand sich an einem sonnigen Septembertag auf einer Wanderpatrouille. Das Taubertal war berühmt für sein liebliches Klima, in dem nicht nur Weinreben gut gediehen, sondern auch viele andere Obstsorten. Im September waren vor allem die Pflaumen reif, die Äste bogen sich unter den großen, tiefblauen Früchten. Ein Gefreiter war der Erste, welcher der Verlockung nicht widerstehen konnte, einen der Stämme zu schütteln, um an die süß duftende Pracht heranzukommen. Für die anderen Soldaten war das wie ein Startschuss, Viele von ihnen verließen den Wanderweg und taten es ihm gleich. Von Dutzenden Pflaumenbäumen prasselten die Früchte, wurden aufgelesen, gesammelt und teilweise auch an Ort und Stelle verspeist. Henning, Zugführer in der Ersten Kompanie, musste lachen, als er das sah und gebot dem Treiben, wie auch die anderen Zugführer, keinen Einhalt. Ein wenig jugendlicher Übermut von Zeit zu Zeit stärkte die Moral der Truppe, wieso sie also unterbinden?

Der Vorfall blieb nicht ohne Folgen. Keine Stunde später blockierten ein grimmig dreinschauender Obstbauer und seine Knechte den Wanderweg, der am Ufer der Tauber entlangführte. Einer hatte eine Heugabel aufgepflanzt, deren Zinken trotzig in den Himmel ragten. Der kleingewachsene Bauer stemmte die Hände in die breiten Hüften und nahm seinen ganzen Mut zusammen. Sicher legte er sich zum ersten Mal in seinem Leben mit mehreren Hundert Soldaten auf einmal an.

»Gnädige Herren, geschätzt sei Ihr Dienst an unserem Vaterland«, rief er, als würde er auf einer Laienbühne stehen und mit unverkennbarem Württemberger Tonfall. »Aber so geht es ja nicht. Sie können uns nicht einfach unserer Ernte berauben. Wir haben die Bäume das ganze Jahr über gehegt und gepflegt. Wenn wir die Früchte unserer Arbeit jetzt nicht ernten können, weiß ich nicht, wie ich die Knechte bezahlen soll.«

Er stampfte mit dem Fuß auf und rechnete sichtlich mit massiver Gegenwehr. In den Reihen der Soldaten sprach sich nur langsam bis nach hinten durch, wieso es da vorne nicht weiterging. Die Reaktionen fielen unterschiedlich aus. Manche meinten, der Bauer solle sich nicht so haben, man habe sich schließlich bei Weitem nicht der ganzen Ernte bemächtigt. Andere erklärten, das sei doch nichts weiter als Mundraub. Die meisten vertraten den Standpunkt, dass man die Pflaumen abliefern sollte, welche man in die Rucksäcke und Tornister gesteckt habe, und der Obstbauer es damit gut sein lassen sollte. Doch der war alles andere als einverstanden und verwies darauf, dass sich Hunderte Soldaten an seinem Obst gütlich getan und sattgegessen hatten. Der entstandene Schaden musste sich also auf mehrere Zentner Pflaumen belaufen, die der Bauer beglichen sehen wollte. Viele der einfachen Soldaten murrten auf, weil sie keine Lust hatten, ihren kargen Sold für die Pflaumen draufgehen zu sehen.

Henning von Tresckow ergriff das Wort und sagte, an seine Männer gewandt: »Männer, wir müssen uns etwas klarmachen: Wir haben einen Eid darauf geschworen, jeden Hektar und jeden

Meter des Deutschen Reiches zu schützen, also auch das Land dieses Bauern. Es kann nicht angehen, dass wir wie marodierende Truppen durch die Lande ziehen und geplünderte Plantagen hinterlassen. Ich bin euer Zugführer und für euch verantwortlich, also muss ich mir ankreiden, dass ich nicht verhindert habe, was geschehen ist. Wir werden die Pflaumen, die wir bei uns haben, herausgeben. Und die Pflaumen, die wir Soldaten des Ersten Zuges verspeist haben, da nehme ich mich nicht aus, werde ich bezahlen. Wir sind knapp vierzig Männer, also bezahle ich für 20 Pfund Pflaumen.«

Er fragte den Obstbauern, was er für ein Pfund Pflaumen verlangte, und beglich den geschätzten Konsum seines Zuges. Die anderen Zugführer sahen sich unter Druck gesetzt und folgten, zum Teil mit knirschenden Zähnen, Tresckows Beispiel. Auch sie holten ihre Geldbörsen aus den Rucksäcken und bezahlten, während alle anderen Soldaten das gehortete Obst ablieferten. Die Leute des Obstbauern luden die Pflaumen auf mitgeführte Karren, während der Bauer selbst sich am Ende noch einmal unter vier Augen an Henning wandte: »Ich danke Ihnen sehr«, sagte er, »aber wenn ich mir eine Bemerkung erlauben darf: Ich habe den Eindruck, dass Sie fast zu nett sind für einen Offizier.«

»Vielleicht liegt das daran, dass wir das Bild modernisieren sollten, dass wir von einem Offizier haben«, erwiderte Henning.

Am Abend, als das Regiment in Sichtweite der Tauber eine wahre Zeltstadt als Lager errichtet hatte, trieb das schlechte Gewissen so manchen Soldaten des Ersten Zuges ins Zelt ihres Zugführers, um die Kosten für seinen Anteil an den Pflaumen zu bezahlen. Doch Henning von Tresckow erklärte jedem von ihnen, dass er die Geste zwar sehr schätzte, aber dennoch ablehnen müsste. Geduldig wiederholte er, dass er verantwortlich war für das, was seine Leute taten. Von diesem Moment an gab es keinen mehr in seinem Zug, der nicht bereit gewesen wäre, für ihn durchs Feuer zu gehen.

Zurück in Potsdam meldete er sich freiwillig dafür, die Pflichten des Sportoffiziers zu übernehmen, weil es ihm ein Anliegen war, dass die Truppe genügend Bewegung bekam. Er organisierte mehrere sportliche Wettkämpfe und erkannte, wie viel Spaß diese Abwechslung den Soldaten immer wieder machte. So kam er auf die Idee, das sportliche Geschehen innerhalb des Regiments auf breitere Füße zu stellen. An vielen Abenden sah seine Frau Erika ihm in der kleinen Potsdamer Wohnung nicht nur dabei zu, wie er – einem Architekten gleich – einen Plan auf technisches Zeichenpapier zu übertragen versuchte. Sie machte viele konkrete Vorschläge, und so kam es, dass sie halbe Nächte lang darüber diskutierten, wie einzelne Punkte des Plans am besten zu gestalten waren. Nach einigen Wochen kam der Tag, an dem Henning bei der Regimentsleitung vorsprach und seinen Plan präsentierte. Der Kommandeur Oberst Meyn persönlich hatte sich dazu bereiterklärt, die Pläne des jungen Leutnants anzuhören. Nachdem jener die Pläne auf dem großen Tisch im Büro des Obersts ausgebreitet und mit leidenschaftlichen Worten seine Vorstellungen erläutert hatte, blickte er in die überraschten Gesichter seiner Vorgesetzten.

»Verstehe ich das richtig?«, fragte der Oberst. »Sie wollen den altehrwürdigen Potsdamer Lustgarten in ein Sportstadion umgestalten?«

Leutnant von Tresckow nickte und zählte die zahlreichen Vorteile auf, die sein Plan bringen würde.

Der Oberst war höflich genug, ihn aussprechen zu lassen, bevor er den Plan mit wenigen Worten ablehnte und die Zusammenkunft beendete. Tresckow versuchte freundlich zu insistieren, aber sein Kompaniechef, ein Hauptmann, gab ihm unmissverständlich zu verstehen, dass der Antrag abgelehnt war. Auf dem Rückweg zur Kompanie deutete der Hauptmann kopfschüttelnd auf die umfangreichen Pläne, die der Leutnant unter dem Arm trug.

»Tresckow, haben Sie eigentlich zu viel Zeit? Daran müssen Sie ja ewig gearbeitet haben.«

»Wenn mir ein Ziel sinnvoll erscheint, ist mir nichts zu viel«, erwiderte er.

»Dann suchen Sie sich bessere Ziele«, entgegnete der Hauptmann.

»Mit Verlaub«, wagte der Leutnant zu sagen, »ich halte es nach wie vor für ein sehr gutes Ziel, aus guten Soldaten noch bessere zu machen. Soldaten, die einerseits Bücher lesen, gebildet und in der Lage sind, Zusammenhänge zu begreifen. Und andererseits körperlich bestens ausgebildet, weil sie trainieren und sich in Form halten. Moderne, wirklichkeitsnahe Soldaten. Dazu möchte ich einen bescheidenen Beitrag leisten.«

Der Hauptmann blieb stehen und zwang den Rangniedrigeren damit, das Gleiche zu tun.

»Mir scheint, Sie sind zu lange Zivilist gewesen«, erklärte der Hauptmann. »Der gemeine Soldat muss vor allem eines können: gehorchen. Das war so, seit es militärische Organisationen gibt, und wird sich niemals ändern.«

Er sah Tresckow scharf an, dem klar war, was der Kompaniechef jetzt zwingend von ihm erwartete. Er sagte: »Jawohl, Herr Hauptmann.«

»Ich weiß, was Graf Eulenburg, der letzte Kommandeur des Ersten Garde-Regiments zu Fuß, am Ende des Krieges über Sie gesagt hat, Tresckow. Auch Sie selbst werden sich vermutlich erinnern.«

»Selbstverständlich, Herr Hauptmann.«

»Zitieren Sie.«

»Jawohl, Herr Hauptmann, er sagte: *Tresckow, Sie werden entweder enden als Chef des Generalstabes oder als Rebell auf dem Schafott.*«

»Ganz recht, Leutnant. Ich habe es Ihnen bisher nie so deutlich gesagt, aber ich war dagegen, dass Sie wiederaufgenommen wurden. Seit heute bin ich skeptischer denn je. Wenn Sie so weitermachen, werden Sie es in der Reichswehr nicht weit bringen. Vielleicht sollten Sie doch lieber zurück zu Ihren jüdischen Börsenfreunden?«

»Das glaube ich nicht, Herr Hauptmann.«

Der Vorgesetzte setzte sich in Bewegung, ging zurück zum Kompaniegebäude und ließ ohne weitere Worte keinen Zweifel daran, dass er alles gesagt hatte, was es zu sagen gab.

Am Abend betrat Henning, noch in Uniform, die heimische Wohnung und war darauf vorbereitet, seiner Liebsten erklären zu müssen, dass der Plan, den sie viele Wochen lang gemeinsam geschmiedet hatten, in Bausch und Bogen abgeschmettert worden war. Aber schon im Flur fing Erika ihn ab, nahm ihn in die Arme und sagte: »Ich muss dir etwas erzählen.«

»Ich auch«, erwiderte er.

»An deiner Miene sehe ich schon, dass sie Nein gesagt haben«, entgegnete sie. »Das ist wirklich sehr schade, auch wenn ich – ganz ehrlich gesagt – damit leider gerechnet habe. Es gibt aber noch eine weitere Nachricht, die du vielleicht noch wichtiger finden wirst.«

»Eta, Liebste, jetzt machst du mich neugierig.«

»Ich war heute beim Arzt.«

Henning erschrak und wollte wissen, ob ihr etwas fehlte.

»Im Gegenteil, mein Schatz. Ich war in der Privatklinik in der Bendlerstraße. Ich bin schwanger.«

Das Erste, was Henning durch den Kopf schoss, war, dass kein Tag so schlecht sein konnte, dass am Ende nicht doch noch ein guter Tag daraus werden konnte. Glücklich wirbelte er seine Frau durch die Luft. Aus ihnen würde eine Familie werden!

12
Viktoria
1958

Eine Zeit lang erinnerte sich Viktoria gerne an die Anfänge ihrer Beziehung mit Timur zurück. Damals, während des Abendessens, nachdem er den Traktor repariert hatte, war er tatsächlich so dreist gewesen, ihren Eltern zu eröffnen, dass er um Viktorias Hand bitten wollte. Mama und Papa hatten das zunächst für einen Scherz gehalten. Vor allem ihr Vater kannte Timur von den zahlreichen Begegnungen auf dem Markt in Beloyarka bereits ein wenig und wusste, dass der junge Mann über einen erfrischenden Sinn für Humor verfügte. Aber Timur bekräftigte ruhig, dass es ihm ernst war und er über so etwas niemals Possen reißen würde. Auch die Art und Weise, wie Viktoria verlegen auf die Tischplatte starrte, ließ keinen Zweifel an der Ernsthaftigkeit von Timurs Bitte, und verdeutlichte zum anderen, dass sie davon gewusst haben musste. Das Ehepaar Beser steckte nun in einer Zwickmühle. Ihr Gast hatte dem Dorf gerade einen großen und zudem kostenlosen Dienst erwiesen, sie konnten ihn nicht einfach des Hauses verweisen und zum Teufel schicken. Zunächst wurde schweigend weitergegessen, abgesehen vom Klappern des Bestecks breitete sich drückende Stille aus in der guten Stube der Besers. Als alle das Dessert aufgegessen hatten, räusperte sich Viktorias Vater und sagte:

»Ihr Angebot, Herr Omorov, ehrt uns sehr. Wir wissen zu schätzen, dass Sie Sympathien für unsere Tochter hegen. Und wir werden Sie zu gegebener Zeit wissen lassen, wie wir dazu stehen.«

Timur nickte nur höflich und erwiderte: »Ich danke Ihnen. Sie sind sehr freundlich.«

Nachdem er gegangen und mit dem marineblauen Moskwitsch davongefahren war, hatte Viktoria erst einmal keine schöne Zeit mit ihren Eltern gehabt.

»Er ist ein guter Mann«, begann sie. »Er zeigt mir Respekt, er hat Mut, er setzt sich für mich ein. Wenn er spricht, findet er die richtigen Worte. Und er hat eine sichere Anstellung. Ihr würdet ihn perfekt finden, wenn er auch noch deutsche Vorfahren hätte, aber wisst ihr, man kann auch nicht alles haben.«

»Der neue Tierarzt wäre perfekt«, warf ihre Mutter ein. »Wir hatten gehofft, du würdest *ihm* schöne Augen machen.«

»Ich habe Timur keine schönen Augen gemacht«, stellte Viktoria fest. »Es war eher umgekehrt.«

Hildegard Beser warf ihrem Mann einen kritischen Blick zu, in dem die wortlose Frage geschrieben stand, wieso – um alles in der Welt – er in Beloyarka nicht besser aufgepasst hatte.

Am nächsten Tag war den Besers ein Blumenstrauß geliefert worden, zusammen mit einer Karte für Viktoria. Timur schrieb, wie sehr er sie verehrte und dass er sich eine größere Wohnung oder ein Haus besorgen wollte, wenn sie zu ihm zog. Am Tag darauf kamen wieder Blumen. Und am nächsten Tag erneut. So ging es immer weiter, Tag für Tag. Stets begleitet von ein paar Zeilen, in denen Timur sich die gemeinsame Zukunft ausmalte oder ihr versicherte, wie sehr er sie vermisste und dass er alles tun würde, um ihr ein glückliches Leben zu bereiten.

Am Samstag stand wieder die Fahrt nach Beloyarka an. Viktorias Eltern diskutierten darüber, ob sie den Vater begleiten sollte, so wie sonst auch – oder lieber nicht. Am Ende erklärte Peter Beser seiner Tochter, dass er sie mitnehmen würde – aber nur, wenn sie Timur darum bat, die unsäglichen Blumensendungen einzustellen. Sie versprach es.

Auf dem Markt ließ Timur nicht lange auf sich warten. Er erschien vor dem Obst- und Gemüsestand mit einem unbeschwerten Lächeln, als könne er kein Wässerchen trüben. Er begrüßte Vater und Tochter auf sehr höfliche Weise und bedankte sich noch einmal mit herzlichen Worten für das wunderbare Abendessen und die vorzügliche Gastfreundschaft, die er bei ihnen hatte genießen dürfen.

»Bitte schick keine Blumen mehr«, sagte Viktoria schließlich unvermittelt. »Ich bekomme deswegen nur Ärger.«

»In Ordnung«, erwiderte Timur.

»Es muss auf die Dauer auch ein Vermögen kosten, und für das Geld haben Sie sicher bessere Verwendung«, erklärte Viktorias Vater.

Timur ging darauf nicht ein und berichtete, dass er im Begriff war, in dem Betrieb, in dem er arbeitete, zum stellvertretenden Leiter aufzusteigen. Dann werde er noch besser verdienen und Viktoria ein sicheres Leben bieten können.

»Verzeihen Sie, Timur«, sagte Peter Beser, »und bitte nehmen Sie es nicht persönlich. Aber würde es Ihnen etwas ausmachen, ihr Obst von nun an bei einem anderen Stand zu kaufen? Viktoria hat Ihnen ja bereits erklärt, wieso Sie für uns nicht als Schwiegersohn in Frage kommen, aber das scheint an Ihnen abzuprallen wie an einem Panzer, und Sie sind offenbar hartnäckig wie Nagelpilz, wenn Sie mir diesen unvorteilhaften Vergleich verzeihen wollen. Ich möchte mir das alles von Ihnen nicht immer und immer wieder anhören müssen, denn ich will offen sein: Ihre Hartnäckigkeit trägt Unfrieden in meine Familie und sorgt dafür, dass das Verhältnis zu unserer geliebten Tochter unter Spannung gerät. Wir können kaum noch ein normales Gespräch mit ihr führen und ich bin nicht bereit, das weiterhin zu tolerieren.«

Dieser Ansprache hatte Timur erst einmal wenig entgegenzusetzen. »Es tut mir sehr leid, wenn ich Ihren Unwillen erregt habe«, erklärte er sichtlich betroffen. Doch dann straffte er sich und fügte hinzu: »Das war nie meine Absicht. Ich liebe einfach nur Ihre Tochter und bemühe mich um sie, das ist alles. Weil sie die wundervollste, hinreißendste junge Frau ist, der ich je begegnet bin. Mach's gut, liebe Viktoria, wenn es mir nicht vergönnt ist, um dich werben zu dürfen, dann wünsche ich dir trotzdem ein wunderschönes Leben und dass sich alle deine Träume verwirklichen. Du kannst Tierärztin werden, das weiß ich. Eine großartige Tierärztin sogar. Und vielleicht stehst du ja irgendwann unter keiner Fuchtel mehr, kannst frei entscheiden, was du tun willst und mit wem – und vielleicht sehen wir uns dann noch einmal wieder.« Er griff über die Obstauslage und drückte noch einmal Viktorias Hand, und im nächsten Moment war er zwischen all den Leuten verschwunden.

Viktoria starrte ihm wie betäubt hinterher, dann wandte sie sich ihrem Vater zu: »Und meine Meinung ist es nicht wert, auch nur gehört zu werden? Nagelpilz? Du bist etwas Schlimmeres!«

Ihr Vater versuchte sie zu besänftigen. Er redete auf sie ein, versuchte die Sichtweise von Mama und ihm noch einmal darzulegen. Doch Viktoria nahm seine Stimme kaum wahr. Sie vermied es, ihn anzusehen, und hörte nur noch den Gedanken zu, die in ihrem Kopf tobten. Mit ihr war kein vernünftiges Gespräch mehr möglich? Dann würde sie mit ihnen einfach keines mehr führen!

Fortan sprach Viktoria nur noch mit der Kundschaft, aber nicht mehr mit ihrem Vater. Er hielt das für eine verstockte Reaktion, die sich spätestens bei der Heimfahrt auflösen würde. Doch auch während der Fahrt auf dem Pferdekarren antwortete sie nicht auf seine Fragen, sondern schwieg weiterhin beharrlich. Selbst in Konstantinowka blieb sie dabei, sprach weder mit ihrer Mutter noch mit ihrem Vater. Gegenüber allen anderen Einwohnern des Dorfes benahm sie sich ganz normal, aber ihre Eltern entlockten ihr kein Wort mehr, so sehr sie sich auch bemühten, so sehr sie sich rechtfertigten, zeterten und an sie appellierten. Viktoria nahm an den Mahlzeiten teil, spülte das Geschirr, trug die Wäsche zu den Waschmaschinen im Gemeindehaus. Aber jede Art von Austausch verweigerte sie konsequent, es gab gegenüber ihren Eltern noch nicht einmal ein zustimmendes Nicken oder ablehnendes Schütteln des Kopfes. Die Besers wurden zunehmend ratlos und versuchten, im Kampf um die Kommunikation mit ihrer Tochter Vermittler ins Rennen zu schicken. Sie baten den jungen Tierarzt, mit ihr zu sprechen, was er auch tat. Doch sobald sie begriff, dass Jakob Gering im Auftrag von Mutter und Vater unterwegs war, erklärte sie, dass ihn das Ganze – bei allem

Respekt – nichts angehe. Peter Beser hatte dann auch noch die Idee, mit dem jungen Schafhirten zu sprechen und stattete ihm und seiner Familie einen Besuch ab. Anar tat es weh zu hören, dass Viktoria so sehr mit einem Mann zusammen sein wollte, dass sie in einen dauerhaften Sprachstreik getreten war. Trotzdem versprach er dem Vater, mit ihr zu reden.

Anar wusste, wenn er die Schafe in der Nähe von Konstantinowka grasen ließ, war es nur eine Frage der Zeit, bis er Viktoria begegnen würde. Tuckernd kam sie mit dem Traktor näher, sie freute sich, ihn zu sehen und überhaupt war ihr jede Ablenkung von ihrem derzeit so unerfreulichen Elternhaus willkommen.

»Wie geht's dir?«, fragte sie. »Sind alle Schafe gesund?«

»Es geht ihnen bestens«, erwiderte er. »Ihre Wolle ist schon dick genug für den bevorstehenden Winter. Und mir geht es auch gut. Wie ist es bei dir?«

»Nicht so gut, um ehrlich zu sein.«

»Was ist passiert?«

»Ich rede nicht mehr mit meinen Eltern. Schon seit drei Wochen nicht.«

»Kein einziges Wort? Wieso?«

»Sie respektieren mich nicht. Sie wollen mich nur mit einem Mann aus Konstantinowka verheiraten, und das wird nicht passieren. Der neue Tierarzt ist wirklich nett, aber er löst nichts in mir aus, und ich nicht in ihm. Irgendwann werde ich an höherer Stelle beantragen, dass ich fortziehen und irgendwo anders arbeiten darf. Bis dahin sollen sie sehen, was sie davon haben.«

»Trotzdem meinen sie es gut mit dir«, gab Anar zu bedenken. »Sie wollen das Beste für dich, aber sie sind nun einmal an ihre Konventionen gebunden.«

»Genauso hören die beiden sich auch an, die ganze Zeit. Können wir bitte über was anderes reden?«

»Denkst du denn, er würde wollen, dass du seinetwegen dein Leben so schwermachst?«, fragte Anar.

Viktoria musterte ihn irritiert. Und fragte: »Er? Wer ist denn *er*?«

»Na, der Kasache, der das alles ausgelöst hat.«

»Ich habe nichts von einem Kasachen gesagt.«

»Aber ja.«

»Nein, habe ich nicht.«

Anar schwieg unwohl. Viktorias Augen verengten sich zu misstrauischen Schlitzen.

»Und ich habe gedacht, du bist ein Freund, Anar«, sagte sie. »Vielleicht der einzige, den ich habe.«

»Das bin ich doch auch.«

»Wer hat mit dir geredet? Vater? Mutter? Alle beide? Und du machst dich zu ihrem Sprachrohr.«

»Es tut mir leid, Viktoria«, gab er zu. »Ich wollte nur helfen.«

Sie stieg vom Traktor, blieb vor ihm stehen, zog das Halsband mit dem Bernstein über den Kopf und drückte es Anar in die Hand.

»Ich habe es wirklich sehr gerne. Aber ich gebe es dir jetzt zurück.«

»Bitte sei nicht albern, Viktoria. Es gehört dir. Es ist doch schon ein Teil von dir geworden.«

»Ich bin nicht albern«, entgegnete sie, während sie wieder auf den Traktor kletterte. »Fangt an, mich ernst zu nehmen. Alle.«

Sie drehte die Zündung und ließ das Gefährt davontuckern, ohne Anar noch einen Blick zu schenken, der ihr stumm hinterher sah, mit dem Halsband zwischen den Fingern.

Erst als an Weihnachten immer noch keine Anzeichen erkennbar waren, dass Viktoria jemals ihren häuslichen Sprechstreik beenden würde, gaben ihre Eltern auf. Sie konnten einfach nicht mehr. An Heiligabend erklärten sie gemeinsam, Viktoria könne Timur heiraten, wenn sie das immer noch wolle. Es dauerte keine zwei Atemzüge, bis Viktoria sich bei ihnen bedankte und ihre Hände drückte. Ihre Mutter seufzte tief, auch ihr Vater konnte ein leises Seufzen nicht unterdrücken. Viktorias Vater schickte Timur mit der Post eine Einladung und wenige Tage später erschien er in Konstantinowka. Peter Beser führte das Gespräch, das in der guten Stube stattfand, und stellte klar, dass es zwei Bedingungen gab: Erstens sollte die Hochzeit hier im Dorf stattfinden, zweitens musste Timur schwören, Viktoria ein liebenswürdiger, respektvoller Ehemann zu sein.

»Wenn es weiter nichts ist, das schwöre ich gerne«, erwiderte Timur. Viktoria und er warfen sich glückliche Blicke zu.

Im darauffolgenden Frühjahr gab es ein großes, rauschendes Fest, wenn auch keine kirchliche Trauung. Kirchen waren bei den Sowjets verpönt, keine Gemeinde durfte eine haben. Religiöse Versammlungen fanden zwar trotzdem statt, aber nur im Verborgenen. Viktorias Mutter bedauerte das zwar, hatte sich damit aber schon vor langer Zeit abgefunden. Auf dem größten Platz mitten im Dorf wurde gefeiert. Die Blaskapelle von Konstantinowka spielte eine Mischung aus deutscher und kasachischer Volksmusik, der Männerchor sang dazu und es wurden mehr Köstlichkeiten aufgefahren, als die zahlreichen Gäste essen konnten, darunter auch original Allgäuer Käsespätzle, um die ursprüngliche Herkunft der Familie Beser zu ehren. Daneben gab es kasachische Speisen, die Timurs Familie mitgebracht hatte. Jeder Bewohner von Konstantinowka war eingeladen. Auch Anar hatte es sich nicht nehmen lassen, vorbeizuschauen und dem Brautpaar alles Gute zu wünschen. Für Viktoria hatte er ein kleines Kästchen dabei.

»Was ist denn da drin?«, fragte sie. »Das, was ich vermute?«

Anar nickte und bat: »Bitte weise es nicht zurück. Es gehört dir. Du brichst mir auch so schon das Herz.«

Viktoria nahm Anar zum Dank in die Arme und sagte leise: »Jetzt schaust du wieder wie ein Erdmännchen.«

Zu fortgeschrittener Stunde traten zwei Männer auf die Tanzfläche und baten die Musiker für einen Moment um Ruhe. Es waren Jakob Brecht, der Vorsitzende des Kollektivs, und Jakob Gering, der Tierarzt. Dem Vorsitzenden, der eindeutig nicht mehr ganz nüchtern war, wurde ein Mikrofon gereicht.

»Liebe Bürger von Konstantinowka«, begann er mit seiner tiefen Bassstimme, »und liebe auswärtige Gäste. Es ist Zeit für den doppelten Jakob, denn wir möchten gerne etwas bekanntgeben. Eigentlich wollten wir es erst in den nächsten Tagen tun, aber eine so gute Gelegenheit, bei der so viele von euch zuhören, wird es so schnell nicht mehr geben. Also: Wie ihr wisst, wurde unser junger Tierarzt Jakob Gering zu Anfang des Jahres zum Sekretär unseres Komsomol gewählt, der Jugendorganisation unserer geliebten Kommunistischen Partei. Er hat sich seitdem bereits ganz außerordentlich bewährt. Und die andere Sache ist die: Für mich ist es Zeit, endlich in den Ruhestand zu treten. Als meinen Nachfolger habe ich der Partei unseren jungen Freund vorgeschlagen, einfach nur, damit Konstantinowka weiterhin von einem Jakob angeführt wird. Kleiner Scherz natürlich nur.«

Ein paar Zuhörer lachten wohlwollend und es gab freundlichen Applaus.

»Und die Partei hat Ja gesagt«, fuhr Brecht fort, »In wenigen Monaten wird man mich nun also aufs wohlverdiente Altenteil befördern, und die Geschicke dieses außergewöhnlichen Dorfes, lieber Jakob, werden dann in deinen Händen liegen.«

Wieder brandete Applaus auf, diesmal kräftiger. Er war ehrlich und kam von Herzen, denn Gering war in Konstantinowka schon nach dieser kurzen Zeit sehr beliebt. Brecht überließ ihm das Mikrofon und der designierte Vorsitzende ergriff das Wort: »Liebe Viktoria, lieber Timur, bitte verzeiht, dass wir euer wunderbares Fest für diese kleine Verkündigung missbrauchen. Meine Vorfahren waren Schwaben und sind auf verschlungenen Wegen über Georgien hierher in die Kasachische Sozialistische Sowjetrepublik gelangt. Ihr alle habt ähnliche Geschichten zu erzählen, viele davon kenne ich bereits. Ich bin noch nicht so lange in Konstantinowka, aber ich habe es bereits sehr liebgewonnen. Es warten zahlreiche wichtige Aufgaben auf uns, die es zu bewältigen gilt. So gibt es zum Beispiel Ideen, wie man die Wasserknappheit beenden könnte, die uns schon so lange zu schaffen macht. Dies wird eines meiner zentralen Projekte als Vorsitzender sein. Aber mit den Details dazu will ich euch heute Abend nicht langweilen, denn es wird immer noch gefeiert. Erheben wir das Glas auf Viktoria, auf Timur und auf Konstantinowka!«

Alle klatschten Beifall, Manche pfiffen oder trommelten auf die Tische – obwohl kaum einer hier eine Vorstellung davon hatte, von was für Ideen Gering da eigentlich sprach. Und eine Ahnung davon, was dieser Mann hier in den kommenden Jahren alles auslösen würde, hatte erst recht niemand.

Freunde der Besers hatten dem Brautpaar ihr Haus für die Hochzeitsnacht zur Verfügung gestellt. Viktoria war klar, was Timur von dieser Nacht erwartete. Das war nichts, worauf sie sich freute, aber sie ließ es ohne Widerstand geschehen. Wenn sie ehrlich war, fand sie den Vorgang eher etwas schmerzhaft und unangenehm als irgendwie erregend. Aber vielleicht würde sie sich ja mit der Zeit daran gewöhnen.

In der Woche darauf stand Viktorias Umzug in Timurs Heimat an. Er wohnte in der Nähe von Beloyarka, in einem kleinen Ziegelhaus, ganz in der Nähe seiner Eltern. Es war ein einfaches Haus, aber solide gebaut und im Inneren nicht so dunkel wie viele andere. Viktoria begann sofort nach ihrer Ankunft, Blumen und Topfpflanzen aufzustellen, kleine Teppiche an den Wänden zu befestigen und Kissenbezüge zu nähen. Es gefiel ihr, für ein Haus verantwortlich zu sein.

Ihr wurde eine Arbeitsstelle in der nahen Kolchose zugewiesen, als Hilfskraft in den Kuhställen. Das war gewiss nicht ihr Traumberuf, aber immerhin hatte sie dabei mit Tieren zu tun. Sie war zuständig für die Sauberkeit der Ställe und die Bedienung der Melkmaschinen. In den ersten Wochen hatte sie den Gestank nach Kuhmist rund um die Uhr in der Nase, egal wie oft sie sich wusch, aber mit der Zeit gewöhnte sie sich auch daran. An vielen Samstagen traf sie auf dem Markt in Beloyarka ihren Vater und half ihm, wie in all den Jahren zuvor, beim Verkauf seiner Ware. Timur, dem das missfiel, machte Viktoria klar, dass sie diese Brücke in ihr altes Leben noch brauchte. Es war ihr wichtig, wenigstens ihren Vater noch regelmäßig zu sehen und Geschichten aus Konstantinowka zu hören. Wenn Timur sich an diesen Tagen nun auf dem Markt blicken ließ, kam er nicht mehr, wie früher, als vorsichtiger Verehrer, der auf der Hut sein musste, sondern als eifersüchtiger Ehemann, der seiner Frau auf die Finger schauen wollte. Viktoria war 20 Jahre alt, hübsch und selbstbewusst – es blieb nicht aus, dass sie von männlichen Kunden auf charmante Weise angesprochen wurde. An einem sonnigen Frühsommertag erzählte ihr ein Kunde, dass er mit einem Transporter auf der Durchreise nach Astana war und hier Halt gemacht hatte, um sich mit etwas Verpflegung einzudecken. Und dann sagte er:

»Ihr Lächeln, junge Dame, könnte Gletscherwasser zum Schmelzen bringen.«

Viktoria schmunzelte und erwiderte: »*Köp raqmet.* – Danke schön.«

Im nächsten Moment stand Timur neben seiner Frau, deutete auf den Mann und forderte ihn auf, sich bei ihr zu entschuldigen. Mit ruhiger Stimme zwar, aber sehr bestimmt. Der Fahrer erklärte, er habe nichts Respektloses von sich gegeben. Ganz im Gegenteil. Timur dürfe sich glücklich schätzen, eine solche Frau an seiner Seite zu haben. Timur kam schweigend auf die andere Seite des Standes und blieb dicht vor dem Mann stehen. Viktoria sah überfordert zu und verstand nicht, was hier gerade im Begriff war zu geschehen. Auch ihr Vater wusste nicht, was er tun sollte.

»Mein Glück geht dich einen Dreck an«, sagte Timur. »Entschuldige dich.«

»Du kannst mich mal«, erwiderte der andere.

Timurs Faust kam so schnell, dass der Fahrer nicht ausweichen konnte. Er schwankte zurück, Blut lief ihm aus der Nase und über die Hand, mit der er sich ins Gesicht griff.

»Bist du verrückt?«, rief der Mann. Er betastete die Nase, was äußerst schmerzhaft zu sein schien. »Die ist gebrochen, du elender Schwachkopf!« Das Blut verteilte sich bereits auf seinem Hemd. Viktoria wollte ihm einen Lappen zuwerfen, um ihm Gelegenheit zu geben, sich damit zu säubern, aber er hatte keine Augen mehr für sie, sondern ging auf Timur zu, in der eindeutigen Absicht, es ihm mit gleicher Münze heimzuzahlen. Da traten drei Einheimische vor, brachten sich zwischen Timur und den Blutenden und musterten ihn feindselig. Er zögerte. Vier Männer, alle jünger als er, waren zu viel, und wer wusste schon, ob es nicht noch mehr werden würden?

»Verflucht sollt ihr sein«, sagte der Fahrer, spuckte vor Timur auf den Boden und ging in die andere Richtung davon.

»Timur, was sollte denn das?«, wollte Viktoria wissen, als die neugierigen Umstehenden sich aufgelöst hatten und sie sich mit ihm zum Pferdekarren zurückgezogen hatte. »Ich habe mit dem Mann nur ein ganz harmloses Gespräch geführt.«

»Blödsinn«, erwiderte er. »Er hat dir schmierige Komplimente gemacht, sein dummes Grinsen hat alles gesagt. Und du hast ihn dazu ermuntert.«

»Was habe ich?«

»*Köp raqmet*«, äffte er sie nach. »Weißt du, als verheiratete Frau musst du lernen, dich anders zu benehmen. Was gerade passiert ist, das geht auf dich.« Viktoria war zu verblüfft, um darauf etwas zu erwidern.

13
Daniila
2013

28. Juni, Koltschuhyne:
Ich versuche, nicht damit anzugeben, aber es fällt schwer. Also nochmal für alle, mit Trommelwirbel: Gesamtschnitt 1,0. Das beste Abitur, das es an der Deutschen Schule in Kyjiw seit drei Jahren gegeben hat! Mama und Papa waren zur Abschlussfeier dort. Ich habe ihn nie zuvor mit Krawatte gesehen, ich glaube, er war der stolzeste Vater weit und breit. Allein, um das zu erleben, haben sich die beiden Jahre in Kyjiw schon gelohnt. Er hat auch nichts mehr dagegen einzuwenden, dass ich ab Herbst ein Doppelstudium aus Literaturwissenschaft und Maschinenbau anstrebe. Überall läuft er herum und erzählt, dass seine Tochter an der Krimföderalen Universität in Simferopol studieren wird. Vor allem Maschinenbau gefällt ihm, er findet, das hat auch etwas mit moderner Landwirtschaft zu tun. Die Schriftstellerei hält er zwar immer noch für Unfug, er geht aber davon aus, dass ich das mit der Zeit auch erkennen werde. Irgendwann werde ich mich ja schließlich für eines von beiden entscheiden müssen.

Die Autofahrt von Kyjiw nach Koltschuhyne war lang.

»Am Ende, mein Schatz, kannst du nur einen Beruf ausüben«, sagte Papa, als wir die Oblast Tscherkassy durchquerten. »Du findest eine Tätigkeit im Bereich des Maschinenbaus – oder wirst Schriftstellerin, Lektorin oder was es in dem Bereich sonst noch so gibt.«

»Der Chef von Onkel Leo«, entgegnete ich, »hatte in seinem Leben eine ganze Reihe unterschiedlichster Berufe. Er war Briefträger, LKW-Fahrer, Schwimmlehrer und Dachdecker. Dann hat er auf Buchhaltung umgeschult und jahrelang im Büro gesessen. Schließlich ist ihm aufgefallen: Buchhaltung ist ja zum Schreien langweilig. Er hat sich daran erinnert, was er im Leben am liebsten mag: Autos und Frauen. Und daran, dass er ein sehr guter

Schrauber war. Eine Frau hatte er schon. Ein Auto auch. Heute hat er eine große, erfolgreiche Werkstatt mit zwölf Angestellten, und ist glücklich.«

Papa fand den Vergleich nicht passend. Ich erklärte, ich könnte ihm noch mehr Vergleiche nennen, aber ich wisse ja, dass er sich von nichts überzeugen lasse. Das fand er noch unangemessener, er wurde richtig sauer und war kurz davor, rechts ranzufahren.

»Ich könnte auch Bücher über Maschinen schreiben«, erklärte ich. »Damit verbinde ich beide Studiengänge und muss mich nie zwischen ihnen entscheiden.« Dass das ein Scherz war, ließ ich mir nicht anmerken.

»Ist Quatsch«, erwiderte Papa.

»Stimmt«, gab ich zu.

Wir gaben uns beide Mühe, nicht zu lachen. Mama erkannte den günstigen Moment, wechselte das Thema und wettete darauf, dass die Jungs zu Hause bestimmt nicht aufgeräumt hatten. Wie sie das nur immer macht. Möchte ich irgendwann auch mal können.

Die Jungs sind im Übrigen riesig geworden. Klar, ich bin seit dem letzten Sommer nicht mehr hier gewesen. Aber dass Kinder in weniger als einem Jahr so viel wachsen und sich so sehr verändern können!

14
Franz
1872

Franz hatte all seine Energie in die Fertigstellung des Hauses gesteckt. Bis zum März, wenn die Flößersaison begann, sollte es bezugsfertig sein. Das war ein ambitionierter Plan, denn das Haus sollte perfekt sein, er war nicht bereit, irgendwelche Abstriche zu machen. Bis in den Dezember hinein hatten er und seine Leute fast täglich am Bau gearbeitet, und auch Thea hatte Hand angelegt. Es war ungewöhnlich, dass eine Frau Bohlen zersägte und Nägel einschlug, und am Anfang hatte keiner der Männer angenommen, dass ihre Mitarbeit von großem Nutzen sein würde, aber sie alle wurden eines Besseren belehrt. Zu Beginn des Jahres musste der Hausbau aus Witterungsgründen für ein paar Wochen pausieren, aber nicht so lange wie befürchtet, denn es wurde ein eher milder Winter, und die Arbeiten konnten schon Anfang Februar wieder aufgenommen werden. Vier Wochen später war alles so weit fertig, dass Thea und Franz einziehen konnten. Es gab ein großes Fest mit allen, die am Hausbau beteiligt gewesen waren, und darüber hinaus mit vielen Freunden vom Franz und mit den Flößern, die er schon besonders lange kannte und schätzte. Als spät in der Nacht alle Gäste gegangen waren und die beiden zum ersten Mal im eigenen Schlafzimmer unter die Decke schlüpften, verriet Thea, es gebe noch eine weitere Neuigkeit. Sie war schwanger. Franz konnte sein Glück kaum fassen, schloss seine Frau in die Arme und versprach ihr, der beste Vater der Welt zu werden.

»Sag mal, weinst du etwa?«, fragte sie leise. »Das tust du sonst nie.«

»Jetzt auch nicht«, log er. »Mir ist nur was ins Auge geflogen.«

Am Morgen danach begann er, eine Wiege zu zimmern, er wollte seinen großspurigen Worten möglichst schnell Taten folgen lassen.

Viele Flößer überbrückten die Wintermonate mit der Herstellung von Wieden. Das waren besonders belastbare Holzseile, gewonnen aus den Stämmen junger Weiden, Birken oder Eschen, mit denen dann im Frühjahr die Langholzstämme zu Flößen zusammengebunden wurden. Diese Arbeit war mühsam und erforderte viel Geschick und Erfahrung. Die mächtigen und nicht immer gerade gewachsenen Stämme wurden so lange sortiert und gestapelt, bis daraus der Boden eines funktionstüchtigen Floßes wurde. Zum Schluss wurden an den Seiten noch zwei Ruder angebracht, damit das Floß später von zwei Flößern gelenkt werden konnte. Die Anspannung war stets groß beim Bau der Flöße, weil die tonnenschweren Stämme äußerst rutschig waren. Es konnte ständig etwas passieren. Ein Bein oder ein Arm zum falschen Zeitpunkt an der falschen Stelle konnte das Ende des Berufslebens eines Flößers bedeuten, wenn nicht sogar Schlimmeres. Viele von ihnen waren abergläubisch, oder gläubig, je nachdem, wie man die Dinge betrachten wollte. An jedem Morgen baten sie vor Arbeitsbeginn den heiligen Johannes von Nepomuk, den Schutzpatron der Flößer, um Beistand.

Franz nahm in diesem Jahr vor allem die kürzeren Touren an. Weiter als bis zur Isarmündung in Deggendorf fuhr er nicht, weil er seine schwangere Frau nicht lange alleine lassen wollte, und weil es am neuen Haus noch eine Menge zu tun gab.

Eines Tages im Mai, auf dem Marktplatz von Mittenwald, trat Xaver Obermaier auf ihn zu, der wichtigste Holzhändler der ganzen Region. Franz kannte und schätzte ihn schon lange, und diese Wertschätzung beruhte auf Gegenseitigkeit. Wie sehr, das sollte Franz an diesem Tag erfahren.

»Franz, hör zu«, sagte Xaver Obermaier, ein fünfzigjähriger großgewachsener Mann, dessen dichtes Haar zwar mittlerweile schlohweiß war, der aber trotz seines Alters immer noch von kräftiger Statur war. Xaver war früher manchmal selbst auf dem Floß mitgefahren – nicht, weil es irgendjemand von ihm erwartet hätte, sondern weil er wissen wollte, wovon er sprach, wenn er einen Holztransport auf die Reise schickte. »Im Sommer wird es eine längere Fahrt geben«, fuhr er fort.

»Wohin?«, fragte Franz.

»Budapest.«

»Nicht für mich«, erwiderte Franz. »Nicht in diesem Jahr. Meine Frau ist schwanger, so lange will ich nicht fort sein.«

»Ich weiß«, entgegnete Xaver Obermaier. »Es ist nur so: Das wird ein besonderer Transport.«

»Wie viele Flöße?«

»250. Mindestens.«

Franz pfiff durch die Zähne. »So eine große Fuhre hab ich nur ein einziges Mal mitgemacht, damals war ich der jüngste Flößer von allen.«

»Sie bauen in Budapest was Größeres. Und wollen unser Holz. Du verstehst, dass ich dafür die besten und erfahrensten Leute brauche?«

»Es gibt eine Reihe guter Flößer«, entgegnete Franz.

»Sicher«, stimmte der Holzhändler zu. »Die werden auch alle dabei sein. Aber als obersten Flößermeister brauche ich den besten von allen.«

»Obermaier, ich weiß zu schätzen, dass du mir Honig ums Maul schmierst. Unter anderen Umständen wär ich dabei.«

»Dir ist wahrscheinlich klar, wie viele Flößer dafür nötig sind?«

»Wohl über tausend«, erklärte Franz.

Der Holzhändler nickte. »Das heißt, der oberste Flößermeister, der, auf den alle hören, muss nicht nur ein Flößer der Extraklasse sein, er muss auch führen können. Du bist einer, dem die anderen so schnell nicht widersprechen. Du weißt, wie man einen Streit schlichtet, und zwar so, dass die Luft anschließend wieder rein ist. Du sorgst dafür, dass die Männer sich auf das Wesentliche konzentrieren. Franz, ich will dich und keinen anderen.«

Xaver Obermaier bat Franz darum, sich sein Angebot wenigstens durch den Kopf gehen zu lassen und vielleicht auch mit seiner Frau zu besprechen. Franz versprach es ihm, aber nur aus Respekt, denn seine Entscheidung stand fest.

Thea hatte schon den Ofen angeschürt und war am Kochen, als Franz nach Hause kam. Sie liebte es, der Isar zuzuhören, die leise rauschte, wenn ein Fenster offen war.

»Ich spür schon was«, rief sie fröhlich, als er in die Küche kam. »Das Kleine meldet sich!« Sie nahm seine Hand und legte sie sich auf den Bauch. Er lächelte, aber sie merkte trotzdem, dass irgendetwas nicht stimmte.

»Was ist los?«, wollte sie wissen.

»Der wichtigste Holzhändler in der ganzen Gegend hat mir ein Angebot gemacht, das ich eigentlich nicht ablehnen kann. Ich hab ihm gesagt, es wird nichts draus, aber er lässt nicht locker. Er hat gesagt, ich soll drüber schlafen und ihm morgen Bescheid geben.«

Nach dem Essen saßen sie mit ernsten Mienen vor dem Haus auf der Terrasse, eingehüllt in dicke Decken.

»So viel Geld hat er dir dafür geboten?«, staunte Thea. »Davon könnten wir ein Jahr leben.«

»Ja«, erwiderte Franz, »aber ich wäre mindestens ein Vierteljahr nicht hier, und das in der zweiten Hälfte deiner Schwangerschaft. Was ist, wenn's irgendwelche Probleme gibt und du meine Hilfe brauchst?«

Thea lehnte sich an ihn und sagte ruhig: »Weißt du eigentlich, wie sehr ich diese Kuhle an dir liebe?«

»Du meinst die hier zwischen Schulter und Brustbein?«

»Genau die. In die lege ich meinen Kopf am allerliebsten.«

»Ich mag's auch, wenn du das tust«, erwiderte er leise.

»Ich finde die Vorstellung furchtbar, dass du und diese Kuhle drei Monate lang nicht hier sein könnten.«

»Ich auch.«

»Aber es wäre auch eine ehrenvolle Aufgabe, oder? Tausend Mann unter sich zu haben? Der Holzhändler muss großes Vertrauen in dich haben.«

Franz stimmte zu, bekräftigte aber, dass die wichtigere Aufgabe war, in dieser Zeit an Theas Seite zu sein.

Am nächsten Morgen betrat er das riesige Gelände des Obermaierschen Sägewerks. Jeder, der hier arbeitete, kannte ihn, im Vorbeilaufen musste er mehrfach Fragen beantworten, wie es seiner schwangeren Frau ging und wie es sich so lebte in dem neuen Haus. Xaver Obermaier saß bereits in seinem Büro und erwartete ihn.

»Und, Franz?«, wollte er wissen. »Hast du dir mein Angebot durch den Kopf gehen lassen?« Er strahlte eine Siegesgewissheit aus, die Franz nur ungern zerstörte.

»Das habe ich«, erwiderte er und nahm auf der anderen Seite des Tisches Platz. »Wie du mir geraten hast, Xaver, habe ich die Sache auch mit meiner Frau durchgesprochen. Aber es bleibt dabei: Nach Budapest müsst ihr ohne mich. Tut mir leid.«

Der Holzhändler nickte und ließ sich einen Moment Zeit, bevor er dazu etwas sagte. Dann fragte er: »Wie viel muss ich dir zahlen, damit du deine Meinung änderst?«

»Liegt nicht am Geld«, entgegnete Franz. »Dein Angebot war sehr großzügig.«

»Trotzdem«, hakte Obermaier weiterhin nach. »Alles im Leben ist verhandelbar. Jeder hat seinen Preis. Das wissen wir doch. Was muss ich dir bieten, damit du doch noch Ja sagst? Oder wenigstens darüber nachdenkst?«

»Diese Zahl gibt es nicht.«

»Doch, die gibt's. Sag sie einfach. Na los.«

Franz atmete tief durch. Er wollte darauf keine Antwort geben. Er wollte nicht nach Budapest. Aber er kannte den Xaver – wenn der sich in den Kopf gesetzt hatte, eine Zahl von ihm zu hören, würde er so schnell nicht lockerlassen. Die beiden musterten sich. Franz dachte nach. Wenn er nun eine Forderung stellte, die so unverschämt war, dass Xaver sie niemals erfüllen würde?

»Das Dreifache dessen, was du mir angeboten hast«, erklärte er.

Der Holzhändler starrte ihn an. »Bist du wahnsinnig, Franz? Hast du den Verstand verloren?«

»Du hast gefragt.«

»Jetzt mal ernsthaft. Ich vergesse, was du gerade gesagt hast, und biete dir, sagen wir mal, das Anderthalbfache. Das ist ein unglaublicher Verdienst für so eine Fahrt. Das ist mehr, als jemals irgendein Flößer irgendwo bekommen hat. Das ist ein fürstlicher, ach was, ein königlicher Lohn.«

Der Holzhändler stand auf und hielt Franz seine Pranke entgegen, um die Vereinbarung zu besiegeln. Franz erhob sich ebenfalls und sagte: »Ich fühle mich geehrt. Aber es bleibt dabei.«

Xaver Obermaier ballte die ausgestreckte Hand zur Faust und ließ sie langsam sinken. Seine Miene erstarrte. »Ich gebe dir seit Jahren Arbeit, Franz. Immer wieder. Deinen guten Ruf hast du auch mir zu verdanken. Das Holz für dein Haus habe ich dir zum Spottpreis überlassen. Ich dachte, wir wären mehr als nur Geschäftspartner. Ich dachte, wir wären fast so etwas wie Freunde. Und dann stellst du eine so unsinnige, eine so dumme und unverschämte Forderung?«

Franz schwieg.

»Raus aus meinem Büro«, sagte Xaver Obermaier und deutete zur Tür. »Scher dich von meinem Gelände, du undankbarer Sauhund, ich will dich hier nicht mehr sehen.«

Franz nickte nur und ging.

Am nächsten Morgen saß Franz im Wohnzimmer und zog seine Stiefel an, als es an die Haustür klopfte. Thea öffnete. Es war Xaver Obermaier. Lächelnd machte er ihr Komplimente, wie gut sie aussehe, anscheinend bekomme ihr die Schwangerschaft, und überhaupt könne Franz sich glücklich schätzen, ihr Herz gewonnen zu haben. Er gab sich, als wäre nichts vorgefallen. *Was hat er vor?*, fragte sich Franz. *Haben wir nicht gestern schon alles geklärt?* Die Männer begrüßten sich mit einem kräftigen Händedruck und der Holzhändler erklärte, er habe etwas mitgebracht. Er zog einen Umschlag hervor und drückte ihn Franz in die Hand. Franz wusste nicht, was er davon halten sollte.

»Willst du ihn nicht aufmachen?«, fragte Thea.

»Ja, Franz«, stimmte Obermaier zu, »mach ihn auf.«

Franz öffnete den Umschlag und zog ein Papier heraus.

»Wie ich weiß, hast du Lesen gelernt«, erklärte Obermaier. »Also lies.«

Franz trat ans Fenster, um mehr Licht zu haben, und las, was da geschrieben stand. Nur glauben konnte er es nicht. »Das ist die Summe, die ich gefordert habe«, sagte er. Thea kam und zog den Vertrag an seinem Arm zu sich her, um es auch zu sehen.

»So ist es, Franz«, erklärte der Holzhändler. »Du unterschreibst den Vertrag und dann hältst du den Mund, hörst du? Niemand darf erfahren, was ich dir zahle, sonst werden die anderen neidisch und drehen durch. Verstehst du das?«

»Aber ...«, machte Franz und wusste nicht, was er sagen sollte.

»Was aber? Du machst gerade das Geschäft deines Lebens, und es bricht mir das Herz, aber ich will dich einfach dabeihaben. Und du zeigst mir gefälligst, dass du das wert bist und bringst die 250 Flöße heil nach Budapest.«

»Ich brauche Bedenkzeit«, sagte Franz.

»Was brauchst du? *Was* brauchst du? Franz Beser, bist du eigentlich noch ganz bei Trost? Das ist das, was du gefordert hast, und Gott sei mir gnädig, ich bin auch noch wahnsinnig genug, es dir zu zahlen. Und du sagst mir, du brauchst Bedenkzeit?!«

»Xaver, ich muss darüber nachdenken.«

»Er meint es nicht böse«, meldete Thea sich zu Wort, um die hitzige Situation zu beruhigen. »Wirklich nicht.«

»Er ist ein Hundskrüppel. Ein Arschloch ist er! In die Fresse schlagen könnt ich ihm! Bedenkzeit, Scheißg'lump verreckt's! Du kriegst deine Bedenkzeit, Franz. Bis heut Abend will ich Bescheid wissen, sonst heuer ich einen anderen an! Pfüa Gott!« Der Holzhändler stampfte aus dem Haus und schlug die Tür so fest zu, dass sie aus dem Schloss wieder heraussprang.

Den ganzen Vormittag saßen Franz und Thea beieinander und redeten. Xaver Obermaier hatte seine vollkommen überzogene Forderung tatsächlich erfüllt. Franz musste sich den Vertrag immer wieder ansehen, um die Summe zu glauben, die dort stand. Konnte er jetzt trotzdem noch Nein sagen? Ehrenhaft wäre das nicht, das war Franz klar. Hätte er im Büro des Holzhändlers doch nur den Mund gehalten, anstatt etwas zu fordern!

»Das Geld können wir gut gebrauchen«, sagte Thea. »Aber wie ich das sehe, geht's hier inzwischen nicht mehr nur ums Geld. Nimmst du den Auftrag an und führst die Flöße mit Erfolg zum Ziel, bist du der Flößermeister, der in Liedern besungen wird und den jeder haben will. Lehnst du aber ab, wird dein Ansehen sinken.«

»Das glaub ich nicht«, erklärte Franz. »Ich bin dann trotzdem noch ein guter Flößer und jeder weiß das.«

»Ja, aber wenn du eine geforderte Vertragssumme haben kannst und dann dennoch nicht unterschreibst, sowas spricht sich rum. Das ist nicht gut. Obermaier wird dich kaum mehr buchen und andere dann vielleicht auch nicht mehr.«

Franz schaute aus dem Fenster. Einen schönen Mist hatte er sich da eingebrockt.

»Sag Ja, Franz«, sagte Thea. »Ich werd dich schrecklich vermissen, aber wenn du wieder nach Hause kommst, freu ich mich umso mehr. Mir und dem Kind passiert schon nichts, ich bin robuster, als ich aussehe.«

»Das stimmt«, erwiderte er.

Thea legte die Arme um ihn.

Franz erwiderte die Umarmung und kündigte an: »Ich werd zum ersten Mal in meinem Leben einen Brief schreiben. Und nicht nur einen. Von überall, wo wir anlegen, werde ich dir schreiben.«

15
Viktoria
1960

Auf den Markt von Beloyarka fuhr Viktoria mittlerweile schon lange nicht mehr. Der Vorfall vor knapp zwei Jahren mit dem Transporterfahrer hatte ihr den Spaß daran verdorben. Seitdem versuchte sie, Timur keinen Anlass mehr zur Eifersucht zu geben, und konzentrierte sich, so gut sie konnte, auf die Ehe mit ihm. Und auf ihre Arbeit, die sich im Übrigen besser entwickelt hatte als erwartet. Das lag daran, dass die Milchkühe in der Kolchose häufig entzündete Euter hatten. Die anderen Arbeiter und Arbeiterinnen bemerkten das oft lange nicht, so dass die Kühe, wenn es passierte, meist lange ausfielen. Viktoria hingegen registrierte jede leichte Rötung und jedes schmerzhafte Muhen, trug sofort eine Salbe auf, und in den meisten Fällen verschwanden die Beschwerden der Kuh dann sehr schnell. Auch wenn ein Tier ein Problem am Auge oder mit den Klauen hatte oder über Durchfall klagte, wusste Viktoria oft, woran es lag und was zu tun war.

Das sprach sich herum.

Eine Arbeitskollegin kam zu Viktoria nach Hause, mit ihrem Hund, der unter Ausfluss aus den Ohren litt. Viktoria mischte eine Tinktur zusammen und träufelte sie dem Tier in die Gehörgänge.

Bei diesem einen Besuch blieb es nicht. Bald behandelte Viktoria außer Hunden auch Katzen und Vögel, einmal sogar eine Schlange.

Außer den großen Kolchosen gab es in der Umgebung auch ein paar kleinere, klassische, zum Teil sehr alte Bauernhöfe, welche die Zeit des Sowjetregimes bis heute überlebt hatten. Auch dorthin wurde Viktoria nach Feierabend und an den Wochenenden gerufen, wenn es galt, eine verletzte Ziege oder ein krankes Schwein zu behandeln. Die Leute beschäftigten sie gerne, denn sie verlangte viel weniger als ein richtiger Tierarzt und machte ihre Arbeit mindestens genauso gut.

Viktoria war sehr glücklich, dass ihre Fähigkeiten als Veterinärin so geschätzt wurden – es bedeutete die kleine Erfüllung ihres großen beruflichen Traums.

Timur hatte sie dabei zu Anfang noch unterstützt, weil er wusste, wie viel es ihr bedeutete, für Tiere da zu sein. Er hatte nichts gesagt, wenn sie sich abends noch mit dem alten, klapprigen Fahrrad und dem Tierarztköfferchen auf den Weg zu den umliegenden Höfen machte. Aber seine Laune wurde von Woche zu Woche schlechter. Er hoffte, Viktoria würde bald Mutter werden, dann hätte sich das Tierarzt-Spielen endlich erledigt. Aber so oft er auch mit ihr schlief, sie wurde einfach nicht schwanger.

Eines Abends kam Timur nach Hause und erklärte angespannt, sie müsse sofort damit aufhören, Tiere zu behandeln. »Jemand hat mich auf dich angesprochen. Was du machst, ist nicht in Ordnung, hat er gesagt. Als Unqualifizierte darfst du keine Tiere behandeln und Geld dafür nehmen.«

»Ich bin nicht unqualifiziert!«, begehrte Viktoria auf. »Ich bin genauso gut wie ein Studierter, wenn nicht sogar besser.«

»Mag sein«, erwiderte Timur. »Aber wenn du nicht damit aufhörst, informiert er die Behörden.«

»Ich lasse mich einfach nicht mehr bezahlen«, erklärte Viktoria. Sie suchte nach einem Ausweg, irgendeinen musste es doch geben. »Ich mache es sowieso nicht wegen des Geldes.«

»Kommt nicht in Frage«, verfügte Timur. »Niemand würde glauben, dass du wirklich umsonst arbeitest. Jeder würde denken, sie bezahlen dich heimlich. Also Schluss damit. Dann hast du auch wieder mehr Zeit für unser Zuhause. Und kannst endlich anfangen, Kinder zu kriegen, wie andere Frauen auch.«

Er griff nach ihrem Tierarztköfferchen. Viktoria wollte wissen, was er damit vorhatte. Anstatt zu antworten, ging er hinaus in den Garten hinter dem Haus. Viktoria folgte ihm und sah zu, wie er eine Fackel entzündete.

»Nein!«, rief sie. »Nein!«

Timur hielt die lodernde Fackel unter das Köfferchen. Viktoria versuchte, es ihm zu entreißen. Er schubste sie unsanft weg, sie stolperte beim Rückwärtsgehen über die Begrenzung eines Beets und fiel mitten in den großen, stachligen Brombeerstrauch. Dornen bohrten sich in ihre Arme, ihren Hals, ihren Hinterkopf, ihren Rücken. Sie rollte sich auf den Boden, ihr Kopf wurde in die feuchte Erde gedrückt. Sie sah dabei zu, wie ihr Köfferchen in Flammen aufging, bis Timur es nicht mehr festhalten konnte und fallen ließ. Er warf ihr noch einen Blick zu, der keine Emotion erkennen ließ, und ging wieder ins Haus.

Viktoria schloss die Augen. Durch ihre Lider sah sie den Schein des Feuers. Roch den Gestank der brennenden Tasche. Wo, fragte sie sich, war der Timur hin, der so bezaubernd um sie geworben hatte? Der sie einst verteidigt hatte, ohne die Faust zu erheben, nur mit Worten? Wohin war der Charme verschwunden, den dieser Mann vor noch gar nicht so langer Zeit mit spielerischer Leichtigkeit entwickelt hatte?

16
Henning
1933

Die ausgehenden Zwanziger Jahre waren eine turbulente Zeit. Politische Diskussionen wurden mit großem Eifer geführt, auf der Straße genauso wie im Offizierskasino. Oberleutnant von Tresckow, sonst eher ein Freund der leiseren Töne, sah sich dazu aufgefordert, in den Reihen seiner Offizierskollegen leidenschaftliche Überzeugungsarbeit zu leisten.

»Bald schon werdet ihr sehen, dass es gar nicht mehr anders geht«, erklärte er.

Major von Hase, der am anderen Ende des Tisches saß, wollte wissen, was denn bald *so* furchtbar Schlimmes geschehen werde.

»Es wird eine Wirtschaftskrise geben«, erwiderte Tresckow.

»Haben wir die nicht schon jetzt?«, warf ein anderer ein.

»Nicht lange, und wir alle werden uns nach der jetzigen Situation zurücksehnen«, prophezeite der Oberleutnant. »Brechen die internationalen Börsen zusammen, wird es Deutschland am härtesten treffen, denn durch Versailles haben wir im Vergleich mit allen anderen Industrienationen den geringsten Spielraum.«

»Aber die Börsen boomen doch«, gab von Hase zu bedenken. »Sie befinden sich auf Rekordniveau.«

»Deswegen wird der Absturz umso fürchterlicher«, erwiderte Tresckow. »Viele deutsche Banken werden dann in kürzester Zeit bankrott sein.«

Ein Leutnant fragte, woher um alles in der Welt Tresckow das wissen wollte. So etwas könne doch niemand voraussagen.

»Er war mal Bankier«, bemerkte ein Hauptmann, »deswegen denkt er, er weiß es besser als alle anderen.«

»Ich zähle nur eins und eins zusammen«, entgegnete der Gescholtene, »und mache mir Sorgen um unser Land. Es ist zerrissen. Gesellschaftlich und darum auch parteipolitisch. Aus dem Parteienwirrwarr, das wir derzeit erleben, ergibt sich eine Handlungsunfähigkeit, die uns auf schnurgeradem Weg in Richtung Untergang führt. Unsere Energien sind gelähmt, wir sind das Kaninchen, das vor der Schlange erstarrt. Reformen genügen nicht mehr, wir brauchen einen radikalen Umbau. Es fehlt jemand, der uns mit straffem Zügel durch diese Zeiten führt – hinein in eine bessere.«

»Und wer soll das sein?«, fragte von Hase. Seinem Tonfall war deutlich zu entnehmen, dass es sich um eine rhetorische Frage handelte, weil er davon ausging, dass es darauf sowieso keine Antwort gab.

Dennoch zögerte der Oberleutnant nicht, eine zu geben: »Meiner Meinung nach kommt nur einer in Frage«, sagte er. »Ich gebe zu, ich habe selbst lange Zeit nichts von ihm gehalten. Er schien mir ein Spinner zu sein. Aber er ist der Einzige, der dazu bereit ist, unnachgiebig gegen Versailles zu kämpfen – für ein Deutschland, das sich zurückholt, was es verloren hat.«

»Sie reden doch bitte nicht von diesem unappetitlichen Nationalsozialisten?«, wollte der Major erregt wissen. »Diesem popligen Gefreiten? Dem Kerl mit den verfassungsfeindlichen Tendenzen?«

»Von eben jenem.«

»Eine solche Geschmacksverirrung hätte ich Ihnen wirklich nicht zugetraut, Tresckow. Das ist doch genauso ein verfluchter Gleichmacher wie die Kommunisten.«

Der Oberleutnant schwieg, weil er nicht noch mehr Öl ins Feuer gießen wollte. Alle anderen Männer am Tisch waren sich darüber einig, dass die NSDAP ihren Höhenflug ohnehin schon hinter sich hatte – nach gut sechs Prozent bei der Reichstagswahl 1924 hatte die Partei es im letzten Jahr schließlich nur noch auf zweieinhalb Prozent gebracht. Schon in einem Jahr würde sich vermutlich niemand mehr an den Namen *Hitler* erinnern können.

Tatsache war aber vielmehr, dass sich ein Jahr später kaum mehr jemand an diese Sorglosigkeit erinnern konnte. Die Weltwirtschaftskrise hatte sich im Herbst 1929, ausgehend von New York, über den ganzen Erdball ausgebreitet, und Deutschland hatte es besonders stark gebeutelt. Nicht nur Banken gingen bankrott. Fabriken und Geschäfte mussten schließen. Löhne sanken. Arbeitslosigkeit griff um sich wie eine Seuche. Angst, Ratlosigkeit, Unruhe und Bitternis hielten die gesamte Gesellschaft in ihren Klauen.

Aus den Tresckows war inzwischen eine vierköpfige Familie geworden. Im Jahr nach der Geburt von Mark war auch schon Rüdiger zur Welt gekommen. Ihr Vater war ganz vernarrt in die beiden und konnte von morgens bis abends mit ihnen zu Hause auf dem Teppich herumtollen, ohne dass ihm jemals langweilig wurde. Wer ihn so sah, hätte nicht erwartet, dass er einen preußischen Offizier vor sich hatte. Er war sich auch nicht zu schade, seinen Söhnen die Windeln zu wechseln. Erika dankte es ihm stets mit liebevollen Blicken. Weniger erbaut war sie über die parteipolitische Richtung, die er noch immer verfolgte. Vor allem seit der Wahl im September, die erst wenige Tage her war, und bei der die NSDAP mit mehr als 18 Prozent zweitstärkste Partei geworden war.

»Ich mag einfach nicht, wie Hitler zu den Juden steht«, sagte sie immer wieder. »Er ist ein Spalter, kein Versöhner.«

»Ach, die Sache mit den Juden«, winkte Henning ab. »Das ist doch längst kein großes Thema mehr. Du weißt, dass ich nichts gegen Juden habe. Viele unserer Freunde und Bekannten sind welche, von hier bis in die Vereinigten Staaten. Das sind alles großartige Menschen. Kluge, feine Persönlichkeiten.«

»Die NSDAP trägt ihre Judenfeindlichkeit nur deswegen nicht mehr vor sich her, weil dieser Goebbels der Meinung ist, dass man damit Teile der Wählerschaft abschreckt«, erklärte Erika. »Und du gehst diesen Leuten auf den Leim.«

»Hitler hat einfach begriffen«, widersprach Henning, »dass es viel dringendere und wichtigere Aufgaben gibt, als einer diffusen Antipathie gegen eine religiöse Gruppe nachzugehen. Es ist jetzt von entscheidender Bedeutung, die Kräfte endlich wieder zu bündeln und etwas zu unternehmen. Er ist entschlossen, die Gebrechen einer in zahllose Egoismen zerfallenen Demokratie zu beseitigen und den sozialen Ausgleich zu schaffen. Ich wünschte, er hätte noch viel mehr Stimmen bekommen. Denn viel Zeit haben wir nicht mehr. Das Reich ist ohnmächtig und zerfahren. Auch jetzt, in dieser schweren Zeit, lassen England und Frankreich uns weiter ausbluten, ohne Rücksicht auf unseren offensichtlichen Niedergang.«

»Im Gegensatz zu dir habe ich *Mein Kampf* gelesen«, erklärte Erika. »Deswegen kenne ich Hitlers wahre Ziele ganz genau.«

»Ach, Eta«, entgegnete Henning, »das hat ein frustrierter, wütender Revolutionär geschrieben, nachdem man ihn ins Gefängnis gesteckt hatte. Es ist ein schreckliches Buch, nichts weiter als eine schwülstige Bekenntnisfibel, ich bin nie über die ersten Seiten hinausgekommen. Mit dem Politiker von heute hat es nicht mehr viel zu tun.«

»Es ist miserabel geschrieben, das ist wahr. Aber davon abgesehen ist es vor allem sehr direkt und außerordentlich ehrlich«, entgegnete Erika. »Dieses Buch ist zutiefst und auf wirklich widerwärtige Weise rassistisch, und es predigt einen denkbar maßlosen Imperialismus.«

Henning war froh, dass er die Diskussion beenden konnte – weil Rüdiger allem Anschein nach eine volle Windel hatte. Es ging ihm gegen den Strich, dass die Spaltung, von der die deutsche Gesellschaft immer mehr erfasst wurde, sich auch noch in seiner Ehe niederschlug. Aber was sollte er machen, er hatte nun einmal eine kluge, moderne Frau geheiratet. Und so liebte, so wollte er sie ja auch. Aber was die NSDAP betraf, teilte er ihre Sorgen nicht: Für ihn zählte nur das aktuelle Parteiprogramm, und darin spielten Animositäten gegen Juden und andere Volksgruppen nun wirklich eine untergeordnete Rolle.

Den Wahlausgang vom September 1930 empfanden die etablierten Parteien als Katastrophe, weil die NSDAP so viele Wählerstimmen errungen hatte. Zur allgemeinen Überraschung gelang es Reichskanzler Heinrich Brüning aber nicht nur, im Amt zu bleiben, sondern auf einmal sogar stabile parlamentarische Mehrheiten für seine Regierungspolitik zu finden, was vor allem daran lag, dass die SPD ihn auf einmal zu unterstützen begann – die einen sagten, aus staatspolitischem Verantwortungsgefühl heraus, die anderen sahen darin eher die Angst vor einer erneuten Auflösung des Reichstages gespiegelt. Doch Brünings rigorose Deflationspolitik führte endgültig zu Massenarbeitslosigkeit und Verelendung – und dadurch auch zur rasant ansteigenden Bereitschaft innerhalb des Volkes, sich Extremisten zuzuwenden. Eine Reaktion Brünings darauf war, im April 1932 sowohl die SA als auch die SS zu verbieten, die beiden paramilitärischen Organisationen der NSDAP, die längst begonnen hatten, auf den Straßen der großen deutschen Städte Angst und Schrecken zu verbreiten. Im Mai 1932 sah Reichspräsident Hindenburg, dessen Zweifel an Brüning immer größer geworden waren, sich endgültig außerstande, dessen Notverordnungen weiterhin gegenzuzeichnen. Brüning wusste: Damit war seine Regierung am Ende. Er verzichtete darauf, die Vertrauensfrage zu stellen, und trat zurück. Der Reichstag wurde aufgelöst und nur wenige Tage später wurden, auf Druck von Hitler und Göring, die Verbote von SA und SS wieder aufgehoben. Schon wieder musste es Neuwahlen geben, die bereits Ende Juli erfolgten – und mit einem erdrutschartigen Sieg der NSDAP endeten, die ihren vormaligen Stimmenanteil mehr als verdoppelte und nun auf mehr als 37 Prozent kam. Doch SPD, Zentrum und KPD kamen auf insgesamt mehr als 50 Prozent, und keine dieser Parteien war bereit, mit den Nazis, wie man sie mittlerweile nannte, zu koalieren. Unter dem neuen parteilosen Reichskanzler Franz von Papen kam es allerdings nur zu zwei Reichstagssitzungen. Die erste diente dem neu gewählten Reichstag zur Konstituierung. Wichtigster Tagesordnungspunkt war die Wahl des Reichstagspräsidenten, die nach parlamentarischem Brauch der stärksten Fraktion zustand, also der NSDAP, für die Hermann Göring zur Wahl stand. Die Zentrums-Partei signalisierte, dass sie bereit war, diese Personalie mitzutragen, so dass Göring schon im ersten Wahlgang gewählt wurde. Wenige Tage später kam der Reichstag zu seiner einzigen regulären Sitzung zusammen. Die Kommunisten beantragten die Aufhebung zweier Notverordnungen und auch gleich ein Misstrauensvotum gegen die Regierung Papen. Die Nationalsozialisten ließen die Sitzung für eine halbe Stunde unterbrechen, um sich mit Hitler darüber zu beraten, ob sie diese Anträge unterstützen sollten.

»Jetzt ist es so weit«, raunte von Papen einem seiner Minister zu, sobald sich diese Entscheidung abzuzeichnen begann, und zeigte dabei ein vorfreudiges Lächeln. Der Kabinettskollege hatte keine Ahnung, worauf der Reichskanzler anspielte.

»Jetzt kippe ich die verdammten Nazis«, fügte von Papen zufrieden hinzu. »Denn sie werden sich dazu hinreißen lassen, die Anträge der Kommunisten zu unterstützen.« Er winkte einen Boten heran und erklärte leise: »Sie laufen jetzt hinüber in die Reichskanzlei. Dort liegt eine vom Reichspräsidenten bereits unterschriebene Auflösungsorder. Es fehlt nur noch das heutige Datum. Sie sind derjenige, der es eintragen wird.«

»Ich, Herr Reichskanzler?«, kam die ungläubige Frage des Boten.

»Ganz recht, guter Mann. Sie schreiben heute Geschichte, im wahrsten Sinne des Wortes. Ich werde hier im Eingangsbereich auf Sie warten. Und jetzt los mit Ihnen, beeilen Sie sich.«

Kaum hatte der Bote den Saal verlassen, fiel er in Laufschritt. Schon nach wenigen Minuten kam er wieder zurück, mit einer roten Mappe unter dem Arm. Franz von Papen nahm sie ihm ab und kehrte zurück in den Sitzungssaal, wo Göring gerade im Begriff war, die unterbrochene Sitzung fortzuführen. Mit triumphierendem Grinsen hob der Reichskanzler die Mappe mit ausgestrecktem Arm über seinen Kopf und winkte den Abgeordneten damit provozierend zu. Jeder im Saal wusste, was die rote Mappe zu bedeuten hatte. Unter Schmähungen und Buh-Rufen kehrte der Reichskanzler auf seinen Platz zurück. Aber sie alle waren gleichzeitig auch mit der Geschäftsordnung des Reichstags so weit vertraut, dass ihnen klar war: Die Übermittlung der Auflösung des Parlaments durch von Papen konnte nur erfolgen, *bevor* man ihm per Abstimmung das Misstrauen ausgesprochen hatte – was noch nicht geschehen war. Göring, der sehr wohl begriff, dass nun Eile geboten war, erklärte auf der Stelle, man werde jetzt sofort über die kommunistischen Anträge abstimmen. Von Papen erbat lautstark das Wort. Göring ignorierte ihn. Von Papen wiederholte seine Worte und wies darauf hin, dass ihm laut Geschäftsordnung augenblicklich das Wort zu erteilen sei. Göring starrte beharrlich zur anderen Seite, als würde er den Reichskanzler übersehen, und trieb – äußerlich ungerührt – die Abstimmungen voran. Unter immer lauter werdenden Tumulten stieg von Papen hinauf zum Reichstagspräsidenten, legte die rote Auflösungsorder auf sein Pult und wies seine Minister an, mit ihm den Reichstag zu verlassen. Mit überwältigender Mehrheit hob der Reichstag anschließend die Notverordnungen auf und sprach dem Reichskanzler das Misstrauen aus. Die rote Mappe erklärte Göring für bedeutungslos, weil sie von einem Mann eingereicht worden sei, den der Reichstag soeben gestürzt hatte.

Doch in diesem Punkt hatte Göring sich vertan, denn im Moment der Niederlegung auf seinem Pult – und damit vor der Feststellung des Abstimmungsergebnisses – war die Order wirksam geworden. Die Auflösung des Reichstags war rechtens und somit waren Neuwahlen spätestens zum 6. November auszuschreiben. Papen ging davon aus, dass Neuwahlen zu diesem Zeitpunkt zu einer schweren Schwächung sowohl der NSDAP als auch der KPD führen mussten. Den Wählern war doch ganz sicher nicht entgangen, dass Deutschland nicht mehr regierbar war, solange Nazis und Kommunisten in der Lage waren, Entscheidungen der bürgerlichen Parteien zu blockieren. Genau aus diesem Grund hatte Göring ja alles versucht, um die Auflösung zu verhindern.

Papens Rechnung ging jedoch nur sehr bedingt auf, denn am 6. November bekam die NSDAP zwar nur noch 33 Prozent der Stimmen, blieb aber immer noch die bei Weitem stärkste Partei. Alle Beobachter rechneten mit erneuten baldigen Neuwahlen. Die parlamentarische Misere erschien immer mehr auf unlösbare Weise in einer Sackgasse gefangen. Ausgerechnet Franz von Papen vollzog nun eine Kehrtwendung und stellte im Kreise von Vertrauten fest:

»Auch wenn wir sie zutiefst verabscheuen: Derzeit geht es wohl nicht ohne die Nazis. Ich hasse es, das sagen zu müssen, aber der einzig sinnvolle Schachzug ist jetzt, sie in die Regierungsverantwortung zu bringen. Dann werden sie sich am Ziel ihrer Träume glauben. Aber da sie keine absolute Mehrheit haben, können wir sie jederzeit kontrollieren – und irgendwann auch wieder loswerden. Denn wer regiert, kann nicht mehr nur anprangern und herumkrakeelen, sondern ist auf einmal gezwungen, Entscheidungen zu treffen, die nicht jedem gefallen. Von Protestwählern wird derjenige beim nächsten Mal dann links liegengelassen.«

Zuerst führte Papen Gespräche mit Hitler, dann gelang es ihm, Hindenburg für eine Regierung zu gewinnen, in der Hitler Kanzler und Papen Vizekanzler sein sollte. Am 30. Januar 1933 war es dann so weit, Hindenburg ernannte Adolf Hitler zum Reichskanzler. Und Franz von Papen gab in weinseliger Stimmung die größte Fehleinschätzung seines Lebens ab: »In zwei Monaten haben wir Hitler in die Ecke gedrückt, dass er quietscht.«

Am selben Abend öffnete Henning von Tresckow im Familienkreis in Wartenberg eine Flasche Champagner, um dieses Ereignis zu feiern. Viele, die mit ihm trinken wollten, fand er aber nicht, sowohl seine Frau als auch sein Bruder Gerd weigerten sich, auf die neuen politischen Gegebenheiten anzustoßen.

»Ich hoffe, dass die nationale Erhebung Wege des Rechts und der Ehre einschlagen wird«, verkündete Henning und leerte trotzig sein Glas.

Die Maßnahmen von SA und SS gegen Feinde und Missliebige des Regimes setzte sofort ein. Zurück in Potsdam sah Erika von Tresckow nur wenige Tage später die eingeschlagenen Schaufenster in der Stadt, sprach mit Leuten auf den Straßen, und erzählte abends, nachdem sie die mittlerweile drei Kinder ins Bett gebracht hatte, ihrem Mann davon. Er winkte ab und erwiderte gelassen, das dürfe man nicht überbewerten.

»Die Leute feiern eben, und wo gefeiert wird, geht auch mal etwas zu Bruch.«

»Es geht nicht nur um eingeschlagene Scheiben, Henning. Es wurden Leute auf der Straße verprügelt, angeblich haben ein paar davon es nicht überlebt.«

»Hörensagen, nichts weiter«, entgegnete er.

Sie schüttelte den Kopf: »Anstand und Rechtsstaatlichkeit sind für dich absolut selbstverständlich, nicht wahr?«

»Was für eine Frage, Eta, natürlich sind sie das.«

»So sehr, dass du Ehrlosigkeit, Terror und Willkür einfach nicht für möglich halten willst.«

»Ich bin nicht blind, Eta«, erwiderte er. »Mir ist klar, dass ein so bedeutender Machtwechsel vorübergehende Begleiterscheinungen produziert. Jeder revolutionäre Umbruch wird von derartigen Dingen erst einmal belastet und ein Stück weit auch entstellt. Damit muss man leider leben, aber das wird sich auch bald wieder geben.«

»Ich sage es nicht gerne, Liebster«, entgegnete sie, »aber ich glaube ernsthaft, du befindest dich in einer Art Soldatenblase, Tag für Tag, die dir den Blick verstellt auf die Dinge, die wirklich passieren. Weißt du, ihr plant militärische Operationen und Übungen, ihr schwadroniert im Offizierskasino über Politik und Gesellschaft, aber bekommt ihr noch mit, was auf den Straßen geschieht, im Laden um die Ecke, und wer gerade verdroschen wird, nur weil er Jude ist oder weil er es gewagt hat, etwas gegen die Faschisten zu sagen?«

»Du hältst die NSDAP für faschistisch?«, fragte er, unangenehm überrascht.

»Ja, was denn sonst?«

»Faschisten sind antiparlamentarisch und totalitär.«

»Und das ist das Einzige, was dich stört an dem, was ich gerade gesagt habe?«

»Liebling«, versuchte er sie zu beruhigen, »ich verstehe ja deinen Unmut, aber wollen wir nicht erst einmal abwarten, wie die Dinge sich entwickeln?«

»Du nimmst mich nicht ernst«, sagte sie. »Und das stört mich gerade mehr als alles andere.«

Er versuchte, sie in die Arme zu nehmen, aber sie entzog sich und machte keinen Hehl aus ihrem Unmut.

17
Viktoria
1962

Peter Beser hatte sich das Auto von Jakob Gering ausgeliehen, um seine Tochter abzuholen und für einen Besuch nach Konstantinowka zu bringen. Als Viktoria durch die Windschutzscheibe auf ihr Elternhaus blickte, bekam sie feuchte Augen, aber es gelang ihr, sich zusammenzureißen. Mutter kam herausgelaufen und half ihr, aus dem Auto zu steigen. Durch die Schwangerschaft hatte Viktoria ihre frühere Beweglichkeit eingebüßt. Seit zwei Wochen musste sie nicht mehr arbeiten, die Arbeit in der Kolchose war körperlich sehr fordernd, einer Hochschwangeren wollte man derartige Tätigkeiten in den letzten Wochen vor dem Geburtstermin nicht mehr zumuten. Fast ein Jahr lang war sie nicht mehr in ihrem Heimatdorf gewesen. Überall warteten sie, die Erinnerungen an Kindheit und Jugend, wohin sie den Blick auch schweifen ließ – obwohl sie zugleich zugeben musste, dass sich hier in den letzten Jahren eine Menge verändert hatte. Mama konnte gar nicht damit aufhören, Viktorias Bauch zu berühren, und war ganz aus dem Häuschen vor Vorfreude auf das Enkelkind.

Jakob Gering hatte vor einiger Zeit einen kasachischen Hydrologen angeheuert, um in der Tiefe des Bodens nach Grundwasser zu bohren. Bereits das erste Bohrloch unweit des Dorfes hatte das ersehnte Wasser gespendet. Wenige Wochen später gab es bereits eine ganze Reihe von Brunnen. Seitdem benutzte Gering dieses Wasser als Argument gegenüber der Verwaltung, um umfangreichere Viehherden und größere Felder zu bekommen. Um das Dorf herum hatte er, allen Bedenken zum Trotz, mehrere Teiche für die Zucht von Karpfen anlegen lassen. Dass das funktionierte, wurde in dieser kargen Gegend als Sensation angesehen. Gering ließ das Grundwasser prüfen und es stellte sich heraus, dass sich etliche Mineralsalze darin befanden.

Er organisierte auf der Stelle den Bau einer Mineralwasserfabrik, die bereits jetzt, nach einem Jahr, zu den erfolgreichsten von ganz Kasachstan gehörte. Außerdem ließ er Gewächshäuser bauen, die innerhalb weniger Monate dafür sorgten, dass das Dorf zehnmal so viel Gurken, Tomaten und Blumen produzierte wie vorher. Zusätzlich wurden derzeit eine Wurstfabrik und eine Ziegelmanufaktur gebaut.

»Das sind aber noch nicht seine verrücktesten Projekte«, erklärte Viktorias Vater. »Ab dem nächsten Monat lässt er Kamele züchten.«

»Kamele?«, fragte Viktoria nach. »Ich dachte, die leben nur im Süden von Kasachstan, Tausende Kilometer entfernt.«

»Jakob hat sich genau erkundigt, ob die hier gut zurechtkommen würden. Er verspricht sich von ihnen Fleisch und Wolle. Ihre Milch soll große Heilkraft besitzen. Er ist ein wirklich kluger Kopf, vor allem versteht er es, an der Inkompetenz der sowjetischen Planwirtschaft vorbei erstklassige Fachleute herzulocken. Ingenieure, Ärzte, Agronomen …«

»Wie macht er das?«

»Gute Gehälter, attraktive Wohnungsangebote, Autos zur privaten Nutzung. So kommt es, dass in diesem so entlegenen Winkel der Welt kein Mangel mehr herrscht an hochqualifizierten Spezialisten. Und jetzt kommt das Beste. Halt dich fest: Konstantinowka bekommt einen Zoo!«

Viktoria hielt das für einen Witz. Aber es stimmte.

»Käfige und Zäune dafür werden schon gebaut«, berichtete ihr Vater. »Jakob will Tiere aus anderen Zoos herbringen lassen. Bären, Pfauen, exotische Schwäne, alles Mögliche.«

»Sag Bescheid, wenn es Giraffen gibt«, scherzte Viktoria.

»Dein Vater ist Jakob Gerings glühendster Anhänger«, erklärte ihre Mutter. »Er bedauert immer noch, dass er ihn nicht zum Schwiegersohn bekommen hat.«

Viktoria lächelte und ahnte unwohl, dass die Rede nun sicher gleich auf ihren Ehemann kommen würde.

»Warum ist Timur denn nicht mitgekommen?«, fragte die Mutter.

»Er hat seine Stelle verloren«, erwiderte Viktoria, »weil er mit dem Werkstattleiter aneinandergeraten ist. Jetzt soll er in der Kolchose arbeiten, für die ich auch tätig bin.«

»Nicht mehr als Mechaniker?«, fragte der Vater dazwischen.

»Darum bemüht er sich gerade. Die Kolchose ist sehr groß, hat einen beachtlichen Fuhrpark und viele Maschinen. Da muss ständig etwas repariert und gewartet werden.«

Ob daraus was wird, steht in den Sternen, dachte sie. *Wissen ja alle, was er getan hat.*

»Hoffentlich klappt das«, bemerkte der Vater. »Schließlich seid ihr bald eine kleine Familie.«

Anschließend musste er sich zu einer Besprechung mit Jakob Gering über den Bau weiterer Gewächshäuser verabschieden. Die beiden Frauen waren kaum alleine, als Hildegard auf das linke Auge ihrer Tochter deutete.

»Du hast es gut überschminkt, aber ich sehe es trotzdem. Ist es das, was ich denke?«

Viktoria nickte beschämt.

»Ach, Kind ...«, sagte die Mutter.

»Mama, ich weiß nicht mehr, was ich machen soll.«

»So schlimm?«

Viktoria krempelte die Ärmel hoch. Auf ihren Armen zeichneten sich mehrere Hämatome ab.

»Ich dachte, wenn ich schwanger werde, hört es auf. Ich habe alles versucht, ich behandle ihn wie einen König. Trotzdem ist er nie zufrieden. Wirft mir vor, ich würde ihn nicht mehr lieben, er könne es in meinen Augen sehen. Nennt mich eine undankbare Schlampe. Er benutzt auch noch schlimmere Wörter.«

»Trinkt er?«

Viktoria nickte. »Kumys, Wodka, Bier. Aber dann wird es eher besser, denn davon wird er müde. Jetzt, wo er keine Arbeit hat, geht er oft auf die Jagd. Sein Vater hat ein Gewehr.«

»Darf er das denn?«

»Natürlich nicht. Sein Vater hat einen Jagdschein, aber er doch nicht. Und weißt du, was er gemacht hat?«

»Was?«

»Er kam in die Küche. Fragte mich, ob ich es vermisse, mit Tieren umzugehen. Ich hab ganz vorsichtig Ja gesagt. Er meinte, ich soll mal in den Garten gehen, da liegt was für mich.«

»Was war es?«

»Ein Maral-Junges, du weißt schon, ein Sibirisches Reh, fast noch ein Baby, unglaublich süß. Und unglaublich tot. Höchstens 20 Kilo schwer.« Viktoria musste gegen die Tränen kämpfen. »Er hat mir befohlen, es auszunehmen und daraus Gulasch zu machen. Er sagte, da kannst du mal wieder an einem Tier herumschnippeln, das machst du doch so gerne.«

Viktorias Mutter wurde blass. »Er weiß, wie sehr du Tiere liebst«, sagte sie leise.

»Mama, ich habe nicht die geringste Ahnung, wie ich mit diesem Mann ein Kind großziehen soll!«

»Wir müssen es Papa sagen.«

»Auf keinen Fall!«, widersprach Viktoria erschrocken.

»Timur hat ihm das Versprechen gegeben, dich gut zu behandeln. Das geht doch so nicht!«

Viktoria versuchte ihre aufgelöste Mutter zu beruhigen, hielt ihren Arm fest, sah sie eindringlich an. »Mama, nein. Papa darf nichts davon wissen. Timur ist jähzornig. In der Werkstatt hat er seinem Vorgesetzten den Arm gebrochen und ihm zwei Zähne ausgeschlagen, nur weil der ihn kritisiert hat für eine Reparatur, die er nicht hinbekommen hat. Versprich bitte, dass du Papa nichts erzählst.«

Hildegard Beser schwieg.

»Du musst es mir versprechen«, setzte Viktoria nach. »Bitte.«

Ihre Mutter nickte zwar widerwillig, sagte jedoch: »So kann es aber nicht weitergehen. Was willst du tun?«

»Ich lasse mich von ihm scheiden und komme hierher zurück«, erklärte Viktoria.

»Nach einer Scheidung bist du gebrandmarkt, das ist dir klar, oder? Alleinerziehende Mütter, die ihren Mann verlassen haben, auf die zeigen die Leute mit dem Finger.«

»Trenne ich mich nicht von ihm, werde ich irgendwann wahnsinnig. Wenn ich seine Wutanfälle denn überlebe. Und ich kann auf keinen Fall zulassen, dass er mein Kind schlägt. Wenn ich das Kindbett hinter mir habe, reiche ich die Scheidung ein.«

Zehn Tage später bekam Viktoria Wehen und gebar im ehelichen Schlafzimmer, mit Hilfe eines Arztes und einer Hebamme, einen gesunden Sohn. Timur war ganz aus dem Häuschen, lieh sich von seinen Eltern, die nun sehr stolze Großeltern waren, einen Fotoapparat, kurvte ständig um Viktoria und den Kleinen herum und knipste. Er nahm ihn auf die Arme, ganz vorsichtig, damit ihm ja nichts passierte, und drückte ihn sachte an sich. Timur war so liebevoll und zärtlich, wie Viktoria ihn schon sehr lange nicht mehr erlebt hatte. Auch zu ihr. Ständig fragte er, was er für sie tun konnte, braute Tee für sie, wechselte die Bettwäsche, sang kasachische Schlaflieder für seine beiden Liebsten. Viktoria fühlte sich auf seltsame Weise fast schon glücklich, sie liebte ihren Sohn und war verwirrt über die Liebenswürdigkeit, die ihr Ehemann auf einmal wieder an den Tag legte.

»Wir könnten ihm einen deutschen Namen geben, wenn du möchtest«, schlug er vor. »Schließlich hat er ja auch deutsches Blut und das wäre mal etwas anderes.«

Viktoria starrte vom Bett aus zu ihm hoch, als habe er in einer fremden Sprache gesprochen.

»Ist alles in Ordnung, Schatz?«, fragte er.

»Das ... ist eine wirklich liebe Idee«, stammelte sie.

Am nächsten Morgen fragte sie ihn, ob er auch mit einem skandinavischen Namen einverstanden wäre. Ihr schwebte einer vor, den sie schon immer sehr schön gefunden hatte. Timur hatte dagegen keine Bedenken.

So kam es, dass das Kind auf den Namen Olaf getauft wurde. Eine Taufe durchführen zu lassen war in Kasachstan zu Zeiten der Sowjetunion nicht gerade einfach, Timur machte es aber dennoch möglich, indem er einen früheren Priester zu sich nach Hause einlud, um dort außerhalb jeder Öffentlichkeit dem Kleinen eine Taufe zukommen zu lassen. Die Eltern des Brautpaares sowie die drei Brüder von Timur waren bei der kleinen Zeremonie zugegen, die Olaf, als er mit geweihtem Wasser bespritzt wurde, mit lautem Geschrei quittierte. Timur fand, dass *Olaf Omorov* einfach großartig klang – es sei ein unverwechselbarer Name.

Nach der Taufe suchte Hildegard Beser in der Küche mit ihrer Tochter unter vier Augen das Gespräch und fragte leise, was mit Timur geschehen sei, er sei so anders, als Viktoria ihn beschrieben hatte.

»Ich weiß, Mama«, erwiderte Viktoria. »Ich kann dir nicht sagen, ob ich mich darüber freuen oder es eher unheimlich finden soll. Vom Tag der Geburt an war es, als hätte man ihn ausgewechselt gegen den, der er früher gewesen ist.«

Viktoria hoffte so sehr, es würde so bleiben. Sie betete dafür, jeden Morgen und jeden Abend. Aber nicht alle Gebete werden erhört.

Nach drei Monaten fing Viktoria wieder an zu arbeiten. Einen längeren Mutterschaftsurlaub gewährte man ihr nicht. Der kleine Olaf blieb tagsüber bei Timurs Eltern, die sich liebevoll um ihn kümmerten. Den Posten als Mechaniker für die Kolchose hatte Timur nicht bekommen, stattdessen hatte man ihm eine Stelle im Schlachthaus zugewiesen, das ebenfalls Teil der Kolchose war. Er wurde nicht müde, sich darüber wortreich aufzuregen, kein Tag verging, an dem er die Apparatschiks, die ihm das eingebrockt hatten, nicht als Idioten bezeichnete. Viktoria war froh, dass er zu Hause nicht darüber redete, was er im Schlachthaus zu tun hatte. Natürlich war ihr klar, was im Gebäude am Ende des Geländes vor sich ging, aber sie versuchte es zu verdrängen. Und ganz sicher wollte sie keine Details erfahren.

Eines Abends bemerkte sie getrocknetes Blut auf seinem Handrücken. Timur sah, wie sie auf den Fleck starrte, und erklärte beruhigend, sie brauche sich keine Sorgen zu machen, das sei nicht sein eigenes Blut. Er erwartete, Erleichterung in ihrem Blick zu erkennen, aber die blieb aus.

»Verstehe«, sagte er, »du bist gar nicht besorgt um mich. Dein Mitgefühl gilt dem Vieh. Sag, Viktoria, verachtest du mich für das, was ich tue?«

»Nein«, beeilte sie sich zu sagen. Und das war die Wahrheit. »Du hast dir das nicht ausgesucht«, fügte sie hinzu.

»Ja, das ist wahr«, erwiderte er. »Aber dir graut davor, stimmt's? Das tut es doch.«

Viktoria schwieg. Und durch die Stille klang ein lautloses Ja.

»Wenn dir graut vor dem, was ich tue, mein Schatz, dann graut dir auch vor mir.«

Viktoria hatte keine Ahnung, was sie sagen sollte. Sie betete, das Baby würde im Nebenzimmer anfangen zu schreien, damit sie einen Grund hätte, dem Gespräch zu entfliehen, aber den Gefallen tat der Kleine ihr nicht.

»Du hältst dich für etwas Besseres«, erklärte er.

»Das tue ich ganz gewiss nicht«, sagte sie. »Wir alle tun nur das, was man uns befiehlt.«

Beim Abendessen sprachen sie nur noch über Olaf und wie entzückend er war, selbst dann, wenn er quengelte. Viktoria war froh, dass Timur über seine neue Arbeit nicht weiter ins Detail ging. Als sie später neben ihrem Mann im Bett lag, starrte sie mit weit geöffneten Augen in die tiefschwarze Dunkelheit und musste zugeben, dass er recht hatte: Ja, es graute ihr vor ihm. Und wie.

Am nächsten Tag, als sie im Stall den Boden schrubbte, kam ein Mann mit einem Klemmbrett herein und wollte wissen, ob sie Viktoria Omorova war. Er überreichte ihr einen Schein und wies sie an, sich damit umgehend im Schlachthaus zu melden.

»Warum?«

»Werden sie dir dort schon sagen. Geh einfach, du wirst erwartet.«

Das Schlachthaus war ein kastenförmiger, langgestreckter, roter Backsteinbau mit kleinen Fenstern. Sie wollte nicht hineingehen, alles in ihr sträubte sich dagegen. Sie wäre lieber davongelaufen, als auch nur einen Fuß in dieses Gebäude zu setzen. Aber sie musste. Sie hatte keine andere Wahl. Im Inneren waren die Wände weiß gefliest, der Boden bestand aus gegossenem Beton. Weiter hinten stand ein Arbeiter und reinigte den Boden mit einem Wasserschlauch. Von den Kuhställen war Viktoria einiges gewohnt, was Gerüche anging. Dort stank es stets nach Tierkot, daran hatte sie sich längst gewöhnt. Was ihr hier entgegenschlug, war eine ganz andere, geradezu betäubende Mischung. Es stank zwar auch nach Kuhscheiße, aber nicht nur. Es mischte sich auch ein Brodem nach Verwesung mit hinein. Dazu die dampfende, warme Nässe, die in der Luft hing und ihr den Atem raubte. *So riecht Tod,* dachte sie und hielt sich eine Hand vors Gesicht. Als ob das etwas nützen würde. Ein Arbeiter kam auf sie zu.

»Viktoria Omorova?«, fragte er ohne ein Lächeln.

»Ja«, sagte sie. Zwischen diesen Mauern lächelte man nicht. Man hatte ja auch keinen Grund dazu.

Er nahm ihr den Schein ab und ging davon. Offensichtlich nahm er an, dass sie ihm folgen würde, also tat sie es. Schließlich bog er ab in ein kleines Büro, sie hinterher. Ein fast leerer Schreibtisch, zwei einfache Stühle.

»Was tue ich hier?«, fragte sie.

»Hat man Ihnen das nicht gesagt? Ab heute arbeiten Sie hier.«

Viktoria glaubte für einen Moment, dass etwas mit den Mauern nicht stimmte, weil der Raum immer kleiner zu werden schien und sie gleich zerdrücken würde. Der Mann redete weiter, aber sie hörte ihn nicht mehr. Bis er sie mit fragender Miene am Arm berührte. Da war seine Stimme auf einmal wieder da, so laut, als würde sie verstärkt werden: »Frau Omorova? Verstehen Sie, was ich sage?«

»Ich … bin ein wenig verwirrt«, brachte sie hervor. »Warum kann ich nicht in den Ställen bleiben?«

»Das weiß ich nicht. Es ist eine Anordnung. Ab heute sind Sie hier. Herzlich willkommen.«

»Was muss ich tun?«, fragte sie ängstlich.

»Saubermachen«, erwiderte er. »Die Arbeit ist nicht schwer, Sie werden sehen.«

Viktoria versuchte sich einzureden, dass die Arbeit sich von der im Stall nicht sonderlich unterschied. Dort hatte sie auch saubergemacht. Nur dass es hier außer Tierscheiße auch Blut und Hirnmasse vom Boden zu schrubben galt. Es dauerte nicht lange, bis sie Timur über den Weg lief. Er trug ein ledernes Holster am Gürtel, aus dem etwas herausragte, das einem Fernrohr nicht unähnlich war.

»Willkommen im Schlachthaus, Liebling«, sagte er.

Sie wusste, dass sie es ihm zu verdanken hatte. Wer sonst sollte dafür gesorgt haben, dass sie den Arbeitsplatz wechseln musste?

»Jetzt bist du eine von uns«, erklärte er. »Willst du mein Bolzenschussgerät mal sehen?« Ohne ihre Antwort abzuwarten, zog er es aus dem Holster und hielt es ihr vors Gesicht. »Natürlich würde ich lieber den Fuhrpark betreuen. Aber diese Dinger sind schon bemerkenswert. Die Wucht. Die Kraft. Man fühlt sich anders, wenn man es hält.« Er drückte ihr das Gerät einfach in die Hand. Viktoria war überrascht, wie schwer es war. *Damit kann man jemanden erschlagen,* dachte sie. Er nahm es ihr wieder ab und sagte: »Heute Abend hätte ich Lust auf Fleisch.« Mit diesen Worten ging er davon und sie sah ihn den ganzen Tag lang nicht mehr.

Es gab noch ein paar weitere Frauen, die hier arbeiteten. Ihnen war, genau wie auch den meisten Männern im Schlachthaus, ein stumpfer Blick zu eigen. Sie grüßte, wen auch immer sie traf, und nannte ihren Namen. Antwort bekam sie nur von den wenigsten. Nach Ende der Schicht wusch sie sich so lange, dass die Frau am Waschbecken ihr sagte: »Das kannst du dir sparen, Kindchen.

Was immer du runterkriegen willst, nimmst du trotzdem mit nach Hause.«

Vor dem Gebäude wartete Timur auf sie. Es war schon dunkel und es regnete. Wie alle anderen zogen sie ihre Mützen tiefer und stellten die Kragen auf. Der Nachhauseweg von der Kolchose war ein längerer Gang. Lange Zeit sagte keiner von ihnen etwas. Bis Timur das Schweigen brach: »Jetzt bist du nichts Besseres mehr«, sagte er. »So schnell kann das gehen.«

Sie dachte wieder über Scheidung nach. Tag und Nacht tat sie das. Aber sie wusste noch nicht einmal, wohin man gehen sollte, wenn man sich scheiden lassen wollte. Und wen sollte sie fragen, der es nicht sofort Timur erzählen würde? Höchstens ihre Eltern, aber die hätte sie anrufen müssen, und Timur hatte kein Telefon. Und was würde er tun, wenn er von ihren Plänen erführe? Sie war verzweifelt und der einzige Trost, den sie noch fand, lag darin begründet, dass sie ihren Sohn liebte, wie sie noch nie irgendjemanden oder irgendetwas geliebt hatte. Sie klammerte sich an ihn, sie glaubte mit ihm zu verschmelzen, wenn sie ihn stillte, wenn sie seine Wärme spürte, wenn er mit seligem Gesicht in ihren Armen lag und schlief. Jeden Morgen schleppte sie sich ins Schlachthaus, schrubbte Blut, Hirnmasse und Scheiße weg und spritzte am Ende alles sauber, so dass man die weißen Kacheln fast schon wieder für unschuldig hätte halten können. Das Leben war von Anfang an eine schmutzige Lüge, man zahlte ein auf Wachstum und ein wenig Glück, doch ausbezahlt bekam man Niedergang und Schmerz. Als die größte und einzige Gnade ihrer Arbeit empfand Viktoria den Umstand, dass sie nicht dabei war, wenn getötet wurde. Die Putzfrauen kamen erst, wenn die Tiere nicht nur tot, sondern auch schon hinausgebracht worden waren. Aber die Schreie, die hörte sie. Und den kurzen, dumpfen Laut, der aus dem Ding kam, das aussah wie ein Fernrohr. Manchmal war es mehr als nur einmal zu hören, denn die Betäubung einer Kuh gelang nicht immer beim ersten Versuch.

Das Schlachthaus war ein Arbeitsplatz aus der Hölle, aber nach zweieinhalb Wochen hatte Viktoria sich dennoch auf eine gewisse Weise daran gewöhnt. Sie fragte sich, ob ihre Augen auch schon so stumpf waren wie die der anderen. Viktoria beseitigte die Rückstände einer eben erfolgten Tötung, bei der offensichtlich einiges schiefgegangen war. Nach der Betäubung mit dem Bolzenschussgerät, das den Schädel eines Rindes zertrümmerte, erfolgte stets der Brustschnitt, der es tötete und ausbluten ließ. Der musste völlig misslungen sein, sonst hätte Viktoria nicht so viele Gedärme zu beseitigen gehabt. Sie war noch dabei, mit dem Schrubber aus dem ganzen Zeug einen schleimigen Haufen zu bilden, als Timur auf sie zukam.

»Komm mit«, sagte er nur.

Sie zögerte, weil sie noch nicht fertig war.

»Na los, komm mit«, wiederholte er. »Das kannst du anschließend fertigmachen.«

Viktoria gehorchte und folgte ihm. Er führte sie in einen Schlachtraum, in dem eine Kuh stand, fixiert mit dem üblichen Geschirr, damit sie nicht umherlaufen konnte. Viktoria erstarrte.

»Warum zeigst du sie mir?«, fragte sie. Ihre Stimme zitterte wie ein Blatt im Wind.

Statt einer Antwort drückte er ihr, nun schon zum zweiten Mal, das Bolzenschussgerät in die Hand.

»Nein«, sagte sie.

»Du musst nur den Abzug ziehen, sonst nichts. Ist schon entsichert. Ist kinderleicht.«

»Nein«, wiederholte sie leise.

»Doch, doch«, versicherte er ihr mit gewohnt ruhiger Eindringlichkeit. »Ich zeig dir, wie's geht. Halte es mit beiden Händen. Du setzt es mitten auf den Kopf. Und zwar hier.« Er legte der Kuh zwei Finger auf die Mitte der Stirn. Das Tier zuckte zurück. Es zitterte vor Angst und muhte kläglich.

»Sie fürchtet sich«, sagte Viktoria.

»Und du kannst das beenden«, stellte Timur fest. »*Wirst* es beenden.«

Viktoria machte noch immer keine Anstalten, seinen Anweisungen nachzukommen.

»Je länger du dich weigerst, desto länger muss sie leiden. Und du auch.«

Viktoria liefen Tränen übers Gesicht. Sie zitterte nun genau wie das Rind.

Auf einmal wurde Timur sehr viel lauter: »Jetzt schieß dem Vieh endlich in den beschissenen Kopf, verdammt nochmal!«

Viktoria versuchte das Gerät anzuheben, aber ihre Muskeln fühlten sich an, als hätten sie sich verflüssigt, sie schaffte es einfach nicht.

»Himmel nochmal«, sagte Timur, umklammerte ihre Hände, zog Viktoria mitsamt dem Bolzenschussgerät zu der Kuh und presste das Ende des Laufs gegen deren Stirn. »Jetzt schieß!«

In Viktorias Ohren dröhnte es laut.

»Schieß endlich!«

Sie hatte das Gefühl, den Verstand zu verlieren.

»Na los!«

Dann drückte sie den Abzug.

18
Daniila
2014

12. Januar, Koltschuhyne:
Für *Wahnsinn* gibt es verschiedene Definitionen. Kann man nachlesen. Ich füge eine hinzu: das gleichzeitige Studium von Literaturwissenschaft und Maschinenbau.

»Du bist ja wahnsinnig«, ist der Satz, den ich in den letzten Monaten öfter gehört habe als jeden anderen. Dicht gefolgt von: »Du spinnst ja.« Von Kommilitonen, Dozenten, früheren Mitschülern, Leuten aus dem Dorf. »Warum tust du dir das an?«, fragen sie. »*Ein S*tudium ist doch schon anstrengend genug.«

Ich gebe dann zu, dass es anstrengend ist, ja, das schon, aber mit der richtigen Zeiteinteilung so schlimm dann auch wieder nicht. Was ich nicht sage, ist, dass ich gerade die beste Zeit meines Lebens habe. Zum ersten Mal fühle ich mich richtig gefordert. Erlebe Tage, die mich morgens gerne aufstehen und abends erfüllt einschlafen lassen. Es fühlt sich irgendwie wild an, von einer Vorlesung über Literatur des 19. Jahrhunderts zu wechseln in Technische Mechanik. Oh Gott, habe ich gerade wirklich *wild* geschrieben? Ist das meine kleine Vorstellung von einem wilden Leben? Bin ich im Begriff, ein Nerd zu werden? Alle Anzeichen sprechen dafür: Ich lese so viel, dass ich inzwischen eine Brille brauche. Ich gehe praktisch nie aus, weil ich entweder lerne, schreibe oder in kaputten Maschinen wühle. Außerdem trinke ich nicht gerne, weil Alkohol Gehirnzellen zerstört, Neurotransmitter unterdrückt und die Koordination beeinträchtigt. Daniila, hörst du dir beim Tagebuchschreiben eigentlich gelegentlich zu? Du bist nicht irgendein Nerd, du bist der fucking Inbegriff eines Super-Nerds! Aber warum auch nicht? Ich fühle mich privilegiert, sehr sogar. Es ist spannend, wie unterschiedlich die Studenten der beiden Fachrichtungen sind. Viele Mädchen in Literatur, von exotisch anmutenden Elfen mit langen Kleidern bis zu

Kulturkämpferinnen mit Kurzhaarschnitt und Schlabberhosen. Von Jungs mit Haaren bis auf die Schultern, Typ Rockstar, laut und selbstbewusst, bis zu blassen, schüchternen Brillenschlangen, die stumm am Rand stehen und die man kaum bemerkt. Beim Maschinenbau sind die Leute lange nicht so bunt, die äußere Erscheinung ist ihnen nicht so wichtig, stellt kein Statement dar. Sie reden auch ganz anders, weniger Kraftausdrücke, weniger Bemühen darum, originell zu sein. Sachlicher. Wir Studentinnen des Maschinenbaus fallen alleine schon dadurch aus dem Rahmen, dass wir Mädels sind, es gibt – mich eingeschlossen – nur drei von uns. Bin ich die Schnittmenge von all dem? Sie sagen, es hat vor mir noch niemanden gegeben, der beides studiert hat. Ich sollte aufhören, uns *Mädchen und Jungs* zu nennen. Oder sogar *Mädels.* Wir sind Frauen und Männer!

13. Januar, Koltschuhyne:
Papa hat noch immer nicht über seine Mutter gesprochen, obwohl er es versprochen hat. Immer wieder verschiebt er es.

Wenn ich frage: »Wann?«

Sagt er: »Bald.«

»Wann ist bald?«

»Eben bald.«

»Warum nicht einfach jetzt?«

»Es muss der richtige Moment sein.«

Mama sagt, ihr steht es nicht zu, darüber zu reden. Genau wie Onkel Leo. Wie schrecklich mag die Wahrheit sein, die er vor sich herschiebt?

14. Januar, Koltschuhyne:
Wir haben im Garten diesen Schuppen. Unter einer Plane liegen seit jeher alte Holzkisten mit kasachischen Aufdrucken. Ich bin 1995 geboren, drei Jahre zuvor sind meine Eltern von dort nach Koltschuhyne gezogen. Mein Vater ist Krimdeutscher, seine Großeltern wurden 1941, zusammen mit ihrer kleinen Tochter

Viktoria, von der Krim nach Kasachstan deportiert. Sie hatten noch Glück, dass sie nicht, wie viele andere, nach Sibirien geschickt wurden. Bei der Deportation war meine Urgroßmutter so starken Erfrierungen ausgesetzt gewesen, dass ihre Gebärmutter irreparablen Schaden nahm. Sie konnte keine weiteren Kinder bekommen. Bis in die 50er, als die Stalin-Ära endete, hatten die Besers es in Kasachstan sehr schwer. Sie lebten in Konstantinowka, einer Stadt, die hauptsächlich von Exildeutschen besiedelt war. In den ersten Jahren durften sie nirgendwohin. Die Strafe für das Verlassen der Ortsgrenzen – und wenn nur für zwei Minuten – waren fünf Jahre sibirisches Arbeitslager. Nach dem Krieg änderte sich das zum Glück. Mit Anfang zwanzig heiratete Viktoria einen Kasachen, Timur, meinen Großvater. Er starb und Viktoria verschwand, anscheinend für immer. Für beides kenne ich nicht die Gründe.

Diese Kisten haben mich nie interessiert. Altes Zeug halt. Aber auf einmal habe ich angefangen, mich zu fragen, ob sich darin vielleicht Antworten befinden. Ich ziehe mich zum Lernen in den Schuppen zurück, mit der Ausrede, im Haus sei es zu laut zum Lernen. Niemand findet das komisch. Tür zu und los. Ich kann ein wenig Kasachisch, deswegen bin ich in der Lage, die meisten Sachen zu identifizieren, die ich in der ersten Kiste finde. Amtliche Unterlagen aus fünfeinhalb Jahrzehnten. Bücher, darunter sowjetische Propaganda und deutsche Romane von Fallada, Goethe und Storm. Und das, wonach ich vor allem suche: Fotos. Mein Vater als Kind und Jugendlicher, mit meinen Urgroßeltern, die ihn aufgezogen haben. Zuerst schwarzweiß, später in Farbe. Mein Vater als junger Erwachsener mit einer kasachischen Freundin. Mein Vater mit meiner Mutter. Bei seiner ersten Reise nach dem Fall der Sowjetunion hat er sie kennengelernt, in Donezk, wo meine anderen Großeltern leben. Sie haben sich verliebt und geheiratet. Zwei große Feiern, eine in Donezk, die andere in Konstantinowka, dann sind sie zusammen auf die Krim gezogen. Wie hübsch und unschuldig die beiden waren. Der Anblick rührt mich.

Aber was ich brauche, sind ältere Bilder, sehr viel ältere. Vielleicht sogar ein Tagebuch? Nächste Kiste. Wieder Bücher. Zeitungsausschnitte über Glasnost und Perestroika. Gorbatschow. Helmut Kohl. George Bush. Nächste Kiste. Uralte deutsche Liebesromane. Hedwig Courths-Mahler. Russische Liebesromane. *Krieg und Frieden* im Original. Stalinistische Propaganda. Zeitlich gesehen komme ich der Sache näher. Nächste Kiste. Wer einen Schatz finden will, muss tief graben. Ein dickes Fotoalbum. Schwarzweißfotos, stark vergilbt, einige nicht mehr gut zu erkennen. Die Seiten getrennt durch dünnes Seidenpapier, oft rissig und verknickt. Ein Paar, er im Arbeitsoverall, sie mit Kopftuch, meine Urgroßeltern in jüngeren Jahren. Auf der nächsten Seite sind sie mit einem kleinen Mädchen. Sie lächelt in die Kamera, ist vielleicht vier Jahre alt. Ein weiteres Bild, wie sie ein Katzenjunges auf den Armen hält und an sich drückt. Ein Foto von ihr mit einem Hund, darauf ist sie vielleicht sechs Jahre alt. Auf den nächsten Seiten fehlen die Bilder, da sind nur noch Fotoecken. Dann ein Foto, das etwas frischer aussieht, mit einer 14- oder 15-Jährigen am Steuer eines Traktors, die dem Fotografen frech entgegen grinst. Das ist sie auch. Darunter mit Bleistift, auf Deutsch: *Das darf sie noch gar nicht. Viktoria auf dem Traktor.* Sie kommt mir bekannt vor. Ist es eine Familienähnlichkeit, erkenne ich etwas von mir in ihr wieder, oder bilde ich mir das nur ein? Mama ruft nach mir. Abendessen. Kann mich kaum losreißen, muss aber.

15. Januar, Koltschuhyne:
Hatte so viele Vorlesungen, dass ich dachte, ich schaffe es heute auf keinen Fall in den Schuppen. Aber das Foto meiner jugendlichen Großmutter auf dem Traktor hat mir keine Ruhe gelassen. Als schon alle im Bett waren, bin ich mit der Taschenlampe raus, habe das Album aufgeschlagen und weitergeblättert. Viktoria, wie sie einen Hund verarztet. Wieder beim Traktorfahren. Eine Nahaufnahme, auf der sie schon eine junge Frau ist und ein Lederband mit einem Bernstein um den Hals trägt. Sie strahlt Kraft aus.

Unbesiegbarkeit. Seht her, hier bin ich, was kostet die Welt? Dann ein Foto, auf dem sie hinter einem Marktstand steht, mit einer Tomate in der einen Hand und einem Apfel in der anderen. Unbeschwert. Auf der nächsten Seite steht sie auf einmal da in einem weißen Brautkleid, mit einem großen, etwas zu dünn geratenen Bräutigam neben sich. Meine ersten Gedanken, für die ich mich ein bisschen schäme: *Womit hat er sie rumgekriegt? Sie sieht viel besser aus als er.* Viele Fotos von der Hochzeitsfeier. Dann die beiden mit einem Baby, mal hat sie es auf den Armen, mal er. Das Baby kann nur mein Vater sein. Lustig. Die Eltern lächeln in die Kamera. Aber Viktoria kann mir nichts vormachen, es ist ein falsches, bemühtes Lächeln. Sie ist nicht so glücklich, wie sie gerne sein möchte. Nicht so glücklich, wie sie auf dem Traktor, mit dem Hund, mit der Katze, dem Bernstein war. Mit dem Handy mache ich Fotos von einigen Bildern. Mehr von Viktoria finde ich erst einmal nicht. Kein Tagebuch, von niemandem. Aber ich habe auch noch nicht alle Kisten durch. Soll ich Papa von meinen Funden berichten? Ist vielleicht besser, ich schiebe es erstmal auf.

27. Februar, Koltschuhyne:
Die Unruhen in Kyjiw machen mir Sorge. Präsident Janukowytsch wurde abgesetzt. Was wird jetzt aus der Krim? Jahrelang hat das Land uns stiefmütterlich behandelt, zuletzt konnten nicht einmal mehr die Renten ausbezahlt werden. Jetzt steht alles auf der Kippe. An der Uni diskutieren sie, ob Russland versuchen wird, sich die Krim einzuverleiben. Putin sagt zwar Nein, aber niemand weiß, ob man ihm glauben kann.

Meine Eltern juckt das alles nicht. Das Einzige, was sie interessiert, ist die bevorstehende Ernte und dass es den Schafen gutgeht. Ich habe sie überreden können, morgen mit nach Simferopol zu kommen, damit ich ihnen den Campus zeigen kann. Meine erste Vorlesung habe ich mittags, also werden wir am Vormittag genügend Zeit haben.

28. Februar, Koltschuhyne:
Schon während der Fahrt nach Simferopol habe ich ein ungutes, mulmiges Gefühl in der Magengegend. Gestern sollen mehrere Tausend russische Soldaten mit Hubschraubern auf die Krim transportiert worden sein, die Angaben darüber widersprechen sich aber bisher komplett. Die Situation auf den Straßen ist noch ganz normal. Wir fahren zum Literaturwissenschaftlichen Institut. Mama mag es, wie die Studenten vor dem Gebäude in Gruppen zusammenstehen und diskutieren. Für sie sind wir die Zukunft unseres Landes. Ich sehe ein paar Kommilitonen, winke ihnen zu. Einer winkt nicht nur zurück, sondern kommt auf uns zu. Artem ist im ersten Semester, so wie ich, wir kennen uns aus Seminaren und Vorlesungen. Von den langhaarigen Rockstars ist er der Netteste. Ich stelle ihn meinen Eltern vor, alle geben sich lächelnd die Hand. Bis zu diesem Moment ist der Tag so, wie er sein soll. Wie ich ihn haben wollte. Dann raunt Artem mir zu:

»Die Russen haben den Flughafen besetzt.«

»Wann?«

»Gerade eben. Angeblich sind sie auch schon in der Stadt. Das Parlament bittet den UNO-Sicherheitsrat um Hilfe.«

»Vielleicht nicht der allerbeste Tag, um meinen Eltern die Uni zu zeigen«, mutmaße ich.

»Nein, eher nicht.«

Ich versuche ihnen die Situation zu erklären. Dass die Lage eskalieren könnte. Mama nimmt ernst, was ich sage, Papa nicht.

»Wir leben in einem freien Land«, sagt er. »Früher hat man immer gesagt: *Huh, die Russen kommen, die Russen kommen.* Aber heute doch nicht mehr. Zeig uns, wo du inzwischen so viel Zeit verbringst, deswegen sind wir doch hier, ich bin sehr neugierig.«

Ich führe die beiden über die Flure, wir werfen einen Blick in den einen oder anderen Saal, spazieren über den Innenhof, essen in der Mensa. Ich spähe ständig aufs Handy, um zu sehen, ob es neue Nachrichten gibt, was meinen Vater zunehmend gereizt werden lässt, weil er das Gefühl hat, dass ich ihnen nicht genügend

Aufmerksamkeit schenke. Artem schickt mir ein Foto, das er eben hier in der Nähe geschossen hat. *Russische Panzer in Simferopol!*, schreibt er dazu.

Ich sage zu meinen Eltern: »Wir müssen nach Hause. Jetzt.«

Papa will wieder anfangen zu diskutieren, ich halte ihm das Handy hin. Er sieht das Foto von dem Panzer.

»Das ist zwei Straßen weiter«, erkläre ich. »Vor fünf Minuten!«

Auf dem Weg zum Parkplatz kommen uns Menschen entgegen, Zivilisten, alle in einer Richtung, als wären sie auf der Flucht. Und sie *sind* auf der Flucht! Die Jüngeren rennen, die Älteren gehen so schnell sie können.

»Was ist los?«, frage ich in unbekannte Gesichter.

»Sie wollen zum Parlament!«, ruft jemand. Das Parlamentsgebäude ist nur wenige Straßenzüge entfernt, liegt hinter uns. In der nächsten Querstraße haben meine Eltern ihr Auto stehen.

»Lauft!«, rufe ich ihnen zu. Wir versuchen zu rennen, aber uns kommen so viele Leute entgegen. Dann sehen wir die Panzer, mitten auf der Straße. Und Militärfahrzeuge. Die Ketten der zig Tonnen schweren Panzer auf dem Asphalt produzieren das scheußlichste Geräusch, das ich je gehört habe. Gleichmäßiges, tiefes Knarren, unterlegt von unrhythmischem, hohem Quietschen, wie Kreide auf der Tafel, wie Glas auf Glas. Ruhige, selbstzufriedene Überlegenheit, dahinter die Fratze der Zerstörung. Ich mag ja im Grunde fast alle Maschinen, sie inspirieren mich, weil sie vollkommen logisch aufgebaut sind und trotzdem manchmal unlogisch erscheinende Dinge tun. Diese Panzer hier hasse ich vom ersten Moment an. Die Russen fahren langsam. Einige Einheimische werfen Steine, Eier und Tomaten, andere stellen sich auf die Straße, um zu blockieren, aber die Fahrzeuge behalten ihre Geschwindigkeit bei, die Leute springen zur Seite. Einer der Steinewerfer ist Artem, ich sehe sein Haar fliegen, als er wirft und einen Panzer trifft, unter dessen Kette der Stein dann zermalmt wird. Ich will meine Eltern einfach nur sicher zu ihrem

Auto bringen, kann die Seitenstraße schon sehen. Am Straßenrand haben sich ein paar zusammengerottet, bereiten Fackeln vor. Der Militär-Konvoi wird angeführt von einem Geländewagen, dessen Scheibenwischer unablässig versucht, den Brei aus Eiern und Tomaten von der Frontscheibe zu entfernen. Einem der Einheimischen gelingt es, die Fahrertür aufzureißen, Halt am Fahrzeug zu finden und den Fahrer zu bedrängen. Die beiden schlagen aufeinander ein. Der Fahrer gibt Gas, der Motor heult auf. Wir halten auf die Seitenstraße zu, sind dabei, im Laufschritt die Straße zu überqueren. Der Geländewagen schießt auf uns zu. Mein Vater ist vor mir, meine Mutter einen halben Schritt hinter mir. Der Rückspiegel des Fahrzeugs streift meinen Rücken, ich stürze fast, kann mich aber auf den Beinen halten. Ich richte mich auf, Papa steht vor mir, hat sich umgedreht. Sein Mund ist weit offen, als wolle er schreien. Doch er kann es nicht, sein Schrei bleibt stumm.

19
Franz
1872

Die Untere Lände in München war die größte Floßlände von ganz Europa. An jedem Tag legten hier Flöße an. Aber einen Verbund von über 250 Flößen mit insgesamt mehr als tausend Flößern, das bekam man auch an diesem Ort nur selten zu sehen. Die Ankunft eines solchen Transports war ein Spektakel, das viele neugierige Münchner sich nicht entgehen ließen. So ein Unternehmen musste mit den Behörden der Stadt vorher genau abgesprochen werden, denn von der Ankunft bis zur Abfahrt der Flöße war der Fluss nicht passierbar. Sämtliche Flöße wurden mit Wieden zusammengebunden, so dass sie vorübergehend ein einziges, riesiges, schwankendes Floß bildeten, das den gesamten Fluss in seiner vollen Breite und auf einer Länge von mehreren Hundert Metern bedeckte. Am Ufer trieb man Pflöcke in die Erde, an denen die ufernahen Flöße festgebunden wurden, so dass das hölzerne Ungetüm am Ende gut gesichert war. Franz hatte zehn Flößermeister unter sich, von denen jeder wiederum für fünfundzwanzig Flöße zuständig war, aber als alles Holz fest vertäut war, ließ er es sich trotzdem nicht nehmen, sämtliche Planken abzuschreiten, um sich mit eigenen Augen davon zu überzeugen, dass überall saubere Arbeit geleistet worden war. Einige Männer mussten über Nacht auf den Flößen bleiben, um die Waren zu bewachen, alle anderen machten sich auf in die Biergärten und Gaststuben der Stadt. Der Abend in München war immer ein Höhepunkt, denn zwischen Mittenwald und Wien war dies nicht nur die größte Stadt, sondern auch jene, die das meiste Vergnügen versprach und in der die Bierfässer niemals leer wurden.

Nur wenige der Männer saßen in der Abendsonne zwischen den großen Zelten am Isarufer, in denen die Flößer später übernachten würden. Einer davon war Franz, der auch heute Abend wieder einen Brief an Thea schrieb. Inzwischen ging ihm das Schreiben schon sehr viel leichter von der Hand, was auch daran lag, dass er seiner Frau und seinem ungeborenen Kind immer etwas zu erzählen hatte. Mittlerweile spotteten die anderen nicht mehr darüber; keiner hätte es gewagt, sich über den obersten Flößermeister lustig zu machen. Ein junger Flößer setzte sich neben ihn meinte:

»Franz, darf ich dich etwas fragen?«

»Das hast du ja jetzt schon getan. Was willst du wissen?«

»Wo hast du das gelernt mit dem Schreiben?«

»Nirgendwo. Hab's mir selbst beigebracht.«

»Ist es schwer?«

»Jetzt Nein sagen, wär gelogen. Aber es lohnt sich.«

»Du schreibst immer deiner Frau?«

Franz nickte.

»Ich bin auch verheiratet«, sagte der Junge.

»Wirklich?«, machte Franz überrascht. »Du Milchgesicht hast schon eine Frau? Bist du auch schon Vater?«

»Wir haben ein Mädchen. Ist ein halbes Jahr alt. Ich vermisse die beiden sehr. Würde meiner Frau auch gerne schreiben können.«

»Du heißt Samuel, richtig?«

»Ja, das stimmt. Hätte nicht gedacht, dass du das weißt. Die meisten nennen mich Sam.«

»Pass auf, Sam«, erklärte Franz, »Lesen und Schreiben lernen ist was fürs Leben. Du bist zwar immer noch derselbe, wenn du's kannst, aber du nimmst die Welt anders wahr. Es öffnet sich ein Tor, das vorher immer verschlossen war. Wenn du's wirklich willst, kann ich dir ein bisschen helfen.«

Franz riss ein Blatt aus seinem Notizbuch, schrieb in Großbuchstaben das Alphabet auf, las es anschließend vor und erklärte, das müsse Sam jetzt erst einmal auswendig lernen, und dabei sollte er stets jeden einzelnen Buchstaben aufschreiben.

Spät am Abend machte Franz noch einen Spaziergang durch die Stadt, warf seinen Brief in einen jener gusseisernen Briefkästen, auf denen das königliche Wappen prangte, und zog sich anschließend zurück in sein Zelt. Als oberster Flößermeister war er der Einzige, der ein Zelt ganz alleine bewohnte – und der es an den Etappenzielen weder auf- noch abbauen musste.

Nach den ersten Tagen, die nahezu reibungslos verlaufen waren, ereignete sich in Landshut ein erster Zwischenfall: Beim Anlanden entstand auf einem der Flöße eine Auseinandersetzung zwischen den beiden Männern, die an den Rudern standen und das Floß steuerten. Die zwei konnten einander nicht leiden. Franz hatte beim Besetzen der einzelnen Floßmannschaften nach bestem Wissen und Gewissen versucht, homogene Gemeinschaften zu finden – Flößer, die sich kannten und schätzten und denen es deswegen leichtfiel, sich aufeinander zu verlassen. Aber bei über 250 Flößen glückte das nicht überall gleich gut. Franz hatte schon vorher gewusst, dass dieses eine Floß möglicherweise zum Problem werden konnte, denn von den Männern, die er dafür eingeteilt hatte, war einer ein ganz junger und noch ziemlich unerfahrener, zwei waren schon als alte Hasen zu bezeichnen, und der vierte war einer der ältesten und erfahrensten, die sie überhaupt dabeihatten. Letzterer war ein etwas grummeliger Einzelgänger, der sich aufgrund seines Alters für den Anführer auf dem Floß hielt. Vor allem den Jungen glaubte er, herumscheuchen und ihm Befehle erteilen zu können – was der sich wiederum nicht allzu gerne gefallen ließ. Kurz vor der Landshuter Floßlände kam es nun also zum Streit zwischen den beiden. Sie standen an den Rudern und anstatt sich auf die Arbeit zu konzentrieren, schleuderten sie einander – über das Floß hinweg – Beleidigungen zu. Vor allem der Ältere ereiferte sich immer mehr. Sie waren nicht aufmerksam genug und rumpelten gegen ein anderes Floß, das bereits angelegt und die Ruder eingeholt hatte. Einer der Männer auf diesem anderen Floß wurde von dem Zusammenstoß so überrascht, dass er ausglitt und in den Fluss schlitterte. Beim Wiederauftauchen sah er ein drittes Floß auf sich zukommen und wenn er nicht reaktionsschnell untergetaucht wäre, hätten ihn die tonnenschweren

Planken zerquetscht. Es gelang ihm aber, unter das Holz und bis zum Ufer zu tauchen, einen Streifen zu finden, der noch nicht von den Flößen besetzt war, und sich an Land zu ziehen.

Franz hatte den Vorgang nicht mit eigenen Augen verfolgen können, aber er nahm sich am Abend die Zeit, um sich von allen Beteiligten und Augenzeugen genau schildern zu lassen, was aus ihrer Sicht geschehen war. In der Nacht überlegte er dann hin und her, was er in der Angelegenheit tun sollte. Der Otter riet ihm, die beiden Streithähne zu trennen und den Jüngeren auf einem anderen Floß unterzubringen, denn er kannte den Älteren der beiden und wusste, wie saublöd der sein konnte. Aber Franz entschied sich anders. Am Morgen, bevor es wieder losging, ließ er die mehr als tausend Männer am Isarufer zusammenkommen und stellte sich auf das Dach eines Bootshauses. Es war eine imposante Menschenmenge, auf die er hinunterblickte. Kaum einer hätte sich zugetraut, zu so vielen Männern auf einmal zu sprechen, aber Franz hatte sowohl die Stimme als auch die innere Ruhe dafür. Als er die Arme hob und zu sprechen begann, wurde es schlagartig still.

»Guten Morgen, Männer«, sagte er. »Ich habe euch zusammengerufen, um euch zu sagen, dass ihr gute Arbeit leistet. Sehr gute Arbeit sogar! Wir haben es jetzt schon bis nach Landshut geschafft!« Franz hob die Stimme und machte eine Pause, um den Männern die Gelegenheit zu geben, ihre Zustimmung hinauszurufen und zu applaudieren. »Manche von euch«, fuhr er fort, »werden es mitbekommen haben, die meisten wohl aber nicht. Gestern hat es einen kleinen Unfall gegeben. Es ist zum Glück nicht viel passiert, nichts ist kaputtgegangen, keiner wurde verletzt. Aber einer von euch ist vom Floß gefallen. Das kommt vor, jedem von uns ist das schon passiert, auch mir. Wenn es geschieht, weil wir unterwegs eine schwierige Passage oder schlechtes Wetter meistern müssen, oder weil einer von euch ausrutscht, dann verliere ich kein Wort darüber, weil es etwas ist, das zu unserem Handwerk dazugehört. Aber der Mann ist gestern vom Floß gefallen, weil zwei andere nicht aufgepasst haben. Weil sie sich miteinander gestritten haben. Und das ist nichts, das schon mal vorkommen kann. Jedenfalls nicht, wenn ich der oberste Flößermeister bin. Auf meinen Flößen wird nicht gestritten. Wer sich streitet, wird zornig. Wer zornig ist, bekommt nicht mehr mit, was er tut. Was ist das Wichtigste, wenn wir Waren auf unseren Flößen von einem Ort zum anderen transportieren?«

»Dass die Ware heil ans Ziel kommt!«, rief einer.

»Unsere Auftraggeber«, erwiderte Franz, »würden das gewiss bestätigen. Aber mir ganz persönlich ist etwas anderes noch viel wichtiger. Ihr müsst wissen, ihr seid für mich kein wilder, gesichtsloser Haufen von mehr als tausend Flößern. Für mich seid ihr Männer mit einer Heimat, mit Familien, mit Müttern, Vätern und Geschwistern. Manche von euch haben auch Frauen und Kinder. Jeder von euch hat eine Geschichte, jeder von euch hat einen Namen. Glaubt es oder nicht, aber ich kann jeden Einzelnen von euch beim Namen rufen. Ich weiß genau, wer auf welchem Floß arbeitet und mit wem, woher jeder stammt und was er für einer ist. Jeder von euch ist Teil der großen Flößerfamilie, die wir bilden, bis wir am Ende in Budapest anlegen, und deswegen ist das Allerwichtigste für mich bei so einem Transport, dass ihr, jeder Einzelne von euch, am Ende wieder gesund nach Hause zurückkehrt, mit allen Fingern an den Händen und allen Armen und Beinen und mit heilem Schädel.« Erneut machte Franz eine Pause. Nach einem Augenblick flirrender Stille begannen die Männer zu rufen, erst waren es Einzelne, doch schnell schwollen die Stimmen an zu einem rauen, vielstimmigen und am Ende ohrenbetäubenden Chor der Zustimmung und der Anerkennung. Franz hob die Arme, um sie wieder zur Ruhe zu ermahnen, und wartete, bis es still war. Dann erklärte er: »Deswegen verbiete ich alles, was unsere Mission gefährdet. Ich verbiete alles, was unsere Zusammenarbeit und unseren Zusammenhalt auf dem Holz kaputtmachen könnte. Wenn ihr an Land seid, könnt ihr saufen und den Röcken nachlaufen, wie ihr wollt. Ihr könnt euch auch streiten und euch prügeln, wenn es sein muss. Ich weiß sehr gut, wo so viele Männer zusammenkommen, sind sich nicht immer alle einig. Das ist gar nicht möglich. Da gibt's schon mal Reibereien. Aber auf den Flößen, Männer, habt ihr euch einig zu sein. Auf dem Wasser streitet ihr nicht, da arbeitet ihr so gut zusammen, wie es überhaupt möglich ist. Da seid ihr Brüder, da helft ihr einander und seid füreinander da. Da seid ihr umsichtig, nachsichtig und freundlich. Unsere Arbeit ist auch so schon gefährlich, das wisst ihr alle. Und da ist es egal, ob wir uns in einer Stromschnelle oder an der Floßlände befinden! Wer von diesem Moment an auch nur ein einziges Mal gegen diese Anweisung verstößt, den schicke ich auf der Stelle nach Hause. Und kommt mir dann nicht mit: Der hat angefangen. Das interessiert mich nicht. Wer auf dem Wasser Ärger macht, ist raus. Und jetzt wünsche ich uns allen einen schönen Tag auf dem Fluss. Die Sonne scheint, der Wasserstand ist gut, Sankt Nepomuk ist auf unserer Seite – lasst uns Flößern gehen!«

Auch am Ende seiner Rede bekam Franz Beifall, wenn auch keinen so donnernden wie zuvor. Die Männer wussten nun, dass mit ihm in solchen Angelegenheiten nicht zu spaßen war, dass sie sich nicht gehen lassen durften, wenn sie mal nicht einer Meinung waren.

20
Viktoria
1962

Das Tier hatte herumgestrampelt, sich im Geschirr hin und hergeworfen und Schmerzenslaute produziert, die wie Raubtierkrallen durch ihre Seele fuhren. Timur hatte Viktoria das Bolzenschussgerät abgenommen und dem Geschrei mit einem zweiten Schuss ein Ende gemacht.

»Mein erster Schuss war auch nicht viel besser«, gab er zu. »Das lernt man dann.«

Den Brustschnitt übernahm er lieber selbst, der sei deutlich schwieriger, erklärte er. Viktoria musste zusehen, Timur duldete nicht, dass sie den Blick abwandte.

Ein- bis zweimal pro Woche zwang er sie dazu, es wieder zu tun. Jedes Mal schrien die Tiere schon vorher, weil sie bereits wussten, was kam. Die flehenden Blicke aus diesen großen, unschuldigen, angsterfüllten Augen. Der Hass auf sich selbst, weil sie zuließ, dass er sie dazu nötigte und sie sich nicht dagegen wehrte. In einer Nacht träumte sie, wie sie ihr Kind mit einem Brustschnitt ausbluten ließ und es anschließend ausweidete. Zu Hause las sie in den Blicken von Timurs Eltern und seinen Brüdern, dass sie Bescheid wussten und missbilligten, was er seiner Frau zumutete, aber trotzdem schwiegen.

Timur führte sie wieder in den Schlachtraum. Diesmal stand ein Kalb darin, bestenfalls fünf Monate alt. Viktoria erkannte das Tier.

»Nicht dieses«, sagte sie leise.

»Warum denn nicht?«

»Ich habe geholfen, es auf die Welt zu bringen«, sagte sie leise. »Ich habe ihm einen Namen gegeben. Es heißt *Aisulu.*«

»Das heißt *schön wie der Mond*«, wusste Timur. »Eine gute Wahl. Also los. Du weißt ja, wie es geht. Bist ja schon fast ein alter Hase.«

Das Kalb war noch zu klein, um zu begreifen, worum es hier ging. Neugierig sah es die Frau an, die ihm ein Metallrohr entgegenhielt, fast, als würde es sie von früher wiedererkennen. Viktoria erinnerte sich an das Kalb, als es erst wenige Tage alt gewesen war und versucht hatte, nach einem Schmetterling zu schnappen, der sich dann mitten auf seine Schnauze gesetzt hatte.

»Nicht dieses Tier«, wiederholte Viktoria.

»Geht das jetzt wieder los«, klagte er. »Ich hab nicht viel Zeit. Also los, mach schon.«

»Ich werde dieses Kalb nicht töten, Timur«, erklärte sie.

»Natürlich wirst du.« Doch etwas in der Art, wie sie ihn ansah, ließ ihn ein wenig zögerlich werden. Zudem hatte sie das entsicherte Bolzenschussgerät in der Hand. Instinktiv entschied er sich dafür, die Dinge heute anders zu handhaben, legte eine gewisse Nachsicht in seine Stimme und sagte: »Na gut, dann werde ich eben übernehmen.«

Er streckte die Hand nach dem Gerät aus, aber Viktoria machte einen Schritt nach hinten. Sein Blick verfinsterte sich. Er tat einen Schritt auf sie zu. Im selben Moment hob sie die Waffe, hielt sie mit beiden Händen fest und richtete sie mit ausgestreckten Armen auf seinen Kopf. Unglauben war alles, was sich in seiner Miene spiegelte.

»Liebling, was soll denn das? Spinnst du?«

Viktoria schwieg.

»Hast du den Verstand verloren? Nimm das sofort runter!«

»Ja«, brachte sie hervor.

»Was ›ja‹?«

»Ja, ich glaube, ich bin dabei, den Verstand zu verlieren. Genau so fühlt es sich an.«

»Nimm es runter und lass uns reden.« Er machte einen Schritt zur Seite, doch Viktoria drehte sich mit und hielt das Gerät weiterhin genau auf seine Stirn.

»Viktoria, du richtest gerade eine geladene und entsicherte Waffe auf deinen Ehemann«, sagte er. »Nimm sie runter. Du musst das Kalb nicht erschießen.«

Das Tier beobachtete, was vor sich ging und blickte neugierig zwischen beiden hin und her. Viktoria schwieg.

»Es wird alles wieder gut«, versicherte Timur. »So wie früher. Du wirst sehen. Ich komme jetzt und nehme dir das Gerät ab und dann wird alles wieder gut.« Er setzte sich in Bewegung.

Viktoria drückte ab. Durch die Wucht des Geschosses wurde Timur gegen die rückwärtige Wand geschleudert und fiel zu Boden. Viktoria stand immer noch da wie zuvor, der Rückstoß bei einem Bolzenschussgerät war recht gering. Selbst auf die Entfernung konnte sie sehen, dass ihr der Schuss sehr gut gelungen war.

Mein bisher bester, sauber getroffen, dachte sie unwillkürlich. *So gut muss man das erstmal hinkriegen.*

Das Kälbchen muhte und wusste nicht, was es von all dem halten sollte. Viktoria ging nachsehen. Man musste sich immer davon überzeugen, dass die Betäubung gelungen war und das Tier sich nicht mehr bewegte. Aus dem Einschussloch trat kaum Blut aus. Aber Timur regte sich noch. Sein Arm zuckte und auch sein Kopf. Viktoria fand das nachvollziehbar, sie hatte das Gerät schließlich nicht direkt auf den Kopf aufgesetzt, sondern aus Entfernung geschossen. Dieses Werk galt es noch zu vollenden. Ein Speichelfaden lief aus Timurs Mundwinkel. Sie beugte sich über ihn und setzte das Bolzenschussgerät auf seine Stirn, dicht neben dem ersten Einschuss, in dem der Bolzen, der darin steckte, noch zu sehen war. Und drückte noch einmal ab.

21
Henning
1933

Flammen schlugen aus dem Reichstag. Ein Mann war im Begriff, davonzulaufen, und wurde festgenommen, direkt vor dem Gebäude, den Abglanz des Feuers auf seinem Gesicht. Es handelte sich um einen Niederländer namens Marinus van der Lubbe, der sich sofort leidenschaftlich zur Brandstiftung bekannte. Wenig später stellte sich heraus, dass es sich um einen in der Szene bekannten Linksanarchisten handelte. Dass van der Lubbe das Feuer tatsächlich gelegt hatte, daran gab es nie einen Zweifel. Was dem hitzköpfigen Holländer aber bis zu seinem Tod durch Hinrichtung nie klargeworden war: Im Berliner Nachtleben war er das Opfer von Männern geworden, die sich ebenfalls als Linksextreme ausgegeben hatten, bei denen in Wirklichkeit aber zu Hause das Parteibuch der NSDAP im Schrank lag. Sie hatten ihm den Gedanken an eine aufrüttelnde terroristische Aktion eingetrichtert, die er unbedingt bald durchführen müsse, wenn er die Welt irgendwie noch rechtzeitig vor den Nazis bewahren wolle.

Die Nazis hatten eine terroristische Aktion dieser Größenordnung ersehnt, um – möglichst noch vor der erneuten Reichstagswahl am 5. März 1933 – einen glaubhaften Vorwand zu haben, die Arbeiterbewegung zu vernichten. Sie empörten sich über die Brandstiftung als Teil eines kommunistischen Umsturzversuchs, und bereits einen Tag nach dem Brand legte Innenminister Wilhelm Frick die sogenannte Reichstagsbrandverordnung vor, die unverzüglich und einstimmig vom Kabinett verabschiedet und am selben Tag von Reichspräsident Hindenburg unterzeichnet wurde. Die Verordnung setzte wesentliche Grundrechte der Verfassung außer Kraft und ging über ihren angeblichen Zweck der Abwehr staatsgefährdender kommunistischer Gewaltakte weit hinaus. Das Reich befand sich nun in einem offiziell verhängten zivilen Ausnahmezustand, der es dem neuen Regime ermöglichte, jegliche Unterdrückungsmaßnahmen gegen Oppositionelle mit dem schönen Schein der Legalität zu umgeben. Von nun an konnten politische Gegner ohne Anklage und Beweise in gerichtlich nicht kontrollierbare »Schutzhaft« genommen und regimekritische Zeitungen verboten werden. Am 8. März, nur drei Tage nach der neuerlichen Reichstagswahl, bei der die NSDAP vom Volk mit fast 44 Prozent aller Wählerstimmen belohnt wurde, erfolgte auf Grundlage der Reichstagsbrandverordnung die Annullierung aller politischen Mandate der KPD. Das deutsche Volk hatte einer Diktatur in den Sattel geholfen.

Am 21. März, dem Tag, der später als *Tag von Potsdam* in den Geschichtsbüchern stehen sollte, sah Henning von Tresckow ihn zum ersten Mal, den Mann, der von der einen Seite als Heilsbringer gepriesen und von der anderen als Vorbote der Apokalypse geschmäht wurde. Der erste Reichstag nach der Machtübernahme sollte, nach dem Willen der neuen Machthaber, sehr viel mehr werden als nur eine konstituierende Sitzung, er sollte groß gefeiert werden, so groß wie nur möglich. Ein Festakt sollte er werden, von dem anschließend noch lange gesprochen würde. Dieser Tag sollte das alte und neue Deutschland, sollte konservatives Traditionsbewusstsein und nationalsozialistischen Erneuerungswillen auf denkbar glanzvolle Weise symbolisch miteinander verbinden. Potsdam wurde dafür ausgewählt, weil es ein ganz besonderer Traditionsort preußischer Geschichte war.

Hennings Bataillon hatte auf dem Kopfsteinpflaster der Straße, die zur Potsdamer Garnisonkirche führte, ein Spalier gebildet. Mit Stahlhelm und aufgepflanztem Gewehr stand er in der ersten Reihe, als Hindenburg, Hitler, Goebbels und viele Hundert Repräsentanten der konservativen Führungsschichten sich dem barocken Gotteshaus näherten, das einst als Hohenzollersche Hofkirche gedient hatte und in der die Gebeine von Friedrich dem Großen aufgebahrt waren. Eine Vielzahl von schwarzen Zylindern und Gehröcken wanderte gemessenen Schrittes dem

Festakt entgegen. Henning von Tresckow befand sich in unmittelbarer Nähe der Kirche und sah dies alles mit eigenen Augen. Am anschließenden Festakt im Inneren der Kirche nahm er, wie viele Tausend andere Menschen, akustisch teil, denn das Ganze wurde in voller Länge im staatlichen Rundfunk übertragen. Die Innenstädte von Potsdam und Berlin wurden mit riesigen Lautsprechern beschallt. Jeder sollte hören, was da drin geschah und vor allem, mit welchen Worten Hitler seine Regierungserklärung beging. Dafür hatte Goebbels gesorgt, dem mit diesem Tag sein erstes propagandistisches Meisterwerk gelang. Nachdem Hindenburg gesprochen hatte, war Hitler endlich an der Reihe. Die bis zu diesem Zeitpunkt ausgelassene Menschenmenge vor der Garnisonkirche verstummte und lauschte aufmerksam dem neuen Reichskanzler, der mit wohlgewählten Worten das Bild eines tapferen, geschundenen Vaterlandes zeichnete, dem nun endlich die Möglichkeit geschenkt werde, sich auf großartige Weise zu erneuern.

Als er seinen Vortrag schloss, brandete Jubel vor der Kirche auf. Vom Potsdamer Lustgarten drangen Salutschüsse herüber. Wildfremde Menschen lagen sich in den Armen, und hätte Henning von Tresckow nicht als Teil der Reichswehr und in Uniform dort gestanden, so hätte auch er sich mehr Freudensbekundungen erlaubt als nur ein Lächeln.

Im Anschluss an die Rede verließ Hindenburg das Kirchenschiff, um je einen Kranz an den Särgen Friedrich Wilhelms I. und Friedrich des Großen niederzulegen. Reichspräsident und Reichskanzler begaben sich vor die Garnisonkirche und nahmen Aufstellung auf einem Podest, um dem feierlichen Vorbeimarsch der Reichswehr beizuwohnen. Als Hindenburg und Hitler sich nach der Parade voneinander verabschiedeten, sorgte Goebbels dafür, dass ein renommierter Fotograf der New York Times den besten Platz bekam, um ein Foto davon zu schießen. Der frischgebackene Propagandaminister wusste sehr genau, dass symbolträchtige Aufnahmen in der Lage waren, eine große, nachhaltige Kraft zu entfachen. Der Fotograf Theo Eisenhart hingegen ahnte nicht, dass das Motiv, das er im Sucher hatte – der greise 85-jährige Hindenburg in Generalfeldmarschallsuniform, vor dem der demütig erscheinende Hitler tief das Haupt beugt, während er ihm die Hand schüttelt – später millionenfach auf Postkarten, Briefmarken und Geldmünzen zu sehen sein würde.

Am Ende dieses besonderen Arbeitstages eilte Henning von Tresckow nach Hause, wo ihn nicht nur Erika und die Kinder empfingen, sondern auch sein Bruder Gerd. Auch ihn, obgleich Regimegegner, hatte es an diesem Tag nach Potsdam getrieben. Obwohl Henning zu diesem Zeitpunkt schon sehr lange auf den Beinen war, hatte er sich selten so aufgewühlt und energetisiert gefühlt.

»Habt ihr das gehört?«, fragte er schon beim Hereinkommen, während er dabei war, sich die Uniform aufzuknöpfen. »Habt ihr erkannt, mit welcher Würde und Zurückhaltung er gesprochen hat? Was für ein aufrichtiges, wegweisendes Bekenntnis das war? Kein Wort von den Juden, kein einziges! Er ist eben doch fähig zur Versöhnung. Sagt, was ihr wollt, letzten Endes ist er ein wahrhaft pazifistischer Staatsmann.«

Gerd war vollkommen anderer Meinung und hielt nicht damit hinter dem Berg, dass er die ganze heutige Inszenierung mit all ihrem Pomp und Glanz für ein einziges verlogenes Spektakel hielt. Für ihn war das alles falscher Zauber, Hitler und Konsorten Verbrecher. Wölfe, die sich für eine Weile Schafspelze übergeworfen hatten, bevor sie bald schon wieder ihre Reißzähne zeigen würden. Erika dagegen hielt sich mit ihrer Kritik deutlich zurück, denn auch wenn sie die Überzeugungen ihres Mannes nicht teilte und sie missbilligte, so liebte sie ihn doch über alles und wollte nicht schon wieder einen Ehekrach riskieren. Doch Henning sah ihr auch so an, was sie dachte. Beide hofften im Stillen, der andere möge recht bald zur Vernunft kommen.

Niemand zu Hause bei den Tresckows wusste zu diesem Zeitpunkt, warum kein einziges vormaliges Reichstagsmitglied der KPD zu den heutigen Zeremonien erschienen war. Man schob es darauf, dass sie ihrer Mandate enthoben worden waren. Vermutlich hatten sie den ganzen Zirkus boykottiert, weil sie wütend waren oder sich gedemütigt fühlten, genau wie die Abgeordneten der SPD. In Wirklichkeit befanden sich die meisten kommunistischen Abgeordneten zu diesem Zeitpunkt bereits im Konzentrationslager von Oranienburg, das einen Tag zuvor in Betrieb genommen war – oder auf der Flucht.

22
Daniila
2014

1. März, Simferopol:
Wir hocken auf Schalensitzen aus Plastik, montiert an die Wand des Krankenhausflurs. Mama liegt auf der Intensivstation, sie lassen uns nicht zu ihr. Die Ärzte haben sie schon mehrfach operiert, außer den ganzen Knochenbrüchen hat sie schwere innere Verletzungen. Lunge, Niere, Milz, Schädeltrauma. Es werden noch mehr Operationen nötig sein, sagen sie, aber man muss warten, im Moment ist sie dafür zu schwach. Anscheinend ist sie zeitweise bei Bewusstsein, demnächst soll sie in ein künstliches Koma versetzt werden. Nachbarn haben die Jungs hergefahren, zu viert sitzen wir da, gehen auf und ab, holen was zu essen aus der Kantine, das dann niemand anrührt.

2. März, Simferopol:
Die meiste Zeit starre ich vor mich hin. An Schlaf ist nicht zu denken. Die Jungs können das, schlafen im Sitzen, auch Papa nickt nachts manchmal kurz ein. Ich stehe dann am Fenster und sehe der Welt zu beim nächtlichen Standby-Betrieb. Mama steht auf der Kippe, hat die Ärztin gesagt.

Und: »Ich will ehrlich sein, es steht Fifty-fifty.« Dass ihr, wenn sie es schafft, ein langer Weg bevorsteht. Rollstuhl, Reha, Krücken. Mindestens ein Jahr, bis man sie halbwegs als genesen bezeichnen kann, es können auch zwei Jahre werden. Mir ist egal, wie lange es dauert, Hauptsache, sie bleibt bei uns. Mama ist in unserer Familie die gute Seele. Sie redet meist nicht viel – aber wenn sie es tut, weiß sie genau, was sie sagt. Ihre Worte haben Gewicht. Und manchmal werden sie einfach zum Wind, der die düsteren Wolken davonpustet.

3. März, Simferopol:
Wir können Mama jetzt sehen. Das Zimmer, in dem sie im künstlichen Koma liegt, hat ein Fenster. Sie hängt an diversen Geräten und Infusionen. Papa sagt, sie sieht friedlich aus. Meine Fantasie rettet sich in eine Science-Fiction-artige Projektion, in der elektrischer Strom durch ihren Körper gepumpt und ihr Blut durch ein Super-Fluid ausgetauscht wird, um sie unsterblich zu machen. Ihr Kopf ist bandagiert, wir sehen nur ihre blutunterlaufenen Augen, ihre unversehrte Nase und ihren Mund.

4. März, Simferopol:
In einer Fernsehansprache hat Putin gerade gesagt, nicht russische Truppen hätten die Kontrolle auf der Krim übernommen, sondern *örtliche Selbstverteidigungskräfte.* Ein Blick aus dem Fenster der Klinik genügt, um zu wissen, dass das nicht stimmt. Russische Fahrzeuge und russische Soldaten sind überall, auch hier im Krankenhaus. Sie tun nichts, sie stehen nur im Eingangsbereich und vor dem Gebäude, wo sie ab und zu eine rauchen. Manchmal gehen zwei von ihnen über den Flur, schwerbewaffnet, einfach nur, um Präsenz zu zeigen. Wen will Putin verarschen? Wer soll ihm das glauben? Artem schickt mir regelmäßig Nachrichten darüber, dass Zivilpersonen misshandelt und Aktivisten verschleppt werden. Sind wir im Krieg?

5. März, Koltschuhyne:
Uns wurde nahegelegt, das Krankenhaus zu verlassen, weil wir für Mama vor Ort nichts tun können und man uns sofort benachrichtigen wird, wenn sich an ihrem Zustand etwas ändert. Bevor wir gehen mussten, durften wir einmal kurz zu ihr. Wir haben grüne Plastiksachen angezogen und bekamen zwei Minuten. Berühren durften wir sie nicht. Auch nicht das Bettzeug. Neben ihr zu stehen hat mir den Atem geraubt. Bin anschließend benommen rausgewankt, musste mich an der Wand abstützen. Noch mit den grünen Kitteln am Körper haben wir vier uns in die Arme genommen und geheult.

6. März, Koltschuhyne:
Man hat dem russischen Verteidigungsminister ein Video von russischen Soldaten in Simferopol gezeigt, er hat das als Quatsch bezeichnet. Auf die Frage, wie es sein könne, dass sich russische Panzerwagen vom Typ *Tigr* auf der Krim befinden, hat er gesagt: »Ich habe keine Ahnung.« Die OSZE hat auf Anfrage der Ukraine beschlossen, unbewaffnete Militärbeobachter auf die Krim zu schicken. Doch die Einreise auf die Halbinsel wurde den Beobachtern verwehrt. Putin bestreitet weiterhin, dass er den Anschluss der Krim an Russland plant. Hier wird die Lüge mit kaltem Lächeln zur Wahrheit erklärt!

7. März, Simferopol:
Das öffentliche Leben in der Stadt ist lahmgelegt. Keine Vorlesungen, die universitären Einrichtungen sind geschlossen. Ich fahre jeden Morgen mit dem Mofa zur Klinik und bleibe dort so lange, wie sie mich lassen. Mama ist immer noch im künstlichen Koma. Zwischendurch hält Artem mich auf dem Laufenden: Vor Nowooserne haben russische Truppen ein ausgemustertes U-Boot versenkt, um die Hafeneinfahrt zu blockieren. Ukrainische Schiffe wurden gestürmt, die Besatzungen zum Überlaufen gezwungen.

8. März, Simferopol:
Ich sitze alleine auf dem Flur, mit dem alten Laptop auf den Knien, den Papa gebraucht erstanden und mir zu Beginn meines Studiums geschenkt hat – als die Ärztin auf mich zukommt. Ich bemerke sie erst, als sie vor mir steht. Diese Leute sind Profis, man sieht ihnen nicht immer gleich an, was los ist. Doch sie setzt sich auf den Schalensitz neben mir, und da weiß ich, dass etwas nicht stimmt.

»Frau Beser, ich habe leider schlechte Nachrichten für Sie«, sagt sie.

»Muss Mama nochmal operiert werden?«, frage ich hastig, als könnte ich den Lauf der Dinge damit in andere Bahnen lenken.

»Gibt es neue Komplikationen?«

»Es *gab* Komplikationen. Multiples Organversagen. Wir haben alles versucht, aber letztlich konnten wir nichts mehr für sie tun.«

Ein Moment der Stille entsteht. Als wollte ich sie vollkommen machen, halte ich die Luft an. Vielleicht auch einfach nur, um zu ersticken.

»Ihre Mutter ist tot«, fügt sie hinzu.

Die Worte verhallen. Ich denke, bestimmt muss ich gleich wieder weinen. Stattdessen frage ich:

»Kann ich sie sehen?«

»Selbstverständlich.«

Ich gehe zu ihr. Nehme ihre Hand, die schon anfängt, kalt zu werden. Ich will keine Worte in diesen unbarmherzigen Raum sprechen, also kommuniziere ich mit ihr in Gedanken. Sage ihr stumm, wie sehr ich sie liebe, dass sie die beste aller Mütter war, dass ich ihr alles Gute wünsche auf der Reise, die sie jetzt antritt. Vielleicht ist ihr Geist ja hier und sie kann mich hören, vielleicht ist er aber auch gerade viel zu beschäftigt mit dem Durcheinander, das sich durch den Tod einer körperlichen Hülle erst einmal ergibt.

23
Viktoria
1962

Timurs Fehlen fiel zuerst gar nicht auf. Niemand im Schlachthaus vermisste ihn an diesem Tag. Viktoria ging abends ohne ihn nach Hause. Als der Abend weiter fortgeschritten war, klopfte sie bei ihren Schwiegereltern an die Tür und fragte, ob sie ihn gesehen hätten. Timurs Mutter wunderte sich, weil es so gar nicht die Art ihres Sohnes war, einfach zu verschwinden, ohne Bescheid zu sagen. Viktoria erklärte mit gespielter Nachsicht, dass es ja viele harmlose Gründe dafür gäbe, und äußerte die Erwartung, er werde sicher bald auftauchen. Als Timur am nächsten Morgen immer noch nicht erschienen war, wurden seine Eltern unruhig. Viktoria wusste, dass sie jetzt anfangen musste, die besorgte Ehefrau zu spielen. Auch im Schlachthaus fiel nun auf, dass er nicht zur Arbeit kam. Viktoria wurde von einem Vorarbeiter dazu befragt. Die Leute im Schlachthaus fingen an, sich die Mäuler zu zerreißen. Sollte Timur eine heimliche Geliebte haben? Eine besonders glückliche Ehe schienen die Omorovs ja nicht zu führen. Timurs Vater gab eine Vermisstenanzeige auf. Zwei Tage später erschienen zwei Uniformierte bei Viktoria und befragten sie ausführlich zum Verschwinden ihres Mannes. Sie gab an, dass sie ihn zum letzten Mal im Schlachthaus gesehen und sich bereits gewundert habe, als er nach Arbeitsschluss nicht vor dem Gebäude gewartet habe, wie er es sonst immer tat. Hatte sie irgendwelche Anzeichen erkannt, dass Timur möglicherweise das Leben hinter sich lassen wollte, das er führte? Konnte sie sich vorstellen, dass er eine außereheliche Affäre führte? War er in letzter Zeit irgendwie anders gewesen als sonst? Viktoria beantwortete all diese Fragen mit Nein und behauptete, sie seien eine glückliche Familie und würden weitere Kinder planen. Sie senkte den Kopf, in der Hoffnung, dass sie traurig genug aussah, und erklärte mit stockender Stimme, sie hoffe so sehr, dass sich alles auflösen und Timur bald wieder hier sein werde. Sie liebe ihn und ihren kleinen Sohn über alles. Die Milizionäre führten nicht nur mit Timurs Eltern und seinen Brüdern lange Gespräche, sie erschienen auch im Schlachthaus, wo sie mit einer Reihe von Mitarbeitern sprachen. Eine Frau erklärte, sie habe den Eindruck gewonnen, dass es um die Ehe von Timur und Viktoria nicht sonderlich gut stünde, war aber nicht in der Lage, ins Detail zu gehen. Daraufhin kamen die Beamten noch einmal zu Viktoria nach Hause und wollten wissen, was sie dazu sagte. Viktoria räumte ein, in ihrer Ehe mit Timur gebe es tatsächlich einige Probleme. Aber in welcher Ehe gebe es die nicht? Sie hatten schließlich ein kleines Kind, das sie in den Nächten oft wachhielt, da konnte man schon mal ein wenig dünnhäutig werden. Einer der Uniformierten wollte wissen, ob Timur sie jemals geschlagen habe. Diese Vermutung wies Viktoria weit von sich und behauptete, ihr Gatte sei der liebenswerteste Mann, den es gebe. Niemals wäre er in der Lage, gegen jemanden die Hand zu erheben. Viktoria achtete gewissenhaft darauf, über Timur stets in der Gegenwartsform zu sprechen, um keinen Verdacht auf sich zu ziehen. Freunde, Bekannte und Verwandte trafen sich zu einer Suchaktion und durchkämmten systematisch die angrenzenden Waldgebiete. Fünf Tage waren seit seinem Verschwinden nun schon vergangen. Bakhtiyar, einer von Timurs Brüdern, wollte von Viktoria wissen, wieso die Milizionäre sie ein zweites Mal aufgesucht hatten.

»Hast du erzählt, dass er dich schlägt?«, wollte er wissen. »Dass er dich zwingt, Kühe zu töten?«

»Nein«, gab sie zu. »Dafür schäme ich mich zu sehr. Und ihr tätet auch gut daran, euch zu schämen, denn es ist das allererste Mal, dass jemand von euch darüber auch nur ein einziges Wort verliert.«

»Das geht uns ja auch nichts an«, erwiderte er.

»Gewalt geht uns immer an«, sagte sie. »Wer zusieht und schweigt, ist auch nicht besser.«

»Jetzt mal langsam«, versuchte Bakhtiyar sich zu rechtfertigen. »Jedem kann mal die Hand ausrutschen.«

Er war zwei Jahre älter als Timur, hatte eine kräftigere Statur und dunklere Haare. Viktoria fand, dass er noch der netteste und klügste der Brüder war, während sie die anderen beiden für ausgemachte Vollidioten hielt.

»Bevor er verschwunden ist, Viktoria, habt ihr euch da gestritten?«

»Das haben die Milizionäre mich auch gefragt.«

»Und?«

»Nein, Bakhtiyar. Wir hatten eigentlich gerade eine ganz gute Phase, was du daran erkennen kannst, dass ich nirgendwo blaue Flecken habe. Ich liebe Timur trotz allem immer noch von ganzem Herzen und hoffe inständig, dass er bald wieder auftaucht. Lebend.«

Viktoria sprach beim Leiter der Kolchose vor und bat darum, für eine Weile von ihrer Arbeit freigestellt zu werden. Sie sei durch das rätselhafte Verschwinden ihres Mannes nervlich so zerrüttet, dass sie kaum noch in der Lage sei, ihr Kind zu versorgen und zu arbeiten. Der Leiter zeigte sich großzügig und kam ihrer Bitte nach.

Peter Beser lieh sich ein weiteres Mal den Dienstwagen von Jakob Gering aus, um seine Tochter und sein Enkelkind nach Konstantinowka zu holen. Wieder hatten sie sich lange nicht gesehen – zum einen, weil Timur es nicht schätzte, wenn seine Frau nicht zu Hause war, zum anderen, weil er keinen Familienbesuch mochte.

»Wie erklärst du dir sein Verschwinden?«, fragte Viktorias Vater.

»Ich habe keine Ahnung«, erwiderte sie. »Aber um ehrlich zu sein: Ich bin nicht sonderlich böse, wenn er eine Weile verschwunden bleibt.«

Ihr Vater sah sie verwundert an, fuhr an die Seite, stoppte den Wagen und fragte: »Gibt es etwas, das ich wissen sollte?«

»Papa, Timur ist nicht so nett, wie du vielleicht angenommen hast.«

Er sah sie lange an. Nickte stumm. Und sagte schließlich: »Ich habe deine Entscheidung damals respektiert, mein Goldstück. Obwohl er wirklich nicht der Schwiegersohn meiner Wahl war. Ich habe ihm so viel Wohlwollen entgegengebracht wie nur möglich. Aber was denkst du, wieso ich ihm das Versprechen abgenommen habe, er möge dich gut behandeln?«

Schweigend blickten beide durch die Frontscheibe. Es begann leicht zu regnen. Ein Lastwagen fuhr dröhnend an ihnen vorbei und hupte, weil das Auto halb auf der Straße stand.

»Weiß Mama Bescheid?«, fragte er nach einer Weile.

Viktoria nickte stumm.

»Ich dachte es mir«, erklärte er. »Sie kann Geheimnisse nicht wirklich gut für sich behalten.«

»Ich wollte verhindern, dass du kommst und dich mit Timur anlegst«, sagte Viktoria.

»Du musst mir nichts erklären«, erwiderte er. »Hauptsache, ihr beide seid jetzt hier und euch geht es gut.«

Viktoria blickte nach hinten, wo Olaf in einem Bettchen lag, das Peter Beser vor der Fahrt auf der Rückbank hinter dem Fahrersitz mit einem Seil so festgezurrt hatte, dass es sich keinen Millimeter bewegte. Olaf hatte tief und fest geschlafen, weil das Geräusch und die Vibrationen des fahrenden Autos ihn ungemein entspannten – doch jetzt, wo sie am Straßenrand standen, wurde er ein wenig unruhig. Viktoria streichelte ihm sanft übers Köpfchen.

»Wir werden in Konstantinowka bleiben«, erklärte Viktoria mit fester Stimme. »Ich gehe auf keinen Fall wieder zurück. Auch nicht, wenn Timur wieder auftaucht. Meine Ehe ist zu Ende.«

Ihr Vater nickte, startete den Motor und fuhr weiter.

Jakob Gering sorgte dafür, dass Viktoria im Zoo von Konstantinowka als Tierpflegerin anfangen konnte – nachdem er mit der Kommunistischen Partei ausgemacht hatte, dass sie nicht mehr in der Kolchose anzutreten hatte. Bisher gab es nur einen weiteren

Tierpfleger, denn der Zoo war noch weitgehend leer, er wurde bisher nur von zwei Braunbären, sieben Flamingos und ein paar Schlangen bewohnt – die allesamt vom Zoo in Pawlodar hierher umgesiedelt worden waren. Aber das würde sich schon sehr bald ändern, Gering stand mit vielen sowjetischen Zoos in laufenden Verhandlungen.

Um Olaf kümmerten sich währenddessen seine Großeltern, einer von den beiden konnte sich immer Zeit nehmen, um den Kleinen zu beaufsichtigen.

Viktoria war glücklich. Ihr tägliches Leben war wieder angefüllt mit schönen Begegnungen, sie hatte Tiere um sich und fühlte sich aufgehoben in ihrer Familie. Und sie konnte dabei zusehen, wie Konstantinowka in dieser Zeit dank der neuen Führung regelrecht erblühte. Die Vergangenheit mit Timur und dem Schlachthaus schien nicht mehr zu sein als ein dunkler Schatten, der Viktorias Leben eine Weile verdunkelt hatte, inzwischen aber längst weitergezogen war.

Eines Mittags betrat Jakob Gering den Aufenthaltsraum der Tierpfleger. Viktoria trank gerade im Stehen eine Tasse Tee, begrüßte ihn fröhlich und fragte, wie es ihm gehe. Es war nicht ungewöhnlich, dass der »König von Konstantinowka«, wie manche ihn nannten, einfach mal vorbeischaute, denn Gering war es wichtig, zu allen Bereichen des Ortes Kontakt zu halten. Im Zoo sah man ihn besonders häufig, dabei handelte es sich um sein erklärtes Herzens-Projekt. Doch Gering war ungewohnt ernst.

»Viktoria«, sagte er, »du solltest dich vielleicht lieber hinsetzen, bevor ich dir erzähle, was ich eben erfahren habe.«

Sie hielt den Atem an. Schon bevor er weitersprach, wusste sie, worum es gehen musste.

»Was ist passiert?«, fragte sie. Sie setzten sich auf die einzigen beiden Stühle.

»Die Kolchose, in der du und dein Mann gearbeitet habt«, begann Gering.

»Was ist damit?«

»Ihr wart dort im Schlachthaus tätig, nicht wahr?«

»Ja.«

»In den Schlachtabfällen wurde etwas gefunden.

»Was denn?«

»Zähne. Und zwar die eines Menschen.«

»Um Himmels willen.«

»Daraufhin hat man in den Abfällen nach weiteren menschlichen Körperteilen gesucht, ohne Ergebnis. Doch sie fanden etwas anderes: einen Schneidezahn aus Keramik.«

In Viktorias Kopf begann es sich zu drehen, sie hatte Mühe, ruhig sitzen zu bleiben. »Timur hat so einen«, sagte sie leise. »Bei seinem Militärdienst ist ihm ein Zahn rausgebrochen, den sie ihm dann ersetzt haben.«

»In der Kolchose haben sie auch sofort an Timur gedacht«, erzählte Jakob Gering. »Weil er wohl zuletzt im Schlachthaus gesehen wurde und dann verschwunden ist.«

»Sind die Zähne … denn von ihm?«, fragte Viktoria stockend, obwohl sie die Antwort auf die Frage kannte.

»Das ist noch nicht klar. Sie hoffen, es durch den Zahnersatz herauszufinden. Der Militär-Zahnarzt konnte aber noch nicht befragt werden. Es wird auf jeden Fall jemand kommen, um auch mit dir zu sprechen, Viktoria.«

»Wann?«

»Sie sind schon hierher unterwegs.«

Sie sah Gering an und versuchte, in seinem Gesicht zu lesen, aber er ließ sich nicht anmerken, was er dachte. Mit beiden Händen klammerte sie sich an der Sitzfläche des Stuhls fest, weil sie annahm, dass sie sonst den Halt verlieren und auf den Boden rutschen würde.

24
Franz
1872

Im Großen und Ganzen war die Donau leichter zu flößern als die Isar, weil sie an den meisten Stellen breiter, tiefer und weniger tückisch war. Doch es musste nur ein Sturm aufkommen, schon war es vorbei mit der Ruhe. Franz beobachtete die Wetterlage stets sehr aufmerksam. Sah er ein Unwetter heraufziehen, ließ er den ganzen Tross nach Möglichkeit schnell anlanden und Pause machen. Wie gesagt: wenn es möglich war.

Das war es nicht immer.

An einem Nachmittag Mitte Juli, als sie sich mit den Flößen zwischen Vilshofen und Passau befanden, hatte eben noch wolkenlose Windstille geherrscht. Im nächsten Moment kam scharfer Wind auf, Wolken türmten sich wie aus dem Nichts zu einer dunklen Wand auf, es begann wie aus Eimern zu schütten. Der Regen peitschte den Männern ins Gesicht. Franz' geschulter Blick prüfte das Ufer. Es war zu schroff und unwegsam, um gefahrlos anzulanden. Er wusste, es würde noch eine Weile dauern, bis sich ein Floßkonvoi dieser Größe gefahrlos ans Ufer begeben konnte. In aller Regel befand Franz sich auf dem vordersten Floß, wo er sich auch nicht zu schade dafür war, immer wieder mal an eines der Ruder zu gehen, vor allem, wenn die Fahrt herausfordernd wurde. Ein Flößermeister war nur dann ein Vorbild, wenn er mit gutem Beispiel voranging. Kommandos wurden normalerweise von Floß zu Floß mündlich nach hinten weitergegeben. Wenn aber ein Sturm tobte, so wie jetzt, war es aussichtslos, sich zu verständigen. Die Flößer konnten dann nur noch darauf achtgeben, was die Vorderleute taten, und ihrem Beispiel folgen. Dieser Sturm war so schwer, dass Franz die erste Möglichkeit zum Anlanden nutzte und entschied, heute nicht mehr weiterzufahren. Alle Männer waren nass bis auf die Knochen und das änderte sich auch nicht, als sie in ihren triefenden Zelten lagen. An solchen

Abenden war die Stimmung nicht gut, aber es gab weit und breit keinen, der jammerte oder sich beschwerte. Flößer waren hart im Nehmen. Und wussten in solchen Momenten, dass bald wieder bessere Tage kommen würden.

Stattdessen kamen aber noch schlechtere Tage. Sehr viel schlechtere. Zuerst waren es nur drei Flößer, die über Bauchweh klagten, und bald auch über Scheißerei. Zu dem Zeitpunkt hoffte Franz noch, dass verdorbenes Essen schuld daran war. Sie hatten mehrere Köche bei sich und drei Flöße, die komplett mit Nahrungsmitteln beladen waren. So viele Männer, die den ganzen Tag hart arbeiteten, wollten schließlich gut verpflegt sein. Vielleicht war ein Stück Fleisch nicht mehr frisch genug gewesen. Aber die Erkrankungen griffen rasch um sich, es dauerte nicht lange, bis jeder zweite Flößer über Beschwerden klagte. Ein paar knieten sich auf die Flöße und erbrachen sich in den Fluss, Einige bekamen Fieber. Franz war klar, dass sie Quartier machen mussten. Aus Linz ließ er einen Arzt kommen, der schnell diagnostizierte, dass die Männer unter *Montezumas Rache* litten, wie er sich ausdrückte.

»Montezuma? Wer ist der Kerl?«, fragte Franz.

»Der König der Magen-Darm-Infektionen«, erwiderte der Arzt. »Ihre Männer werden ein paar Tage flachliegen, und einige, die es jetzt noch nicht haben, werden es auch noch bekommen.«

Drei volle Tage mussten sie pausieren. Auch wenn es Franz nicht passte, so viel Zeit zu verlieren – er wollte keine Männer auf den Fluss schicken, die noch wackelig auf den Beinen waren. Es waren auch ein paar wenige dabei, die es so schwer erwischt hatte, dass Franz keine andere Möglichkeit sah, als sie in Linz in den Zug nach München zu setzen. Den Rest des Weges würden sie dann zu Fuß zurücklegen. Die Männer ließen die Köpfe hängen, weil ihnen nun der größte Teil ihres Lohns entging, aber keiner von ihnen widersprach den Anordnungen von Franz. Einer sagte:

»Mit einem Zug bin ich noch nie gefahren. Das ist doch auch was.«

Bei Sam, dem jungen Familienvater, war Franz sich nicht ganz sicher, ob er ihn weiter dabei behalten sollte, denn auch er war ziemlich mitgenommen. Doch Sam versicherte, er sei stark genug und werde sich bestimmt bald erholt haben. Er bat Franz inständig, bleiben zu dürfen, weil seine Familie und er das Geld dringend benötigten.

Die Flöße waren zu Anfang personell so gut besetzt gewesen, dass die Ausfälle gut verkraftet werden konnten. Auf einer so langen Floßfahrt war immer mit Verlusten zu rechnen, sei es durch Krankheit, gebrochene Knochen oder gerissene Bänder. Deshalb nahm man immer ein paar Männer mehr mit, als eigentlich gebraucht wurden.

Der nächste Höhepunkt der Fahrt war Wien. Die österreichische Metropole war noch größer, aufregender und spaßiger als München. Als sie dort anlegten, waren die Männer zum Glück alle wieder gesund. Viele von ihnen waren noch nie hier gewesen und neugierig auf die Stadt. Franz' letzter Besuch in Wien war auch schon eine Weile her. Er verzichtete ausnahmsweise aufs Briefeschreiben und machte sich mit Samuel und dem Otter auf den Weg in die Innere Stadt. Sie flanierten, genossen Wiener Kaffeespezialitäten, amüsierten sich über die Sprache und sahen den schönen Frauen hinterher.

»Ich kann das Alphabet jetzt übrigens auswendig«, berichtete Samuel. Zum Beweis sagte er es vollständig auf, ohne ins Stocken zu geraten.

Franz lobte ihn und kritzelte mit einem Stift auf einer Papierserviette herum. Dabei fiel ihm auf, dass er niemals zuvor eine Serviette aus Papier gesehen hatte, so etwas gab es anscheinend nur in Wiener Kaffeehäusern.

»So«, sagte er schließlich, und überreichte Samuel die Serviette.

»Was ist das?«, wollte der wissen.

»Schau's dir mal genau an«, erwiderte Franz. »Das sind die kleinen Geschwister der Großbuchstaben. Schreib sie einzeln auf, die großen immer zusammen mit den kleinen – bis sie dir vertraut sind.«

»Oder bis sie dir zu den Ohren rauskommen«, lästerte der Otter. »Franz, was hast du eigentlich vor? Gibst du uns Flößern bald Schulunterricht?«

»Warum nicht?«, entgegnete Franz. »Ein bisschen mehr Bildung würde dir nicht schaden.«

Sie suchten die Karlskirche auf, um dem Heiligen Nepomuk für seine bisherige Unterstützung zu danken und um ihn darum zu bitten, sie ihnen auch weiterhin zu gewähren. Auf dem Rückweg zur Floßlände stutzte der Franz auf einmal und blieb stehen. Vor ihnen erstreckte sich die Außenterrasse eines sehr vornehmen und teuren Cafés – umzäunt, damit nicht einfach jeder ungehindert an einen freien Tisch spazieren konnte. Feine Damen und Herren saßen dort unter großen Schirmen, die sie vor der Sonne schützten. Eine davon glaubte er zu erkennen. Ach was, glaubte – es gab gar keinen Zweifel, das musste sie sein. Sie trug ein langes, luftiges, hellblaues Kleid. Ein wenig gereift sah sie aus, aber sie war immer noch sehr ansehnlich, und das leicht schiefe Lächeln, das um ihren Mund spielte, machte sie nach wie vor absolut unverwechselbar. Franz schickte sich gerade an, die Umzäunung – ungeachtet seiner derben äußeren Erscheinung – zu ignorieren, als er ein zweites Mal stehenblieb. Einen Tisch weiter saßen ein paar kleine Kinder, die von zwei Gouvernanten mit winzigen Törtchen gefüttert wurden. Ein sehr kleines Mädchen in einem weißen Kleid und mit langem blondem Haar, in das rosa Schleifchen gebunden waren, entwischte ihrer Betreuerin, kam zum Tisch der Erwachsenen gelaufen und sprang der Frau mit dem blauen Kleid auf den Schoß.

»Mama, ich will keine Torte!«, rief die Kleine. »Lass uns lieber was spielen!«

Ihre Mutter lachte und sagte: »Du bist so ein Frechdachs!«

Die Erzieherin hob entschuldigend die Hände, als wollte sie anzeigen, dass es kaum möglich war, das Mädchen in Schach zu halten. Doch die Mutter war überhaupt nicht böse, sondern zog ihre Tochter an sich und busselte sie ab.

Franz sah aufmerksam zu.

»Was ist?«, fragte der Otter. »Siehst du gerade ein Gespenst?«

Anstatt zu antworten, drängte Franz sich an einem livrierten Ober vorbei, der sich darüber empören wollte, doch Franz nickte ihm nur zu, mit einem beruhigenden Blick, der ohne Worte ausdrückte, dass schon alles in Ordnung war. Der Kellner blieb mit offenem Mund zurück und schwieg.

Franz blieb vor der Frau im blauen Kleid und ihrem Kind stehen und sagte: »Gnädige Frau.«

Sie starrte ihn an. Ihr Blick verriet ohne Worte, dass auch sie ihn wiedererkannte. Das brachte sie aus der Fassung, aber nur für einen ganz kurzen Moment, den außer Franz niemand bemerkte.

»Mein Herr«, erwiderte sie und deutete ein freundliches Nicken des Kopfes an.

Alle anderen Gespräche ringsumher verstummten. Was hier geschah, war außerhalb der Norm. Was hatte dieser grob gekleidete Handwerker mit den hohen Stiefeln, dem exzentrischen Hut und dem verwilderten Bart mit der hochherrschaftlichen Ministersgattin zu schaffen?

»Ich kenne diesen Mann«, erklärte sie. »Er ist mir vor einiger Zeit einmal behilflich gewesen und hat mir sogar seine Stiefel geliehen.«

Franz nickte anerkennend. Weil sie nicht leugnete, dass sie ihn kannte, sondern dazu stand, und das sogar in dieser steifen, verkniffenen Gesellschaft. Dieser Frau konnte man so schnell keine Angst machen.

»Wer bist du denn?«, fragte das kleine Mädchen. »Und warum hast du so hohe Stiefel?«

»Ich bin Franz, der Flößer«, erwiderte er.

»Und was ist ein Flößer?«

»Ein Flößer fährt auf Holzstämmen über den Fluss und transportiert Waren.«

»Macht das Spaß?«

»Meiner Meinung nach ist es der beste Beruf der Welt«, entgegnete Franz, »denn jeder Tag auf dem Fluss ist ein Abenteuer. Weißt du, was das ist, ein Abenteuer?«

Das Mädchen schüttelte den Kopf.

»Wenn immer alles anders kommt, als man denkt«, erklärte Franz.

Die Kleine reckte den Kopf zu ihrer Mutter und fragte: »Mama, darf ich auch Flößer werden, wenn ich groß bin?«

Alle am Tisch mussten lachen, auch die Mutter. Franz hingegen schmunzelte nur, denn er konnte diesen Wunsch gut verstehen. »Du wärst wahrscheinlich die erste Flößerin in der Geschichte dieser Zunft«, sagte Franz. »Aber warum auch nicht? Wie heißt du denn?«

»Marie-Agnes«, erwiderte das Mädchen.

»Und wie alt bist du?«

»Drei Jahre und fünf Monate.«

Das Lächeln ihrer Mutter bekam auf einmal etwas Angestrengtes. Sie fuhr der Kleinen mit den Fingern durchs Haar und vermied es, Franz anzusehen. Doch dann stellte sie sich seinem Blick, der stumm auf ihr ruhte. Keiner von ihnen sagte etwas, und der Moment, so kurz er auch war, schien sich ins Unendliche zu dehnen. Ihre Miene war ernst, ihre Augen bittend. Franz, gerade vollkommen sprachlos, verstand, worum sie ihn bat. Er sog Luft ein, um die Sprache wiederzufinden, und erklärte: »Dann wünsche ich Ihnen noch einen herrlichen Tag und einen wunderbaren Aufenthalt in dieser Stadt. Und dir, Marie-Agnes, wünsche ich ein besonderes Leben. Mögest du deine Träume verwirklichen, mögest du lieben und geliebt werden, ach, weißt du, am besten wirst du einfach so wie deine Mama.« Er zwinkerte dem Mädchen zu, wandte sich ab und ging davon. In seinem Rücken hörte er noch, wie die hohen Herrschaften sich darüber austauschten, was für ein sonderbarer Kauz er war.

»Was war das denn?«, fragte der Otter, als er zu seinen beiden Gefährten zurückkehrte. »Was, zum Henker?«

»Nur eine alte Bekannte«, erwiderte Franz und ging weiter, während Samuel und der Otter ihm sichtlich verblüfft folgten.

25
Henning
1934

Kurz zuvor zum Hauptmann befördert, ereilte Henning von Tresckow am Abend des 29. Juni 1934 der Befehl, das Bataillon zu alarmieren. Scharfe Munition wurde ausgeteilt, das Regiment in Gefechtsbereitschaft versetzt. Er befahl die Unteroffiziere seines Zuges zu sich. Verwirrt und aufgewühlt standen sie in seinem engen Dienstzimmer und starrten ihn an. Keiner ging davon aus, dass es sich um eine Übung handelte, noch nie war dafür ein Freitagabend ausgewählt worden, wenn große Teile des Heers für gewöhnlich schon im Wochenendurlaub waren. Zudem war bereits Anfang der Woche eine Urlaubssperre verhängt worden. Die Instruktionen, die Tresckow ausgeben konnte, waren aber nur spärlich.

»Meine Herren, ich kann Ihnen noch nicht viel sagen«, erklärte er. »Es ist die Rede von einem Putsch, ausgehend möglicherweise von der SA. Wir alle haben bereits die Gerüchte gehört. Wir müssen nun jederzeit damit rechnen, in die Reichshauptstadt ausrücken zu müssen. Sollte es dort zu Konflikten kommen, darf ausdrücklich nur auf Befehl geschossen werden. Ich wiederhole: Niemand schießt, ohne den Befehl dazu erhalten zu haben!«

Kaum jemand in der Kaserne schlief in dieser Nacht. Parolen und weitere Gerüchte machten die Runde, die Anspannung war fast mit den Händen zu greifen. Doch weder in der Nacht noch am darauffolgenden schwülen Frühsommertag kamen weitere Befehle. Erst Sonntagmittag wurde angeordnet, das Regiment habe wieder die gewohnten Platzpatronen umzugurten, der Alarm war aufgehoben.

Zunächst war Tresckow sehr erleichtert, wie auch die meisten Soldaten. Es würde kein Blutvergießen nötig werden. Es überraschte ihn nicht, dass die SA zu einem innenpolitischen Problem geworden war. Die braune Miliz von Stabschef Ernst

Röhm umfasste mittlerweile sagenhafte viereinhalb Millionen Mitglieder, und ihr Kommandeur hatte längst begonnen, darauf zu drängen, seine Truppe möge die Reichswehr möglichst bald vollständig ersetzen. Der Gedanke mochte der Nazi-Führung ursprünglich reizvoll erschienen sein, war doch das Heer nach wie vor, gemäß dem Vertrag von Versailles, auf hunderttausend Mann zu beschränken, und mit einer so kleinen Armee waren keine großen Sprünge zu machen. Doch die SA war in höchsten Kreisen immer umstrittener geworden. Es waren nicht nur ihre oftmals hemmungslosen Ausschreitungen, die das Bild des seriösen Staatsmannes zu untergraben drohten, das Hitler in der nationalen und auch internationalen Öffentlichkeit von sich malen wollte. Noch mehr ins Gewicht fiel, dass Röhms Ambitionen kaum zu bremsen waren, er strebte nach der Staatsführung und in manchen Momenten traten diese Absichten unverhohlen an die Oberfläche. So hatte Röhm nach einer Zusammenkunft mit Hitler vor hochrangigen SA-Leuten verkündet: »Was der lächerliche Gefreite erklärte, gilt nicht für uns. Wenn nicht mit, so werden wir die Sache ohne Hitler machen.«

Die SA musste Angehörigen der Reichswehr also als Bedrohung erscheinen. Deswegen, dachte Tresckow, war es nur gut, wenn die Obersten dieser Organisation nun in ihre Schranken verwiesen wurden.

Doch je mehr Informationen über die Niederschlagung des Putsches in der Reichswehr durchsickerten, desto blasser wurde Henning von Tresckow: Sämtliche SA-Führer waren von der Parteiführung nach Bad Wiessee am Tegernsee beordert worden, wo Ernst Röhm gerade Urlaub machte. Zu nachtschlafender Zeit am frühen Samstagmorgen waren die SA-Männer von Kommandos der SS aus den Betten geholt worden. Hitler war die Angelegenheit so wichtig gewesen, dass er sogar persönlich vor Ort war. Im Hotel Hanselbauer hatte er Röhms Zimmertür aufbrechen lassen, war, mit einer Peitsche bewaffnet, hineingestürmt und hatte den alten Duzfreund laut schreiend verhaftet.

Die in Ungnade Gefallenen wurden ins Gefängnis in München-Stadelheim gebracht, wo sie dann erschossen wurden. In den Tagen darauf wurden überall in Deutschland noch viele weitere SA-Angehörige und zahlreiche andere Personen festgenommen, die als Regimegegner oder einfach nur als unliebsam angesehen wurden. Bei vielen von ihnen machte man sich nicht einmal mehr die Mühe, sie zu verhaften, sondern erschoss sie gleich an Ort und Stelle – in Bahnhöfen und Hinterhöfen oder auch ganz offen auf den Straßen. Weiteren tausend Menschen blieb dieses Schicksal zwar erspart, sie wurden aber in sogenannte *Schutzhaft* genommen, auf unbestimmte Zeit und ohne Aussicht auf ein ordentliches Gerichtsverfahren.

Das alles war breit angelegt und fand zum Teil in aller Öffentlichkeit statt. Die Vorgänge konnten nicht geheim bleiben. Wer über gewisse Verbindungen verfügte, musste davon erfahren. Henning von Tresckow verschanzte sich in seinem Dienstzimmer und wusste nicht, was er tun sollte. Er war zutiefst entsetzt, mehr als je zuvor in seinem Leben. Auch die Generale Schleicher und Bredow waren, wie er mittlerweile erfahren hatte, des Landesverrats bezichtigt und ohne jedes Verfahren exekutiert worden. Tresckow konnte nicht beurteilen, ob die Vorwürfe, die man gegen die beiden erhob, begründet sein mochten. Er wusste auch nicht, warum Gregor Strasser, Hitlers einstiger Reichsorganisationsleiter, an seinem Arbeitsplatz von der SS aufgesucht und erschossen worden war. Aber eines wusste er: Das alles war nicht rechtens. Hier wurde kaltblütig himmelschreiendes, widerwärtiges Unrecht begangen! Das Regime benutzte die Auseinandersetzung mit der SA ganz offensichtlich, um sich politisch und militärisch unliebsamer Personen zu entledigen, die mit der SA nicht das Geringste zu tun hatten – auf eine Weise, wie es nur gewissenlose Verbrecher taten. Und diese meuchelnde Bande hatte er mit seiner Stimme gewählt, vor nicht viel mehr als einem Jahr! Er wartete auf die Reaktion der Generalität, vor allem im Hinblick auf die Morde an Schleicher und Bredow. Doch da kam nichts.

Zwei der ehrenvollsten Kameraden, die das Reich vorweisen konnte, waren heimtückisch abgeschlachtet worden – und die Heeresleitung nahm dazu noch nicht einmal Stellung!

Henning von Tresckow taumelte geradezu durch diese Tage und machte keinen Hehl daraus, wie sehr er diese verbrecherische Mordwelle missbilligte, weder im soldatischen Umfeld noch zu Hause.

»Eta«, sagte er zu seiner Frau, »es zieht mir den Boden unter den Füßen weg. Recht und Unrecht haben die Plätze getauscht. Wir werden regiert von einer durchtriebenen Bande aus ehrlosen Schweinen. Wie habe ich es nur nicht sehen können? Du hast es immer geahnt.«

»Ich habe so sehr gehofft, ich hätte mich getäuscht«, erwiderte sie. »So sehr, mein Liebster. In stillen Stunden, wenn die Kinder schliefen, habe ich dafür gebetet, ich möge Gespenster gesehen haben.«

In einem Café in Berlin traf er sich mit seinem Bruder Gerd, der ebenso aufgebracht war wie er.

»Weißt du, wie sie es gemacht haben?«, wollte Gerd wissen. Er sprach mit leiser Stimme, denn er wollte keine weiteren Zuhörer. »Sechs Mann hoch sind sie bei seiner Villa in Neubabelsberg vorgefahren, wenige Kilometer von hier. Sie sind in sein Büro vorgedrungen und haben gefragt: *Sind Sie Kurt von Schleicher?* Er darauf: *Ja, das bin ich.* Ohne dass er auch nur ein weiteres Wort sagen konnte, haben sie das Feuer auf ihn eröffnet, bis er durchsiebt am Boden lag. Angelockt von den Schüssen kam seine Frau Elisabeth schreiend über den Flur. Mit weiteren Schüssen haben sie auch sie zum Schweigen gebracht. Leute der SS. Himmlers Dreckschweine. Hitlers beste Männer.«

»Er war Erster Generalstabsoffizier schon im Weltkrieg«, bemerkte Henning. »Einer der Gründerväter der Weimarer Republik. Ein großer Deutscher, und mit solchen Begriffen werfe ich nicht gerade um mich.«

»Wer so jemanden niederschießt wie Vieh, hat keinen Respekt vor irgendetwas«, stellte Gerd fest. »Der ist bereit, alles auszurotten, was sich ihm in den Weg stellt.«

»Wie sollen wir denn jetzt weitermachen?«, fragte Henning und musterte seinen großen Bruder, Hauptmann der Infanterie, genau wie er selbst.

»Mein lieber Bruder, ich weiß es nicht«, gab Gerd zu. »Ich weiß es wirklich nicht. Es ist mir ein Rätsel, wie es weitergehen soll.«

»Wie können wir einer Armee dienen, die einen Staat stützt, der regiert wird von einer Mörderbande? Die sich offensichtlich getrennt hat von allen menschlichen Werten. Wie können wir das? Wir machen uns mitschuldig an jedem einzelnen Tag, an dem wir unseren Dienst versehen, als wäre nichts passiert.« Hennings erregte Stimme wurde immer lauter, ohne dass er es wirklich bemerkte.

Gerd sah ihn eindringlich an und versuchte seinen Bruder mit ausgestreckten Händen zu dämpfen. »Nicht so laut, Henning«, bat er. »Es könnte gefährlich sein in diesen Tagen, seine Meinung so leidenschaftlich zu äußern.«

Henning nickte und erwiderte deutlich leiser als zuvor: »Da sind wir also gelandet. In einem Schurkenstaat. Das ist ein Dammbruch. Ist dir das klar?«

»Wenn Führer und Regierung ungestraft vor sich hinmorden?«, fragte Gerd zurück. »Wenn Terror und Gewalt das Ruder übernehmen? Ja, ich denke, das kann man dann so nennen.«

Das einzig Gute an der niederschmetternden Gesamtsituation war für Henning, seine Frau und seinen Bruder, dass sie sich nun einig waren über das, was vor sich ging, und sich fortan keine ermüdenden, entzweienden Auseinandersetzungen mehr liefern mussten. Vor allem Erika schätzte ihren Mann dafür, dass er – anders als viele andere – in der Lage war, seine folgenschwere, gravierende Fehleinschätzung der Nationalsozialisten einzugestehen.

Doch was das Leben außerhalb der Familie betraf, wussten sie keinen Rat. Sie beschlossen, das Gefühl der Machtlosigkeit erst einmal anzunehmen und auszuhalten, so gut es ging. Abwarten schien für den Moment die einzige Option zu sein. Sich offen gegen die Staatsführung zu stellen, ohne etwas in der Hinterhand zu haben, war, wie die letzten Tage gezeigt hatten, gefährlich und aussichtslos.

Im Sommer des Jahres, am 2. August 1934, starb der schwerkranke Reichspräsident Paul von Hindenburg. Am selben Tag wurden nicht nur die Ämter des Reichskanzlers und des Staatsoberhaupts miteinander verschmolzen, sondern auch der feierliche Fahneneid abgeändert, den jeder Rekrut beim Eintritt in die Reichswehr zu sprechen hatte. Das Besondere daran war, dass nicht nur frischgebackene Soldaten den Eid abzulegen hatten, sondern alle Dienstgrade, vom Gefreiten bis zum General. Die Eidesformel bestand nur aus einem einzigen Satz. Henning hätte sich einreden können, dass es ja nur ein paar Wörter waren. Und außerdem, dass er sich an einen Eid, den Verbrecher ihm abpressten, nicht gebunden fühlen musste. Und doch war ihm, als müsse er sich jeden Moment übergeben, als er mit vielen Hundert Kameraden auf dem Kasernenhof stand und sagen musste:

»Ich schwöre bei Gott diesen heiligen Eid, dass ich dem Führer des Deutschen Reiches und Volkes, Adolf Hitler, dem Oberbefehlshaber der Wehrmacht, unbedingten Gehorsam leisten und als tapferer Soldat bereit sein will, jederzeit für diesen Eid mein Leben einzusetzen.«

Mit seinem Bruder war er sich einig über die Ungeheuerlichkeit dieser Eidesformel.

»Wann hat es in einem zivilisierten Staat jemals einen personalisierten Fahneneid gegeben?«, wollte Gerd wissen. »Sowas machen totalitäre, korrupte Staatsgebilde. Bananenrepubliken.«

»Wir *leben* jetzt in einem totalitären Staat«, erklärte Henning. »Auch wenn viele das noch nicht begriffen haben. Oder nicht begreifen *wollen*.«

»Habt ihr gehört, dass auch Beamte jetzt einen Eid ablegen müssen auf Treue und Gehorsam gegenüber Hitler?«, fragte Erika. »Und Hochschulprofessoren. Lehrer. Juristen. Krankenschwestern. Theologiestudenten. Es ist so lächerlich.«

Ein paar wenige aus diesen Berufsgruppen weigerten sich, Hitler die Treue zu schwören. Im besten Fall wurden sie nur entlassen und ohne Rentenanspruch in den Ruhestand versetzt. Andere landeten in Gefängnissen, Konzentrationslagern und Psychiatrischen Anstalten oder endeten am Galgen oder vor einem Erschießungskommando.

26
Viktoria
1962

Jakob Gering hatte den Aufenthaltsraum verlassen. Viktoria lehnte sich gegen die Wand, ihre Beine völlig kraftlos. Sie ging zum Terrarium, wo sich ihr Kollege befand, und erklärte ihm, sie müsse leider nach Hause, es gehe ihr nicht gut. Er sah, wie blass sie war, hatte Verständnis und wünschte gute Besserung. Zu Hause traf Viktoria ihre Mutter an, die gerade dabei war, Olaf zu wickeln. Hildegard Beser riet ihrer Tochter, sich ins Bett zu legen, dann würde sie ihr einen Kräutertee brauen, doch Viktoria erwiderte konfus, das gehe jetzt nicht, sie müssten sofort miteinander sprechen. Hildegard legte den Enkel in sein Bett und wollte besorgt wissen, was los war. Viktoria stand am Fenster und blickte nach draußen. Würde man sie gleich mitnehmen? Wussten die inzwischen alles? Würde die Miliz mit quietschenden Bremsen vor dem Haus zum Stehen kommen?

»Mama«, sagte Viktoria, »ich habe Timur umgebracht.«

»Wie bitte?« Hildegard Beser glaubte, sich verhört zu haben.

»Ich habe ihm mit dem Bolzenschussgerät viermal in den Kopf geschossen. Bis er sich nicht mehr bewegt hat. Dann habe ich ihn … oh Gott …«

Auch das Gesicht von Viktorias Mutter wechselte nun die Farbe.

»Dann habe ich ihn ausbluten lassen. Und zerteilt. Damit ich ihn unter die Schlachtabfälle verteilen konnte. Es ging alles wie von selbst. Ich musste nicht einmal nachdenken. Am Ende habe ich das Kalb von Hand zurück in den Stall geführt. Niemandem ist irgendwas aufgefallen. Aber bald werden sie wissen, was passiert ist. Sie sind schon unterwegs, um mich zu befragen.«

Hildegard ging auf ihre zitternde Tochter zu und nahm sie wortlos in die Arme.

»Mama«, flüsterte Viktoria, »was soll ich tun?«

»Du bist die Ehefrau«, flüsterte ihre Mutter zurück. »Es ist bekannt, dass er dich geschlagen hat. Seine Familie weiß, dass du mit dem Bolzenschussgerät umgehen musstest. Die Sowjets werden ahnen, dass du es warst, und dich entsprechend verhören, was immer das genau bedeuten mag.«

»Das halte ich nicht aus«, erwiderte Viktoria kaum hörbar.

»Ich weiß, mein Schatz. Deswegen gibt es nur eine Möglichkeit. Du musst fort.«

»Fort? Wie meinst du das?«

»Weg von hier. Jetzt. Wer weiß, wann sie kommen. Du darfst keine Zeit verlieren.«

»Wie soll ich das denn machen? Mit dem kleinen Kind. Und wohin? Ich komm doch nicht weit.«

»Du kannst ihn nicht mitnehmen.«

Viktoria starrte ihre Mutter an, mit blankem Entsetzen in den Augen. Und wusste gleichzeitig, dass sie Recht hatte.

»Wo ist Papa?«

»Im Gewächshaus.«

»Ich muss mich von ihm verabschieden.«

»Nein«, erwiderte die Mutter entschieden. »Er würde dir raten, dich zu stellen und später in einem Prozess auf, wie nennt man das, mildernde Umstände zu plädieren. Ich werde ihm alles erklären, aber du packst jetzt einen Rucksack mit ein paar Kleidungsstücken zum Wechseln, einer Flasche Wasser und einem Laib Brot und dann gehst du. Ich gebe dir alles Geld, das wir im Haus haben.«

»Mama, wohin soll ich denn?«, fragte Viktoria mit Tränen in den Augen.

»Batumi am Schwarzen Meer in Georgien«, erwiderte die Mutter. »Das liegt an der Grenze zur Türkei. Die musst du schwimmend überqueren. Ich habe von einem Mann gehört, der das geschafft hat. Gelingt dir das auch, bist du in Sicherheit. Jetzt geh packen. Los!«

Viktoria stolperte in ihr Zimmer, vor lauter Tränen konnte sie kaum etwas sehen. Sie stopfte irgendwelche Kleidungsstücke in den Rucksack, bis er voll war. Ihre Mutter fügte die Flasche und das Brot hinzu und steckte einen Packen Geldscheine in die Außentasche des Rucksacks. Noch einmal nahm sie ihre Tochter fest in die Arme. Auch sie weinte mittlerweile hemmungslos.

»Bitte umarme Papa von mir«, stammelte Viktoria. »Es tut mir so leid.«

»Dir muss nichts leidtun, Kind. Timur war ein Unmensch. Um ihn ist es nicht schade. Du aber hast ein Leben verdient. Wir werden uns um Olaf kümmern, als wäre er unser eigener Sohn. Er wird es guthaben, das schwöre ich dir.«

»Das weiß ich, Mama.«

Hildegard sah über die Schulter ihrer Tochter, dass ein Wagen der Miliz vor dem Haus zum Stehen kam.

»Sie sind hier«, sagte sie. »Geh hinten durch den Garten. Ich werde sie möglichst lange beschäftigen. Geh!«

Sie lösten sich voneinander, und während Viktoria ihrem Kind einen letzten Kuss aufdrückte und sich auf dem Weg zum Garten die Schiebermütze ins Gesicht schob, trocknete ihre Mutter sich bereits die Tränen an der Schürze, um den Milizionären möglichst gefasst entgegenzutreten.

27
Daniila
2014

15. März, Koltschuhyne:
Mein Heimatort wurde 1810 von Auswanderern aus dem Elsass, Bayern, Baden, Württemberg und der Schweiz gegründet und wurde eine der größten Kolonistensiedlungen auf der Krim. Sie nannten den Ort *Kronental.* Die Kolonisten waren teils Lutheraner, teils Katholiken, dementsprechend wurden eine lutherische und eine katholische Kirche gebaut, und auch zwei Schulen. Den Katholiken war es natürlich wichtig, dass ihre Kirche größer war und die prachtvolleren Säulen aufwies. Um das Dorf wurde Weizen und Roggen, Obst und Wein angebaut, unter schwierigen Bedingungen, weil der Boden hart und steinig war. Schafe wurden gezüchtet. Die Lage zu den Märkten von Sewastopol und Simferopol war günstig, die Siedlung florierte, allen Widerständen zum Trotz. Ganz unüblich für die Krim hatten die Siedler einen klassizistischen Baustil gepflegt, die neue Heimat sollte schließlich nach etwas aussehen. Mehr als ein Jahrhundert lang hat das Projekt Kronental gut funktioniert, die Einwohner haben hart gearbeitet, sich bescheidenen Wohlstand erkämpft und sind miteinander ausgekommen. Bis die Krim 1921 zur Autonomen Sozialistischen Sowjetrepublik wurde. Die mehr als 200 Bauernhöfe von Kronental wurden zur Kolchose »Deutsche Kameraden« vereinigt. Schon im selben Jahr brach die erste Hungersnot aus. Innerhalb kürzester Zeit war einfach alles total im Arsch, man durfte nichts mehr, man musste nur noch. Wie es möglich war, dass die ganze Region, nicht nur Kronental, im Rekordtempo den Bach runtergegangen ist, kann sich heute keiner mehr so recht erklären, aber so ist es gewesen. Wohlstand und freies Leben waren dahin, an ihrer Stelle regierten Angst und Unterdrückung. Im August 1941 wurden dann viele deutschstämmige Einwohner deportiert, wie auch meine Urgroßeltern. Weil die Sowjets

verhindern wollten, dass sie mit den Nazis kollaborierten. Ich weiß nicht, ob diese Befürchtung das Dümmste ist, was ich je gehört habe, aber unter den Top Five ist sie bestimmt. Innerhalb von vier Tagen wurden 60.000 Krimdeutsche weggeschafft, wie von einer Seuche befallenes Vieh. Viele der nun leerstehenden Gebäude im Dorf verfielen in den folgenden Jahren. Die Sowjets interessierten sich nicht dafür, und aus Eigeninitiative durfte man sich nicht darum kümmern. Jeder, der in einer auch nur halbwegs funktionierenden Demokratie lebt, und nicht aufhören kann, sich darüber zu beschweren, sollte wissen, dass jede Form von Diktatur – wie sie auch jetzt in diesen Tagen wieder über uns hereinzubrechen scheint – komplett zum Kotzen ist. 1945 wurde das Dorf dann umbenannt in Koltschuhyne. Die Russen sagen *Koltschugino* dazu, die Krimtataren *Bulganaq,* nach dem Flüsschen, das durch den Ort fließt. Zu dem Zeitpunkt war der deutsche Bevölkerungsanteil nur noch sehr gering. Russen lebten hier, Georgier, ein paar Griechen. Einige Jahrzehnte später, nach dem Ende der Sowjetunion, kamen einige Deutsche dann wieder zurück, nach einem schlappen halben Jahrhundert. So sehr haben sie ihre alte Heimat geliebt. Bei den Leuten, welche die Deportation – auf der einen wie auf der anderen Seite – miterlebt hatten, und die nun zum Teil schon uralt waren, flossen damals viele Tränen. Deutsche bilden hier heute nur noch eine kleine Minderheit. Der Wein, der seit 200 Jahren gekeltert wird, heißt aber nach wie vor *Kronental.* Und auf dem Friedhof von Koltschuhyne herrschen noch immer Namen vor wie Ehrreiser, Zeissler, Morast, Hoffmann, Walzer, Fischer, Miller, Reinhard, Weiss und Schneider. Eine Beser wurde hier schon lange nicht mehr zu Grabe getragen, aber heute ist es soweit. Letzte Nacht habe ich von Mama geträumt, ich habe in der Küche gesessen und Knoblauch kleingeschnitten, sie hat Salatblätter gezupft. Ich habe ihr gesagt, dass ich ihren Tod sühnen will. Dass ich entschlossen bin, dafür Rache an den Russen zu nehmen. Sie hat mich gefragt, warum. Weil ich sonst unter meiner eigenen Schuld ersticke, habe ich geantwortet.

Ich habe die beiden an jenem Tag in die Stadt gelotst, ich habe gesagt, wir müssen zum Auto, habe sie über die Straße gescheucht. Sie blickte weiter auf den Salat, als sie ruhig entgegnete, das sei Blödsinn. Dann müsse man auch den Fahrer beschuldigen und den Zivilisten, der ihn bedrängt hat. Man müsse die Soldaten in den Panzern beschuldigen und Putin, der sie da hingeschickt hat, und die Leute, die Steine und Eier und Tomaten geworfen haben, so dass man durch die Scheibe nichts mehr sehen konnte. Niemand sei schuld, sagte sie. Und alle. Damit bin ich aufgewacht.

Bei der Beerdigung trug ich das eine schwarze Kleid, das in meinem Schrank hängt. Papa ließ es sich nicht nehmen, einer der Sargträger zu sein. Der Priester hat am Grab eine gutgemeinte Rede gehalten, die Mama in keinster Weise gerecht wurde. Papa hat ein paar Worte über seine Daria gesagt, die Liebe seines Lebens und Mutter seiner Kinder. Viel brachte er nicht heraus, weil er die ganze Zeit, wie auch ich, mit den Tränen zu kämpfen hatte. Zum Schluss trat ich noch hervor und sagte:

»Allerliebste Mama, ich werde nicht viel sagen können, weil es einfach zu schwer ist und die Liebe zu dir zu groß. Vielleicht ist Singen leichter. Du hast ein Lieblingslied, das du manchmal in der Küche und auf dem Feld gesungen hast, wenn du geglaubt hast, dass niemand zuhört. Es passt gut, denn es erzählt davon, dass das Leben sich verändert, es geht um das Zuhause bei Mama, und außerdem ist es eines der traurigsten Lieder, die es so gibt.

Ich fing an, »Oj wersche, mij wersche« zu singen, ein altes ukrainisches Volkslied. Jeder hier kannte es, alle sangen mit, von der ersten Zeile an. Erst jetzt fiel mir auf, wie voll der Friedhof war. Das ganze Dorf schien gekommen zu sein. Mir blieb irgendwann die Stimme weg. Aber das Dorf sang für mich, und mir schien, sie sangen nicht nur für Daria Beser, geborene Kyrylenka. Sie sangen für ihre Heimat, für Frieden, für Nächstenliebe, für alles, was Bedeutung hatte.

28
Viktoria
1962

Viktoria lief durch den Garten, kletterte über den hölzernen Gartenzaun und rannte in Richtung Ortsrand. Ein Bewohner erkannte sie trotz der Mütze, unter der sie ihre Haare versteckt hatte, und rief:

»Hallo, Viktoria, ich glaube, meinem Hund geht es nicht gut. Kannst du ihn dir mal ansehen?«

»Tut mir leid, keine Zeit«, rief sie und eilte weiter.

Der Mann blickte ihr verwundert hinterher und konnte sich keinen Reim machen auf die Hast, die von der jungen Frau Besitz ergriffen hatte. Viktoria lief in den nahegelegenen Birkenwald und durchquerte ihn abseits der Wege, mitten durchs Gestrüpp, auch wenn ihr klar war, dass sie dadurch eine Menge Zeit verlor. Sie zwang sich, nicht daran zu denken, wie aussichtslos ihre Flucht sein mochte, und konzentrierte sich darauf, nichts anderes zu sehen als stets nur den nächsten Zug in diesem absurden Spiel, bei dem es um Leben oder Tod ging. Viktoria kannte jeden noch so kleinen Hügel und jeden Felsen, sie wusste, dass jenseits des Waldstücks die Landstraße verlief, die in nordöstlicher Richtung nach Beloyarka führte und in südwestlicher nach Turgenevka. Dorthin musste sie gelangen, um anschließend die Straße nach Zelinograd zu erreichen. Um das zu schaffen, sah sie nur eine Möglichkeit: Sie hielt den ausgestreckten Daumen hinaus. Ihre Mutter hatte ihr vor vielen Jahren streng verboten, jemals auf diese Weise irgendwo hingelangen zu wollen, aber damals war sie noch ein Kind gewesen, und sie war fest davon überzeugt, dass Mama das jetzt ganz anders sehen würde. Sie wurde vom Fahrer eines klapprigen Kleintransporters mitgenommen, der Hühner geladen hatte. Er nahm sie mit, wohin er die Hühner zu liefern hatte. Von dort bis zur Straße nach Zelinograd war es nur eine halbe Stunde Fußmarsch. Viktoria begann sich sicherer zu fühlen, sie nahm nicht an, dass man in dieser Gegend so schnell nach ihr suchen würde. Bestimmt hatte ihre Mutter der Miliz ein Märchen darüber aufgetischt, wo ihre Tochter sich heute den ganzen Tag lang angeblich aufhielt. Wie würde ihr Vater die Nachricht von ihrer Flucht aufgenommen haben? Sicher verurteilte auch er sie nicht für ihre Tat. Aber es schmerzte so sehr, dass sie ihm nicht mehr Lebewohl hatte sagen können. Wann würde sie ihre Eltern wiedersehen? Und würde das überhaupt jemals passieren? Viktoria wusste nur: Sie war bereit, alles dafür zu geben, dass ihre Eltern sie nicht irgendwann im Gefängnis besuchen mussten. Ein vollbärtiger Russischlehrer nahm sie mit bis nach Zelinograd. In den zwei Stunden Fahrt, die sie mit ihm verbrachte, versuchte er sie davon zu überzeugen, dass ihr Russisch nicht gut war und sie unbedingt Privatstunden bei ihm nehmen sollte. Er würde ihr auch nur den halben Preis berechnen. Viktoria bedankte sich für das Angebot, warf die Telefonnummer, die er ihr aufschrieb, aber gleich weg, nachdem sie im Zentrum von Zelinograd ausgestiegen war. So eine große Stadt hatte sie noch nie zuvor gesehen. Der Lehrer hatte erzählt, dass hier über hunderttausend Menschen lebten. So eine große Einwohnerzahl konnte Viktoria noch nicht einmal ansatzweise begreifen, sie hatte keine Vorstellung davon, was es bedeutete, wenn so viele Menschen sich eine einzige Stadt teilten. Als sie vor dem Bahnhof stand, wurde ihr bewusst, dass sie den Radius, innerhalb dessen sie sich in ihrem gesamten bisherigen Leben bewegt hatte, heute bereits deutlich überschritten hatte. Die Stadt war laut, was vor allem an den vielen Autos und Bussen lag, die sich durch die Straßen wälzten. Viktoria fragte sich, wie die Menschen es aushielten, wenn es hier jeden Tag so zuging. Sie fühlte sich verunsichert, kam sich vor wie eine Pflanze, die man aus der heimischen Erde gerissen hatte und die nun selbst sehen sollte, wie und wo sie neuen Boden für ihre Wurzeln fand. Vom Brot in ihrem Rucksack hatte sie noch nichts genommen, sie hatte keinen Hunger. Ihr Mund war trocken, aber sie verspürte keinen Durst. Ihr Leben schien zu Ende zu sein, es existierte nur noch im Rückblick.

Vielleicht bin ich schon tot und weiß es nur noch nicht.

Sie betrat das Bahnhofsgebäude und schlich erst einmal eine Weile um den Schalter herum, an dem die Fahrkarten verkauft wurden. Ein junger Mann saß dahinter, in der grauen Uniform der Bahnangestellten. Er trug etwas auf dem Kopf, das Viktorias Verwunderung auf sich zog: Es handelte sich um eine Mütze, die vorne einen Schirm hatte, aber den Kopf nicht bedeckte.

Wie merkwürdig, so eine Mütze schützt doch weder gegen Sonne noch gegen Regen.

Sie fürchtete, ihn anzusprechen. Ganz bestimmt sah man ihr an, dass sie auf der Flucht war. Und spätestens, wenn sie ihm sagte, wohin sie reisen wollte, war ihm doch bestimmt alles klar und er würde die Miliz rufen, die sie festnehmen und zurückbringen würde. Vielleicht waren ohnehin schon alle Fahrkartenverkäufer weit und breit darüber informiert, dass eine Mörderin unterwegs war.

Mörderin.

Es ließ sich wohl nicht mehr leugnen, dass sie das war. Sie fasste sich ein Herz, stellte sich vor den Schalter, sprach den jungen Mann an und fragte ihn, ob es möglich war, nach Batumi am Schwarzen Meer zu reisen. Der Fahrkartenmann wusste erst einmal gar nicht, wo das sein sollte. Erst nach dem Studium mehrerer Karten sah er klarer und erklärte bedauernd, das sei nicht möglich, die Strecke dorthin sei noch nicht vollständig für den Zugverkehr ausgebaut. Er könnte aber versuchen, ihr ein Ticket für einen möglichst großen Teil davon zu verkaufen, wenn sie daran interessiert sei. Viktoria bejahte. Der junge Mann erklärte, das werde eine gewisse Zeit in Anspruch nehmen. Dann musste er erst einmal ein paar andere Bahnkunden bedienen, bevor er sich ihr wieder widmen konnte. Er schien sie zu mögen, sonst hätte er sich bestimmt nicht so viel Mühe gegeben. Oder längst Misstrauen geschöpft. Nach dem Studium diverser Kursbücher erklärte er schließlich, er könne ihr eine Fahrkarte bis nach Gurjew am Kaspischen Meer verkaufen, mehr als zweitausend Kilometer von hier entfernt, weit im Westen von Kasachstan. Das würde aber mehrere Tage dauern, sie müsse dafür viele Male umsteigen, und er wolle seine Hand auch nicht dafür ins Feuer legen, dass das Ticket sie wirklich an dieses Ziel bringen werde. Viktoria erklärte sofort, dass sie die Fahrkarte haben wolle und legte das Geld auf den Schalter.

Es war aufregend, den Zug zu besteigen, sie hatte noch nie einen von innen gesehen. Der Zug hatte den Bahnhof gerade verlassen, als der Kontrolleur die Tür zum Abteil öffnete, in dem sie alleine Platz genommen hatte. Ein kleiner, schnauzbärtiger Mann mit hoher, strenger Stimme. Viktoria zeigte ihre Fahrkarte vor, deren Anblick seine Augenbrauen in die Höhe trieb.

»Sie fahren sehr weit«, sagte er.

»Ja«, war alles, was sie antwortete.

Er schob seine Lesebrille auf den äußersten Rand seiner Nase, und musterte sie über die Gläser hinweg.

»Was machen Sie denn dort?«, wollte er wissen.

»Ich besuche Verwandte«, behauptete sie. »Meine Tante und mein Onkel leben dort.«

»Und dann sind das Ihre ganzen Sachen?« Er deutete auf ihren Rucksack.

»In Koktschetaw steigt mein Bruder zu«, log sie. »Er hat den Rest meines Gepäcks.«

Er gab sich damit zufrieden, reichte ihr die Fahrkarte zurück und ging zum nächsten Reisenden.

Ihre heutige Fahrt endete in Koktschetaw, einer Stadt in den nordkasachischen Bergen, von Russland gar nicht mehr so weit entfernt. Hier musste sie umsteigen und ihr Anschlusszug würde erst morgen fahren. Die Luft roch gut, von den Bergen her wehte ein leichter, würziger Wind. Viktoria fragte sich, wo sie übernachten sollte. Aus dem Bahnhofsgebäude verjagte man sie, als es über Nacht geschlossen wurde. Sie suchte sich einen Park in der Nähe und fand einen halbwegs geschützten Platz zwischen ein paar Wacholderbüschen. Es war eine milde Sommernacht, deswegen ging sie davon aus, dass es ausreichen würde, sich mit einem Pullover zuzudecken und sich den Rucksack als Kopfkissen unterzulegen. In der Nacht träumte sie, seit seinem Tod, zum ersten Mal von Timur. Er saß ihr in einem Zugabteil gegenüber, mit vier Löchern in der Stirn, die ihn aber nicht zu kümmern schienen, er wirkte ganz ruhig und entspannt.

»Viktoria«, sagte er, »das wäre alles nicht nötig gewesen.«

»Doch, ich glaube schon«, erwiderte sie. »Du hättest mir das Leben zur Hölle gemacht, ich hatte wirklich keine andere Wahl.«

Er winkte ab und erklärte: »Das meine ich doch gar nicht. Ich rede von den Zähnen. Zahnschmelz ist ziemlich resistent, weißt du, er verrottet nicht so schnell. Du hättest sie mir aus den Kiefern brechen müssen, dann wären sie nicht gefunden worden und du hättest jetzt keinen Ärger. Was hast du dir nur dabei gedacht?«

»Ich wusste das nicht«, erwiderte sie.

»Und jetzt denkst du, du kannst davonlaufen. Ich werde aber immer bei dir sein, meine Schöne. Dachtest du, du würdest mich jemals wieder loswerden?«

Viktoria erwachte zuckend, als eine Maus über ihr Gesicht lief, und schüttelte sich. Zwischen den Bergen konnte sie sehen, dass der Horizont sich bereits ein wenig aufzuhellen begann, und beschloss aufzustehen, bevor sie hier noch mehr ungebetenen Besuch bekam.

29
Franz
1872

Die weitere Fahrt von Wien nach Budapest ging nahezu reibungslos vonstatten – keine Unfälle, keine Krankheiten, keine Stürme, keine Zwistigkeiten.

Franz stellte amüsiert fest, dass Sam schnelle Fortschritte machte mit Lesen und Schreiben. Er hatte ihm ein Notizheft geschenkt, und inzwischen war der junge Familienvater schon in der Lage, einfache Texte zu schreiben und Inschriften an Häuserwänden zu entziffern, wenn sie durch Städte wie Preßburg und Komárno kamen. Franz mochte den jungen, wissbegierigen Kerl, er war für ihn mittlerweile wie ein kleiner Bruder. Und nachdem er einen seiner Flößermeister wegen *Montezumas Rache* nach Hause hatte schicken müssen, war es Samuel gewesen, der dessen Platz eingenommen hatte. Vielleicht war er dafür noch ein bisschen jung, aber das war Franz gleichgültig. Er war begabt und hatte den nötigen Ehrgeiz, warum sollte er keine Verantwortung übernehmen?

Unaufhaltsam näherten sich die mehr als 250 Flöße ihrem Ziel, den drei nahe beieinander gelegenen Städten Buda, Óbuda und Pest.

Als sie die Stadtgrenze von Pest erreichten, konnte Franz sich eines gewissen Stolzes nicht ganz erwehren, denn er hatte noch von keinem Holztransport dieser Größe gehört, der es in weniger als zwei Monaten mit allen Flößen hierher geschafft hatte. Die Stimmung unter den Männern wurde immer besser, alle freuten sich auf das Ende der Strapazen, auf die Bezahlung und auf die Heimreise. Wie in allen großen Städten, die sie auf ihrer Reise passiert hatten, säumten auch hier wieder Tausende Schaulustige die Ufer der Donau. Es hatte sich sogar eine Kapelle eingefunden, die »An der schönen blauen Donau« von Johann Strauß spielte. Zwar assoziierte man dieses populäre Stück sehr viel mehr mit der Stadt Wien, aber das war den Einheimischen, die sich auf das viele bayerische Holz freuten, ganz egal. Franz nahm den Otter an der Hand, und ehe der alte Freund es sich versah, legten die beiden einen zwar etwas ungelenken, aber dennoch vom Ufer aus frenetisch bejubelten Walzer aufs Floß.

»Bist du deppert, Franz?«, rief der Otter entsetzt. »Was sollen die Leut von uns denken?«

»Otter, davon werden die noch ihren Kindern erzählen, dass die bayerischen Flößer tanzend nach Budapest eingefahren sind!«, erwiderte Franz lachend.

Zwar hätten sie in der Stadt gerne angelegt, aber das ging nicht, weil Budapest über keine richtige Floßlände verfügte. Deswegen fuhren sie weiter bis zur Insel Csepel im südlichen Teil der Stadt. Hier gab es einen Hafen, der für Flöße geeignet war. Der Konvoi musste geteilt werden, weil längst nicht so viele Flöße gleichzeitig einlaufen konnten. Sie wurden im Norden von Budapest am Ufer festgemacht und warteten darauf, bis sie an der Reihe waren, während zweimal pro Stunde jeweils 25 Flöße in Csepel einliefen. Dort landeten sie an und wurden von bereits wartenden Helfern entladen. Sobald das geschehen war, bauten die Flößer das Holz auseinander, das sie nun viele Wochen lang durch halb Europa getragen hatte. Diese Arbeiten am Zielhafen stimmten Franz immer ein wenig melancholisch, aber seine Freude darüber, dass das Unternehmen geschafft und vollendet war, konnte dadurch nicht getrübt werden.

Dann zog es sich zu. Regen setzte ein. Kein starker, wie sie ihn unterwegs mehrfach erlebt hatten. Mehr ein leichtes Nieseln, begleitet von Nebel, der sich ins Flussbett senkte und in die Kleider kroch. Es wurde kalt, die Temperaturen sanken. Eben war noch Sommer gewesen, nun fühlte es sich an wie tiefer Herbst. Nach wie vor trafen Flöße ein, für die das Anlegen nun immer schwieriger wurde. Fast keiner der Männer hatte je zuvor hier angelegt, und nun sah man kaum mehr die Hand vor Augen. Das Holz war glitschig, die Sicht wurde zunehmend miserabler. Die Leichtigkeit, in die Franz sich vor wenigen Augenblicken noch eingehüllt gefühlt hatte, verflog, umso mehr die herannahenden Flöße im Nebel verschwanden. Nur die letzten 25 waren noch auf dem Wasser – jene, über die Samuel als Flößermeister das Kommando hatte.

»Haltet euch rechts!«, rief Franz in den Nebel hinein. »Die Strömung zieht nach links!«

Es kam keine Antwort.

Er formte die Hände zu einem Trichter und brüllte: »Hört ihr mich?!«

»Wir sehen nichts!«, ertönte Samuels Stimme. »Es ist alles ganz weiß!«

»Bleibt ruhig, Männer!«, rief Franz. »Ist gleich geschafft! Ganz ruhig!«

Er presste die Handflächen gegeneinander.

Nicht jetzt, auf den letzten Metern. Bitte nicht.

Jemand stellte sich neben ihn. Nur weil derjenige sich zu ihm beugte, konnte er erkennen, dass es der Otter war.

»In so einer Suppe bist du verloren«, raunte der Otter. »Wenn das mal gutgeht.«

»Manchmal braucht man ein bisschen Glück«, erwiderte Franz. »Ist doch schon fast geschafft.«

Seine letzten Worte gingen unter im dumpfen Krachen, das durch den Nebel drang. Holz auf Holz. Franz wusste die verschiedenen Geräusche einzuordnen: Mindestens zwei Flöße waren kollidiert. Wieden waren gerissen. Stämme hatten sich gelöst. Ladung war in den Fluss gerutscht. Dazwischen die Schreie von zwei oder drei Männern. Danach – wenn man vom Rauschen des Flusses absah – nur noch Stille. Mehreren Flößen gelang es trotz des Nebels, anzulegen. Die Männer tasteten sich auf sicheren Boden, manche robbten auf allen Vieren an Land.

Kurz darauf war der Spuk schon wieder vorüber. Der Nebel lichtete sich. Es regnete auch nicht mehr. Lose Stämme, die eben noch zwei Flöße gewesen waren, trieben auf dem Fluss in Richtung Süden, zusammen mit tonnenschweren Holzbündeln – der Ware, die sich auf den Flößen befunden hatte. Ein paar Männer waren leicht verletzt, einer hatte eine stark blutende Platzwunde am Kopf. Drei Männer fehlten. Den Flößern und den Leuten vom Hafen gelang es mit Netzen und Haken, einen Großteil der Ladung halbwegs unbeschädigt an Land zu ziehen. Einer der Vermissten tauchte auf, er hatte sich verletzt ans Ufer retten können und wurde, wie noch ein paar andere, nach Pest ins Krankenhaus gebracht. Zwei Männer aber blieben verschwunden – bei dem einen handelte es sich um Max, einen erfahrenen, raubeinigen Flößer aus Partenkirchen, mit dem Franz schon seit vielen Jahren unterwegs war. Max war für seine Trinkfestigkeit bekannt und dafür, dass ihn noch keiner beim Fingerhakeln geschlagen hatte. Der andere war Samuel, der junge Familienvater aus Wallgau. Franz schickte seine Leute zu Fuß den Fluss hinunter, um nach den beiden Ausschau zu halten, und machte sich selbst auch auf den Weg. Zu Hunderten waren sie auf der Suche, auf beiden Seiten des Flusses. Max war der Erste, den sie fanden, wie er tot auf einer Kiesbank in der Mitte der Donau lag. Auf dem Rücken, mit dem Gesicht zum Himmel, als würde er schlafen. Kurz darauf entdeckten sie auch die zweite Leiche, die sich an einem ins Wasser ragenden Strauch verfangen hatte. Zwei Männer sprangen in den Fluss, lösten sie vom Gestrüpp und zogen sie ans Ufer. Samuels Schädel war so zertrümmert, dass nur seine Kleidung Gewissheit darüber gab, um wen es sich handeln musste. Und das Notizheft, das aus seiner Brusttasche ragte.

30
Henning
1938

Groß waren die Kinder geworden. Henning waren sie ein täglicher Quell der Freude, wenn er nach Hause kam, in die neue Wohnung am Karolingerplatz in Berlin-Westend. Hierher waren die Tresckows gezogen, nachdem er die Kriegsakademie in Moabit als Bester seines Jahrgangs abgeschlossen hatte und danach in den Generalsstab des Reichskriegsministeriums versetzt worden war. Das bedeutete einen steilen militärischen Aufstieg, er bekam sehr viel mehr zu tun mit führenden Männern des Heeres, und dadurch häuften sich auch die damit einhergehenden gesellschaftlichen Verpflichtungen. Trotzdem nahm er sich so viel Zeit für Frau und Kinder wie nur möglich. Sie bedeuteten ihm alles. In seinen eigenen vier Wänden konnte er sein und reden, wie er wollte. Außerhalb schon lange nicht mehr. Draußen musste man aufpassen, was man sagte. Es waren schon Leute aus dem Verkehr gezogen worden, nur weil sie – im Beisein der falschen Menschen – eine unbedachte Äußerung von sich gegeben hatten. Auf einmal waren diese Leute dann weg, und meistens hörte man nie wieder etwas von ihnen. Die Reichswehr war inzwischen umgetauft worden und hieß jetzt *Wehrmacht.* Hitler hielt sie, mehr denn je, für eine feste Säule des Staates. Was er und seine Parteigenossen offensichtlich nicht wussten, war, dass militärische Kreise in dieser Zeit wahrscheinlich der einzige Rahmen waren, in dem man regimekritische Äußerungen von sich geben konnte, ohne gleich damit rechnen zu müssen, erschossen oder ins Lager befördert zu werden. Henning wusste ziemlich genau, gegenüber wem er offen reden konnte, und vor wem man sich lieber bedeckt hielt.

Im Jahr 1937 wurde mittels einer Reihe von großangelegten Übungen ein fiktiver Zweifrontenkrieg mit Frankreich und der Tschechoslowakei auf theoretische Weise durchgespielt. Henning von Tresckow war daran beteiligt.

»Unsere militärischen Kräfte sind für solche Auseinandersetzungen absolut unzureichend«, erklärte er im Anschluss daran gegenüber seinem Bruder. »Das sagen uns die Übungen klar und deutlich.«

»Diese Erkenntnis verpflichtet Deutschland zu einer Politik des Friedens«, schlussfolgerte Gerd.

»Natürlich«, erwiderte Henning. »Kein Zweifel. Alle sehen das. Nur Hitler nicht. Er plant einen Angriffskrieg gegen die Tschechen.«

»Das weißt du sicher?«

Henning nickte. »Er ist bereit, Vabanque zu spielen.«

»Das wäre ein Akt unverhüllter Aggression. Nicht die Sicherheit des Reiches wäre dann mehr das Ziel, sondern die Eroberung fremden Staatsgebiets.«

»Ein Scheitern wäre vorprogrammiert«, sagte Henning. »Wir haben alle Möglichkeiten durchgespielt bis zum Exzess. Haben naheliegende Gegenzüge der feindlichen Staaten festgehalten und ihre verheerenden Folgen ausführlich dargestellt. Das alles wird von oberster Stelle einfach ignoriert. Hitler will Krieg. Ob er selbst so dumm ist, oder ob die Schwachköpfe, die ihn umgeben, ihm diesen Humbug ins Hirn blasen, kann ich nicht sagen. Aber das ist der Stand der Dinge.«

»Eigentlich darf man das nicht zulassen«, erklärte Gerd.

»Streich das *eigentlich* und ich bin bei dir«, entgegnete Henning. »Wenn das geschieht, sterben Tausende auf allen Seiten einen vollkommen sinnlosen Tod, weil das Scheitern von Anfang an feststeht. Ich sehe nur, verdammt nochmal, nicht, wie ich helfen kann, es zu verhindern.«

Henning von Tresckow wusste mittlerweile, dass Deutschland begonnen hatte, sich auf den Untergang zuzubewegen. Schon vor einigen Jahren. Und dazu sehenden Auges, denn es musste noch viel mehr Menschen geben, auch außerhalb des Militärs, die wahrnahmen, was er wahrnahm. Doch anscheinend war niemand bereit oder in der Lage, etwas dagegen zu unternehmen.

Immerhin scheuten die beiden obersten Generale der Wehrmacht sich nicht, Hitlers kriegslüsterne Außenpolitik scharf zu kritisieren, sogar im Beisein des Führers. Solange das so war, würden Kriegspläne blockiert bleiben, und das machte Hoffnung. Generalfeldmarschall Werner von Blomberg, Kriegsminister und Oberbefehlshaber der Wehrmacht, und Generaloberst Werner von Fritsch, Oberbefehlshaber des Heeres, waren der Vernunft verpflichtet und erwiesen sich, trotz des Drucks von ganz oben, als standhaft. Sie wollten keinen Krieg, weil sie ihn, unter Berücksichtigung aller Parameter, für aussichtslos hielten. Letztlich wurde beiden zum Verhängnis, dass ihnen noch immer nicht klar war, mit wem sie es zu tun hatten.

Der fast 60 Jahre alte Blomberg heiratete im Januar 1938 die 24-jährige Luise Margarethe Gruhn, Tochter ehemaliger Bediensteter von Kaiser Wilhelm II. Hitler und Göring erschienen als Trauzeugen zur Eheschließung im Reichskriegsministerium. Zu diesem Zeitpunkt ahnte noch niemand, dass diese Trauung die Wehrmacht schon bald in eine schwere Krise stürzen würde. Nur wenige Tage später erfuhr Hermann Göring, dass die Angetraute des frisch verheirateten Kriegsministers vor einiger Zeit als Nacktmodell gearbeitet hatte. Fotos, die von ihr kursierten, legten davon schwer widerlegbar Zeugnis ab. Es war vollkommen klar, dass Blomberg umgehend von all seinen Ämtern würde zurücktreten müssen, wenn dieser Skandal an die Öffentlichkeit drang. Ein derart Diskreditierter an der Spitze der Wehrmacht war nicht denkbar. Doch noch zögerte Göring, das delikate Beweismaterial vorzubringen. Der logische Nachfolger als Reichskriegsminister wäre Werner von Fritsch gewesen, doch dessen Ernennung wollte Göring, der selbst auf den Posten des Kriegsministers aus war, unbedingt verhindern. Mit Hilfe der Gestapo grub er die Abschriften einer alten Vernehmungsakte aus, in der ein mehrfach wegen Diebstahls, Erpressung und Unterschlagung Vorbestrafter namens Otto Schmidt Jahre zuvor behauptet hatte,

Generaloberst Fritsch sei ein Homosexueller, der sich am Rande eines Berliner Bahnhofs mit einem Strichjungen abgegeben habe. Nun hatte Göring genug Material, um es seinem Führer vorzulegen, der dankbar die Gelegenheit ergriff, mit einem Schlag die unbequem gewordene Führung der Wehrmacht zu entfernen und sich selbst zu ihrem neuen Oberbefehlshaber zu machen. Während Blomberg sich in sein Schicksal fügte, strengte Fritsch einen Prozess an, um die Vorwürfe gegen ihn zu entkräften. Damit hatte er sogar Erfolg, denn es stellte sich heraus, dass die Gestapo bei ihren Ermittlungen gepfuscht hatte: Bei dem Erpressungsopfer von Otto Schmidt hatte es sich nicht um Werner von Fritsch gehandelt, sondern um den pensionierten Rittmeister Achim von Frisch. Die Gestapo erlebte dadurch die wohl größte Blamage ihres Bestehens. Fritsch wurde zwar rehabilitiert, seinen Posten bekam er dennoch nicht zurück.

Die Blomberg-Fritsch-Krise versetzte die Wehrmacht in einen Schockzustand. Führende Befehlshaber forderten die Zerschlagung der Gestapo, doch die Auseinandersetzung lief ins Leere.

Hauptmann von Tresckow verfolgte die Entwicklungen in jenen Wochen sehr genau und mit zunehmender Wut. Die Wehrmacht war zu einem Spielball der Mächtigen geworden, der Verbrecher. Unter diesen Voraussetzungen wollte und konnte er kein Teil mehr davon sein. Dem jungen Leutnant und Regimentsadjutant Wolf von Baudissin ging es ähnlich. Die beiden Männer ließen sich einen Termin geben bei General von Witzleben, erschienen im Dienstzimmer des Vorgesetzten, grüßten militärisch und bedankten sich mit geradem Rücken dafür, dass der Kommandeur des Armeekorps bereit war, sie zu empfangen. Witzleben, dem längst bekannt war, dass es sich bei Tresckow um einen kritischen Geist handelte, bat die beiden, Platz zu nehmen und fragte in eher unmilitärischem Tonfall, was er für sie tun könne.

»Herr General von Witzleben«, begann Tresckow, »ich möchte nicht lange um den heißen Brei herumreden: Es ist kein angenehmer Grund, der uns zu Ihnen führt.«

»Sie können offen mit mir reden, Herr Hauptmann, ich hoffe, das wissen Sie. Wo drückt denn der Schuh?« Der General, ein schlanker, hochgewachsener Mann in seinen späten Fünfzigern, mit hoher Stirn und festem, ernstem Blick, verzog keine Miene. Nichts gab Aufschluss darüber, wie er den Auftritt der beiden jungen Offiziere bisher bewertete.

Tresckow und Baudissin hatten zuvor vereinbart, dass der Ranghöhere von ihnen die Gesprächsführung übernehmen würde. »Wir sind sehr unzufrieden«, erklärte Tresckow. »Aktuell mit der defensiven Haltung der Wehrmachtsführung in den Fällen Blomberg und Fritsch – und wie die politische Führung mit der Wehrmacht umspringt. Und wenn ich das sagen darf: So geht es uns nicht zum ersten Mal.«

»Sie sehen das also auch so?«, fragte der General, an Baudissin gewandt.

»Ja, Herr General«, entgegnete der Angesprochene angespannt. »Das tue ich.«

»Gut, meine Herren«, sagte Witzleben, »das nehme ich mal so zur Kenntnis. Auch ich bin mit vielen Dingen, die in letzter Zeit geschehen sind, alles andere als einverstanden, wie Sie sich vorstellen können. Nun frage ich mich aber natürlich: Was ist der Grund Ihres Erscheinens? Was erwarten Sie von mir?«

»Herr General von Witzleben, ich ersuche Sie hiermit um die Entlassung aus der Wehrmacht«, erklärte Tresckow.

»Herr General, dasselbe gilt auch für mich«, bekräftigte der Leutnant.

Der General schwieg. Er musterte die beiden mit kritischem Blick und schien darüber nachzudenken, wie er reagieren sollte. »Das ist natürlich ein dicker Hund«, sagte er schließlich. »Sie trauen sich was. Und glauben Sie mir, meine Herren, ich kann Sie verstehen.«

»Dann unterzeichnen Sie unsere Entlassungspapiere?«

»Langsam, Herr Hauptmann. So weit sind wir noch nicht. Sie sind also der Meinung, die Heeresführung hätte aufbegehren sollen gegen die Demontage der beiden vormaligen Oberbefehlshaber?«

Tresckow und Baudissin bejahten einhellig.

»Wenn das so ist«, fuhr der General fort, »kann ich Ihnen nur einen Rat geben: Kehren Sie der Armee *nicht* den Rücken. Nicht jetzt.«

Die beiden Besucher warfen sich irritierte Blicke zu.

»Ich kann die Fragezeichen in Ihren Augen sehen, meine Herren. Leider kann ich noch nicht deutlicher werden, Sie müssen verzeihen. Aber seien Sie gewiss: Männer wie Sie werden wir hier noch brauchen. Und zwar schon bald.«

»Herr General, das sind verwirrende Worte.«

»Ich weiß.«

»Und ich bin mir nicht sicher, ob sie ausreichen, um mich von dem Schritt abzuhalten, der mich zu Ihnen geführt hat.«

»Für den Moment wird es genügen müssen.«

»Mit Verlaub, Herr General von Witzleben, aber ich fürchte, das tut es nicht. Auch nicht für den Moment.«

»Herrgott, Tresckow«, erhitzte sich der General, »Sie sind wirklich ein Quälgeist. Was ich sagen will: Mit den ruchlosen Drahtziehern dieser Krise wird abgerechnet werden.«

»Sie sprechen von der Gestapo?«

»Ich habe schon einiges über Sie gehört, Tresckow. Über Sie auch, Baudissin, Sie beide sind nicht gerade die Vorsichtigsten, das muss ich schon sagen. Und jetzt hören Sie mir gut zu, denn ich sage es nur einmal: Ja, es geht um die Gestapo, und auch um die SS. Es bestehen Pläne für eine Aktion. Und wer bei ihr seinen Part spielen will, das ist Ihnen hoffentlich klar, darf nicht vorzeitig ausgeschieden sein.«

Witzlebens Worte waren wie eine Erweckung. Wie ein Horn, dessen Ruf im Morgengrauen erscholl und zu den Waffen rief. Sie waren das, was Henning von Tresckow gebraucht hatte.

31
Viktoria
1962

Vor dem Bahnhof von Gurjew begriff Viktoria, dass sie bereits begonnen hatte, sich an den Anblick von größeren Städten zu gewöhnen. Von dieser Hafenstadt hatte sie vor einigen Jahren im Geografieunterricht schon einmal gehört, weil hier die größte Erdölraffinerie von ganz Kasachstan stand. Der Ort war der hässlichste, den sie je gesehen hatte, geprägt von typisch sowjetischer Zweckmäßigkeit: Plattenbauten, Asphalt, rechtwinklige Gleichförmigkeit. Das einzig Schöne an diesem Ungetüm von Stadt war der tiefblaue, gemächlich dahinfließende Ural, der sie in zwei Hälften teilte. Viktoria ließ es sich nicht nehmen, auf die Fußgängerbrücke zu gehen, die über den Fluss führte, und genau in der Mitte stehenzubleiben. Hier befand sie sich exakt auf der Grenze zwischen Asien und Europa. Wer hätte jemals gedacht, dass die kleine Viktoria sich eines Tages so weit entfernt von zu Hause wiederfinden würde? Am höchsten Punkt der Brücke versuchte sie, einen Blick auf das Kaspische Meer zu erspähen, aber dafür war es noch ein paar Kilometer zu weit entfernt.

Das änderte sich, nachdem sie einen öffentlichen Bus gefunden hatte, der sie nach Astrachan bringen sollte. Diese Stadt an der Wolga befand sich nicht mehr in der Sowjetrepublik Kasachstan, sondern in der Russischen Republik, was Viktoria, je länger die Fahrt dauerte, mehr und mehr beunruhigte. Sie saß ganz hinten, in der letzten Reihe, am Fenster und hatte keine Ahnung, ob zwischen den beiden Republiken eine Grenzkontrolle zu überwinden war. Sie traute sich auch nicht, Mitreisende danach zu fragen. Wenn es so war, würde man sie dann mit ihrem Ausweis passieren lassen? Wurde inzwischen nach ihr gesucht, würde ihre Reise dort zu Ende sein. Der Ausblick auf der Küstenstraße war streckenweise von atemberaubender Schönheit, Viktoria hatte noch nie ein so großes, Respekt einflößendes Gewässer gesehen wie das Kaspische

Meer, auch wenn sie wusste, dass es sich in Wirklichkeit nicht um ein Meer handelte, sondern um das größte Binnengewässer der Erde. Der Bus war den ganzen Tag unterwegs, zum Teil über unbefestigte Straßen, und als die Nachmittagssonne sich leuchtend auf dem Wasser spiegelte, war Viktoria von diesem Anblick wie verzaubert. Der letzte Halt vor dem Übergang zur Russischen Republik befand sich in einem Dorf namens Kotjajewka. Sie hatte vor, dort auszusteigen. Anschließend wollte sie versuchen, die Grenze, wenn es denn wirklich eine gab, zu Fuß zu überwinden. Viktoria rechnete aber nicht damit, dass der Busfahrer genau im Kopf hatte, für welche Zielstationen er Fahrkarten ausgestellt hatte. Niemand hatte Kotjajewka als Ziel angegeben, auch Viktoria nicht, die ein Ticket nach Astrachan gelöst hatte. Und als niemand in Kotjajewka an der Haltestelle stand, fuhr der Bus einfach weiter. Viktoria wollte schon protestieren, aber der Ruf blieb ihr im Hals stecken, denn da war es schon, das Hinweisschild am Straßenrand, das darauf aufmerksam machte, dass hier die Russische Republik begann. Es gab keine Grenzkontrolle. Nichts. Viktoria atmete tief durch und schloss erleichtert die Augen – was einer älteren Frau auffiel, die schon seit Gurjew schräg vor ihr saß. Sie trug eine bäuerliche Kittelschürze und ein grobes wollenes Kopftuch, obwohl es an diesem Sommertag ziemlich heiß war in dem Bus, in dem man kein Fenster öffnen konnte. Die Frau hatte ein wettergegerbtes, zerfurchtes Gesicht, und sehr wache Augen.

»Wovor hattest du denn Angst?«, fragte sie auf Russisch.

»Ich? Vor gar nichts«, log Viktoria.

»Kannst es mir ruhig sagen«, setzte die Frau nach. »Bist du ausgerissen?«

»Ja«, erwiderte Viktoria und fragte sich im selben Moment, wie sie so dumm sein konnte, das zuzugeben. »Vor meinem Mann.« Das war zwar nicht die Wahrheit, aber letztlich auch nicht wirklich gelogen.

»Und jetzt hast du gedacht, es gibt eine Grenzkontrolle und er lässt dich suchen.«

»So ungefähr.«

»Darf ich fragen, was er dir angetan hat?«

»Mehr als ich erzählen möchte.«

»In unserer Welt dürfen Männer ihre Frauen schlagen«, sagte die Alte, »und werden nicht zur Verantwortung gezogen. Wer einen Kerl verprügelt, landet vor Gericht. Wer seiner Frau ein blaues Auge schlägt, gilt als der Herr im Haus. Eine Schande. Gut, dass du weggelaufen bist. Wo willst du denn hin?«

»Batumi am Schwarzen Meer.«

»Verwandtschaft?«

Viktoria nickte.

»Mein Enkel fährt regelmäßig nach Kisljar, um von dort Wein und Schnaps nach Astrachan zu transportieren. Vielleicht kann er dich mitnehmen, dann hättest du schon ein großes Stück Weg geschafft.«

»Oh, das wäre wirklich sehr freundlich«, sagte Viktoria.

»Du kommst einfach mit nach Hause und wir fragen ihn.«

Das kleine Haus befand sich am Stadtrand von Astrachan. Viktoria staunte, wie viele Menschen dort hineinpassten, jedes einzelne Zimmer war voll mit Leuten jeden Alters – Kleinkinder, Kinder, junge und ältere Erwachsene, auch ganz alte. Alle redeten durcheinander, ohne dass Viktoria auch nur ein Wort verstand. Die alte Dame stellte Viktoria vor, worauf ein paar von den Erwachsenen sie freundlich begrüßten. Sie grüßte auf Russisch zurück und fragte, ein wenig verunsichert, ihre Gastgeberin:

»Was ist das für eine Sprache, die ihr sprecht? Russisch ist es nicht.«

»Nein, wir sind Kumyken«, erwiderte die Alte, und ihr Lächeln produzierte geradezu ein Flussdelta an Falten. »Unsere Sprache ähnelt eher dem Türkischen.«

Viktoria wurde an den größten Tisch gesetzt, wo alle dicht an dicht saßen, als Burtschak-Suppe ausgeschöpft und Chinkal-Teigtaschen verteilt wurden. Es schien niemanden zu stören oder auch nur zu wundern, dass sie hier war. *Ich bin willkommen,* dachte sie. *Einfach so.*

Zum Schlafen blieb ihr nur ein Platz auf einem abgewetzten Sofa, aber das war für Viktoria völlig in Ordnung. Sie schlief tief, fest und in dieser Nacht zum Glück auch traumlos.

Am Morgen rüttelte jemand an ihrer Schulter und sie blickte in das Gesicht eines Mannes, der jünger sein musste als sie selbst. Gestern Abend war er noch nicht hier gewesen.

»Ich bin Jelal«, sagte er. »Meine Großmutter sagt, du willst mit nach Kisljar?«

»Das stimmt«, erwiderte Viktoria noch etwas schlaftrunken. »Wann fährst du?«

»Jetzt«, sagte er. »Wenn du also mitwillst ...«

Viktoria setzte sich auf und bat ihn um zwei Minuten. Sie musste nur kurz ins Badezimmer, dann war sie bereit.

»Wo ist sie, deine Großmutter?«, fragte sie an der Haustüre. »Ich würde mich gerne noch von ihr verabschieden.«

»Sie ist schon unterwegs«, erwiderte Jelal. »Und lässt dich grüßen.«

Unterwegs ließ Jelal einen kumykischen Radiosender laufen. Die Musik kam Viktoria sehr fremdartig vor, die Sprache blieb ihr unverständlich. Er wechselte die Frequenz auch dann nicht, als mehr Rauschen als Musik aus den Lautsprechern drang. Von der Ladefläche drang beständiges Klappern nach vorne, Jelal hatte Leergut geladen, das er nach Kisljar zurückbrachte. Und der Motor des alten LKW war auch nicht gerade leise. Unterhalten konnte man sich deswegen nur in kräftiger Lautstärke. Jelal erzählte, dass er hauptsächlich Kisljarka transportierte, den – seiner Meinung nach – besten Schnaps der Welt, der aus Traubentrester gewonnen wurde und nach dem die Leute in Astrachan ganz verrückt waren. Wenn sie erst einmal in Kisljar waren, riet er ihr, unbedingt ein Glas davon zu probieren. Viktoria, die noch nie einen Tropfen Schnaps getrunken hatte, stimmte aus Höflichkeit zu.

Bald war in der Ferne wieder das Kaspische Meer zu sehen. Viktoria erfreute sich an dem Anblick, bis sie sich von dem ganzen Geklapper und Gebrumme in den Schlaf wiegen ließ und eindöste. Als Jelal anhielt, um eine kurze Pause einzulegen, erwachte sie mit leicht steifem Nacken. Sie verließ kurz das Führerhaus, um sich ein wenig zu strecken, und stellte fest, dass es wärmer geworden war. Man merkte, dass die Fahrt nach Süden führte. Vor Kisljar ging die trockene, steppenartige Landschaft allmählich über in Steineichenwälder, zudem begannen knorrige, flache Bäume mit großen, dunkelgrünen, fünffingrigen Blättern die Landschaft zu dominieren. Jelal erklärte, dass es sich um Feigenbäume handelte. Er stoppte den Transporter und forderte Viktoria auf, auszusteigen und ein paar von den reifen Feigen zu pflücken. Sie tat es und als sie mit ihrer Beute, zwei Händen voll, wieder auf den Beifahrersitz geklettert war, wollte sie wissen, ob man die Früchte schälen musste.

»Nein«, erwiderte er mit nachsichtigem Lächeln, »sie sind so reif, du kannst sie einfach so essen.«

Viktoria überließ auch ihm ein paar davon und stellte fest, dass sie nicht nur hervorragend schmeckten, sondern auch auf der Zunge zergingen.

In Kisljar zeigte Jelal ihr die Haltestelle, an der die Busse in Richtung Grosny fuhren, und setzte sie ab vor einer kleinen Pension, in der sie gegen geringe Bezahlung übernachten konnte, wenn sie das wollte. Bevor er sich von ihr mit einem kräftigen Händedruck verabschiedete, gab er ihr noch einen Rat: Morgen würde sie nach Tschetschenien kommen, dort war es ratsam, ein Kopftuch zu tragen, um nicht den Zorn der dort ansässigen Moslems auf sich zu ziehen. Viktoria bedankte sich herzlich bei ihm für die Fahrt, die ihr sehr geholfen hatte, weil ihr Geld langsam zur Neige ging. Als Jelal davonfuhr und sie seinen LKW zum letzten Mal klappern hörte, zog sie kurz in Erwägung, tatsächlich in die Pension zu gehen, entschied sich dann aber doch dafür, sich für die Nacht wieder einen Park zu suchen.

Den anderen Rat von Jelal befolgte sie allerdings. Als sie am nächsten Tag in Grosny am nördlichen Rand des Kaukasus aus dem Bus stieg, trug sie ein Kopftuch, und sie war froh darüber, denn ohne das Stück Stoff wäre sie als Frau tatsächlich sehr aufgefallen. Weiter führte die Fahrt nach Wladikawkas in der Region Nordossetien, und tags drauf bereits nach Tiflis in Georgien. Nun waren es nur noch gut 300 Kilometer bis Batumi am Schwarzen Meer. Viktoria wusste, dass ihr Schicksal sich dort entscheiden würde. Durch die georgischen Berge fuhren die Busse sehr unregelmäßig, so dass sie zwei weitere Tage benötigte, bis ihre Reise tatsächlich zu Ende war. Vorläufig.

Batumi empfand sie als betörend, das Leben schien hier völlig neue Seiten aufzuschlagen. Die Luft war heiß und die Sonne so gleißend hell, dass Viktoria die Augen zusammenkneifen musste. Palmen säumten die Straßen und auch die langgestreckte Promenade am Ufer des Schwarzen Meers. Der schwache Salzgeruch, der ihr entgegenwehte, kündete davon, dass dies hier ein echtes Meer war und kein Binnensee. Es war tatsächlich sehr dunkel und wirkte fast schwarz. Viktoria wurde leicht ums Herz, als sie durch den Ort spazierte, obwohl sie wusste, was ihr bevorstand. Die Menschen nahmen das Leben hier offenbar leichter als anderswo. War das wirklich noch die Sowjetunion? Sie begriff an diesem Tag zum ersten Mal, dass Menschen geprägt wurden von der Umgebung, in der sie lebten. Darüber hatte sie sich nie zuvor Gedanken gemacht. Landschaft und klimatische Bedingungen waren Dinge, die nicht einfach nur da waren, sondern etwas mit uns anstellten. Leute in verschneiten Bergtälern waren anders als Menschen, die noch am Abend in kurzem Hemd am Meer sitzen konnten. Wer sein Dasein im zwölften Stock eines Plattenbaus fristete und beim Blick aus dem Fenster nichts anderes sah als weitere Hochhäuser und schmutzige Fabriken, dessen Gemüt war zwangsläufig in einer anderen Verfassung als das von jemandem, der Aussicht hatte bis zum Horizont. Das mochten die simplen Erkenntnisse einer jungen Frau sein, die noch nicht viel gesehen hatte und vom

Leben noch nicht allzu viel wusste. Aber Viktoria war von diesen Gedanken überwältigt. Sie hatte die erste große Reise ihres Lebens hinter sich und begann zu verstehen, dass nichts den inneren Horizont so sehr erweiterte, als sich an Orte zu begeben, die man noch nicht kannte. *Wenn du die Menschen kleinhalten willst, verhinderst du, dass sie sich auf Reisen begeben, so einfach ist das.* Hier gab es Dinge, von denen sie bisher noch nicht einmal gewusst hatte, dass es sie überhaupt gab: Straßencafés zum Beispiel. Staunend sah sie zu, wie Eiscreme in spitz zulaufenden Waffeln durch ein Fenster auf die Straße verkauft wurde. Auch wenn Viktoria nicht mehr viel Geld hatte, so etwas wollte sie haben! Sie kaufte sich eine Waffel mit je einer Kugel Vanille- und Schokoladeneis. Die erste Eiscreme ihres Lebens, ein echtes Erlebnis. Wenn es auch vielleicht bald aus war mit ihr, so hatte sie zuvor doch wenigstens noch diese Köstlichkeit genießen dürfen!

32
Daniila
2014

16. März, Koltschuhyne:
Ich fuhr mit dem Mofa nach Simferopol und traf mich in einem Café mit Artem. Wir setzten uns an den hintersten Tisch, gleich neben dem Eingang zum Klo, wir wollten unsere Ruhe. Er sprach mir sein Beileid aus für den Tod meiner Mutter. Er war Zeuge von Mamas Unfall gewesen, und er hatte den Krankenwagen gerufen. Ich wollte von ihm wissen, ob er im Widerstand war. Er schüttelte den Kopf.

»Artem, ich hab doch gesehen, wie du Steine auf die Panzer geworfen hast.«

»Das war eine einmalige Sache.«

»Ich will mitmachen, weißt du. Will, dass die Russen büßen für das, was sie hier anrichten.«

Er hat noch ein bisschen geleugnet, bis er endlich flüsternd zugab: Ja, okay, er gehöre zu den krimtatarischen Aktivisten.

26. März, Simferopol:
Wenn der Tag geht, kommen wir. Sie waren sich zuerst nicht einig, ob ein Mädchen an ihren Aktionen teilnehmen soll. Habe sie nicht nur von meiner bedingungslosen Hingabe überzeugt, sondern auch auf meine besonderen Vorteile hingewiesen: Ich bin klein, passe durch Öffnungen und Lücken, vor denen andere kapitulieren müssen. Ich bin wendig. Schnell. Ausdauernd. Und entschlossen. Das Messer zwischen meinen Zähnen ist zwar nicht zu sehen, aber trotzdem immer da.

Wir schleichen uns, stets mitten in der Nacht, auf die Parkplätze, auf denen die Russen ihre Fahrzeuge stehen haben. Die sind gut gesichert, es gibt immer eine Reihe von patrouillierenden Soldaten. Aber wenn ich schwarz gekleidet bin, Handschuhe und Mütze trage, mir das Gesicht mit Ruß geschwärzt habe und das

Licht der Scheinwerfer meide, bin ich praktisch nicht zu sehen. Artems Leute nennen mich den *kleinen Schatten.* Wir zerstechen Reifen, kleben Sprengsätze unter Geländewagen, und wenn wir wieder runter sind vom Parkplatz, jagen wir sie in die Luft. Sowas kannst du an einem Ort natürlich nur genau einmal machen, danach werden die Wachen extrem verstärkt, sie stellen tausend Scheinwerfer auf, und du kannst es vergessen. Aber die Krim ist groß, und die Russen überall. Und wir auch.

Zu Hause bin ich kaum noch. Ich halte die Trauer nicht aus, die in der Luft hängt, die wir mit jedem Atemzug in uns aufnehmen, die mit jedem Tag immer schlimmer wird. Papa und die Jungs glauben, dass ich von zu Hause fliehe, um Hilfe in Zerstreuung zu finden. Können sie gerne denken. Er hat mich nur gebeten, keine Drogen zu nehmen, aus lauter Verzweiflung. Bevor ich auf so eine Idee komme, soll ich bitte mit ihm reden. Habe ihm versichert, dass er sich in der Hinsicht keine Sorgen zu machen braucht.

Wir treffen uns immer am späten Abend auf einem kleinen, verlassenen Parkplatz an der Landstraße. Da lasse ich das Mofa stehen und quetsche mich zu Artem und den anderen in den klapprigen Škoda. Wir waren schon in Sewastopol und Jewpatorija. Heute fahren wir an einen Ort, an dem die Russen bestimmt nicht mit uns rechnen: Kertsch, am äußersten östlichen Rand der Krim. Sie sollen uns nicht lokalisieren können. Sie sollen wissen: Wir können buchstäblich überall sein. Gut zwei Stunden lang fahren wir auf der E97. Würde man uns anhalten, würden wir sagen, wir sind unterwegs zu einer privaten Feier. Das Werkzeug befindet sich im Verbandskasten, die Sprengsätze hat Artem in die Rücksitze eingenäht. Ob die Verstecke einer Durchsuchung standhalten würden, wissen wir nicht. Wir hoffen, dass wir es nicht herausfinden müssen. Weit nach Mitternacht kommen wir an. Wir wissen, dass die Russen ein Firmengelände außerhalb der Stadt annektiert haben und ihre Fahrzeuge auf dem Mitarbeiter-Parkplatz stehen, Artem hat das alles ermittelt. Die letzten Kilometer gehen wir zu Fuß, am Ende durch Wald und Gestrüpp. Schließlich sehen wir das Licht der Scheinwerfer. Den Stacheldrahtzaun, den die Russen hochgezogen haben. Wachen sind keine zu sehen, sie sind bei ihrem Rundgang wohl gerade auf der anderen Seite des Geländes. Wir sprechen nicht mehr, nicken uns nur noch zu, wissen genau, was zu tun ist. Ich schwärze mir das Gesicht, ziehe die Mütze tiefer, streife die Handschuhe über, schnalle die Taschen mit den Sprengsätzen am Gürtel fest. Die Sprengungen sind meine Sache, weil ich am besten unter die Fahrzeuge krabbeln kann. Erst wenn das erledigt ist, sollen die anderen kommen, um die Reifen aufzustechen – damit ich nicht noch unter einem Wagen liege, wenn die Wachen den ersten platten Reifen entdecken. Es geht los. Artem schneidet ein Loch in den Zaun, gerade groß genug, damit ich hindurchschlüpfen kann. Der asphaltierte Parkplatz ist groß. Ich husche von Fahrzeug zu Fahrzeug, werde vom Adrenalin durchflutet. Obwohl ich denke, mir platzt gleich der Kopf, bin ich hochkonzentriert, jeder Schritt, jede Bewegung wie choreografiert, als hätte ich immer schon auf genau diese Momente hingelebt. Ich finde mich wieder vor einem GAZ-233034, einem sogenannten *Tigr.* So einer hat meine Mutter auf dem Gewissen, also beschließe ich, dass ihm heute das Vergnügen zuteilwird. Der Wagen hat oben zwei Luken, an denen schwere Maschinengewehre befestigt werden können. Bis zu acht Personen finden darin Platz. Das Ding wiegt vier Tonnen, aber in wenigen Minuten wird es abheben und fliegen, jedenfalls für einen kurzen Moment. Ich schiebe mich darunter, hole die Sprengsätze hervor, einen nach dem anderen, es sind vier. Sie haften perfekt. Ich höre Stimmen. Die Wachen. Sie kommen näher. Die beiden unterhalten sich über ihren Stuhlgang. Das tun sie wirklich, ich erfinde das nicht. Der eine klagt darüber, dass er, seit der Einsatz läuft, noch nicht kacken konnte. So geht es ihm oft, wenn er nicht zu Hause ist, aber so schlimm wie diesmal war es noch nie. Der andere, dessen Stimme deutlich tiefer ist, sagt, dass er es langsam nicht mehr hören kann.

»Pflaumen musst du essen, Sergej«, erklärt er. »Hörst du? Pflaumen. Die machen aus dir eine Rakete.«

»Wo soll ich denn um die Jahreszeit Pflaumen herbekommen? Kannst du mir das mal sagen?«

»Dörrpflaumen, Mann. Iss Dörrpflaumen. Gibt's überall zu kaufen.«

»Dörrpflaumen?«

»Ja.«

Sie bleiben neben dem Tigr stehen, ich kann ihre Stiefel sehen. Der eine hat die Schnürsenkel außen um den Stiefel gebunden, der andere nicht. Meine Fantasie geht mal wieder mit mir durch, ich kann sie nicht aufhalten: Ich stelle mir vor, wie einem etwas herunterfällt – ein Taschentuch, ein Schlüssel, irgendwas. Er bückt sich, um es aufzuheben, und blickt direkt in meine Augen, mein rußgeschwärztes Gesicht. Ich kann solche Gedanken jetzt wirklich nicht gebrauchen, zwinge mich, leise und flach zu atmen und nichts zu bewegen, nicht einmal den kleinen Finger.

»Du rauchst nicht, Sergej, stimmt's?«, fragt der mit der tiefen Stimme.

»Weißt du doch.«

»Das Einzige, was noch besser ist als Pflaumen, ist eine Zigarette am Morgen, zusammen mit einer Tasse Kaffee. Ich schwör dir, in deinem Zustand, mit deinen vollen Gedärmen, du musst ganz in der Nähe vom Klo sein, wenn du's damit probierst, denn sonst schaffst du's nicht mehr rechtzeitig.«

Ich kann geradezu hören, wie Sergej darüber nachdenkt. Schließlich fragt er: »Muss ich dann auf Lunge rauchen?«

»Würd mal sagen, ist egal«, erwidert der andere. »Komm morgen früh zu mir, dann geb ich dir 'ne Kippe.«

»Nett von dir.«

Der mit der tiefen Stimme gibt ihm anscheinend einen Klaps auf die Schulter oder so, das Geräusch hört sich an wie Hand auf Stoff. Dann sagen sie nichts mehr. Ich warte darauf, dass sie sich wieder entfernen, das tun sie aber nicht. Wieso nicht? Sie sagen keinen Ton, stehen einfach nur da. Die Stiefel des einen zeigen fast in meine Richtung, die des anderen stehen dazu in knappem

90-Grad-Winkel. Ist ihnen etwas aufgefallen und sie verständigen sich da oben mit Gesten und Blicken, die sich mir entziehen? Endlich gehen sie weiter. Wortlos. Was ich seltsam finde, weil sie zuvor sehr gesprächig waren. Auf einmal aber nicht mehr. Ich warte, bis ich ihre Schritte nicht mehr hören kann, drehe mich auf den Bauch, robbe langsam unter dem Tigr hervor. Genauso vorsichtig wie zuvor bewege ich mich zurück in Richtung Zaun. Ich spähe hinter einem Panzer hervor und da sehe ich sie. Sie müssen es sein, selbst auf die Entfernung erkenne ich, dass einer von den beiden die Schnürsenkel außen um die Stiefel gebunden hat. Sie stehen an der Stelle am Zaun, durch die ich vorhin hereingekommen bin. Artem hat den Draht wieder zurückgebogen, damit man von Weitem nichts sieht, aber die Wachsoldaten stehen unmittelbar davor. Einer bückt sich und biegt den Draht nach innen. Sie begreifen gerade, dass sie ein Loch gefunden haben, das da nicht hingehört. Starr wie ein Stück Holz stehe ich da. Was soll ich jetzt machen? Ich hoffe, dass sie gemeinsam davongehen werden, um Meldung zu erstatten. Dann könnte ich zum Zaun rennen, durch das Loch klettern und im Wald verschwinden. Die beiden wenden sich vom Zaun ab, einer von ihnen blickt auch in meine Richtung. Ich zucke zurück, verstecke mich hinter dem Panzer. Luge vorsichtig wieder hervor. Sehe, wie einer sich entfernt, während der andere am Zaun stehenbleibt. Scheiße. Da komme ich nicht wieder raus. In einer Minute wird ein Haufen Soldaten das ganze Gelände durchkämmen, dann bin ich geliefert. Unter jedes Fahrzeug und in jede Ecke werden sie leuchten. *Lass dir was einfallen. Jetzt!* Zwischen zwei kleineren Geländewagen sehe ich einen Kanaldeckel. Ich renne hin und versuche, ihn anzuheben. Es geht nicht, der bewegt sich nicht. In der Ferne höre ich aufgeregte Stimmen. Eine Sirene jault los. Spätestens jetzt sind alle wach. Der Kanaldeckel bleibt meine einzige Option. Wieder zerre ich am Deckel. Nichts. Entweder hat der sich am Boden festgefressen oder man kann ihn ohne Werkzeug nicht öffnen. Egal, ich versuche es wieder, mit aller Kraft.

Lieber verletze ich mich, als dass ich mir hinterher vorwerfen muss, nicht alles versucht zu haben. Mit einem Ruck gerät der Deckel in Bewegung. Er ist schwer, aber es gelingt mir, ihn beiseite zu schieben. Ich klettere in das Loch. Meine Füße finden Halt auf Sprossen, die in die Tiefe führen. Es muss mir aber gelingen, den Deckel wieder in die alte Position zu schieben, nur dann ergibt das hier einen Sinn. Stück für Stück bekomme ich ihn gezogen, bis er am Ende tatsächlich wieder an seinem Platz sitzt. Während ich die Sprossen hinabgehe, sehe ich, dass es oben taghell wird, sie schalten Suchscheinwerfer ein. Es sind jetzt eine Menge Stimmen, Befehle werden gerufen, Stiefel laufen über den Asphalt. Wenn sie den Kanaldeckel erreichen, wird einer eine Taschenlampe hinunter richten, dann darf ich nicht mehr in der Röhre sein! Meine Schuhe tauchen in Wasser, ich sinke ein bis zum Knie, dann finde ich Grund. Ich habe keine Lampe bei mir. Um mich herum ist alles stockdunkel, ich taste mich an der Wand entlang. Ich sehe den Lichtkegel der Taschenlampe, die oben hineingehalten wird, aber er kann mich nicht mehr erfassen, sie können mich nicht sehen.

»Da unten ist Wasser«, sagt einer, »und es scheint sich zu bewegen.«

»Ratten«, mutmaßt ein anderer.

»Vielleicht sollte einer runtergehen.«

»Na, dann mach doch. Ist ja deine Idee. Da unten ist keiner.«

Ich hoffe, dass der andere diese Meinung teilt, und als ich eine Weile von den beiden nichts mehr höre, erlaube ich mir schon, leise aufzuatmen. Doch dann ist da ein Geräusch, das ich bereits kenne – der Kanaldeckel wird angehoben und beiseitegeschoben. Ich muss weg hier! An der Wand entlang tastend wate ich weiter, so schnell das eben geht, wenn man nichts sieht. Die Handytaschenlampe aktiviere ich nicht, das Licht könnte mich verraten, außerdem ist mein Handy sowieso ausgeschaltet. Erst jetzt fällt mir auf, wie streng es hier riecht. *Wasser* ist für die Brühe, durch die ich mich bewege, ein sehr wohlmeinender Begriff.

Es stinkt so bestialisch, dass ich nicht voraussehen kann, wie lange ich es aushalten werde, ohne ohnmächtig zu werden. Aber nach einer Weile fange ich tatsächlich an, mich daran zu gewöhnen, oder es auszublenden. Todesangst hilft, wenn die äußeren Umstände mal nicht ganz so prickelnd sind. Ich höre, wie einer jetzt in die Röhre steigt. Er stöhnt auf und ruft: »Mann, stinkt das da unten! Das gibt's doch nicht.«

Ich bete, dass der Kanal nicht kerzengerade verläuft, sondern eine Kurve beschreibt, oder dass es eine Art Kreuzung gibt – irgendwas, das verhindert, dass der Soldat mich mit seiner Taschenlampe im Sichtfeld hat, wenn er unten ist. Es muss wohl so sein, denn als ich den Lichtkegel wieder sehe, ist er nur ein Widerschein an der Wand, einige Meter hinter mir.

Ich muss lange gehen, bis ich über mir schwaches Mondlicht sehe und weiß, dass ich wieder an einem Kanaldeckel angelangt bin. Ich klettere die Sprossen hoch. Auch dieser Deckel sitzt fest, ich brauche eine Weile, bis ich ihn lösen und zur Seite schieben kann. Ich bin an der Straße, auf der wir vorhin mit dem Škoda unterwegs gewesen sind. Hier sind nur Wald und ein paar Häuser, in der Ferne sehe ich die Lichter der Stadt. Meine Armbanduhr sagt, es ist 2:58 Uhr. Wir haben weiter stadtauswärts geparkt. Ich gehe neben der Straße, immer bereit, ins Unterholz zu springen, falls ein Wagen sich nähert, oder auch nur ein einsamer Fußgänger. Ich weiß, dass mein Gesicht schmutzig ist, außerdem stinke ich wie eine Ausgeburt der Hölle. Jedem Passanten, der zufällig in der Nacht mit seinem Hund unterwegs ist, wird auf der Stelle klar sein, dass mit mir etwas nicht stimmt. Außerdem muss ich damit rechnen, dass die Russen die Gegend rund um ihr Gelände absuchen. Ich schnalle die Taschen ab und werfe sie weg, mit denen sähe ich schon von Weitem aus wie eine Bombenlegerin. Ich schalte mein Handy an. Keine Nachricht. Ich sehe, dass Artem zuletzt vor gut zwei Stunden online gewesen ist. Ich will ihn anrufen, lasse es dann aber bleiben. *Wenn sie ihn haben,* denke ich, *haben sie auch sein Handy.* Ich weiß, wenn er die Möglichkeit hat, sich bei mir zu melden, dann tut er es auch. Dass er es noch nicht getan hat, kann nur ein schlechtes Zeichen sein.

Es ist schon fast vier Uhr, als ich frierend und mit nassen, quietschenden Schuhen dort anlange, wo wir den Škoda abgestellt hatten. Er ist nicht mehr hier. Sie sind ohne mich gefahren. Oder die Russen haben den Wagen gefunden. Ich bin mehr als zweihundert Kilometer von zu Hause entfernt. Überall patrouillieren russische Einheiten. Wie soll ich, so, wie ich aussehe – und rieche – je nach Hause gelangen? Soll ich umkehren, in die Innenstadt von Kertsch? Geld für ein Zugticket hätte ich bei mir. Es nützt ja alles nichts, ich mache mich auf den Weg in die andere Richtung. Im Morgengrauen erreiche ich die Stadt, auf dem Klo von einem Schnellimbiss wasche ich mein Gesicht und meine Hose, ziehe sie klitschnass wieder an. Sie stinkt jetzt nur noch ein bisschen. Ich sehe in den Spiegel. So stellt man sich eine junge Obdachlose vor, auf die schiefe Bahn geraten, verdreckt, übernächtigt, total verkommen. In der Nähe ist ein Einkaufszentrum, da gibt es auch einen Klamottenladen. Morgens um acht machen die auf, ich bin die erste Kundin, die Verkäuferin sieht mich an, als hätte sie Angst, sich bei mir mit irgendeiner unaussprechlichen Krankheit anzustecken. Ich erstehe eine billige Hose und einen Hoodie. Meine Jacke und die nasse Hose stopfe ich in eine Plastiktüte. Die nassen Schuhe behalte ich an. Hoffentlich reicht das Geld jetzt noch für die Bahn. Tut es, wie ich später am Bahnhof erleichtert feststelle. Ich lande im Großabteil eines Pendlerzugs, den meisten Leuten sieht man an, dass sie unterwegs sind zu ihrer Arbeitsstelle und keinen sonderlich angenehmen Tag auf sich zukommen sehen. Ich bekomme gerade noch einen Sitzplatz. Irgendwie nehme ich an, ich müsste immer noch etwas stinken, aber vermutlich bilde ich mir das nur ein, jedenfalls rümpft keiner die Nase oder gibt den Sitzplatz neben mir angewidert auf. Drei russische Soldaten mit Maschinengewehren durchqueren das Abteil. Ich hole mein Handy hervor, um darauf starren zu können, wie alle anderen es tun. Ich falle ihnen nicht auf. Falls sie auf der

Suche nach Saboteuren sind, ist ein kleiner, schmächtiger, weiblicher Teenager das Letzte, worauf sie ihre Aufmerksamkeit richten. Es gelingt mir sogar, ein wenig zu schlafen, bevor ich mittags in Simferopol aussteige. Ein Bus bringt mich in die Nähe meines Mofas, das ich – zu meiner Erleichterung – wiederfinde. Ich will es gerade starten, als mein Handy sich meldet. Es ist Artem. Ich nehme das Gespräch an.

»Hey, wo bist du?«, frage ich. »Wo seid ihr abgeblieben?«

»Hallo«, sagt eine männliche Stimme. »Wer spricht denn da?«

Ich unterbreche die Verbindung. Werfe das Handy erschrocken weg, obwohl ich im selben Moment weiß, wie sinnlos das ist. Es landet in einem Gebüsch. Ich steige vom Mofa und hebe es wieder auf, öffne es, hole die SIM-Karte heraus, werfe sie weg. Ich weiß, dass Artem vorsichtig ist. Er speichert die Nummern anderer Aktivisten nicht in seinem Handy. Nachrichten, die er an uns verschickt, löscht er anschließend sofort. Genau wie den Verlauf. Nur er kennt meine Nummer, die anderen nicht. Trotzdem haben die Russen sie gewählt, offensichtlich aber ohne zu wissen, wen sie da anrufen. Werden sie bei Kyivstar, dem Mobilfunkanbieter, versuchen, meinen Namen zu ermitteln? Können sie das? Der Vertrag läuft auf mich. Ist es nur eine Frage der Zeit, bis sie auf mich kommen? *Wo seid ihr abgeblieben?*, habe ich gesagt. Das kann alles Mögliche bedeuten, ist absolut kein Beweis dafür, dass ich letzte Nacht dabei gewesen bin. Ich mache mir Sorgen um Artem und die anderen. Frage mich, was mit ihnen passiert ist. Als ich nach Hause fahre, befürchte ich, die Russen könnten schon bei uns im Wohnzimmer stehen. Tun sie aber nicht. Papa ist nicht da, nur die Jungs, die wissen wollen, wo ich gesteckt habe. Papa hat heute Morgen gesehen, dass ich nicht nach Hause gekommen bin, und sich Sorgen gemacht, als er mich nicht erreicht hat. Ich esse nur etwas, dann fahre ich zu Matwij, der gestern Abend ebenfalls dabei gewesen ist. Er ist kein Student, macht eine Ausbildung als Zimmermann, hat in der Stadt schon ein eigenes Appartement.

Matwij ist tatsächlich zu Hause. Er freut sich zwar, mich zu sehen, ist aber völlig niedergeschlagen wegen Artem, den sie auf der Landstraße festgenommen haben. Die anderen haben es mit dem Auto zurück nach Hause geschafft, ohne angehalten zu werden.

»Was machen sie jetzt mit ihm?«, frage ich.

»Keine Ahnung. Wer festgenommen wird, verschwindet. Keine Nachricht an die Familien, gar nichts. Die Leute sind einfach weg.«

»Sie haben mich von seinem Handy aus angerufen. Wussten aber nicht, wer ich bin. Dich auch?«

Er schüttelt den Kopf. »Jetzt hast du Angst, dass sie dich finden?«

Ich nicke.

»Solange die Russen nicht in Kyjiw einmarschieren, können sie Kyivstar nicht zwingen, Informationen rauszugeben«, sagt er.

Ich fahre wieder nach Hause. Stecke die stinkenden Sachen in die Waschmaschine. Dusche so lange heiß, bis das Badezimmer die reinste Waschküche ist. Papa erzähle ich, dass ich bei einer Freundin übernachtet und das Handy ausgemacht habe. Er nimmt es hin, fragt nicht weiter nach. Er ist nur noch ein Schatten des Mannes, der er bis vor ein paar Wochen war. Tut, was ansteht und getan werden muss, wie ein Fertigungsgerät, das bestimmte Arbeitsschritte beherrscht, die es seelenlos bis in alle Ewigkeit wiederholt, bis es vom Stromnetz genommen wird. Zu sagen, er wäre seelisch gebrochen, klingt furchtbar und endgültig und vielleicht wird er sich ja irgendwann auf irgendeine Weise auch wieder halbwegs erholen von dem, was geschehen ist, aber sicher bin ich mir da nicht. Wenn es Seelenverwandte gibt, und auch da bin ich mir nicht sicher, sind Mama und Papa welche gewesen, so unterschiedlich sie auch waren.

Matwij ruft an, ich soll sofort den Fernseher anmachen. Auf dem Sender der russischen Besatzer sehe ich ungläubig: mich. Die Überwachungskamera des Klamottenladens in Kertsch hat aufgezeichnet, wie ich hereinkomme, total versifft, und mit einer neuen Hose das Geschäft wieder verlasse. Sie zeigen das in der Nachrichtensendung, wiederholen es ein paarmal, vergrößern es sogar. Ich habe die Mütze auf und den Blick auf den Boden gerichtet, also kann man mich kaum erkennen. Man muss schon wirklich wissen, dass ich es bin, sonst kommt man nicht darauf. Dann zeigen sie noch ein gezeichnetes Phantombild, das mir nur entfernt ähnlichsieht. Sie suchen mich als mutmaßliche Saboteurin. Haben aber offensichtlich keine Ahnung, wer ich bin oder wo ich wohne. Ich gehe hinters Haus, werfe alles, was ich auf dem Video anhabe, auf einen Haufen und verbrenne es.

Abends im Bett bin ich wütend und traurig, wegen Artem. Ich wäge ab, was mir als Nächstes passieren könnte. Gar nichts, wenn ich Glück habe. Aber was, wenn nicht? Sie könnten herausbekommen, wer ich bin, und mich holen. Was geschieht dann mit meiner Familie?

33
Franz
1872

Franz kümmerte sich persönlich darum, dass Bestatter die Leichen der beiden Männer einbalsamierten, um ihre Verwesung zu verzögern, und dass sie in Särgen mit dem Zug zurück nach Bayern transportiert wurden.

Auf Holz sind sie gekommen, auf Holz kehren sie zurück nach Hause.

Franz verbrachte die gesamte, fast 48-stündige Fahrt bis nach München im Frachtraum des Zuges neben den Särgen. Er sprach nicht viel. Der Otter kam manchmal bei ihm vorbei und brachte ihm etwas zu essen und zu trinken, aber meistens hatte Franz keinen Appetit.

»Du weißt, dass sowas passiert«, sagte der Otter. »Immer wieder. Auch den Besten. Ich meine, wer hatte mehr Erfahrung als der Max? Es ist Teil unseres Berufs. Damit leben wir, und wenn es so kommt, sterben wir auch damit.«

Franz, der auf dem Boden saß und den Rücken gegen Samuels Sarg lehnte, erwiderte ruhig: »Alles, was du sagst, ist richtig.«

»Dann hör auf, dir Vorwürfe zu machen. Wie hättest du es verhindern können? Das konntest du nicht.«

»Der Junge hatte die Magen-Darm-Erkrankung. Ich war kurz davor, ihn nach Hause zu schicken.«

»Jetzt hör aber auf«, fiel der Otter seinem alten Freund ins Wort. »Er ist wieder gesund geworden und hat gute Arbeit geleistet. Du hast alles richtig gemacht.«

»Hab ich das wirklich?«, zweifelte Franz. »Ich hab ihn zum Floßführer befördert, zum jüngsten der ganzen Unternehmung. Obwohl er dafür, wenn man ehrlich ist, noch nicht die nötige Erfahrung hatte.«

»Du wolltest ihn fördern, Franz. In seinen Augen hast du dich selbst gesehen, vor 15 Jahren.«

»In Budapest war er überfordert. Sowas hat er noch nicht erlebt, er wusste nicht, was er machen sollte. Otter, ich hab ihn auf dem Gewissen, ob du's nun wahrhaben willst oder nicht. Ohne mich wär er jetzt vorn bei den anderen, würde schlafen oder Bier trinken, über blöde Witze lachen und sich auf seine Frau und sein Kind freuen. Und nicht mit zerhauenem Schädel in diesem beschissenen Sarg liegen!«

Franz übernahm es selbst, die beiden Särge mit einer Pferdekutsche nach Wallgau zu bringen – sogar noch bevor er sich zu Hause bei seiner eigenen Frau blicken ließ. Samuels Frau Resi konnte noch nicht wissen, was geschehen war, und so wollte Franz das auch. Sie sollte es nicht von irgendwem erfahren, sondern von ihm. Er klopfte an die Tür, und als Resi öffnete, zog es ihm das Herz zusammen. Sie war noch zwei oder drei Jahre jünger als ihr Mann, selbst fast noch ein Kind, und trotzdem hatte sie schon ihr eigenes Baby auf dem Arm, als sie Franz fragend ansah.

»Entschuldigen Sie die Störung«, sagte er. »Mein Name ist Franz Beser. Ich war mit Ihrem Mann in Budapest.«

Ihr Gesicht leuchtete auf vor Freude. »Ist er zurück? Die Flößer sind wieder hier? Wo ist er?«

Franz schnürte es die Kehle zusammen. Wie, um alles in der Welt, sollte er ihr sagen, was geschehen war? Er suchte nach Worten und fand sie nicht.

Eines der beiden angespannten Pferde schnaubte leise. Die junge Mutter blickte an Franz vorbei und sah die Kutsche. Der Anblick verwirrte sie.

»Warum sind Sie mit einer Kutsche gekommen und warum steht Samuel nicht selbst hier?«

Er sagte ihr, was passiert war. Dass Samuel am letzten Tag auf dem Floß verunglückt war und den Tod gefunden hatte. Sie verstand nicht, was er da von sich gab, und fing an zu taumeln. Franz sprang vor und stützte sie, damit sie das Baby nicht fallen ließ. Er geleitete sie in das kleine, bescheidene Haus, half ihr, sich auf einen Stuhl zu setzen. Mit tonloser Stimme fragte sie, ob Samuel da draußen lag, in der Kutsche. Franz nickte. Sie wollte ihn sehen, aber Franz erklärte ihr, dass das keine gute Idee war. Sie sollte den Mann, den sie liebte, lieber so in Erinnerung behalten, wie sie ihn zuletzt erlebt hatte.

»Ich mochte ihn sehr«, erzählte Franz. »Er war ein besonderer Junge. Resi, wissen Sie, was er für Sie tun wollte? Er hatte angefangen, Lesen und Schreiben zu lernen. Um Ihnen Briefe schreiben zu können, wenn er unterwegs war.«

Er überreichte Resi das Notizheft, das er dem toten Samuel abgenommen hatte. Es war aufgequollen vom Wasser, und jetzt, da es längst wieder trocken war, hatten sich seine Seiten für immer miteinander verklebt. Sie starrte den Klumpen an, der einmal ein Heft gewesen war, und fing an zu weinen.

Als er wenig später seine Thea in die Arme schloss, deren Bauch mittlerweile schon sehr viel runder geworden war, tobten in ihm die unterschiedlichsten Gefühle: Er war glücklich, seine Liebste wiederzuhaben. Dankbar dafür, dass es ihnen beiden gutging und auch dem Wesen, das in ihr heranwuchs. Gleichzeitig hasste er sich dafür, so glücklich und erleichtert zu sein, weil er glaubte, es nicht verdient zu haben.

Alle waren voll des Lobes über ihn – die Flößerkollegen, der Holzhändler Xaver Obermaier, die Leute, denen er auf den Straßen begegnete. Die Händler und Händlerinnen auf dem Wochenmarkt schenkten ihm Äpfel, Tomaten und Schmuckstücke für seine Frau, dankten ihm dafür, ihre Söhne und Männer gesund zurück nach Hause gebracht zu haben. Es schien, als wäre Franz zu einer Berühmtheit geworden.

Auch wenn er die Begeisterung über seine Person nicht teilte, wollte er sie doch wenigstens für etwas Gutes benutzen. Max, der ebenfalls aus Wallgau stammte, hatte keine Familie und keine Angehörigen gehabt, für ihn konnte Franz nicht mehr tun, als sich um seine Beerdigung zu kümmern. Aber der kleinen Familie, die Samuel zurückgelassen hatte, fühlte Franz sich verpflichtet. Die beiden Männer bekamen eine gemeinsame Trauerzeremonie. Viele Hundert Flößer waren gekommen, mehr Menschen, als Wallgau jemals bei einer Beerdigung erlebt hatte. Franz und der Otter gehörten zu den Sargträgern, und während sie die Kiste mit Samuels Überresten auf ihren Schultern trugen, sangen sie und all ihre vielen Flussbrüder ein altes Flößerlied, in dem die Rede davon war, dass sie jeden Meter der Isar kannten, dass Gevatter Tod nie weit weg war und es trotzdem nichts Schöneres gab auf der Welt als die Isarflößerei. Die Tränen flossen in Strömen und der Schützenverein stand bereit und gab, um die Toten zu ehren, mehrere Salutschüsse ab. Xaver Obermaier hatte sich nicht lumpen lassen und für sämtliche Gäste anschließend einen herzhaften Leichenschmaus bereitgestellt.

Franz wusste, dass Samuels Witwe sich große Sorgen machte. Was sollte aus ihr und ihrem Baby werden, jetzt, wo ihr Mann nicht mehr da war? Wie sollte sie genug Geld verdienen, wo sie doch gar keine Ausbildung hatte? Er nahm sie beiseite und stellte sie dem Holzhändler vor.

»Resi, das ist Xaver Obermaier. Er möchte Ihnen ein Angebot machen.«

Der mächtige Mann, der hier in der Gegend jedem ein Begriff war, streckte ihr seine Pranke entgegen. Resi schüttelte die Hand, die viel größer war als ihre eigene, und blickte dabei schüchtern zu Boden. Der Holzhändler wollte wissen, ob sie lesen und schreiben konnte. Resi nickte zurückhaltend. So einigermaßen jedenfalls. Was sie halt in der Schule gelernt hatte. Xaver Obermaier lächelte breit, das war für ihn vollkommen ausreichend. Könnte sie sich vielleicht vorstellen, bei ihm im Sägewerk im Büro zu arbeiten, als Mitarbeiterin in den Bereichen Schriftverkehr und Buchhaltung? Resi erwiderte überrascht, dass sie das schon tun könnte. Aber wer würde sich in der Zeit um ihr Baby kümmern? Obermaier entgegnete, das sei kein Problem, sie könnte ihr Kind einfach mitbringen. Solange sie auf dem Gelände sei, wäre seine

Frau persönlich bereit, ihr mit dem Baby zu helfen. Resi konnte kaum begreifen, dass ihr so viele Steine aus dem Weg geräumt wurden, und bedankte sich überschwänglich beim Holzhändler. Der winkte ab und erklärte, wenn sie sich bei jemandem bedanken wolle, dann beim Franz, denn der habe das alles eingefädelt.

Von allen wurde Franz gefeiert. Der Otter meinte scherzhaft, wenn das so weitergehe, werde man bald an der Isar eine Statue von ihm aufstellen. Er bekam jetzt schon fürs nächste Jahr mehr Angebote, als er annehmen konnte. Budapest hatte ihn zum Begehrtesten seiner Zunft gemacht.

Aber für Franz selbst würde Budapest immer eine Niederlage bleiben. Er hatte alle seine Leute gesund wieder nach Hause bringen wollen, und das war ihm nicht gelungen.

34
Viktoria
1962

Viktoria war schon seit Jahren nicht mehr geschwommen. Seit sie ihr Zuhause verlassen hatte und zu Timur gezogen war, hatte es keine Gelegenheit mehr gegeben. Früher, in Konstantinowka, war sie im Sommer oft in das kleine Schwimmbad gegangen, das sich am anderen Ende des Ortes befand und über ein 20-Meter-Freiluftbecken verfügte. Inzwischen hatte Jakob Gering auch noch ein Hallenbad daneben bauen lassen, aber das hatte Viktoria nie von innen gesehen. Als Kind war sie eine gute Schwimmerin gewesen, besser als die meisten ihrer Schulfreundinnen. Aber heute? Nach so langer Zeit? Viktoria stand an der Promenade und blickte in Richtung Süden, am Ufer entlang. Batumi lag etwa fünfzehn Kilometer von der türkischen Grenze entfernt. Sie dachte darüber nach, ihren Fluchtversuch sehr viel näher an die Grenze zu verlegen, aber nach einem ersten Spaziergang auf der Straße, die dorthin führte, verwarf sie die Idee. Südlich von Batumi patrouillierten Grenzmilizen, alle paar Minuten sah man gelbe Autos mit blauem Seitenstreifen und Lautsprecher auf dem Dach auf und ab fahren. Es wäre viel zu auffällig gewesen, in Grenznähe schwimmen zu gehen. Viktoria würde nichts anderes übrigbleiben, als dort ins Wasser zu gehen, wo alle es taten – am Strand von Batumi. Sie kaufte sich einen Badeanzug und nahm sich ein erstes Probeschwimmen vor. Ihre Schuhe zog sie erst ganz zum Schluss aus, weil der helle Kies, der das Ufer bedeckte, zwar sehr hübsch anzusehen war, aber an den Fußsohlen schmerzte. Sie sah sich nach allen Seiten um, bevor sie den Rucksack mit ihren kargen Habseligkeiten ablegte. Ein paar Leute schwammen, andere lagen auf Handtüchern in der Sonne. Konnte sie ihre Sachen wirklich hier liegenlassen? Ein Mann im mittleren Alter, der in einem Liegestuhl lag, sah ihr an, was sie dachte, und versicherte ihr auf Russisch, er werde ihre Sachen im Auge behalten, solange sie schwimmen war. Viktoria bedankte sich und stakste auf den Kieseln vorsichtig ins Meer. Das Wasser war herrlich erfrischend. Sie hätte diese Momente sehr genossen, wenn ihre Angst nicht so groß gewesen wäre. Nicht zu weit hinausschwimmen, sie wollte kein Aufsehen erregen. Im Süden sah sie zwei Schnellboote, die höchstwahrscheinlich auch zu den Grenzmilizen gehörten. Wie sollte sie das jemals schaffen? Fünfzehn Kilometer, die sie noch dazu in der Nacht würde schwimmen müssen. Nur im Schutz der Dunkelheit ergab so ein Versuch irgendeinen Sinn. Ihre Arme waren jetzt schon müde, nach der kurzen Zeit im Wasser, das Salz brannte in den Augen, eine derart lange Strecke erschien ihr nicht vorstellbar. Entmutigt schwamm sie zurück an den Strand, trocknete sich, in Ermangelung eines Handtuchs, mit einem Hemd ab, setzte sich darauf und richtete den Blick erneut übers Meer, in Richtung Süden, dorthin, wo die Türkei sein musste.

Ich bin nicht gut genug ausgerüstet, dachte sie. *Es geht ums Überleben, und wenn es auch nahezu aussichtslos sein mag, muss ich mich doch wenigstens so gut vorbereiten wie möglich.*

In einem der kleinen Läden an der Uferpromenade besorgte sie sich eine Schwimmbrille, in einem anderen erstand sie einen Tiegel mit Melkfett, in einem dritten fand sie ein Paar Gummiflossen. Die Frage, die ihr unentwegt im Kopf herumschwirrte: Sollte sie sich ein paar Tage Zeit nehmen, um das Schwimmen zu trainieren? Würde es sich dabei letztlich nicht weniger um einen Fluchtversuch handeln, sondern mehr um ein Selbstmord-Kommando? Viktoria mied das Ortsinnere, weil dort mehr Milizen unterwegs waren. Jedes Mal, wenn sie einen Uniformierten auch nur von Weitem sah, schoss ihr das Blut in den Kopf und sie fragte sich, ob er ihren Steckbrief in der Tasche hatte und sie erkennen würde. Es war auch nicht möglich, sich irgendwo zu verstecken, denn Viktoria hatte kaum noch Geld und konnte sich keine Übernachtung mehr leisten, vor allem die Flossen waren teuer gewesen. Und eines war sicher: Eine Frau, die draußen schlief, würde bald Aufmerksamkeit erregen, und das konnte sie sich nicht erlauben.

Es musste heute Nacht passieren!
Eine andere Möglichkeit gab es nicht.

Kurz nach neun Uhr am Abend, als der Himmel nahezu dunkel war und nur noch Laternen die Uferpromenade erhellten, waren auf dem Kiesstrand lediglich ein paar Liebespaare unterwegs, die engumschlungen spazieren gingen. Niemand beachtete die dunkle Silhouette, die ihre Sachen abstreifte und langsam im tiefschwarzen Wasser verschwand.

Viktoria atmete heftig. Schluckte Wasser. Musste husten. *Reiß dich zusammen, das ist erst der Anfang!* Die Flossen funktionierten gut, damit gelang es ihr, sich wesentlich schneller vom Ufer zu entfernen als beim letzten Mal. Sie hatte sich am ganzen Körper zentimeterdick mit Melkfett eingeschmiert, auch unter dem Badeanzug. Nur an den Füßen nicht, damit die Flossen ihr nicht entglitten. So hoffte sie, die Körperwärme besser zu speichern. Das klappte auch gut, zumal das Wasser mild war. Ihr wurde nicht kalt. Noch nicht. Wie weit musste sie hinausschwimmen? Unmöglich, darauf eine Antwort zu finden. Weder konnte sie ihre Entfernung vom Ufer bestimmen noch den Zeitraum, seitdem sie unterwegs war. Je weiter sie auf die offene See hinausschwamm, desto mehr schnürte es ihr den Hals zu. Ihr Herz pochte, als wollte es jeden Moment zerspringen. Nach einer Weile schätzte sie, dass sie vor ungefähr einer halben Stunde aufgebrochen sein musste. Vielleicht mehr, vielleicht weniger. Sie könnte jetzt einen Kilometer vom Ufer entfernt sein. Kraulen war ihr inzwischen zu anstrengend geworden, sie hatte auf Bruststil umgestellt. Nur leider brachten ihr die Flossen dadurch jetzt nichts mehr, sondern waren eher hinderlich. Schweren Herzens streifte sie die Schwimmhilfen ab und ließ sie in die Tiefe sinken. Die Lichter am Ufer, die alles waren, was ihr als Orientierung diente, wurden immer weniger. Bald gab es gar keine mehr. Zum Glück schaute der Mond hinter den Wolken hervor und half ein wenig. Viktoria konnte zwar immer noch kein Ufer erkennen, doch der Mond sagte ihr immerhin, wo es nach Südwesten gehen musste. Sie hatte in Erfahrung gebracht, dass das Schwarze Meer keine Gezeiten hatte – aber was, wenn es Strömungen gab? Wohin würden die sie ziehen? Mittlerweile war sie ruhiger, ihr Herz pochte nicht mehr so wild, sie spürte, wie Körper und Geist bemüht waren, sich auf das Wesentliche zu konzentrieren – ruhig einen Schwimmzug an den anderen zu reihen und dabei möglichst die richtige Richtung einzuschlagen. Nichts anderes war jetzt mehr wichtig. Sie ging davon aus, dass sie mit einer Schwimmstrecke von knapp zwanzig Kilometern zu rechnen hatte. Fünfzehn Kilometer bis zur Grenze, einen Kilometer hinaus auf die See, einen zurück ans Ufer, und mit Sicherheit würde sie nicht in der Lage sein, gerade Linien zu schwimmen, sondern sich in einem gewissen Zickzack fortbewegen. Sie schätzte grob, dass für die ganze Strecke etwa zehn Stunden nötig waren. Ob sie überhaupt in der Lage war, so lange zu schwimmen, konnte sie nicht einschätzen. Vor dem Aufbruch hatte sie ihr letztes Geld in ein stärkendes Abendessen gesteckt und so viel gegessen und getrunken, wie sie konnte. Aber wer hätte schon sagen können, ob das Ganze nicht sowieso von vornherein ein vollkommen idiotischer, zum Scheitern verurteilter Plan war?

Irgendwann, Stunden später, begann Erschöpfung die Oberhand zu gewinnen über das ganze Adrenalin, das ihr Körper produzierte. Diese Nacht im Wasser fühlte sich an wie etwas, das niemals zu Ende gehen würde. Vielleicht war das hier ja einfach nur ihre ganz persönliche, selbst gewählte, ewige Hölle? Irgendwann würde sie keine Kraft mehr haben und untergehen, würde herabsinken auf den Grund des Schwarzen Meeres. Jemand würde morgen die Sachen finden, die sie in Batumi am Ufer zurückgelassen hatte, und sich vielleicht einen Reim darauf machen. Oder auch nicht. Ihren Ausweis würde er nicht finden, der war das Einzige, was Viktoria mitgenommen hatte, sie trug ihn unter dem Badeanzug auf dem Bauch – ohne voraussagen zu können, ob das Dokument die Unternehmung überstehen würde. Sie unterbrach die Schwimmbewegungen und gönnte sich eine ihrer seltenen kurzen Pausen. Mittlerweile war das Melkfett von ihrer Haut verschwunden, die Kälte kroch in ihre Glieder und erschwerte jede Bewegung. Bestimmt war sie inzwischen deutlich langsamer geworden. Trotzdem musste sie weiter. War entschlossen, alles zu geben. Sie sah ihren kleinen Sohn vor sich. Mama. Papa. Und Anar. Was wäre gewesen, wenn sie sich doch für ihn entschieden hätte? Aber derlei Gedanken brachten jetzt nichts, hielten nur ab von dem, was es zu bewältigen galt! In ihren Ohren ertönte ein Brummen. Halluzinierte sie vor Anstrengung? Sie verharrte auf der Stelle und horchte in die Nacht. Das Brummen war wirklich da und es gehörte zu einem Boot! Viktoria sah sich nach allen Seiten um, aber es war nichts zu sehen. Sie hatte schon davon gehört, dass Grenzboote oft ohne Licht fuhren. Wo war es? Das Geräusch kam näher, schließlich erstarb es. Sie hörte nur noch ihren eigenen, angestrengten Atem und das Plätschern ihrer Schwimmzüge. Sie hatten den Motor ausgemacht und ließen sich treiben? Warum? Weil sie Viktoria gesehen hatten? Der Mond kam ihr abermals zu Hilfe, in seinem Licht erblickte sie schließlich die grauen Umrisse des Bootes. Es war vielleicht zwanzig Meter von ihr entfernt und trieb fast direkt auf sie zu. Viktoria fror und fühlte sich entkräftet. Eine Stimme in ihr meldete sich zu Wort und riet dazu, mit den Armen zu winken und mit Rufen auf sich aufmerksam zu machen. Wenn sie das tat, würde sie in wenigen Augenblicken im Warmen sitzen, mit einem Handtuch um den Körper, man würde ihr heißen Tee zu trinken geben. Für einen Moment wurde die Verlockung fast übermächtig. Das Boot trieb immer näher. Viktoria holte Luft und tauchte unter. Tief, so tief sie konnte. Ihre Luft reichte nicht lange. Als sie wieder auftauchte, sah sie das Boot im Mondlicht von hinten, wie es langsam davontrieb.

Im Laufe der Nacht musste Viktoria noch mehrmals untertauchen: Zweimal waren da Boote, die mit gleißend hellem Scheinwerfer die Wasseroberfläche absuchten. Und als im Osten bereits die Dämmerung heraufzuziehen begann, zeichneten sich im

Morgennebel die Umrisse eines weiteren Grenzboots ab, das mit ausgeschaltetem Motor umhertrieb. Wieder stieß sie sich unter Wasser, dabei schoss ihr ein Schmerz in die rechte Wade – ein Krampf! Er tat fürchterlich weh und sie konnte das Bein nicht mehr bewegen. Sie sank tiefer, hatte keine Ahnung, wie sie in diesem Zustand wieder an die Oberfläche gelangen sollte. War es nun soweit? Würden die Höllentore sich für sie öffnen? Bekam sie jetzt die Quittung für ihre Taten? War es an der Zeit, ein letztes Gebet zu sprechen, bevor sie gleich das Bewusstsein verlieren würde? Viktoria hatte keine Erfahrung mit Krämpfen, aber sie wusste, dass man ein Bein, welches davon befallen war, ausstrecken musste. Sie versuchte es und sank unterdessen immer tiefer. Tatsächlich entspannten sich ihre Muskeln, und irgendwie gelang es ihr, die Wasseroberfläche wiederzufinden. Sie konnte beim besten Willen nicht einschätzen, wie weit sie noch zu schwimmen hatte, um die Grenze zu überqueren, aber eines war ihr vollkommen klar: Wenn sie jetzt nicht versuchte, auf direktem Weg zurück ans Ufer zu gelangen, würde sie dieses Meer auf gar keinen Fall lebend verlassen. Nur: Wo war das Ufer?

Der Nebel lichtete sich ein wenig, so dass sie es im langsam beginnenden Morgengrauen wieder erahnen konnte. Sie schwamm darauf zu, im Bewusstsein, dass es vielleicht das Letzte war, das sie in diesem Leben tun würde. Mit kleinen, schwachen, unfertig ausgeführten Schwimmzügen, wie von einem Kind. Schließlich spürte sie Grund unter den halb erfrorenen Füßen. Beim Versuch, ihn zum Stehen zu benutzen, gaben die Beine nach, sie sackte zurück ins Wasser. Auf allen Vieren kroch sie über felsigen Untergrund an Land, wobei sie sich Schnittverletzungen zuzog, die sie aber kaum spürte. An Aufstehen war nicht zu denken, das würde ihr Körper nicht mitmachen. Das viele salzige Wasser, das sie geschluckt hatte, vernebelte ihr den Kopf. Die einzigen Gedanken, denen es gelang, sich einen Weg durch ihre Gehirnwindungen zu bahnen, waren: *Bin ich noch in der Sowjetunion? Bitte, lieber Gott, wenn es dich gibt, lass mich auf türkischem Boden liegen.* Sie blieb einfach, wo sie war. Zwar fror sie immer noch, aber das hatte sie schon seit Stunden erduldet. Wenn sie hier liegenblieb, würde es irgendwann wärmer werden, vielleicht würde sie dann aufstehen können. Sie hörte eine Stimme, aber vielleicht bildete sie sich das auch nur ein. Vielleicht träumte sie nur wieder von Timur, der kommen und sie verhöhnen würde. Eine zweite Stimme. Männer, die miteinander redeten. Sie konnte nicht verstehen, was sie sagten. Im Augenwinkel sah sie einen kleinen Lichtkegel, der durch die Dämmerung tanzte, wie von einer Taschenlampe. Dann wurde sie davon getroffen und das Licht blendete ihre Augen. Viktoria sah die Beine der zwei Männer, die vor ihr stehenblieben. Die Grenzer hatten sie gefunden. Es war alles umsonst gewesen.

35
Henning
1938

Nach den verheißungsvollen Worten von General von Witzleben zogen Tresckow und Baudissin ihre Austrittsgesuche zurück und blieben im Heer. Sie warteten auf die Umsetzung dessen, was der Kommandeur in Aussicht gestellt hatte.

Und warteten.

Kurz darauf setzte Hitler, unter aktiver Beteiligung der Wehrmacht, den Anschluss Österreichs an das Deutsche Reich durch, was in der breiten Öffentlichkeit nördlich und südlich der Donau überwiegend für großen Jubel sorgte. Eine Volksabstimmung unter den Bürgern des Alpenstaats bestätigte die neuen Herrschaftsverhältnisse. Bei der Abstimmung, die weder frei noch geheim war, erzielten die neuen Machthaber eine Zustimmung von über 99 Prozent.

Der geheimen Widerstandsbewegung, deren Existenz Witzleben angedeutet hatte, und der Henning von Tresckow sich nun, auf für ihn selbst schwer zu fassende Weise zugehörig fühlte, war dieser außenpolitische Erfolg nicht gerade zuträglich. Er selbst war voller Tatkraft und bereit, seinen Teil dazu beizusteuern, um die Regierung zu stürzen. Doch alle anderen oppositionellen Kräfte schienen zu erlahmen. Wann immer er General von Witzleben in den folgenden Wochen und Monaten darauf ansprach, wann denn nun etwas geschehen werde und was er dazu beitragen könne, wurde er vertröstet. Er müsse Geduld haben, die Zeit dafür werde kommen.

Bald schon, sehr bald.

Aber sie kam nicht.

Im Sommer endlich schienen sich die Dinge zu wenden, Henning erfuhr, was die Generalität hinter den Kulissen schon seit längerer Zeit vorbereitete. General Ludwig Beck, Admiral Wilhelm

Canaris, Oberstleutnant Hans Oster und einige andere warteten nur noch darauf, dass Hitler tat, was er intern schon im letzten Jahr angekündigt hatte. Für den Fall, dass es zum Krieg mit der Tschechoslowakei kommen sollte, war ein Militärputsch geplant. Der Führer sollte abgesetzt werden. Mehrere Widerstandsgruppen bereiteten sich gewissenhaft darauf vor. Sie bestanden zum größten Teil aus hochrangigen Offizieren, aber auch Tresckow und Baudissin gehörten nun zu den Eingeweihten. Anfang September 1938 drohte Hitler den Einmarsch erstmals öffentlich an. Es konnte nun also jederzeit geschehen. Aber dann, Ende September, trafen sich Hitler, Mussolini, Chamberlain und Daladier in München zu Verhandlungen. Ergebnis des daraufhin entstandenen Münchner Abkommens war, dass die Tschechoslowakei das Sudetengebiet an das Deutsche Reich abzutreten hatte. Chamberlain glaubte, damit den Frieden dauerhaft gesichert zu haben. Hitler wiederum, obwohl er mit dem Abkommen überhaupt nicht zufrieden war und deswegen hinter den Kulissen einen Tobsuchtsanfall erlitt, stand auf einmal, zu seiner eigenen Überraschung, in der Öffentlichkeit als Friedensstifter da. Die deutsche Presse feierte das Abkommen als seinen ganz persönlichen wertvollen Beitrag für einen gesicherten Frieden in Europa, er war im Deutschen Reich so populär wie nie zuvor. Ein schwerer Schlag für die Widerstandsbewegung, die im Falle einer Kriegserklärung auf Unterstützung in der Bevölkerung gehofft hatte, und nun kein klares Ziel mehr zu haben glaubte. Die Putschpläne lösten sich auf wie Morgennebel.

Henning von Tresckow unternahm einen Spaziergang durch den Lustgarten, um sich Luft zu verschaffen.

»Alles Blödsinn!«, rief er den Birken und Eichen zu, zwischen denen Bienen summten und Schmetterlinge flatterten. »Als hätte sich damit irgendetwas geändert!«

Baudissin, der ihm folgte, versuchte zu beruhigen. »Es ist aber doch ein Erfolg«, erklärte er. »Der Krieg ist immerhin abgewendet.«

Tresckow blieb stehen und drehte sich zum Kameraden um. »Zum Krieg wäre es nie gekommen. Wir hätten ihn und die anderen Verbrecher hinter Schloss und Riegel gesteckt, bevor auch nur ein Schuss gefallen wäre. Wieder einmal hält er sich eine Maske vors Gesicht und alle schreien Hurra.«

»Vielleicht ist er einfach zur Einsicht gekommen, weil ihm klargeworden ist, dass er gegen England und Frankreich nicht ankommt. Auch das wäre doch möglich.«

Tresckow sah den Jüngeren an mit einer Mischung aus Mitgefühl und Bedauern: »Zur Einsicht, Wolf? Lässt auch du dich jetzt von ihm zum Narren halten? Wir haben vielleicht etwas Zeit gewonnen, mehr aber auch nicht. Man kann nur eins tun mit diesem Kerl: Man muss ihn totschießen.«

Baudissin riss die Augen auf. Rasch sah er sich nach allen Seiten um: Die nächsten Spaziergänger befanden sich nur knapp außer Hörweite. »Henning!«, war alles, was er sagte.

»Ich meine es ernst, Wolf. Ich bin kein Stammtisch-Schwätzer.«

»Würdest du ... würdest du denn so weit gehen? Ich meine, allen Ernstes? Wir haben noch nie gesprochen über ... ich wage kaum, es auszusprechen.«

»Über ein Attentat? Einer wird es tun müssen. Für Deutschland. Ich habe diesem Land meine Treue geschworen. Ich würde mich nicht scheuen, derjenige zu sein.«

»Du hast auch ihm deine Treue geschworen.«

»Das war ein erpresster Eid. Ungültig vor Gott und dem Jüngsten Gericht. Du weißt das so gut wie wir alle.«

»Du hast eine Familie«, gab Baudissin zu bedenken, »zu der du jeden Abend zurückkehrst.«

»Wenn sich niemand findet, der diesem Mann ein Ende macht, Wolf, werden wir alle vielleicht bald keine Familien mehr haben, zu denen wir zurückkehren können.«

Baudissin war der Meinung, man müsse jetzt erst einmal abwarten, und vielleicht werde am Ende alles doch gar nicht so schlimm, wie sie bis vor Kurzem noch angenommen hatten. Tresckow jedoch sah etwas anderes am Horizont heraufdämmern. Lange, viel zu lange war er Hitler und seinen Gefolgsleuten auf den Leim gegangen, hatte sich blenden lassen von der einstigen Aufbruchsstimmung im Reich. Nun sah er klarer als je zuvor: Hitler war aktuell zwar ein wenig zurückgeworfen worden. Doch er würde die positive Stimmung, die im Reich herrschte, auf unverschämte Weise für seine Zwecke zu nutzen wissen, wie er es bisher immer getan hatte. Ein Großteil des deutschen Volkes verehrte diesen Mann. Hatte Deutschland nicht sehr viel weniger Arbeitslose als noch vor wenigen Jahren? Konnte sich der gewöhnliche Deutsche nicht sehr viel größeren Wohlstands erfreuen? Dazu die territorialen Zuwächse, die in Österreich und dem Sudetenland ohne jedes Blutvergießen über die Bühne gegangen waren! Vor dem Hintergrund dieser außergewöhnlichen Erfolge konnte Hitler sich nun erlauben, noch entschlossener an dem zu schmieden, was er sich unter seinem Deutschen Reich vorstellte.

Der Morgen des 10. November 1938 war kühl, aber sonnig. Henning von Tresckow freute sich darauf, mit dem Fahrrad in die Bendlerstraße zu fahren, wie er es oft tat. Die Tresckows waren gestern Abend früh zu Bett gegangen, und so hatte er keine Ahnung, was ihn gleich erwarten würde, als er sich von Frau und Kindern verabschiedete, die allesamt noch am Frühstückstisch saßen, und die Wohnung am Karolingerplatz verließ. Er bemerkte nicht sofort, dass etwas anders war als sonst, aber das Knirschen unter seinen Schuhen ließ ihn aufmerksam werden. Glasscherben waren auf dem Boden verteilt. Er nahm an, eine Fensterscheibe sei zu Bruch gegangen, und schob das Fahrrad sorgfältig um die Scherben herum. Doch es war weit mehr als nur eine Scheibe. Der Blick die Kantstraße hinunter offenbarte ein Inferno: Links und rechts waren Schaufenster eingeworfen worden, aus manchen Geschäftsräumen drang noch kräuselnder Rauch ins Freie. Der rostrote Fleck im nächsten Hauseingang konnte kaum etwas anderes sein als Blut. Taumelnd hielt er sich an seinem Fahrrad fest und schob es langsam durch ein Szenario, das er sich in seinen schlimmsten Träumen nicht hätte ausmalen können. Er folgte der höchsten Rauchsäule, die aus der Fasanenstraße drang. Dort stand die große, herrschaftliche jüdische Synagoge, die im Jahr 1912 eine der ersten gewesen war, die man nicht mehr in Hinterhöfen versteckt, sondern als sichtbares Zeichen ins Stadtbild gesetzt hatte. Das jüdische Gemeindeblatt hatte damals voller Freude verkündet, dass es des Versteckens nun Gott sei Dank nicht mehr bedürfe. Nun war die Synagoge vollkommen ausgebrannt, besaß kein einziges heiles Fenster mehr, Rußflöckchen wehten vorüber. Ein SA-Mann stand neben dem mächtigen Eingang des Gotteshauses und pinkelte gegen die rußgeschwärzte Wand. Nachdem er seine Hose wieder zugeknöpft hatte, kam er mit zufriedener Miene auf Henning von Tresckow zu.

Nach einem Blick auf dessen Schulterklappen grüßte er mit erhobenem Arm: »Heil Hitler, Herr Hauptmann!« Er sprach mit starkem Berliner Akzent, sein Atem roch nach Schnaps. »Brände muss man löschen!«, erklärte er und lachte. »Wir haben die Juden abgefackelt, jetzt pissen wir auf sie, bis das Gesindel jämmerlich ersäuft. Ist das nicht ein herrlicher Anblick?« Er drehte sich um zu dem, was von der Synagoge noch übrig war, mit weit ausgebreiteten Armen, als sei das Ganze allein sein Werk gewesen. »Sagen Sie mal selbst!«

»Vielleicht schlafen Sie erst einmal Ihren Rausch aus«, erwiderte Henning diplomatisch.

»Zu Befehl, Herr Hauptmann! Zu Befehl!«, dröhnte der SA-Mann und ging lachend davon. Als er verschwunden war, traute sich jemand von der gegenüberliegenden Straßenseite vor die Synagoge und begann, mit einem Stock in einem Aschehaufen herumzustochern. Er trug einen langen Wollmantel und eine Schiebermütze, was aber nicht darüber hinwegtäuschen konnte, dass es sich um einen schmächtigen Jungen handelte.

»Was suchst du?«, fragte Henning.

Misstrauisch blickte der etwa Fünfzehnjährige zu ihm auf. »Will sehen, ob irgendwas noch heil ist«, erwiderte er.

»Kannst du mir erzählen, was passiert ist?«, fragte Henning.

»Sehense ja selber. Alles in Brand gesteckt haben die.«

»SA-Leute?«

»Wer sonst?«

»Und du hast das gesehen?«

»Als ick aus'm Fenster geguckt hab, stand alles schon lichterloh in Flammen. SA ist immer wieder rein und kam rausgelaufen mit Gebetsbüchern, Thora-Rollen, Gebetsschals. Alles auf'n Haufen geworfen haben sie, dann sind sie gleich wieder in die brennende Synagoge. Dachte noch: Hä? Rettet die SA jetzt unsere jüdischen Kultgegenstände? So tief sitzt in mir der Glaube ans Gute, dass ick nich draufgekommen bin, wasse wirklich damit wollten.«

»Sie haben die Sachen verbrannt?«

»'Ne Fackel hamse reingeworfen. Nur um uns zu quälen. Damit wir auch noch sehen, wie alles in Flammen aufgeht.«

»Das ist furchtbar.«

»Sagen Sie das Ihren Kollegen mit den braunen Hemden.«

»Das sind nicht meine Kollegen.«

»Meine Mutter hat die ganze Nacht geweint. Vater wollte sie trösten und sagte: *Liebste, wein doch nicht, sind nur Steine, die da brennen.* Darauf hat se gesagt: *Ja, Liebster, jetzt brennen die Steine. Bald werden auch Menschen brennen.*«

Henning sah zwei Braunhemden aus der Synagoge kommen, vorsichtig bahnten sie sich ihren Weg durch die Trümmer.

»Geh lieber nach Hause«, raunte er dem Jungen zu. *Bevor deine Mutter noch mehr zu betrauern hat.*

Vor drei Tagen war in Paris in der deutschen Botschaft ein Diplomat von einem siebzehnjährigen Juden niedergeschossen worden. Gestern, am 9. November, hatte Joseph Goebbels als empörte

Reaktion darauf in München bei einem Treffen der NSDAP das Signal zur *spontanen Volkserhebung* gegeben. Am Abend waren im gesamten Deutschen Reich Horden von SA, NSDAP und Hitlerjugend durch die Innenstädte gezogen, und große Teile der Bevölkerung hatten, davon inspiriert, einfach mitgemacht. Der wildgewordene Mob hatte jüdische Geschäfte geplündert und in Brand gesetzt, war in Wohnungen eingedrungen, hatte Juden verprügelt, erschlagen und erschossen. Mehr als tausend Synagogen, Betstuben und Gemeindehäuser wurden niedergebrannt oder verwüstet. Zigtausende Juden wurden allein in dieser Nacht in Konzentrationslager gebracht.

Eine Strafverfolgung gegen diese Verbrechen fand auf Anordnung des Justizministeriums nicht statt.

Wenige Tage später wurde eine Verordnung herausgegeben, die jüdischen Bürgern die Tätigkeit in Handwerk und Handel untersagte, und die sie ausdrücklich davon ausschloss, in Unternehmen leitende Positionen einzunehmen.

Henning von Tresckow war, wie viele seiner Regimentskameraden, fassungslos. Natürlich war ihm nicht entgangen, dass das Regime seit 1933 beharrlich daran gearbeitet hatte, jüdische Bürger aus dem öffentlichen und wirtschaftlichen Leben immer mehr auszugrenzen. Doch nun hatte die NS-Führung ihr Konzept der Judenverfolgung, das schon zuvor schändlich gewesen war, über Nacht noch einmal radikalisiert. Sie hatte das Gewaltmonopol in die Hände der Volksgemeinschaft gelegt. Juden waren nun gänzlich recht- und schutzlos. Man brauchte keine Haftbefehle mehr, um sie ins KZ zu sperren. Wer einen Juden ermordete, brauchte keine Strafe mehr zu fürchten.

Am Abend dieses Tages ließ Henning von Tresckow das Fahrrad stehen und fuhr nicht nach Hause, sondern setzte sich in einen Wagen der Straßenbahnlinie 88, die ihn nach Potsdam brachte. Auch hier waren die Straßen verwüstet, das Glas knirschte in den Schienen. Am Wilhelmplatz klopfte er an die Tür eines Hauses. Eine Klingel gab es nicht und das Namensschild schien entfernt worden zu sein. Niemand öffnete. Anscheinend war keiner zu Hause. Henning klopfte erneut, diesmal etwas lauter. Dann wurde ihm klar: Wäre er selbst ein Jude, würde er seine Tür jetzt auch nicht öffnen.

»Herr Kann, sind Sie da?«, rief er. »Ich bin es, Henning von Tresckow. Ich bin hier, um zu sehen, ob es Ihnen gutgeht.«

In Hennings Leben hatte es immer Juden gegeben, die er schätzte oder gar verehrte, so wie seinen ehemaligen Chef, Bankier Wilhelm Kann, den er nun schon seit Jahren nicht mehr gesehen hatte. Den ganzen Tag über hatte er an ihn denken müssen. Er hatte versucht, ihn anzurufen, aber es hatte niemand abgenommen. Das Haus selbst schien unversehrt und sah nicht aus, als wäre es Ziel einer Plünderung geworden. Aber vielleicht lebte der Bankier einfach nicht mehr hier und war weggezogen.

Oder Schlimmeres.

Er klopfte weiterhin und rief noch ein letztes Mal, bevor er sich seufzend abwandte und den Weg nach Hause antreten wollte. Da hörte er im Inneren des Hauses ein metallisches Geräusch – ein Riegel wurde zurückgeschoben. Kurz darauf ein zweiter Riegel, und auch noch ein dritter. Die Tür öffnete sich einen kleinen Spalt, im Flackern einer Kerze war undeutlich ein Auge zu erkennen, das nach draußen blickte.

»Herr Kann?«, fragte Henning.

Die Tür öffnete sich weiter. Er war es. Mit einem Kerzenhalter in der Hand. Hinter ihm war es dunkel. Alt war er geworden, seine Wangen eingefallen, die müden Augen saßen sehr viel tiefer in den Höhlen, als Henning sie in Erinnerung hatte. Tiefe Falten durchzogen das Gesicht, das einst so viel Tatkraft ausgestrahlt hatte, sein schütteres Haar war weiß und fiel fast bis auf die Schultern.

»Herr von Tresckow«, hauchte der Hausherr mit einer Stimme, die fast als tonlos bezeichnet werden musste und so schwach war, dass ein Windstoß genügen mochte, um sie verstummen zu lassen. »Welche Freude, Sie zu sehen. Kommen

Sie herein, es ist nicht gut, wenn jemand sieht, dass Sie mit mir reden.«

Er stieß die Tür noch weiter auf, so dass Henning an ihm vorbei in sein Haus treten konnte.

»Stolpern Sie nicht«, sagte Kann, »ich habe keinen Strom.«

»Kalt ist es bei Ihnen auch«, erwiderte Henning. »Ich denke, ich werde den Mantel lieber anbehalten.«

»Man hat die Heizung abgestellt«, erwiderte Wilhelm Kann. »Genau wie den Strom. Juden sollen ruhig frieren und im Dunklen sitzen. Dann werden sie krank und verzweifelt und sterben vielleicht einfach so, ohne dass man Aufwand betreiben muss, sie zu töten.«

»Leben Sie hier ganz alleine?«

»Meine Eltern sind schon lange nicht mehr unter uns, meine vier Kinder längst im Ausland. Hier wären sie nicht mehr sicher. Gut sehen Sie aus. Die Uniform steht Ihnen. Nehmen Sie doch bitte Platz.«

Er deutete mit der Kerze auf einen Sessel. Selbst in dieser schwachen Beleuchtung war nicht zu übersehen, wie verschlissen der war.

»Manchmal wünsche ich mir, ich wäre zu Ihnen zurückgekehrt, Herr Kann. Als Bankier.«

»Sie hätten Ihren Weg auf jeden Fall gemacht, Tresckow, wenn auch schon lange nicht mehr bei mir. Bereits Anfang 33 haben die Nazis das Kann'sche Bankhaus geschlossen und den Eintrag aus dem Handelsregister getilgt.«

»Wovon leben Sie seitdem?«, fragte Henning betroffen.

»Ich bin Sekretär bei der Jüdischen Gemeinde. Keine Stelle, die in diesen Zeiten große Zukunftsaussichten verspricht, nicht wahr?« Er lächelte bitter. »Leider kann ich Ihnen gar nichts anbieten, außer einem Glas Wasser aus dem Hahn. Das ist das Einzige, was sie mir noch nicht abgestellt haben.«

Henning lehnte dankend ab: »Ich fürchte, Herr Kann, es wäre besser und vor allem sicherer, wenn auch Sie das Land verlassen würden«, sagte er.

Kann sah ihn an. »Als ob ich das nicht wüsste.« Im Licht der Kerze strahlte sein Gesicht etwas Hartes aus. Seine Augen kamen Henning nun gar nicht mehr so müde vor.

»Sie sind immer noch ein kluger Mann«, fuhr er fort, »und es hat Sie schon immer ausgezeichnet, dass Sie ein Mensch von wahrer Herzensgüte waren. Jeder konnte das sehen, alle wollten immer in ihrer Nähe sein, die Kollegen und auch die Damen in den Vorzimmern. Sind Sie denn noch verheiratet mit Ihrer bezaubernden Frau?«

Henning nickte und sagte: »Wir haben drei Kinder. Die Familie bedeutet mir alles.«

»So habe ich das auch immer gesehen«, entgegnete der ehemalige Bankier. »Leider habe ich eine Scheidung hinter mir. Manchmal läuft im Leben nicht alles, wie man möchte. Aber im Großen und Ganzen bin ich zufrieden.«

»Obwohl man Sie so zurückgesetzt hat?«

»Ich hatte meine Zeit. Und die war gut. Jetzt ist sie es nicht mehr. Deutschland war einmal ein modernes, weltoffenes Land, das abgeschlossen hatte mit diktatorischen Strukturen. Jetzt ist es eine allenfalls drittklassige Bühne für Mörder und Schmierenkomödianten. Trotzdem werde ich nirgendwo hingehen. Hier lebe ich, und wenn das Schicksal irgendwann auf die Idee kommt, mich abzuberufen, werde ich hier sterben.« Wilhelm Kann unterbrach seine Rede, weil er husten musste. Er zog ein Taschentuch hervor und schnäuzte sich hinein.

»Sagen Sie mir eins, Tresckow«, erklärte er schließlich. »Ich merke ja, dass Sie durchschauen, was passiert, und dass Sie davon ähnlich angewidert sind wie ich. Wie bringen Sie es fertig, diesem Land trotzdem noch zu dienen? Wie schaffen Sie das?«

Henning verriet seinem ehemaligen Mentor, dass es innerhalb der Wehrmacht eine Widerstandsbewegung gab, von der er hoffte, dass es ihr gelingen würde, das Regime der Nazis zu stürzen. Doch während er diese vertrauliche Information preisgab, spürte er schmerzhaft, dass sie sich für ihn selbst nur noch anhörte wie eine Schutzbehauptung. Wie eine Lüge. Wie etwas, das man sich irgendwann einmal vorgenommen hatte und schon nicht mehr daran glaubte, dass es jemals geschehen würde. Und nun verschanzte man sich nur noch dahinter, um nicht vollständig zu verzweifeln.

36
Viktoria
1963

Den beiden Fischern war sofort klar gewesen, wieso diese junge Frau im Morgengrauen völlig entkräftet und halbtot am Ufer lag. Sie waren immer zu dieser Zeit unterwegs, weil der frühe Morgen nun einmal die beste Zeit zum Fischfang war. Sie legten ihr eine Jacke um und flößten ihr aus der Feldflasche vorsichtig und sehr langsam heißen Tee ein. Sie brachte kaum ein Wort zustande, konnte auch nicht aufstehen. So trug einer der beiden die Frau zu sich nach Hause, in das kleine türkische Fischerdorf, das sich unweit der Grenze befand. Mit ihr auf den Armen betrat er sein kleines Holzhaus und rief nach seiner Frau, die noch schlief, so wie die drei Kinder. Verschlafen kam sie zur Tür und begriff sofort. Während ihr Mann wieder zum Fischen ging, wärmte sie Wasser auf dem Kessel, um Viktoria später darin zu baden. Die Kinder waren inzwischen auch aufgewacht und beäugten neugierig die ungewohnte Besucherin. Die Frau des Fischers zog ihr trockene Sachen an, gab ihr erneut heißen Tee zu trinken und frisches, selbstgebackenes Brot. Dann führte sie die junge Frau, die noch immer kein Wort gesagt hatte, in ihr Schlafzimmer und legte sie ins Ehebett.

Als Viktoria erwachte, blickte sie in sechs neugierige Kinderaugen. Es stellte sich heraus, dass sie zwei volle Tage geschlafen hatte. Die Kinder redeten auf sie ein, Viktoria verstand kein Wort. Die Fischersleute sprachen ein wenig Russisch, aber sie fragten nicht viel – die Gründe, die zu Viktorias Flucht geführt hatten, schienen sie zu respektieren, ohne sie zu kennen. Tatsache war, dass sie sich jetzt verantwortlich fühlten für die junge Frau, die sie dem drohenden Tod entrissen hatten, und so machten sie ihr klar, dass sie bleiben konnte, solange sie wollte. Viktoria war sehr dankbar. Es ging ihr noch nicht gut, sie fühlte sich krank und innerlich wie ausgehöhlt. Es dauerte eine gute Woche, bis sie wieder das Gefühl hatte, halbwegs gesund zu sein. Den Gedanken, einen Brief nach Hause zu schreiben, verwarf sie schweren Herzens. Ein Brief würde von den Sowjets geöffnet werden und könnte ihren Eltern Schwierigkeiten bereiten; ganz davon zu schweigen, dass er ihren Aufenthalt in der Türkei enthüllen würde. Sie erklärte den Fischersleuten, dass sie gerne arbeiten gehen würde. Eymen bot ihr an, ihn beim Fischen zu begleiten. Er könnte dabei noch jemanden gebrauchen, und wer von Batumi hierher geschwommen war, war ganz bestimmt auch stark genug für diese körperlich fordernde Arbeit. Viktoria bedankte sich für das Angebot, musste es aus einem Grund aber ausschlagen: Sie konnte und wollte keine Tiere töten. Sie respektierte, dass der Fischfang Eymens Familie und den meisten Leuten hier im Dorf das Überleben sicherte, aber das war nichts für sie. Ein paar Kilometer südlich hätte sie theoretisch in Hopa im Hafenbüro arbeiten können. Sie stellte sich dort auch vor, aber da sie die türkische Sprache nicht beherrschte, wurde nichts daraus.

Eines Nachmittags kam Eymen von der Arbeit und sagte: »Viktoria, hier in der Gegend, ein wenig mehr im Landesinneren, gibt es viele große Teeplantagen. Auf einer davon könntest du arbeiten.«

»Was müsste ich tun?«, fragte sie. Das klang interessant. Tee war etwas, das lebte und duftete, er klang nach Ruhe und Frieden. Genau das, wonach Viktoria sich sehnte.

Am frühen Morgen traf sie sich mit der Vorarbeiterin Aylin, einer erfahrenen Pflückerin, auf dem Teefeld, und ließ sich von ihr zeigen, wie die Arbeit funktionierte.

»Bis zum Herbst pflücken wir die Blätter«, erklärte Aylin. »Dann rollen und fermentieren wir sie. Sie werden getrocknet, gesiebt und sortiert. Außerhalb der Saison beschneiden wir die Büsche, entfernen Unkraut, wässern den Boden. Im Frühjahr graben wir Pflanzlöcher und bringen Setzlinge in die Erde ein. Zu tun gibt es immer.«

Mehrere Pflückerinnen mit großen, geflochtenen Körben auf dem Rücken waren über das Feld verteilt. Alle trugen Kopftücher, wie auch Viktoria, die sich dies aus Respekt vor der türkischen Kultur längst angewöhnt hatte. Aylin sprach ebenfalls etwas Russisch, wie viele andere Leute in der Gegend, was daran lag, dass die Provinz Artvin einmal für fast ein halbes Jahrhundert unter russischer Herrschaft gestanden hatte und nach wie vor viele Menschen russischen Familien entstammten.

»Du pflückst nur die beiden feinsten Blätter direkt unter der Knospe, sowie die Knospe selbst«, sagte Aylin. Sie trug ein winziges Messer, das mit einem Lederriemen am Daumen befestigt war, und trennte damit die Blätter vom Strauch, mit einer kleinen, schnellen, routinierten Bewegung. »Man braucht ein gutes Auge und Fingerspitzengefühl.«

Aylin nahm das Messer ab, schnallte es Viktoria an den Daumen und meinte: »Lass mich sehen, wie du dich anstellst.«

Viktoria versuchte es. Noch war sie langsamer und auch nicht so exakt wie ihre Lehrerin, von der sie ein paarmal freundlich korrigiert wurde. Doch es dauerte nicht lange, und sie fing an, die Handgriffe zu verinnerlichen.

»Wenn du möchtest«, sagte Aylin, »hol dir einen Korb und fang einfach an.«

»Ich darf die Arbeit also machen?«, fragte Viktoria.

»Du musst schneller werden, damit es sich lohnt«, erwiderte Aylin. »Und trotzdem exakt bleiben. Aber das schaffst du. Pass nur auf mit dem Messer, damit hat es schon eine Reihe von Unglücksfällen gegeben, weil die Leute gerne vergessen, dass sie es tragen.«

Viktoria bedankte sich und lief los, um sich einen Korb zu holen und auf den Rücken zu schnallen. Beim Pflücken der ersten Teeblätter verspürte sie ein Gefühl der Leichtigkeit, das nichts anderes als Glück sein konnte. Ja, sie war glücklich. Den Grund dafür hätte sie nicht wirklich erklären können, schließlich war sie fern der Heimat, weit weg von ihrem kleinen Kind, weit weg von allen Menschen, die ihr etwas bedeuteten, und sie war eine Mörderin, die inzwischen bestimmt zur Fahndung ausgeschrieben war. Das war die eine Wahrheit. Die andere war, dass sie auf diesem Feld stand, auf einem Hügel mit Blick auf das Schwarze Meer, dass die Sonne schien und sie gerade eine Arbeit bekommen hatte, von der sie wusste, dass sie ihr Spaß machen würde. Ihr erster Korb war bald voll und sie holte sich den nächsten. Am Ende des Tages hatte sie knapp zehn Kilo Teeblätter gesammelt.

»Für einen ersten Tag nicht schlecht«, befand Aylin. »Du musst dich mindestens auf fünfzehn Kilogramm steigern, achtzehn wären besser.«

»Wie viel schaffst du pro Tag?«

»Fünfundzwanzig«, erwiderte Aylin.

Viktoria bezog eines der vielen kleinen Zimmer im Wohnbereich der Teeplantage, die geringe Miete dafür würde mit ihrem Verdienst als Pflückerin verrechnet werden.

Die Familie von Hasiye und Eymen war traurig darüber, dass sie auszog, vor allem die Kinder, die schon angefangen hatten, in Viktoria so etwas wie eine große Schwester zu sehen. Sie versprach aber, auch weiterhin regelmäßig zu Besuch zu kommen – was sie auch wirklich tat.

Viktoria liebte den würzigen Duft der Teepflanzen, auch wenn ihre Hände sich durch die Inhaltsstoffe, die durch den Schnitt austraten, von Tag zu Tag mehr zu verfärben begannen. Sie trug diese Verfärbungen mit Stolz. Zwar hatte sie nicht mit Tieren zu tun, aber Pflanzen waren auch etwas, das lebendig war, das wuchs und gedieh. Damit zu arbeiten tat ihr gut, sie fühlte sich wieder angekommen im Kreislauf des Lebens. Innerhalb der ersten Woche kam sie auf ein Tagespensum von neunzehn Kilogramm, in der zweiten Woche lag sie sogar täglich stabil über zwanzig.

Als die Pflücksaison Ende September beendet wurde, lernte sie die anderen Arbeiten, die nun anstanden, genauso schnell. Bald schon wurde sie von Aylin als ihre fleißigste Mitarbeiterin bezeichnet, was nicht bei allen Kolleginnen gut ankam.

»Halt dich ein bisschen zurück«, sagte eine, »sonst erwartet sie, dass wir alle so schuften wie du.«

Nur hatte Viktoria überhaupt keine Lust, sich zurückzuhalten, es machte ihr Spaß, hart zu arbeiten und am Abend erschöpft zu sein. Das half dabei, zu verdrängen, was hinter ihr lag, und seltener daran denken zu müssen.

Trotzdem wusste sie von Anfang an, dass sie nicht auf Dauer hierbleiben würde. Nachdem sie im Frühjahr den letzten Setzling eingegraben hatte, informierte sie Aylin darüber, dass sie inzwischen genug Geld gespart hatte, um nach Deutschland zu reisen. Dort wollte sie in die Heimat ihrer Vorfahren, im Süden des Landes, und versuchen, Verwandte zu finden. Aylin war darüber sehr betrübt, konnte Viktoria aber verstehen, wünschte ihr alles Gute und erklärte, dass sie jederzeit willkommen sei, wenn sie irgendwann auf den Gedanken komme, hierher zurückzukehren. Vor der Abreise besuchte sie auch noch einmal die Fischersfamilie. Die Kinder weinten, als sie hörten, dass Viktoria fortgehen wollte, klammerten sich an ihr fest und baten sie, es nicht zu tun. Hasiye gab zu bedenken, dass Viktoria doch bereits angefangen habe, an diesem Ort etwas Neues aufzubauen. Zwar sei sie noch allein, aber es fiele ihr sicher leicht, einen guten Mann zu finden, wenn sie wolle. Viktoria bemerke doch sicher die Blicke, die ihr zugeworfen wurden, wenn sie im Dorf unterwegs sei?

Viktoria rang sich ein Lächeln ab und sagte: »Mit dem Heiraten habe ich keine guten Erfahrungen gemacht.«

Hasiye nickte und erwiderte: »Du hast nie erzählt, was dich dazu gebracht hat, deine Heimat zu verlassen.«

»Ich bin durch die Hölle gegangen«, entgegnete Viktoria, »und habe nicht das Verlangen, sie wiederzusehen.«

»Manche Wunden brauchen lange, bis sie heilen, Viktoria. Aber irgendwann tun sie es doch. Dann bleibt nur noch eine Narbe, und selbst die wird irgendwann verblassen.«

Viktoria lächelte, aber umstimmen ließ sie sich nicht.

Eymen betrat das Haus mit seinem jüngeren Bruder Malik, den er an diesem Tag zum Fischen mitgenommen hatte. Die beiden hatten einen guten Fang gemacht und waren zufrieden. Malik wohnte in Ankara, Viktoria kannte ihn bereits von früheren Besuchen. Obwohl die türkische Hauptstadt fast tausend Kilometer entfernt war, kam Malik regelmäßig mit dem Auto, um seinen Bruder zu sehen.

»Du stellst dir das zu leicht vor«, sagte Malik, nachdem er von Viktorias Plänen erfahren hatte. »So funktioniert das nicht.«

»Was meinst du?«, fragte Viktoria.

»Na, wie willst du denn nach Deutschland reisen?«

»Mit dem Zug? Mit Bussen. So habe ich es auch nach Georgien geschafft.«

Malik legte ein Blatt Papier auf den Tisch, begann darauf mit einem Bleistift Linien zu ziehen und erklärte: »Hier ist die Türkei, hier Bulgarien. Dahin kannst du schon mal nicht, das gehört zum Warschauer Pakt. Nach Griechenland würde man dich vielleicht einreisen lassen, was aber alles andere als sicher ist. Doch wenn du von dort aus weiterkommen willst, musst du nach Jugoslawien, spätestens da wäre deine Reise zu Ende.«

Viktoria starrte ihn entsetzt an, das war ihr nicht klar gewesen.

»Du musst das anders angehen«, sagte Malik.

»Wie denn?«

Malik nickte ihr beruhigend zu und kündigte an, das Ganze für sie in die Hand zu nehmen, wenn es wirklich das war, was sie wollte.

Zwei Tage später saß sie auf dem Beifahrersitz, als Malik sich mit seinem Wagen auf den Rückweg nach Ankara machte. Vom Morgengrauen bis spät in die Nacht waren sie unterwegs – die erste Hälfte des Tages am Südufer des Schwarzen Meeres, die zweite Hälfte über anatolische Bergdörfer und Täler bis zur. Auf dem Weg erzählte Malik, der offensichtlich froh war, die Fahrt nicht alleine machen zu müssen, ihr seine gesamte Lebensgeschichte.

Wortreich führte er aus, wie er vor einigen Jahren von zu Hause fortgegangen war. Er hatte unbedingt nach Ankara gewollt, weil alle gesagt hatten, es sei die Stadt der Zukunft. Auf die Idee seien aber auch viele andere gekommen, deswegen hatte man keine Wohnung bekommen, geschweige denn ein Haus. Aber viel freie Fläche am Rande der Stadt hatte es gegeben. Dort hatten die Leute, oft über Nacht, einfache Häuser errichtet, sogenannte *Gecekondu,* was nichts anderes bedeutete als *über Nacht hingestellt.* Innerhalb kürzester Zeit entstanden so vollkommen neue Wohnviertel.

»War alles total verboten«, erzählte Malik und lachte. »Das war uns aber egal, wir brauchten ein Dach über dem Kopf. Und weißt du, das ist der Geist von Ankara. Die Stadt wird jeden Tag größer, niemand weiß, wie sehr. Sie sagen, inzwischen ist es eine Millionenstadt, vielleicht sind es auch schon zwei Millionen, keine Ahnung. Als Ankara Hauptstadt wurde, 1923, waren es nicht mehr als zweihunderttausend. Solchem Wachstum wohnt eine unbeschreibliche Kraft inne. Die Stadt pulsiert, ist unkontrollierbar, es gibt sehr viele Künstler, Unternehmen schießen aus dem Boden und vergehen wieder. Was heute angesagt ist, interessiert morgen keinen mehr. Viele bleiben auf der Strecke. Aber wer mit der Energie dieser Stadt zurechtkommt, für den ist sie das Paradies.«

»Ist sie es für dich?«, fragte Viktoria.

»Aber ja«, erwiderte Malik. »Du weißt, ich habe eine Firma gegründet und stelle Büromöbel her. Eine Stadt, die so schnell wächst, in deren Zentrum entstehen viele Büros, und die brauchen Schreibtische, Bürostühle, Regale und dergleichen. Für den, der weiß, was kommen wird, sind es goldene Zeiten. Meine Halle am Stadtrand ist schon wieder zu klein geworden, ich muss eine neue bauen lassen. Wenn du dir das mit Deutschland nochmal überlegen willst, Viktoria: Du kannst gerne für mich arbeiten, du gehörst ja fast zur Familie, seit du wie eine Meerjungfrau den Fluten entstiegen bist. Ein Wort von dir, und du hast ab morgen einen Job.«

»Was ist das, ein *Job*?«

»So nennt man eine Arbeitsstelle. Das Wort kommt aus den Vereinigten Staaten. Amerika ist dabei, die ganze Welt zu prägen. Hast du mal von Coca-Cola gehört? Kennst du Elvis Presley? Cassius Clay?«

Nichts davon war Viktoria ein Begriff. Klein, dumm und denkbar provinziell kam sie sich vor.

»Ankara wird für dich sein wie ein anderer Stern«, erklärte Malik.

Bei der Ankunft zu sehr später Stunde begriff Viktoria, dass Malik längst kein Gecekondu mehr bewohnte, sondern eine Villa in einem der reichsten Viertel der Stadt. Sie bekam ein riesiges eigenes Zimmer im ersten Stock des Hauses, mit einem Bett, so groß, dass sie zweimal darin Platz gehabt hätte. Es dauerte eine ganze Weile, bis sie es auch nur wagte, die Tagesdecke aus schwerem, weinrotem Brokat zurückzuschlagen, geschweige denn sich in dieses Bett zu legen.

Als sie am nächsten Morgen die Treppe herunterkam, saß Malik bereits am Tisch, trank Kaffee und las Zeitung. Eine junge Frau, die eine Schürze trug, schenkte ihm aus einer Porzellankanne nach. Viktoria wünschte ihm und auch der Frau auf Russisch einen guten Morgen, stellte sich ihr freundlich vor und streckte ihr die Hand entgegen. Die junge Frau wusste für einen Moment sichtlich nicht, wie sie reagieren sollte, dann erwiderte sie den Morgengruß, aber auf Türkisch, und stellte Viktoria eine Frage, die sie nicht verstand.

»Nehir ist meine Haushaltshilfe«, erklärte Malik. »Sie hat gefragt, was du frühstücken möchtest. Sind Kaffee, Brot und Käse in Ordnung?«

Viktoria nickte. Malik gab die Informationen weiter an Nehir, die den Raum daraufhin wortlos verließ.

»Ich dachte, sie wäre deine Frau«, gab Viktoria zu, während sie sich hinsetzte. »Oder Lebensgefährtin.«

»Himmel, nein«, sagte er. »Meine Freundin ist zwar oft hier, aber nie über Nacht. Ihre Eltern leben in der Stadt und sind sehr traditionell. Das geht erst, wenn wir geheiratet haben. Falls wir das jemals tun.«

»Malik«, setzte Viktoria an, »ich habe mir dein Angebot durch den Kopf gehen lassen.«

»Welches Angebot?«

»Na, in deiner Firma zu arbeiten.«

»Ach so«, lachte er, »natürlich. Und?«

»Ich möchte lieber weiterhin versuchen, nach Deutschland zu gelangen.«

»Gut«, erwiderte er und lächelte zugetan, »dann werde ich sehen, was ich für dich tun kann.«

Er legte die Zeitung beiseite und griff nach dem Telefon, das neben ihm auf dem Tisch stand. Malik ließ sich mit der Deutschen Botschaft verbinden, sprach mit einem Angestellten und sorgte innerhalb von zwei Minuten dafür, dass Viktoria noch am selben Tag einen Termin bekam.

»Deine Familie und du, ihr seid Krimdeutsche«, erklärte er anschließend. »Dadurch bist du für die deutschen Behörden von Interesse. Du erzählst einfach, man wollte euch wieder deportieren, und wenn du Glück hast, erklären sie dich zu einem politischen Flüchtling und bringen dich nach Deutschland.«

»Und was, wenn nicht?«

»Das kann ich dir nicht sagen, Viktoria. Aber so, wie ich das sehe, gibt es nur zwei Möglichkeiten: Entweder du versuchst es auf diese Weise – oder du schlägst dich mit einem Segelboot von der türkischen Mittelmeerküste durch bis nach Italien.«

»Ich kann nicht segeln«, entgegnete Viktoria.

»Nur mal aus Neugier«, meinte Malik. »Was ist eigentlich der Grund für deine Flucht aus Kasachstan, Tausende Kilometer bis nach Georgien, und dann zwanzig Kilometer schwimmend durch die Nacht? Weder meinem Bruder noch meiner Schwägerin hast du es jemals erzählt.«

»Weil sie nie danach gefragt haben.«

»Und?«

»Ich bin eine Mörderin.«

»Blödsinn.«

»Doch.«

»Wen hast du getötet?«

»Meinen Ehemann. Mit einem Bolzenschussgerät und einem Messer.«

Malik schwieg eine Weile, sah Viktoria nur an und versuchte zu ergründen, ob es möglich war, dass sie ihn auf den Arm nahm. Aber er hatte noch nie erlebt, dass Viktoria einen Scherz gemacht hatte. Also entschied er sich dafür, ihr zu glauben.

»*Politischer Flüchtling* klingt auf jeden Fall sehr viel besser«, sagte er.

Ein Chauffeur fuhr Viktoria am Mittag in die lärmende Innenstadt und von dort ins Botschaftsviertel. Vor der Einfahrt standen bewaffnete Uniformierte, über dem Empfangshäuschen wehte eine kleine schwarz-rot-goldene Fahne. Viktoria musste ihren Ausweis vorzeigen und wurde von einem Uniformierten auf das parkähnliche Gelände begleitet, in dessen Zentrum die Residenz des Botschafters stand, die auf Viktoria wie der Palast eines Kaisers wirkte. An der Tür des Gebäudes wurde Viktoria in die Obhut einer Frau übergeben, die nur wenige Jahre älter war als sie. Die erste Frau seit langer Zeit ohne Kopftuch.

»Willkommen, Frau Omorova«, sagte sie auf Deutsch. »Mein Name ist Luise Kaufmann und ich bringe Sie zum Botschafter.«

»Zu ihm persönlich?«, fragte Viktoria, während sie der Frau durch den Eingangsbereich der Residenz folgte, in der jedes ihrer Worte widerhallte.

»Ja, er möchte Sie gerne kennenlernen.«

Viktoria wusste nicht, was sie davon halten sollte. War so ein Botschafter nicht ein vielbeschäftigter Mann? Was sollte es bedeuten, wenn er sich die Zeit nahm, einen einzelnen Flüchtling zu treffen? Kamen Schwierigkeiten auf sie zu? Die Frau stieß eine doppelflügelige Tür auf, hinter der sich ein riesiger Raum befand, mit großen, dunklen Teppichen auf dem Boden. Vor der gegenüberliegenden Wand stand ein gewaltiger Schreibtisch, den man sich auch in einem Gerichtssaal hätte vorstellen können. Auf der linken Seite ein ebenfalls sehr großer, dunkler, runder Eichentisch, um den herum ein ausladendes Ledersofa und zwei dazu passende Sessel standen.

Von der Decke hing ein beeindruckender Kronleuchter, die Wände waren mit großen, klassischen Ölgemälden bestückt. Allein schon der Raum an sich rang Viktoria großen Respekt ab und drohte ihr die Luft abzuschnüren. Hinter dem Schreibtisch saß ein Mann, der nun aufstand und auf sie zukam, um ihr die Hand zu schütteln.

»Herzlich willkommen in Ankara, Frau Omorova«, sagte er. Sein Händedruck war fest, aber nicht zu fest, sein Lächeln wirkte freundlich und nicht aufgesetzt. Es war offensichtlich, dass dieser Mann es gewohnt war, in jeder Lebenslage den angemessenen Tonfall zu finden. »Mein Name ist Rolf Pauls«, fuhr er fort, »und ich freue mich, Sie hier gesund vor mir zu sehen.« Er bot ihr Tee und Gebäck an und bat sie, Platz zu nehmen. Viktoria bedankte sich und ließ sich auf einem der Sessel nieder. Pauls setzte sich aufs Sofa. Der linke Ärmel seines Jacketts war in die Tasche seines dunkelblauen Sakkos gesteckt. Der Botschafter bemerkte ihren Blick.

»Ja, auch ich habe etwas in der Sowjetunion zurückgelassen«, erklärte er. »Meinen linken Arm, im Jahr 1941 in Russland.«

»Das tut mir leid«, erwiderte Viktoria.

»Ach, es ist lange her und ich komme zurecht«, sagte Pauls. »Verluste sind die Herausforderungen unseres Lebens, an denen wir wachsen oder verzweifeln können. Es liegt an uns.«

Viktoria schätzte ihn auf Ende vierzig, auch wenn seine wachen Augen jünger wirkten. Er hatte kurzgeschorenes, dunkles, dichtes Haar. Auch wenn Viktoria noch nicht wusste, wie sie ihn einzuschätzen hatte, empfand sie seine Ausstrahlung überraschenderweise als sehr beruhigend.

»Rauchen Sie?«, fragte er und zog eine Zigarettenpackung hervor.

Viktoria verneinte.

»Fangen Sie gar nicht erst damit an«, riet er. »Ich versuche schon so lange, aufzuhören.« Er warf die Packung in den Aschenbecher, der auf dem Tisch stand, und bat Viktoria, von sich zu erzählen – ihre Lebensgeschichte und was sie dazu bewogen hatte, aus der Sowjetunion zu fliehen.

Sie schlug mit wenigen Worten einen Bogen von der Deportation ihrer Familie aus der Krim nach Kasachstan im Jahr 1941 – dem Jahr also, in dem er seinen Arm verloren hatte – bis zu ihrer Ehe mit Timur Omorov. Mehrfach lobte Pauls ihre hervorragenden Deutschkenntnisse, die er nach mehreren Generationen im Exil höchst bemerkenswert fand. Nun hätte Viktoria anfangen sollen zu lügen, so, wie sie es heute Morgen mit Malik besprochen hatte. Sie zögerte. Sollte sie wirklich behaupten, ihr habe eine erneute Deportation gedroht? *Sag, sie wollten euch nach Sibirien bringen,* hatte Malik vorgeschlagen.

Doch stattdessen fragte Viktoria den Botschafter: »Darf ich fragen, wieso Sie mich persönlich empfangen?«

»Nun, mir wurde gesagt, dass Sie von Kasachstan über Georgien in die Türkei geflohen sind. Mit Zügen. Und Bussen. Zuletzt schwimmend. Das ist eine wirklich außerordentliche Leistung. Ich wollte die Frau sehen, die das geschafft hat.«

»Dann ist Neugier der einzige Grund dafür, dass Sie, ein hochrangiger Diplomat, mich von Angesicht zu Angesicht sehen wollten?«

Nun war es Pauls, der zögerte. Er sah Viktoria sehr aufmerksam an.

»Es fällt mir ein wenig schwer, das zu glauben«, gab sie zu.

»Sie sind eine kluge Frau«, sagte er schließlich. »Deswegen werde ich ehrlich zu Ihnen sein. Ich weiß, dass Sie gesucht werden. Angeblich wegen Mordes. An Ihrem Ehemann. Ich wollte Ihnen in die Augen sehen und hören, was Sie dazu zu sagen haben. Oder ob Sie mir eine Lügengeschichte auftischen werden.«

»Haben die Sowjets mich auf eine Liste gesetzt?«

»So ist es.«

»Wenn ich wirklich eine Mörderin bin, was geschieht dann mit mir?«

»Was hat er Ihnen angetan? Es könnte helfen, wenn Sie es mir erzählen.«

Viktoria gestattete ihren Gedanken mittlerweile nur noch sehr selten, in die Zeit im Schlachthaus zurückzukehren. Aber für den Deutschen Botschafter in der Türkei machte sie, auch wenn es ihr schwerfiel, eine Ausnahme.

Als Pauls die Geschichte gehört hatte, erklärte er nachdenklich: »Frau Omorova, noch weiß niemand, dass Sie sich in der Türkei befinden – weder die Sowjets noch die türkischen Behörden. Ändert sich das, werden Sie sofort ausgeliefert. Und, wie ich vermute, nach Sibirien gebracht.«

»Werden Sie mich verraten?«

»Wissen Sie, wenn ich es nicht tue und das kommt heraus, mache ich mich strafbar, und im besten Falle verliere ich meinen Job.«

Da ist es wieder, dieses Wort, dachte Viktoria.

»Bedeutet das, meine Reise ist hier zu Ende?«

»Darf *ich* Ihnen jetzt mal eine kurze Geschichte erzählen?«, fragte er.

»Sicher«, erwiderte sie, obwohl die Frage sie ein wenig verwirrte.

»Ich habe zwar im Zweiten Weltkrieg meinen Arm verloren«, begann er, »aber ich bin trotzdem Soldat geblieben. Frau Omorova, haben Sie jemals von Graf Stauffenberg gehört und seinem missglückten Attentat auf Adolf Hitler? Am 20. Juli 1944?«

»Man hat uns in der Schule davon erzählt«, entgegnete Viktoria.

»Ich war damals ein junger Major. Und war in alle Pläne eingeweiht. Henning von Tresckow persönlich hat mir von der geplanten militärischen Verschwörung erzählt. Nachdem das Attentat gescheitert war, wurden alle hingerichtet, die Bescheid wussten.

Ohne Ansehen des Dienstgrads wurden sie erschossen oder gehängt. Nur einige wenige nicht, wie zum Beispiel ich. Was glauben Sie, warum?«

»Weil niemand Sie verraten hat?«

»Die Männer, die es wussten, sind lieber in den Tod gegangen, als meinen Namen zu nennen.«

»Das heißt, Sie werden mich decken?«, fragte Viktoria ungläubig.

»Ich glaube Ihnen, was Sie mir erzählt haben, Frau Omorova. Wenn es etwas gibt, das ich weiß, dann, dass Menschen zu unvorstellbarer Grausamkeit fähig sein können, wenn man ihnen Macht über andere gibt. Ein paar unerschrockene Männer haben mir damals mein Leben geschenkt. Ich habe mich nicht dafür revanchieren können, was mir sehr zugesetzt hat. Seitdem habe ich auf die Gelegenheit gewartet, um diese Gnade zurückgeben zu können.«

Viktoria war verwirrt: »Ich kann das kaum glauben«, gab sie zu.

»Ich sage Ihnen, was wir machen. Nichts davon dürfen Sie jemals irgendeinem Menschen erzählen, auch nicht ihren nächsten Angehörigen. Nicht einmal dem Mann, den Sie irgendwann heiraten werden, und nicht den Kindern, die Sie auf die Welt bringen. Dieses Versprechen muss ich Ihnen abnehmen.«

»Sie haben mein Wort, Herr Pauls.« Viktoria schwor es bei ihrem Leben.

Für eine Deutsche Botschaft stellte es keine Schwierigkeit dar, einen deutschen Pass auszustellen – und das galt auch für einen gefälschten. *Viktoria Beser* stand in dem Ausweisdokument, geboren in Kempten im Allgäu am 8. April 1938. Rolf Pauls ging mit ihr zum Einkaufen in die Stadt, um ihr neue Kleidung zu besorgen, damit sie am Flughafen nicht auffallen würde. Selbst ihr Flugticket bezahlte er aus eigener Tasche und er ließ es sich auch nicht nehmen, sie bis zum Check-In und zur Zollkontrolle zu begleiten, weil sie solche Dinge noch nie durchlaufen hatte. Mit einem herzlichen Händedruck verabschiedeten sie sich voneinander.

Zudem sorgte Pauls dafür, dass Viktoria in München abgeholt und von Riem zum Hauptbahnhof gefahren wurde, von wo sie mit dem nächsten Zug ins Allgäu weiterreiste.

Zwei weitere Stunden später stieg sie in Sonthofen aus dem Zug und sah sich hingerissen um. Dies also war das Allgäu. Diese majestätischen Berge! Die klare Luft! Diese wunderschöne Gegend hatten ihre Vorfahren verlassen – warum, um alles in der Welt, hatten sie das getan? Sie musste noch drei Busse nehmen, um bis nach Obermaiselstein zu gelangen, und als sie dort in der Mitte des kleinen Ortes ihr Köfferchen auf dem Boden absetzte, liefen ihr Tränen übers Gesicht und sie konnte einfach nur noch so dastehen. Ein Passant fragte besorgt, ob es ihr gutging. Viktoria nickte. Trotzdem fragte er weiter, was sie denn so zum Weinen gebracht hatte.

»Ich glaube, ich habe den Glauben an das Gute zurückgewonnen«, sagte sie.

37
Franz
1873

Die Schneeglöckchen streckten ihre zarten, weißen Blüten aus dem Schnee, der Anfang März noch die Auen bedeckte. Franz hatte im zurückliegenden Winter keine Arbeit angenommen, weil er sich mit aller Kraft seiner Familie widmete. Der kleine Josef war im November zur Welt gekommen, ein gesunder Prachtbursche, der nun seit ein paar Tagen am Zahnen war. Die unteren Schneidezähne plagten ihn, deswegen füllte er das Haus der Bessers derzeit oft mit seinen durchdringenden Schreien.

»Ich wünschte, ich könnte mal wieder eine ganze Nacht lang einfach nur schlafen«, jammerte Thea. »Das Geblöke macht mich langsam mürbe.«

»Ich bin froh, wenn ich ihn schreien höre«, erklärte Franz. »Dann weiß ich, seine Stimmbänder sind gesund, und eine starke Lunge hat er auch.«

»Du schläfst ja auch trotz allem wie ein Stein«, gab Thea zu bedenken, »und stillen musst du ihn auch nicht.«

Tagsüber setzte Franz den dick eingepackten Kleinen oft in eine Kraxe, die er selbst angefertigt hatte, schnallte sie sich um und ging mit ihm hinaus. Den verschneiten Hängen zum Trotz wanderte er so über Auen und Felder. Josef schien das Geschaukel, die körperliche Nähe und das Rauschen der Isar zu gefallen, denn kaum hatten sie das Haus verlassen, hörte er stets auf zu schreien, gluckste wohlig und schlief bald darauf ein. Thea liebte es, wenn ihre beiden Männer solche Ausflüge machten, sie warf sich dann jedes Mal sofort aufs Bett, zog sich die Decke über den Kopf und drückte ihr Gesicht tief ins Kissen. Einmal war Franz mit der Kraxe auf dem Rücken sogar bis zur Hüttlebachklamm gewandert, deren spektakulärer Anblick es dem Kleinen anscheinend besonders angetan hatte.

»Wenn du größer bist«, erklärte Franz, »gehen wir zwei durch die Partnachklamm. Die ist noch viel besser, wirst sehen.«

Ein paar Tage später wanderte er mit Josef auf dem Rücken zum Obermaierschen Sägewerk. Er schaute in der Verwaltungshütte vorbei und überzeugte sich davon, dass es Resi gutging mit ihrer Arbeit. Auch ihre kleine Tochter schien bestens aufgehoben zu sein. Franz und Resi vereinbarten, dass ihre Kinder miteinander spielen sollten, sobald sie etwas größer wären. Xaver Obermaier winkte Franz zu sich ins Büro. Franz kam der Aufforderung nach, deswegen war er ja hier – er wollte erfahren, für wann die ersten Floßfahrten der kommenden Saison angesetzt waren. Obermaier erklärte gönnerhaft, dass er Franz in diesem Jahr für alle seine Transporte als Flößermeister vorgesehen hatte. Das Pensum werde Franz sicher schaffen, erläuterte er, denn es werde weniger Holztransporte geben als in anderen Jahren.

»Wieso das?«, wollte Franz wissen. »Ist die Nachfrage gesunken? Wird in den Städten weniger gebaut?«

»Nein, das nicht«, erwiderte Obermaier. »Die einzelnen Floßtransporte werden einfach umfangreicher sein. Ich muss das so machen. Andere Holzhändler verfahren genauso.«

»Wer schreibt das denn vor?«

»Die Umstände, Franz. Die Eisenbahnstrecke, die schon so lange geplant ist – in diesem Jahr wird sie gebaut. Von München bis nach Mittenwald. Viele Flößer haben als Gleisarbeiter angeheuert, sie alle werden von der Eisenbahngesellschaft mit Kusshand angenommen. Und sehr gut bezahlt. Ihr seid halt kräftig, unerschrocken und ausdauernd – das wissen die auch. Es wundert mich, Franz, dass du davon noch nichts mitbekommen hast.«

»Hab in den letzten Monaten kaum Flößer gesehen«, entgegnete Franz. »Nur meine Familie.«

»Wir Holzhändler haben mit der Gesellschaft ausgehandelt, dass wir die Flößer ab und zu für ein paar Tage vom Bau abziehen können. Lange genug, um Flöße nach München und Landshut zu bringen.«

»Was ist mit Deggendorf? Passau? Und Wien?«

Xaver Obermaier schüttelte den Kopf. »Werden mit Flößen nicht mehr angefahren. Ab München gibt es doch schon ein Eisenbahnnetz. Der Transport auf Zügen ist billiger, kalkulierbarer, schneller und sicherer. Es gibt keine Unfälle und das Wetter spielt keine Rolle mehr.«

Franz war alarmiert. In seinem Kopf schossen die Gedanken hin und her. »Wann soll die Strecke in Betrieb genommen werden? Ab wann fahren Züge von Mittenwald nach München?«

»Im nächsten Jahr, wenn alles läuft wie geplant.«

»Aber das heißt doch, dass es dann keine Floßtransporte mehr geben wird!«, schlussfolgerte Franz. »Für die Isarflößer ist das der Todesstoß!«

»Es tut mir leid, Franz«, entgegnete der Holzhändler und zuckte mit den Achseln. »Wir leben in einem besonderen Zeitalter, die Dinge verändern sich.«

»Aber wir flößern seit Jahrhunderten!«, regte Franz sich auf. »Das gehört zu unserem Leben!«

»Fortschritt tut manchmal weh«, räumte Obermaier ein, »aufhalten lässt er sich aber nicht. Wer nicht mit aufspringt, wird überrollt, so ist das nun mal leider.«

Auf dem Heimweg setzte Franz grimmig einen Fuß vor den anderen. Er war wütend. Sollten die anderen wirklich so blind sein, dass sie nicht sahen, was hier vor sich ging? Am nächsten Tag ging er zuerst beim Otter und dann noch bei ein paar anderen vorbei und sorgte dafür, dass mehr als zwanzig Flößer sich noch am selben Nachmittag auf dem Mittenwalder Marktplatz versammelten. Sie alle – außer Franz – hatten schon bei der Eisenbahngesellschaft angeheuert.

»Jetzt frage ich euch mal«, hob er an, »seid ihr eigentlich noch bei Verstand? Ist euch nicht klar, was es bedeutet, wenn ihr die Gleise baut?«

»Die Eisenbahn zahlt gut«, sagte einer, »sogar mehr, als wir fürs Flößern bekommen.«

»Das freut mich zu hören«, erwiderte Franz, und niemand, nicht einmal der Otter, bemerkte den ironischen Unterton. »Aber habt ihr euch schon mal überlegt, was ihr dann im nächsten Jahr tun wollt?«

Keiner antwortete. Die Flößer sahen sich nur alle gegenseitig an.

»Ich sag's euch: Tagelöhner werdet ihr sein. Auf den Feldern werdet ihr schuften, für einen Hungerlohn. Oder ihr werdet einfach arbeitslos sein, die meisten von euch. Die Gleise werden nur in diesem Jahr gebaut, nur ein einziges Mal. Wenn sie fertig sind, sind sie fertig. Und das Flößerhandwerk wird es auf der Isar dann nicht mehr geben. Mit dem Bau der Gleise grabt ihr euch das eigene Wasser ab, ihr Deppen!«

Tatsächlich hatte bisher keiner der Männer so weit gedacht, wovon die ratlosen Blicke zeugten, die sie einander zuwarfen.

»Aber Franz, wenn wir sie nicht bauen«, erklärte der Otter, »dann tun es andere. Die Gleise werden gebaut, so oder so, und die Züge werden fahren. Du hast schon recht, wir werden dann wohl keine Flößer mehr sein können. Aber wie sollen wir daran etwas ändern? Genießen wir einfach die letzten Isarfahrten. Ab dem nächsten Jahr müssen wir uns eben etwas anderes suchen.«

Zu Hause hatte Franz so schlechte Laune wie vielleicht noch nie zuvor. Grübelnd saß er am Fenster, hin und wieder stieß er unwillige Geräusche aus. Er konnte nicht begreifen, wie es möglich war, dass all die anderen sich ihren geliebten Berufsstand einfach so aus den Händen reißen ließen, als würde es sich um eine alte Hose handeln, die man nicht mehr flicken konnte und deswegen ins Feuer warf. Er war Flößer, zum Kuckuck. Kein Gleisarbeiter, kein Erntehelfer, kein Schweineknecht – sondern Flößer! Das war, was er gelernt hatte, was ihm Freude bereitete und worin er richtig gut war. Er war es mit Leib und Seele und wollte nichts anderes sein.

Er war wortkarg, mürrisch und hing von morgens bis abends nur seinen missgelaunten Gedanken nach. So kannte Thea ihn überhaupt nicht. Drei Tage lang ging das so – bis sie genug davon hatte.

»So, Franz«, sagte sie, »jetzt reicht's mal.«

»Was meinst du?«

»Deine Übellaunigkeit. Du hast kein freundliches Wort mehr für mich und für deinen Sohn. Hör endlich auf, dir leid zu tun.«

»Ich tu mir doch nicht leid«, widersprach er.

»Doch, tust du. Und wie. Du regst dich über die anderen auf, aber du bist auch nicht besser, wenn du nur hier rumsitzt und den grummeligen Miesepeter spielst.«

»Was soll ich denn machen?«, wollte er wissen.

»Das weiß ich doch nicht«, erwiderte Thea streng. »Am Ende ist es im Leben wie auf dem Floß, oder nicht? Wenn die Strömung dich auf den Georgenstein zutreibt, musst du dir was einfallen lassen, richtig? Gibt es einen Sturm, musst du reagieren. Dann kannst du auch nicht dasitzen und aus dem Fenster starren.«

»Zum Teufel, was erwartest du denn jetzt von mir?«, fragte er. »So leicht ist das alles nicht. Mit Flüssen kenn ich mich aus – aber das hier ist …«

»Es ist Politik, Franz«, half Thea.

»Ja, siehst du? Genau! Politik! Und von Politik versteh ich nichts.«

Sie zog sich einen Stuhl heran, setzte sich dicht vor ihn und musterte ihn eindringlich. »Mir ist egal, was du tust, Franz. Hauptsache, du zeigst mir, dass ich damals die richtige Entscheidung getroffen habe, als ich den Esel nach Hause geschickt habe und zu dir aufs Pferd gestiegen bin.«

Sie sahen sich lange an. Ohne Worte. Dann nahm Franz ihre Hand. Und nickte. Er wusste, sie hatte recht. Im Grunde hatte er ja schon eine gewisse Ahnung davon, was man tun könnte. Was jetzt möglicherweise die richtige Maßnahme war. Aber noch war der Gedanke zu ungeheuerlich, um ihn auszusprechen.

38
Viktoria
1965

Viktoria konnte ihre Verwandten schon am ersten Tag ausfindig machen, es war gar nicht schwer. Mitten in Obermaiselstein stand eine Telefonzelle. Sie schlug das Telefonbuch auf und fand eine ganze Reihe von Besers, darunter eine Familie, die ein Hotel führte, nur ein paar Schritte entfernt. Es handelte sich um ein typisch alpenländisches Haus, erbaut aus kräftiger Fichte, mit Blumen auf den Balkonen, die dem Gebäude etwas Lebensfrohes gaben. Neben der Eingangstür hing eine Schiefertafel, auf der mit weißer Kreide die Gerichte des Tages angeschrieben waren: Schweinebraten, Kässpatzen, Krautkrapfen und Wollwürste mit Kartoffelsalat. Viktoria betrat die Gaststube, in der eine Frau in hochgeschlossenem Dirndl damit beschäftigt war, Tische zu decken.

»Wir öffnen erst um fünf«, sagte sie, ohne zu Viktoria hinüberzublicken.

»Entschuldigen Sie bitte, ich suche die Familie Beser«, sagte Viktoria.

Nun wandte die Frau sich ihr zu, mit fragendem Blick. »Ich bin die Beser Marianne«, erklärte sie. »Was gibt es denn?«

»Ich heiße auch so.«

»Sie heißen auch Marianne Beser?«

»Nein. Viktoria. Viktoria Beser. Meine Vorfahren sind vor langer Zeit ausgewandert, von Obermaiselstein in die Ukraine.«

Marianne musterte Viktoria, wie man ein seltenes Tier im Zoo begaffte. Dann führte sie die Besucherin in die privaten Räume hinter der Gaststube.

»Oma«, sagte sie, »mach mal Pause mit dem Kreuzworträtsel. Die Dame hier ist vielleicht mit uns verwandt.«

Mariannes Großmutter Immi Beser war in der Lage, die Verwandtschaftsverhältnisse schnell einzuordnen. Von ihrem vor einigen Jahren verstorbenen Ehemann und dessen Eltern hatte sie einmal erfahren, dass es Besers gegeben hatte, die auf die Krim ausgewandert waren. Das hatte sie sich gemerkt, denn es war ja wichtig, dass man über die eigene Familie Bescheid wusste.

Von diesem Moment an war Viktoria willkommen und gehörte zur Familie, auch wenn keiner so recht wusste, wie er mit ihr umgehen sollte. Sie durfte ein eigenes kleines Zimmer unter dem Dach bewohnen und die Mahlzeiten mit der Familie einnehmen, und es war selbstverständlich für sie, im Hotel zu arbeiten. Sie putzte Zimmer, half beim Bedienen, kümmerte sich um die Hühner, die hinter dem Haus ihr Gehege hatten, und war auch in der Lage, kleine Reparaturen auszuführen. Sie war glücklich, hier einen Platz gefunden zu haben. Und auch wenn sie sich – im Vergleich zur Zeit in der Türkei – deutlich schwerer tat, mit den Menschen in Obermaiselstein auf eine freundschaftliche Ebene zu gelangen, hatte sie doch zum ersten Mal seit langer Zeit wieder das Gefühl, dass ihr Leben nicht bedroht war. Die Sowjetunion war weit weg und angesichts der Idylle des ländlichen Oberallgäus schien sie schon bald nicht mehr zu sein als ein Gespenst aus alten Träumen. Wenn Viktoria frei hatte, unternahm sie Wanderungen in die Berge, durch kühle Wälder und über sonnige Höhen, mit schweren Wanderstiefeln an den Füßen, einem kleinen Rucksack und einer Landkarte. Alleine in der Natur unterwegs zu sein, hatte ihr schon immer gefallen, und jetzt mehr denn je, denn sie verband damit ein Gefühl der Freiheit, das so nirgendwo sonst zu finden war. Das leise Rauschen der Bäume, wenn ihre Stämme sich sanft im Wind wiegten, das Blau des Himmels, das durch die belaubten Wipfel drang und das niemals gleich aussah.

Der Himmel kann Hunderte verschiedene Blaus haben, dachte sie, *und eines ist schöner als das andere.*

Und die Tiere! Viktoria sah Rehe und ihren ersten Hirsch, sie beobachtete zwei Füchse, die sich um einen toten Vogel stritten, und Eichhörnchen, die sich gegenseitig von Baum zu Baum jagten. Sogar einen Steinadler erspähte sie, der in großer Höhe mit weit gespannten Flügeln seine Kreise zog, auf der Suche nach einem unvorsichtigen Hasen oder Wiesel.

Selbst deutlich fallende Temperaturen und massive Schneefälle vermochten Viktoria von ihren Touren nicht abzuhalten, sie machte sich dann mit Schneeschuhen auf den Weg, und mit einem alten Holzschlitten, den sie sich auf den Rücken schnallte.

Immi warnte sie immer wieder davor, mutterseelenalleine loszugehen – zum einen konnte man nie wissen, wer sich in den Wäldern herumtrieb, zum anderen wiesen manche Wege, die über die Berge führten, gefährliche Abschnitte auf. Man konnte abrutschen oder einem Steinschlag zum Opfer fallen. Immis Worte erinnerten Viktoria an etwas, das ihre Mutter vor langer Zeit zu ihr gesagt hatte:

Ein so junges Mädchen alleine auf dem Markt, das kommt nicht in Frage. Viktoria fragte sich, was alles anders gekommen wäre, wenn sie damals auf ihre Mutter gehört hätte. Vielleicht gar nicht einmal so viel, denn sie hätte Timur trotzdem kennengelernt, und das Unglück hätte sich dann eben einen anderen Weg durch ihre gemeinsamen Lebensläufe gesucht.

Es dauerte nicht lange, bis Viktorias veterinäre Kenntnisse sich im Dorf herumsprachen, und da der nächste Tierarzt seine Praxis in Fischen hatte, was mehrere Kilometer entfernt war, wurde sie von immer mehr Bewohnern aus Obermaiselstein darum gebeten, ihre kranken oder verletzten Tiere zu behandeln. Sie tat das gegen ein geringes Entgelt und leistete gute Arbeit, was ihr schnell wachsende Stammkundschaft einbrachte und dazu führte, dass sie immer weniger Zeit hatte für das Hotel der Besers.

Eine Weile telefonierte sie regelmäßig mit ihren Eltern und auch mit Olaf, der inzwischen längst sprechen konnte. Viktorias Mutter erklärte dem Kleinen stets, dass es seine Mama war, die vom anderen Ende der Telefonleitung mit ihm sprach. Viktoria fragte ihn bei jedem Telefonat ausführlich, wie es ihm ging, womit er seine Zeit verbrachte und ob er schon Freunde gefunden hatte. Olaf konnte mit der Stimme aus dem Telefonhörer nicht viel anfangen und wusste meist nicht, was er sagen sollte. Viktoria versuchte nicht zu weinen, und in der Regel war es ihr Vater, der nach wenigen Minuten das ins Stocken geratene Gespräch durchbrach und meinte, ein Telefongespräch über eine so lange Distanz koste doch bestimmt ein Vermögen.

Vor jedem dieser Gespräche legte sie ein Taschentuch bereit, das hinterher völlig durchnässt war. Für ihren Jungen war sie eine Fremde, und das zu spüren war traurig. Manchmal brauchte sie mehr als ein Taschentuch, weil sie gar nicht mehr aufhören konnte zu weinen. Laut ihrem Pass war sie nun eine geborene Allgäuerin, keine Exildeutsche aus Kasachstan. Daran würde sie sich, alleine schon, um Rolf Pauls zu schützen, ihr Leben lang halten müssen. Sie würde also auch niemals mit Hilfe des deutschen Außenministeriums versuchen können, die Ausreise ihres Kindes nach Deutschland zu erwirken. Aber einer gesuchten Mörderin würden die sowjetischen Behörden sowieso niemals ein Kind hinterherschicken. Ihr einziger Trost in Bezug auf ihren Sohn bestand darin, dass es ihren Eltern inzwischen gelungen war, ihn zu adoptieren. Sie wusste, dass es ihm gutging in Konstantinowka und ihn dort eine schöne Kindheit erwartete. Und dass er nicht mehr Omorov hieß, sondern Beser, empfand sie auch als erleichternd.

An einem Frühlingsmorgen sammelte Viktoria gerade im Hühnerstall die frischgelegten Eier ein, als Marianne aus dem Hotel trat und nach ihr rief, weil es einen Anruf für sie gab. Viktoria nahm an, dass es ein Tierbesitzer war, der um einen Besuch bat, und wollte wissen, um wen es sich handelte.

»Jemand aus Bonn, vom Bundesaußenministerium!«, rief Marianne, und die Verwunderung in ihrer Stimme war nicht zu überhören.

Viktoria fuhr erschrocken zusammen. Ein Ei fiel ihr aus der Hand und zerplatzte auf dem Boden. Jemand war auf sie aufmerksam geworden. Jemand hatte begriffen, dass mit ihr etwas nicht stimmte. Es war noch nicht zu Ende. Sie verließ den Hühnerstall, betrat das Hotel durch den Hintereingang, schlich an den Zapfhähnen vorbei und nahm mit zitternden Fingern den Telefonhörer von der Theke.

»Hallo?«, sagte sie und versuchte vergeblich, sich ihre Aufregung nicht anmerken zu lassen. Marianne stand neben ihr, auch Oma Immi und der dicke Kellner Rudi kamen mit unverhohlener Neugier näher. Am anderen Ende meldete sich ein Angestellter des Außenministeriums und fragte, ob er mit Viktoria Beser sprach. Sie bejahte leise und er kündigte an, sie weiter zu verbinden. Es knackte in der Leitung, kurz darauf meldete sich eine vertraute Stimme.

»Rolf Pauls hier, hallo, Frau Beser. Können Sie mich hören?«

»Ja«, erwiderte sie schüchtern. »Hallo, Herr Pauls. Gibt es ... gibt es ein Problem?«

»Nein, ich wollte mich nur mal erkundigen, wie es Ihnen geht. Wie Sie zurechtkommen.«

Viktoria wurde von einer Woge der Erleichterung durchflutet. »Gut, vielen Dank der Nachfrage«, erwiderte sie und spürte, wie ihre Stimme zurückkehrte. »Es geht mir wirklich gut und ich bin Ihnen immer noch sehr dankbar.«

»Das freut mich zu hören. Ich musste oft an Sie denken.«

»An mich?«

»Ihr Schicksal hat mich damals sehr gerührt. Und es gibt auch noch etwas, das ich Ihnen sagen wollte. Hört Ihnen gerade jemand zu?«

»Ja«, entgegnete Viktoria nur und blickte auf die Schuhe von Oma Immi und Kellner Rudi.

»Dann rufen Sie mich doch bitte, wenn es möglich ist, in ein paar Minuten von einem öffentlichen Fernsprecher zurück, ja?«

Kurz darauf trat Viktoria in die Telefonzelle, in der sie vor knapp zwei Jahren schon einmal gestanden hatte, und wählte die notierte Nummer.

»Viktoria«, sagte Pauls, »ich wollte Sie darüber informieren, dass im Standesamt von Kempten eine Geburtsurkunde von Ihnen liegt. Wenn Sie also irgendwann heiraten wollen, steht dem nichts im Wege.«

»Danke«, erwiderte Viktoria. »Sie sind wirklich ein Engel.«

»Sagen Sie das mal meiner Frau«, entgegnete er und sie konnte ihn fast schmunzeln hören. »Die sieht das ganz anders.«

Viktoria erzählte ihm, wie ihr Leben sich in der Zwischenzeit entwickelt hatte, und dass sie davon träumte, eines Tages nach Afrika zu gehen. Am liebsten für immer. Ihr Leben lang schon wünschte sie sich, die Tiere zu erleben, die es dort gab. Sie wollte nicht eines Tages sterben, ohne wenigstens einmal eine Giraffe in freier Wildbahn erlebt zu haben. Und sie wusste: Sollte ihr das gelingen, hätte sie es ihm zu verdanken. Rolf Pauls widersprach: Nicht ihm würde sie es dann zu verdanken haben, sondern sich selbst. Dann wollte er auf einmal wissen, ob er sie um Rat fragen durfte.

Viktoria wunderte sich: »Ein Mann wie Sie erbittet meinen Rat? In welcher Angelegenheit?«

»Es ist so«, begann Pauls. »Man hat mich gefragt, ob ich der erste Botschafter der Bundesrepublik Deutschland in Israel werden will. Können Sie sich vorstellen, was für ein außerordentlich heikles Angebot das ist?«

»Ich fürchte, dazu fehlt mir der politische Horizont«, erwiderte Viktoria. »Aber bestimmt ist es schwierig wegen der Judenverfolgung während des Nationalsozialismus?«

»*Schwierig* ist untertrieben. Große Teile der israelischen Gesellschaft lehnen diplomatische Beziehungen zwischen den beiden Staaten strikt ab. Zudem war ich Offizier der Wehrmacht, hochdekoriert dazu, man hat mir das Ritterkreuz verliehen.«

»Aber Sie waren doch im Widerstand«, gab Viktoria zu bedenken. »Sie waren beteiligt an einem Attentat gegen Hitler.«

»Das interessiert keinen. Wer in mir einen Nazi sehen will, lässt sich dadurch nicht bremsen.«

»Herr Pauls«, sagte Viktoria, »sind Sie gerade tatsächlich im Begriff, mich zu fragen, ob Sie diese Stelle annehmen sollen? Mich, eine Frau, die Hühnerställe putzt und Gästetoiletten säubert?«

Pauls schwieg eine Weile. Dann erklärte er: »Wir sind uns zwar nur einmal begegnet, Viktoria, aber Sie haben mir tiefer in die Seele gesehen als viele andere. Vielleicht ist das der Grund dafür. Wenn ich den Job annehme, wird mich heftiger Gegenwind empfangen. Mache ich ihn ordentlich, kann ich vielleicht etwas wirklich Gutes bewirken und die Beziehungen unserer beiden Staaten ein Stück voranbringen. Sollte ich aber scheitern, geht meine Karriere für immer den Bach runter.«

»Ich halte Sie für einen guten Menschen, Herr Pauls«, sagte Viktoria. »Deswegen glaube ich, dass Sie die Antwort auf Ihre Frage bereits kennen.«

»Sie haben Recht«, gab er zu.

»Ich werde in der Zeitung verfolgen, wie Sie sich schlagen«, kündigte sie an.

»Und ich hoffe, ich enttäusche Sie nicht.«

Vom folgenden Morgen an las Viktoria Tag für Tag in ihren Pausen die aktuelle Tageszeitung, die in der Gaststube in den Zeitungshalter gespannt war.

Die Amtseinführung von Rolf Pauls in Tel Aviv erfolgte wenige Monate später. Sie wurde von heftigen Gegendemonstrationen begleitet und in der Presse weltweit stark diskutiert.

In der Tagesschau am Abend sah Viktoria, wie Pauls eine vielbeachtete, hochgelobte Antrittsrede hielt, in der er mit wohlgewählten Worten für die Verständigung zwischen den beiden Völkern warb, um gemeinsam den Weg in eine helle Zukunft in Freiheit, Frieden und Gerechtigkeit zu finden. Eigentlich stand ihr ein solches Gefühl nicht zu, dachte Viktoria, aber sie war trotzdem stolz auf ihn.

In den Wochen und Monaten danach beobachtete sie sehr genau, wie es Pauls mit Engagement und Behutsamkeit gelang, sowohl in der israelischen Bevölkerung als auch bei der Regierung Respekt und Vertrauen zu gewinnen. Als einer von nur wenigen Botschaftern hielt er bereits nach wenigen Monaten Reden auf Hebräisch, mit dem vormaligen Premierminister David Ben-Gurion verband ihn schon bald fast so etwas wie eine Freundschaft.

Kurz vor Weihnachten, als Obermaiselstein schon tief verschneit war, bekam sie Post von ihm: Der große Umschlag war in Tel Aviv abgestempelt worden und das Papier zierte der Briefkopf der Deutschen Botschaft. Darin befand sich der bunte Hochglanz-Prospekt einer Lodge in Tansania, die in mehreren Sprachen für Safari-Urlaube warb. Ein kleiner Zettel war angeheftet, auf dem geschrieben stand: *Die suchen Mitarbeiter aus aller Welt! Wird staatlich gefördert! Bewerben Sie sich! Gruß, Pauls.*

39
Daniila
2014

7. April, Obermaiselstein:
Vor dem Fenster ragen schneebedeckte Berge auf. Die Sonne spielt mit den Blättern der alten Kastanie, die im Biergarten des Hotels ihre knorrigen Äste ausbreitet. Postkartenidylle. Hier zu sein fühlt sich surreal an. Ich weiß noch immer nicht, ob ich das Richtige getan habe. Und was ist das überhaupt? Tun wir jemals *das Richtige*? Als ließe die Welt sich so leicht einteilen in *richtig* und *falsch*.

Russische Soldaten sind in das Haus von Artems Eltern eingedrungen, haben sie des Aktivistentums bezichtigt. Dabei hatten diese unbescholtenen Leute keine Ahnung, was ihr Sohn getrieben hat. Trotzdem haben die Schweine behauptet, Artem hätte alles gestanden, auch ihre Mitwirkung, und die ganze Familie mitgenommen, inklusive seiner Geschwister. Ich bin fast durchgedreht, als ich das gehört habe. Dachte: Was, wenn sie auch noch alle holen, mit denen Artem befreundet war, einfach so? Die mit ihm im Hörsaal gesessen haben? Bis zu diesem Moment hatte ich nicht gewusst, wie sich Panik anfühlt. Meine Gedanken fuhren Karussell, ich konnte ihnen nicht mehr folgen, Bilder von Papa und den Jungs in einer Zelle, wie ihnen glühende Nägel ins Fleisch gebohrt werden, Bilder von Arbeitslagern im ewigen Eis, Peitschen, die auf nackte Rücken klatschen ... Stopp! Ich musste mich zusammenreißen. Was sollte ich tun? Ich versuchte, die Optionen durchzudenken. Einfach hierbleiben, nichts tun, abwarten und auf das Beste hoffen? Und dabei zusehen, wie um uns herum der Stacheldraht einer neuen Stalin-Ära ausgerollt wird? Fast alle Professoren und Dozenten an der Uni waren bereits entlassen worden. Irgendwann würden sie uns weiterstudieren lassen, unter russischer Kontrolle und Doktrin. Es mag eine

Kurzschlussreaktion gewesen sein. Vielleicht war es das wirklich. Ich bin zur Bank, habe das ganze Geld von meinem Konto abgehoben, zu Hause ein paar Sachen in meinen Rucksack gestopft. Seit ein paar Tagen gingen die Jungs wieder zur Schule, sie waren nicht zu Hause, Papa auch nicht, er kümmerte sich um die Schafe. Ich konnte mich nicht von ihnen verabschieden. Ich hätte es nicht fertiggebracht, das ist mal das eine. Und Papa hätte mich auch niemals gehen lassen. Würde man sie eher in Ruhe lassen, wenn ich nicht mehr hier war? Das konnte niemand wissen. Ich musste eine Nachricht hinterlassen, aber darin durfte nichts Belastendes stehen. Wer weiß, wer die finden würde. Also schrieb ich kurz und knapp: *Lieber Papa, liebe Jungs, ich ertrage die Trauer nicht mehr. Sie frisst mich auf, ich muss hier weg. Bitte verzeiht. Alles Liebe und Gute, eure Daniila.* Den Zettel legte ich auf den Küchentisch. Papa könnte ihn, falls es nötig würde, als Beweisstück dafür verwenden, dass er von meinen Tätigkeiten als Aktivistin keine Ahnung hatte. Mein Herz lag in Scherben. Ich machte noch einen Umweg zu Matwij und bat ihn, meinen Vater aufzusuchen und ihm die wahren Gründe für meine Abreise zu nennen. Aber erst in ein paar Tagen, denn sollten die Russen mich suchen, war es besser, meine Familie wusste von nichts. Im Nachhinein kommt mir das alles vor wie der irrlichternde Plan eines verzweifelten Geistes.

Ich stieg auf meine Jawa Pionyr, meinen alten slowakischen Motorroller, von dem kein Mensch wusste, wie lange er es noch machen würde. Und fuhr einfach los. Schon nach wenigen Kilometern war mir klar, wie bizarr es war, was ich vorhatte. Ich würde andauernd tanken müssen. Die Jawa verbraucht drei Liter auf 100 Kilometer und fasst nur dreieinhalb. Die Höchstgeschwindigkeit ist mit 60 km/h angegeben, aber mehr als 50 hatte ich noch nie geschafft. Ich hatte den Roller gut in Schuss gehalten, aber bei so alten Maschinen weiß man nie, was passiert. An der ersten Tankstelle habe ich einen Fünf-Liter-Ersatzkanister gekauft und ihn am Gepäckträger befestigt. Außerdem ein

Prepaid-Handy. Nach gut vier Stunden bewegte ich mich auf das nördliche Ende der Krim-Halbinsel zu, im Norden von Armjansk. Würde die Straße nach Havrylivka passierbar sein? Natürlich gab es eine Straßensperre. Und Uniformierte. Ein Panzer hatte sein Rohr auf die Straße gerichtet. Aber ich war nur ein Mädchen auf einem roten Mofa, mit einem Helm auf dem Kopf. Anhalten musste ich trotzdem. Der Uniformierte ließ sich meinen Ausweis und meinen Führerschein zeigen und fragte, wohin ich wollte. Ich erklärte, ich würde meine Oma in Kalantschak besuchen. Sie lebe allein und wir müssten regelmäßig nach ihr sehen, um zu wissen, dass es ihr gutgehe. Heute Nachmittag würde ich schon wieder nach Hause zurückkehren. Er ließ mich durch, ich durfte weiterfahren. Von den Russen hatte ich jetzt nichts mehr zu befürchten, ihre verbrecherische Landnahme, die Putin in den Medien weiterhin bestritt, beschränkte sich bisher auf die Krim. Ich schlief im Freien, wenige Schritte neben der Straße, zwischen ein paar Büschen und warm eingepackt. Einmal regnete es ein bisschen, aber es war nicht so schlimm. Am fünften Tag habe ich die ukrainische Grenze überquert. Am sechsten Tag ging in Polen die Jawa kaputt. Sie fing an zu knattern und blieb stehen. Ich hatte ein wenig Werkzeug bei mir, aber natürlich keine Ersatzteile. Mit dem Handy fand ich einen Schrottplatz in Szówsko, und es gelang mir sogar, den Chef dazu zu überreden, einen Mitarbeiter loszuschicken, der mich und den Roller mit einem Transporter abholte. Auf dem Gelände fand ich alles, was ich brauchte, um die Jawa wieder fahrtüchtig zu machen. In Tschechien wurden neue Bremsen fällig, ich konnte sie in einer Werkstatt zu einem fairen Preis erwerben. Mit Russisch kam ich auch hier noch ganz gut durch. Am zehnten Tag überquerte ich die Grenze nach Deutschland. Komisches Gefühl – das Land meiner Vorfahren. Hier redete auf einmal jeder so, wie es sonst nur wir zu Hause in der Familie taten. Keine einzige Grenzkontrolle hatte ich – dem Schengen-Abkommen sei Dank – über mich ergehen lassen müssen. Die Jawa drohte langsam schlapp zu machen, wurde immer langsamer, schaffte auf der Ebene nur noch 40 km/h. Die Steigungen, die sie zwei Tage später im Allgäu zu bewältigen hatte, gaben ihr dann den Rest. Trotzdem schaffte sie es mit letzter Kraft nach Obermaiselstein. Mitten in dem kleinen Ort begann sie Öl zu spucken und ich musste sie am Straßenrand abstellen. Kaum zu fassen. Ich war wirklich hier. Unterwegs hatte ich mich schon darüber informiert, wie viele Leute mit dem Namen Beser es hier gab. Es waren einige. Schließlich landete ich in einem kleinen Hotel, ganz aus Holz und mit Blumenkästen unter den Fenstern. Ich ging hinein, mit dem Helm unter dem Arm. Hinter der Rezeption saß eine sehr alte Frau und ich redete einfach drauflos:

»Guten Tag, mein Name ist Daniila Beser. Ich komme aus der Ukraine und suche nach Leuten, die den gleichen Nachnamen tragen wie ich. Meine Vorfahren sind vor über 200 Jahren von hier auf die Krim gezogen.«

Die Alte starrte mich nur an, ohne etwas zu sagen. Wahrscheinlich bot ich einen ziemlich heruntergekommenen Eindruck. Unterwegs hatte ich zwar alle zwei bis drei Tage ein kaltes Bad in einem Fluss oder einem See genommen, aber frische Kleidung besaß ich schon lange nicht mehr. Alles, was ich dabeihatte, war mehrfach getragen und von den Reparaturen mit Öl verschmiert. Genau wie meine Hände.

»Ich habe eine lange Reise hinter mir«, fügte ich entschuldigend hinzu.

Sie stand langsam auf. Leicht gebeugt kam sie um die Rezeption herum auf mich zu. Musterte mich von Kopf bis Fuß. Und sagte dann: »Ich habe gerade so ein … wie nennt man das, wenn man denkt, man hat das, was gerade passiert, schon mal erlebt?«

»Ein Déjà Vu?«

»Richtig. Vor langer Zeit stand an dieser Stelle schon einmal eine junge Frau vor mir und hat fast genau dasselbe gesagt wie du. Es muss wohl ein halbes Jahrhundert her sein.«

»Und wer ist das gewesen?«

»Sie hieß Viktoria Beser.«

Meine Großmutter! Um die alle so ein Geheimnis machten. Sie ist hier gewesen. Vor fünfzig Jahren.

40
Henning
1939

Die Wehrmachtsführung versetzte ihn ins Hinterland. Er würde Chef einer Infanterie-Kompanie werden, in Elbing, einer Stadt in Ostpreußen, weit ab vom Schuss, ganze 600 Kilometer von Berlin entfernt. Diese Maßnahme bedeutete zwar keine Zurücksetzung, sie war ein ganz normaler Vorgang in der vorgeschriebenen Laufbahn eines Generalstabsoffiziers – dennoch passte sie ihm überhaupt nicht. Eine so abseitige Provinz-Garnison würde ihn vollkommen abschneiden von den aktuellen Entwicklungen und ihn der Möglichkeiten berauben, auf diese aktiv einzuwirken.

»Wir werden direkt am Meer wohnen«, versuchte Erika den Kindern den Umzug schmackhaft zu machen, »mit Blick auf die Ostsee. Freut ihr euch so sehr wie ich?«

Nein, das taten sie nicht, keines von ihnen. Sie würden ihre Schulfreunde verlieren, ihr gewohntes Umfeld.

»Wir ziehen von der Hauptstadt ans Ende der Welt«, maulte Mark, der älteste Sohn.

»Was sollen wir da den ganzen Tag machen?«, stimmte Uta mit ein.

»An den Strand gehen, schwimmen, in der Sonne liegen«, zählte Erika auf. »Wir werden dort leben, wo die wenigen, die es sich leisten können, Urlaub machen.«

Sie machte Stimmung für den Umzug, obwohl auch sie Bedenken hatte. Seit wenigen Tagen wusste sie, dass sie noch einmal schwanger war. In ihrem Alter, Mitte dreißig, sah man in einer Schwangerschaft ein Risiko. Würde die ärztliche Versorgung in Elbing ausreichend sein, wenn es zu Komplikationen kommen sollte? Henning versuchte sie zu beruhigen. Das Bataillon verfüge über ein ausgezeichnetes Krankenhaus mit erstklassigen Ärzten, versicherte er ihr.

Was er seiner Frau nicht verriet, war, wieso er sich über die Ärzte in Elbing erkundigt hatte. Bisher hatte er es Erika noch verheimlichen können. Schon mehrmals hatte er in den vergangenen Monaten zu Hause angerufen und erklärt, heute habe er so viel zu tun, dass er in der Kaserne übernachten müsse. In Wirklichkeit lag er dann in der Krankenstation und kurierte die äußerst schmerzhaften Gallenattacken und Nierenkoliken aus, die ihn in letzter Zeit immer häufiger heimsuchten. Es musste die quälende Unzufriedenheit über die gesamte Situation sein, die seine Gesundheit erschütterte. Seine Tochter hatte eine sprechende Puppe: Zog man sie an einer Schnur am Rücken auf, sagte sie mit langsamer, roboterhafter Stimme: *Ich hab dich lieb.* Henning hatte das von Anfang an gruselig gefunden und fragte sich, wie Uta daran so großen Gefallen finden konnte. Doch vielleicht war das Unbehagen, das die Puppe in ihm auslöste, nur darauf zurückzuführen, dass er sich von ihr gespiegelt fühlte: Wiederholte nicht auch er die immer gleichen Sätze?

»Das kann alles nicht gutgehen«, sagte er dann, gleich einem alten Mann, der vor sich hin brabbelte. Und: »Hitler macht Krieg. Es gibt Krieg. Wir werden es erleben.«

So sprach er nicht vor seinen Kindern, ihnen wollte er nach Möglichkeit ersparen, was in der Welt Unerfreuliches vor sich ging. Aber mit Erika, mit Gerd, mit ausgewählten Kameraden im Regiment, vom Leutnant bis zum General.

Dann kam der Umzug. Es war für alle sehr schmerzhaft, die ans Herz gewachsene Berliner Wohnung aufgeben zu müssen. In Elbing angekommen, war seine Frau die Einzige, mit der er noch offen sprach. Die Soldaten der 21. Infanterie-Division waren ihm ausnahmslos unbekannt, er konnte sie nicht einschätzen und wollte nichts riskieren. Ihm blieb nichts anderes übrig, als sich noch mehr in sich selbst zurückzuziehen, mit allem was er dachte und fühlte, mit allem, was er gerne getan hätte. Eines Abends überfiel ihn eine Kolik beim Essen mit der Familie. Selbst mit dem Vorhaben, seinen angegriffenen Gesundheitszustand den

Liebsten zu verheimlichen, war er also gescheitert. Man brachte ihn ins Bataillonskrankenhaus, und als er da so lag, fühlte er sich wie ein jämmerlicher Versager. Er wusste, dass er Teil eines verbrecherischen Systems war und leistete dennoch ohnmächtig seinen dummen Beitrag dazu. Der Bataillonskommandeur persönlich stattete ihm einen Besuch ab, aber nur, um sich ein Bild darüber zu machen, ob Hauptmann von Tresckow in wenigen Tagen wohl in der Lage sein würde, zu seiner feierlichen Beförderung zum Major zu erscheinen. Im Badezimmer riskierte Henning einen Blick in den Spiegel. Dünn war er geworden. Blass. Er verlor Haare.

Drei Tage später, auf dem Exerzierplatz, vor mehreren Hundert Soldaten, die Beförderung. *Es ist alles so eine Farce*, dachte er. *Was tue ich hier? Was habe ich hier nur verloren? Die Welt ist im Begriff, unterzugehen, und ich stehe hier wie ein Vollidiot und lasse mich befördern. Im Dienst eines Regimes, das alles vernichtet, wofür zu leben sich lohnt.*

Es war bereits Hochsommer, als es Henning endlich gelang, für ein paar Tage nach Berlin zu reisen. Er traf seinen Bruder Gerd, um sich über die aktuelle Lage auszutauschen, die sich in den letzten Monaten zunehmend verschärft hatte.

Bereits im vergangenen März hatte Hitler, obwohl er wenige Monate zuvor noch öffentlich versprochen hatte, das Sudetenland würde die letzte territoriale Forderung Deutschlands bleiben, mit der Bombardierung von Prag gedroht, worauf der tschechische Staatspräsident keine andere Möglichkeit mehr gesehen hatte, als sein Land *dem Schutz des Deutschen Reiches* zu unterstellen. In Gerds Wohnzimmer machte Henning die Bekanntschaft eines jungen Mannes, der ihm entfernt bekannt vorkam.

»Kennst du noch unseren Vetter Fabian?«, fragte Gerd. »Wenn er uns damals in Wartenberg besucht hat, wollte er immer mit uns spielen, aber er war viel zu klein.«

»Fabian, natürlich«, sagte Henning. »Fabian von Schlabrendorff. Lang ist's her.«

Die Männer schüttelten sich die Hände. Fabian war Anfang dreißig, ein schlanker Brillenträger, dem der Schalk aus den Augen blitzte.

»Er ist auf unserer Seite«, erklärte Gerd. »Wir können offen mit ihm reden. Fabian ist inzwischen ein international tätiger Rechtsanwalt, der in London in den höchsten Kreisen aus- und eingeht. Er kann und will uns von Nutzen sein.«

Fabian strahlte weltmännische Gelassenheit aus und erweckte andererseits den Eindruck, als nehme er das Geschehen nicht ganz so ernst. Und das, obwohl er bisher fast nichts gesagt hatte. *Aus ihm hätte ein guter Komödiant werden können*, war fast das Erste, das Henning über ihn dachte.

»Was heißt das, *höchste Kreise*?«, wollte Henning wissen.

»Ganz oben«, entgegnete Gerd.

»Chamberlain?«, hakte Henning ungläubig nach.

»Ich denke, es gibt keinen, zu dem ich nicht vordringen könnte«, bestätigte Fabian.

Henning musste erst einmal tief durchatmen. Das waren mehr als interessante Nachrichten, angesichts der Neuigkeiten, die er mitgebracht hatte.

»Die Mobilmachung läuft«, enthüllte er. »Um sie voranzutreiben, macht man mich in Kürze zum Divisions-Ia.«

»Mobilmachung für Krieg gegen Polen?«, fragte Fabian.

»Exakt. In diesem Moment sitzen Ribbentrop und Molotow bei geheimen Verhandlungen, um das Ganze zusammen vorzubereiten. Das Auswärtige Amt macht allen Ernstes gemeinsame Sache mit den Russen.«

»Großbritannien und Frankreich werden sich das nicht tatenlos ansehen«, warf Gerd ein.

»Natürlich nicht. Ein Einmarsch in Polen kann zu einem zweiten Weltkrieg führen. Und damit zum Untergang Deutschlands. Wenn die Engländer darüber frühzeitig Bescheid wüssten, wären die Karten aber vollkommen anders verteilt.«

Fabian von Schlabrendorff reiste umgehend nach London und traf sich im *foreign office* mit hohen Regierungsbeamten, um sie über die deutschen Angriffspläne gegen Polen in Kenntnis zu setzen. Am selben Abend erhielt Henning von Tresckow von ihm einen Anruf.

»Es ist zum Verrücktwerden«, regte Fabian sich auf. »Sie glauben mir nicht, kannst du dir das vorstellen? Ich serviere ihnen Hitlers Kriegspläne auf dem Silbertablett, und sie halten sie für Hirngespinste. *Hitler won't dare to do that*, hat Lord Halifax gesagt und mit der Hand durch die Luft gewedelt, als würde er eine harmlose Fliege verscheuchen.«

»Was ist mit Chamberlain?«, wollte Henning wissen.

»Vergiss Chamberlain«, entgegnete Fabian, »er macht, was Halifax sagt. Ich denke ohnehin, dass er bald abgelöst wird.«

»Durch wen?«

»Durch einen der wenigen führenden Köpfe in England, die Hitler ernst genug nehmen. Mit ihm treffe ich mich morgen. Winston Churchill.«

Henning war tief enttäuscht. Nicht von seinem Cousin, der hatte alles gegeben. Aber von der Arroganz der Engländer, die in ihrem Elfenbeinturm saßen und zu kurzsichtig waren, um zu begreifen, dass die Nazis noch lange nicht genug hatten.

Wenige Tage darauf wurde er nach Rosenberg versetzt, noch dichter an die polnische Grenze. Gleichzeitig sorgte er dafür, dass seine Familie von Elbing nach Berlin zurückzog. So nah an einer zu erwartenden Kriegsfront wollte er seine Kinder und seine hochschwangere Frau nun nicht mehr wissen.

Am 24. August erhielt er einen Anruf von seinem Bruder. »Weißt du, was Hitler heute vor den kommandierenden Generalen gesagt hat?«, berichtete Gerd erregt. »*Den Anlass zum Krieg werde ich schaffen. Es ist gleichgültig, ob er geglaubt wird oder nicht. Nach dem Sieg wird der Sieger nicht mehr gefragt, wie er den Krieg begonnen hat.*«

Zwei Tage später lagen Mobilmachungsbefehle vor Henning von Tresckow, die er zu unterzeichnen und herauszugeben hatte – für drei Infanterie-Regimenter, ein Artillerie-Regiment, ein Pionier-Bataillon und mehrere Spezial-Verbände der Division. Polen sollte auf der Stelle angegriffen und innerhalb von kürzester Zeit vernichtet werden. Er tat, als würde er die Befehle besonders aufmerksam lesen, bis der Leutnant, der vor ihm stand und auf die Unterzeichnung wartete, schon nervös wurde. *Ich bin nun also derjenige, der die Männer in den Krieg schicken soll? Ins Verderben, den Untergang? Sollte ich mir nicht eher die Hand abhacken, als das zu tun?* Er unterschrieb. Einen Befehl nach dem anderen.

Die Verbände waren bereits auf dem Weg zur Grenze. Henning saß alleine im Dienstzimmer und spielte mit seiner Dienstwaffe. Eine Frage beschäftigte ihn: Wäre es feige und verantwortungslos, sich jetzt den Lauf der Pistole in den Mund zu schieben, abzudrücken und alles hinter sich zu lassen, oder wäre es – nach seiner ganz eigenen Vorstellung von Moral und Verantwortung – eher als Heldentod zu bewerten? Er kam nicht dazu, sich auf diese Frage eine Antwort zu geben, denn ein Anruf aus Berlin wurde durchgestellt:

»Die Befehle sind kassiert!«, bellte ihm ein Oberstleutnant entgegen.

»Was soll das heißen?«

»Der Führer hat den Angriff widerrufen! Alle Verbände sind sofort zu stoppen! Sofort!«

Henning verzichtete darauf, es genauer wissen zu wollen. Er sprang auf, lief zu seinem Chauffeur, der hinter der Baracke stand und eine Zigarette rauchte, und befahl ihm, den Panzern hinterherzufahren. Mit Vollgas.

»Ich kenne eine Abkürzung«, sagte der Chauffeur, nachdem sie im Kübelwagen Platz genommen hatten.

»Mann, dann nehmen Sie die!«

Über Feldwege ließ der Fahrer den Wagen rumpeln, durch Löcher, die so tief waren, dass er einen Achsenbruch riskierte.

Es gelang so gerade eben, die Einheiten zu überholen. Der Wagen kam scharf gebremst zum Stehen. Henning sprang hinaus und lief mit weit ausgebreiteten Armen vor den ersten Panzer, der unbeirrbar auf ihn zurollte.

»Halt!«, brüllte er. »Stopp!«

Der Chauffeur kam angelaufen und schwenkte eine Reichsfahne, die hinten im Wagen gelegen hatte. Gemeinsam brüllten sie sich heiser. Kaum mehr als eine Armlänge entfernt kam der Panzer zum Stehen.

Tresckow glaubte, erst einmal aufatmen zu können. Den Angriff eines ganzen Heeres konnte man nicht beliebig anordnen. Er ging davon aus, dass jetzt erst einmal für eine Weile Ruhe herrschen würde.

Doch diese Einschätzung erwies sich als Irrtum.

Schon am 1. September hatte er die Befehle ein weiteres Mal vor sich liegen und musste sie unterzeichnen.

Ich bin nur noch ein willfähriges Instrument von Gewalt, Wahnsinn und imperialistischer Machtgier, schrieb er anschließend in ein kleines Notizbuch. *Ein entartetes Regime setzt die Nation aufs Spiel. Sinnlose Opfer werden gebracht für sinnlose Ziele.*

Deutschland befand sich im Krieg. Was bedeutete, dass die Wehrmacht sich nun im Kampf befand, getrieben von Patriotismus, Fahneneid und Ehrgefühl. Wie sollte sie nun noch für einen Staatsstreich zu gewinnen sein? Die Kriegserklärungen von Großbritannien und Frankreich ließen, wie erwartet, nicht lange auf sich warten. Polen wurde unterdessen geradezu überrollt. Tresckow erfuhr schon bald, dass SS, Polizei und Sicherheitsdienste in Polen Gräueltaten verübten. Wo immer sie auf Juden stießen, wurde vergewaltigt, gebrandschatzt und gemordet, auf bestialische, widerwärtigste Weise. Tresckow fühlte sich ohnmächtig und fast wie tot. Er hatte Schmerzen, seine gereizten Eingeweide drohten wieder zu rebellieren. Zudem war er hier, fernab der Zentrale, auch noch in der Truppe eingemauert. Nichts, aber auch wirklich gar nichts konnte er ausrichten, das dem Widerstand auf irgendeine Weise hätte dienen können. Stattdessen bekam er für seine Verdienste am Überfall auf Polen die Spange zum Eisernen Kreuz Erster Klasse verliehen.

»Tresckow, Sie sind jetzt ein wahrer Kriegsheld«, erklärte sein Kommandeur, während er die Spange an der Uniform befestigte. Der Ausgezeichnete bedankte sich, wie es sich gehörte, mit einem militärischen Gruß. Und hasste sich und sein Leben mehr, als er sich jemals hätte vorstellen können.

41
Daniila
2014

12. April, Obermaiselstein:
Ich ringe mit mir. Soll ich zu Hause anrufen? Würde ich meine Familie dadurch in Gefahr bringen? Bestimmt hat Matwij getan, worum ich ihn gebeten habe, und Papa weiß inzwischen längst Bescheid. Wenigstens das. Mich quält aber auch die Ungewissheit, ob meiner Familie etwas angetan wurde. Der Gedanke ist unerträglich. Wie ich es drehe und wende: Anrufen kann ich sie nicht. Hören die Russen unser Telefon ab, unterschreibe ich damit seinen Marschbefehl nach Sibirien. Aber Matwij! Die Russen haben ihn nicht auf dem Radar, niemand weiß, dass wir uns kennen. Trotzdem kommt es mir riskant vor, als ich seine Nummer wähle. Er meldet sich, ist ganz außer sich vor Freude, als er meine Stimme hört, und dass ich es unbeschadet bis nach Deutschland geschafft habe. Er erzählt mir, dass er meine Botschaft überbracht hat, einen Tag, nachdem Russen in Zivil bei uns zu Hause gewesen sind. Sie haben Papa und die Jungs getrennt voneinander verhört. Die Drecksäcke hatten einen Lügendetektor dabei, ich hatte immer gedacht, sowas gibt's nur in Filmen. Auf die Frage, ob sie wussten, dass ich als Aktivistin Verbrechen gegen das russische Militär verübt hätte, konnten sie ehrlich mit Nein antworten. Fünf Stunden lang haben die bei uns zu Hause alles auseinandergenommen, schließlich sind sie wieder abgezogen. Ich danke Gott selten für irgendetwas, aber als Matwij mir das erzählt, ist es so ein Moment. Andererseits weiß ich nun auch: So lange die Russen meine Heimat besetzt halten, werde ich nicht zurück nach Hause gehen können. Matwij erzählt mir dann noch, welche Worte mein Vater ihm mitgegeben hat, für den Fall, dass er von mir hören sollte: Er ist zwar wütend auf mich, weil ich mich ihm nicht anvertraut habe und die Familie verlassen habe – aber auch stolz, weil ihm klar ist, warum und für wen ich getan habe, was die Russen mir

vorwerfen. Das Wichtigste sei, aufrecht durchs Leben zu gehen.

Meine Großmutter war in Obermaiselstein, hat hier sogar mehrere Jahre gelebt. Marianne erzählt, dass Viktoria damals aus Kasachstan geflohen ist. Wie sie das in den 60er Jahren, zu Zeiten der Sowjetunion, hinbekommen hat, ist mir ein Rätsel. Auch Marianne weiß darüber nichts.

»Sie hat nie darüber gesprochen. Viel geredet hat sie sowieso nicht, weißt du, ganz anders als du. War verschlossen. Keiner wusste, woran er mit ihr war. Aber Viecher hat sie gemocht, nach einer Weile war sie hier sowas wie eine Tierärztin.«

Eines Tages ist Viktoria wieder verschwunden, fast so schnell, wie sie gekommen war. Aber nicht etwa zurück nach Kasachstan, sondern in ein noch sehr viel weiter entferntes Land.

»Wir haben nie wieder von ihr gehört«, beschließt Marianne ihre Erzählung.

Ich habe das Zimmer unterm Dach bekommen, in dem seinerzeit auch Viktoria gelebt hatte. Genau wie sie damals darf ich bleiben und für das Hotel arbeiten. Dafür bin ich sehr dankbar, das ist nicht unbedingt selbstverständlich. Ich rufe noch einmal Matwij an und bitte ihn, Papa zu übermitteln, was ich über Viktoria erfahren habe. Vielleicht würde er ja im Gegenzug endlich verraten, wieso seine Mutter aus Kasachstan geflohen war. Matwij übernimmt den Kurierdienst gerne. Als ich mich tags drauf wieder bei ihm melde, berichtet er mir, dass die Nachrichten über Viktoria Papa sichtlich bewegt haben. Er sei nicht bereit, einem Fremden wie ihm eine derart intime Familiengeschichte anzuvertrauen, verspreche jedoch, mir bei unserem nächsten Gespräch alles anzuvertrauen, was er weiß. Das Rätsel um meine Großmutter ist nun noch größer geworden, ich habe aber keine Zeit, mich ausgiebig damit zu befassen. Über die Medien verfolge ich sehr intensiv, was auf der Krim vor sich geht, wie die Spannungen zwischen Russland und der Ukraine dem Siedepunkt entgegentreiben. Ich habe einen kleinen Fernseher in meinem Dachkämmerchen, außerhalb meiner Arbeitszeit verpasse ich keine

Nachrichtensendung und lese alle Tageszeitungen, die im Hotel ausliegen. Die weitverzweigte Familie Beser ist sehr freundlich zu mir. Vor allem Mariannes Enkel Roman hilft mir bei allem, was ich an Behördenkram zu bewältigen habe, er hat mich sogar nach München gefahren und mich dort durch das Ukrainische Konsulat, das Kreisverwaltungsreferat und die Universität geschleust. Das war wirklich lieb von ihm. Er ist kaum älter als ich, aber trotzdem schon verheiratet und wird sogar bald schon Vater. Der Bauch seiner Frau Lilly ist bereits eine ziemliche Kugel. Da ich Krimdeutsche bin und dazu auch noch politisch verfolgt, werde ich schnell eine dauerhafte Aufenthaltserlaubnis und innerhalb weniger Monate auch die deutsche Staatsbürgerschaft bekommen. Und ich habe noch einen Trumpf im Ärmel: mein Abitur auf der Deutschen Schule in Kyjiw. Dieser Abschluss berechtigt mich dazu, auf deutschen Universitäten zu studieren. Ich bin mir sicher, das hat Herr Melnyk nicht im Sinn gehabt, als er uns an jenem Abend besucht hat, aber so ist es. Beim Beratungstermin an der Uni erklärte mir eine sehr nette Dame, dass ich schon im kommenden Herbst mein Doppelstudium aus Literaturwissenschaft und Maschinenbau in München fortsetzen könne. Irgendwie werde ich das Gefühl nicht los, dass die Leute in der Großstadt sich, wenn sie meine Geschichte hören, aufgefordert fühlen, sich besonders weltoffen, kooperativ und zuvorkommend zu verhalten. Niemand will engstirnig oder fremdenfeindlich rüberkommen. Frage mich, ob es sich dabei um die verschleierte Aufarbeitung von Kollektivschuld handelt: »Unsere Vorfahren waren Nazis, aber seht her, wir sind ganz anders«. Vielleicht bediene ich aber einfach auch das Schema des netten Mädchens, das sich verlaufen hat und dem man helfen will, sich zurechtzufinden. Ich spüre jedenfalls: Herbst, das kommt mir zu früh. Das Leben in Deutschland ist viel teurer als in der Ukraine und München ist noch mal ein besonders kostspieliges Pflaster. Hier ein Zimmer zu finden, das ich bezahlen kann, scheint fast unmöglich zu sein. Trotzdem: Wenn ich in Deutschland studieren werde, dann will ich es hier.

Ein Doppelstudium wird mir aber nicht mehr viel Raum lassen, um außerdem noch zu arbeiten. Ich werde also Zeit brauchen, um vorher etwas anzusparen. Wenn ich ganz ehrlich bin, habe ich auch noch die Hoffnung, dass sich der Krim-Konflikt in naher Zukunft auflösen wird und ich die Möglichkeit bekomme, bald wieder zurück nach Hause zu gehen.

42
Franz
1873

Der Otter und Alois Kreuzer, der Stadtschreiber, waren die Ersten, denen Franz seine Idee vortrug, zu Hause beim Loisl im Wohnzimmer. Der Otter wollte vom Franz wissen, ob er eigentlich noch ganz bei Trost war. Und der Loisl stellte vorsorglich klar: Was auch immer er nach Franz' Meinung zu diesem absurden Vorhaben beitragen sollte – nach der Geschichte mit Theas gefälschter Geburtsurkunde hatte Franz endgültig nichts mehr bei ihm gut.

»Eure Meinung wollt ich hören«, erklärte Franz. »Wissen, was ihr dazu sagt.«

»Jetzt weißt du's«, stellte der Otter klar. »Das wär Wahnsinn, Franz. Und dein Ende als Flößer, so viel ist sicher. Es wär nicht gut, nicht für dich, nicht für deine Frau und nicht für deinen Jungen.«

»Warum?«, wollte Franz wissen. »Nichts daran wär verboten.«

»Wenn man sich mit den Falschen anlegt«, kommentierte der Loisl, »ist es egal, ob es verboten ist oder nicht. Dann machen sie dich fertig. Einfach nur, weil sie's können.«

»Du hast wissen wollen, Loisl, was du beitragen könntest«, sagte Franz. »Einen Text könntest du schreiben, den wir dann den Holzhändlern überreichen. Ein Manifest.«

»Ein was?«, fragte der Otter.

»Ein Manifest ist eine Art Kampfschrift«, erläuterte der Loisl. »Eine schriftliche Abhandlung, die dazu dient, eine bestimmte Idee in Worte zu fassen. Um die Idee dann in die Tat umzusetzen.«

»Ich kann nicht gut genug schreiben für sowas«, erklärte Franz. »Du schon. Mit dem geschriebenen Wort bist du ein wahrer Künstler.«

»Hör auf, mir zu schmeicheln«, forderte der Loisl. »Darauf fall ich nicht rein.«

»Verdammt, Loisl, ich schmeichel dir ja nur, weil's hier um was geht. Die Großkopferten wollen uns übers Ohr hauen, und wir sollen auch noch dabei mitmachen. Herrschaftszeiten, früher hast du mehr Biss gehabt, und du auch, Otter. Früher hattet ihr Schneid!«

»Ich hab auch heut noch Schneid!«, entrüstete sich der Loisl.

»Hast du nicht. Verweichlicht bist du. Sitzt in deinem Türmchen im Rathaus und schreibst, was die Oberen von dir hören wollen.«

»Das Rathaus hat überhaupt keine Türmchen!«

»Loisl!«

»Franz!«

»Jetzt hört schon auf zu streiten!«, rief der Otter. »Bringt doch alles nichts.«

»Ich sag's nicht gern, Franz«, setzte der Loisl an, »aber das Flößern ist ein aussterbender Berufsstand. Woanders ist das schon Realität, hier jetzt eben auch.«

»Ihr denkt also, wenn ich sowas auf die Beine stellen will, dann wehr ich mich gegen den Fortschritt? Das ist es doch, was ihr mir sagen wollt.«

»Gewissermaßen«, gab der Loisl zu.

»Damit liegt ihr falsch«, stellte Franz klar. »Habt ihr schon mal vom Ruhrgebiet gehört?«

»Vom was?«, fragte der Otter.

»Das ist im Norden«, wusste der Loisl. »Einige Tagesreisen entfernt.«

»Die Ruhr ist ein Nebenfluss des Rheins«, sagte Franz, um es dem Otter verständlicher zu machen. Flößer teilten die Welt gerne in Flussläufe ein. »Da gibt's Bergarbeiter«, fuhr er fort. »Kohle bauen die ab. Unter Tage. Verdammt harte Arbeit. Vielleicht härter noch als unsere.«

»Ja, und?«, hakte der Otter nach. »Was hat das mit uns zu tun?«

»Bergarbeiter haben viel zu lange Arbeitszeiten, eine gefährliche Arbeitsumgebung ...«

»Haben wir Flößer alles auch«, stellte der Otter fest. »Manchmal stehen wir schon morgens um drei auf dem Wasser, bis abends um zehn, und es regnet den ganzen Tag wie aus Eimern.«

»Und viel zu niedrige Löhne haben sie auch, die Bergarbeiter«, fügte Franz hinzu. »Letztes Jahr hatten sie die Nase voll. Sie fühlten sich nicht gerecht behandelt. Und dann haben sie gestreikt. Sie haben einfach die Arbeit verweigert und höhere Löhne und bessere Arbeitsbedingungen gefordert.«

»Sind sie damit durchgekommen?«, fragte der Otter.

»Nein«, musste Franz zugeben. »Aber das war ja auch erst der Anfang.«

»Woher willst du das wissen?«

»Weil immer mehr Arbeiter erkennen, dass sie sich nicht mehr alles gefallen lassen müssen«, erklärte Franz. »Das sind die Zeiten, in denen wir leben. Genau das ist Fortschritt.«

»Das mag ja alles sein«, sagte der Loisl, »aber in Bayern hat's sowas noch nie gegeben.«

»Woher weißt du das alles überhaupt?«, wollte der Otter wissen.

»Ich hab Lesen gelernt«, antwortete Franz nur.

Der Franz redete tatsächlich so lange auf die beiden ein, bis er sie an seiner Seite hatte. Er konnte schon immer sehr überzeugend sein. Den Otter plagte am Ende zwar immer noch ein ungutes Gefühl im Bauch, aber er sicherte trotzdem zu, dass er mitmachen würde. Der Loisl wiederum hielt den Erfolg des Vorhabens zwar für absolut ausgeschlossen, aber was hatte er dabei schon zu verlieren? Er wäre ja keiner der Streikenden, ihn würde man für nichts verantwortlich machen. Er schrieb in Zusammenarbeit mit Franz nur das von ihm gewünschte Manifest, das später die Grundlage für die Ansprachen werden sollte, die Franz würde halten müssen. Aber dass der Loisl daran mitwirkte, würde niemand erfahren.

Franz lieh sich ein weiteres Mal die Rosi aus, die alte Haflinger-Stute, mit der er seinerzeit seine spätere Ehefrau aus ihrem Elternhaus entführt hatte. Rosi war noch immer kräftig genug, um Franz kreuz und quer durch den Regierungsbezirk zu tragen, denn erst einmal galt es, möglichst viele Flößer auf seine Seite zu bringen. Also suchte er die Männer zu Hause auf. Ihm war klar, dass die meisten von ihnen nicht daran interessiert waren, sich gegen ihre Arbeitgeber aufzulehnen. Also flunkerte Franz von Anfang an und behauptete, es seien schon fast alle Flößer mit von der Partie. Auf diese Weise brachte er sie schließlich so gut wie alle hinter sich.

Mit einem Lächeln betrat er abermals das Büro von Xaver Obermaier, der ihn gutgelaunt empfing und davon ausging, dass Franz inzwischen vernünftig geworden war und sich mit den neuen Gegebenheiten arrangiert hatte. Der Holzhändler war schon dabei, seinen besten Obstler aus dem Schrank zu holen, um die erneute Zusammenarbeit zu begießen.

»Langsam«, sagte Franz. »Vielleicht lässt du den Schnaps lieber, wo er ist.«

Obermaier hatte die Flasche und zwei kleine Gläser schon in den Händen und erstarrte mitten in der Bewegung.

»Was soll das heißen?«, wollte er wissen.

»Dass wir uns unterhalten sollten«, erwiderte Franz.

Der Holzhändler musterte ihn scharf, aber auf einmal musste er grinsen. »Franz, Franz, Franz. Du bist so ein Gauner, das muss ich dir schon mal sagen. Du willst wieder hart verhandeln. Klar, jeder muss sehen, wo er bleibt. Aber eins sag ich dir gleich: Sowas wie für Budapest presst du nicht nochmal aus mir raus.«

»Das hab ich auch gar nicht vor.«

»Sondern?«

»Setz dich lieber, Obermaier«, riet Franz.

Der Holzhändler stellte die schöne, bauchige Flasche und die Schnapsgläser zurück in den Schrank, nahm Platz auf seinem Sessel und sah Franz unschlüssig an.

»Wir nehmen die Dinge nicht einfach so hin«, erklärte Franz.

»Wer ist *wir*?«

»Wir Isarflößer.«

Xaver Obermaier kniff die Augen zusammen.

»Franz«, sagte er, »ich frag's jetzt zum zweiten Mal: Was zum Teufel soll das heißen?«

»Wir haben Forderungen.«

»Verstehe. Ihr wollt mehr Geld. Nochmal eine Saison lang gut verdienen. Kann ich verstehen. Dann lass uns drüber reden. Bist jetzt also sowas wie der Anführer der Flößer? Aber ist ja auch logisch – wer sonst?«

»Obermaier, es ist ein wenig komplizierter. Wir wollen nicht mehr Geld.«

»Ach so?«

»Nein, wenn ich ehrlich bin: Wir fühlen uns gut bezahlt. Und die meisten von uns – ich weiß gar nicht, ob ich das sagen sollte: Wir machen es eigentlich nicht wegen des Geldes. Jedenfalls nicht nur. Sondern weil wir es lieben.«

»Franz, so langsam werde ich neugierig, was du eigentlich von mir willst.«

»Hast recht, kommen wir zum Punkt. Wir wollen eine schriftliche Zusicherung, dass wir noch mindestens drei Jahre lang als Flößer beschäftigt werden, in einem vergleichbaren Umfang wie bisher.«

»Was?« Die Miene des Holzhändlers hätte kaum erstaunter sein können.

»Du gibst uns, den Flößern, einfach Dreijahresverträge.«

»Das ist Unsinn, Franz.«

»Nur weil es noch nie gemacht wurde?«

»Niemand gibt Arbeitern Dreijahresverträge. Und ich werde ganz bestimmt nicht der Erste sein. Was für ein Humbug. Flößer werden immer nur für die nächste Fahrt angeheuert. Ist immer so gewesen. Das könnt ihr vergessen.«

»Schau, wenn ab dem nächsten Jahr die Eisenbahn hier fährt und niemand mehr Flöße nach München schicken will, werden viele von uns arbeitslos sein. Zwei Jahre länger Zeit, etwas Neues zu suchen oder etwas anderes aufzubauen, würden alles verändern. Wir hätten viel mehr Sicherheit.«

»Die Antwort darauf ist schnell gefunden, Franz. Sie lautet Nein. Was sagen die anderen Holzhändler dazu?«

»Ich frag dich natürlich zuerst. Aus Respekt vor der Bedeutung, die du hier hast.«

»Die werden auch nichts anderes sagen. Darauf lässt sich keiner ein. Können wir jetzt zum Anfang unseres Gesprächs zurückkommen? Dann trinken wir am Ende vielleicht doch noch einen Obstler.«

»Obermaier, wir Flößer nehmen's nicht einfach hin, dass unserem Berufsstand einfach so von heute auf morgen der Hals umgedreht werden soll.«

»Nenn es, wie du willst, Franz. Mich interessiert nur eins: Kann ich auf dich zählen, wenn in ein paar Wochen die ersten Flöße auf den Fluss gehen? Denn wenn nicht, haben wir nichts weiter zu besprechen.«

»Wie erklär ich das jetzt am besten?«, fragte Franz. »Die Sache ist doch so: Zumindest in diesem Jahr brauchst du uns Flößer noch. Richtig?«

»Natürlich brauch ich euch«, erwiderte der Holzhändler. »Die Züge fahren ja noch nicht. Ohne die Flöße würde ich auf meinem Holz sitzen bleiben und hätte ein großes Problem. Ihr seid wichtig. Ist es das, was du hören willst?«

»Nein«, entgegnete Franz. »Das weiß ich auch so. Auf die Flöße kannst du nicht verzichten. Noch nicht. Deswegen wäre es eine Katastrophe für dich, wenn wir nicht auf den Fluss gehen würden.«

»Franz, was willst du mir sagen? Spuck's endlich aus.«

»Wenn es nicht anders geht«, erklärte Franz, »dann streiken wir.«

»Ihr tut was?« Obermaier war verwirrt. Er schien sich gerade zu fragen, ob er sich verhört hatte. Franz konnte das unmöglich gerade gesagt haben.

»Wir treten in den Streik. Wir werden nicht flößern. Nicht solange du und die anderen Holzhändler auf unsere Forderungen nicht eingehen.«

»Das könnt ihr nicht.«

»Doch, wir können. Außerdem wollen wir endlich eine Witwen- und Waisenrente. Woanders gibt's das schon lange für die Flößer, nur hier nicht. Wird Zeit, dass sich das ändert. Die Isarflößer stehen geschlossen hinter diesen Forderungen.«

»Pah«, machte Obermaier, »was für ein Schmarren. Dann hol ich eben andere Flößer. Es wird Männer geben, die froh sind, für mich arbeiten zu dürfen.«

»Du willst Leuten deine kostbaren Waren anvertrauen, die noch nie auf einem Floß gestanden sind? Geschweige denn, eins zusammengebaut haben? Da wünsch ich viel Spaß. Wenn die Flöße es bis zum Sylvenstein schaffen, was ich nicht glaube, ist spätestens am Georgenstein Schluss. Einen Haufen Tote wird's geben, deine Ware wird ein Opfer des Flusses, und dein Ruf als Geschäftsmann ist dann erledigt.«

Xaver Obermaier schwieg. Die Adern an seinem Hals schwollen an. Er dachte nach, aber die Wut, die in ihm aufstieg, hinderte ihn daran, einen auch nur halbwegs klaren Gedanken zu fassen.

»Wirfst mich jetzt wieder raus?«, fragte Franz.

Der Holzhändler zwang sich dazu, auch weiterhin nichts zu sagen. Ihm war klar, dass jeder weitere Wortwechsel ihn noch näher an den Rand einer gewalttätigen Auseinandersetzung führen würde. Er war zwar ein Mann wie ein Baum und fürchtete sich vor niemandem, aber dieser Flößer hier war mit Sicherheit noch stärker und vor allem gewandter als er. Außerdem musste er damit rechnen, dass Franz ein Messer mit sich führte. Obermaier stand wortlos auf, ging zur Tür und öffnete sie. Schwer atmend wartete er darauf, dass Franz sich verzog. Der stand tatsächlich auf und ging ebenfalls zur Tür, doch er blieb vor Obermaier stehen und sah ihm direkt in die Augen. Der Holzhändler war einen halben Kopf kleiner als er.

»Überleg's dir, Obermaier. Wir alle können diese Sache so gestalten, dass keiner das Gesicht verliert.«

»Du und deine Bücher, Franz. Früher hast du nicht so g'schert dahergeredet. Jetzt mach, dass du rauskommst.«

Trotz der Anspannung, die in der Luft lag, juckte es Franz in den Fingern, noch etwas hinzuzufügen. Sollte er wirklich? Bestimmt wäre es besser, jetzt zu gehen und es fürs Erste dabei zu belassen. Aber er konnte nicht widerstehen und zitierte seinen Arbeitgeber: »Fortschritt tut manchmal weh. Aufhalten lässt er sich aber nicht.«

Eine Ader an Obermaiers Hals schien gleich platzen zu wollen. »Raus«, zischte er nur leise. »Raus, bevor ich mich endgültig vergesse.«

Franz ging ab, ohne noch einmal zurückzuschauen. Hinter ihm fiel die Tür krachend in die Angeln. Resi sah erschrocken von ihrem Schreibtisch auf. Mit Sicherheit hatte sie das Gespräch, das die beiden Männer geführt hatten, durch die Wand mitverfolgt. Die Holzwände waren dünn. Franz nickte Resi zu und verließ die Verwaltungshütte. Ein paar Arbeiter blieben stehen und verfolgten, wie Franz das Gelände verließ. Sie wussten zwar nicht, worum es hier ging, spürten aber, dass eben etwas Außergewöhnliches geschehen sein musste.

43
Viktoria
1967

Viktoria schrieb am selben Tag nach Tansania, auf Englisch. Ein Gast, der zum Skifahren hier war und fließend Englisch sprach, hatte ihr Schreiben freundlicherweise übersetzt. Sie bekam aber nicht einmal eine Absage. Monate später schrieb sie der Lodge erneut. Im Sommer dann kam tatsächlich eine Antwort, aber nur, weil man verhindern wollte, dass sie noch weitere Bewerbungen schickte. In dem kurzen Schreiben hieß es, sie sei für das staatlich geförderte Austauschprogramm mit ihren 28 Jahren leider schon zu alt.

Viktoria sagte sich, es müsse auch noch andere Möglichkeiten geben, fuhr mit dem Zug nach München, suchte mehrere afrikanische Konsulate auf und gelangte so an die Adressen von einigen anderen touristisch betriebenen Lodges im südlichen Afrika.

Kellner Rudi sah zu, wie sie in der Gaststube saß und geduldig Umschläge beschriftete.

»Afrika, hm?«, fragte er.

Viktoria nickte.

»Wieso?«

»Da möchte ich eben gerne hin.«

»Glaubst du, da ist es besser als hier?«

»Sonst würde ich ja nicht hinwollen.«

»Du weißt schon, wie manche dich hier nennen?«

»Wie denn?«

»Eiserne Jungfrau.«

»Von mir aus.«

»Du läufst vor irgendwas davon. Sowas ändert sich auch nicht am Ende der Welt. Sowas nimmt man mit.«

Sie sagte: »Nicht dass es dich was angeht, aber Jungfrau bin ich schon lang nicht mehr. Ich war sogar verheiratet.«

»Ernsthaft? Dann bist du geschieden?«

»Verwitwet«, sagte sie, klebte eine Briefmarke auf den letzten Umschlag und stand auf, um den Stapel zum Briefkasten zu bringen. Mehr als 30 Anfragen verschickte sie.

Und wartete.

Es war längst Herbst, noch immer war keine Antwort gekommen. Doch Ende Oktober kam Post aus Sambia, ein kleiner gelber Umschlag mit einer roten Briefmarke. Darin befand sich eine Ansichtskarte, auf der die Chiawa Lodge zu sehen war, eine der vielen Lodges, die Viktoria angeschrieben hatte. In kindlich anmutender Handschrift stand auf der Rückseite, dass man sich sehr freuen würde, sie als Mitarbeiterin bald begrüßen zu dürfen. Unten auf der Karte war eine Telefonnummer abgedruckt. Viktoria fand die Vorwahl für Sambia heraus und rief an. Am anderen Ende meldete sich eine weibliche Stimme, in einer für Viktoria gänzlich unverständlichen Sprache. Viktoria versuchte, ihrer Gesprächspartnerin in dem schlechten Englisch, das sie sprach, zu erklären, dass sie sich auf der Chiawa Lodge um eine Arbeitsstelle beworben hatte.

»Yes«, ertönte es daraufhin auf der anderen Seite.

»Yes what?«, fragte Viktoria.

»Yes«, kam wieder nur.

»Can I really come to your lodge for working?«

»Yes. When do you come?«

»So this is no joke? You really want me to come?«

»Yes, we do. There's a lot to do here. Bye.«

Im nächsten Moment war die Leitung unterbrochen.

Viktoria hatte in den nächsten Tagen noch ein paarmal dort angerufen und irgendwann war es ihr gelungen, mit dem Chef der Lodge, einem Holländer, ein paar Worte zu wechseln. Er bestätigte ihr, dass sie jederzeit willkommen war. Man könne ihr zwar nicht viel bezahlen, aber sie würde freie Unterkunft und Verpflegung erhalten.

Nach diesem Gespräch wusste Viktoria, dass sie es tun würde. Sie würde nach Afrika gehen.

Zwar hatte sie keine Ahnung, wieso sie sich dessen so sicher war, aber sie wusste ganz einfach: Dort lag ihr Schicksal.

Das bayerische Wetter zeigte sich von seiner scheußlichsten Seite, als Viktoria sich Anfang Februar mit ihrem Köfferchen auf den Weg nach München machte. Es regnete in Strömen und Windböen fuhren ihr in den Mantel, als sie in Obermaiselstein den Bus bestieg, und genauso war es, als sie Stunden später in München vor den Hauptbahnhof trat. Ein Bus brachte sie nach Riem zum Flughafen. Erinnerungen an ihre erste Flugreise stiegen auf. Damals war sie ein Flüchtling gewesen. Was war sie heute? Das Beständigste in ihrem Leben war was? Die Einsamkeit? Würde sich daran in Afrika etwas ändern? Hatte Kellner Rudi recht, wenn er sagte, dass man das, wovor man davonlief, überall hin mitnahm?

Viele Fragen.

Keine Antworten.

44
Daniila
2015

12. März, Obermaiselstein:
Fast ein Jahr bin ich jetzt schon im Allgäu. Es vergeht kein Tag, an dem meine Versuche, hier sowas wie ein Leben zu führen, mit dem kollidieren, was ich von der Krim höre. Der Konflikt ist mittlerweile aus den Medien fast verschwunden, auf die Dauer ist es eben langweilig, immer nur dieselbe Sau durchs Dorf zu treiben. Die Russen haben sich in meiner Heimat breitgemacht und kontrollieren sie, als würde sie ihnen gehören, als hätten sie das Recht dazu. Ich hasse sie dafür so abgrundtief. Und ich hasse das Universum dafür, dass es sie damit so einfach durchkommen lässt. Die westlichen Mächte entrüsten sich, machen Putin Vorwürfe und stellen sich selbst auf ein Podest der moralischen Überlegenheit. Auf die Idee, etwas zu tun, kommen sie aber nicht, sie denken: Hm, lieber nicht zu sehr mit den Russen anlegen, schließlich beziehen wir eine Menge Gas von ihnen, und wir wollen ja nicht, dass Putin uns den Hahn abdreht. Sie sind auch nichts weiter als opportunistische Hunde, die den Schwanz einziehen, wenn es ungemütlich wird. Kinder, die im Klassenzimmer sitzen, während sie genau wissen, dass nebenan ein Mitschüler gequält wird, aber alle haben die Hosen voll, und ihre feigen Ärsche bleiben fest auf ihren Stühlen geparkt.

Mariannes Hotel hat ganzjährig geöffnet, von Frühling bis Herbst kommen die Wanderer, im Winter die Skifahrer. Unzählige Betten habe ich jetzt schon gemacht, Zimmer geputzt, Frühstücke und Abendessen serviert. Letzte Woche habe ich es an meinem freien Tag endlich auch mal mit dem Skifahren probiert. Der Betreiber vom Skilift am Riedbergerhorn ist über ein paar Ecken mit Marianne verwandt – und damit auch mit mir – und hat mich gratis fahren lassen. Skier und Stiefel stehen im Hotel sowieso genügend herum. Ich kam mir komisch vor, zum Skifahren zu gehen, während meine Familie, meine Freunde, Bekannte und Kommilitonen, während die ganze Krim sich immer noch in einem tagtäglichen Alptraum befindet. Das denke ich jedes Mal, wenn ich einen schönen Moment erlebe, wenn ich bemerke, dass ich lächle, wenn das Leben leicht ist. Ich denke dann, dass auch ich es mir zu leicht gemacht habe, dass ich meine Familie und mein Volk im Stich gelassen habe. Aber was wäre die Alternative gewesen? Sie hätten mich geholt, irgendwohin gesteckt oder getötet. Mein Vater hätte aufbegehrt und ebenfalls Ärger bekommen. Diese Gedanken habe ich schon so oft repetiert: Mantras der Rechtfertigung, die ich mir einrede, um die Situation ertragen zu können. Ich muss mich immer wieder daran erinnern, dass sie trotzdem wahr sind und dass ich noch immer nicht weiß, welche Lösung hätte besser sein können. Hier habe ich Unterschlupf gefunden, bin auf Menschen getroffen, die mir wohlgesonnen sind. Am Ende muss das Leben auch einfach weitergehen, im Kämmerchen sitzen und Trübsal blasen bringt keinem etwas. Warum also soll ich nicht Skifahren gehen? Damit verrate ich nicht mein Land. Ein Skilehrer hat mir eine Unterrichtsstunde gegeben, zuerst nur auf dem Idiotenhügel neben dem Lifthäuschen, dann bin ich mit dem Schlepplift hochgefahren. Auf dem Weg zurück ins Tal (auf der Familienabfahrt, nicht der Rennstrecke) habe ich mich zwar ein paarmal hingelegt, aber er hat lachend erklärt, er sehe da schon Potential, ich müsse nur dranbleiben. Ich hatte die Skier gerade wieder abgeschnallt, als ich ein Gespräch hörte zwischen dem Liftbetreiber und einem Mechatroniker, der bedauernd den Kopf schüttelte und sagte:

»Das wird nichts mehr. Die ist hinüber.«

Er deutete auf die Pistenraupe, die neben ihm stand und die er gerade für irreparabel erklärte. Der Mann vom Lift fluchte und erklärte, dass sie sich im Moment keine neue leisten könnten, diese Dinger seien so schweineteuer. Zum Glück hätten sie noch eine funktionierende, die müsse dann eben, wenn es schneite, die ganze Nacht fahren. Es juckte mich in den Fingern, etwas zu sagen, aber ich wollte nicht aufdringlich erscheinen. Schließlich meldete ich mich aber doch zu Wort und fragte, was denn kaputt sei.

»Das Hydrauliksystem spinnt«, erwiderte der Mechatroniker. »Es ist entscheidend für die Steuerung der Schaufel und des Fahrwerks.«

Ich weiß, dachte ich. »Sie halten mich jetzt vielleicht für verrückt«, erklärte ich, »aber ich kenne mich etwas aus und könnte Ihnen anbieten, mir die Raupe auch noch mal genauer anzusehen.«

Die beiden, vor allem der Mann von der Werkstatt, sahen mich an, als müsse ich den Verstand verloren haben.

»Ich bräuchte aber entsprechendes Werkzeug und alles, was nötig ist, um Drucktests und Diagnoseverfahren auszuführen.«

»Mädle, sei mir net bös«, sagte der Mechatroniker, »aber ich glaub, das ist für dich eine Nummer zu groß.«

»Ich will gar nichts dafür«, entgegnete ich und wandte mich dem Liftbetreiber zu. »Sie riskieren nichts. Ich hab zwei Jahre in einer Werkstatt gearbeitet.«

»Na ja, warum nicht? Kann ja nicht schaden«, meinte er und fragte den Mechatroniker, ob er mir die Sachen zur Verfügung stellen würde.

»Von mir aus«, sagte der achselzuckend. Seine Körpersprache ließ keinen Zweifel: Er war sicher, ich würde mir daran die Zähne ausbeißen. Und genervt war er auch, weil ich ihm zusätzliche Arbeit aufhalste.

Innerhalb einer halben Stunde hatte ich alles, was ich brauchte. Der Mann von der Werkstatt wünschte mir mit dünnem Lächeln viel Spaß und verabschiedete sich. War ich ein bisschen größenwahnsinnig? Zweifellos. Aber ich konnte der Versuchung, endlich mal wieder an einer großen Maschine herumzuschrauben und in ihren Eingeweiden herumzuwühlen, einfach nicht widerstehen.

Ich freute mich wie ein kleines Kind. Zum Glück war es nicht sonderlich kalt, es taute, die Sonne schien, als ich mich ans Werk machte. Ich musste nicht unter die Raupe, um zum Hydrauliksystem vorzudringen. Trotzdem brauchte ich zwei Stunden, um das Problem zu ermitteln. Es war Luft im Hydrauliksystem, aber es ließ sich nicht entlüften. Ein Ventil war kaputt und dazu auch noch eine Hydraulikleitung. Ich bat den Liftbetreiber, bei der Werkstatt die entsprechenden Ersatzteile anzufordern, machte eine Kaffeepause, die vor allem dazu diente, meine Finger an der heißen Tasse wieder aufzuwärmen, und als die Teile kamen, baute ich sie ein. Der anschließende Drucktest verlief positiv. Ich startete die Pistenraupe und schaufelte damit am Rand der Piste etwas Schnee beiseite, um sie zu testen. Der Liftbetreiber fiel mir um den Hals und versprach, ich müsse bei ihm mein Leben lang für keinen Skilift bezahlen.

Am nächsten Tag stand der Mechatroniker im Hotel, sah mich grimmig an und sagte: »Du hast mich blöd aussehen lassen.«

»Das wollte ich nicht«, erwiderte ich. »Man kann doch immer mal was übersehen. Passiert jedem.«

»Ich hab eine Lehrstelle frei«, kam er zielsicher zum Punkt. »Hab noch nie ein Mädchen angestellt, aber irgendwann ist immer das erste Mal. Was sagst du?«

»Das ist sehr freundlich, aber als Auszubildende verdiene ich zu wenig«, erwiderte ich. »Ich muss was ansparen, um mein Studium zu finanzieren.«

Er machte ein Geräusch, das man als nachdenkliches Grummeln bezeichnen könnte. Dann sagte er: »Ich kann dich auch als Ungelernte beschäftigen.«

»Ich würde mich nicht als ungelernt bezeichnen.«

»Das hab ich gesehen. Du bekommst den Gesellentarif. Einverstanden?«

Was hätte ich dagegen einwenden können?

21. März, Obermaiselstein:
Das Zimmer unterm Dach darf ich trotzdem behalten. Marianne findet, dass ich jetzt zur Familie gehöre. Ihre Kinder und Enkel sind alle längst aus dem Haus, auch wenn sie ab und zu noch kommen und aushelfen, wenn die Personallage mal wieder eng ist. Roman kommt oft mit seiner kleinen Tochter vorbei, manchmal auch zum Babysitten. Marianne liebt ihre Enkelin. Sie ist eine tolle Frau – eine echte Matriarchin, die das Familienunternehmen durch zig Jahre geführt hat. Heute Abend helfe ich am Zapfhahn aus, während ich nebenbei immer wieder auf dem Laptop herumtippe. Marianne wirft einen Blick auf den Monitor und seufzt.

»Schaust schon wieder mit Afrika?«

»Bin halt hartnäckig«, sage ich.

»Tut mir ja leid, dass ich nicht mehr weiß. Sie wollte damals nach Sambia, hab ich dir ja erzählt. Aber wohin, kann ich dir wirklich nicht mehr sagen. Sambia habe ich mir auch nur gemerkt, weil's so ähnlich klingt wie der Tanz.«

Im Dachkämmerchen, spät am Abend, will ich den Laptop schon zuklappen, als mir etwas einfällt: Meine Großmutter Viktoria wäre gerne Tierärztin geworden. Vielleicht ist sie diesem Ziel in Sambia nähergekommen. Ich fange an, nach sambischen Tierarztpraxen zu suchen. So richtig viele gibt es da nicht. In den meisten Fällen handelt es sich um Tierkliniken, aber ich finde auch ein paar Selbstständige. Meine Hoffnung, dadurch voranzukommen, ist nicht sonderlich hoch. Wenn Viktoria noch lebt, ist sie jetzt Mitte siebzig und vermutlich nicht mehr berufstätig, egal, ob sie dort noch Tierärztin geworden ist oder nicht. Nach Mitternacht finde ich mich auf der Website eines irischen Tierarztes wieder. Die Veterinary Station O'Brian gibt es, steht da, schon in der dritten Generation, und die Betreiber scheinen Humor zu haben, denn sie schreiben, dass die Praxis ganz wunderbar ist, über drei sehr erfahrene Tierärzte verfügt, und man kann jedes nur erdenkliche Tier dort behandeln lassen, vom *miniature pinscher* (Zwergpinscher) bis zum Elefanten, vom *flame head beard bird* (Flammenkopf-Bartvogel) bis zur *brilliant ground agama* (ein kleines Reptil). Nur von Fischen hätten sie keine Ahnung und lassen deshalb die Finger davon, außer im Fischrestaurant. Offensichtlich sind sie auch stolz darauf, dass es die Praxis schon so lange gibt, denn unter *History* findet man einige Zeilen über ihre Geschichte und eine ganze Reihe von Fotos. Ich scrolle mich durch, bis ich auf eine alte Aufnahme vom Vater des derzeitigen Praxischefs stoße, der damals ebenso rote Haare hatte wie jetzt sein Sohn. Auf diesem Bild aus dem Jahr 1972 steht der Vater vor einem gerade eben erfolgreich verarzteten Elefanten. Neben dem Mann lächeln noch drei weitere Leute in die Kamera, die ihm bei der Behandlung wohl geholfen haben, namentlich aber nicht erwähnt werden. Die einzige Frau auf dem Foto weckt mein Interesse. Sie wirkt gelöst. Glücklich. Angekommen. Ich vergleiche die Aufnahme mit jenen, die ich mit dem Handy zu Hause in Koltschuhyne im Schuppen gemacht hatte. Ja, die Frau neben dem Elefanten, das könnte sie durchaus sein, wenn auch einige Jahre älter: meine Großmutter Viktoria.

22. März, Obermaiselstein:

Ich habe die irische Tierarztpraxis in Lusaka, Sambia angerufen. Der Chef selbst war gleich am Apparat. Er wunderte sich darüber, dass jemand aus Deutschland anrief und erklärte, dass er nicht viel Zeit habe. Sein Englisch war schwer zu verstehen, aber nachdem ich ihn gebeten hatte, etwas langsamer zu sprechen, ging es besser. Ich fragte ihn nach dem Foto mit seinem Vater und dem Elefanten, und ob er sich noch an die Frau erinnern konnte, die darauf zu sehen war. Er wusste sofort, von welchem Bild die Rede war, und ich konnte deutlich hören, dass sein Interesse jetzt geweckt war.

»Warum fragen Sie nach ihr?«, wollte er wissen. »Nach so langer Zeit?«

»Möglicherweise handelt es sich um meine Großmutter. Hieß die Dame vielleicht Viktoria Omorova? Oder Beser?«

»Sie war eine Bekannte meines Vaters«, erwiderte der Tierarzt. »Ich war noch ein Kind. Ja, sie hieß Viktoria Beser. Dass ich mich noch an sie erinnern kann, liegt natürlich an der Aufregung, für die sie einige Jahre später gesorgt hat.«

»Was denn für eine Aufregung?«, hakte ich nach. »Was ist passiert?«

»Das wissen Sie gar nicht?«, entgegnete er. »Sie haben keine Ahnung, was Ihre Großmutter getan hat?«

Er hat mir alles erzählt, was er wusste. Als er fertig war, saß ich da und bekam den Mund nicht mehr zu.

23. März, Obermaiselstein:

Ich mache Mittagspause, wische mir das Öl von den Händen, gehe nach draußen und rufe mit dem Handy im Frauengefängnis in Arusha in Tansania an. Der Tierarzt hat mir die Nummer gegeben. Zuerst höre ich eine männliche Stimme, die sich auf Englisch meldet, stelle mich vor und frage, ob dort noch eine Viktoria Beser einsitzt. Vom darauffolgenden Wortschwall verstehe ich rein gar nichts. Ich stelle noch drei- oder viermal die gleiche Frage, dann werde ich weiterverbunden. Schließlich meldet sich ein Herr namens Kamasi Juma, der mir zu verstehen gibt, dass er der Direktor des Gefängnisses ist. Auch ihm muss ich erklären, wieso ich nach Viktoria Beser frage.

»Sicher ist sie schon lange nicht mehr bei Ihnen«, mutmaße ich. »Ich nehme an, man hat sie vor langer Zeit entlassen. Aber vielleicht wissen Sie, wo sie geblieben ist.«

»Kenne Viktoria schon sehr lange«, erwidert er. »War da noch einfacher Wärter, hab kein Wort Englisch gesprochen. Sie hat meinem Hund geholfen. Habe sie damals wissen lassen, sie hat einen bei mir gut. Hat bis vor zwei Jahren in der Küche gearbeitet. Jetzt nicht mehr.«

»Wollen Sie mir etwa sagen, meine Großmutter ist am Leben? Und immer noch bei Ihnen inhaftiert?»

Kamasi Juma entgegnete, meine Großmutter sei eine sehr zähe Frau. Keine Insassin habe je so lange in Arusha gesessen. Ja, Viktoria Beser sei zwar schwerkrank – aber am Leben.

45
Henning
1941

Wenige Wochen nach Ausbruch des Krieges kam in Berlin Adelheid von Tresckow zur Welt, ein gesundes Mädchen, zum großen Glück ihrer Eltern und auch ihrer Geschwister. Die kleine Nachzüglerin füllte das Heim der Familie mit forderndem Leben, wie die Tresckows es schon lange nicht mehr erlebt hatten. Henning hätte alles dafür gegeben, um mehr Zeit mit seiner Frau und seinen nunmehr vier Kindern verbringen zu können, aber er wurde schon wieder versetzt und hatte sich in Koblenz einzufinden, wo er Teil der Führungsabteilung der Heeresgruppe A wurde, die in den verspielten Rokoko-Räumen des Hotel Riesen-Fürstenhof residierte, dem ersten Haus am Platz. Das prunkvolle Hotel lag direkt am Rheinufer, verfügte über weitläufige Sonnenterrassen und war mit einer Menge Hakenkreuzfahnen beflaggt. Hier wohnte und arbeitete er, wie auch viele weitere, zum Teil sehr hochrangige Offiziere. Die Versetzung bedeutete nicht nur, dass er viele Sprossen des Generalstabsdienstes übersprang. Er bekam auch sehr schnell Einsicht darin, dass die komplette Heeresführung strikt gegen die von Hitler angestrebte Ausweitung des Krieges im Westen war. Doch Hitler tat, wie man immer wieder hörte, alle Bedenken gleichgültig ab.

Hennings Aufstieg nahm rasantes Tempo an: Im März 1940 wurde er zum Oberstleutnant befördert. Von nun an genoss er unmittelbaren Einblick in die Auseinandersetzungen, die Hitler und die Heeresführung sich in Bezug auf den geplanten Westfeldzug lieferten. Allein: Der Feldzug ließ sich von der Heeresführung nicht verhindern. Das nahezu sichere Scheitern vor Augen, marschierten deutsche Truppen am 10. Mai in Frankreich, den Niederlanden, Belgien und Luxemburg ein. Doch alle, die erwartet hatten, dass die Wehrmacht sich damit entscheidend übernehmen würde, irrten: Innerhalb von sechs Wochen standen die eroberten Staaten nahezu vollständig unter deutscher Kontrolle. Die Niederlagen von Verdun und die Schmach von Versailles schienen damit endgültig getilgt. Mehr als je zuvor stieg Hitler in den Augen seines Volkes zum gottgleichen Helden und Erneuerer auf, dessen Wucht und Glanz nur noch orchestrale Wagner-Klänge gerecht werden konnten.

Auch Henning von Tresckow blieb von diesen militärischen Erfolgen nicht unbeeindruckt, ob er wollte oder nicht. Er selbst hatte als blutjunger, milchgesichtiger Leutnant im letzten Krieg gedient. Die Bilder von Verdun: Felder, übersät mit Leichen und schreienden Kameraden, denen Geschosse die Gliedmaßen abgerissen hatten. Sie waren für immer in ihn eingemeißelt. Dass Frankreich nun niedergeworfen war, und dann auch noch innerhalb so kurzer Zeit, erfüllte ihn mit bitterer, schmerzhafter Genugtuung, auch wenn er wusste, dass es nicht richtig sein konnte, so zu empfinden.

»Wir dienen immer noch Verbrechern, das dürfen wir nicht vergessen«, sagte er an einem Sonntagnachmittag in Berlin zu seinem Bruder Gerd, während nebenan die Kinder spielten. »Unter einem Feldherrn, der einerseits wahnsinnig ist und andererseits ein mit Blindheit geschlagener Amateur. In Frankreich hatten wir mehr Glück als Verstand, das wird nicht ewig so bleiben. Als nächstes will er es mit den Russen aufnehmen, weil er denkt, wir sind auch ihnen überlegen. Aber Sowjets sind anders. Stalins Männer sind vom Kampfeswillen durchdrungen und geben sich erst geschlagen, wenn sie tot sind. An ihnen beißen wir uns die Zähne aus.«

Henning wurde Erster Generalstabsoffizier der Heeresgruppe Mitte, die in Posen stationiert war, und rechnete im Frühjahr 1941 damit, bald an die Ostfront versetzt zu werden.

Rudolf von Gersdorff betrat sein Dienstzimmer mit einem Papier in der Hand. Den jungen Generalstabsoffizier hatte Tresckow im Vorjahr in Frankreich als leidenschaftlichen Gegner des

Regimes kennengelernt und ihn vor wenigen Monaten zur Heeresgruppe Mitte gelotst.

»Herr Oberstleutnant«, sagte Gersdorff im Zustand sichtlicher Erregung, »bitte erlauben Sie mir, Ihnen vorzutragen, was ich eben auf meinem Schreibtisch vorgefunden habe.«

»Was ist es?«

»Eine Geheime Kommandosache. Über Ausübung der Kriegsgerichtsbarkeit im Gebiet *Barbarossa* und besondere Maßnahmen der Truppe. Unterzeichnet von Keitel.«

»Bestätigt sie die Gerüchte, die seit Tagen umgehen?«

»Mehr als das.«

»Lesen Sie«, befahl Tresckow.

»Straftaten feindlicher Zivilpersonen«, trug Gersdorff vor, »sind der Zuständigkeit der Kriegsgerichte und der Standgerichte bis auf Weiteres entzogen. Freischärler sind durch die Truppe im Kampf oder auf der Flucht schonungslos zu erledigen. Wo Maßnahmen dieser Art versäumt wurden oder zunächst nicht möglich waren, werden tatverdächtige Elemente sogleich einem Offizier vorgeführt. Dieser entscheidet, ob sie zu erschießen sind. Gegen Ortschaften, aus denen die Wehrmacht hinterhältig oder heimtückisch angegriffen wurde, werden unverzüglich auf Anordnung eines Offiziers in der Dienststellung mindestens eines Bataillons-Kommandeurs kollektive Gewaltmaßnahmen durchgeführt, wenn die Umstände eine rasche Feststellung einzelner Täter nicht gestatten. Es wird ausdrücklich verboten, verdächtige Täter zu verwahren, um sie bei Wiedereinführung der Gerichtsbarkeit über Landeseinwohner an die Gerichte abzugeben. Für Handlungen, die Angehörige der Wehrmacht und des Gefolges gegen feindliche Zivilpersonen begehen, besteht kein Verfolgungszwang, auch dann nicht, wenn die Tat zugleich ein militärisches Verbrechen und Vergehen ist.«

Henning von Tresckow war erst einmal nicht in der Lage, etwas zu sagen. Zu bleiern hing die Wucht des vorgetragenen Textes noch in der Luft. Die beiden Männer sahen sich nur an und trauten sich kaum zu atmen.

Endlich ergriff Tresckow das Wort und sagte: »Das ist ein offener Aufruf zu völkerrechtswidrigen Maßnahmen.«

»Zum Völkermord«, ging Gersdorff noch einen Schritt weiter.

»Damit wird das Deutsche Reich unwiderruflich zu einem Land der Barbaren«, fügte Tresckow hinzu und folgerte: »Wir müssen sofort zum Feldmarschall.«

»Wird er uns überhaupt zuhören?«

»Feldmarschall von Bock ist verwandt mit meiner Frau, wir sind per Du«, erwiderte Tresckow.

Die beiden machten sich auf den Weg. Auf dem Weg zur Villa des Oberbefehlshabers blieb Tresckow noch einmal stehen.

»Gersdorff«, sagte er, »denken Sie an diese Stunde zurück. Wenn es uns nicht gelingt, den Feldmarschall dazu zu bewegen, alles einzusetzen, dass diese Befehle zurückgenommen werden, dann hat Deutschland endgültig seine Ehre verloren. Das wird sich in Hunderten Jahren noch auswirken, und man wird nicht Hitler allein die Schuld geben, sondern Ihnen und mir, Ihrer Frau und meiner Frau, Ihren Kindern und meinen Kindern, dieser Frau, die gerade über die Straße geht, und dem Jungen, der da Ball spielt.«

Während Gersdorff auf sein Geheiß auch dem Oberbefehlshaber den Erlass vortrug, ging Tresckow erregt auf und ab. Schließlich platzte es aus ihm heraus:

»Fedor, du musst noch heute zu Hitler fliegen, zusammen mit Generalfeldmarschall von Rundstedt und Generalfeldmarschall von Leeb. Konfrontiert ihn mit dem, was er uns versprochen hat – dass die Truppe nicht mit verbrecherischen Befehlen belastet wird. Dieses Versprechen wird mit diesem Befehl gebrochen. Wir verweigern ihm den Gehorsam, wenn er ihn nicht zurücknimmt. Das müsst ihr ihm sagen.«

»Da schmeißt er mich raus«, erwiderte Bock.

»Dann hast du wenigstens einen guten Abgang vor der Geschichte gehabt.«

»Wir machen das so«, erklärte Bock, nachdem er eine Weile auf- und abgegangen war. »Gersdorff, Sie setzen sich in mein

Flugzeug, fliegen zu General Müller nach Berlin und überbringen ihm meinen schärfsten Protest. Sagen Sie ihm, ich lehne voll und ganz ab. Ich weigere mich, die Befehle weiterzugeben und auf sie irgendwie zu reagieren.«

Tresckow widersprach energisch. »Was soll denn das nützen? Wenn Gersdorff, ein Major, nach Berlin kommt, was meinst du, wird passieren? Er wird abgespeist! Und Müller ist auch nicht der richtige Mann. Ganz nach oben müssen wir. Zu Hitler. Drei Generalfeldmarschälle muss er vor sich sitzen haben, wenn wir irgendetwas ausrichten wollen!«

Doch Bock beharrte auf seinem Befehl.

Feigling war das Wort, das Oberstleutnant Tresckow durch den Kopf ging. Es kam, wie er vorausgesagt hatte: Gersdorff reiste nach Berlin und blieb ohne jeden Erfolg. Als er nach seiner Rückkehr in Posen Bericht erstattete, beobachtete Tresckow den Feldmarschall sehr genau. Bock schien alles andere als ungehalten zu sein, sondern eher befriedigt, als er erklärte:

»Meine Herren, Sie haben gehört: Der Feldmarschall hat protestiert.«

»Was für eine erbärmliche Memme«, raunte Tresckow später Gersdorff zu. »Eine Schande für das ganze Heer. Ich sage Ihnen was, Gersdorff: Solange ich Ia der Heeresgruppe Mitte bin, wird kein Russe, der sich ergibt, von uns erschossen. Wer sich kampflos ausliefert, tut das, damit er sein Leben behält. Das weiß jeder Soldat auf der ganzen Welt, zum Teufel noch mal!«

Nur wenige Wochen später brach der deutsche Angriff auf Russland los, von der Ostsee bis zum Schwarzen Meer entfesselten Heer und Luftwaffe ihre Offensiven.

Zu den Ortschaften, die bereits Anfang Juli 1941 erobert wurden, gehörte die belarussische Stadt Borissow. Wie in vielen anderen Städten fanden sich hier zahlreiche einheimische Kollaborateure, die den Nazis halfen, jüdische Bewohner in ein Lager im Norden der Stadt zu transportieren und diejenigen, die sich weigerten, an Ort und Stelle zu töten. Die Juden hatten in dem Lager

Zwangsarbeit zu verrichten, unter katastrophalen Bedingungen. Wer dem nicht gewachsen war, sich wehrte oder auch nur ein Wort der Kritik verlauten ließ, wurde erschossen. Andere starben an Hunger, Erschöpfung, Typhus oder Fleckfieber.

Im September errichtete die Heeresgruppe Mitte in unmittelbarer Nähe von Borissow ein Quartier, das als *Waldlager* bezeichnet wurde. Es befand sich in und vor einem ehemaligen Sanatorium und stand unter der Führung von Feldmarschall von Bock und Henning von Tresckow. Gerüchte darüber, auf welche Weise die Stadt von ihren jüdischen Bewohnern *gesäubert* worden war, begannen in der Heeresgruppe umzugehen. Tresckow hoffte inständig, dass diese Gerüchte nicht der Wahrheit entsprachen. Die offiziell verbreitete Version war, dass sämtliche jüdischen Bürger der Stadt ohne Blutvergießen in das Lager gebracht worden waren und dort angemessen behandelt wurden, was immer man darunter zu verstehen hatte.

Am 20. Oktober befahl der von den deutschen Besatzern eingesetzte belarussische Bürgermeister Stankewitsch auf Geheiß von SS-Obersturmführer Schlegel, das Juden-Ghetto zu vernichten. SS-Offiziere, Wehrmachtssoldaten und Einheiten der von Stankewitsch gebildeten belarussischen Hilfspolizei trieben die jüdischen Männer zu Gruben, die Kriegsgefangene kurz zuvor ausgehoben hatten. Stankewitsch wies seine Truppen an, die Juden in Zweierreihen aufzustellen und jeweils mit einem Schuss durch zwei Köpfe zu schießen, um die teure Munition sparsam einzusetzen. Erschossen wurde in mehreren Gruppen, nach wohlüberlegtem Plan. Nachdem alle jüdischen Männer mit zerschossenen Schädeln und fein säuberlich angeordnet beieinander lagen, wurden Frauen und Kinder hingeführt. Einige Frauen erkannten ihre dort unten liegenden Männer, als auch sie zu zweit an den Rand der Grube gestellt wurden und ein Projektil durch die Köpfe gejagt bekamen. Für Kleinkinder sparte man sich die wertvolle Munition ganz, sie wurden am Ende lebendig begraben.

Henning von Tresckow befand sich in einer Lagebesprechung, als er in der Ferne Schüsse hörte.

»Pauls, was ist das?«, fragte er den jungen Hauptmann, der neben ihm stand.«

»Da wird geschossen«, erwiderte Rolf Pauls, Chef einer der Kompanien, die sich im Waldlager befanden.

»Das ist kein Gefecht«, erkannte Tresckow. »Dafür sind die Schüsse viel zu geordnet. Das ist ein Erschießungskommando!«

Er befahl seinem Fahrer, den Geländewagen bereit zu machen, und hatte schon auf dem Beifahrersitz Platz genommen, als ein junger Leutnant mit ausgebreiteten Armen den Weg versperrte.

»Was soll das?«, rief Tresckow ihm zu. »Gehen Sie aus dem Weg.«

»Bedaure, Herr Oberstleutnant«, erwiderte der Leutnant. »Niemand darf das Lager bis auf Weiteres verlassen. Anweisung vom Feldmarschall.«

Tresckow marschierte zu Bocks Zelt und stellte den Oberbefehlshaber zur Rede: »Was geht hier vor, Fedor? Was soll das alles?«

»Henning«, erwiderte Bock, »auch wenn wir gewissermaßen verwandt sind, gibt dir das nicht das Recht, hier einfach hereinzuplatzen und dich ständig aufzuführen wie das gute Gewissen der Truppe. Das habe ich so satt.«

»Sag mir, dass da unten kein Erschießungskommando wütet. Denn genauso hört es sich an!«

»Wir haben Anweisung, im Lager zu bleiben. Von ganz oben. Mehr weiß ich nicht.«

»Und damit gibst du dich zufrieden? Was bist du? Ein Feldmarschall oder eine Maus, die sich nicht aus ihrem Bau traut?«

»Achte auf deine Ausdrucksweise, Henning. So hast du nicht mit mir zu reden.«

Zwei Tage später wurde das Ausgangsverbot aufgehoben. Oberstleutnant Tresckow ließ es sich nicht nehmen, in die Stadt zu fahren. Er fand die frisch zugeschütteten Gruben. Es waren eine

Menge. Auch wenn keine Leichen zu sehen waren, war offensichtlich, was hier geschehen war. Mehrere Tausend Juden mussten da unten liegen – mutmaßlich die gesamte jüdische Bevölkerung von Borissow.

46
Franz
1873

Franz ließ, mit der Unterstützung von seinem Freund, dem Stadtschreiber, ein Plakat drucken, das überall entlang der Isar aufgehängt wurde und bekannt machte, dass die Flößer streikten, bis man auf ihre Forderungen einging. Die Plakate hingen in Mittenwald, Wallgau, Vorderriss, Fall und Lenggries. Als die Tölzer und Wolfratshauser Flößer davon hörten, schlossen sie sich ebenfalls an. Der März kam, und auf dem Fluss herrschte ungewohnte Stille. Keine Flöße wurden mit Wieden zusammengebunden, keine Flößerlieder ertönten. Die Holzlager wurden immer voller, die Holz- und Weinhändler zunehmend nervöser. Ihre Kunden in München und Landshut wussten noch nichts von einem Streik, sie gingen selbstverständlich davon aus, dass ihre Lieferungen wie bestellt eintreffen würden. Xaver Obermaier suchte täglich Flößer in deren Häusern auf und versuchte den Streik zu unterwandern, indem er den Männern außergewöhnlich gute Angebote machte. Aber niemand wollte ein Streikbrecher sein. Dann kam das erste Telegramm aus München. Ein Dachstuhl für eine neue Kirche sollte dort gebaut werden, mit Holz aus Mittenwald. Aber irgendwie hatten die dortigen Kirchenleute etwas von dem Streik gehört. Sie kündigten den Vertrag auf und wollten sich ihr Holz woanders besorgen.

Obermaier ging nicht selbst zu Franz Beser, er schickte lieber einen seiner Vorarbeiter als Unterhändler. Doch Franz war nicht umzustimmen. Hatten sie ihre Forderungen denn nicht klar formuliert? Wer sie vergessen haben sollte, riet er, der möge eines der vielen Plakate aufsuchen und alles noch einmal in Ruhe nachlesen.

Obermaier und die anderen Holz-, Wein- und Kalkhändler versicherten sich weiterhin gegenseitig, dass sie bei ihrer Haltung bleiben mussten. Ganz unbedingt. Taten sie es nicht, würden sie die Büchse der Pandora öffnen, wie einer der Weinhändler es formulierte, damit also ein Übel in die heile bayerische Welt holen, das sich vielleicht niemals wieder vertreiben lassen würde.

»Als Nächstes würden die Holzfäller streiken, weil ihre Arbeit so hart ist«, sagte der Weinhändler. »Die Lehrlinge in den Schmieden würden in den Ausstand treten, weil es so heiß ist an der Esse. Jeder würde glauben, er hat auf einmal das Recht, Hammer, Beil oder Säge niederzulegen. Das Ganze wäre Wasser auf die Mühlen dieser Leute, die vor Kurzem in Sachsen diese abscheuliche Partei gegründet haben.«

»Was für eine Partei?«, wollte Obermaier wissen.

»Sie nennt sich Sozialdemokratische Arbeiterpartei und will sich einsetzen für die Rechte der kleinen Leute.« Der Weinhändler klang, als wäre er gezwungen, einen stinkenden Lappen anzufassen.

»Ist ja grauslig«, entgegnete Obermaier. »In Bayern gibt's sowas aber nicht, oder?«

»Natürlich nicht. Oder vielleicht lieber: *noch* nicht.«

Sie waren sich einig, dass es nichts nützte, Druck auf die Flößer auszuüben, denn die waren eine verschworene Gemeinschaft, in der ein Wort noch etwas galt – und sie hatten Franz Beser nun einmal ihr Wort gegeben. Es galt, den Mann zum Wanken zu bringen, der die ganze Misere ausgelöst hatte.

»Am Franz beißt ihr euch aber die Zähne aus«, konstatierte Xaver Obermaier. »Der ist ein sturer Hund.«

»Nicht *unsere* Zähne sind da gefragt«, erwiderte der Weinhändler. »Sondern Ihre. Sie kennen Beser am besten, für Sie arbeitet er seit vielen Jahren. Wenn er auf jemanden hört, dann auf Sie.«

»Einen Scheiß tut der«, polterte Obermaier. »Ich hab's ja versucht. Der Franz glaubt inzwischen, er wär sowas wie König Ludwig der Dritte.«

Trotzdem ließ Obermaier sich überreden und suchte das Haus der Besers noch einmal auf. Als er eintraf, spielte Franz gerade mit dem kleinen Josef.

»Jetzt besuchst du mich schon zum zweiten Mal«, begrüßte Franz den Holzhändler, und Thea bot ihm selbstgebackenen Kuchen und frisch aufgebrühten Tee an. Obermaier nahm dankend an und nachdem Thea den Männern in der Wohnstube serviert und das Kind an sich genommen hatte, kam er zur Sache.

»Franz, das muss aufhören«, begann er. »Wir Händler sind uns alle einig, dass wir euch in diesem Jahr so gut bezahlen wollen wie nie zuvor. Aber nur, wenn ihr unverzüglich anfangt, die ersten Flöße zu bauen.«

»Was ist mit den Dreijahresverträgen?«

»Die wird es nicht geben. *Kann* es nicht geben. Über die Witwen- und Waisenrenten dagegen können wir reden. Wir könnten einen Fonds bilden, in den alle einzahlen – wir Händler genauso wie ihr Flößer. Das wäre eine anständige Regelung. Was sagst du dazu?«

»Ohne die Dreijahresverträge rühren die Flößer keinen Finger.«

Obermaier atmete tief durch. »Franz, tu das nicht«, sagte er.

»Was tu ich denn?«

»Du stellst dich quer. Das ist nicht gut.«

»Nicht gut für wen?«

»Für keinen, Franz. Wir Unternehmer machen Verluste, die manche von uns schon jetzt an den Rand der Existenz bringen. Die Kunden in den Städten fangen an zu glauben, dass man mit unserer Region keine Geschäfte mehr machen kann, und besorgen sich ihre Waren woanders. Wenn es so weitergeht, hat hier bald kaum jemand mehr Arbeit, weil die ganze Gegend in der wirtschaftlichen Bedeutungslosigkeit versinkt, daran ändert dann auch die Eisenbahn nichts mehr. Jetzt sag mir, Franz, willst du daran wirklich schuld sein?«

»Hast du schon mal gehört von Johannes Bückler?«, fragte Franz so unvermittelt, dass Obermaier die Augen zusammenkniff, was er – wie gesagt – nur tat, wenn er etwas nicht begriff.

»Er war besser bekannt unter dem Namen Schinderhannes«, fuhr Franz fort. »Ein berüchtigter Räuber und Mörder.«

»Von dem hab ich gehört«, gab der Holzhändler zu. »Ich weiß nur überhaupt nicht, was das jetzt …«

»Er hatte einen Komplizen namens Johann Peter Petri«, fiel Franz seinem Gast ins Wort. »Der wurde der Schwarze Peter genannt, weil er kohlrabenschwarzes Haar hatte. Petri saß oft im Gefängnis, und weil ihm da so langweilig war, hat er das Kartenspiel ›Schwarzer Peter‹ erfunden.«

»Kenn ich«, bemerkte Obermaier. »Ich weiß nur nicht, warum du mir auf eine so bedeutende Frage so unwichtige Geschichten erzählst.«

»Nur einen Moment Geduld, Obermaier«, entgegnete Franz. »Wie du bestimmt weißt, ist es längst zu einem Sinnbild geworden, wenn man sagt, dass man jemandem den Schwarzen Peter zuschiebt. Das bedeutet, dass man jemandem die Schuld für etwas in die Schuhe schieben will. Genau das versuchst du gerade.«

Xaver Obermaier hob die Arme und erklärte: »Ich will dir nur vor Augen halten, was passiert, wenn der Streik kein Ende findet. Böses Blut wird es geben, und unter den Händlern sind welche, die sind nicht zimperlich.«

»Obermaier, drohst du mir gerade?«

Der Holzhändler beugte sich ein wenig nach vorne, seine Stimme wurde leiser, gerade so, als könnten sie belauscht werden: »Ich bin ein sauberer Geschäftsmann, Franz, das weißt du. Ich werd höchstens mal laut, werf dich aus meinem Büro und sag dir unverblümt die Meinung. Mehr aber auch nicht. Doch so sind nicht alle. Ich möcht dir raten: Bring dich und deine Familie nicht in Gefahr. Mehr hab ich dazu nicht zu sagen.«

Ohne dass Franz sie hörte oder sah, wusste er, dass Thea hinter der Tür stand und lauschte.

Obermaier war kaum gegangen, da wollte sie wissen, was das alles zu bedeuten hatte. Gar nichts, erwiderte Franz. Die Großkopferten waren halt nervös und wussten nicht, was sie machen sollten, weil sie sich den Streik nicht mehr lange leisten konnten. Das Ganze würde sicher schon bald vorbei sein.

Thea merkte es als Erste. Auf dem Markt wurde ihr der Kauf von Obst und Gemüse verweigert, ohne Angabe von Gründen. Als sie beim Metzger Fleisch kaufen wollte, tat die Metzgersfrau, als wäre sie gar nicht da, und sie musste unverrichteter Dinge wieder gehen. Sie erzählte Franz davon, worauf er selbst zum Metzger ging. »Was soll der Unfug?«, fragte er. »Wieso verkaufen Sie meiner Frau kein Fleisch?«

Der Metzger – klein, gedrungen, mit Armen wie ein Jahrmarktsboxer – erschien von hinten und wischte sich die blutigen Finger an der Schürze ab. »Ich verkaufe, an wen ich will«, erklärte er, »und wenn jemand nichts bekommt, ist es auch meine Sache.«

»Was ist das Problem?«, fragte Franz. »Haben wir Ihnen was getan?«

»Ich bin Ihnen keine Erklärung schuldig, Franz«, erwiderte der Metzger. »Kaufen Sie Ihr Fleisch woanders. Falls es noch jemanden gibt, der Ihnen was verkauft.«

Auf dem Heimweg musste Franz durch ein paar enge, dunkle Gassen. Er bog um eine Ecke und sah vor sich, am anderen Ende, eine schmächtige Gestalt im Schatten kauern. Franz blieb stehen.

»Ist alles in Ordnung, guter Mann?«, rief er.

Es kam keine Antwort, der andere bewegte sich nicht von der Stelle.

»Bist du stumm?«, wollte Franz wissen. »Oder taub?« Hier stimmte etwas nicht.

Franz setzte sich wieder in Bewegung. Der andere blieb, wo er war. Noch immer konnte Franz sein Gesicht nicht erkennen. Dann ging alles viel zu schnell, als dass Franz hätte reagieren können. Schräg hinter sich sah er im Augenwinkel einen zweiten Schatten, aber bevor er sich zu diesem auch nur herumdrehen konnte, bekam er schon einen Schlag auf den Hinterkopf. Er ging in die Knie und versuchte sich mit den Händen abzustützen, aber ein weiterer Schlag ließ ihn auf den Boden gehen. Staub knirschte zwischen seinen Zähnen. Einen Moment lang dachte er: *Hoffentlich schlagen sie mir die nicht ein.* Er versuchte wieder hochzukommen, aber der Fußtritt, der ihn im Magen traf, warf ihn zurück. Weitere Tritte prasselten auf ihn ein, sie trafen ihn am Rücken, an der Schulter, am Becken. Er hob die Hände schützend vor den Kopf. Sie mussten zu dritt oder zu viert sein. Auf einmal endeten die Tritte. Einer beugte sich über ihn, Franz sah, dass es der Schmächtige war. Er trug eine Schiebermütze und hatte sich ein Halstuch über die Nase gebunden, so dass nur seine trüb schimmernden Augen zu sehen waren.

»Letzte Warnung«, flüsterte der Vermummte.

Dann waren sie weg. Franz sah sie nur noch davonlaufen und um die nächste Ecke biegen. Er hatte Mühe, wieder auf die Beine zu gelangen. Die Schmerzen tobten in seinen Rippen und am Hinterkopf. Er schmeckte Blut, mit den Fingern stellte er fest, dass seine Unterlippe aufgeplatzt war. Auf der linken Seite war seine Sicht verschwommen, er musste wohl also auch eine Wunde an der Schläfe haben, von der Blut ins Auge lief.

Thea fiel das Wasserglas aus der Hand, als Franz das Haus betrat. Blut lief ihm über das ganze Gesicht und hatte bereits sein Hemd bis zur Brust getränkt.

»Es sieht ärger aus, als es ist«, sagte er. »Keine Sorge.«

Sie tupfte seine Wunden ab, bestrich sie mit einer Salbe, die sie aus gesammelten Heilkräutern hergestellt hatte, und bedeckte sie anschließend mit Leinentüchern.

»Keine Küsse in den nächsten zwei Tagen«, verfügte Thea. »So lange bleiben die Pflaster drauf.«

»Keine Küsse? Das ist schlimmer als zwei Tage kein Wasser«, beschwerte er sich und brachte schon wieder ein gequältes Lächeln zustande.

»Du darfst nicht, ich schon«, sagte sie und küsste seine Stirn, auf eine Stelle, die unverletzt geblieben war. Dann fragte sie: »Was waren das für welche? Haben sie dich ausgeraubt?«

»Meine Geldkatze haben sie nicht angerührt.«

»Vielleicht haben sie die einfach nicht gefunden?«

»Sie haben gar nicht danach gesucht. Auf Beute waren die nicht aus.« Er verriet seiner Frau, was einer der Kerle ihm zugeflüstert hatte.

»Und jetzt, Franz?« Thea machte sich Sorgen. »Sie wollen, dass du den Streik beendest.«

»Natürlich wollen sie das.«

»Sie sind entschlossen, dich fertig zu machen. Und sie haben Mittel und Wege.«

»Niemand bricht Franz Beser«, erwiderte er. »Aber Thea, ganz ehrlich, ich weiß nicht, was ich tun soll.« Er war ratlos und dieser Gemütszustand war ihm weitgehend fremd. Sein Leben lang hatte er, so gut wie immer, gewusst, was zu tun war. »Erkläre ich den Streik für beendet, geraten eine Menge Flößer in Not. Und ich verliere die Achtung aller – die der Flößer und die der Auftraggeber.«

»Tust du es nicht, verlierst du vielleicht dein Leben. Und ich meinen Mann.«

Und Josef seinen Vater, dachte Franz.

»Dir wär's lieber, wenn's ein Ende hat, oder, Thea?«, fragte Franz.

Thea seufzte leise und sagte: »Was mit dem Streik wird, kann ich nicht entscheiden, Franz. Das kann dir niemand abnehmen. Wenn sie uns danach in Mittenwald nicht mehr haben wollen, gehen wir eben woanders hin. Mit dir geh ich überall hin.«

Franz hielt ihrem eindringlichen, liebenden Blick stand. Bis zu diesem Zeitpunkt hatte er sich immer als ein Glückskind gesehen: Von Anfang an war er mit gutem Aussehen, einem starken Körper, wachem Verstand und schlagfertigem Mundwerk gesegnet gewesen, auch damals schon, als er im Allgäu aufgewachsen war. Wenn er der älteste Sohn gewesen wäre und dadurch Anspruch darauf gehabt hätte, eines Tages den Hof der Eltern zu übernehmen, wäre er in Obermaiselstein geblieben und hätte ein vollkommen anderes Leben gelebt. So aber hatte er als Siebzehnjähriger sein Bündel geschnürt und war in Richtung Osten gegangen.

Die Berge hatten ihn angezogen. Eines Tages hatte er ein kühlendes Bad in der Isar genommen, nicht weit von Wallgau. Er liebte es, den Kopf ins eiskalte Wasser zu tauchen und der Strömung zu trotzen. Als er auftauchte, sah er etwas auf sich zukommen. Etwas Großes, das sich auf der Wasseroberfläche pfeilschnell auf ihn zubewegte. Franz tauchte sofort wieder unter, diese Reaktion rettete ihm das Leben. Er versuchte zum Grund des Flusses zu gelangen, und erst als er die Luft nicht mehr anhalten konnte, wagte er es, wieder hochzukommen. Da war das Floß schon so weit flussabwärts, dass er nur noch mit Mühe erkennen konnte, dass es Holz und ein paar Fässer geladen hatte, und dass sich vier Männer darauf befanden, zwei davon an den Rudern und zwei, die auf der Ladung saßen. Sie trugen wilde Hüte mit langen Federn, hatten Ledertaschen auf dem Rücken und außerordentlich hohe Stiefel an den Füßen. Staunend stand der nackte Junge in der Isar und starrte dem, was ihn gerade fast umgebracht hätte, so lange hinterher, bis es hinter der nächsten Biegung zwischen den Bäumen verschwunden war. Nie zuvor hatte er ein Floß aus solcher Nähe gesehen, sondern immer nur von Weitem, wenn zu Hause im Allgäu auf der Iller eines unterwegs gewesen war. In diesem Augenblick wusste er mit vollkommener Sicherheit, was er wollte – auf so einem schwimmenden Holz unterwegs sein und so ein Ruder halten, mehr brauchte er nicht zum Glück!

Die Arbeiter vom Sägewerk Obermaier, die Holzstämme von einem großen Karren luden, hielten inne, als der breitschultrige Mann das Gelände betrat. Franz grüßte freundlich nach allen Seiten, es gab hier kaum einen, den er nicht kannte. In den Wintern der vergangenen Jahre hatte er immer wieder wochen- oder tageweise hier gearbeitet. Wären die Pflaster in seinem Gesicht und die blauviolett schimmernde Augenhöhle nicht gewesen, hätte man annehmen können, es wäre alles in Ordnung gewesen. Resi wurde richtig blass, als er die Verwaltungshütte betrat.

»Franz, was ist passiert?«, fragte sie. »Ein Unfall?«

»Frag deinen Herrn Direktor. Ist er da?« Franz deutete auf die Tür zu Obermaiers Büro.

»Es wäre besser«, druckste Resi herum, »wenn du wieder gehen würdest, Franz. Wirklich.«

»Also ist er da. Danke.« Franz ging zur Tür, drehte am Knauf und stieß die Tür auf.

Xaver Obermaier war mit dem Abzeichnen von Verträgen beschäftigt und sah ungehalten auf, weil es hier niemandem gestattet war, die Tür einfach zu öffnen, ohne auf seine Zustimmung zu warten.

»Du siehst schrecklich aus, Franz«, sagte er. »Was ist geschehen?«

Franz schloss hinter sich die Tür und nahm ungefragt auf dem kalbsledernen Besuchersessel Platz.

»Du bist nicht überrascht«, stellte Franz fest. »Hast mich erwartet.«

»Ich hab keine Ahnung, wovon du sprichst.«

»Obermaier, wenn das stimmen würde, wärst du nicht der mächtigste Geschäftsmann im gesamten Regierungsbezirk. Das bist du aber. Also hör bitte auf, mich für dumm zu verkaufen.«

»Ich hab zu tun, wie du siehst«, erklärte der Holzhändler. Im selben Moment ging die Tür ein weiteres Mal auf und im Türrahmen erschienen drei Holzarbeiter. Einer von ihnen war schmächtiger als die anderen beiden, wie Franz bemerkte. Er kannte sie alle drei nicht, aber er hatte das Gefühl, schon einmal in die nicht allzu klaren Augen des Schmächtigen geblickt zu haben.

»Zeigt ihm, wo der Ausgang ist«, sagte Obermaier.

»Sind das die Schläger«, fragte Franz, »die du auf mich losgelassen hast?«

»Auf Wiedersehen, Franz«, erwiderte Obermaier.

Die Arbeiter kamen einen Schritt näher. Franz stand auf, ging auf die drei zu, schubste sie beiseite und bahnte sich einen Weg zwischen ihnen zur Tür.

Anscheinend war er kein Glückskind mehr. Fortuna hatte ihn verlassen. Er begann sich zu fragen, ob er zu hoch gespielt hatte. Die ganze Sache mit dem Streik war völlig verfahren, die Arbeitgeber sahen sich nicht imstande, ihre Forderungen zu erfüllen, und Franz konnte sich beim besten Willen nicht durchringen, den Streik für beendet zu erklären. Und solange er das nicht hat, würden die anderen Flößer auch nicht einknicken. Die Fronten waren verhärtet. Selbst bei ihm zu Hause baute sich von Tag zu Tag eine immer stärkere Anspannung auf. Auch wenn Thea es nicht offen aussprach, wusste er doch, dass sie darauf hoffte, er würde dem Streik ein Ende setzen. Deswegen war er alleine losgezogen, um im Wirtshaus am Abend ein Bier zu trinken. Alleine, weil nach der Tracht Prügel, die er neulich bezogen hatte, keiner mehr gerne mit ihm gesehen werden wollte. Im Gasthof Rieger trat der Wirt persönlich zu ihm an den Tisch und sagte:

»Wir machen gleich zu.«

»Hör zu, Walli«, erwiderte der Franz, »ich will hier nur in Ruhe mein Bier trinken, sonst nichts. Danach bin ich wieder weg und wir alle können in Frieden schlafen gehen, ohne dass irgendetwas passiert.«

Er sagte das mit einem Blick, in dem deutlich zu lesen war, dass der Abend für alle Beteiligten auch sehr viel unerfreulicher verlaufen könnte. Der Wirt drehte kommentarlos ab, um kurz darauf mit einer frisch gezapften Halben zurückzukehren, die er vor Franz abstellte. Der ließ das Bier durch seine Kehle laufen – schnell, obwohl er gar nicht so durstig war. Damit das Gebräu seine schlechte Laune vielleicht ein wenig dämpfen würde. Je schneller man trank, desto mehr rauschte der Alkohol durch den Kopf. Als Franz ausgetrunken hatte, legte er zehn Pfennig auf den Tisch und ging grußlos wieder ab. Er hatte die Tür des Gasthofs noch in der Hand, als jemand mit ihm zusammenstieß. Ein Mann, kleiner als er und mit einem Hut auf dem Kopf, der dafür sorgte, dass Franz sein Gesicht nicht sehen konnte. Er dachte noch, dass derjenige wohl hineingehen wollte, aber stattdessen drehte der Mann mit dem Hut ab und ging davon. Franz fragte sich verwundert, ob es sich um einen Taschendieb handelte, und tastete sich ab. Seine Geldkatze war noch da. Diese versteckte Hüfttasche, die seinesgleichen stets bei sich hatten, wenn sie mit ihrem Lohn vom Flößern nach Hause zurückkehrten, diente Franz auch sonst immer als Geldbeutel. Kein Taschendieb der Welt könnte sie im Vorbeigehen stehlen. Franz wunderte sich nur darüber, dass seine Hand auf einmal ganz nass war. Es war zu dunkel, um erkennen zu können, mit was für einer Flüssigkeit er in Berührung gekommen war. Aber der Geruch nach Eisen verriet es ihm. Franz wurde kalt. Sein Blick trübte sich. Die Knie gaben nach und er fiel zu Boden, während das Blut aus seinem Bauch heraussprudelte.

47
Daniila
2015

23. März, Obermaiselstein:

Der Gefängnisdirektor wusste nicht, ob die Insassin fit genug sein würde, um mit mir zu telefonieren, aber er versprach, er würde versuchen, sie ans Telefon zu holen. Ich sah auf die Uhr. Meine Mittagspause ging zu Ende. Mit dem Handy am Ohr gab ich dem Chef zu verstehen, dass es etwas länger dauern würde. Er winkte locker ab, um zu signalisieren, dass er Verständnis hatte. Alle in der Werkstatt, genau wie im Hotel, wussten, dass ich nach meiner Großmutter suchte, ich hatte sie mit dem Thema schließlich schon oft genug genervt. Nach einer Viertelstunde fragte ich mich zunehmend, ob das hier noch etwas werden würde. Dann brach die Musik der Warteschleife ab. Kamasi Juma meldete sich und riet mir, laut zu sprechen, Viktoria höre nicht mehr so gut. Ich meldete mich auf Deutsch und sagte laut:

»Hallo?«

»Hallo«, kam ein leises Echo zurück. Eine Stimme wie das Ächzen eines rostigen Karrens, der nicht die geringste Lust hat, bewegt zu werden.

»Spreche ich mit Viktoria Beser?«

»Ja, das bin ich.« Ihr Deutsch klang verwaschen, sie hatte die Sprache sehr lange nicht benutzt. Ihr *ch* war eher ein *k*.

»Ich bin deine Enkelin«, sagte ich. »Mein Name ist Daniila.«

»Ah ja«, antwortete sie langsam, als handele es sich um eine nicht allzu ungewöhnliche Nachricht, die ihr schon öfter mal überbracht worden war.

Ich wollte mit ihr nicht sprechen über das, was ich über sie erfahren hatte. Nicht im allerersten Gespräch überhaupt, das ich mit meiner Großmutter führte.

»Wie geht es dir?«, fragte ich.

»Bin noch nicht tot«, erwiderte sie. *Bin nok nikt tot.*

Ein Schauer lief mir durch den Körper.

»Ich soll dir liebe Grüße ausrichten von deinem Sohn Olaf«, log ich. »Meinem Vater.«

»Ik musste ihn zurücklassen«, sagte sie. »Bereue ik sehr. Wie geht es ihm?«

»Oh, er ist ein starker Mann und ein toller Vater. Ich liebe ihn sehr. Ich habe auch noch zwei jüngere Brüder, Nikolai und Peter. Leider habe auch ich ihn zurücklassen müssen, weil ich das Land verlassen musste. Sie leben jetzt in der Ukraine. Aber ich werde sie alle wiedersehen. Gibt es vielleicht etwas, das ich Olaf von dir ausrichten soll?«

Am anderen Ende der Leitung herrschte Schweigen.

»Großmutter?«, fragte ich nach. Wie unwirklich es sich anfühlte, hier vor der Werkstatt zu stehen und sie so zu nennen.

»Dass mir leidtut«, sagte sie mit immer leiserer Stimme. »Ihn zurücklassen war Slimmste, was ik je getan. Nehm an, du weißt, was ik getan.«

Danach sagte sie nichts mehr. Ich nannte noch ein paarmal ihren Namen, aber schließlich meldete sich wieder der Gefängnisdirektor, der anscheinend die ganze Zeit neben ihr gesessen hatte. Er sagte mir, meine Großmutter sei erschöpft und könne nicht mehr mit mir sprechen. Ich wollte wissen, ob es möglich war, sie im Gefängnis zu besuchen. Er meinte, ich sei jederzeit willkommen. Viktoria dürfe einmal pro Woche für zehn Minuten Besuch empfangen und fünf Minuten lang telefonieren.

Es ist schon wieder nach Mitternacht, ich liege wach und denke an das Telefonat, das ich vorhin mit Matwij geführt habe. Er wird morgen zu Papa gehen, ihm von Viktoria erzählen und ihm die Telefonnummer vom Gefängnis geben. Hoffentlich hat er die Nerven, den Anruf zu machen.

30. März, Obermaiselstein:

Beim Frühstück studiere ich Flugangebote nach Lusaka. Sie sind krass teuer, eigentlich kann ich mir das nicht leisten, aber ich will unbedingt da hin. Marianne hört mich stöhnen und fragt, was los ist. Ich sage es ihr und – Achtung! – ohne auch nur mit der Wimper zu zucken, bietet sie an, mir zu leihen, was das Flugticket kostet. Ich starre sie ungläubig an.

»Du kannst es mir zurückzahlen, wann auch immer es passt. Ist nicht eilig.«

Ich stehe auf und nehme sie in die Arme. Habe ich noch nie gemacht. Sie lacht überrascht. Sieht bestimmt lustig aus, sie ist einen halben Kopf größer als ich und bestimmt doppelt so schwer.

Bevor ich das Ticket buche, rufe ich im Gefängnis an und lasse mich wieder mit dem Direktor verbinden, um einen Besuchstermin auszumachen. Kamasi Juma meldet sich. Ich begrüße ihn und bin gerade dabei, mein Anliegen vorzutragen, als er mich unterbricht.

»Schlechte Nachricht, Frau Beser«, sagt er. »Nach dem Gespräch mit Ihnen hat Viktoria kein Wort mehr gesagt, zu keinem. Nichts mehr gegessen. Drei Tage später … tot.«

Ich höre meinen Atem und die Stille in der Leitung. Er schweigt, gibt mir Zeit.

»Hat meine Großmutter noch einen weiteren Anruf bekommen?«, frage ich. »Vielleicht aus der Ukraine?«

»Nein«, erwidert der Gefängnisdirektor. »Sicher nicht.«

»Wurde sie schon begraben?«

»Ja.«

Irgendwie bekomme ich es fertig, mich bei ihm zu bedanken und aufzulegen.

Ich habe sie nie gesehen, nur ein einziges Mal kurz mit ihr telefoniert, sie hat höchstens zehn Sätze zu mir gesagt. Trotzdem tut es weh. Sehr. Als hätten wir eine viel innigere, tiefere Beziehung zueinander gehabt. Auch wenn sie grässliche Dinge getan hat, für die man sie eingesperrt und mehr als 30 Jahre lang nicht wieder rausgelassen hat. Sie ist, war meine Großmutter. Als ich auf dem Bett liege und an die Dachbalken starre, denke ich, dass ich es aufschreiben sollte: das Leben von Oma Viktoria. Ihre Geschichte erzählen. Seit Jahren gehe ich mit der Frage schwanger, welches Thema mein erster Roman haben soll. Nie fand ich etwas interessant genug, um all die Zeit zu investieren, die es braucht, um ein ganzes Buch zu schreiben. Einen Roman! Ich möchte eine belletristische Erzählerin sein, keine Biografin. Ich möchte groß erzählen. Möchte, dass dem Leser der Mund offensteht und er zurückblättert, um die Seite nochmal zu lesen. Nennt mich vermessen, aber das ist, wovon ich träume. Ich glaube zu spüren, dass die Geschichte meiner Großmutter das sein könnte, worauf ich gewartet habe. Außerdem glaube ich, dass da etwas ist zwischen uns, zwischen ihr und mir. Auch wenn ich keine Mörderin bin, erkenne ich Parallelen zwischen unseren beiden Leben.

Als Marianne mich später beim Abendessen tröstet, erzähle ich ihr von all diesen Gedanken. Sie rät mir zu.

»Mach das, Kind«, sagt sie. »Schreib es auf. Was immer du schreibst, ich werde es lesen.«

»Danke, Marianne«, erwidere ich. »Eine Leserin ist schon unendlich mehr als Null. Ich weiß nur gar nicht, wie. Ich kenne so wenig von ihrem Leben. Da sind mehr Lücken als sonstwas. In Afrika haben damals wohl die Zeitungen über ihre Taten geschrieben, ich könnte versuchen, in alten Archiven zu suchen, falls sowas existiert. Internet gab es damals noch nicht, im Netz findet man gar nichts. Ich fürchte, auch mein Vater könnte kein Licht ins Dunkel bringen. Wie hat sie gedacht, was hat sie bewegt, was war sie für ein Mensch? Wen und was hat sie geliebt, außer Tiere? Wenn ich alles einfach nur erfinde, wenn ich all die Lücken zuspachtele mit meinem eigenen Mörtel, werde ich der Sache dann gerecht? Werde ich *ihr* dann gerecht?«

»Kind, ich kenne mich damit nicht so aus«, entgegnet Marianne. »Aber Romane sind keine Dokumentationen, oder? Sie werden immer ein Stück weit erfunden.«

Ich nicke zwar, aber befriedigend finde ich es nicht, so an das Projekt heranzugehen. Ganz und gar nicht.

5. April, Nebelhorn:
Es ist Ostersonntag und wir machen einen Familienausflug. Etwas, das ich nicht kenne. Bei uns zu Hause gab es das nicht. Wir sind höchstens mal spazieren gegangen, mehr nicht. Ich genieße es. Roman, Lilly, ihre kleine Tochter Elisabeth, Marianne und ich. Als wir in der Seilbahn bergauf fahren, denke ich, was ich oft denke, wenn ich mit einer bestimmten Erfindung zum ersten Mal konfrontiert bin: wie weit wir von einer Seilbahn entfernt waren, als wir vor Jahrmillionen aus dem Urschleim gekrochen sein mögen. Vielleicht ähnlich weit wie ich gerade von der Fertigstellung meines ersten Romans? Oben gehen wir spazieren. Elisabeth, die schon jetzt alle nur noch Lissi nennen, schreit. Marianne vermutet, dass sie die Höhe nicht gut verträgt. Wir befinden uns auf mehr als 2200 Metern, die Sonne scheint. Aussicht: atemberaubend. Man schaut bis weit in die Österreicher und Schweizer Berge, angeblich kann man von hier oben 400 Gipfel sehen. Ich will sie nicht nachzählen und glaube es einfach so. Den anderen wird kalt, wir gehen ins Gipfelrestaurant, trinken Almdudler, essen Germknödel. Als Marianne und Roman noch einen Kaffee bestellen, erkläre ich, dass ich gerne noch ein wenig die Aussicht genießen möchte. Von der Terrasse steige ich die paar Meter zum Gipfel auf. Alleine bin ich hier nicht, die Idee hatten einige andere Leute auch. Die Sonne wird vom Schnee reflektiert, das Licht ist so brutal hell, dass ich blinzeln muss und zum ersten Mal verstehe, wieso auf verschneiten Bergen alle immer Sonnenbrillen tragen. Trotzdem richte ich den Blick nach Süden, nach Österreich. Ich weiß, dahinter ist Italien, und noch viel weiter entfernt: Sambia. Tansania. Auf einmal steht Marianne neben mir und sagt:

»Schön haben wir's schon, oder?«

»Ja«, erwidere ich nur und spüre, wie ich lächele.

»Berge machen glücklich«, erklärt sie. »Hab ich schon immer gesagt.«

»Du musst es wissen.«

»Es gibt in unserer Familie noch mehr Leute, die es verdient hätten, dass man über sie schreibt. Nur falls es dich interessiert.«

»Glaube ich sofort«, entgegne ich. »*Du* hast bestimmt auch viel zu erzählen.«

»Ich? Ach was«, wehrt sie ab, »über mich braucht keiner schreiben.«

»Wen meinst du dann?«

»Einer aus unserer Linie hat vor langer Zeit Aufsehen erregt. Nachdem er das Allgäu verlassen hat.«

»Wann war das?«

»19. Jahrhundert.«

Dann sagt sie mir noch, dass der Mann, von dem sie spricht, von Beruf Flößer war. In Oberbayern. Und auf den Namen Franz Beser hörte.

48
Viktoria
1968

Afrika hielt alles, was Viktoria sich davon versprochen hatte. Und mehr. Die erste Zeit in Sambia war die glücklichste ihres Lebens. Sambia war erst vor vier Jahren unabhängig geworden, das ganze Land befand sich in enormer Aufbruchsstimmung. Fast alle Menschen erschienen Viktoria gelöst und in bester Laune. Sie fragte sich manchmal, wie es wohl vor der Unabhängigkeitserklärung gewesen sein mochte. Viktoria hatte nie zuvor Menschen erlebt, die so sehr im Hier und Jetzt lebten, die so unvoreingenommen und wohlwollend auf sie zugingen. Ihre Arbeit auf der Chiawa Lodge in der Nähe von Kafue war der in Obermaiselstein gar nicht so unähnlich, sie reinigte die Zimmer der Gäste, bediente sie beim Essen und schrubbte die Holzböden. Aber die Stimmung war ungezwungen, locker und leicht, das Leben fühlte sich, der Arbeit zum Trotz, an wie immerwährender Urlaub. Sicher lag das auch am sonnigen, warmen Klima, aber es waren ganz einfach die Menschen, die bereit waren, ein Lächeln zu zeigen und sich auf den anderen einzulassen

Bukata, ein junger Mann aus dem Volk der Bemba, arbeitete hinter der Bar und war so etwas wie der Restaurantleiter. Bukata war jünger als Viktoria, aber das hielt ihn nicht davon ab, ihr vom ersten Moment an charmante Blicke zuzuwerfen und um sie zu werben. Es dauerte keine Woche, bis sie sich zum ersten Mal küssten, und keine weitere, bis sie ihre erste gemeinsame Nacht verbrachten. Beide sprachen schlechtes Englisch, aber der Unterschied war, dass Bukata sich nichts daraus machte und einfach drauflosredete, egal mit wem er sprach. Viktoria war so viel Lebensfreude nicht gewohnt, sie ließ sich aber, nachdem ihre ersten inneren Hürden überwunden waren, nur zu gerne davon mitreißen. Nachdem sie Bukata erzählt hatte, dass sie seit ihrer Kindheit davon träumte, Giraffen zu sehen, führte er sie an einem Vormittag hinters

Hauptgebäude und bat sie, in den staubigen Geländewagen einzusteigen, mit dem sonst immer die Einkäufe erledigt wurden.

»Wohin fahren wir?«, fragte sie.

»In die Savanne«, erwiderte er. »Kleine Safari.«

»Aber wir haben doch zu tun«, widersprach sie. »Das geht nicht.«

»Essen ist erst in ein paar Stunden«, erwiderte er.

»Ich habe Zimmer sauberzumachen«, sagte sie.

»Das übernimmt Ntanda«, erklärte er. »Hab alles mit ihr besprochen. Na los, steig ein.«

Er steuerte den Wagen über eine holprige Sandpiste tief hinein in das Gebiet einer Jagdfarm. Das durfte er, weil sein älterer Bruder hier als Jagdaufseher arbeitete. Die meisten Wildtiere, vor allem die großen und gefährlichen, lebten in solchen abgeschlossenen Reservaten. Als sie die ersten Löwen passierten, die neben der Straße lagen und in der Sonne dösten, war Viktoria schon etwas mulmig zumute, aber stärker als die Angst war die Zuneigung, die sie empfand. Was für schöne Tiere sie waren.

»Sie können uns nichts tun«, sagte Bukata beruhigend, »solange wir die Fenster nicht öffnen.«

Etwas später bekamen sie auch eine Elefantenherde zu Gesicht, aber nur von Weitem. Bukata wollte es vermeiden, den Unmut der Tiere auf sich zu ziehen.

»Sie laufen schneller, als ich hier fahren kann«, erläuterte er. »Also ärgern wir sie lieber nicht.«

Bukata wusste genau, wohin er fuhr, konnte Viktoria aber nicht versprechen, dass sein Plan aufgehen würde. »In dieser Richtung liegt ein besonders dichter Akazienwald«, sagte er. »Und Giraffen lieben Akazien.«

»Ich weiß«, erwiderte Viktoria. »Sie bevorzugen die zarten Blätter ganz oben, mit ihren langen Hälsen sind sie die Einzigen, die dort hinkommen.«

Mittlerweile hoffte sie schon so lange darauf, Giraffen zu erleben. Es kam ihr unwirklich vor, dass es jetzt vielleicht jeden

Moment wirklich geschehen würde. Am Rand des Akazienhains stellte Bukata den Wagen ab und nahm das geladene Gewehr von der Rückbank.

»Man weiß nie, wer sich zwischen den Bäumen sonst noch so versteckt«, sagte er und schritt voran. Viktoria folgte ihm, bis er auf einmal stehenblieb und mit der Hand vorandeutete.

Da waren sie. Zwei ausgewachsene Giraffen reckten die Hälse, rissen mit den Zähnen Blätter von den Bäumen und verspeisten sie mit sichtlichem Genuss. Viktoria stand da und schaute ihnen zu. Mit offenem Mund. Nie zuvor hatte sie etwas so Schönes gesehen.

Von nun an kamen sie regelmäßig. Es gab noch mehr Giraffen, die dem Akazienwäldchen Besuche abstatteten, aber Viktoria erkannte das Pärchen immer sofort wieder. Er war etwas größer und kräftiger als sie, und Viktoria glaubte zu erkennen, dass sie sehr achtsam und liebevoll miteinander umgingen. Von den beiden ging ein Zauber aus, dem sie nicht widerstehen konnte. Vor allem das Giraffenweibchen hatte es Viktoria angetan, es bewegte sich mit einer Anmut, der sie stundenlang einfach nur zusehen konnte. Trotz dieser Faszination blieb Viktoria stets in respektvollem Abstand zu den Tieren, auf gar keinen Fall wollte sie ihnen Angst machen.

Bukata schenkte ihr einen kleinen Fotoapparat. »Damit du Bilder von ihnen machen kannst.«

Den hatte sie fortan immer dabei, wenn sie die Akazien aufsuchte. Es war teuer und aufwändig, die Fotos entwickeln zu lassen, sie musste dafür jedes Mal bis nach Lusaka fahren, aber das war ihr egal. Die fertigen Fotos pinnte sie an die Wände ihres kleinen Zimmers, bis sie davon nahezu vollständig bedeckt waren.

Eine Weile gelang es ihr, die Augen davor zu verschließen, wer die Leute waren, die sich in der Chiawa Lodge einmieteten. Viele kamen nur, um Urlaub zu machen, Safari-Touristen aus aller Welt, vor allem aus den Vereinigten Staaten und aus Europa. Es gab aber immer auch ein paar Gäste, fast ausschließlich Männer, die hier waren, um Tiere zu schießen. Hauptsächlich Großwild, die sogenannten Big Five: Elefanten, Nashörner, Büffel, Löwen, Leoparden. Um die Erlaubnis dafür zu bekommen, hatte jeder von ihnen bereits vor der Anreise einen Haufen Geld bezahlt. Elefanten waren am teuersten, Büffel am günstigsten. Wer noch mehr auf den Tisch legte, konnte anschließend die Stoßzähne oder die präparierten Köpfe der geschossenen Tiere mit nach Hause nehmen. Viktoria verdrängte das alles, so gut sie konnte, und wollte nichts davon wissen.

In ihren Aufgabenbereich fiel, die getragene Kleidung der Gäste in die Waschmaschine zu stecken. Im Zimmer von Mr. Newcombe, einem amerikanischen Gast, holte sie einen vollen Wäschekorb ab. Er drückte ihr als Trinkgeld einen Geldschein in die Hand und lächelte breit. Viktoria bedankte sich höflich und hob den Korb auf. Ihr Blick fiel auf ein Hemd, das am Kragen einen dunkelroten, fast braunen Fleck aufwies.

»Vom Leopard, den ich geschossen habe«, sagte er.

»Wie kommt sein Blut auf Ihr Hemd?«, fragte Viktoria. Eigentlich waren die Bediensteten der Lodge angehalten, solche Gespräche mit den Gästen nicht zu führen. Viktoria hatte sich daran bisher stets gehalten, aber jetzt war sie neugierig geworden.

Der Amerikaner holte einen Umschlag hervor, der aus dem Fotogeschäft in Lusaka stammte. Sie selbst hatte ihn dort vor zwei Tagen für die Lodge abgeholt. Er blätterte in den Fotos und holte einen Abzug hervor. Darauf war in Hochglanz zu sehen, wie der glatzköpfige, rotgesichtige Newcombe über dem Leoparden kniete und das tote Tier auf die Schläfe küsste. Der Amerikaner grinste schelmisch und nickte Viktoria auffordernd zu. Offensichtlich erwartete er, dass auch sie sich darüber amüsierte. Doch sie verzog keine Miene und verließ, über den Wäschekorb gebeugt, das Zimmer. Keine Minute später, in der Waschküche der Lodge, stopfte sie die Sachen in die große Waschmaschine. Als sie das Hemd in den Händen hielt, zögerte sie einen Moment und ihr Blick verweilte auf dem Blut, dann sagte sie leise:

»Ich wünschte, es wäre dein eigenes, dummes Arschloch.«

Sie spuckte auf das Hemd und ließ es in der Trommel verschwinden.

49
Henning
1942

Mittlerweile war Henning von Tresckow zum Oberst befördert worden und konnte einen Offizier seiner Wahl als seinen persönlichen Ordonnanzoffizier bestimmen. Sein Cousin Fabian von Schlabrendorff hatte sich zu Kriegsbeginn freiwillig gemeldet und kam als Leutnant der Reserve dafür in Frage.

»Ich brauche dich, Fabian«, bekräftigte Tresckow. »Wir müssen einen Kern haben aus Leuten, die fest hinter der Sache stehen, die loyal und unerschrocken sind.«

»Du sprichst tatsächlich von einem Attentat?«, fragte Schlabrendorff. Er sprach ruhig, aber nicht leise, denn sie waren allein, niemand hörte zu.

Tresckow nickte: »Es geht nicht mehr anders. Er zerstört unser Vaterland. Wir alle begehen Verbrechen, unabhängig davon, ob wir an der Front stehen oder nicht. Völkermord, Misshandlungen, unvorstellbare Grausamkeiten. Ende Juni musste ich einen Befehl unterzeichnen, der forderte, weißrussische Kinder ins Reich zu deportieren. Herrgott, Jungen und Mädchen im Alter von zehn bis dreizehn Jahren!«

»Die Heuaktion.«

»Das ist der überaus zynische, inoffizielle Name dafür, ja. Zehntausende Kinder werden zur Zwangsarbeit nach Deutschland verschleppt, und das alles geschieht mit meiner Unterschrift auf dem Papier. Ich bin genauso schuldig wie jeder andere.«

»Hättest du dich geweigert, wärst du jetzt möglicherweise auch in einem Lager und müsstest Zwangsarbeit leisten. Falls man dich nicht exekutiert hätte.«

»Das ist das System, für das wir zur Verfügung stehen, als kleine, fleißige, allzeit bereite Rädchen. Tag für Tag, Jahr um Jahr. Ich kann das nicht mehr, Fabian. An manchen Tagen möchte ich mich lieber übergeben, als zum Dienst zu erscheinen. Vergeltungsmaßnahmen gegen Partisanen, Säuberungsaktionen – ich bekomme diesen ganzen stinkenden Dreck auf den Schreibtisch und muss ihn unterschreiben. Manchmal fühle mich eher tot als lebendig und wünschte dann, es wäre so. Aber wir dürfen jetzt nicht aufgeben, hörst du? Ich habe schon einige gute Männer in meiner Nähe installiert: Gersdorff, Hardenberg, Kleist, Matuschka, Schulze-Büttner. Wir sind aufgefordert, dem Ganzen ein Ende zu bereiten, und genau das werden wir tun. Wir sind die Keimzelle des Widerstands. Werde mein Ordonnanzoffizier, Fabian, ich bitte dich von Herzen.«

»Gibt es konkrete Pläne?«

»Die gibt es allerdings, mein Lieber. Sag Ja, und ich verrate sie dir. Bis ins Detail.«

»Also gut«, gab von Schlabrendorff nach. »Von mir aus. Du kannst auf mich zählen. Meine Güte, ich hoffe, ich werde mich für diese Entscheidung nicht irgendwann hassen.«

Henning atmete erleichtert durch, nahm seinen Cousin in die Arme, hieß ihn willkommen und schloss die Frage an: »Kennst du eigentlich Major Stauffenberg?«

»Nie gehört.«

»Du wirst ihn kennenlernen. Bald schon. Sehr bald.«

Tresckow hatte Claus Schenk Graf von Stauffenberg im letzten Jahr zum ersten Mal getroffen. Sie hatten sich auf Anhieb verstanden, und schon bald lud er den einige Jahre Jüngeren zu den Treffen mit Schlabrendorff und Gersdorff ein. Die vier schmiedeten nicht nur Attentatspläne, sie machten sich auch Gedanken darüber, was nach einem erfolgreichen Anschlag geschehen würde. Es gab schließlich nicht nur Hitler, da war auch noch Himmler mit seiner SS, da war Goebbels. Männer, die in der Lage wären, die Lücke zu füllen, die ein toter Hitler hinterließe.

»Der Schlüssel für das Gelingen unserer Pläne heißt *Unternehmen Walküre*«, sagte Tresckow hinter verschlossenen Türen. »Dabei handelt es sich um einen Befehl, den der Führer genau für so einen Fall entworfen hat. *Walküre* tritt in Kraft, wenn es einen Aufstand gegen das Regime gibt, oder einen erfolgreichen Anschlag.«

»Das Ersatzheer wird dann mobilisiert«, fuhr Stauffenberg wissend fort, »um dafür zu sorgen, dass ein möglicher Putsch sofort niedergeschlagen und im Keim erstickt wird. 300.000 Mann wären innerhalb kürzester Zeit einsatzbereit.«

»Das heißt aber doch, dass dieser Befehl für uns ein Problem ist«, merkte Gersdorff an. »Ein großes sogar. Wie kann er uns als Schlüssel dienen?«

Schlabrendorff setzte sein hintergründiges Grinsen auf und sagte: »Gersdorff, bitte gestatten Sie dem Rangniedrigsten, eine kleine Geschichte zu erzählen: Als ich noch ein Pennäler war, haben wir uns nachts ins Zimmer des Direktors geschlichen. Einer von uns konnte mit Dietrichen umgehen, keine abgeschlossene Tür war vor ihm sicher. Wir wussten, es gab einen Ordner, in dem standen allerlei Vorschriften. Was zu tun war im Falle eines Brandes, einer Überschwemmung, oder wenn es Sturmschäden gab.«

»Ja, und?«, hakte Gersdorff nach.

»Wir haben einen weiteren Befehl hinzugefügt, den es in Wirklichkeit gar nicht gab. Abgeheftet und fertig. Szenenwechsel: Der Vater eines anderen hat im Berliner Zoo gearbeitet, so kamen wir an ein Betäubungsgewehr. Mit dem haben wir uns im Grunewald auf die Lauer gelegt.«

»Auf die Lauer für was?«

»Nicht so ungeduldig. Am folgenden Morgen ein lauter Aufschrei, als die Lehrer die Klassenzimmer aufschlossen, denn: In unserem stand ein ausgewachsenes, grunzendes Wildschwein. Entsetzt zog der Lehrer die Tür wieder zu, was sollte er jetzt machen? Ich stand daneben und meinte schlau: Es gibt doch bestimmt eine Verordnung, die sowas regelt. Zwei Minuten später holt der Direktor die Mappe aus seinem Schreibtisch, schlägt nach, findet tatsächlich eine amtliche Verordnung über den Umgang mit Wildtieren in der Schule und liest: *Wird ein wildes, gefährliches Tier in einem Klassenzimmer vorgefunden, ist der Schuldirektor verpflichtet, es unverzüglich persönlich zuzureiten, es also nachgerade zu zähmen – bis es so gesittet ist, dass es ohne Gefährdung von Schülern und Lehrkräften am Unterricht teilnehmen kann.«*

Die Männer lachten. Alle vier. So laut, dass man es auf dem Flur hören konnte. Die Soldaten, die das Gelächter von ferne vernahmen, mussten ebenfalls lächeln, einfach nur, weil da ein paar Männer befreit lachten. So etwas war selten geworden. Die Zeiten waren nicht zum Lachen, und wenn es trotzdem jemand tat, egal wer, dann war es ein Beweis dafür, dass Leichtigkeit etwas war, das man auch mit noch so viel Schwere nicht endgültig besiegen konnte. Auch deswegen hatte Tresckow seinen Cousin an seine Seite geholt – weil Fabian jemand war, der es wagte, in der tiefsten Dunkelheit ein Licht anzuzünden.

Stauffenberg war von viel ernsterer Wesensart. Ein charismatischer Kerl mit stahlblauen Augen, der große Entschlossenheit ausstrahlte. Loyal bis ins Mark, wenn er von etwas überzeugt war. Auch so jemanden hatte man gerne an seiner Seite, wenn man sich gegen ein übermächtiges, verbrecherisches Regime stellte.

»Was Schlabrendorff sagen will, meine Herren, ist Folgendes«, erklärte Tresckow. »Wir manipulieren *Unternehmen Walküre.* Wir schreiben darin fest, dass im Auslösungsfall sämtliche zentralen Personen von SS, SD, Gestapo und NSDAP unverzüglich festzusetzen sind. Damit ist der Putsch vollendet, das Regime entmachtet, und wir können eine Übergangsregierung einsetzen.«

»Wer ist befugt, *Unternehmen Walküre* auszulösen?«, wollte Gersdorff wissen.

»Nur zwei Personen: Hitler und der Befehlshaber des Ersatzheeres«, erwiderte Tresckow, »also Generaloberst Fromm. Letzterer kennt unsere Pläne und ist für den Fall von Hitlers Tod bereit zur Kooperation.«

Als die Männer schon im Aufbruch begriffen waren, wandte Stauffenberg sich noch einmal an Schlabrendorff: »Nur aus

Neugier: Die Sache mit dem Wildschwein, wie ist die ausgegangen?«

»Der Schuldirektor ist leider nicht darauf geritten«, entgegnete der Leutnant. »Dass ich auf die Verordnung verwiesen hatte, wurde mir zum Verhängnis. Ich wurde für einen Monat suspendiert. Wir sind krachend gescheitert.«

»Haben Sie die Kameraden verpfiffen?«

»Selbstverständlich nicht.«

»Hoffen wir mal, dass *Walküre* besser funktioniert«, erklärte Stauffenberg beim Abgehen. Nachdem er und Gersdorff den Raum verlassen hatten, schloss Tresckow noch einmal die Tür und richtete das Wort an seinen Ordonnanzoffizier:

»Wie weit bist du mit dem Sprengstoff?«

»Zyklon B wäre, wie schon gesagt, leichter zu besorgen«, erwiderte Schlabrendorff.

»Ich gebe zu, es hätte einen gewissen Reiz, ausgerechnet das Gas zu verwenden, das den Nazis als Massenvernichtungsmittel dient. Aber Gas gefällt mir einfach nicht. Wir können es unter Umständen nicht gezielt genug einsetzen. Sprengstoff ist die klarere Lösung.«

»Aye, aye, Sir«, entgegnete Schlabrendorff. »Du steuerst das Schiff. Ich bin nur ein Leichtmatrose.«

Die Weihnachtsfeier im Offizierskasino stand an. Soldaten des Regiments hatten einen mit Kerzen, roten Glaskugeln und Girlanden geschmückten Weihnachtsbaum aufgestellt, die Küche hatte Zimtsterne und Vanillekipferl gebacken. Es duftete und blinkte, und Henning von Tresckow war dazu auserkoren, eine motivierende Rede zu halten und den Kameraden für ihren heldenhaften Einsatz im vergangenen Jahr zu danken. Dann zog er eine kleine Bibel hervor. Schlabrendorff, der in der ersten Reihe saß, sah es mit Unbehagen, christliche Weihnachtsfeiern waren vom Oberkommando des Heeres ausdrücklich verboten worden. Dennoch schlug Tresckow die Bibel auf und las Lukas, Kapitel 2,

Vers 1 bis 21 – das Weihnachtsevangelium. Jedem seiner Zuhörer war der altbekannte Text geläufig, der von Maria, Josef und dem Jesuskind berichtete – alle hatten ihn schon unzählige Male gehört, in Schulen und Kirchen, und doch ging etwas Tröstliches von diesen Zeilen aus. Mitten in einem Weltkrieg noch sehr viel mehr als sonst. Er las ruhig und gelassen, zelebrierte jeden Satz, jedes Wort. Als er die Bibel wieder zuklappte, herrschte feierliche Stille, wie in einer Kathedrale, in der auch niemand wagte, Beifall zu klatschen. Ringsherum blickte er in dankbare Gesichter, auch wenn er wusste, dass sie aus einem ganz bestimmten Grund nicht applaudierten – weil sie nicht riskieren wollten, sich in die Nesseln zu setzen.

»Das war sehr schön«, ließ Schlabrendorff ihn leise wissen, als sie wieder zusammensaßen, »aber auch unvorsichtig. Im schlimmsten Fall ziehen sie dich für sowas aus dem Verkehr.«

»Alles ist falsch in diesen Tagen«, entgegnete er, ohne die Stimme zu senken. »Während wir hier im Warmen sitzen und Glühwein trinken, frieren den Kameraden vor Stalingrad im Schützengraben die Gliedmaßen ab. Habe ich die Möglichkeit für eine Geste der Menschlichkeit, nutze ich sie.«

50
Daniila
2016

3. Mai, Obermaiselstein:
Ich könnte längst studieren, in München oder auch an einem anderen Ort, wenn ich es darauf anlegen würde. Aber nachdem ich meine erste Heimat hinter mir lassen musste, ist Obermaiselstein zu meiner zweiten geworden. Dieser kleine Sehnsuchtsort für Erholungsuchende, immer herausgeputzt für seine Besucher, mit plätschernden Bächen, Auen, Kuhglocken und im Hintergrund aufragenden Bergriesen. Ich habe Angst, von hier wegzugehen. So einfach ist das. Ich finde tausend Entschuldigungen, das kann ich gut: Muss für München erst noch mehr Geld sparen. Muss sowieso auch schauen, was aus der Krim wird. Ein Studienbeginn in München könnte verfrüht sein, wenn ich nach dem ersten oder zweiten Semester zurückkönnte nach Koltschuhyne und Simferopol. Diese Ausreden klingen alle plausibel, für die anderen und auch für mich, aber die Wahrheit ist einfach: Ich komme hier nicht so leicht weg, dieses Nest und die Menschen darin haben ein Stück weit mein Herz erobert. Die Großstadt kommt mir dagegen vor wie ein unpersönlicher, grauschwarzer Moloch. Hierbleiben ist bequem und sicher, ich arbeite in der Werkstatt, helfe aus im Hotel, genieße die familiäre Anbindung. Es drängt mich auch niemand, von hier wegzugehen, im Gegenteil. Alle wollen, dass ich bleibe. Bertram erhöht den Monatslohn für meine Arbeit in der Werkstatt, Marianne bietet mir ein größeres Zimmer an. Natürlich kann ich auch einfach bleiben, hier arbeiten, leben und Bücher schreiben. Was ich im Übrigen auch vor mir herschiebe. Bisher habe ich weder eine Recherchereise nach Sambia gemacht noch mehr als ein paar Zeilen geschrieben. Ich will eine Autorin sein? Ist doch Etikettenschwindel. Aber die Arbeit in der Werkstatt ist anstrengend, abends bin ich dann meistens zu müde für irgendwas, und am Wochenende gehe ich lieber schwimmen oder in die Berge. Marianne sagt:

»Kind, du bist erst einundzwanzig, mach dir nicht so einen Druck. Du hast alle Zeit der Welt.«

Doch niemand hat alle Zeit der Welt. Das ist nur ein Spruch, der Leute faul werden lässt.

Ich bin froh, dass Papa und ich wieder miteinander telefonieren und ich so eine Brücke in meine Heimat schlagen kann. Manchmal machen wir auch Videocalls mit den Jungs. Wir schaffen es, meine Zeit als Aktivistin vollkommen außen vor zu halten. Niemand, der mithört, kann Verdacht schöpfen. Die Jungs haben mittlerweile den Stimmbruch hinter sich und klingen unfassbar erwachsen. Richtig groß sind sie geworden und sie versuchen, wie Männer auszusehen, was ich sehr lustig, aber auch entzückend finde. Papas Haare sind nicht mehr nur an den Schläfen weiß, die letzten gut zwei Jahre haben sich tief in sein Gesicht gegraben. Er ist auch schmaler geworden. Ohne Mama ist Papa nur noch ein Schatten seiner selbst.

10. Mai, Mittenwald:
Bin mit der Jawa übers Wochenende nach Oberbayern gefahren. Nachdem ich der alten Dame einen neuen Motor geschenkt habe, *schnurrt sie wieder wie ein Kätzchen.* Das ist ein Ausdruck, den Bertram gerne benutzt. Ich sage dann manchmal:

»Chef, das ist *dad talk.* So reden alte Männer.«

Er schüttelt den Kopf und sagt, ich sei in einem ganz anderen Sprachraum aufgewachsen und könne das überhaupt nicht beurteilen.

Wenn ich dann auch noch »Okay Boomer« sage, versteht er es erst recht nicht.

Er hat mich darauf hingewiesen, dass ich die Jawa als Oldtimer für einen Haufen Geld verkaufen könnte, aber das bringe ich nicht fertig.

In weniger als vier Stunden hat das *Schätzchen* (auch ein Ausdruck von Bertram) mich jedenfalls nach Mittenwald gebracht, dorthin, wo vor anderthalb Jahrhunderten dieser außergewöhnliche Flößer gelebt haben soll. In diesem Ort wird der Tourismus auf einer anderen Stufe gelebt als in Obermaiselstein, der ganze Ortskern kommt mir vor wie eine einzige, große, bunt bemalte Puppenstube. Lüftlmaler durften sich hier in den letzten 300 Jahren offensichtlich nach Herzenslust austoben. Leider steht im Telefonbuch von Mittenwald kein einziger Beser, sonst hätte ich schon vor meiner Reise dort angerufen. Freitagabend bin ich angekommen, in der günstigsten Pension, in der ein Zimmer zu haben war. Am Samstagmorgen habe ich meine kleine Feldforschung dann begonnen, indem ich von Geschäft zu Geschäft, von Café zu Café und von Gasthof zu Gasthof gegangen bin und nach dem Flößer Franz Beser gefragt habe. Es regnete leider den ganzen Tag in Strömen, zum Glück hatte ich meine Regenjacke mitgenommen. Zu Beginn war ich trotzdem noch voll motiviert, und auch wenn weit und breit niemand von diesem Mann je gehört hatte, war es teilweise sehr interessant, was ich zu hören bekam. Ich erfuhr, dass Mittenwald so etwas wie eine Metropole des Geigenbaus ist. Dass hier schon sehr lange keine Flöße mehr auf der Isar unterwegs sind. Dass früher alles besser war. Dass ich ein hübsches Lächeln habe. Dreimal wurde ich nach meiner Telefonnummer gefragt, gab sie aber nicht heraus. Ein Kellner erklärte, er werde seinen Freund fragen, der sich mit der Geschichte der Flößerei ganz gut auskenne, und wenn ich ihm meine Nummer gäbe, würde er mich sehr gerne zurückrufen. Es war äußerst durchsichtig, dass das gelogen war, und ich lehnte dankend ab. Am Abend hatte ich mehr als hundertmal die immer gleichen Fragen gestellt und war trotzdem nicht weitergekommen. Ich war erschöpft und frustriert, und obwohl ich über den Tag verteilt mehrere Tassen Tee getrunken hatte, war meine Kehle vom vielen Reden trocken, deswegen gönnte ich mir, was ich nur selten tue, ein helles Bier. Und danach noch ein zweites. Ich habe geschlafen wie ein Baby und bin erst wach geworden, als die Kirche mich mit ihren Glocken wachgedonnert hat. Jeden Sonntagmorgen veranstaltet sie so ein Getöse, um zum Gottesdienst zu rufen. Mir fiel ein: Heute war Muttertag. Ja, den gibt es auch in der Ukraine. Ich habe auf diesen Tag nie viel gegeben, nicht einmal als Kind. Erst seitdem Mama tot ist, begehe ich ihn. Was total bescheuert ist, ich weiß, denn davon hat sie jetzt nichts mehr, aber was soll ich machen. Ich warte also, bis die Messe vorbei ist und die Kirchenbesucher gegangen sind, dann husche ich in die Kirche St. Peter und Paul. Ich bin keine Katholikin, aber wen juckt das? Kirche ist für mich Kirche. Ich setze mich in eine Reihe und bete im Stillen für die Seele meiner Mutter. Und wo ich schon gerade dabei bin, bete ich auch noch für Papa und die Jungs. Und für Marianne, Roman, Lilly und Lissi. Und für Artem, von dem niemand weiß, was die Russen mit ihm gemacht haben. Für Tante Polina und Onkel Leo. Und für meine Großmutter Viktoria. Und für alle, die ich vielleicht vergessen habe. Als ich die Kirche verlasse, muss ich blinzeln, heute scheint die Sonne wieder.

»Sie wollen etwas wissen über Franz Beser?«, fragt eine weibliche Stimme.

Ich beschirme meine Augen mit der Hand und sehe in ihr Gesicht. Sie ist ein paar Jahre älter als ich, aber vermutlich noch keine dreißig. Groß ist sie, bestimmt eins achtzig oder so, ich muss den Kopf ganz schön in den Nacken legen, um ihr in die Augen zu schauen.

»Ja, das stimmt«, erwidere ich. »Woher wissen Sie das?«

»Na, Sie haben ja so ziemlich die ganze Stadt befragt«, entgegnet sie, ohne erkennen zu lassen, ob sie das aufdringlich, neugierig, merkwürdig oder in Ordnung findet.

»Haben Sie denn Informationen über ihn?«

»Das würde ich so sagen.«

»Darf ich Sie dann zu einem Kaffee einladen, und Sie erzählen mir ein bisschen?«

»Ich habe eine bessere Idee«, erklärt sie. »Gehen wir zu mir, es ist nicht weit. Und sagen Sie jetzt nicht, Ihre Mutter hat gesagt, Sie sollen mit Fremden nicht nach Hause gehen.«

Ist irgendjemandem außer mir eigentlich schon mal aufgefallen, dass die Leute am Muttertag ständig über Mütter reden, auch wenn weit und breit keine in der Nähe ist?

Helene Dremmler wohnt einige Straßen von der Kirche entfernt, in einem alten Holzhaus an der Isar, ohne Lüftlmalerei und sonstigen Schnickschnack. Die Dielen knarren bei jedem Schritt, was aber, wie ich finde, eine gemütliche Atmosphäre erzeugt. Jedenfalls am Tag. Wenn ich in diesem Haus nachts allein wäre und es würde irgendwo knarren, würde mir das Herz in die Hose rutschen. Sie führt mich ins Wohnzimmer, von dem man durchs Fenster die Isar sehen kann, und deutet auf eine fleckige, abgestoßene Mappe, die auf dem Couchtisch liegt.

»Die habe ich gestern vom Speicher geholt, als ich gehört habe, dass Sie nach ihm fragen. Ich musste erst mal ganz schön suchen.«

Es stellt sich heraus, dass Helene Dremmler in fünfter Generation die direkte Nachfahrin von Franz Beser ist, also seine Ur-Ur-Ur-Enkelin. Als sie klein war, hat ihre Großmutter ihr eine Menge Geschichten erzählt vom angeblich besten Flößer aller Zeiten, der er gewesen sein soll, und dass er einst einen Aufstand angezettelt habe. In der Mappe befinden sich nur drei Dinge: Erst einmal eine uralte Schwarzweiß-Fotografie, auf der etwa zwanzig Flößer vor einem Floß posieren. Strenge Mienen, gewaltige Bärte, exzentrische Hüte, Stiefel bis über die Knie. Jeder von ihnen hat eine Art Beil in der Hand.

»Das ist kein Beil«, sagt Helene Dremmler, »sondern eine Flößerhacke.«

Sie zeigt mir ihren Vorfahren, er steht in der Mitte der Gruppe, groß ist er, kräftig, und der Einzige, der so etwas wie ein Lächeln im Gesicht hat. Ein verschmitztes Lächeln, das versucht, die Welt nicht ganz so ernst zu nehmen.

Außerdem liegt in der Mappe ein mit kalligraphischer Sorgfalt handgeschriebener Vertrag, den Franz Beser, wie Helene Dremmler erklärt, mit einem Holzhändler geschlossen hat. Man kann nur noch teilweise erkennen, was da steht, aber eines ist ersichtlich, nämlich dass es um eine Floßfahrt von Mittenwald nach Budapest geht.

Und dann ist da noch ein kleines Heft, so dick wie ein Buch. Helene Dremmler nimmt es heraus und sagt: »Man sollte die Seiten nach Möglichkeit nicht berühren, sie sind so alt und werden nicht mehr ewig halten, ein paar sind jetzt schon am Zerbröseln.«

Mit einem kleinen Holzspatel schlägt sie das Heft vorsichtig auf. Die Seiten sind eng beschrieben, zum Teil wohl mit Füller, zum Teil mit Bleistift. Letztere sind nur noch schwer, teilweise gar nicht mehr zu entziffern, die anderen sind besser erhalten.

»Das ist von ihm?«, frage ich leise. »Von Franz Beser?«

»Zu der Zeit«, erklärt sie, »war es für jemanden aus dem Arbeiterstand ungewöhnlich, Lesen und Schreiben zu lernen. Er hat es sich selbst beigebracht. Steht alles da drin.«

»Und ich darf es lesen?«

»Sie müssen mir nur versprechen, dass Sie es pfleglich behandeln. Und irgendwann wieder zurückbringen.«

»Das ist so liebenswürdig von Ihnen. Ich werde es hüten wie meinen Augapfel, das verspreche ich.«

»Ich denke, Sie werden Spaß damit haben. Ich habe es damals geradezu verschlungen.«

Seit Stunden sitze ich in Mittenwald auf einer Bank und lese die Aufzeichnungen des Flößers Franz Beser, der sich nicht nur Lesen und Schreiben beigebracht hat, sondern auch Tagebuch geführt hat, sehr unregelmäßig zwar, aber über viele Jahre hinweg. Sogar ein paar Gedichte hat er verfasst. Ich muss mich von der Lektüre jetzt aber losreißen, auf mich wartet noch die Rückfahrt nach Obermaiselstein. Fühle mich, als hätte ich den Jackpot geknackt.

51
Franz
1873

Er war verschwunden. Niemand hatte eine Ahnung, wo er geblieben war. Zwar ging ein Gerücht um, Franz Beser sei ermordet worden, aber wenn das stimmte, wo war er dann? Man munkelte, er sei vor dem Gasthof Rieger in ein Messer gelaufen und verblutet, aber wieso hatte niemand seine Leiche gesehen? Seine Frau – oder Witwe – Thea war am nächsten Morgen besorgt in Mittenwald umhergelaufen und hatte nach ihm gefragt, weil er nicht nach Hause gekommen war. Seine engsten Freunde, der Flößer Toni, den alle Otter nannten, und der Stadtschreiber Alois Kreuzer, wussten von nichts. Niemand wusste irgendwas. Aber ein Toter verschwand doch nicht so einfach. Vor dem Gasthof Rieger hatte man auch kein Blut auf dem Boden gefunden. Man hätte doch noch etwas sehen müssen! Thea weigerte sich, Schwarz zu tragen, und erklärte, der Franz sei nicht tot. Wahrscheinlich sei er vorübergehend geflohen, irgendwohin, wo er keine Anfeindungen zu ertragen hatte, wo ihn niemand verprügelte und keiner ihm nach dem Leben trachtete. Doch die Leute sagten, es habe sich doch längst herumgesprochen, dass der Franz erstochen worden sei, und rieten ihr, die Augen vor den Tatsachen nicht zu verschließen. Der Täter habe seine Spuren eben gut verwischt. Auf dem Markt und beim Metzger wurde Thea nun wieder bedient. Eine Marktfrau stellte klar, sie hätten nie etwas gegen die Thea gehabt, und gegen den Franz ja im Grunde auch nicht, es sei halt nur ein großer Fehler von ihm gewesen, das alles mit dem Streik. Gendarmeriemeister Ludwig Wagner kümmerte sich persönlich um Thea, als sie in der Polizeistation verlangte, dass man nach Franz suchen sollte. Während Wagner beruhigend auf sie einredete, musste Thea die ganze Zeit daran denken, wie der oberste Gendarm in jüngeren Jahren ebenso nackt wie volltrunken in einer Schubkarre gesessen hatte. Xaver Obermaier ließ es sich nicht nehmen, bei Thea zu Hause aufzutauchen. Er bekundete ihr sein aufrichtiges Mitgefühl, ungeachtet dessen, dass Thea ihren Mann nach wie vor nicht für tot hielt. Der Holzhändler bot ihr eine großzügige Witwenrente an – falls sie auf die Flößer einwirken würde, endlich diesen unseligen Streik zu beenden. Eine entsprechende Ansprache von ihr vor den Flößern könne bestimmt einiges bewirken, denn als Franz' Frau genieße sie bei seinen Arbeitskollegen großen Respekt. Man würde ihr dafür auch einen Text schreiben, den sie dann nur wiedergeben müsse. Thea bedankte sich freundlich für das Angebot und versprach, darüber nachzudenken. Obermaier empfahl ihr, sich damit zu beeilen, da es sehr gut sein könne, dass der Streik schon in den nächsten Tagen auch ohne ihr Zutun ein Ende fände. In diesem Fall wäre sein Angebot dann allerdings leider hinfällig.

Thea spähte durch die von ihr selbst genähten Gardinen. Sie beobachtete den Holzhändler, wie er draußen auf den Sägewerkskarren stieg, das Pferd antraben ließ und mit dem Gespann hinter dem kleinen Hügel verschwand. In den Sträuchern neben dem Weg bewegte sich etwas. Sie waren hier. Seit Franz verschwunden war, strich ständig jemand durch die Nachbarschaft, der da nicht hingehörte. Thea setzte sich ans Fenster auf der Südseite des Hauses und griff nach Nadel und Faden. Es gab ja immer viel zu nähen. Kleider, Blusen, Hemden und Hosen wurden mit der Zeit rissig und bekamen Löcher, so war das nun einmal – und dann setzte sie sich eben hin und nähte sie wieder zusammen oder setzte Flicken auf. Man konnte sich ja nicht ständig neue Sachen kaufen. In den letzten Tagen nähte Thea besonders oft. Wer auch immer da draußen durchs Unterholz strich, konnte sie gut sehen, wie sie dasaß, im Sonnenlicht, das durch die Gardine ein Muster auf ihren Körper warf. Wer auch immer meinte, sie im Auge behalten zu müssen, musste sich dabei noch nicht einmal allzu sehr anstrengen. Er musste einfach nur dort bleiben, wo er war. Und Geduld haben. Viel Geduld. Denn wenn Thea dieser Tage erst einmal anfing zu nähen, dann hörte sie damit so schnell nicht wieder auf.

Nur dass es gar nicht Thea Beser war, die da saß und nähte. Sondern die Resi, die sich vor ein paar Tagen hustend und schniefend auf ihren Platz in der Verwaltungshütte gesetzt hatte und von Xaver Obermaier daraufhin wegen einer vermeintlichen Grippe nach Hause geschickt worden war. Resi trug eine Haube, die der Thea gehörte, und nähte auch heute wieder Stunde um Stunde vor sich hin, wie sie es schon die ganze Woche über getan hatte. Im Kinderzimmer hielt Sophie, die Schwester vom Otter, die beiden kleinen Kinder bei Laune, den Josef und die Vroni, die Tochter von der Resi. Während all das sich im Haus der Besers abspielte, befand Thea sich längst ein Stück flussabwärts in dem kleinen Haus, das der Otter bewohnte. Es hatte blickdichte Gardinen, die zugezogen waren, und im Schlafzimmer vom Otter lag der Franz. Drei Tage lang hatte sein Verband genässt, inzwischen aber nicht mehr. Nach dem Angriff vor dem Gasthof Rieger war er Gevatter Tod nur knapp von der Schippe gesprungen. Mittlerweile konnte er wieder feste Nahrung zu sich nehmen und sah auch nicht mehr so blass aus. Er drängte sogar schon wieder darauf, möglichst bald aufzustehen und da draußen seinen Mann zu stehen, denn schließlich drohte der Streik sich bald aufzulösen, wenn er noch lange für tot gehalten wurde. Thea hatte ihre vormalige Haltung inzwischen aufgegeben und unterstützte den Plan, den Streik jetzt bis zum Ende durchzuziehen, wie auch immer dieses Ende aussehen mochte.

»Die Schweine haben es nicht anders verdient«, erklärte sie und flößte Franz den Tee ein, den sie ihm aus Meisterwurz, Bergarnika, Brennnessel und Giersch gebraut hatte. Er verzog immer wieder den Mund, weil ihm das Zeug gar so zuwider war, wagte aber nicht, den Sud abzulehnen, weil er wusste, was für eine Predigt seine Frau ihm sonst gehalten hätte.

Der Otter und der Loisl versorgten die beiden mit den neuesten Nachrichten von der Streikfront. Sie berichteten von den unablässigen Versuchen der Händler, die Flößer zum Arbeiten zu bewegen, indem sie ihnen Löhne in Rekordhöhe versprachen.

»Das zahlen diese Hunde den Männern dann genau einmal!«, regte Franz sich auf. »Schon beim nächsten Mal würden sie davon nichts mehr wissen wollen, und weil's wie immer nichts Schriftliches gäbe, würden sie damit auch durchkommen. Ich muss raus, um das zu verhindern, sonst knicken die bald ein, einer nach dem anderen.«

Dabei sah er Thea eindringlich an.

»Denk nicht mal dran«, erklärte sie mit steinerner Miene. »Es ist noch zu früh.«

»Ich muss aber doch«, widersprach Franz. »Sonst war am Ende alles umsonst.«

»Solange du lebst, Franz, ist gar nichts umsonst.«

»Ich könnte ja«, meldete der Otter sich zu Wort, »den Männern stecken, so im Vertrauen, dass du am Leben bist und den Streik bald wieder anführen wirst.«

»Auf keinen Fall«, schüttelte Franz den Kopf. »Wenn nur einer den Mund nicht halten kann, überlegen die, wo ich stecken könnte. Dann kommen sie und schlagen uns die Schädel ein.«

»Es muss aber bald was passieren«, gab der Loisl zu bedenken. »Den Männern fehlt die Führungsfigur. Ich schätze, ein paar sind schon schwach geworden. Aber solange es noch nicht genug sind für einen Transport, bleiben sie im Schatten.«

»Wie lange haben wir noch?«, wollte Franz wissen.

Otter und Loisl sahen sich an. »Höchstens noch ein paar Tage«, waren sie sich einig.

Thea, die strengste Vertreterin der Bettruhe für Franz, erklärte äußerlich ungerührt: »Du musst warten, bis die Nähte halten.«

»Die halten doch schon.«

»Nur, weil du im Bett liegst, mein Liebster. Wenn du umherläufst und auch noch die Fäuste in den Himmel hebst, dann ist das ganz was anderes.«

Franz nickte kleinlaut. Es war klar, dass Thea in dieser Angelegenheit die Befehlsgewalt hatte. Wenn sie ihn nicht am späten Abend vor dem Gasthof gefunden und direkt zum Otter geschleppt hätte, wäre er ganz sicher nicht mehr am Leben. Schon kurz nach seinem Verschwinden, in der Nacht, waren Leute im Haus der Besers gewesen, wie Thea später an den schmutzigen Fußabdrücken festgestellt hatte. Es war Franz ein Rätsel, wie dieses zierliche Persönchen es fertiggebracht hatte, ihn ohne Hilfe durch den halben Ort zu schleifen, aber sie hatte es geschafft. Sie war nun schon in mehrfacher Hinsicht die Frau seines Lebens.

Thea suchte Xaver Obermaier in seinem Büro auf und erklärte ihm, dass sie bereit war, auf sein Angebot einzugehen. Möglichst viele Flößer aus der ganzen Gegend sollten sich vor den Toren seines Sägewerks einfinden, damit sie dort dann zu ihnen sprechen konnte. Der Holzhändler klatschte begeistert in die Hände, nannte sie eine sehr kluge Frau und versicherte ihr, Franz würde stolz auf sie sein, denn sie tue das Allerbeste für sich selbst und für ihren gemeinsamen Sohn.

Die von ihr zu haltende Ansprache ließ Obermaier von Alois Kreuzer, dem Stadtschreiber, ausformulieren. Sie sollte davon handeln, dass der Streik eine durchaus ehrenwerte und berechtigte Sache gewesen sei, denn er habe nun tatsächlich dazu geführt, dass die Händler den Flößern verbesserte Konditionen anbieten. Dies wäre ganz im Sinne von Franz Beser gewesen, der stolz auf seine Flößer wäre, dass sie so lange ausgehalten und für das Gute gekämpft haben. Nun könnten sich alle Beteiligten die Hände reichen und sich wieder miteinander vertragen. Und die Flöße werden endlich wieder fahren! So habe der geführte Arbeitskampf am Ende auf allen Seiten nur Gewinner. Obermaier war fest davon überzeugt, dass die Flößer daraufhin mit erhobenen Flößerhacken ihre Zustimmung herausrufen und die Sache damit besiegeln würden.

Der Loisl saß kurz darauf beim Otter am Esstisch und arbeitete an der Rede. Schließlich würde er sie dem Obermaier zur Prüfung vorlegen müssen. Während er daran schrieb, musste er immer wieder lachen, weil es ihm einen Heidenspaß machte, diesen verlogenen Blödsinn zu Papier zu bringen.

»Das ist, als würde ich einen Roman schreiben«, erklärte der Loisl, »und das wollte ich doch schon immer.« Mehrfach trug er Passagen aus seinem Entwurf vor. Weil das aber jedes Mal dazu führte, dass alle lachen mussten, verbot es die Thea, denn Franz' Nähte sollten nicht aufreißen.

Xaver Obermaier traute kaum seinen Augen, als er sich am Morgen der geplanten Kundgebung dem Sägewerk-Gelände näherte. Der ganze Hügel vor dem Eingangstor war voll mit Männern in Flößerkleidung. Alle trugen ihre Hüte und jeder hatte seine Flößerhacke mitgebracht, was sie wie einen riesigen Haufen wilder Soldaten erscheinen ließ. Die Morgensonne tauchte die mächtige Bergkulisse im Hintergrund in fast schon gleißendes Licht. Der Holzhändler brauchte eine Weile, um sich einen Weg durch die Flößer zu bahnen. Dabei schüttelte er viele Hände und klopfte auf viele Schultern. Resi, von ihrer angeblichen Grippe genesen, erwartete ihn am Tor.

»Ein Tag für die Geschichtsbücher«, raunte Obermaier ihr zu.

»Frau Beser ist auch schon da«, erklärte Resi und deutete auf Thea, die sich von der Verwaltungshütte dem Eingangstor näherte.

»Guten Morgen, Herr Direktor«, sagte Thea.

»Gleichfalls, Frau Beser«, entgegnete der Holzhändler. »Es ist mir eine Freude, Sie willkommen zu heißen. Haben Sie die Ansprache ein wenig einstudiert?«

»Ich kann sie auswendig«, versicherte Thea. Sie deutete nach oben. »Ich würde gerne von dort aus zu den Flößern sprechen, wenn das für Sie in Ordnung ist.«

Neben dem Eingangstor ragte ein kleiner Holzturm auf, der oben eine Plattform hatte. Dort flatterte die Flagge mit dem Wappen des Sägewerks im Wind – ein grüner Nadelbaum vor blauweißen Bergen auf leuchtend gelbem Grund, darunter die stilisierten Buchstaben X und O.

»Glänzende Idee«, konstatierte Obermaier. »Ich werde Sie begleiten und dabei an Ihrer Seite stehen.«

»Lieber nicht«, entgegnete Thea hastig.

»Aber warum denn nicht?«, wollte er verwundert wissen. »So symbolisieren wir Gemeinschaft und dass die beteiligten Parteien sich wieder miteinander vertragen. Lassen Sie uns das zusammen machen.«

Thea dachte fieberhaft nach. Sie musste verhindern, dass Obermaier mit hinaufstieg. Auf jeden Fall. Aber wie?

»Sehen Sie, Herr Obermaier«, erklärte sie, ohne auch nur im Entferntesten zu wissen, was sie als Nächstes sagen würde. »Es ist wirklich sehr viel besser, ich gehe da alleine hoch.«

»Aber wieso?«

»Ich kenne die Flößer«, bekräftigte sie.

»Ich auch«, erwiderte Obermaier. »Viele von ihnen sogar schon sehr lange.«

»Im Moment sind alle verunsichert und wissen nicht, wie es weitergehen soll«, fuhr Thea fort. »Ob überhaupt irgendwas weitergehen wird. Wenn Sie da gleich neben mir stehen, werden alle denken, na gut, der Obermaier hat die Kleine gekauft, er hat sie zu seinem Instrument gemacht. Und egal, was ich dann sage, die Leute werden ahnen, es ist nicht von mir. Sie spüren dann, ich sage nur etwas auf. Stehe ich da aber alleine, ist es ganz etwas anderes. Dann nehmen die mich wahr als die Stimme der Vernunft, die sogar ihr eigenes Leid, den Verlust des geliebten Mannes, hintanstellt für etwas Größeres. Ich werde dastehen wie eine Johanna von Orléans.«

Obermaier sah sie einen Moment lang nur an und nickte beeindruckt.

»Sie sind noch so jung, Thea Beser, und trotzdem muss ich sagen: Der Franz hat wirklich eine kluge Frau geheiratet.«

Schleimer war das Wort, das ihr durch den Kopf ging, als er auch noch väterlich ihre Hand drückte.

Eine von außen nicht einsehbare Wendeltreppe führte auf den Turm. Thea nickte Obermaier noch einmal zu und verschwand hinter der Tür. Resi schloss diese, ohne dass der Direktor etwas davon mitbekam, von außen ab. Er ahnte nicht, dass sie sich am Morgen den Schlüssel besorgt hatte. Kurz darauf erschien Thea oben. Die vielen Hundert Flößer konnten sie nun sehen. Thea winkte ihnen zu. Einige stampften mit den Flößerhacken auf den Boden, andere klatschten in die Hände, ein paar pfiffen auf den Fingern, um sie zu begrüßen. Thea nickte in die Runde und beruhigte die Menge mit Handzeichen. Die Geräuschkulisse ebbte ab, bis es so still war, dass man die Balzgesänge der Vögel hören konnte.

»Guten Morgen, ihr lieben Flößer!«, rief Thea, und sie spürte, dass ihre Stimme besser trug, als sie selbst angenommen hatte. »Es ist schön, euch zu sehen! Wir alle, ihr genauso wie ich, haben schwere Tage und Wochen hinter uns. Ihr wärt in diesem Augenblick lieber auf einem Floß, mit ein paar Fuß Wasser unter euch. Und ich würde lieber zu Hause sitzen und darauf warten, dass mein Mann von seiner Fahrt zurück nach Hause kommt!«

»Großartig macht sie das«, raunte Xaver Obermaier der Resi zu. Die beiden standen im offenen Eingangstor und wenn sie die Hälse reckten, konnten sie Thea nicht nur hören, sondern auch sehen.

»Euer Streik, ihr Isarflößer, war eine höchst ehrenwerte und sehr berechtigte Sache. Und das ist er auch noch immer!«

Es gab verhaltenen Applaus. Die Flößer wussten noch nicht, wohin das hier führen würde, und hielten sich noch zurück. Nur Xaver Obermaier war ein wenig irritiert, denn er registrierte eine erste Abweichung vom Text, den Thea eigentlich zu sprechen hatte.

»Ich bin nur hier«, rief Thea, »um euch jemanden anzukündigen, der viel besser über das alles Bescheid weiß als ich. Ihr kennt ihn alle. Nicht ganz so gut wie ich, wenn ich das in aller Bescheidenheit feststellen darf, aber ihr kennt ihn. Von unzähligen Floßfahrten nach München, Passau, Wien oder gar Budapest!«

»Was redet sie denn da?«, entfuhr es dem Holzhändler. »Was, um alles in der Welt, redet sie da?«

»Es ist mir eine unglaubliche Freude«, fuhr Thea fort. »Euer Weggefährte. Mein Ehemann. Hier ist der Flößer Franz Beser!«

Ihre Stimme verhallte. Die Flößer standen da mit offenen Mündern, so wie auch Holzhändler Xaver Obermaier. Die Vögel zwitscherten. Nichts geschah. Die Ersten begannen sich zu fragen, ob Thea entweder verrückt geworden war oder einen bizarren Scherz gemacht hatte. Doch da trat oben auf dem Turm ein Mann ins Sonnenlicht und blieb neben Thea stehen. Sein Gesicht war hagerer, als man es kannte. In seinem Bart schienen erste silberne Haare zu glänzen. Er wirkte um ein paar Jahre gealtert. Aber er war es.

Sämtliche Zuschauer, Flößer wie Mitarbeiter des Sägewerks sowie neugierige Passanten, standen da wie in Stein gemeißelt.

»Meine Flößer-Brüder!«, rief er. Auch seine Stimme klang verändert, war aber immerhin kräftig genug, um zu so vielen Menschen zu sprechen. »Ich bin am Leben!«

Die Flößer – und zwar alle – hoben ihre Flößerhacken und schlugen sie gegeneinander. Dazu brüllten sie ihre Anspannung heraus, die sich nun unverhofft entladen konnte. Es bebte zwar nicht der Boden unter ihnen, und auch nicht der meterhohe Holzzaun, der das Sägewerk umschloss – aber die Trommelfelle flatterten, vor allem die von Xaver Obermaier.

»Wie ist das möglich? Wie kann das sein? Was ist hier los?«, jammerte er, aber niemand konnte ihn hören. »Haben Sie das gewusst?«, schrie er Resi an.

Resi schüttelte nur den Kopf. Obermaier stürzte zur schmiedeeisernen Tür, die auf den Turm führte, aber sie war verschlossen. Er rüttelte daran, als könne er sie aufbrechen, aber das war vollkommen aussichtslos.

Nachdem die Menge sich beruhigt hatte, fuhr Franz fort: »Es ist wahr, was ihr gehört habt«, sagte er. »Man hat mich niedergestochen, vor dem Gasthof Rieger. Die Vermutung liegt nahe, dass es ein gedungener Mörder war. Oder gewesen *wäre*, denn ich bin ja nicht tot.«

Ein paar Flößer mussten lachen. Auch Franz lächelte. Das Lachen verkniff er sich, es würde weh tun. »Ich danke denen, die mich gepflegt und am Leben gehalten haben. Es steht mir nicht zu, darüber zu urteilen, wer diesen Mord in Auftrag gegeben haben mag. Ob es am Ende vielleicht sogar jemand war, dem unser Streik nicht gefallen hat.«

»Was denn sonst?!«, rief einer der Flößer und erntete dafür weitreichende Zustimmung.

Xaver Obermaier war zu diesem Zeitpunkt bereits auf dem Weg zur Verwaltungshütte, wo er sich in seinem Büro verschanzen wollte. Sollte ein wütender Mob das Gelände stürmen, würde ihm das zwar kaum Schutz bieten, aber eine andere Rückzugsmöglichkeit bot sich ihm nicht.

»Was lernen wir daraus, meine lieben, hochgeschätzten Flößer-Freunde?«, fragte Franz unterdessen. »Denn es geschieht ja nichts im Leben einfach so, man kann immer etwas daraus lernen, nicht wahr? Nun, wir lernen, dass Flößer so hart sind wie das Holz, auf dem sie flößen. Man kann sie nicht einfach töten, und vor allem kann man ihren Widerstand nicht einfach brechen!«

Wieder wurden die Flößerhacken gehoben, wieder brüllten Hunderte Kehlen ihre Zustimmung hinaus, lauter noch als zuvor. Franz bat noch einmal um Ruhe, dann sagte er: »Viele von euch wissen, dass ich Lesen und Schreiben lerne. Und ich sage euch, das ist wesentlich schwieriger als die Flößerei.«

Erneut gab es einen kleinen Lacher.

»Wahrscheinlich mache ich mich gleich so richtig lächerlich«, erklärte Franz, »denn ich trage euch jetzt etwas vor.«

Thea schüttelte nachsichtig lächelnd den Kopf, auch sie war sich wohl nicht so sicher, ob es sich um eine gute Idee handelte.

»Als ich meine Verletzung auskuriert habe, hatte ich eine Menge Zeit. Ich konnte nicht aufstehen. In den ersten Tagen durfte ich auch kaum etwas essen. Da habe ich zu Stift und Papier gegriffen und das erste Gedicht meines Lebens geschrieben. Mein Freund, der Otter, sagt zwar, echte Männer schreiben keine Gedichte, aber ich bin anderer Meinung. Wie schaut's aus, wollt ihr es hören?«

Die erwartete Zustimmung blieb nicht aus.

Franz räusperte sich noch einmal. Auf einmal wurde er, zu seinem eigenen Erstaunen, deutlich nervöser als zuvor. Dann sagte er:

»Da, wo es an Mut gebricht,
Erfüllt ein jeder seine Pflicht.
Drum sei kein Wicht –
Erfüll sie nicht.«

52
Viktoria
1971

Inzwischen sprach Viktoria Englisch fließend und nahezu akzentfrei und hatte sogar gelernt, Nyanja, die in der Gegend um Lusaka gebräuchlichste Bantu-Sprache, einigermaßen gut zu sprechen. Neben ihrer Arbeit hatte sie jeden Tag fleißig gelernt. Es war von Anfang an ihr Ziel gewesen, dazuzugehören – zu Sambia, zur Chiawa Lodge, zum Land, zu den Leuten. Sie wollte, dass Sambia ihre neue und einzige Heimat wurde, sie war fest entschlossen, hier glücklich zu werden, und bereit, alles dafür zu geben. Bukata war schon längst nicht mehr hier, er hatte vor einiger Zeit eine Stelle auf einer anderen Lodge angenommen, mehr als eine Autostunde entfernt. Dadurch hatten sie sich aus den Augen verloren. Viktoria hatte damals seinen Job übernommen, was in der Rangordnung der Lodge einen deutlichen Aufstieg bedeutet hatte.

Gerade hatte sie einem amerikanischen Gäste-Ehepaar auf der Terrasse eine sehr teure Flasche französischen Rotwein serviert. Sie würde nie verstehen, wie Leute schon zum Mittagessen Alkohol trinken konnten, aber das ging sie ja auch nichts an. Menschen wie diese sorgten dafür, dass sie einen Arbeitsplatz hatte und gut leben konnte, was sie durchaus mit Dankbarkeit erfüllte. Von ihrem Platz hinter dem Tresen blickte sie hinaus zu dem Paar. Er hatte sich mittlerweile eine Zigarre angezündet, so dass sie nun beide zum Teil hinter weißem Nebel verschwanden. *Ein bisschen Verachtung ist erlaubt,* dachte Viktoria, *solange man sie sich nicht anmerken lässt.*

Daan de Vries trat vor den Tresen und bat sie, gelegentlich bei ihm im Büro vorbeizuschauen. Daan, ein Holländer, der lange in Südafrika gelebt hatte, war der Geschäftsführer der Lodge. Viktoria nahm an, dass der kleine, weißhaarige Mann, der fast immer ein wenig zu lächeln schien, irgendein Routinegespräch mit ihr führen wollte, über einen neuen Lieferanten oder vielleicht über den neuen Kühlschrank, den sie bald brauchen würden.

»Bist du hier zufrieden, Viktoria?«, fragte er, als sie auf dem Besuchersessel Platz genommen hatte.

»Aber ja, und ob«, erwiderte sie. »Sehr sogar.«

»Du magst die Chiawa Lodge?«

»Ich liebe sie, um ehrlich zu sein. Ich habe mich noch nirgendwo so zu Hause gefühlt.«

»Das freut mich sehr zu hören. Ich bin auch sehr zufrieden mit dir. Du bist fleißig, zuvorkommend, immer freundlich. Du springst ein, wenn jemand krank ist. Wenn es ein Problem gibt, findest du sehr oft eine Lösung. Man kann sich wirklich nicht über dich beklagen.«

Viktoria fragte sich, wieso sie dieses Gespräch führten. »Vielen Dank«, sagte sie, »aber …«

»Aber?«

»So viel Lob ist mir fast ein wenig unheimlich«, gab sie zu. »Ich habe schon von Entlassungen gehört, die so angefangen haben.«

Daan musste lachen. Es war das herzhafte, laute Lachen, das jeder kannte, der schon seit einer Weile auf der Lodge arbeitete.

»Humor hast du auch«, sagte er. »Weißt du, es ist ja nicht das erste Mal, dass ich dich lobe. Ich werde in den Ruhestand gehen, Viktoria. Nur noch wenige Tage, und ich werde nicht mehr hier sein.«

Sie erschrak. »Aber warum? Sie sind doch noch gar nicht …«

» … alt genug für die Rente? Oh doch. Bald werde ich 62.«

Viktoria hätte ihn höchstens auf Mitte fünfzig geschätzt.

»Und weißt du«, fuhr er fort, »ich habe genug. Ich habe mein Leben lang gearbeitet und denke: Es reicht jetzt. Ich möchte zurück in meine alte niederländische Heimat. Nach Oudeschild. Ich kaufe mir eine alte Windmühle, starre den ganzen Tag aufs Meer und rauche Gras.«

»Das verstehe ich«, erklärte Viktoria. »Trotzdem finde ich es schade, dass Sie gehen wollen.«

»Ich habe mit den Besitzern der Lodge gesprochen und dich als meine Nachfolgerin vorgeschlagen.«

»Wie bitte?«, entfuhr es Viktoria.

»Sie haben zugestimmt. Du musst nur noch Ja sagen.«

Viktoria war sprachlos. Darauf war sie nicht vorbereitet gewesen.

Eine Frau als Leiterin einer Lodge war ungewöhnlich. Aber wer auch immer Zweifel an ihrer Eignung hatte, Viktoria hat sie von Anfang an zu zerstreuen gewusst. Sie hatte ein gutes Händchen für die Gäste, sogar für die schwierigen. Sie ging respektvoll um mit jedem Angestellten, Lieferanten oder Handwerker. Wenn es sein musste, konnte sie auch streng werden. Es musste aber nur selten sein, auch weil Viktoria längst begriffen hatte, dass die Uhren hier anders gingen als in Europa. Man nahm sich die Zeit, die man brauchte. Verabredungen und Termine wurden nicht als starre Felsen empfunden, wie in vielen anderen Teilen der Welt, sondern eher als weiches Material, das sich kneten ließ.

Viktoria pflegte einen entspannten und trotzdem klaren Führungsstil, wofür sie von ihren Leuten respektiert und geschätzt wurde. Alle Angestellten freuten sich, wenn sie ihr über den Weg liefen. Und auch sie hatte kein Problem damit, sich mit ihrer neuen Rolle anzufreunden. Das überraschte sie selbst am meisten, schließlich hatte sie nie zuvor eine leitende Position innegehabt oder auch nur angestrebt.

Natürlich hatte sie deutlich mehr zu tun als früher, ihre Arbeitstage dauerten nun meist vom frühen Morgen bis zum späten Abend. Andererseits konnte sie es sich als Geschäftsführerin aber auch erlauben, ab und zu für zwei oder drei Stunden zu verschwinden. Dann begleitete sie oft Kian, den irischen Tierarzt – vor allem dann, wenn er einen Einsatz auf einer der Jagdfarmen hatte. Mit seiner blassen Haut und seinen langen roten, zum

Pferdeschwanz gebundenen Haaren wirkte Kian in der sambischen Savanne etwa so deplatziert wie eine Tüpfelhyäne in der Fußgängerzone einer europäischen Großstadt. Aber der erste Eindruck täuschte. Kian war im Alter von zwölf Jahren mit seinen Eltern nach Sambia gekommen und hatte das afrikanische Leben so aufgesogen, dass die Ureinwohner angefangen hatten, ihn den *roten Sambier* zu nennen. Er war zwar uneitel, aber diesen Spitznamen mochte er. Obwohl Kian, genau wie Viktoria, als Single lebte, stand nie im Raum, dass aus den beiden etwas werden könnte. Was sie sehr begrüßte, denn im Grunde war es ihr viel zu riskant, eine Liebesbeziehung einzugehen, egal mit wem. Sie war seinerzeit nicht allzu traurig gewesen, als Bukata fortgegangen war, eher erleichtert. Obwohl die Zeit mit ihm schön gewesen war. Aber mit Timur war es am Anfang auch schön gewesen.

Nachdem Viktoria zu Kian in den Geländewagen gestiegen war, sagte er: »Heute zeige ich dir etwas Besonderes.«

»Was denn?«, fragte sie neugierig. »Operierst du einen Elefanten? Müssen wir einen Löwen betäuben und ihm etwas aus der Pfote ziehen?«

»Besser«, erwiderte er.

»Gib mir einen kleinen Tipp, komm schon.«

»Es handelt sich um deine langbeinigen Lieblinge.«

»Giraffen im Allgemeinen oder sprichst du von Dzuwa und Mwezi?«

»Letzteres.«

Viktoria spannte sich an. »Was ist mit den beiden? Sind sie verletzt, oder krank?«

»Keine Angst, meine Liebe. Es geht ihnen gut. Ich habe schon zu viel verraten.«

Viktoria hatte ihren beiden Lieblings-Giraffen schon vor einiger Zeit Namen gegeben: *Dzuwa* hieß *Sonne* auf Nyanja, *Mwezi* bedeutete *Mond*.

»Also ist sie endlich schwanger?«, fragte Viktoria.

Kian stöhnte leise und erklärte: »Hätte ich doch nur den Mund gehalten.«

Viktoria stieß einen Jubelschrei aus. Darauf hatte sie schon so lange gewartet. Gerührt drückte sie seinen Arm. »Danke, Kian.«

»Lass mich los!«, lachte er. »Sonst fahre ich gegen den nächsten Baum.«

Sie kannten alle Lieblingsplätze von Dzuwa und Mwezi zwischen den Akazien. Viktoria war den beiden inzwischen so vertraut, dass sie nicht mehr davonliefen, wenn sie sich näherte. Was natürlich auch daran lag, dass sie nie ohne einen Sack voller Getreide kam, dessen Inhalt sie als besondere Delikatesse schätzten. Während sie fraßen, ließen sie sich von ihr sogar streicheln. Kian dagegen blieb lieber ein paar Schritte auf Distanz, um die Tiere nicht zu vertreiben.

»Bist du sicher?«, fragte Viktoria. »Ich sehe keinen Unterschied.«

»Ich schon«, meinte Kian. »Und ich bin ja hier der Tierarzt von uns beiden.« Er grinste, weil er wusste, dass Viktoria sich darüber immer ein bisschen ärgerte.

»Ihr Fressverhalten hat sich verändert«, erklärte er. »Auf einmal drängt sie ihn zur Seite und will die zartesten Blätter haben, bevor er sie sich holt.«

»So war sie noch nie.«

»Eben. Ich müsste mich schon sehr täuschen. Es wird aber noch dauern, bis man etwas sieht«, sagte er. »Die Schwangerschaft einer Giraffe …«

» … dauert fünfzehn Monate«, fiel Viktoria ihm ins Wort. »Ich weiß. Das hat die Natur so eingerichtet, damit das Giraffenkalb bei der Geburt schon sehr groß ist und lange Beine hat. Nur deswegen kann es in der Savanne überleben. Schon kurz nach der Geburt steht es auf und fängt an, auf seinen wackligen Beinen zu laufen.«

»Korrekt«, befand Kian. »Ich wusste schon, wieso ich dich als Assistentin ausgesucht habe.«

»Das ist eine deiner üblichen kleinen Frechheiten«, erwiderte sie. »Die ich nur so stehen lasse, weil die beiden wegen unseres Geredes nicht die Flucht ergreifen sollen.«
Viktoria kramte in der Lodge ihren alten Fotoapparat hervor, besuchte die Giraffen von nun an alle paar Tage und machte Bilder von Dzuwa aus allen Perspektiven. Sie wollte diese Schwangerschaft so gut dokumentieren wie nur möglich.

Da Kian nicht so oft Zeit hatte, fuhr sie mit dem Jeep oft allein auf die Jagdfarm. Natürlich hatte sie dabei immer ein Gewehr über der Schulter, mit dem sie auch umgehen konnte, denn Bukata hatte ihr damals Schießunterricht gegeben. Viktoria hoffte, es niemals benutzen zu müssen, aber es war unerlässlich, hier draußen eines bei sich zu haben. Und geladen musste es sein, denn wenn auf einmal eine Wildkatze durchs Unterholz brach, war keine Zeit mehr, ein Magazin einzulegen. Sie hörte die Giraffen oft, bevor sie die beiden sehen konnte – es war das Geräusch der Blätter, die in den Wipfeln der Akazien von den Zweigen gerupft wurden. Doch da war noch etwas zwischen den Bäumen, etwas, das nicht dort hingehörte – oder besser: jemand. Viktoria erkannte ihn, es handelte sich um einen Gast aus ihrer Lodge. Einer dieser aufgeblasenen amerikanischen Geschäftsmänner, die stets mit durchdringender Stimme sprachen, damit ihnen auch ja jeder zuhören musste. Diese Kerle versuchten sich grundsätzlich zu kleiden wie Ernest Hemingway: khakifarbene Jacke mit vielen Taschen, beigefarbenes Hemd, Cargohose, über der Schulter eine doppelläufige Flinte. Eine Karikatur. Dass er in Sambia war, um Großwild zu jagen, machte ihn zudem zu einer hassenswerten Karikatur.

»Mr. Greenwood«, rief sie und versuchte, so viel Freundlichkeit in ihre Stimme zu legen, wie ihr möglich war gegenüber solchen Kerlen. »Was machen Sie denn hier so allein? Wo ist Ihr Guide?«

»Hab ihm was extra bezahlt, damit er mich in Ruhe umherstreifen lässt. Und sehen Sie mal.«

Er deutete zwischen die Akazien, wo in einiger Entfernung Dzuwa und Mwezi ihren Hunger stillten. Giraffen waren, wenn sie nicht gerade schliefen, fast unentwegt am Fressen. Bis zu zwanzig Stunden am Tag dienten ihnen zur Nahrungsaufnahme. Da sie täglich etwa dreißig Kilogramm Blätter und Zweige verspeisen mussten, ging es nicht anders. Und Dzuwa musste jetzt sogar noch einen Zahn zulegen, denn sie fraß für zwei. Mittlerweile war ihr die Schwangerschaft anzusehen, ihr Bauch wölbte sich sichtbar dem Boden entgegen. In wenigen Wochen würde es so weit sein. Das wusste auch Mwezi, der nicht so entspannt war wie gewohnt, denn Dzuwa war nun verletzlicher. Das Giraffenmännchen rechnete nun von Tag zu Tag mehr damit, sein Weibchen gegen hungrige Angreifer verteidigen zu müssen.

Greenwood nahm das Gewehr von der Schulter.

»Was tun Sie?«, fragte Viktoria.

»Na, was glauben Sie denn?«, gab er zurück. »Ich bin hier, um zu jagen.«

Er lud durch, verschaffte sich festen Stand, presste den Gewehrkolben gegen die rechte Schulter und entsicherte die Waffe. Doch als er das linke Auge zukniff und mit dem rechten durch das Visier spähte, glaubte er für einen Moment, seinem Auge nicht trauen zu dürfen. Viktoria stand vor ihm und hatte ihrerseits mit dem Gewehr auf ihn angelegt. Er ließ die Waffe sinken.

»Was soll das?«, wollte er wissen. »Finden Sie das witzig?«

»Ich versichere Ihnen, das tue ich nicht«, erwiderte Viktoria. »Mr. Greenwood, suchen Sie sich bitte ein anderes Ziel.«

»Warum sollte ich das tun?«, entgegnete er erregt. »Nehmen Sie das sofort runter. Können Sie mit so einem Ding überhaupt umgehen? Runter damit, aber schnell!«

»Eine Giraffe gehört nicht einmal zu den Big Five«, erläuterte Viktoria. Sie versuchte, ruhig zu bleiben. Das hier war nur ein reicher Vollidiot, der zur Ordnung gerufen werden musste. Kein Grund, die Sache noch schlimmer zu machen.

»Wissen Sie, was ich bezahlt habe?«, fragte der Amerikaner. »Ich kann hier schießen, was ich will. Eine Giraffe ist etwas Besonderes. Ich lasse sie ausstopfen und stelle sie in voller Lebensgröße in meine Eingangshalle. Und jetzt gehen Sie aus dem Weg, verdammt!«

Auch er hob nun wieder den Lauf seiner Waffe und zielte auf Viktoria, so wie sie noch immer auf ihn anlegte.

»Verschwinden Sie endlich, bevor hier noch ein Unglück geschieht!«, warnte er. »Sie haben ja vollkommen den Verstand verloren, ich werde Sie anzeigen und dann können Sie Ihren ganzen Laden dichtmachen!«

Statt einer Antwort legte Viktoria den Sicherheitshebel um und machte ihr Gewehr damit schussbereit. Die beiden Giraffen waren inzwischen auf Greenwoods laute, ungewohnte Stimme aufmerksam geworden und verließen ihren Fressplatz. Greenwood folgte ihnen mit dem Lauf seiner Waffe.

»Nehmen Sie das Gewehr runter, Greenwood!«, rief Viktoria. »Jetzt!«

Er tat nichts dergleichen. Er nahm sie nicht ernst.

»Letzte Warnung!«, schrie Viktoria.

Sie sah, wie er angestrengt durch das Visier starrte und sein Zeigefinger sich um den Abzug zu krümmen begann. Da war Timur vor ihr. Im Schlachtraum. Mit diesem Bild vor Augen zog Viktoria am Abzug. Fast war es, als wäre auf einmal alles verlangsamt, als könne sie den Flug des Projektils verfolgen, das durch die Stirn in Greenwoods Kopf ein- und durch seinen Hinterkopf wieder austrat.

53
Daniila
2016

31. Dezember, Obermaiselstein:
Liebes Tagebuch, du weißt, ich hatte mir fest vorgenommen, die Geschichte von Franz Beser bis zum Ende des Jahres aufzuschreiben. Ich dachte mir, zwischen den Feiertagen ist die Werkstatt ja zu, da habe ich bestimmt viel Zeit für die letzten Kapitel. Aber im Hotel sind alle Bedienungen auf einen Schlag krank geworden, und Marianne befürchtete schon, sie müsse sämtliche Reservierungen stornieren. Ich bin eingesprungen und habe auch noch kurzfristig einen Studenten und eine Studentin anheuern können. Seitdem läuft der Betrieb, als wäre nichts gewesen. Nur bin ich dadurch kaum zum Schreiben gekommen, was zwar zum einen Teil wirklich am vielen Bedienen liegt … zum anderen aber an der Studentin. Ob da was Festes draus wird? Keine Ahnung. Ich habe Herzchen in den Augen, wenn ich sie sehe, alles andere muss man abwarten. Heute ist das Restaurant geschlossen und Kaya ist bei einer Silvesterparty in Oberstdorf. Sie stammt von dort und kennt die halbe Stadt. Sie wollte mich mitnehmen, aber ich hatte ein bisschen Horror davor, ihren ganzen Freundeskreis auf einen Schlag kennenzulernen. Außerdem wollte ich die allerletzte Chance nutzen, den Schluss der Geschichte noch im alten Jahr festzuhalten. Kaya hatte damit zum Glück kein Problem. Na ja, was soll ich sagen: Um 20:44 Uhr habe ich *ENDE* unter die Geschichte geschrieben. Ob sie gut ist, weiß ich nicht. Ich habe keinen Abstand mehr dazu, fühle mich unfähig, ein Urteil darüber abzugeben. Während des Schreibprozesses habe ich manchmal gedacht: *Wer zum Teufel soll das jemals lesen wollen?* Ich habe mir aber sagen lassen, dass das ganz normal ist. Alle Autoren und Autorinnen gehen durch diese innere Hölle. Aber eines ist sicher: Ich liebe die Figuren. Ich liebe, was sie tun und warum und wie sie es tun.

Die Geschichte wirft aber auch Fragen auf. Vor allem eine: Die Tochter, die Franz Beser offenbar gezeugt hat, ohne dass seinerzeit irgendjemand davon erfahren hat (außer er und die Mutter des Mädchens natürlich), lässt sich durch das, was er in seinem Notizheft niedergeschrieben hat, eindeutig ermitteln. Dafür muss man nur ein wenig Recherche betreiben. Ich habe mit Helene Dremmler telefoniert und sie gefragt, ob ihr das klar war. Sie gab zu, sich die Frage nie gestellt zu haben, fand aber interessant, was ich herausgefunden hatte. Bei dem Mädchen, dem Franz Beser offenbar nur ein einziges Mal begegnet ist, kann es sich nur um Marie-Agnes von Falkenstein handeln, die wiederum später, zu Beginn des 20. Jahrhunderts, einen Sohn zur Welt gebracht hat, der als Kind den Kosenamen *Sonnenvogel* trug. Und der während des Zweiten Weltkriegs zum wichtigsten Widerständler innerhalb der Deutschen Wehrmacht wurde. Ohne diesen Mann hätte es den 20. Juli 1944 und eine Reihe weiterer Attentate auf Hitler nie gegeben. Wenn es stimmt, was Franz in sein Heft geschrieben hat, war dieser Widerständler sein Enkel. Warum hätte Franz Beser sich das ausdenken, warum hätte er lügen sollen? Dafür finde ich beim besten Willen keinen Grund.

Die zweite Frage, die ich mir stelle: Ist das Buch, unter das ich gerade *ENDE* geschrieben habe, wirklich schon am Schluss angelangt? Wenn Franz, meine Großmutter, der besagte Soldat (und ich) wirklich alle miteinander verwandt sind, dann ist das nicht nur eine Tatsache, die mich jedes Mal fast von den Füßen holt, wenn ich darüber nachdenke. Das Ganze schreit doch geradezu danach, miteinander verknüpft zu werden. Nur liegen die Geschichten anderthalb Jahrhunderte auseinander, die Protagonisten sind sich nie begegnet, wussten nicht voneinander, hatten nichts miteinander zu tun. Es eint sie nur eines: die Bereitschaft zum Widerstand. Für alle drei kam irgendwann der Punkt, an dem sie nicht mehr bereit waren, hinzunehmen, was ihnen oder anderen widerfuhr. Gewalt in unterschiedlichster Form. Ungerechtigkeit bis hin zum Völkermord. Sie haben diese Dinge auf denkbar unterschiedliche Weise beantwortet und für ihre Überzeugungen ihr Leben aufs Spiel gesetzt.

54
Henning
1943

Generalfeldmarschall Erwin von Witzleben erinnerte sich nur zu gut an den damaligen Hauptmann von Tresckow, der ihn seinerzeit, vor bald fünf Jahren, um Entlassung gebeten hatte. Ihm fiel auf, dass die Geheimratsecken des Kameraden in der Zwischenzeit weiter fortgeschritten waren, und dass seine Gesichtsfarbe zu blass war. Aber da war immer noch Feuer in den Augen. Tresckow hatte sich einen Termin geben lassen und wollte nun ganz offen wissen, ob Witzleben nach wie vor den Gegnern des Regimes zuzurechnen war.

»Selbstverständlich«, erwiderte der Feldmarschall. »Mehr denn je. Seit der Katastrophe von Stalingrad muss jedem, auch dem letzten Analphabeten, klar sein, dass der Krieg nicht mehr zu gewinnen ist.«

»Dennoch wird Hitler niemals kapitulieren«, spann Tresckow den Gedanken weiter. »Solange er Soldaten hat, schickt er sie in die Schlacht. In den Tod. Er wird weiterhin Gräueltaten veranlassen, schlimmer als alles, was die Geschichte jemals zu erzählen hatte. Es gibt nur einen einzigen Weg, um das zu verhindern.«

»Sprechen Sie ruhig ganz offen, Oberst«, sagte Witzleben, »ich bin bei Ihnen.«

»Hitler muss sterben.«

»So ist es.«

Es fühlte sich gut an, dass beide es ausgesprochen hatten. Worte, für die man sie hängen würde, wenn sie an die falschen Ohren drangen.

»Aber das reicht nicht«, fuhr Tresckow fort. Er setzte an, dem Feldmarschall zu erklären, dass *Unternehmen Walküre* bereits vor Monaten manipuliert worden war. Der Boden für den Umsturz war also vorbereitet. Doch genauso wichtig war, dass man im Anschluss daran kein Machtvakuum entstehen ließ, sondern sofort einen neuen Oberbefehlshaber parat hatte, und zwar einen, der auf breite Akzeptanz stoßen würde.

»Ihren Worten entnehme ich, dass Sie dabei an mich denken«, erklärte Witzleben.

»Das ist korrekt, Herr Generalfeldmarschall. Das Auslösen von *Walküre* wird einen Ausnahmezustand erzeugen. Der bewaffnete Teil der SS wird der Wehrmacht untergeordnet, sämtliche zivilen staatlichen Behörden dem neuen Oberbefehlshaber der Wehrmacht unterstellt, also Ihnen. Um das zu gewährleisten, müssten Sie nur diesen Befehl unterzeichnen. Am besten schon heute, denn wer weiß, wo Sie und ich uns gerade aufhalten, wenn der Tag gekommen ist.«

Er zog eine dünne Mappe aus seiner Aktentasche, klappte sie auf und legte sie dem Feldmarschall hin. Darin befand sich, sauber abgeheftet, nur ein einziges Blatt Papier.

»Sie haben bereits einen Befehl ausgearbeitet?«, staunte Witzleben. »Donnerwetter. Sie meinen es ernst.«

Er zog die Lesebrille aus der Brusttasche seiner Uniform und begann die ersten Zeilen zu lesen.

Geheime Kommandosache: I. Der Führer Adolf Hitler ist tot! Eine gewissenlose Clique frontfremder Parteiführer hat es unter Ausnutzung dieser Lage versucht, der schwerringenden Front in den Rücken zu fallen und die Macht zu eigennützigen Zwecken an sich zu reißen. II. In dieser Stunde höchster Gefahr hat die Reichsregierung zur Aufrechterhaltung von Recht und Ordnung den militärischen Ausnahmezustand verhängt und mir zugleich mit dem Oberbefehl über die Wehrmacht die vollziehende Gewalt übertragen.

Witzleben überflog auch den Rest des Befehls, der detailliert alle wesentlichen Zuständigkeiten im Land und an der Front regelte, dann setzte er die Brille ab, hob den Kopf und nickte Tresckow wortlos zu. Er griff nach seinem Tintenfüller, schraubte die Verschlusskappe ab und unterzeichnete. Das Kratzen des Füllers auf dem Dokument erfüllte Tresckow mit so starker Befriedigung, dass er selbst davon überrascht war.

»Sagen Sie, junger Freund«, sagte der Feldmarschall, »war es nicht gut, dass ich Sie damals zurückgehalten habe? Vielleicht sogar der beste Schachzug, der mir je gelungen ist?«

Tresckow erwiderte, er könne das nicht beurteilen. Die Geschichte werde es zeigen.

Im März 1943 flog Hitler in die Ukraine und unternahm dort eine Frontbesichtigung. Der Rückflug sollte ihn nach Rastenburg führen, zum Hauptquartier der Heeresgruppe Mitte. Auf dem Weg dorthin wollte er Zwischenstation machen in Smolensk, um dem derzeitigen Sitz des Stabes der Heeresgruppe Mitte einen Besuch abzustatten. In Smolensk waren Tresckow, Gersdorff und Schlabrendorff stationiert. Stauffenberg nicht, denn er war kürzlich nach Nordafrika versetzt worden, als Erster Generalstabsoffizier der 10. Panzer-Division, die in Tunesien Generalfeldmarschall Rommel unterstützen sollte. Tresckow empfand Stauffenbergs Versetzung als herben Verlust, aber jetzt musste es eben ohne ihn gehen. Schlabrendorff hatte eine Box mit zwei Flaschen Cointreau besorgt. Den Schnaps stellten sie in den Schrank, dann präparierten sie die Box mit zwei britischen Haftminen, die Schlabrendorff besorgt hatte. Eine davon war mit einem Säure-Zündmechanismus versehen, den die beiden in den Wochen zuvor ausgiebig getestet hatten. Die Minen waren ausnahmslos immer zuverlässig nach etwa einer Stunde hochgegangen, und der Grad der Zerstörung, die sie dabei in den Wäldern um Smolensk angerichtet hatten, ließ keinen Zweifel daran, dass zwei davon die Focke-Wulf Fw 200, mit der Hitler unterwegs war, zum Absturz bringen würde. Doch erst einmal galt es, den hohen Besuch willkommen zu heißen. Die Focke landete sicher auf dem Rollfeld. Tresckow stand dem Begrüßungskomitee vor, und als der Führer, gefolgt von seinem Reisebegleiter Oberstleutnant Heinz Brandt, die Treppe herunterstieg, sah er ihn zum zweiten Mal in seinem Leben mit eigenen Augen, nach dem Tag von Potsdam vor – fast auf den Tag genau – zehn Jahren. Kleiner schien er geworden zu sein, aber Tresckow hielt es für möglich, dass die Erinnerung ihm da ein Schnippchen schlug. Hitler begrüßte ihn und seine kleine Abordnung nur knapp und machte sich mit seinem Gefolge auf den Weg zum Kasino, gleich war Mittagessenszeit.

Dort gelang es Tresckow, ein paar Worte mit Brandt zu wechseln: »Sagen Sie, Herr Oberstleutnant, könnte ich Sie vielleicht um einen kleinen Gefallen bitten?«

»Der da wäre?«

»Ich hätte ein Paket mit zwei Flaschen Cognac für Oberst Stieff. Vielleicht könnten Sie es mitnehmen?«

Der Oberstleutnant zog die Stirn kraus. »Zwei Flaschen Cognac?«

»Es handelt sich um die Begleichung einer Wettschuld.«

»Was haben Sie denn gewettet?«

»Ach, das war schon im letzten Jahr. Ich hatte darauf gewettet, dass Wien Deutscher Fußballmeister wird.«

»Wie bitte?«, erwiderte Brandt und konnte sich ein Grinsen nicht verkneifen. »Tresckow, wie konnten Sie nur? Fritz Szepan und Ernst Kuzorra, der ›Schalker Kreisel‹, es war doch klar, dass die gewinnen. Ich war im Berliner Olympiastadion auf der Ehrentribüne und habe das Spiel gesehen.«

Ich weiß, dachte sein Gegenüber, *deswegen binde ich dir ja genau diesen Bären auf und keinen anderen.*

Brandt war einverstanden und Tresckow kündigte an, sein Ordonnanzoffizier werde das Paket nachher vor dem Weiterflug aufs Rollfeld bringen. Nach dem Mittagessen betrat Tresckow die Baracke und ging in Schlabrendorffs Zimmer. Der Leutnant saß angespannt auf einem Stuhl und hatte das Paket vor sich auf dem Boden stehen.

»Brandt hat Ja gesagt«, erklärte Tresckow. »Start ist in fünfzehn Minuten. In zehn besteigen Hitler und seine Leute das Flugzeug.«

»Wir tun das also wirklich?«, fragte Schlabrendorff. »Ich meine, es trifft ja nicht nur Hitler. Brandt ist sowas wie ein deutscher Held.«

»Weil er Olympiasieger im Springreiten war? Ich habe nichts gegen den Mann, Fabian, aber wir dürfen jetzt nicht verzagen, die Gelegenheit kommt vielleicht nicht mehr wieder. Das mag jetzt hart klingen, aber Deutschland und die Welt vom größten Verbrecher der Weltgeschichte zu befreien, muss uns den Tod einiger weniger Unschuldiger wert sein.«

Schlabrendorff nickte und sagte: »Scharfmachen also in fünf Minuten.« Er legte seine Armbanduhr vor sich auf den Tisch.

Sie warteten. Es war so still, dass sie den Sekundenzeiger ticken hörten. Als er fünf Umdrehungen vollführt hatte, öffnete Schlabrendorff das bisher nur lose verschlossene Paket und zerdrückte mit den Fingern den Säurezünder. Nun gab es kein Zurück mehr. Schlabrendorff verschloss das Paket mit festem Klebeband und machte sich auf den Weg. Tresckow beobachtete aus der Ferne, wie Oberstleutnant Brandt das Paket in Empfang nahm und es wiederum einem Soldaten der Flugcrew überreichte, der es durch die geöffnete Luke im Gepäckraum verstaute.

»Auf der Höhe von Minsk werden sie wohl sein, wenn es knallt«, sagte Schlabrendorff, als die Maschine am Horizont immer kleiner wurde.

Fromm und Witzleben waren informiert und warteten auf Tresckows Anruf. Er glaubte, den Sekundenzeiger von Schlabrendorffs Uhr noch immer zu hören, er schien in ihm weiter zu ticken. Nach dem Absturz des Flugzeugs würde Rastenburg den abgerissenen Funkverkehr schnell bemerken, und die Nachricht würde die Runde machen.

Aber es kam kein aufgeregter Funkspruch.

Eine Stunde verstrich.

Und eine weitere.

Dann endlich traf eine Nachricht ein: Das Flugzeug des Führers war sicher in Ostpreußen gelandet.

55
Franz
1874

Der Auftritt auf dem Turm des Sägewerks machte Franz Beser zu einer lebenden Legende. Auch wenn er so etwas nie hatte werden wollen – von jenem Tag an wurde er behandelt wie ein Held. Jeder wollte seine Hand schütteln, mit ihm sprechen, ihm auf die Schulter klopfen. Thea und er wurden wieder überall bedient, mit ausgesuchter Höflichkeit. Auch wenn Xaver Obermaier und auch die anderen Holz-, Wein- und Kalkhändler ihn nun noch mehr hassten als zuvor, hatte sich seine Ansprache doch als die beste Lebensversicherung für ihn herausgestellt. Niemand hätte danach noch gewagt, ihm etwas anzutun, weil alle den daraufhin vermutlich entfesselten Zorn der Flößer fürchteten. Nur für die arbeitsrechtliche Auseinandersetzung rund um den Streik hatte es leider trotz allem keine Lösung gegeben. Die Händler gaben nicht nach und die Flößer auch nicht. Das ganze Jahr über hatte die Isar zwischen Mittenwald und München kein Floß gesehen. Die Händler saßen auf berstend vollen Lagern. Einen Teil ihrer Waren ließen sie mit Pferdekarren in die Städte transportieren. Manche Verträge mit Baufirmen ließen sich auf das nächste Jahr verschieben, andere nicht. Die Flößer sind in dieser Zeit einfach anderen Tätigkeiten nachgegangen, viele von ihnen waren ohnehin schon für die Eisenbahngesellschaft tätig. Im Übrigen gingen sie alle davon aus, dass die Zeit gekommen war, um die Flößerhacke an den Nagel zu hängen.

Das nächste Frühjahr kam, die Eisenbahnstrecke von Mittenwald bis München wurde fertig. Die ersten Personenfahrten verliefen ohne Zwischenfälle und die Strecke wurde gerühmt als eine der landschaftlich schönsten Eisenbahnstrecken überhaupt. Doch dann wurden zum ersten Mal Güterwaggons mit Holz beladen und bei der darauffolgenden Fahrt stieß die Bahn am steilen Kochelsee-Anstieg an ihre Grenzen. Ein Waggon entgleiste und es war nur dem Geschick des Lokomotivführers zu verdanken, dass das Unglück keine größeren Ausmaße annahm und es keine Toten zu beklagen gab. Nun entbrannte eine heftige Diskussion: War die Strecke zu steil für schwere Transporte? Zu kurvenreich? Waren die Waggons so schwerer Ladung nicht gewachsen? Es wurde verfügt, dass bei künftigen Transporten die Ladung drastisch zu reduzieren war.

Xaver Obermaier lief tobend durch die Verwaltungshütte. »Wenn wir nur so wenig Holz laden dürfen, lohnt es sich nicht!«, schimpfte er. »So verdienen wir keinen einzigen Pfennig, so zahlen wir drauf! Und nach dem letzten Jahr können wir uns das nicht mehr leisten!«

Er bemerkte den Blick, den Resi ihm von ihrem Schreibtisch aus zuwarf.

»Was schauen Sie denn so?«, wollte er wissen.

»Verzeihung, Herr Direktor«, erwiderte sie. »Es steht mir nicht zu, Ihnen Ratschläge zu geben.«

»Wenn Sie eine gute Idee haben, nur zu. Ich bin für alles offen.«

Sie räusperte sich, dann sagte sie: »Mit Verlaub, es gibt immer noch die Flößer.«

Obermaier sog scharf Luft ein, sein Hals schwoll an und seine Gesichtsfarbe wechselte ins Rötliche. »Diese Verbrecher können mir gestohlen bleiben!«, polterte er. »Vor allem, solange sie angeführt werden von diesem Franz Beser! Der Kerl hat mich in aller Öffentlichkeit gedemütigt, das wissen Sie nur zu gut.«

»Dann werden Sie wohl warten müssen, bis die Züge und Gleise größeren Anforderungen standhalten.«

»Das kann dauern, Resi, das kann dauern. Die Eisenbahngesellschaft will ja alles umbauen, aber das geht nicht von heut auf morgen.«

»Wie lange, denken Sie, wird es denn dauern?« »

»Mindestens drei Jahre, schätze ich mal. Und ob wir dann so viel Holz transportiert kriegen wie mit den Flößen, steht noch in den Sternen.«

»Waren es nicht Dreijahresverträge, die von den Flößern gefordert worden sind?«

Er starrte auf Resi hinunter und war so wütend, dass er sie in diesem Moment am liebsten gefeuert hätte, aber sie erwiderte seinen Blick auf so liebenswürdige Weise, dass er es nicht fertigbrachte, seine schlechte Laune an ihr auszulassen.

Franz und noch ein paar weitere Floßmeister wurden zu einem Treffen gebeten, auf neutralem Boden im Gasthof Rieger. Die wichtigsten vormaligen Auftraggeber der Flößer waren ausnahmslos anwesend. Es wurde hart verhandelt, zwei volle Tage lang. Während dieser Zeit hatte Xaver Obermaier die Wirtsstube mehrfach wutentbrannt und mit hochrotem Kopf verlassen, weil Franz nicht bereit gewesen war, mit den Forderungen auch nur das kleinste Bisschen nachzugeben. Am Ende des zähen Ringens hatten die Flößer dann tatsächlich alles bekommen, was sie wollten: Dreijahresverträge zu besseren Konditionen als zuvor, und Witwen- und Waisenrenten für die Angehörigen von Flößern, die bei der Arbeit zu Tode kommen. Obermaier hatte noch versucht, auch die Flößer für eine solche Rentenregelung in die Pflicht zu nehmen, als er seinen Vorschlag wiederholte, einen Fonds zu bilden, in den Arbeitgeber und Arbeitnehmer gleichermaßen einzahlen sollten, aber das lehnten die Flößer rundweg ab.

»Stellt euch doch nicht so an«, hatte Franz im Verlauf der Verhandlungen gesagt. »Die meisten Flößer sind sowieso nicht verheiratet und haben auch keine Kinder. Es wird also nicht oft geschehen, dass ihr die Witwen- und Waisenrente überhaupt auszahlen müsst. Aber wenn es doch mal passiert, rettet sie einer Familie die Existenz, denn ohne ihren Mann steht eine Flößerwitwe in der Regel vor dem Nichts.«

Am Ende schüttelten sich alle gegenseitig die Hände, auch Franz Beser und Xaver Obermaier, der für die gesamte Verhandlungsgesellschaft noch eine Runde Obstler ausgab.

56
Daniila
2018

1. August, München:
Ohne Kaya würde ich wahrscheinlich noch immer in Obermaiselstein unter irgendwelchen Autos liegen und mir Getriebeöl aufs Gesicht tropfen lassen. Sie hat dafür gesorgt, dass ich im Herbst 2017 endlich angefangen habe zu studieren. Wir haben eine kleine Wohnung in der Maxvorstadt gefunden, die wir gerade so bezahlen können. Sie ist es auch, die mich – im Dickicht meiner beiden Studiengänge – immer mal wieder daran erinnert, dass ich noch andere Pläne habe, die darauf warten, umgesetzt zu werden.

»Was man zu lange vor sich herschiebt, setzt Rost an«, sagt sie. »Deswegen klingt *Prokrastination* wie eine verrostete, alte Karre.«

Heute gehe ich auf meine erste große Recherchereise, und das Schönste daran ist, dass wir sie gemeinsam unternehmen. Monatelang haben wir in der Schellingstraße gekellnert, um uns das leisten zu können.

12. August, Astana:
Vieles in Kasachstan erinnert mich an die Ukraine und auch an die Krim. Die steppenartige Landschaft, die Gelassenheit und Gastfreundschaft der Menschen. Wir waren in Konstantinowka, das in den 60ern und 70ern eine blühende Gemeinschaft gewesen sein muss, aller Sowjet-Gleichmacherei zum Trotz. Heute ist davon nichts mehr übrig. Nur wenige leben noch hier, man fühlt sich fast wie in einer Geisterstadt. Eine alte Frau konnte sich an die Besers noch erinnern und zeigte uns, wo sie gewohnt haben. An Olaf, meinen Vater, hatte sie noch sehr wache Erinnerungen, und es zauberte ihr ein nahezu zahnloses Lächeln ins Gesicht, als ich ihr sagte, dass ich seine Tochter sei. Bewegt

nahm sie meine Hand und erklärte, dass sie in meinem Gesicht meinen Vater sehen könne. Außerdem wusste sie, dass Olafs Mutter Viktoria einen Kasachen namens Timur Omorov geheiratet, mit ihm den Sohn bekommen und ihn dann wohl ermordet hatte. *Schlimme Geschichte, schlimme Geschichte, so schlimm.* Da sie wusste, wo Timur und Viktoria gelebt hatten, gelang es uns, einen von Timurs Brüdern ausfindig zu machen, Bakhtiyar Omorov. Der sehr alte, geradezu verwitterte Mann, ließ uns sogar in sein Haus, als wir uns nach seinem Bruder Timur erkundigten. Auf Russisch konnte ich mich mit Bakhtiyar ganz gut verständigen.

»Schlimme Geschichte«, sagte auch er. »Ganz schlimme Geschichte. Viktoria war eine Hexe. Er hat ihr alles zu Füßen gelegt, ihr jeden Wunsch von den Augen abgelesen. Eine undankbare, widerliche, grässliche Hexe.«

Ihm war nicht klar, dass ich Viktorias Enkelin war – und wenn, hätte es vermutlich auch nichts geändert. Wir nahmen ihn in unserem Mietwagen mit, er dirigierte uns auf das längst stillgelegte Gelände der früheren Kolchose. Dort zeigte er uns einen langgestreckten Backsteinbau mit kleinen Fenstern, die meisten davon kaputt: das damalige Schlachthaus. Wir sahen uns darin um, und ich glaube, selbst wenn ich nicht gewusst hätte, was hier drin früher vor sich gegangen ist – den abgestandenen Gestank nach Tod und Leid hätte ich trotzdem wahrgenommen. Schreie, Schüsse und Blut haben sich hier für immer festgesetzt. Die teilweise abgesprungenen Fliesen an den Wänden waren bedeckt mit Graffiti, Wurzeln und gelbes Gras hatten an einigen Stellen den Asphaltboden durchbrochen. In einem der Räume erklärte der alte Mann:

»Hier hat sie ihn erschossen. Mit einem Bolzenschussgerät, wie ein Stück Vieh. Dann hat sie ihn aufgeschlitzt und zerteilt. Die Hexe.«

Gleich fliegen wir weiter nach Lusaka. Während ich schreibe, sitzen wir im Flughafengebäude von Astana. Wir sind etwas aufgeregt, auch Kaya ist noch nie in Afrika gewesen.

13. August, Lusaka:
Die Reise nach Sambia dauerte einen ganzen Tag, weil wir in Dubai umsteigen mussten und dort fünfzehn Stunden Aufenthalt hatten. Wir sind wie gerädert. Haben uns erst mal ein Zimmer genommen und legen uns schlafen. Zum Glück hat der Typ an der Rezeption nichts gesagt und auch nicht komisch geguckt. Homosexualität ist hier allen Ernstes noch strafbar! Wie auch in Tansania, wo wir anschließend hinreisen werden. Sie können dich dafür ins Gefängnis stecken, wenn sie dich erwischen. Ihr seid sowas von aus der Zeit gefallen, Leute. Aber gut, wir müssen uns also *benehmen*. Ich mag Afrika trotzdem. Was ich bisher gesehen habe, gefällt mir gut, die Menschen wirken hier nicht so getrieben wie in Europa und auch nicht so ernst, sind im Flow. Davon möchte ich mir was abschauen. Und ich frage mich, ob es das war, was Viktoria hier gesucht hat.

14. August, Lusaka:
Wir treffen Kian O'Brian jr., den irischen Tierarzt. Auf das *junior* legt er anscheinend großen Wert, er betont es besonders, als wir uns die Hände schütteln. Das meiste, was er mir über Viktoria sagen kann, hat er schon am Telefon erzählt. Er fährt mit uns zur Chiawa Lodge, in der meine Großmutter gearbeitet und die sie nach einigen Jahren sogar geleitet hat. Ist wirklich schön hier. Ein Platz, wo man die Seele baumeln lassen kann. Gäste gehen ein und aus, aber niemand von den Angestellten ist schon so lange hier, dass er oder sie meine Großmutter noch kennen könnte. Auf der Rückfahrt sehen wir eine Elefantenherde und ich erinnere mich an das Foto von Viktoria auf der Tierarzt-Website.

15. August, Lusaka:
Im Vorfeld unserer Reise habe ich mit der Redaktion der größten Tageszeitung von Lusaka telefoniert und man hat mir zugesichert, dass ich mich im Archiv umsehen darf. Als wir dort eintreffen, werden wir vom Chefredakteur sehr freundlich begrüßt und in den Keller geführt, wo sich das Archiv befindet. Das Neonlicht ist zum Glück hell genug. Wir finden eine Reihe von Artikeln über erschossene Safari-Touristen, aus den 70er und 80er Jahren. Absolut nichts aber über Viktoria Beser und den Prozess, den man ihr gemacht hat. Anschließend treffen wir noch einmal Kian jr., der erklärt, das hätte er uns gleich sagen können.

»Die Presse hat damals Druck vom Tourismusverband bekommen und daraufhin alles totgeschwiegen. Sie haben das Feuer ausgetreten und die Asche davonwehen lassen. Die Mordserie hatte schon genug schlechte Presse produziert, man wollte nicht noch mehr davon.«

16. August, Lusaka:
Kian hat mit uns eine kleine Privat-Safari gemacht. Wir haben Giraffen gesehen, Löwen, Nashörner. Wir haben hinten im Jeep gesessen, das Ganze genossen und heimlich Händchen gehalten. Kian meinte trocken, dass wir uns vor ihm nicht zu verstecken brauchen. Generell sollten wir aber aufpassen, in Tansania mehr noch als hier.

20. August, Arusha:
Wir steigen aus und es ist, als würde die Hitze uns einen Schlag versetzen und uns zurück ins Flugzeug drücken wollen. Solche Temperaturen habe ich noch nicht erlebt. Wir trinken unentwegt Wasser. Das Taxi fährt in Richtung Norden, jenseits der Stadtgrenze liegt das Frauengefängnis. Ein hässlicher, trostloser Bau, wahrscheinlich bietet jedes Gefängnis einen solchen Anblick. Mauern, Stacheldraht, vergitterte Fenster. Aber wenn man von hier aus nach Norden blickt, ist die Aussicht großartig,

man schaut direkt auf den schneebedeckten Mount Meru. Kaya wünscht mir viel Glück, ich durchlaufe die Besucher-Prozedur, muss meinen Ausweis und meine Tasche abgeben, werde abgetastet. Die Wärter sind so grimmig, wie ich sie mir vorgestellt habe. Einer bringt mich ins Büro von Kamasi Juma. Er begrüßt mich per Handschlag, bittet mich, auf dem Sofa Platz zu nehmen, und scheint sich richtig zu freuen, mich zu sehen. Er erzählt mir noch einmal in aller Ausführlichkeit, wie das damals gewesen ist mit dem Hund, dem Viktoria mit ihrer Diagnose das Augenlicht gerettet hat. Er scheint viel Zeit zu haben und plaudert über dieses und jenes, wie lange er schon hier ist und wie das Gefängnis sich in der Zeit verändert hat. Früher sei es richtig schlimm gewesen, inzwischen habe sich aber vieles verbessert. Ich nehme das zur Kenntnis, kann es aber nicht nachprüfen und nicke höflich. So ein Dasein als Gefängnisdirektor ist vermutlich trist und unerfreulich, deswegen kann ich schon verstehen, dass ihm jede Abwechslung willkommen ist. Ich kann ihn dazu bewegen, mit mir einen Rundgang durch das Gefängnis zu machen. Zu den Zellen darf ich nicht, aber er zeigt mir den Essensraum, die Küche, in der Viktoria lange gearbeitet hat, und auch den Gefängnishof, der gerade leer ist, bis auf zwei Insassinnen, die unter Aufsicht eines Wärters den Hof fegen. Die anderen Insassinnen erhalten erst in ein paar Stunden ihre tägliche Outdoor-Ration. Ein paar von ihnen sind an den Fenstern und kommentieren unseren Rundgang mit Pfiffen und Rufen. Als der Abschied von Juma ansteht, denke ich ein wenig enttäuscht, dass meine Großmutter für mich noch immer ein unbeschriebenes Blatt ist. Aber er hat noch etwas für mich: die persönlichen Sachen aus Viktorias Zelle, die er für mich aufgehoben hat. Es handelt sich um ein Paar ausgelatschte Sandalen, eine kleine Plastikgiraffe, zwei englischsprachige Liebesromane in erbärmlichem Zustand und – mein Herz macht einen Hüpfer – um ein außerordentlich mitgenommenes Notizbuch, das nur noch auf der Rückseite über einen brüchig gewordenen Einband verfügt und wellig und aufgequollen ist. Offenbar ist es im Laufe seines Daseins mehrfach nass geworden. Ich halte mich kurz an der Tischkante fest, um zu prüfen, ob das gerade wirklich passiert. Ja, es ist wahr. Auch Viktoria hat Tagebuch geführt. Am Ende habe ich wirklich mehr Glück als Verstand.

57
Viktoria
1981

Lance Greenwood, Dosengemüsefabrikant aus Boston und vielfacher Millionär, war für immer verschwunden geblieben. Da er leichtsinnigerweise allein auf die Jagd gegangen war, hatte man angenommen, er sei wilden Tieren zum Opfer gefallen. Das wäre hier in der Gegend nicht zum ersten Mal vorgekommen. Das Ungewöhnliche war aber: Man hatte keinerlei Überreste gefunden. Nichts. Löwen, Leoparden und Hyänen ließen immer etwas übrig, vielleicht nicht viel Fleisch, aber doch wenigstens die Knochen.

An jenem Vormittag im Akazienwald hatte Viktoria nicht nur einen Schuss abgegeben. Sie hatte eine Schwelle übertreten. Nachdem sie Lance Greenwood erschossen hatte, war sie über ihn getreten und hatte ihn lange angesehen. Während sein Blut die Erde getränkt und seine sterbenden, offenen Augen sie angestarrt hatten, hatte sie erwartet, dass so etwas wie Reue eintreten würde. Aber das war nicht der Fall gewesen. Sie bedauerte nicht, diesem Mann das Leben genommen zu haben. Wilde Tiere töteten nur, um zu überleben. Männer wie Greenwood hingegen taten es zu ihrem Vergnügen, oder um zu Hause im Golfclub damit anzugeben. Er wollte eine ausgestopfte Giraffe in seine Eingangshalle stellen? Was war er für eine unwürdige Kreatur. Es war eindeutig besser gewesen, diesen Mann zu töten, als das zuzulassen.

Gut zwei Wochen später bekam Dzuwa ein gesundes Junges. Viktoria und Kian hatten das große Glück, die Geburt aus der Ferne mitansehen zu dürfen. Viktoria fühlte sich wie die Patin des Giraffenbabys, ohne sie hätte es vielleicht nie das Licht der Welt erblickt. Aber solche Gedanken behielt sie lieber für sich. Sie wollte nicht, dass Kian sich über sie wunderte und anfing, Fragen zu stellen.

In den Wochen und Monaten danach hatte sie nicht mehr so viel Zeit, Kian zu begleiten, denn außer ihrem sehr fordernden Job als Geschäftsführerin der Chiawa Lodge war sie nun noch eine zweite Verpflichtung eingegangen, eine unausgesprochene.

Ein weiterer Großwildjäger verschwand spurlos.

Und kurz darauf noch einer.

Und ein weiterer.

Als ähnliche Fälle auch außerhalb der sambischen Landesgrenzen geschahen, in Simbabwe und Mozambik, wurde klar, dass es sich um Tötungsdelikte handelte. Denn die Jäger verschwanden nun nicht mehr, sie wurden gefunden, mit einem Loch im Kopf. Stets lagen sie auf dem Gelände einer Jagdfarm oder in unmittelbarer Nähe davon. An den Tatorten fanden sich jetzt auch die tödlichen Projektile, was die Polizeibehörden für einen großen Fahndungserfolg hielten, denn Schusswaffen mussten registriert werden, und nun wussten sie, dass sie nach einer Weatherby Mark V suchen mussten. Davon gab es in den drei Staaten eine ganze Menge, die Weatherby war ein gängiges Jagdgewehr. Also hatten sie eine Menge damit zu tun, alle Besitzer abzuklappern und ihre Waffen von Ballistikern untersuchen zu lassen. Diese Arbeit dauerte mehrere Monate. Doch das Gewehr, mit dem die Großwildjäger erschossen worden waren, befand sich nicht darunter. Anhand der Spuren, die sich an den gefundenen Projektilen fanden, konnte das ganz klar ausgeschlossen werden.

Viktoria führte unterdessen viele Jahre lang eine völlig unbescholtene, harmlos erscheinende Existenz. Niemand ahnte auch nur im Entferntesten, dass sie ein unregistriertes Gewehr im Schrank hatte, das sie sich nach dem Tod von Lance Greenwood auf dem Schwarzmarkt besorgt hatte, und mit dessen Hilfe sie mit geradezu bürokratischer Akribie potenzielle Tiermörder erschoss, bevor jene ihr Todeswerk verrichten konnten. Sie führte die Chiawa

Lodge mit Bravour durch die 70er Jahre. Es kamen immer mehr Safari-Touristen aus aller Welt. Nur die Großwildjäger wurden seltener. Im ganzen Land war das so, auch in Simbabwe und Mosambik. Die reichen Jagdtouristen hatten angefangen, den Süden Afrikas zu meiden, weil sie um ihr Leben fürchteten. Zu viele von ihnen waren erschossen worden, und das längst nicht mehr nur, wenn sie allein unterwegs waren. Einmal waren drei französische Geschäftsleute in einem offenen Geländewagen durch die Savanne gefahren, auf dem Weg zu einer Jagdfarm und mit Abschussgenehmigungen für Nashörner und Elefanten im Handschuhfach. Zuerst sank der Fahrer tot aufs Lenkrad, während sein Blut dem hinten sitzenden Beifahrer ins Gesicht spritzte. Der Wagen überschlug sich und die beiden anderen Jäger wurden mit präzisen Kopfschüssen getötet, als sie versuchten, aus dem verunglückten Fahrzeug zu kriechen.

Der Großwildjäger-Killer wurde zu einer mythischen Figur, den sogar die europäische Presse zu thematisieren begann. Ein britischer Journalist nannte ihn den *Robin Hood of the big animals* – den *Robin Hood der großen Tiere*. Die Stimmung in der einheimischen Bevölkerung war gespalten, für die einen war er ein Held, für die anderen der Totengräber der äußerst wichtigen Tourismusbranche. Im Jahr 1977 reagierte der sambische Staat und setzte eine großzügige Belohnung auf die Ergreifung des Großwildjäger-Killers aus. Simbabwe und Mosambik zogen nach und beteiligten sich daran, wodurch die Summe sich noch einmal mehr als verdoppelte. Doch die Suche war schwierig. Kein noch lebender Mensch hatte den Killer jemals gesehen. Alle Behörden, Journalisten und Bürger gingen jahrelang ganz selbstverständlich davon aus, dass es sich bei dem Gesuchten um einen Mann handeln musste. Wenn nicht sogar um mehrere.

Viktoria war vom Gedanken beseelt, touristische Jäger vom Süden Afrikas für immer abzuschrecken. Das musste doch möglich sein. Sie würde diesen Kampf nur lange und effektiv genug führen müssen. Durch ihre Funktion als Geschäftsführerin einer Lodge hatte sie die nötigen Verbindungen, um oft schon im Vorfeld zu erfahren, wo sich noch Jäger auf den Kontinent trauten. Sie machte sich nachts auf den Weg, wenn niemand sie vermisste, und fuhr mitunter stundenlang zum Zielort, parkte den Wagen abseits der Sandpisten, bezog Stellung auf einer Anhöhe oder in einem Baumwipfel. Sie kannte die Anfahrtswege zu den Jagdfarmen. Die Guides waren mit ihren Kunden immer in den frühen Morgenstunden unterwegs, kurz nach Sonnenaufgang. Mittlerweile trugen sie spezielle Kopftücher, um nicht mit ihrer Kundschaft verwechselt zu werden. *Erschieß nicht mich*, lautete diese stumme Botschaft an den unbekannten Killer. Viktoria hielt sich daran, auch wenn es sie manchmal in den Fingern kribbelte, auch die Guides ins Jenseits zu befördern, machten sie sich doch zu Handlangern dieser reichen Kerle. Aber es handelte sich meist um Sambier, die aus armen Familien stammten und mit der Begleitung der schießwütigen Touristen ihre Familien ernährten.

Viktoria saß im Morgengrauen in luftiger Höhe auf einer Tamarinde, auf die sie vor mehr als einer Stunde geklettert war. Kaum hatte sich die Sonne hinter ihr am Horizont gezeigt, als sie für einen kurzen Moment geblendet wurde. Dies war das untrügliche Zeichen dafür, dass ein Fahrzeug sich näherte, die eben aufgegangene Sonne hatte sich auf der Windschutzscheibe gespiegelt. Kurz darauf hörte sie in der Ferne auch schon das Geräusch des Motors. Nun wurde es Zeit, die letzten Vorbereitungen zu treffen. Es ließ sich nie voraussagen, ob es sich um einen offenen oder einen geschlossenen Wagen handelte. Bei einem offenen Jeep zum erfolgreichen Abschuss zu gelangen, war deutlich leichter, weil der Innenraum dann sonnendurchflutet und die Konturen jedes Insassen deutlich zu erkennen waren. Der Guide saß so gut wie immer am Steuer, der Kunde neben ihm auf dem Beifahrersitz. Wenn sie sicher genug im Baum saß, um mit den Armen ruhig mitzuschwenken, ohne dabei das Gleichgewicht zu verlieren, konnte sie nicht viel falschmachen. Bisher hatte sie nie mehr als einen Schuss benötigt. Der Guide fuhr anschließend immer mit Vollgas davon, um sich in Sicherheit zu bringen – und Viktoria konnte in aller Ruhe mit dem Abstieg beginnen, zu ihrem Fahrzeug spazieren und nach Hause fahren. Ihre Position war heute perfekt, sie war sehr zufrieden. Übung zahlte sich einfach aus. Es handelte sich zwar um einen geschlossenen Wagen, aber der Kunde war trotzdem gut erkennbar, er trug das übliche Hemingway-Gedächtnis-Zeug und einen breitkrempigen Hut. Im Moment des Schusses betrug der Abstand keine zehn Meter. Die Frontscheibe zerbarst. Viktoria zweifelte nicht daran, dass sie auf tödliche Weise den Kopf getroffen hatte. Der Wagen geriet ins Schlingern, dann bremste der Fahrer hart und brachte ihn zum Stehen. Der Motor erstarb. Viktoria wartete. Vermutlich brauchte der Fahrer einen Moment, um sich zu sammeln, bevor er den Motor wieder anmachen und den Fuß zurück aufs Gaspedal stellen würde, um mit hoher Geschwindigkeit davonzufahren. Aber nichts davon geschah. Es tat sich gar nichts. Hatte der Fahrer etwas abbekommen? Das konnte sie sich kaum vorstellen, denn solche Scheiben bestanden aus Sicherheitsglas, das in viele ganz kleine, ungefährliche Einzelteile zersplitterte, wenn es kaputtging. Vielleicht war er im Moment einfach zu geschockt, um zu wissen, was er tun sollte. Doch sicher würde ihm bald klarwerden, dass Flucht die beste Option war. Möglicherweise, dachte Viktoria, hatte ihr Schuss aber auch etwas beschädigt, so dass der Wagen nicht mehr fahrtüchtig war. Ein weiteres Motorengeräusch ertönte in einiger Entfernung. Das mussten mehrere Fahrzeuge sein. Mindestens drei oder vier. Da kamen sie auch schon in Sicht, begleitet von einer Staubwolke. Sie fuhren schnell und kamen rasant näher. Viktoria hielt den Atem an. Sie befand sich in sechs oder sieben Metern Höhe, ein Sprung war viel zu riskant, und für alles andere war es jetzt zu spät. Vier Geländewagen waren es, sie bremsten scharf ab. Aus jedem sprangen zwei Männer, mit jeweils einem Gewehr im Anschlag. Ohne Vorwarnung eröffneten sie das Feuer.

Die Tamarinde verlor ihr Laub, als würde ein Riese den Baum am Stamm nehmen und schütteln. Viktoria wusste, dass es das Ende war. Der erste Schuss durchschlug ihren linken Oberschenkel, der zweite ihren Brustkorb. Sie verlor das Gleichgewicht. Ihre Hände versuchten noch, irgendwo Halt zu finden. Aber sie fiel. Als sie mit dem Rücken auf dem Boden aufschlug, hatte sie das Bewusstsein bereits verloren.

58
Henning
1944

»Verdammte Scheiße nochmal«, haderte Schlabrendorff. »Wie kann das sein? Was ist nur passiert?«

Tresckow versuchte, einen klaren Kopf zu bewahren, und sagte: »Wir wussten nicht, dass das Paket im Frachtraum landen würde. Vielleicht ist es darin einfach zu kalt geworden für den Zünder. In so großer Höhe herrschen Temperaturen weit unter Null, und Frachträume sind nicht isoliert. Sobald das Paket nun aber wieder warm wird, könnte die Bombe immer noch hochgehen.«

»Nur wird Hitler dann nicht mehr in der Nähe sein.«

»Geschieht das nicht, kann es sein, dass jemand das Paket untersucht, bevor es nach Berlin transportiert wird. Wer das tut, wird eine Bombe finden.«

»In beiden Fällen sind wir erledigt.«

»Einen davon kann ich versuchen zu verhindern«, erklärte Tresckow und hatte das Telefon bereits in der Hand. Es gelang ihm, sich in Rastenburg mit Oberstleutnant Brandt verbinden zu lassen.

»Brandt, hören Sie«, sagte er und versuchte zu klingen, als wäre er vollkommen gelassen. »Eben entdecke ich zu meinem Schrecken, ich habe Ihnen ein ganz falsches Paket mitgegeben. Morgen bekommen Sie das richtige. Bitte behalten Sie das alte Paket so lange bei sich.«

»Oh. Verstehe. Und wie bekomme ich das richtige?«

»Mein Ordonnanzoffizier fliegt morgen nach Rastenburg. Er wird es Ihnen geben.«

Schlabrendorff zog die Stirn kraus. Tresckow zeigte mit einer Geste an, er werde ihm gleich alles erklären. Dann verabschiedete er sich, legte auf und wollte wissen, ob er nervös geklungen hatte.

»Wer dich kennt, würde sagen: Ja. Aber dem Goldmedaillen-Mann ist sicher nichts aufgefallen. Nur so am Rande: Was genau treibe ich morgen in Rastenburg?«

»Keine Ahnung, Fabian. Bis dahin fällt mir schon irgendwas ein.«

Während Schlabrendorff unterwegs war nach Rastenburg, schmiedete Tresckow bereits den nächsten Plan. Er bat Gersdorff, mit ihm einen Spaziergang zu unternehmen. An Tresckows Miene konnte sein Vertrauter bereits ablesen, dass ein kompliziertes Gespräch auf ihn zukam.

»Gersdorff, Sie sind doch nächste Woche in Berlin«, begann Tresckow, »wegen dieser Ausstellung, die Sie kuratiert haben.«

Es handelte sich um eine Zurschaustellung von russischen Waffen, welche die Heeresgruppe Mitte an der Ostfront erbeutet hatte. Sie sollten am Heldengedenktag im Anschluss an einen Festakt im Berliner Zeughaus ausgestellt werden.

»Richtig«, erwiderte Gersdorff.

»Hitler wird dort sein.«

»Sein erster öffentlicher Auftritt seit Stalingrad. Und nicht nur er: Himmler, Göring, Hinz und Kunz, alle werden kommen. Hitler will im Lichthof eine Gedenkrede halten auf die deutschen Gefallenen der beiden Weltkriege.«

»Und dann?«

»Soll ich ihn durch die Ausstellung führen und ihm einige Exponate erklären.«

»Wie lange soll das dauern?«

»Etwa eine Viertelstunde.«

»Gersdorff, bei dieser Ausstellung muss es passieren.«

»Das habe ich mir schon gedacht.«

»Wir haben immer noch britischen Plastiksprengstoff. Leider können wir ihn nur mit diesen verfluchten Säurezündern versehen. Mechanische Zünder ticken zu laut. Aber wir haben auch welche mit kürzerer Zündzeit.«

»Wie lange genau?«

»Zehn bis zwölf Minuten.«

Sie schritten eine Weile aus, ohne dass ein weiteres Wort gewechselt wurde. Schließlich blieben sie stehen. Im Tal, das vor ihnen lag, schimmerte blaugrau der Dnjepr, dahinter leuchtete die prachtvolle türkisfarbene Kathedrale von Smolensk. Gelegentlich lugte die Sonne kurz hervor und ließ die goldenen Dachspitzen dabei jedes Mal erstrahlen.

»Ich mach's«, sagte Gersdorff schließlich.

»Ich wusste, wir können auf Sie zählen«, stellte Tresckow fest. »Sie kennen das Zeughaus. Besteht dort eine Möglichkeit, die Bombe so zu verstecken, dass sie sich während Hitlers Rede in seiner unmittelbaren Nähe befindet?«

»Ich weiß es nicht«, gab Gersdorff zu. »Es hängt davon ab, was für eine Bühne sie errichten. Ich nehme an, es wird schwierig, eine Bombe so zu platzieren, dass sie nicht zu sehen ist und niemand es merkt.«

»Ich sage es nur sehr ungern, mein Lieber, aber die beste Möglichkeit wäre während Ihres gemeinsamen Rundgangs.«

»Herrgott nochmal, das ist mir doch klar«, erwiderte Gersdorff. »Das ist völlig offensichtlich.«

»Ich kann Sie nicht dazu zwingen, das zu tun.«

Gersdorff wandte sich Tresckow zu und erklärte: »Ich bin Soldat geworden, um Deutschland zu verteidigen. Wenn es sein muss, unter Einsatz meines Lebens. Ist es nicht anders möglich, werde ich es tun. Darauf haben Sie mein Wort.«

Tresckow streckte ihm die Hand entgegen, um seinen Respekt vor dieser Haltung auszudrücken. Gersdorff schüttelte sie.

Schlabrendorff kehrte aus Rastenburg zurück und berichtete Tresckow, wie es dort gelaufen war. Als Brandt ihm das Paket ausgehändigt hatte, wollte er wissen, was da denn eigentlich drin war. *Geschenke für Tresckows Kinder*, hatte Schlabrendorff behauptet: *Kekse, Schokolade und dergleichen*. Daraufhin hatte

Brandt mit ernster Miene erklärt, dass man derartige Produkte vor der Einfuhr erst einmal einer Lebensmittelprüfung unterziehen sollte.

»Ich dachte, mich trifft der Schlag«, erzählte Schlabrendorff, »aber dann grinste er und stellte klar, es war nur ein Scherz gewesen.«

»Was hast du mit dem Paket gemacht?«, fragte Tresckow.

»Ich hab's geöffnet und mir den Zünder angesehen. Die Säure hatte den Draht, der den Schlagbolzen gehalten hatte, zwar planmäßig zersetzt, und der Bolzen war auch nach vorne geschlagen. Aber das Zündhütchen hatte sich nicht entzündet. Nur die eisige Kälte kann der Grund dafür gewesen sein. Ich habe den Zündmechanismus entfernt. Auf dem Rückflug waren die Sprengsätze mein Handgepäck.«

»Wieder einmal hatte Hitler mehr Glück als Verstand«, konstatierte Tresckow. »Aber damit ist bald Schluss.«

Am 19. März trat Gersdorff die Reise nach Berlin an. Tags drauf, am Vortag des Festakts, suchte er zum ersten Mal das Zeughaus auf. Er betrat den verglasten Innenhof, begrüßte ein paar Angestellte und sah sich die Ausstellung an. Er gab noch ein paar Anweisungen, was er anders aufgestellt haben wollte. Als er damit fertig war, ging er zur bereits aufgebauten Bühne und begann sie zu inspizieren. *Vielleicht gibt es ja eine andere Lösung*, dachte er. *Irgendeine.* Es war nicht viel los, er konnte sich alles genau ansehen, ohne Argwohn zu erregen. Aber so sehr er sich auch bemühte, eine andere Lösung zu entdecken, es würde keine geben. Er fuhr zurück zum Hotel, rief seine kleine Tochter an. Als er ihr Gute Nacht wünschte, kämpfte er mit den Tränen. Gegen Mitternacht klopfte, wie besprochen, Fabian von Schlabrendorff an die Tür seines Hotelzimmers. Er war im Laufe des Nachmittags in Berlin eingetroffen, brachte ihm nun die beiden Sprengsätze und erläuterte mehrfach mit betont ruhiger Stimme, wie damit zu verfahren war.

»Alles Gute, Herr Oberstleutnant«, sagte Schlabrendorff am Ende und fügte noch hinzu: »Ich hoffe, Sie können schlafen.« Er verabschiedete sich mit militärischem Gruß, eine Hand an der Hosennaht, die andere an der Schläfe. Bei Schlabrendorff sah das immer ein wenig komisch aus, er war einfach kein richtiger Soldat und würde nie einer werden. Gersdorff, obwohl nicht in Uniform, erwiderte den Gruß mit straffer Haltung. Schlaf fand er in dieser Nacht aber nicht, daran war gar nicht zu denken. Sein Hotelzimmer war eine Todeszelle und dies die Nacht vor der Hinrichtung. Am Morgen verstaute er die Sprengsätze in seinen Manteltaschen. Sie beulten das Kleidungsstück etwas aus und er konnte nur hoffen, dass das niemandem auffallen würde. Wieder fuhr er mit dem Taxi zum Zeughaus Unter den Linden. War es eine Fahrt zur Front oder eher zum Schafott? Schon jetzt war es schwer, noch einen klaren Gedanken zu fassen. Wieder sah er das Museumsgebäude schon von Weitem. Friedrich III. hatte einst den Grundstein dazu gelegt, vor fast einem Vierteljahrtausend. Was für ein Anblick würde sich dem Betrachter in ein paar Stunden bieten? Er bezahlte den Fahrer und stieg aus. Obwohl es kühl war, brach ihm der Schweiß aus. Es war erst ein Jahr her, dass seine Frau gestorben war. Ob es Selbstmord gewesen war, wusste er noch immer nicht. Seine Tochter Eleonore, die er so sehr liebte, lebte mittlerweile bei den Großeltern, er war ja fast nie zu Hause. Vor zwei Monaten war sie sechs Jahre alt geworden, er hatte sie nicht sehen können, ein Anruf und ein großes Paket mit Geschenken hatte genügen müssen. Er war jetzt 38 Jahre alt. Wie würden kommende Generationen über ihn denken, was würden sie sagen? Würden sie in ihm einen Helden sehen oder einen Verräter? Das Zeughaus war schwer bewacht, aber ihn ließ man durch, ihn kannte man. Der Lichthof war schon gut gefüllt und bald wurden die Gäste angewiesen, ihre Plätze einzunehmen. Er begrüßte ein paar bekannte Gesichter und nahm Platz. Donnernder Applaus, als der Führer erschien. Er stimmte mit ein, wie ein Claqueur im Theater, der keinen Schimmer hat, was da vorne gespielt wird. Das Orchester spielte etwas von Bruckner, dann sprach Hitler. Nicht ein Wort hätte er wiedergeben können von dessen Rede, das Dröhnen seines Herzschlags und das Rauschen seines Blutes übertönte alles. Er fror. Er schwitzte. Er nahm eine Pervitin, eine Methamphetamin-Tablette. Gegen die Kälte, die Hitze, die nackte Angst. Als alle sich erhoben, tat er es auch. Er ging zum Eingang der Ausstellungsräume, wo Generaloberst Model und der Museumsdirektor schon auf ihn warteten. Ein kurzes Gespräch, dann kamen sie auf ihn zu. Neben Hitler gingen Himmler, Keitel, Dönitz und ein paar Ordonnanzoffiziere. Auch Göring war dabei. *Was ist denn mit dem los?*, dachte Gersdorff. *Ist er geschminkt? Trägt er Rouge, Kajal? Hat er etwa Lippenstift aufgetragen?* Fingen seine Sinne an, ihm Streiche zu spielen? Das Pervitin, die Angst, er musste sich jetzt zusammenreißen. Hier ging es um etwas, das viel größer war als er. Haltung bewahren, Soldat! Die Herren blieben vor ihm stehen, alle reckten die rechten Arme zum Hitlergruß in die Höhe, bis auf Hitler selbst, bei dem der Gruß meist nur aussah wie ein gelangweiltes Abwinken. In diesem Moment aktivierte Gersdorff den Säurezünder in seiner linken Manteltasche. Ohne weitere Verzögerung begann der Rundgang. Gersdorff drängte sich neben Hitler und erklärte die Waffen, an denen sie vorbeikamen – worum es sich handelte, wo und unter welchen Umständen man sie erbeutet hatte. Er plapperte und plapperte, in der Hoffnung, den Führer mit seinen Informationen in ein Gespräch verwickeln zu können. Gersdorff hatte erwartet, dass Hitler sich ein wenig Zeit nehmen, das eine oder andere Ausstellungsstück betrachten und auch mal eine Frage stellen würde. Nichts davon war der Fall. Wortlos und ohne jeden Ausdruck in seinem Gesicht eilte er durch die Räume, Gersdorff gelang es kaum, Schritt zu halten.

»Hier, mein Führer«, sagte er, »ein Prunkstück dieser Sammlung: ein napoleonischer Adler. Den müssen Sie sich ansehen. Pioniere der Wehrmacht haben ihn beim Brückenbau im Flussbett der Beresina gefunden, in der Nähe von Borissow.«

Keine Reaktion von Hitler, er verlangsamte noch nicht einmal seinen Schritt. Göring versuchte ihn auf ein anderes Ausstellungsstück aufmerksam zu machen, das in einer Vitrine stand, doch auch diesmal reagierte Hitler nicht, sondern strebte nur auf kürzestem Weg dem Ausgang entgegen. Ohne anzuhalten verabschiedete er sich mit knappen Worten von Gersdorff und verließ das Gebäude, wie geplant, durch einen Seitenausgang. Gersdorff konnte ihm dabei nicht länger folgen. Das war nicht vorgesehen. Hätte er es versucht, wären ihm die Ordonnanzoffiziere entgegengetreten.

Er sah auf die Uhr. Nicht mehr als zwei Minuten waren vergangen, seit er die Bombe aktiviert hatte. Zwei Minuten! In acht bis zehn Minuten würde sie explodieren. Was war hier gerade geschehen? Hitler hatte sich benommen, als hätte er etwas geahnt. Aber wenn das der Fall gewesen wäre, hätte er sich auf den Rundgang doch gar nicht erst eingelassen, sondern dafür gesorgt, dass die Gäste durchsucht werden. Der Museumsdirektor trat auf ihn zu und sagte:

»Na, das war ja ein kurzes Vergnügen. Wie schade. Und dafür haben Sie den weiten Weg auf sich genommen.«

»Sie entschuldigen mich«, entgegnete Gersdorff nur und hastete an ihm vorbei zur nächstgelegenen Toilette. *Wie entschärft man so einen Zünder? Darüber haben wir nie geredet!* Er schloss sich in einer Kabine ein und zog die Bombe aus der linken Manteltasche. Er schwitzte wie ein Schwein, aber jetzt war keine Zeit, den Mantel auszuziehen. Er setzte sich auf die Klobrille und versuchte den Verschluss zu öffnen, um den Zünder freizulegen. Seine schweißnassen Hände rutschten immer wieder ab, bis es endlich gelang. Wie viel Zeit noch? Minuten oder nur noch Sekunden? Er sah keine andere Möglichkeit, als den ganzen Zündmechanismus einfach abzureißen. Konnte die Bombe dadurch explodieren? Der Vorgang führte zu einem hässlichen Geräusch und dazu, dass sein Herz für einen Augenblick stehenblieb – zu mehr aber auch nicht. Sein Hemd war schweißnass, genau wie seine Haare. Mit Toilettenpapier versuchte er sich zu trocknen, bevor er die Kabine verließ. Ziellos irrte er draußen umher, bis er sich vor dem Union-Club wiederfand. Den kannte er. An der Bar bestellte er sich ein Glas Wasser. Als jemand neben ihm Platz nahm und seinen Namen aussprach, zuckte er zusammen. Hatte man ihn entlarvt und würde ihn jetzt festnehmen? Er blickte in das Gesicht eines Mannes, dem er gelegentlich schon begegnet war: Waldemar von Oppenheim, ein jüdischer Bankier, schon vor Jahren als »Mischling 2. Grades« eingestuft. Diesem Status hatte er zu verdanken, dass er nie Bekanntschaft mit dem Konzentrationslager gemacht hatte. Sein Bankhaus hatten die Nazis ihm weggenommen, das berühmte Gestüt Schlenderhan hatte er an die SS verkaufen müssen. Anscheinend hatte der weißhaarige Endfünfziger ein sicheres Gefühl dafür, wie er Gersdorff einzuschätzen hatte, denn mit einem verschmitzten Lächeln erklärte er: »Herr Oberstleutnant, wissen Sie, was ich gerade versäumt habe?«

»Was denn?«, fragte Gersdorff. Er hörte seine Stimme, als würde sie vom anderen Ende eines Tunnels kommen, als wäre es nicht seine eigene.

»Ich hätte Hitler umbringen können«, fuhr der Bankier fröhlich fort. »Es wäre ganz leicht gewesen. Ich wohne im Hotel Bristol im Parterre. Direkt vor meinem Zimmer kam er langsam im offenen Wagen die Linden runtergefahren. Schrittgeschwindigkeit. Ein Kinderspiel, eine Handgranate zu nehmen, scharf zu machen und sie ihm in den offenen Wagen zu werfen. Man hätte sein Ziel gar nicht verfehlen können. Stellen Sie sich mal vor: Der Führer bückt sich panisch in den Fußraum, wo die Granate herumkullert, und dann ... Bumm ...«

Oppenheim breitete die Arme aus, um diese Vorstellung zu illustrieren, bevor er auf erkennbar spielerische Weise so tat, als würde er wieder ernst werden.

»Natürlich wäre das ganz schrecklich und ich würde es niemals tun, denn unser Führer ist schließlich ein ganz wunderbarer Mann, dem wir alle viel zu verdanken haben, nicht wahr?«

Tresckow schwor seine engsten Vertrauten darauf ein, jetzt nicht nachzulassen. Dass es noch immer nicht geglückt war, Hitler zu töten, durfte kein Grund sein, zu verzweifeln oder vom einmal gesetzten Ziel abzuweichen. Schlabrendorff bezeichnete ihn als Fels in der Brandung und erntete dafür Kopfnicken von den anderen. In ihm selbst jedoch sah es anders aus. Seine schon seit einiger Zeit angeschlagene Gesundheit machte ihm mittlerweile so sehr zu schaffen, dass der Stabsarzt ihm dringend einen Urlaub von der Front empfahl.

»Besuchen Sie Ihre Familie, Tresckow«, sagte er. »Am besten machen Sie gleich eine Kur. Kennen Sie Schloss Elmau in Oberbayern? Es wird jetzt genutzt als Kurstätte für Offiziere. Dort sollten Sie ein paar Wochen verbringen.«

Tresckow wollte keine Pause einlegen. An allen Fronten tobte der Krieg, und in Berlin saß ein wahnsinniger Diktator, den es unschädlich zu machen galt. Da konnte er jetzt nicht nach Hause fahren und die Beine hochlegen.

»Was muss denn eigentlich noch passieren, damit du gescheit wirst?«, redete Schlabrendorff ihm ins Gewissen. »Mach doch gefälligst, was der Arzt dir sagt. Er meint es gut mit dir.«

»Hör mal«, erwiderte Tresckow, »bist du mein Ordonnanzoffizier, oder ist es umgekehrt? Wie redest du mit mir?«

»Henning, ich erinnere dich jetzt nochmal daran, wieso ich diesen Posten angenommen habe«, entgegnete Schlabrendorff auf ungewohnt ernste Weise. »Aus einem einzigen Grund: um die Verbrecher zu stürzen, von denen wir regiert werden. Das erreichen wir aber nur, wenn du weiterhin die Fäden ziehst. Machst du schlapp, ist es vorbei.«

»So wichtig bin ich nun wirklich nicht. Es gibt andere. Wir sind eine ganze Menge.«

»Blödsinn«, erregte sich Schlabrendorff. »Du hast dafür gesorgt, dass Hitler eine Bombe im Flugzeug hatte. Du hast Gersdorff überredet zum Selbstmordattentat. Du bist der Kopf des militärischen Widerstands! Sitzt der Kopf nicht mehr auf den Schultern, ist der Rest nur noch ein lebloser Torso.«

»Ist ja gut«, versuchte Tresckow seinen Freund zu bremsen. »Ich muss sowieso nach Berlin. In ein paar Wochen werden meine Jungs konfirmiert. Ich nehme mir ein paar Wochen Urlaub. Bist du jetzt zufrieden?«

»Zufrieden bin ich, wenn du kerngesund zurückkehrst und es uns endlich gelingt, das Schwein mit dem Schnauzer in die Luft zu jagen. Zu erschießen. Zu vergiften. Zu erwürgen. Was auch immer.«

Tresckow flog nach Berlin, mit dem festen Vorsatz, sich eine Weile nur mit seiner Familie zu beschäftigen und mit nichts anderem. Um feststellen zu müssen, dass es unmöglich war. Seine Kinder waren glücklich, dass er zu Hause war, so lange am Stück hatten sie ihn schon lange nicht mehr gehabt. Vor allem die kleine Heidi strahlte und jauchzte, wenn er ihr gestattete, auf ihm herumzuturnen. Auch Mark, der älteste Sohn, inzwischen fünfzehn Jahre alt, kam nach Hause. Seit dem letzten Herbst wurde er in der Nähe von Berlin als Flakhelfer eingesetzt. Henning ging mit seinen Söhnen zum Schneider, der die Maße für ihre ersten richtigen Anzüge nahm. Nur Erika spürte, dass mit ihrem Mann etwas nicht stimmte, und da sie es nicht zum ersten Mal wahrnahm, überredete sie ihn zu einem langen Spaziergang durch den Park Sanssouci. Sie wusste, über tiefsitzende Probleme würde er nur sprechen, wenn seine Kinder nicht in der Nähe waren.

»Was liegt dir auf der Seele, Henning?«, fragte sie. Erika war schon immer gerne ohne Umschweife zur Sache gekommen. »Und bitte streite nicht ab, dass etwas ist, ich durchschaue dich.«

»Wir sind im Krieg, Eta«, erwiderte er. »Und werden ihn verlieren. Massenmörder dirigieren unser Land in den Untergang, ermorden jeden, der ihnen nicht passt. Wie könnte mir das nicht auf der Seele liegen?«

»Das alles ist leider wahr«, entgegnete sie. »Ich weiß das. Und ja, es ist furchtbar. Aber ich weiß auch, wie geschickt du bist, wenn es darum geht, dich ohne eine Lüge aus der Affäre zu ziehen. Aber bitte nicht bei mir, Henning. Ich bin deine Frau. Ich möchte an deiner Seite sein, dich unterstützen.«

»Das tust du doch.«

Vor dem Freundschaftstempel blieb sie stehen und sah ihn eindringlich an.

»In letzter Zeit komme ich nicht mehr wirklich an dich heran, Liebster. Du hast dich verschlossen wie eine Auster, mit normalen Mitteln gelingt es mir nicht mehr, dich zu öffnen. Deswegen frage ich dich jetzt noch einmal: Was liegt dir auf der Seele?«

Er nahm ihre Hand und sie setzten sich auf die Stufen des Pavillons, den Friedrich der Große einst zum Andenken an seine Schwester hatte errichten lassen.

»Du hast recht, Eta«, sagte er. »Du hast die Wahrheit verdient. Aber glaub mir, es fällt mir schwer, sie auszusprechen.«

»Bist du krank?«, fragte sie. »Wie schlimm ist es?«

»Meine angegriffene Gesundheit ist kein Geheimnis. Was das betrifft, habe ich dir nichts verschwiegen.«

»Was ist es dann? Vertrau mir, ich kann es vertragen.«

Und so erzählte er es ihr. Alles. Er ließ nichts aus. Sie saßen lange auf den Sandsteinstufen des Tempels.

»Ich hoffe, du verstehst, wieso ich so lange nichts gesagt habe«, bekannte er schließlich. »Immerhin mute ich dir zu, die Frau eines Verräters zu sein.«

»Ich liebe dich nun schon viele Jahre«, erwiderte sie. »Wir haben geheiratet, vier wundervolle Kinder bekommen und aufgezogen, wir haben eine Menge zusammen erlebt und überstanden. In zum Teil sehr schwierigen Zeiten. Aber ich hatte noch nie so große Achtung vor dir wie genau jetzt in diesem Moment.«

Sie sahen einander an. Als sie sich in die Arme nahmen, war es eine einzige gemeinsame Bewegung.

»Danke«, flüsterte er.

»Ich weiß nicht, wie es dir geht«, flüsterte sie zurück, »aber ich für meinen Teil bin am Frösteln. Nicht mehr lange, und ich friere hier fest.«

Als man ihm ein paar Tage später Komplimente machte, weil er auf einmal so viel frischer aussah, schob er es auf den Urlaub bei seiner Familie. Das war nicht gelogen, aber die ganze Wahrheit lautete: Die Unterstützung seiner Frau, des wichtigsten Menschen, den es in seinem Leben gab, schenkte ihm neuen Mut. Er schrieb eine Rede für die bevorstehende Konfirmation von Mark und Rüdiger. Es war ihm wichtig, den Jungs bei dieser Gelegenheit ein Stück freiheitlichen, liberalen Geist mit auf den Weg zu geben. Nach der Zeremonie in der Potsdamer Garnisonkirche gab es eine private Feier im Regimentshaus.

»Ihr wisst, dass wir bezüglich Gesinnung und Glauben nie Druck auf euch ausgeübt haben, genau so wenig, wie wir es in der Berufswahl tun werden«, sagte er gegen Ende der Rede, den Blick fest auf seine Söhne gerichtet. »Wir werden immer nur eure treuesten Berater sein, die Freiheit des Entschlusses in den wichtigsten Lebensfragen liegt bei euch selbst. In dieser Entwicklung zur erwachsenen Persönlichkeit ist der heutige Einsegnungstag mit seinem Bekenntnis ja der entscheidende Anfang.«

Kaum, dass Henning sich wieder gesetzt hatte, raunte Gerd am Tisch direkt neben ihm: »Gut, dass hier keine Nazis sitzen. Deine Worte waren ergreifend schön, Bruderherz, aber in diesen Zeiten auf geradezu kriminelle Weise der Freiheitsliebe verpflichtet.«

»Ich weiß«, erwiderte Henning ebenso leise. »Freiheit ist heutzutage unanständig. Alles wird vernichtet, das anders ist, ausgezeichnet, persönlich, eigenbegabt oder erlesen. Die Nazis reden ständig von einer neuen Elite. Dabei arbeiten sie mit Hochdruck daran, alles zu zerstören, was man so bezeichnen könnte. Es ist zum Heulen traurig, aber es gibt keine Elite mehr. Sie kann erst wieder entstehen, wenn dieser Alptraum vorüber ist.«

»Gut gesprochen, Sonnenvogel.«

»So hat mich schon lange keiner mehr genannt. Hatte den Namen fast vergessen.«

»Dann werde ich dich ab und zu daran erinnern.«

Wenige Tage später erfuhr Tresckow, dass Stauffenberg in Nordafrika schwer verletzt worden war. Der Kübelwagen, in dem er gesessen hatte, war von britischen Jagdfliegern unter Beschuss genommen worden. Seine rechte Hand und zwei Finger der linken mussten amputiert werden. Wegen eines Geschosses im Schädelknochen hatte er zudem sein linkes Auge verloren. Tresckow besuchte ihn im Krankenhaus und nahm an, dass mit Stauffenberg im militärischen Widerstand nun nicht mehr zu rechnen war – doch das erwies sich als gravierender Irrtum. Kaum war Stauffenberg wieder halbwegs bei Kräften, nahm er Kontakt auf zu Tresckow und wollte Bescheid wissen über die aktuelle Lage der Dinge. Als günstig erwies sich, dass Stauffenberg nach Berlin in den Bendlerblock versetzt wurde, wo man ihn Fromm unterstellte, dem Befehlshaber des Ersatzheeres. Diese Position war perfekt, um nach dem geplanten Putsch das manipulierte *Unternehmen Walküre* im Sinne der Umstürzler voranzutreiben. Tresckow reagierte auf Stauffenbergs Engagement mit größtem Respekt, der Kriegsversehrte schien in keinster Weise mit seinem Schicksal zu hadern, sondern mehr Energie denn je zu haben. An einem verregneten Herbsttag trafen sich Tresckow und Schlabrendorff in Berlin mit Stauffenberg. Letzterer hatte einen jungen Hauptmann mitgebracht, den Tresckow schon seit dem Polenfeldzug kannte.

»Hauptmann von dem Bussche wird in Kürze Zugang zu Hitler haben«, begann Stauffenberg. »Er ist bereit zum Selbstmordattentat.«

»Respekt«, erwiderte Tresckow. »Nur wenige haben den Mut, so weit zu gehen.«

Wer Axel von dem Bussche begegnete, den erinnerte er vor allem an eines – die Unbeschwertheit der Jugend. Der 24-Jährige war ein großer Junge in Uniform mit wachem, lebendigem Blick. Dieser junge Mann sollte ein potenzieller Selbstmordattentäter sein?

»Es ist mein tiefster Wunsch, diesem feigen Regime ein Ende zu bereiten«, erklärte Bussche. »Wenn ich dazu beitragen kann, indem ich mein Leben opfere, will ich es gerne tun.«

»Der Hauptmann war im vorigen Jahr zufälliger Zeuge der Tötungen in Dubno in der Ukraine«, bemerkte Stauffenberg.

»Dreitausend jüdische Zivilisten«, präzisierte der junge Offizier. »Männer, Frauen, Greise, Kinder. SS-Leute führten sie vor die Stadtgrenze. Dort mussten sie sich entkleiden und in eine Grube steigen, in der schon eine Schicht zuckender Leiber lag. Mit dem Gesicht nach unten mussten sie sich auf die Ermordeten legen und bekamen ihren Schuss in den Hinterkopf.«

»Die Uniformen an der Ostfront werden geändert«, erläuterte Stauffenberg. Der Kamerad ist dazu ausersehen, im Führerhauptquartier Wolfsschanze einem erlesenen Kreis die Vorzüge der neuen Uniformen zu erklären. Hitler, Göring und Himmler werden dort sein.«

»Großartig«, freute sich Tresckow. »Mein Ordonnanzoffizier wird Sie gleich anschließend mit Sprengsätzen ausstatten.«

Schlabrendorff nickte.

»Verzeihung, Herr Oberst«, meldete Bussche sich zu Wort. »Ich möchte nicht auf die britischen Clams zurückgreifen. Diese Säurezünder haben doch jetzt schon mehrere Operationen scheitern lassen. Zehn Minuten bis zur Explosion ist viel zu lang. In der Zeit kann so viel passieren.«

»Gersdorff kann ein Lied davon singen«, gab Schlabrendorff zu.

»Was stellen Sie sich denn vor?«, wollte Tresckow wissen.

»*Keep it simple*, sagt der Engländer. Ich werde eine Handgranate mit mir führen. Die Dinger gehen hoch nach vier bis fünf Sekunden.«

»Das Zischen des Zünders wäre zu hören«, gab Schlabrendorff zu bedenken.

»Ich werde mich laut räuspern, als hätte ich einen Frosch im Hals. Dann schlinge ich die Arme um Hitler und halte ihn fest, bis es knallt. Keine Leibwache der Welt kann mich so schnell von ihm trennen.«

Die neuen Uniformen lagen in einem Eisenbahnwaggon in Berlin. Kurz bevor der Waggon nach Ostpreußen fahren sollte, führten die Alliierten einen Luftangriff auf die deutsche Hauptstadt durch. Eine Fliegerbombe zerriss den Waggon und zerstörte die Uniformen.

Der geplante Termin in der Wolfsschanze wurde abgesagt. Und auf das nächste Jahr verschoben.

Doch im Januar 1944 wurde Axel von dem Bussche an der Ostfront durch einen sowjetischen Granatsplitter so schwer verletzt, dass ihm ein Bein amputiert werden musste. Er würde kein Attentat mehr verüben können.

Mit Ewald von Kleist fand sich ein neuer Attentäter. Der Oberleutnant, mit seinen einundzwanzig Jahren noch jünger als sein Vorgänger, war bereit, sich beim neu angesetzten Termin für die Präsentation der neuen Uniformen im Februar 1944 eine ganze Reihe Handgranaten um den Bauch zu binden.

»Eine könnte zu wenig sein«, erklärte er Tresckow und Stauffenberg. »Sonst überlebt Hitler am Ende schwerverletzt, und es ist nichts gewonnen.«

Doch auch dieser Termin wurde kurzfristig abgesagt.

Diesmal ohne Angabe von Gründen.

Tresckow ließ nicht locker. Es gab einen Offizier, den er auf der Seite des Widerstands wusste, und der regelmäßig unmittelbar mit Hitler zu tun hatte: Rittmeister Eberhard von Breitenbuch, den Ordonnanzoffizier von Generalfeldmarschall Ernst Busch. Breitenbuch wollte Hitler am 11. März 1944 bei einer Lagebesprechung auf dem Obersalzberg bei Berchtesgaden mit seiner Pistole aus nächster Nähe erschießen. Doch entgegen der üblichen Praxis ließen die SS-Wachen erstmals keine Ordonnanzoffiziere zur Besprechung zu, weil Hitler es so angeordnet hatte.

Breitenbuch musste sich ins Vorzimmer setzen, wo er zwei Stunden lang wartete, mit der geladenen Pistole im Holster.

»Ich war überzeugt, man habe von unseren Plänen erfahren und würde mich in Kürze verhaften«, sagte er später.

Stauffenberg ging schnaubend auf und ab.

»Was für einen Pakt hat dieser Mann mit welchen schwarzen Mächten geschlossen!«, rief er aus. »Wie kann es sein, dass er immer noch am Leben ist?«

Tresckow erwiderte ruhig: »Es gibt noch einen, der regelmäßig Zugang zu Hitler hat.«

»Wer?«, stieß Stauffenberg hervor.

»Stieff.«

»Der weigert sich doch, sich die Hände schmutzig zu machen.«

»Reden wir mit ihm«, schlug Tresckow vor.

»Das haben wir schon. Mehrfach.«

»Egal. Tun wir es ein weiteres Mal.«

Stieff, vor wenigen Wochen zum Generalmajor befördert, empfing die beiden. Und weigerte sich wieder. Er stehe zu einhundert Prozent hinter den Plänen von Tresckow und Stauffenberg, aber er sehe sich nervlich nicht in der Lage, selbst ein Attentat auszuführen.

Am 1. Juni 1944 wurde Henning von Tresckow selbst zum Generalmajor befördert. Er empfing an diesem Tag eine Menge Glückwünsche und außerordentlich viel Lob von allen Seiten. Nichts davon bedeutete ihm etwas.

Fünf Tage später landeten die Alliierten in der Normandie und schlugen die Wehrmacht entscheidend zurück.

»Damit ist das Ende besiegelt«, konstatierte Stauffenberg. »Was bringt ein Attentat jetzt noch? Der Krieg ist verloren, wir können Deutschlands Schicksal nicht mehr wenden.«

»Aber Hunderttausende KZ-Insassen, deren Schicksal können wir wenden, Stauffenberg«, erwiderte Tresckow. »Deutsche, russische, französische, englische und amerikanische Soldaten können wir retten. Männer, die Familien zu Hause haben, so wie wir. Das Attentat muss erfolgen, *coûte que coûte.* Sollte es nicht gelingen, muss trotzdem gehandelt werden. Es kommt jetzt darauf an, dass die deutsche Widerstandsbewegung vor der Welt und vor der Geschichte unter Einsatz des Lebens den entscheidenden Wurf gewagt hat.«

Stauffenberg gab ihm Recht.

Sie planten, ein weiteres Mal mit Generalmajor Stieff zu sprechen. *Steter Tropfen höhlt den Stein*, wie Stauffenberg gerne sagte. Doch bevor es dazu kam, wurde Tresckow, als er sich gerade mit seiner Familie in Wartenberg befand, die Nachricht übermittelt, dass er an die Ostfront abkommandiert wurde, um die Rückzugsgefechte der 2. Armee anzuführen. Der Abschied von Frau und Kindern fiel ihm dieses Mal besonders schwer.

»Eta, wenn alles schiefgeht«, sagte er, »musst du leugnen bis zum Äußersten, bitte versprich mir das.«

»Ich weiß nicht, ob ich das kann«, gab sie zu.

»Du musst, der Kinder wegen.«

»Ich bekomme Angst, wenn du so redest, Henning.«

»Das verstehe ich.«

»Hast du denn keine?«

»Ich denke, wo das Müssen anfängt, hat das Fürchten aufzuhören.«

Er versicherte ihr noch, dass er sie und die Kinder mehr liebe als alles andere auf der Welt. Dass er nicht wisse, was kommen würde, man aber auf alles gefasst sein müsse. Sie hielten einander fest, bis der Fahrer sich räusperte und erklärte, dass sie jetzt wirklich losfahren müssten.

Während Tresckow seine Armee durch belarussisches Gebiet führte, versuchte er – zwischen Konvois und Schützengräben – immer wieder, telefonischen Kontakt mit Stauffenberg herzustellen. Erfreut erfuhr er, dass es Stauffenberg doch noch gelungen war, Stieff zu einem Attentat zu überreden. Schon morgen sollte es soweit sein, bei einer Veranstaltung im Schloss Kießheim bei Salzburg. Doch keine vierundzwanzig Stunden später meldete sich Stauffenberg erneut und erklärte wütend, Stieff sei zu feige gewesen. Er habe ausreichend Gelegenheit gehabt, Hitler zu erschießen, sich aber stattdessen in die Hosen gemacht.

»Es bleibt mir jetzt nichts anderes mehr übrig«, drang Stauffenbergs knarzende Stimme durch das Feldtelefon, »ich muss es selbst versuchen. In vier Tagen ist eine Lagebesprechung auf dem Obersalzberg angesetzt. Es sieht aus, als könnte ich dabei sein.«

Die 2. Armee bewegte sich im Rückzug durch die Pripjat-Sümpfe. Tresckow hatte nicht nur die Sowjets zu fürchten, vor denen sie auf der Flucht waren, sondern mehr noch die desolate Moral und die katastrophale Verfassung der eigenen Truppe. Viele deutsche Soldaten an der Ostfront waren nun schon seit zweieinhalb Jahren chronisch unterernährt, die vorgeschriebenen Kostsätze konnten schon lange nicht mehr geliefert werden. Alkohol und Aufputschmittel wie Methamphetamine waren hingegen reichlich verfügbar. Es war eine ausgemergelte Armee von Drogensüchtigen, die sich verzweifelt westwärts bewegte, in der diffusen Hoffnung, auf der allerletzten Rille irgendwie noch zurück in die Heimat zu gelangen. Die Männer prügelten sich um ein Stück Brot, schoben sich Messer zwischen die Rippen, wenn es Streit gab. Desertionen häuften sich, Viele liefen einfach davon, mitten in der Nacht, rissen sich die Uniformen von den Leibern und zogen Sachen an, die sie bei Plünderungen erbeutet hatten. Natürlich wurden sie im nächsten Dorf trotzdem als Deutsche erkannt, festgenommen, erschossen oder zu Tode geschlagen. Tresckow hielt tägliche Appelle an die Truppe, versuchte zu schlichten und die Hoffnung auf die Heimkehr am Leben zu halten. Stauffenberg benachrichtigte ihn, dass er sich auf dem Obersalzberg zwar mit Hitler in einem Raum befunden, die Bombe in seiner Tasche aber nicht gezündet hatte, weil Himmler und Göring nicht anwesend waren. Der Befehl *Walküre* war bereits ausgegeben worden und konnte gerade noch rechtzeitig gestoppt werden, mit der Begründung, es habe sich um eine Übung gehandelt. In vier Tagen, am 15. Juli, dürfte sich aber bereits eine weitere Gelegenheit bieten, in der Wolfsschanze. Tresckow war dabei, sich mit der gebeutelten Truppe in Richtung Nordwesten bis nach Bialystok durchzuschlagen, einer polnischen Stadt, die 1941 von der Wehrmacht eingenommen worden war. Angehörige des Polizei-Bataillons 309 hatten damals Hunderte Juden in die Große Synagoge getrieben und das Gebäude bis auf die Grundmauern niedergebrannt. Anschließend waren etwa 50.000 jüdische Einwohner in die Vernichtungslager Treblinka und Auschwitz gebracht und dort ermordet worden. Tresckow kannte die Geschichte, er hatte sich in den letzten Jahren ausgiebig mit Einsätzen beschäftigt, die einen solchen Verlauf genommen hatten. Es gab so erschütternd viele davon. War es ein Wunder, dass die ganze Welt Deutschland mittlerweile hasste? *Ist es nicht längst für alle Zeiten in Stein gemeißelt, dass wir das abscheulichste Volk der Geschichte sind?*, schrieb er in sein kleines Notizbuch, als er am Abend in seinem Zelt saß. *Das Volk, das aus der Hölle gestiegen ist, um die Welt mit seinem stinkenden Brodem zu vergiften und anschließend selbst vom Erdboden getilgt zu werden? Hat Stauffenberg doch Recht gehabt und es ist in Wirklichkeit viel zu spät? Auch wenn es jetzt noch gelingen sollte, den Drachenkopf abzuschlagen – die Welt wird den Rest des Drachens ins Feuer werfen. Rösten werden sie uns, bis nur noch Asche übrigbleibt. Ich muss doch nur durch die Reihen dieser Männer gehen, einst kraftstrotzende Krieger, nun nur noch geifernde Skelette, um zu wissen: Deutschland ist tot.* Als Stauffenberg sich am Abend des 15. Juli wieder meldete, glaubte Tresckow, ein Déjà Vu zu haben: Wieder hatte Stauffenberg unmittelbaren Kontakt zu Hitler gehabt, wieder waren Himmler und Göring dem Treffen ferngeblieben, wieder war *Walküre* ausgelöst worden und musste zurückgepfiffen werden. Ein drittes Mal, erklärte Stauffenberg zerknirscht, würde das nicht mehr gehen, ein drittes Mal könnte man den Vorgang nicht mehr als Übung behaupten.

»In Gottes Namen, bringen Sie den Mann endlich um!«, schrie Tresckow in den Hörer, obwohl er eine Reihe von Zuhörern hatte. »Machen Sie ein Ende! Egal, wer dabei ist und wer nicht! Egal, wer alles mit in die Luft fliegt! Wenn Sie mich das nächste Mal anrufen, melden Sie gefälligst Vollzug!«

»Am 20. Juli«, entgegnete Stauffenberg kleinlaut. »Werde ich am 20. Juli in die Baracke gelassen, wird es passieren.«

Tresckow atmete tief durch und sagte: »Verzeihen Sie meinen Tonfall. Ich wünsche Ihnen viel Glück.«

59
Daniila
2020

28. März, München:
Immer, wenn ich denke, dass die Zeiten nicht noch seltsamer werden können, werde ich eines Besseren belehrt. Nur zum Einkaufen dürfen wir unsere Wohnung verlassen, oder um draußen Sport zu treiben – aber nur alleine, nicht zu zweit. Um für meine Bachelor-Prüfung zu lernen, habe ich mich an einem sonnigen Frühlingstag mit einer Decke auf eine Wiese im nahezu menschenleeren Englischen Garten gesetzt. Ein Dutzend uniformierter Polizisten kurbelte auf Fahrrädern durch den Park. Als sie mich sahen, lösten sich zwei Cops vom Rest des Pulks und kamen vor mir zum Stehen.

»Dürfen wir fragen, was Sie da tun?«, fragte der eine, der etwas Größere von beiden.

Ich grüßte freundlich und antwortete wahrheitsgemäß.

»Die aktuellen Lockdown-Bestimmungen untersagen den Aufenthalt im Freien zu Freizeitzwecken«, sagte der andere. »Es sei denn, Sie treiben Einzelsport oder führen Ihren Hund aus.«

»Wenn ich ein anderes Haustier hätte, sagen wir ein Schwein, dürfte ich das dann auch ausführen?«

»Selbstverständlich«, erwiderte der Kleinere.

Ich nickte ernst. Vermutlich waren sie sich nicht sicher, ob ich sie provozieren wollte.

»Vermutlich haben Sie aber kein Schwein«, mutmaßte der Größere.

»Ja«, entgegnete ich.

»Ja?«, echote der Kleinere. Jetzt waren sie verwirrt.

»Ja, ich habe kein Schwein.«

»Gut.«

»Ich darf also nicht hier sitzen?«

»Dürfen Sie nicht.«

»Ich habe mich extra mitten in die Wiese gesetzt. Fern von jedem Weg und jedem Pfad. Ich könnte niemanden anstecken und niemand könnte mich infizieren. Sie haben das gerade geändert, als Sie sich mir genähert haben, denn jetzt ist es durchaus möglich, dass wir – Sie und ich – uns durch Aerosole ... Sie wissen schon.«

Ich sah die beiden an. Zwei junge Polizisten, beide noch keine dreißig. Sie schwiegen. Sie waren dafür ausgebildet und darauf vorbereitet, dass Dinge anders liefen als geplant. Man weiß nie im Voraus, wie Leute reagieren werden, wenn man ihnen sagt, das, was sie tun, sei nicht in Ordnung. Sie warfen sich einen Blick zu, verständigten sich wortlos über die Frage, wie es nun weitergehen solle. Beide trugen dunkelblaue Baumwollmützen, auf denen in großen, weißen Lettern quer über die Stirn *POLIZEI* stand. Ich kannte meine liebste Kaya und wusste, dass sie sehr gerne so eine Mütze gehabt hätte. Sie steht auf solches Zeug. Der Größere sagte: »Hören Sie, wir müssen leider eine Bußgeldstrafe verhängen. Wir wissen, dass das irgendwie absurd ist, aber so sind die momentanen Bestimmungen, wir haben keine andere Wahl.«

»Ich muss Bußgeld bezahlen, weil ich mutterseelenalleine im Park sitze?«

»Tut uns leid.«

»Und wenn ich auf der Stelle meine Sachen zusammenpacke und nach Hause gehe? Ich kann auch rennen, damit es nach genehmigungsfähigem Individualsport aussieht.«

»Unser Vorgesetzter hat uns gerade eben zu Ihnen geschickt. Er erwartet einen Bußgeldbescheid.«

Ich musste meinen Ausweis vorzeigen, die Frage beantworten, wo denn Simferopol, mein Geburtsort, liege, und bekam einen Zettel ausgehändigt. Ich wollte noch fragen, wo man wohl so eine Mütze bekommen könnte, verkniff es mir dann aber lieber.

22. April, München:

Vorlesungen und Prüfungen finden jetzt ausnahmslos online statt. Eine Frau bei uns im Haus hat den Virus schon gehabt, musste im Krankenhaus künstlich beatmet werden. Einkaufen gehen ist gespenstisch, auf der Straße und im Supermarkt sind alle Leute mit Mund-und-Nasen-Masken unterwegs. Siehst du den Mund nicht mehr, kannst du den Gesichtsausdruck eines Menschen nur noch nach seinen Augen beurteilen. Die einen haben Angst. Manche glauben, den Chinesen ist ein Kampf-Virus aus dem Labor entwischt. Andere behaupten, das Ganze sei eine Erfindung mächtiger Geheimorganisationen, die dazu diene, die Bürger zu willenlosen Sklaven zu machen. Bill Gates hänge auch irgendwie mit drin, er ernähre sich ja, wie man wisse, weitgehend von Kinderblut. Verschwörungstheorien waren schon immer ein Vehikel, mit dem Dummheit versucht, ihre begrenzten Möglichkeiten zu sprengen. In Zeiten wie diesen, in denen Menschen aus ihren gewohnten Bahnen geworfen werden und verunsichert sind, funktioniert das besonders gut. Erinnert mich gerade ein bisschen an die Weimarer Republik, als Deutschland durch Ersten Weltkrieg, Vertrag von Versailles, Inflation und Wirtschaftskrise so traumatisiert war, dass anscheinend keine Idee zu durchgeknallt war, um ihre Anhänger zu finden, selbst in höchsten Kreisen: Angebliche Alchemisten etwa versprachen die Herstellung von Gold und konnten gierige Wirtschaftsbosse und hochrangige Politiker mit ihren windigen Prognosen zu millionenschweren Investitionen verleiten. Das denke ich mir nicht aus, das ist tatsächlich passiert! Die widerwärtigste, schwachsinnigste politische Kraft, die es in Deutschland je gegeben hat, ist damals auf diesem chaotischen Nährboden gewachsen, gediehen und zu kranker, wuchernder Blüte gelangt, hat den Erdball mit Gewalt und Tod überzogen und Millionen Menschen das Leben gekostet. Jetzt scheint die Zeit gekommen, in der solche Leute – in zeitgemäßer Aufmachung, versteht sich – es wieder wagen, sich offen zu zeigen. In Sozialen Medien scharen sie Millionen um sich. Sie verängstigen ihre Zuhörer heutzutage nicht mehr mit schnarrenden Stimmen, sie haben Kreide geschluckt, sind smarte, warmherzig erscheinende Rhetoriker. Statt Uniformen tragen sie schicke Businessanzüge oder

Jeans und T-Shirt. Manche von ihnen haben sogar Dreadlocks, wie Kaya, oder sind lesbisch, so wie wir. Du kannst sie heute nicht mehr auf den ersten Blick erkennen. Sie sind längst in alle Bereiche des Lebens diffundiert, wie ein Gift, das seine Wirkung zunächst unmerklich entfaltet, und seine Opfer erst nach einer Weile lähmt und schließlich tötet. Diese Pandemie ist das Beste, was ihnen passieren konnte. Warum ist das so? Weil es unmöglich ist, zu wissen, was in dieser Situation das Beste sein soll. Die meisten Regierungen weltweit verhängen Lockdowns, in unterschiedlicher Intensität, einige wenige versuchen einen Sonderweg. Alle aber eint die beklemmende Wahrheit: Niemand weiß Bescheid. Keiner weiß, was das Richtige ist. Und keine Lösung wird wirklich befriedigend sein, alle Entscheidungsträger sind angreifbar für das, was sie tun. Solche Phasen der Orientierungslosigkeit haben extreme Kräfte schon immer rücksichtslos ausgeschlachtet und für ihre Zwecke missbraucht. So ist es auch diesmal. Es wird nicht mehr lange dauern – vielleicht zwei, drei oder vier Jahre – bis die Rechtsextremen die ersten politischen Ämter einnehmen werden. Ein Bürgermeister hier, eine Landrätin dort. Was den Osten des Landes betrifft, kann man das jetzt schon als Gewissheit betrachten.

28. April, München:
Gerade habe ich mit Papa und den Jungs gezoomed. Auch bei ihnen gibt es Ausgangsbeschränkungen. Zum Glück sind sie bislang gesund geblieben. Nikolai zieht bald mit seiner Verlobten nach Simferopol. Die Jungs sind jetzt einfach erwachsen, unglaublich! Wenn ich die drei sehe, freue ich mich zuerst immer wie verrückt, dann werde ich traurig, weil mir klar wird, dass ich sie nun schon seit sechs Jahren nicht mehr in die Arme schließen konnte. Geschweige denn an Mamas Grab gehen.

17. Juni, München:
Die Schwabinger Wirtschaft, in der wir die letzten drei Jahre gejobbt haben, hat nun schon seit Monaten zu, wie alle anderen

auch. Es ist nicht abzusehen, wann sich das ändern könnte. Wir verdienen kein Geld mehr. Kaya bekommt Unterhalt von ihren Eltern, aber das deckt nicht einmal unsere Mietkosten. Unsere Ersparnisse reichen noch für ein paar Monate, wenn wir spartanisch leben und auf jegliche Extra-Ausgaben verzichten. Aber was dann?

Die Prüfungen habe ich hinter mir, im Herbst will ich die Master-Studiengänge beginnen. Darauf bereite ich mich intensiv vor. Außerdem schreibe ich viel, oft bis mitten in die Nacht. Kaya kommt meistens gegen zwei Uhr nachts und verführt mich mit ihrer Bettwärme dazu, endlich mit unter die Decke zu kommen. An der Geschichte meiner Großmutter zu arbeiten geht mir nahe, ihre Aufzeichnungen sind dabei von unschätzbarem Wert. Sich der Geschichte von Henning von Tresckow zu nähern ist viel schwieriger. Es gibt zwar einige interessante Bücher über ihn, aber selbst die Biografie, die ich gelesen habe, begegnet ihm nur auf sachliche Weise und bleibt meist unemotional. Zwar scheint in vielen Texten durch, dass er viel mehr war als nur ein regimekritischer Offizier, aber da er in der Öffentlichkeit eher zurückhaltend aufgetreten ist, bleibt eine Distanz bestehen, die sich nur für kurze Momente lichtet, wenn etwa eines seiner berühmt gewordenen Zitate wie ein Sonnenstrahl durch den Nebel dringt. Er stand nie im Fokus des historischen Interesses, weil er am 20. Juli nicht unmittelbar am Attentat beteiligt gewesen ist. Die schillernde Figur war Graf Stauffenberg. Dass ein anderer für den militärischen Widerstand viel prägender und bedeutender war, ist der breiten Öffentlichkeit bis heute nicht klar.

Kaya hat mir vorgeschlagen, meine eigene Geschichte als vierte Erzähllinie aufzubauen, aber das kommt nicht in Frage. Ich sehe mich als Chronistin meiner Familiengeschichte, nicht als handelnde Akteurin. Franz, Viktoria und Henning haben sich aufgeopfert, um Widerstand zu leisten, jeweils auf ihre Weise. Ich dagegen habe dem Druck nicht standgehalten. Anstatt in den Untergrund zu gehen, bin ich geflohen und habe meine Familie und mein Volk auf der Krim im Stich gelassen. Jetzt folge ich hier meinen persönlichen Zielen, indem ich studiere, ein sicheres Leben führe, meinen Lebensunterhalt bestreite (wenn man mich lässt) und versuche, ein Buch zu schreiben. Ganz sicher bin ich keine Heldin, nicht einmal eine gebrochene oder zwiespältige, wie meine Großmutter. Ich bin egoistisch und feige. Und verachte mich dafür.

60
Franz
1882

Das Flößerhandwerk hielt sich dann doch hartnäckiger, als alle angenommen hatten. Die Dreijahresverträge waren längst ausgelaufen, da transportierte man die schweren Holzlasten noch immer lieber mit dem Floß als mit der Eisenbahn. Franz war inzwischen fünfundvierzig Jahre alt, was für einen aktiven Flößer ein stolzes Alter war. Ganz offensichtlich hatte er gute Anlagen mit in die Wiege gelegt bekommen, er war immer noch stärker, beweglicher und reaktionsschneller als viele seiner jüngeren Kollegen. Doch Franz war nicht dumm, ihm war schon seit Jahren klar, dass es nicht ewig so weitergehen würde. Nicht nur mit ihm als Flößer, sondern mit der Flößerei insgesamt. Inzwischen war er ziemlich belesen und wenn er unterwegs war, kaufte er sich jede Zeitung, die er kriegen konnte. Am liebsten las er die »Münchner Neuesten Nachrichten« und besonders begierig verfolgte er Berichte über technische Neuerungen. Vor einigen Jahren bereits hatte jemand einen Viertaktmotor erfunden, der mit brennbaren Gasen betrieben wurde. Mittlerweile wurden solche Maschinen verwendet, um Webstühle anzutreiben, Druckmaschinen, Wasserpumpen oder Mühlen. Sie waren zwar noch nicht sehr zuverlässig, manchmal gingen sie auch in Flammen auf, aber irgendwann würde sich das sicher legen. Franz wusste, dass der menschliche Geist immer danach strebte, die Dinge besser, effizienter und nützlicher zu machen. Irgendwann würden solche Motoren geeignet sein, um Waren zu transportieren, auch schwere wie Holz oder Stahl. Es war nur eine Frage der Zeit. Das war es immer. Die Flöße hatten ihre Zeit gehabt, viele Jahrhunderte lang, und Franz spürte genau, dass diese Zeit im Begriff war, zu Ende zu gehen. Es war nicht nur die mit Kohle betriebene Eisenbahn, es waren auch die Verbrennungsmotoren, die das Zeitalter der Flöße eines Tages beenden würden. Diese Gewissheit erfüllte ihn an manchen Tagen mit Traurigkeit, und solche Tage kamen immer öfter. Sein Sohn Josef war inzwischen zehn Jahre alt und erzählte jedem, ob der es nun wissen wollte oder nicht, dass er später auch mal Flößer werden wolle. Franz strich ihm dann immer liebevoll über den Kopf, dachte sich seinen Teil und bezweifelte, dass es, wenn aus Josef ein junger Mann geworden war, überhaupt noch Flöße geben würde. Und wenn er, Franz Beser, auf dem Floß stand, in Richtung München fuhr und ihm Wasser ins Gesicht spritzte, stellte er sich immer öfter die Frage aller Fragen: Wie würde sein Leben aussehen, wenn er eines Tages kein Flößer mehr sein würde? Himmel nochmal, er liebte es, auf dem Holz zu stehen, mit der Sonne und den Bergen im Rücken, vor ihm die Isar, die für ihn, wie so ziemlich für jeden anderen Flößer zwischen Mittenwald und Plattling, so etwas war wie eine zweite Braut: Er verehrte und hasste sie, er pries ihre Schönheit und verfluchte ihre Tücken. Sie war in den letzten fast dreißig Jahren die größte und stabilste Konstante seines Daseins gewesen. Ohne sie, das wusste er mit grausamer, unausweichlicher Sicherheit, würde er sich wie das fühlen, was er niemals sein wollte – wie ein alter Mann. Und zwar vom einen Tag auf den anderen. Er war keiner, der betulich im Ohrensessel sitzen und seinen Ruhestand genießen konnte, das war ihm vollkommen klar.

Doch an jenem Hochsommertag des Jahres 1882 genoss er seinen Beruf. Es war warm, er hatte die Ärmel hochgekrempelt, der Fluss war zahm, klar und leuchtete grün, der Fahrtwind eine sanfte Brise, das Holz unter ihm glitt ruhig dahin. Franz führte einen Transport von fünfzehn Flößen nach Landshut, wo Holz gebraucht wurde, um ein neues Fabrikgelände zu bauen. Er stand dort, wo er am liebsten stand, an einem der beiden Ruder. Seine Gedanken wanderten nach Mittenwald, zu seinem Jungen und zu seiner Thea, die für ihn immer noch die Schönste weit und breit war. Ohne sie hätte sich alles nie so wunderbar entwickelt, ohne sie wäre er ein sauflustiger, großmäuliger Frauenheld geblieben – und ohne sie würde er auch gar nicht mehr auf diesem

Floß stehen, sondern längst zwei Meter tief in der Mittenwalder Friedhofserde liegen. Der Wasserstand war nicht sonderlich hoch, deswegen rumpelte das Floß über einen Sandstein am Grund des Flusses und wurde für einen Moment etwas erschüttert. Nichts, was einen erfahrenen Flößer aus dem Tritt bringen würde, und trotzdem riss es Franz von den Beinen. Er klammerte sich mit den Händen am Ruder fest, aber er konnte nicht verhindern, dass er, Kopf voran, vom Floß rutschte.

Nicht bei der Sache gewesen, dachte er, als er sich unter Wasser zu orientieren versuchte. *Anfängerfehler. Sonst hätt ich den Stein rechtzeitig gesehen.* Seine Stiefel fanden Halt am Grund, er stützte sich mit den Armen hoch, hob den Kopf aus dem Wasser und für einen winzigen Augenblick fühlte er sich erinnert an seine allererste Begegnung mit einem Isarfloß, als er siebzehn Jahre alt gewesen war. Er hatte es damals auf sich zuschießen sehen und gerade noch abtauchen können. Diesmal gelang ihm das nicht. Er sah noch die weit aufgerissenen Augen des Otters, der am Ruder stand. Das Holz zertrümmerte Franz Beser den Schädel, und als seine Füße abermals den Halt verloren, war er bereits tot.

61
Daniila
2022

24. Februar, München:
Vor acht Jahren hatte ich angenommen, Putin würde sich mit der Krim sicher nicht begnügen. Doch dann haben die Russen sich mit dem Status quo so lange zufriedengegeben, dass wir alle gedacht haben: Er wagt es wohl doch nicht. Jetzt hat er es getan. Seit einigen Stunden rollen russische Panzer in die Ukraine. Er überzieht mein Land mit einem Angriffskrieg.

25. März, München:
Sie zerbomben die Städte. Menschen sterben auf den Straßen, in ihren Häusern. Sie sind Barbaren.

Ich schlafe schon seit Wochen nicht mehr. Wenn ich nicht vor den Nachrichten sitze, verfolgen mich Bilder aus Charkiw, von der zerstörten Schule, mit all den Leichen auf dem Gelände. Von der brennenden Universität. Bilder aus Mariupol, das ausgebombte Theater. Das in Schutt und Asche gelegte Rehazentrum für Kinder und Jugendliche. In Kyjiw hat ein Luftangriff das Einkaufszentrum zerstört, in dem ich mehrfach eingekauft habe. In dem auch Tante Polina und Onkel Leo oft sind. Ihnen geht es gut – wenn man diesen Ausdruck in solchen Zeiten überhaupt benutzen kann. Ich telefoniere täglich mit ihnen. Sie haben große Angst, dass es noch schlimmer wird.

3. April, München:
Ich bin nicht mehr in der Lage, mich auf Prüfungen vorzubereiten. Schaffe es nicht einmal mehr, eine Vorlesung zu besuchen. Kaya und ich reden nächtelang. Sie versucht mich zu beruhigen, mir zu helfen, den Zugang zum Leben wiederzufinden. Meistens endet es damit, dass ich in ihren Armen weine.

9. April, München:
Kaya ist entsetzt. Ich kann sie verstehen und sie versteht mich auch. Trotzdem haben wir uns so laut gestritten, dass die Nachbarn gegen die Wand gehämmert haben. Ich versuche ihr klarzumachen, dass ich es nicht kann. Ich kann nicht weiterhin hier sitzen und mich in diesem Land des Wohlstands und Friedens verstecken. Viele Jahre lang habe ich das jetzt getan, immer wieder ist es mir gelungen, das Unwohlsein tief in meinem Inneren zu betäuben – mit Arbeit, Illusionen, Lebenslust, mit Liebe. Jetzt geht es nicht mehr. Ich kann nicht mehr tun, als würde es mich nichts angehen, was in der Ukraine geschieht, in meiner Heimat. Freunde von Polina und Leo sind einem Luftangriff zum Opfer gefallen. Ich kannte die beiden, habe ihnen mal den Toaster repariert! Die Einschläge kommen näher. Es ist nicht nur so, dass ich sie nicht mehr ignorieren kann – ich muss etwas tun. Sonst werde ich wahnsinnig. Sonst fange ich bald an zu hospitalisieren, wie ein Tier, das schon zu lange im Käfig lebt. Kaya hat wütend gefragt, was ich mir denn einbilde. Was könnte ich schon tun? In die Ukraine fahren und Geländewagen in die Luft jagen, so wie früher? Das sei doch lächerlich. Ich erwiderte, das sei mittlerweile nicht mehr so einfach, weil die Russen inzwischen in der Lage sind, verschiedene Sprengstoffarten entweder ganz schnell zu finden oder eine Fernzündung mit Störsendern unmöglich zu machen. Es gebe aber andere Möglichkeiten. Sie hielt inne, starrte mich an:

»Du denkst also ernsthaft darüber nach, da hinzufahren?«

Ich nickte stumm.

»Du spinnst«, sagte sie. »Ist dir eigentlich klar, was du *mir* damit antun würdest? Hast du davon irgendeine Vorstellung?«

»Natürlich, Kaya. Du bist der einzige Grund, wieso ich überhaupt noch hier bin.«

Dieses Mal weinten wir beide. Und sicher nicht zum letzten Mal.

12. April, München:
Ich habe ihr nicht verraten, was genau ich vorhabe, und das werde ich auch nicht tun. Täte ich es, würde sie mich an der Heizung festketten. Vor ein paar Tagen habe ich auf meine Hände hinuntergesehen und mir war alles klar. Diese Finger können reparieren, können eine Maschine zusammensetzen und zum Laufen bringen. Wenn es sein muss, können sie aber auch zerstören! Und jetzt muss es sein. Ich habe Matwij angerufen, das habe ich lange nicht getan, zum Glück hat er noch die alte Handynummer. Er ist nicht mehr auf der Krim, arbeitet für eine Hilfsorganisation, sie unterstützen Kriegsopfer, so gut sie können. Er hält meine Idee für großartig und hat gesagt, ich soll so schnell wie möglich kommen.

62
Viktoria
1982

Die Ärzte im Krankenhaus von Mbeya hatten Viktoria wieder zusammengeflickt, nach etwas mehr als zwei Monaten konnte sie in die Untersuchungshaft entlassen werden. Im Jahr darauf hatte man ihr den Prozess gemacht, immer noch in Tansania, denn hier war sie gefasst worden. Der Jäger, den sie glaubte, erschossen zu haben, war eine Strohpuppe gewesen, der vermeintliche Guide und die acht anderen Männer allesamt Kopfgeldjäger, die sich zusammengetan hatten, um die Belohnung zu kassieren. Viktorias Prozess dauerte nur wenige Tage, dann wurde sie zu lebenslänglicher Haft verurteilt und ins tansanische Frauengefängnis in Arusha überführt, einer Stadt im Norden des Landes. Dieses Gefängnis war zurecht berüchtigt, die Insassinnen verbüßten ihre Strafen unter erschütternden Bedingungen. Mehr als ein Dutzend Frauen wurden in einen fensterlosen Raum gepfercht, wo sie auf dem Boden schlafen mussten und einmal am Tag einen meist bereits verdorbenen, kaum mehr definierbaren Brei zu essen bekamen. Viktoria war die einzige Weiße. Als Toilette gab es nur einen großen Bottich, der nicht jeden Tag geleert wurde. Cholera und Ruhr waren ständige Begleiter. Frauen, die krank wurden, blieben in der Zelle, auch wenn sie hohes Fieber bekamen. Manchen von ihnen sah Viktoria beim Sterben zu. Einen Gefängnishof gab es zwar, und laut staatlicher Verordnung hätten die Insassinnen ein Anrecht darauf gehabt, sich dort eine halbe Stunde pro Tag aufhalten zu dürfen. Aber die Wärter waren zu faul, um die Verordnung einzuhalten, und hatten auch keine Lust, sich anzustecken. Sollten die Weiber doch in ihren stinkenden Zellen verrotten. Nach mehreren Monaten wurde Viktoria zum ersten Mal aus der Zelle geholt. Sie hatte keine Ahnung, was der Grund dafür war. Von den Wärtern, die sie über die Flure eskortierten, wollte sie wissen, ob man sie nun exekutieren würde. Damals bei ihrem

Prozess hatte die Todesstrafe im Raum gestanden, der Staatsanwalt hatte leidenschaftlich dafür plädiert, trotzdem hatte der Richter am Ende anders entschieden. Nach den ersten Wochen im Gefängnis hatte Viktoria angefangen, das zu bedauern, kein noch so grausamer Tod konnte schlimmer sein als das Leben hinter diesen Betonmauern, sofern man es überhaupt *Leben* nennen wollte. Doch Viktoria wurde nicht in den Hof geführt, wo zum Tode verurteilte Insassinnen für gewöhnlich gehängt wurden, sondern in ein Büro, wo sie einem etwa fünfzigjährigen, grimmigen Tansanier vorgeführt wurde, der eine Art Baskenmütze trug. Die Wärter stießen sie zu Boden und gaben ihr zu verstehen, dass sie nun ein Gespräch mit dem Gefängnisdirektor führen würde. Sie sollte nur sprechen, wenn sie gefragt würde, und jeden ihrer Sätze mit dem Wort *Sir* beenden. Viktoria starrte hinunter auf den Teppich unter ihr. Ja, es war tatsächlich Teppich, in bunten Farben und mit weichem, hohem Flor. Viktoria wurde klar, dass sie schon sehr lange keinen Teppich mehr gesehen und berührt hatte. Sie strich mit ihren Händen darüber. Dieses Gefühl war so gut. Erst als ihr einer der Wärter seinen Gewehrkolben in den Rücken stieß, kehrte ihre Aufmerksamkeit zurück. Auf Englisch wollte der Mann mit der Baskenmütze wissen, ob sie ihn verstehen konnte. Sie hatte keine Ahnung, wie er hieß. Von keinem einzigen Mann, der hier arbeitete, kannte sie den Namen.

»Yes, Sir«, sagte sie.

Er wollte wissen, ob es stimmte, dass sie vor ihrer Haft in der Gastronomie gearbeitet hatte. Viktoria bejahte. Ob sie kochen konnte? Ja, natürlich, absolut, sie hatte in der Chiawa Lodge oft in der Küche ausgeholfen und am Herd gestanden – wie im Übrigen auch schon davor in Obermaiselstein.

»Where?«, wollte der Gefängnisdirektor wissen und versuchte, den Ortsnamen nachzusprechen.

»It's in Germany, Sir«, erwiderte Viktoria.

Sie wurde zurück in ihre Zelle gebracht, zu all den anderen Frauen. Längst war sie in ihre tagtägliche Monotonie aus Schmutz,

Gestank und Schmerz zurückgefallen, den Besuch im Büro des Direktors hatte sie fast schon wieder vergessen. Dann wurde sie erneut geholt. Diesmal brachte man sie in eine große Gemeinschaftsdusche, wo sie sich unter den Augen der Wärter ausziehen musste und heiß duschen durfte. Diese erste Dusche nach vielen Monaten war ein überwältigendes Erlebnis, das Viktoria Tränen in die Augen trieb, auch wenn sie ein paar wunde Stellen am Körper hatte, die unter dem heißen Wasser schmerzten. Anschließend durfte sie eine saubere Gefängniskluft anziehen und wurde in die Küche gebracht. Viktoria wurde einer Frau an die Seite gestellt, die einige Jahre älter war als sie. Inaya war die Einzige in der Küche, die etwas Englisch sprach. Sie erklärte Viktoria, worauf es hier zu achten galt: Die Wärter bekamen ganz anderes und sehr viel besseres Essen als die Insassinnen. Deswegen wurden Frauen, die in der Küche arbeiteten, längst nicht so erniedrigend behandelt wie alle anderen – die Wärter wollten, dass sie mit Liebe kochten. Viktoria betrachtete sich selbst zwar nicht als herausragende Köchin, aber wenn sie in einer Küche stand, wusste sie, was sie tat, und war in der Lage, eine schmackhafte Mahlzeit auf den Tisch zu stellen. Vom ersten Tag an war ihr klar, dass diese Versetzung ihr das Leben gerettet hatte. In den großen Gemeinschaftszellen überlebten die Frauen in der Regel nicht länger als zwei bis drei Jahre. Viktoria hatte in den letzten Monaten mehrfach miterlebt, wie sie mit Schubkarren abtransportiert worden waren. Sie tat alles, um in der Küche gute Arbeit abzuliefern und nicht wieder in diesen Vorhof der Hölle zurück zu müssen. Fleißig war sie, unterwürfig und schweigsam. Nur nicht anecken, nur keine Aufmerksamkeit auf sich ziehen. Trotzdem musste Inaya sie ein paarmal kritisieren, denn Viktoria hatte die Neigung, mit den Mahlzeiten der Insassinnen zu viel Aufwand zu betreiben, und das war von der Gefängnisleitung ausdrücklich nicht gewünscht. Von wirklichem Kochen konnte nur die Rede sein, wenn es um die Zubereitung des Essens für die Angestellten ging, und genau so sollte es sein.

Viktoria kam in eine Zelle, die sie nur mit drei anderen Frauen aus der Küche teilen musste. Es gab eine richtige Toilette, und einmal am Tag durfte sie für eine halbe Stunde nach draußen. Dort hörte sie Vögel zwitschern und konnte im Norden die grandiose Aussicht auf den Mount Meru bewundern. Oft schloss sie die Augen und genoss die leichte, warme Brise auf ihrem Gesicht. Einer der Wärter pflegte mit einem riesigen Schäferhund an der Leine über den Hof zu patrouillieren. Der Hund knurrte und bellte alle an, denen er über den Weg lief, egal ob Wärter oder Insassin. Das war auch bei Viktoria zunächst nicht anders, aber sie ließ sich davon nicht abschrecken und fing an, auf ruhige Weise mit dem Tier zu sprechen. Tatsächlich hörte der Schäferhund auf, sie anzubellen, und nach einigen Tagen fing er an, schwanzwedelnd in Viktorias Richtung zu ziehen, sobald sie auf den Hof geführt wurde.

»Wie machst du das?«, fragte Inaya. »Das Vieh ist doch ein Monster. Der würde jeder von uns mit Freude die Kehle durchbeißen, nur dir nicht.«

»Ich weiß auch nicht«, erwiderte Viktoria. »Vielleicht spürt er, dass Tiere mir lieber sind als Menschen.«

»Das ist der Grund, wieso du hier bist, Schätzchen«, sagte Inaya, womit sie auf Viktorias Verbrechensgeschichte anspielte, über die jeder im Gefängnis Bescheid wusste.

»Der Wärter mit dem Hund spricht kein Englisch«, erklärte Viktoria. »Könntest du ihm vielleicht sagen, dass das Tier nicht gesund ist?«

»Woher willst du das wissen?«

»Ich sehe es an seinen Augen.«

Inaya sprach mit dem jungen Wärter, der es daraufhin genauer wissen wollte. Viktoria kniete sich vor den Hund und streichelte ihm vorsichtig über den Kopf. Niemand sonst, außer dem Wärter, hätte das gewagt.

»Seine Augen sind leicht getrübt«, sagte Viktoria. »Und wenn man genau hinschaut, sieht man eitrigen Ausfluss. Außerdem sind die Lider ein wenig geschwollen. Es könnte eine bakterielle Infektion sein.«

Inaya übersetzte das alles, so gut sie konnte, für den Wärter, der sich nicht anmerken ließ, ob Viktorias Diagnose ihn irgendwie beeindruckte oder in Sorge versetzte.

In den folgenden Tagen war der Hund nicht mehr auf dem Hof zu sehen und wurde durch einen anderen Schäferhund ersetzt. Auch der betreffende Wärter erschien nicht mehr, so dass Viktoria niemanden fragen konnte, was geschehen war. Nach knapp einer Woche versahen die beiden aber wieder ihren Dienst auf dem Hof. Viktoria lief auf den Hund zu, streichelte ihn ohne Furcht und sah, dass seine Augen wieder klar waren. Der Wärter sprach Inaya an und bat sie, seine Worte für Viktoria zu übersetzen.

»Er möchte dir sagen, dass er dir dankbar ist«, erklärte Inaya. »Er darf dir nichts schenken, das ist verboten. Aber ich soll dir ausrichten, dass du jetzt bei ihm einen gut hast.«

»Es freut mich, dass ich helfen konnte«, erwiderte Viktoria. »Was für eine Infektion ist es denn gewesen?«

Inaya übersetzte und gab Viktoria die Antwort des Wärters wieder: »Er sagt, es waren Staffi …«

»Staphylokokken«, ergänzte Viktoria.

»Der Tierarzt meinte wohl, er hätte sein Augenlicht verlieren können.«

Am Abend dieses Tages schrieb Viktoria in ihr Tagebuch, das man ihr seit dem Wechsel in die Küche zu führen gestattete, dass dies der schönste Tag war seit dem Morgen, als sie aus dem Baum gefallen war.

63
Henning
1944

Der 20. Juli 1944 war ein Donnerstag. Als wenn es hier draußen an der Front irgendeinen Unterschied gemacht hätte, was für ein Wochentag gerade war. Doch Henning von Tresckow dachte an jedem Morgen, bevor er sich von seinem Lager erhob, daran, was für seine Familie heute auf dem Plan stand. Mark, sein Ältester, würde an der Flak seinen Dienst verrichten. Rüdiger war Marinehelfer irgendwo an der Ostseeküste, wo genau, war schwer zu sagen. Eta war mit den Mädchen in Wartenberg, denn Uta hatte Schulferien. Die ukrainische Köchin würde Mittagessen zubereiten und am Nachmittag würden die drei Tresckow-Damen vielleicht schwimmen gehen. Er stand auf und bei der ersten Tasse Kaffee, während ringsherum das Lager aufgelöst wurde, hörte er sich die Berichte der Späher an, die in der Nacht versucht hatten, auszukundschaften, wo und wie weit entfernt der Feind sich gerade befand, in welche Richtung und mit welcher Geschwindigkeit er vorrückte. Auch an diesem Tag gelang es ihnen, ein paar Kilometer in westlicher Richtung zurückzulegen, ohne auf feindliche Truppen zu treffen. Trotzdem verlor er drei Männer, weil einer auf eine Mine trat, die unter einer dünnen Lehmschicht auf ihn gewartet hatte. Einem vierten musste das Bein oberhalb des Knies amputiert werden, ein fünfter verlor sein Augenlicht. Er hatte nicht viel Zeit, an das zu denken, was Stauffenberg heute zu tun gedachte. Erst am Nachmittag, als sie das Kasernengelände in Ostrow bezogen, begann er auf den Anruf zu warten.

Der nicht kam.

Am frühen Abend erreichte die Armee stattdessen ein Funkspruch: Es hatte ein Attentat auf den Führer gegeben. Es war aber noch unklar, ob er noch am Leben, und wenn ja, in welcher Verfassung er war.

Stauffenberg hatte es also getan. Er hatte die Bombe gezündet. Den Führer in die Luft gesprengt. Es war vollbracht.

Dass es nun erst einmal Kräfte geben würde, die seinen Tod zu verschleiern versuchten, war voraussehbar gewesen. Doch wenn *Walküre* inzwischen angelaufen war, würden solche Bemühungen zum Scheitern verurteilt sein. Und Deutschland würde die Möglichkeit haben, sich von innen heraus zu befreien.

Er versuchte, Erika anzurufen. Auch um zu erfahren, wie die Lage in Berlin war und was sie gehört hatte. Doch die Verbindung kam nicht zustande. Kein einziger Versuch, von der Truppe nach Hause zu telefonieren, führte zum Erfolg. Die Leitungen schienen gekappt zu sein. Die vorherrschende Meinung war, dass die Russen dahintersteckten. Tresckow fragte sich: *Was, wenn etwas schiefgegangen ist? Wenn es unsere Seite ist, welche die Leitungen gekappt hat?*

In der Nacht klopfte jemand an die Tür zu seiner Stube. Und flüsterte halblaut: »Henning, wach auf.«

Tresckow öffnete die Tür, sah Schlabrendorff im Halbdunkel stehen und sagte: »Ich schlafe nicht.«

»Über Funk kommt gleich eine Rundfunkansprache.«

»Worüber?«

»Frag lieber, von wem.«

Nur wenige Soldaten waren noch auf den Beinen, die meisten schliefen. Mit offenen Schnürsenkeln eilte Tresckow hinter seinem Ordonnanzoffizier her. Aus dem kleinen Lautsprecher drang die unverkennbare Stimme des Grauens:

»Deutsche Volksgenossen und -genossinnen! Ich weiß nicht, zum wievielten Male nunmehr ein Attentat auf mich geplant und zur Ausführung gekommen ist. Wenn ich heute zu Ihnen spreche, dann geschieht es aus zwei Gründen. Erstens: Damit Sie meine Stimme hören und wissen, dass ich selbst unverletzt und gesund bin. Zweitens: Damit Sie aber auch das Nähere erfahren über ein Verbrechen, das in der deutschen Geschichte seinesgleichen sucht. Eine ganz kleine Clique ehrgeiziger, gewissenloser und zugleich unvernünftiger, verbrecherisch-dummer Offiziere hat ein Komplott geschmiedet, um mich zu beseitigen und zugleich mit mir den Stab praktisch der deutschen Wehrmachtführung auszurotten. Die Bombe, die von dem Obersten Graf von Stauffenberg gelegt wurde, krepierte zwei Meter an meiner rechten Seite. Sie hat eine Reihe von mir teurer Mitarbeiter sehr schwer verletzt, einer ist gestorben. Ich selbst bin völlig unverletzt bis auf ganz kleine Hautabschürfungen, Prellungen oder Verbrennungen. Ich fasse das als eine Bestätigung des Auftrages der Vorsehung auf, mein Lebensziel weiter zu verfolgen, so wie ich es bisher getan habe.«

Tresckow wandte sich ab, er wollte nicht, dass ihm jetzt jemand ins Gesicht sah, der Funker nicht, Schlabrendorff nicht, und auch keiner von den Unteroffizieren, die zuhörten.

Das war das Ende. Nicht nur das der militärischen Widerstandsbewegung.

Ganz sicher auch sein eigenes.

Er ging nach draußen, Schlabrendorff hinterher.

»Wohin gehst du?«

»Ich brauche frische Luft.«

Die ganze Nacht lang versuchte er immer wieder, seine Frau anzurufen. Doch als der Morgen dämmerte, waren die Verbindungen noch immer blockiert. Die Nacht hatte er damit verbracht zu schreiben, einen Brief an Erika, den er überaus vorsichtig formulierte, um sie und die Kinder nicht in Gefahr zu bringen, und den er mit den Worten *dein uralter Henning* beendete. Zudem füllte er die letzten noch freien Seiten seines kleinen Notizbuchs:

Ich kann es drehen und wenden, wie ich will: Sie werden wissen, dass ich damit zu tun hatte. Es ist zu offensichtlich. Sie würden mich festnehmen und töten, auf die eine oder andere Weise, Strick oder Schuss. Aber vorher würden sie mich foltern. Ich weiß, wozu sie fähig sind, und sie wissen es auch. Ich kann das Risiko nicht eingehen, schwach zu werden und Namen preiszugeben. Und da mein Leben ohnehin verwirkt ist, muss ich es auch nicht. Ein letztes liebes Wort an Eta wäre mein letzter Wunsch gewesen. Es zerreißt mich, dass ich sie alleine lassen muss, ohne ihr Lebewohl sagen zu können. Sie und Mark, der mit mir im letzten Winter seinen ersten Bock geschossen hat. Und Rüdiger, der beste Rechenkünstler der ganzen Familie, ich kann mir gut vorstellen, dass er seinem Vater in einem Punkt nacheifert und eines Tages Bankier wird. Und Uta, die liebe Seele, sie liebt die Menschen so sehr, vielleicht wird sie eines Tages Ärztin, wer weiß. Und du, Heidi, mein kleines Sonnenscheinchen, selbst hier in diesem toten, geknechteten Land kann ich dich lachen hören. Ich werde das alles nicht mehr erleben, aber versuchen, über euch zu wachen, das werde ich.

Schlabrendorff brachte ihm das Frühstück in die Stube. Tresckow rührte es nicht an, nicht einmal den frisch gebrühten Kaffee.

»Was willst du jetzt machen?«, fragte Schlabrendorff.

»Ich unternehme nachher eine Fahrt ins Gelände.«

»Um was zu tun?«

»Ach, Fabian, du weißt, was mir zu tun bleibt.«

Schlabrendorff schwieg. Sie sahen sich lange an, zwischen ihnen das Gedeck mit Brot, Butter, Konfitüre und einer Tasse dampfenden, schwarzen Kaffees.

»Ich möchte dir noch etwas sagen«, brach Tresckow schließlich die Stille. »Wenn ich in wenigen Stunden vor den Richterstuhl Gottes treten werde, um Rechenschaft abzulegen über mein Tun und Unterlassen, so glaube ich, mit gutem Gewissen vertreten zu können, was ich im Kampf gegen Hitler getan habe. Wenn einst Gott Abraham verheißen hat, er werde Sodom nicht verderben, wenn auch nur zehn Gerechte darin seien, so hoffe ich, dass Gott auch Deutschland um unseretwillen nicht vernichten wird. Niemand von uns kann über seinen Tod hinaus Klage führen. Wer in unseren Kreis getreten ist, hat damit das Nessushemd angezogen. Der sittliche Wert eines Menschen beginnt dort, wo er bereit ist, für seine Überzeugung sein Leben herzugeben.«

Wir brauchen dich noch, hätte Schlabrendorff gerne gesagt, aber er kannte seinen Vetter gut genug, um zu wissen, dass es nicht mehr möglich war, ihn umzustimmen.

Tresckow drückte ihm sein kleines Notizbuch in die Hand und bat ihn, es aufzubewahren und bei nächster Gelegenheit seiner Frau zu geben. Er müsse in der Zwischenzeit aber gut darauf achtgeben, denn es enthalte jede Menge belastendes Material. Sie verabschiedeten sich, wie sie es noch nie zuvor getan hatten, mit einer Umarmung. Tresckow ging hinaus zu seinem Fahrer, der bereits auf ihn wartete. Am Rande eines Waldstücks ließ er den Wagen anhalten. »Sie sind ein ausgezeichneter Fahrer«, erklärte er. »Habe ich Ihnen das jemals gesagt?«

»Vielen Dank, Herr Generalmajor«, erwiderte der Fahrer sichtlich verblüfft.

Tresckow stieg aus, verließ den Feldweg, durchquerte das Unterholz und ging direkt in den Wald, der hauptsächlich aus Birken und Buchen bestand. Es war ein warmer, sonniger Sommertag. Bäume und Sträucher waren so üppig bewachsen, dass Henning von Tresckow schon nach wenigen Schritten im Grün verschwand.

Es dauerte keine zwei Minuten, bis der Fahrer aus der Richtung, in die der Generalmajor gegangen war, eine Explosion vernahm.

64
Daniila
2022

18. April, Lwiw:
Breslau soll eine schöne Stadt sein, aber ich bin nicht auf Sightseeing aus. Direkt am Airport miete ich einen Wagen und fahre weiter nach Ostrowo. Für die Fahrt brauche ich knapp anderthalb Stunden, es ist früher Nachmittag, als ich in dem Waldstück ankomme und zwischen Birken und Buchen einen Feldweg finde, der mir schließlich keine Weiterfahrt mehr erlaubt. Ich steige aus. Hier muss es gewesen sein. Vielleicht nicht ganz genau hier, aber auf jeden Fall in der Nähe. Hier hat Henning von Tresckow seinem Leben ein Ende gesetzt. Ich verlasse den Weg und gehe ein paar Schritte in Richtung Osten durchs Unterholz, um es noch mehr zu fühlen.

Ich weiß nicht, ob es etwas bringt, hier zu sein, rein sachlich gesehen. Ich verspreche mir dadurch keine magisch aufgeladene Inspiration. In emotionaler Hinsicht ist es mir wichtig. Nach allem, was ich weiß, bin ich mit dem Mann, der sich hier in die Luft gesprengt hat, weitläufig verwandt. So, wie ich mit jedem Menschen verwandt bin, der irgendwo auf dieser Welt lebt, jemals gelebt hat oder irgendwann leben wird. Auch mit Putin. Auch mit Hitler. Mit Jesus, Gandhi, Dschinghis Khan, Vlad dem Pfähler, Mutter Teresa, Michelle Obama, Caterina de Medici und Wu Zetian. Manche bringen Liebe unter die Menschen, Frieden und Versöhnung. Andere überziehen die Welt mit Leid, Gewalt und Tod. Trotzdem gehören wir alle zusammen, sind Brüder und Schwestern, dazu ausersehen, gemeinsam einen Weg zu finden, wie wir diesen Planeten in Frieden bewohnen können. Wir sind nicht hier, um uns die Köpfe einzuschlagen, Geschütze aufeinander zu richten und Bomben auf unsere Häuser zu werfen.

Anschließend gehe ich in Ostrowo etwas essen. Ich frage den jungen Kellner auf Englisch (die jungen Polen sprechen schon lange kein Russisch mehr), ob er vielleicht jemanden kennt, der schon zu Kriegszeiten hier gelebt hat und der damals vielleicht Kontakt zu den deutschen Soldaten gehabt haben könnte, die im Jahr 1944 in Ostrowo ein Quartier hatten. Er zuckt mit den Achseln und meint, er wusste nicht, dass deutsche Soldaten jemals in Ostrowo waren. Bin nicht sicher, ob er mich verstanden hat, lasse es dann aber dabei bewenden. Ich übernachte in einem kleinen Hotel in der Altstadt, und als ich am nächsten Morgen beim Frühstück sitze, kommt auf einmal der Kellner von gestern auf mich zu und fragt, ob ich einen Moment Zeit habe. Er hat mit seinem Opa gesprochen, und der konnte sich an einen Schulfreund erinnern, der damals – im Jahr vor Kriegsende – bei den Deutschen ein und aus gegangen ist. Er legt mir einen Zettel mit einer Telefonnummer auf den Tisch. Ich bedanke mich total überrascht und will ihn zu einer Tasse Kaffee einladen, aber seine Schicht fängt gleich an, er muss los und wünscht mir viel Glück. Menschen können bezaubernd nett sein, einfach so, ohne etwas zu erwarten. Wow. Ich rufe sofort die Nummer an. Eine sehr alte Männerstimme meldet sich. Ich merke schnell, dass ich bei ihm mit Englisch nicht weiterkomme und wechsele ins Russische, was problemlos klappt. Als er hört, dass ich in Ostrowo bin, lädt er mich ein, bei ihm vorbeizukommen, das sei viel besser als am Telefon. Bevor ich aus dem Hotel auschecke, rufe ich Matwij an und erkläre ihm, dass meine Ankunft an der Grenze sich vielleicht um zwei bis drei Stunden verzögern könnte. Er sagt, das sei kein Problem.

Der alte Mann heißt Pjotr und wohnt nur zwei Straßen weiter. Bei der Begrüßung an der Wohnungstür legt er seine beiden Hände um meine, als würden wir uns schon ewig kennen. Die Hände fühlen sich an wie Seidenpapier, sein zarter Händedruck ist der eines Schmetterlings. Dünn ist er, seine Haut wirkt, als hätte man sie zu straff auf seinen Körper gespannt. Er bittet mich herein, bietet mir sein zerschlissenes Sofa an und kündigt an, uns einen Tee aufzusetzen. Ich versuche zu widersprechen und sage, dass ich gerade erst gefrühstückt habe, aber er verschwindet trotzdem in der kleinen Küche und setzt Wasser auf. Die Wohnung ist sehr sauber aufgeräumt und riecht nach Seife. Er kommt zurück mit einem Tablett, einer Teekanne, aus der Dampf emporsteigt und zwei kleinen Tassen mit Untersetzern. Pjotr erzählt, dass er am Ende des Krieges noch keine zwanzig Jahre alt gewesen ist. Ich rechne nach, er muss also Mitte neunzig sein. Dafür, muss ich sagen, ist er noch sehr gut unterwegs, er geht kaum gebeugt, zittert nicht, sein Blick ist klar, er trägt ein Tweed-Jackett und frisch geputzte Schuhe. Er ist neugierig, was mich, eine so junge Frau, dazu bringt, mich für Dinge zu interessieren, die vor so langer Zeit geschehen sind.

»Ich bin Schriftstellerin«, sage ich und komme mir, kaum dass ich es ausgesprochen habe, vor wie eine Hochstaplerin. »Ich recherchiere über einen Soldaten, der hier stationiert gewesen ist. Er war beteiligt am Attentat gegen Hitler am 20. Juli 1944.«

Er nickt langsam und erklärt: »Da gab es wohl einige.«

»Sie meinen, im deutschen Militär?«

»Nein, hier in Ostrowo.« Seine Stimme ist hoch und ein wenig brüchig. Er findet wohl, dass der Tee jetzt lange genug gezogen hat, und gießt die Tassen voll.

»Woher wissen Sie das?«, frage ich.

»Ich war damals ein junger Handwerker. Installateur. Aber ich kannte mich auch aus mit Gas und Elektrik. Wenn bei den Deutschen etwas kaputt war, das sie selbst nicht reparieren konnten, haben sie mich geholt. Eines Tages kamen welche in anderen Uniformen. Auch Deutsche, aber ganz in Schwarz.«

»SS-Offiziere?«

»Sie haben mehrere Männer festgenommen. Ich hab's mitbekommen, weil ich dort war, um ein Klo zu reparieren.«

Ich hole mein Handy hervor, zeige ihm ein gespeichertes Foto und frage: »Ist der hier einer von diesen Männern gewesen?«

Pjotr lässt sich das Handy geben und mustert das Foto genau. Dann nickt er und erklärt: »Der war keiner von den hohen Offizieren. Aber immer zusammen mit einem der obersten.«

Ich zeige ihm noch ein zweites Foto: »Mit diesem hier vielleicht?«

»Den erkenne ich sofort. Die hohe Stirn. Der Ausdruck auf seinem Gesicht. Von allen Offizieren war er der freundlichste. Der Einzige, der nach der ersten Begegnung meinen Namen kannte und mich immer gegrüßt hat. Wie hieß er noch gleich?«

»Generalmajor Henning von Tresckow.«

»Genau. Das war er. Ein paar Tage vorher ist er gestorben. Wie, weiß ich nicht. Aber die Deutschen waren deswegen alle sehr traurig. Vor allem der vom ersten Foto.«

»Fabian von Schlabrendorff.«

»Der wollte nach seiner Verhaftung nochmal auf die Toilette. Kurz vor dem Abflug. Er geht dann aber auf die kaputte, und ich denke noch, der weiß doch, dass das Klo nicht funktioniert, wieso nimmt er es dann? Als er aus der Kabine wieder rauskommt, sagt er zu mir auf Polnisch, ich soll es bitte aufbewahren. Und nochmal: Bitte bewahren Sie es auf. Und zeigen Sie es niemandem. Ich verstehe nicht, was er mir sagen will. Der mit der schwarzen Uniform wird böse und will wissen, was der zu mir gesagt hat. Der andere behauptet auf Deutsch, er hätte sich nur von mir verabschiedet. Der in Schwarz fragt, ob das stimmt. Ich sage: Ja. Dann haben sie ihn abgeführt und sind fortgeflogen. Kurz darauf repariere ich das Klo und sehe, im Spülkasten hat jemand was festgeklemmt. Ein kleines Buch.«

Pjotr versichert mir, dass er es fünfundsiebzig Jahre lang verwahrt und niemandem gezeigt hat. Er steht auf, öffnet eine Schublade und holt einen Umschlag hervor, den er zwischen unsere Teetassen legt.

Ich ziehe einen trockenen, welligen Klumpen heraus, der in meinen Fingern sofort zu zerbröseln beginnt.

»Als ich es herausholen wollte, ist es mir ins Wasser gefallen«, gibt er zu. »Tut mir leid.«

Später, vom Auto aus, rufe ich Matwij an, und sage Bescheid, dass ich jetzt unterwegs bin. Er sagt mir, wo der Mann mit der rotgelben Mütze auf mich warten wird, um den Wagen zu übernehmen. Kurz vor der Grenze sehe ich die Mütze aufleuchten, steige aus, der Mann grüßt knapp, steigt ein und fährt davon. Ich verlasse die Straße und gehe den Feldweg entlang, bis eine junge Frau zwischen den Büschen hervortritt und sich mit mir auf den Weg macht, um im Unterholz die Grenze zu überqueren.

65
Franz
1882

Der Otter wusste, dass er derjenige sein musste, der Thea die Nachricht zu überbringen hatte. Obwohl ihm nicht klar war, ob er das nervlich durchstehen würde. Er war vom Floß in den Fluss gesprungen, um den Freund aus dem Wasser zu ziehen. Als er sich dem leblos Dahintreibenden genähert hatte, war da so eine merkwürdige Hoffnung gewesen, der Franz würde sich gleich schütteln und lachend erklären, dass er da ja einen schönen Mist gebaut hatte. Er war doch unverwundbar! Nichts konnte dem Franz etwas anhaben, kein Messer, keine Faust, und schon gar kein Sturz vom Floß! Als der Otter dann am Ufer saß und den toten Körper in den Armen hielt, musste er weinen. Seit er ein kleiner Junge gewesen war, hatte er keine Träne mehr vergossen, aber jetzt öffneten sich alle Schleusen. Nach einer Weile war ein Bauer mit einem Pferdekarren gekommen, sie hatten den Toten aufs Stroh gelegt und er wurde davongefahren. Der Otter wollte dem Karren folgen, da sah er etwas im Gras liegen. Er hob es auf. Ein weißer, makelloser Schneidezahn.

Nun stand er vor Thea, die ihn mit einem Spültuch in der Hand an der Tür empfing. Der Otter wollte etwas sagen, brachte aber keinen Ton hervor. Thea wusste auch so, was geschehen war. Der Tag, der Augenblick, den sie immer gefürchtet hatte, war gekommen.

Thea wollte kein großes Begräbnis. Sie wusste, großes Aufheben um ihn wäre Franz zuwider gewesen. Eine Trauerfeier mit allen Flößern und Händlern und lauter anderen Leuten hätte ziemlich sicher bedeutet, dass Leute wie Xaver Obermaier sich berufen gefühlt hätten, eine Lobrede auf den Verstorbenen zu halten. Natürlich wusste jeder in Mittenwald und Umgebung, dass Franz Beser gestorben war. Der Flößerkönig. Die Galionsfigur.

Nun warteten sie auf das Begräbnis. Doch Thea hatte andere Pläne. Sie wollte eine Feuerbestattung in aller Stille. Der Pfarrer von St. Peter und Paul weigerte sich und erklärte ihr, eine Feuerbestattung sei unchristlich und barbarisch. Thea ging zu einem zweiten, der die Dinge anders sah und eine diskrete Feuerbestattung erlaubte. Er könne nur leider nicht gestatten, dass Franz' Urne einen Platz auf dem Friedhof bekam. Thea erklärte, das mache nichts, dankte ihm für seine Hilfe, nahm die Urne entgegen und ging damit im Morgengrauen ans Ufer der Isar, nicht weit vom Haus der Besers entfernt. Begleitet wurde sie nur von ihrem Sohn Josef, vom Otter und vom Loisl.

»Will jemand ein paar Worte sagen?«, fragte Thea. »Ich kann das nicht. Mir würde jedes Wort im Hals stecken bleiben.«

Fragend blickte sie zwischen den Männern hin und her, die ihre Hüte abnahmen und sich daran festklammerten.

»Du bist sein bester Freund«, sagte der Loisl.

»Und du der Mann des Wortes«, versuchte auch der Otter den Kelch an sich vorüberziehen zu lassen.

»Darf *ich* was sagen?«, fragte der Josef.

Die anderen sahen den Jungen überrascht an.

»Natürlich, mein Schatz«, sagte Thea.

Josef stellte sich aufrecht hin und legte eine Hand auf die Urne, die noch immer von seiner Mutter gehalten wurde. »Papa«, fing er an, »du warst der beste Mann, den's gegeben hat. Jedenfalls hier in Mittenwald. Du hast mir oft gesagt, wie stolz du auf mich bist, weil ich mich gut anstell in der Schule und so. Du hast mich nie geschlagen, wie's andere Väter tun. Du hast immer ein gutes Wort für mich übriggehabt. Und für die Mama auch. Und überhaupt für jeden. Ich hab nie erlebt, dass du über jemanden geschimpft hast. Ich glaub, wenn einer ein guter Mensch war, dann bist du das gewesen. Ich will auch so werden wie du. Danke.«

Thea öffnete die Urne und neigte sie, bis die Asche langsam in den Fluss rieselte. »Dein letztes Floß fährt in den Himmel«, sagte sie leise.

Als die Urne leer war, bat Thea die beiden Männer noch zu sich nach Hause, auf eine Tasse Kaffee und selbstgebackenen Apfelkuchen. Der Otter versprach, gleich nachzukommen, er wollte noch für einen Moment am Fluß bleiben. Schließlich stand er da ganz alleine und sagte:

»Jetzt sei mal ehrlich, alter Freund. War das wirklich ein Unfall? Ich hab nie einen gesehen, der sich auf dem Holz so sicher bewegt hat wie du. Wann bist du zum letzten Mal von einer Planke gerutscht?«

Nur der Fluss antwortete mit seinem Rauschen.

Wenn Franz mit dem Flößern einfach irgendwann aufgehört hätte, dachte der Otter, *würde die Thea jetzt keine Witwenrente bekommen. So aber schon. Das hat der Franz schließlich selbst durchgesetzt.* Der Otter wusste, dass es nichts gegeben hatte, das der Franz nicht für seine Familie getan hätte. Er setzte seinen Hut wieder auf und tippte mit dem Finger daran, ein letzter Gruß an den besten Freund, den er je gehabt haben würde.

»A Hund bist scho«, sagte er. Dann ging er davon, ohne sich noch einmal umzudrehen. Und spürte mit den Fingern den Schneidezahn, den er in der Tasche trug.

66
Viktoria
1992

Ein Wärter kam in die Küche, um mit Viktoria zu sprechen. Sie rechnete damit, dass er irgendwelche Sonderwünsche an sie hatte. Meistens wollten die Wärter mehr Fleisch im Essen haben, und weil Viktoria nun schon seit einer Weile so etwas wie die inoffizielle Leiterin der Küche war, kamen sie mit solchen Anliegen in der Regel zu ihr. Doch es ging um etwas ganz anderes. Viktoria sprach mittlerweile gut genug Suaheli, um die gängigen Gespräche führen zu können. Aber als der Wärter ihr sagte, wieso er gekommen war, glaubte sie sich verhört zu haben und bat ihn, das noch einmal zu wiederholen.

»Du hast Besuch«, sagte er. »Jetzt. Komm mit, ich bringe dich in den Besuchsraum.«

Viktoria hatte noch nie Besuch bekommen in all den Jahren. Sie hatte keine Ahnung, ob es überhaupt jemanden gab, der wusste, dass sie hier einsaß. Jemanden aus ihren vormaligen Lebensabschnitten. Zwar hatte sie damals mitbekommen, dass die Presse über sie geschrieben hatte, über die *Killerlady*, wie man sie genannt hatte. Aber das war so lange her. Danach war die Erinnerung an sie ausradiert worden, als wäre Viktorias Leben nichts weiter gewesen als eine misslungene Bleistiftzeichnung. Jetzt war sie vierundfünfzig Jahre alt, und ehrlich gesagt wusste sie nicht, ob sie Besuch empfangen wollte.

»Wer ist es?«, fragte sie.

»Weiß ich nicht«, erwiderte der Wärter. »Kommst du jetzt mit oder was?«

»Nein«, entgegnete sie.

»Ich soll den Besucher wieder nach Hause schicken? Alles, was ich weiß, ist, dass er von sehr weit her gekommen ist. Aber wie du willst.«

»Es ist also ein Er?«

Der Wärter nickte und wollte schon wieder gehen.

»Warte«, erklärte Viktoria, »ich komme doch mit.«

Sie wurde vom Wärter in den Besuchsraum geführt. Ein hellhäutiger Mann saß an dem einzigen Tisch, der sich im Raum befand. Er stand auf, als die beiden hereinkamen. Schulterlanges, weißes Haar hatte er und einen kurzgeschorenen, weißen Vollbart, er musste ungefähr in Viktorias Alter sein.

»Don't touch«, erklärte der Wärter und fügte hinzu: »Sit down. Five minutes.«

Der Mann nahm wieder Platz und Viktoria setzte sich auf den einzigen weiteren Stuhl ihm gegenüber. Der Wärter blieb in der Nähe der Tür stehen und zeigte einen stoischen Gesichtsausdruck.

»Wer sind Sie?«, fragte Viktoria auf Englisch. »Ich kenne Sie nicht.«

»Doch, du kennst mich«, erwiderte er, ebenfalls auf Englisch, das eindeutig nicht seine Muttersprache war. Ihm war anzusehen, dass die Begegnung ihn aufwühlte.

Viktoria musterte ihn und versuchte vergeblich, in seinem blassen Gesicht zu lesen. Er deutete auf eine kleine Schachtel, die auf dem Tisch lag. Viktoria bemerkte sie erst jetzt und ihr Blick wurde immer fragender.

»Ich darf dir das mitbringen«, erklärte er. »Ist genehmigt.«

Viktoria griff nach der Schachtel und öffnete sie. Darin lag ein rötlicher Stein, der an einem ledernen Band hing. Sie nahm ihn heraus und starrte ihn ungläubig an.

»Anar«, sagte sie leise. Und wieder: »Anar.« Sie wechselte ins Kasachische und fragte: »Was machst du hier? Bist du das wirklich?«

»Wir haben damals mitbekommen, was passiert ist«, berichtete er. »Deine Familie, die Leute in Konstantinowka und ich, wir wussten, dass du hier im Gefängnis sitzt. Es war ja schließlich in den Zeitungen, im Fernsehen. Aber es war nicht möglich, dich anzurufen – geschweige denn, dich zu besuchen.«

»Und trotzdem sitzt du hier.«

»Na ja, seit dem Zusammenbruch der Sowjetunion ist alles anders.«

»Die Sowjetunion ist zusammengebrochen?!«

»Das weißt du nicht?«

»Ich hatte keine Ahnung. Ich habe seit über zehn Jahren keine Zeitung mehr in der Hand gehalten. Was ist aus dir geworden, Anar? Wie ist dein Leben verlaufen?«

»Oh, es ist gut«, entgegnete er. »Ich kann mich nicht beklagen. Ich habe geheiratet und zwei wundervolle Kinder, die ich sehr liebe.«

»Das freut mich sehr zu hören. Arbeitest du noch als Schäfer?«

»Schon lange nicht mehr. Ich habe damals in einer Fabrik angefangen, bin dort inzwischen in einer leitenden Position.«

»Wie geht es meinen Eltern? Und meinem Sohn?«

»Ich habe sie lange Zeit immer wieder mal gesehen. Dein Sohn ist ein prachtvoller Kerl geworden. Sieh nochmal in die Schachtel.«

Auf dem Boden der Schachtel lag ein kleines Foto von einem jungen Mann, der sie auf den ersten Blick an Timur erinnerte, aber schon auf den zweiten konnte sie erkennen, dass er ein ganz anderer Mensch war. Sie wollte etwas sagen, aber ihre Stimmbänder versagten.

»Deine Familie ist zurück in die Ukraine gezogen, auf die Krim«, sagte Anar. »Seitdem haben wir keinen Kontakt mehr.«

Sie fuhr sich mit der Hand über die Augen, in denen sich Tränen sammelten, und sah ihn an. Er lächelte. Sie konnte nicht anders, als sein Lächeln zu erwidern. Was wäre gewesen, wenn sie das Werben dieses liebenswürdigen jungen Mannes erwidert hätte, damals zwischen den Feldern, kurz vor Konstantinowka, umgeben von seinen Schafen? Wie anders wäre ihr Leben verlaufen?

Anar blickte kurz hinüber zu dem Wärter, um zu prüfen, ob der bereits Anstalten machte, den Besuch gleich zu beenden – was aber noch nicht der Fall war.

»Viktoria, wir haben nicht mehr viel Zeit«, sagte er. »Und ich nehme an, dass wir uns kein weiteres Mal sehen werden. Die Wahrheit ist: Ich weiß nicht wirklich, wieso ich hier bin. Ich liebe meine Frau, ich liebe meine Familie, ich mag mein Leben. Aber ich habe dich nie vergessen. Du hast mir damals das Herz gebrochen, ich war überzeugt, ich könnte nie wieder eine andere Frau lieben. Ich wusste immer: Wenn ich je die Möglichkeit bekomme, dich noch einmal zu treffen, dann werde ich es tun, koste es, was es wolle. Und hier bin ich. Und egal, was du getan hast, egal, was war: Es ist wundervoll, dir noch ein letztes Mal in deine schönen Augen sehen zu dürfen.«

Viktoria legte sich die Hand auf den Mund. Sie wollte nicht weinen, aber die Tränen waren nicht aufzuhalten. Sie fielen auf die Tischplatte, auf den Bernstein, auf das Foto von Olaf, ihrem Sohn.

67
Henning
1944

Am Vormittag des 21. Juli 1944 versuchte Henning von Tresckow ein Gefecht mit Partisanen vorzutäuschen, als er auf die Knie hinunterging, eine Maschinenpistole neben sich auf den Boden legte und die Hand um eine Granate schloss. Noch einmal sog er den Duft des Waldbodens auf, wie er es in seinem Leben so oft getan hatte. Für einen Moment schloss er die Augen, weil er nur hören, riechen und fühlen wollte. Weil das Sehen sonst immer alle anderen Sinne dominierte. Über sich hörte er zwei Blaumeisen zwitschern und stellte fest, dass sie sich in Polen genauso anhörten wie in Wartenberg. Die Birkenblätter wiegten sich leicht in der Brise, die durch die Bäume strich. In einem Moment des Friedens wollte er gehen. Er schraubte den bläulich gefärbten Knopf ab, der sich an der Oberseite der Eihandgranate 39 befand, und zog an der Schnur, die sich darunter befand. Dann beugte er sich über die Granate.

Am selben Vormittag erfuhr Erika von Tresckow in Wartenberg aus dem Radio vom missglückten Attentat. Sie war bestürzt und vom ersten Moment an davon überzeugt, dass ihr Mann tot sein musste.

Am Nachmittag des folgenden Tages kam ihre beste Freundin Margarethe von Oven zu Besuch, die einst die Befehle für *Operation Walküre* in die Schreibmaschine getippt hatte. Margarethe kam unangekündigt, sonst hatte sie immer vor jedem Besuch angerufen. Ihre Miene sprach Bände. Sie musste die Todesnachricht nicht einmal aussprechen, Erika wusste auch so Bescheid.

Der Sarg wurde nach Wartenberg gebracht und im Gartensaal aufgebahrt, vor der offenen Veranda mit Blick auf den See, so wie

Henning von Tresckow es sich immer gewünscht hatte. Am Morgen der Beerdigung, am 27. Juli, traf mit der Feldpost der Brief ein, den er am Morgen seines Todes an seine Frau geschrieben hatte. Ein Abschiedsbrief, in dem von Abschied nicht die Rede sein durfte.

Am 15. August, in einer sternenklaren Vollmondnacht, fuhren in Wartenberg zwei Gestapo-Leute vor, mit einem großen schwarzen Mercedes. Sie verhafteten Erika von Tresckow und brachten sie, zusammen mit ihren Töchtern, mitten in der Nacht nach Küstrin ins Polizeigefängnis. Als sie dort ankamen, stammelte der Gefängniswärter fassungslos:

»Die Kinder, die Kinder auch?«

Am Nachmittag ging die Fahrt weiter nach Berlin, wo die Mutter und ihre Kinder im Reichssicherheitshauptamt voneinander getrennt wurden. Während Erika in eine Vernehmungszelle gesteckt wurde, brachte man die Kinder nach Bad Sachsa im Harz, in ein Heim, das – gewissermaßen über Nacht – für Kinder von Wehrmachtsangehörigen eingerichtet wurde, die des Widerstands überführt worden oder verdächtigt waren. Uta und Heidi wurden dort in verschiedenen Gebäuden untergebracht und durften sich nicht sehen. Alles wurde ihnen weggenommen, nichts durften sie behalten: keine Kleidungsstücke, keine Spielzeuge, nicht einmal ein Foto von den Eltern. Sie bekamen keine Briefe. Ihnen wurden neue Nachnamen zugeteilt. Die NS-Führung bildete sich ein, diese Kinder würden mit der Zeit alles vergessen – wer ihre Eltern waren, wer sie selbst waren, einfach alles. Manche Kinder blieben hier bis übers Kriegsende hinaus, doch es gab keinen einzigen Fall, bei dem dieser Plan funktioniert hätte.

Fabian von Schlabrendorff wurde, wie viele andere, festgenommen, verhört und gefoltert. Seine Hände wurden in einen Apparat gespannt, durch Drehung einer Schraube bohrten sich Stachel in die Fingerspitzen. Seine Beine steckte man in Metalldornen-Röhren, die zusammengedrückt wurden, so dass sich die Dornen ins Fleisch bohrten. Man schlug ihn mit Stöcken, Knüppeln und Peitschen, bis er eine Herzattacke erlitt – was aber nicht zum Ende der Misshandlungen führte. Dennoch gab er keine Namen preis. Die Gestapo brachte ihn ins Vernichtungslager Sachsenhausen und führte ihn dort ins Krematorium. Mitten im Raum stand der mittlerweile aus der Wartenberger Erde gewühlte Sarg von Henning von Tresckow, der nun geöffnet wurde. Schlabrendorff wurde gezwungen, sich die schwer zugerichtete Leiche anzusehen.

»Schlabrendorff«, erklärte der Gestapo-Mann im Befehlston, »geben Sie zu: Dies ist ein Russe, den Sie erschossen haben!«

»*Was* soll ich zugeben?«, fragte Schlabrendorff zurück und sah den anderen verwirrt an, mit nur einem Auge, denn das andere war von den Schlägen zugeschwollen.

»Tresckow ist nicht tot!«, brüllte der Gestapo-Mann. »Der hat sich doch nicht umgebracht, der ist zu den Russen übergelaufen. Genau wie Major Kuhn! Glauben Sie eigentlich, wir sind blöd?«

Darauf willst du keine ehrliche Antwort, dachte Schlabrendorff, sagte aber wahrheitsgemäß: »In diesem Sarg liegt Generalmajor Henning von Tresckow.«

»Schwachsinn! Selbst wenn es so wäre, woran wollten Sie ihn erkennen? So zugerichtet, wie die Leiche ist.«

»An seiner schlanken Hand erkenne ich ihn«, erwiderte Schlabrendorff unbeirrt. »An der einen, die noch da ist. Er ist es ganz zweifellos.«

Es wurde noch eine Weile versucht, ihn zu einem Geständnis zu bewegen. Als das nicht gelang, wurde der Sarg angezündet und Schlabrendorff musste dabei zusehen, wie er niederbrannte.

Unterdessen wurde Erika von Tresckow sieben Wochen lang

verhört. Sie leugnete beharrlich, so wie Henning es ihr aufgetragen hatte, und schaffte es, sich weder in Fallen locken zu lassen noch sich in Widersprüche zu verstricken. Anfang Oktober wurde sie aus Mangel an Beweisen freigelassen und durfte ihre Töchter wieder in Empfang nehmen.

Hennings Bruder Gerd von Tresckow, den er mit seinem Freitod zu retten gehofft hatte, zeigte sich selbst als Mitglied der Verschwörung an, schnitt sich in der Haft die Pulsadern auf und starb kurz darauf.

Im Januar 1945 wurde Wartenberg, der Landsitz der von Tresckows, von russischen Truppen in Besitz genommen und bis auf die Grundmauern abgebrannt.

Mark von Tresckow diente im Februar 1945 als Gefreiter der Flak-Artillerie an der in Auflösung befindlichen Ostfront. Als ältester Sohn seines posthum aus der Wehrmacht verbannten Vaters hatte er einen schweren Stand und wurde mit seinem ehrlosen alten Herrn in einen Topf geworfen, von Vorgesetzten und ranggleichen Kameraden gleichermaßen. Man schickte ihn in einen Einsatz, der selbst bei wohlwollendster Betrachtung nur als Himmelfahrtskommando zu verstehen war. Alle wussten das. Auch Mark selbst. Als er von einem russischen Geschütz in Stücke gerissen wurde, war es ein geplanter Tod. Er war siebzehn Jahre alt.

Mehr als zweihundert Männer wurden wegen ihrer Verwicklung in die Umsturzpläne für einen Scheinprozess vor Gericht gestellt, abgeurteilt und hingerichtet, darunter befanden sich etliche Generäle, Diplomaten, Minister, Staatssekretäre und Polizeipräsidenten.

Vom 20. Juli 1944 bis zum Ende des Krieges starben allein auf deutscher und russischer Seite mehr als fünfeinhalb Millionen Soldaten. Hunderttausende wurden in Vernichtungslagern ermordet.

68
Daniila
2023

13. Mai, irgendwo in der Ukraine:
Ich bin wieder der *kleine Schatten*. Nur lege ich keine Sprengsätze mehr. Die Bombenlegerei hat schon damals immer ein mulmiges Gefühl in mir ausgelöst, wir wussten ja nie so genau, ob wir dabei nicht aus Versehen Wachleute bei ihrem Rundgang in die Luft sprengen würden. Ich will aber Leben retten und nicht zerstören. Jetzt bin ich eine Saboteurin. Mit meinem Spezialwerkzeug husche ich im Halbdunklen zwischen geparkten Panzern umher und zerstöre an den fünfzig Tonnen schweren Mordmaschinen jeweils ein paar Kettenglieder. Es ist wahnsinnig aufwendig, solche Schäden anschließend zu reparieren, damit sind die Russen dann mehrere Tage beschäftigt. Tage, an denen die Panzer nicht zum Einsatz gelangen, nichts plattwalzen und nicht schießen können.

Ich halte hier nicht fest, wo wir uns befinden. Ich schreibe auch nicht auf, wie wir es immer wieder schaffen, zu den russischen Panzern vorzudringen. Meine früheren Aufzeichnungen führe ich nicht mit mir. Niemand weiß besser als ich: Tagebücher können irgendwann von irgendwem gefunden werden, und wenn sie in die falschen Hände geraten, müssen Leute im schlimmsten Fall darunter leiden. Das darf nicht geschehen.

Nur eines: Wir sind nicht nur in der Ukraine unterwegs, auch auf russischem Staatsgebiet. Es ist uns schon gelungen, in einen Hangar einzudringen und Flugzeuge zu sabotieren, die anschließend wochenlang nicht mehr abheben und keine Bomben werfen konnten.

Manchmal, nicht allzu oft, frage ich mich, warum ich das eigentlich tue. Ob Wut und Rache das alles wert sind. Kaya sagt, solange ich dieses Leben führe, will sie nichts mit mir zu tun haben. Das tut weh, aber ich kann es verstehen. Nur ändern kann ich es nicht, solange dieser Krieg nicht zu Ende ist.

MIX
Papier | Fördert gute Waldnutzung
FSC® C014496

Verlagshaus Römerweg GmbH | Römerweg 10 | D-65187 Wiesbaden
+49 611 986 98 14 | info@verlagshausroemerweg.de

Lektorat: Verlagshaus Römerweg, Wiesbaden
Umschlaggestaltung: Anja Carrà, Weimar
Bildnachweis: © Cloudyew – stock.adobe.com
Layout & Satz: Anja Carrà, Weimar
Gesetzt in der Garamond Premier.
Druck und Bindung: GGP Media GmbH, Pößneck

ISBN: 978-3-7374-1251-3